Die Schattenkalifin

Johanna Awad-Geissler

Die Schatten-kalifin

Roman

Weltbild

Besuchen Sie uns im Internet:
www.weltbild.de

Genehmigte Lizenzausgabe für Verlagsgruppe Weltbild GmbH,
Steinerne Furt, 86167 Augsburg

Umschlaggestaltung: Zeichenpool Design, München
Umschlagmotiv: akg images, Berlin/Getty Images, München
Gesamtherstellung: GGP Media GmbH, Pößneck
Printed in the EU

ISBN 978-3-8289-8925-2

2011 2010 2009 2008
Die letzte Jahreszahl gibt die aktuelle Lizenzausgabe an.

Um 1000: Das Kalifat der Fatimiden und das Kaiserreich Byzanz

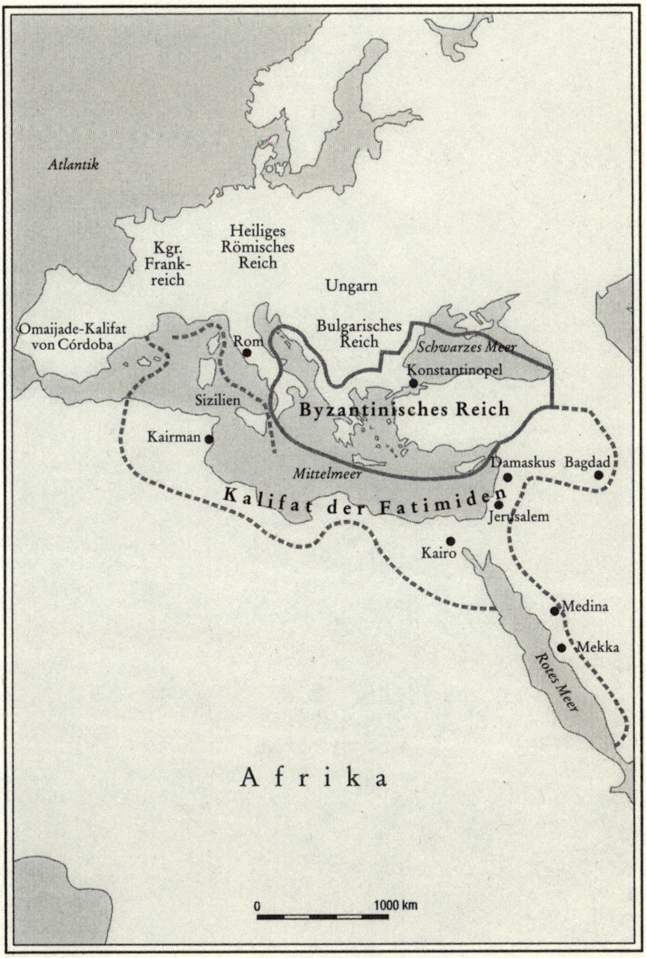

Meinen Vätern

»Wer eine Tochter gut aufzieht und ihr eine gute Bildung
und Erziehung angedeihen lässt, den bewahren Wir
vor dem Höllenfeuer.«

Der Prophet Mohammed

Wird das Paradies mir erlaubt sein –
nun, da ich eins seiner Tore offen sah?

Der Dichter Ibn Hani über
Al-Kahira, 362 H./973 n. Chr.

Erstes Buch

Sitt Al Mulk Bint Al Aziz – die Tochter des Kalifen

Ein goldenes Zeitalter ging mit dem Tod des Kalifen Al Aziz jäh zu Ende. Über Ägypten und das weite Reich der Fatimiden legten sich drohend dunkle Schatten. Wo die Menschen eben noch in Offenheit und Toleranz unbeschwert ihren Geschäften nachgegangen waren und ihre Feste gefeiert hatten, da griffen plötzlich Willkür und Eiferei nach der Macht.
Aber noch schien nicht alles verloren. Denn eine junge Frau war entschlossen, das Kalifat zu schützen.

*

1

Im Kloster des Zwergen

Es war die Nacht zum vierten Tag nach dem Fest des Fastenbrechens des Jahres 386 der Hedschra, die Nacht vom 17. Oktober 996 nach der Geburt des Herrn der Christenheit.

*

Irrlichternd tanzte der Fackelschein über das Gewölbe des Wasserkanals. Die beiden jungen Frauen, die auf einem schmalen Mauersims den Wasserlauf entlangeilten, waren in schwarze Sklavinnenkleider gehüllt. Doch Haartracht und Schmuck, insbesondere der Älteren der beiden, verrieten Reichtum und hohen Rang. Das flackernde Licht der Fackel in der Hand der Jüngeren, die biegsam wie eine Gazelle voranschritt, verstärkte die Zeichen der Aufregung in den Gesichtern der beiden Frauen.

Im ovalen Antlitz der Älteren schienen sich die kräftigen Brauen wie die Flügel eines Vogels in die Lüfte zu schwingen. Das Schattenspiel auf ihren hohen Wangenknochen offenbarte die nervösen Bewegungen der Kiefer. Im Gegensatz dazu bewegten sich ihre vollen, wie von einer Gravurnadel gezeichneten Lippen nicht. Den Blick hielt sie auf das Steinpflaster und auf die Füße der Ge-

fährtin vor ihr geheftet, die flink und doch bedacht Schritt um Schritt setzte.
Die Beduinin Takarrub, Vertraute und Dienerin der Kalifentochter, hatte den Fluchtweg am Vortag zusammen mit dem Eunuchen Midad erkundet. Deshalb konnte sie ihrer Herrin jetzt eine so sichere Führerin sein. Hie und da war ein absonderliches Piepsen zu hören, wie es die Prinzessin noch nie vernommen hatte und einmal stieß sie einen unterdrückten Schrei aus: Mit einem Fuß war sie an etwas Warmes, Feuchtes gestoßen, das sich beim genaueren Hinsehen als dunkelgraues, langschwänziges Tier entpuppte. Ein Stück lief das Tier noch an der Simskante entlang, um dann ins Kanalbett zu entwischen.

*

Nach etwa dreihundert Schritten standen die Flüchtenden vor einem eisernen Gitter. Takarrub tastete das Gewölbe ab und fingerte nach bangen Augenblicken einen Schlüssel aus einer Höhlung in der Wand. Sie sperrte das Gitter auf. Beim Hinaustreten ins Freie empfing die beiden dichter Nebel, der von den zwei nahen Wasserläufen, dem großen Kanal und dem Nil, heraufstieg.
Die Prinzessin sog die feuchte Luft jäh durch die Nase ein, um sie dann langsam entweichen zu lassen. Es war ihr gelungen, die Verräter zu überlisten. Trotz der Wachmannschaften vor allen Ausgängen ihres Schlosses hatte sie einen Ausweg gefunden – durch jenen Kanal, der den Brunnen und das Wasserbecken in ihrem *Iwan*, dem Zeremoniensaal, speiste. Allerdings lag die gefährlichste Etappe ihrer Flucht, der Weg aus der Zitadellenstadt der Kalifen von Al Kahira, noch vor ihnen.
Takarrub versperrte das Gitter hinter ihnen und stieß den Schlüssel, dessen Platz in der Mauer sie nicht auf Anhieb wiederfinden

konnte, nach drinnen zurück. Sie hörten, wie er über den Mauersims rutschte und klatschend ins Wasser fiel.
»Wenn sie ihn nicht mehr finden, dann machen sie eben einen neuen!«, flüsterte sie der Schlossherrin zu.
Die klamme Kälte der Herbstnacht kam ihnen als Vorwand gerade zurecht, um die Gesichter mit den schwarzen Tüchern bis auf Sehschlitze zu verhüllen. Als wären sie zwei Sklavinnen auf dem Weg zum frühen Tagewerk, huschten die Prinzessin und ihre Vertraute zu den Palastküchen, wo sie, so alles nach Plan lief, bereits von Helfern erwartet wurden.

*

Wer hätte noch vor Kurzem gedacht, dass die mächtige Tochter des Kalifen Al Aziz sich eines Tages auf solch eine Weise aus ihrem eigenen Palast würde stehlen müssen? In voller Absicht hatte der Kalif seiner Lieblingstocher Sitt Al Mulk den Thronfolgerpalast, auch »das Wasserschloss« genannt, als Residenz überlassen. Das ganze Land wusste, dass die Prinzessin dazu bestimmt war, dereinst die Regierungsgeschäfte zu führen.
Für Sitt Al Mulk hatte es zeit ihres Lebens nur diese einzige Vorstellung ihrer Zukunft gegeben: ›*Sitt Al Mulk*‹ – ›Herrin des Reiches‹ – hatte der blutjunge Vater sein erstgeborenes Töchterchen gleich nach der Geburt genannt. Wie durch einen unerklärlichen Zauber war er dem kleinen Geschöpf vom ersten Augenblick an in tiefer Zuneigung gewogen gewesen. Höchstpersönlich hatte er sie mit großer Sorgfalt auf die Regierung hin erzogen und seit den frühen Mädchentagen hatte sie bei allen offiziellen Anlässen an seiner Seite gestanden. Nach dem Tod seines eigenen Mentors, des Juden und unvergleichlichen Wesirs Yakub Ibn Killis, war sie seine engste Vertraute und Beraterin geworden. So

groß war der Einfluss der Prinzessin Sitt Al Mulk, dass sogar Wesire, die beim Kalifen angeschwärzt worden waren, ihrer Fürsprache Ehre und Leben verdankten.

Sitt Al Mulk war das Kind einer Liebesverbindung des Herrschers über die gläubigen Muslime mit einer christlichen Prinzessin aus byzantinischem Geschlecht. Sie war aufgewachsen mit den heiligen Schriften der Muslime und Christen und sie hatte gelernt, in allen Religionen das Gute zu sehen. Ihrem über alles geliebten Vater war sie seit dem Tod des jüdischen Wesirs die wichtigste Stütze in seiner weisen Politik gewesen, das ruhige Zusammenleben der verwirrend vielen Religionsgruppen Ägyptens zu schützen.

Denn es war nicht etwa einfach so, dass sich das Volk des Niltales allein auf Christentum, Islam und Judentum verteilte. Auch innerhalb der Gemeinden gab es unterschiedliche Gruppen. Die Mehrheit der Bevölkerung waren Christen, die zu einem Großteil zu den alteingesessenen *Kopten* zählten und zu einem kleineren zu den *Melkiten*, die ein wenig andere Glaubenssätze vertraten und dem Kaiser von Byzanz in tiefer Treue ergeben waren. Bei den Muslimen wiederum bestand die Mehrheit aus Anhängern der *Sunna* und eine Minderheit aus Anhängern des ismailitischen Zweiges der *Schia*. Dies war die kleinste aller Gruppen, zugleich aber auch die mächtigste, denn ihr gehörten die Kalifenfamilie der *Söhne Fatimas* und ein großer Teil des Hofstaates an.

In solch kaum überschaubaren Verhältnissen bedurfte es der Hochachtung aller und höchster Besonnenheit, um friedlich und »ohne Zwang in der Religion«, so wie der Islam es für sein Kalifat vorschrieb, die Regierung zu führen. All dies gelang Al Aziz und daher liebte und verehrte ihn sein Volk.

*

Doch plötzlich war alles anders geworden. Drei Tage zuvor war der Kalif im Heerlager von Bilbais gestorben. Die Todesnachricht erreichte die Prinzessin in der Hauptstadt Al Kahira, wo sie für die Zeit der Kriegsvorbereitungen das Kalifat vertrat, während der Wesir, der Christ Aissa Ibn Nesturus, die täglichen Regierungsgeschäfte führte.

Die Abordnung mit der Nachricht aus Bilbais hatte Sitt Al Mulks Gemächer soeben verlassen und ihre Seele rang noch damit, das Gehörte aufzunehmen, als ihr bester Agent, Abul Abbas Ahmed Ibn Maghribi, bei ihr Vortritt begehrte. Während sich das Wehklagen der Frauen vom Wasserschloss auf die ganze Palaststadt fortpflanzte, berichtete ihr der Spion, dass sich in Bilbais drei mächtige Höflinge zu einem Komplott verbündet hatten, dessen erstes Ziel es war, die Kalifentochter zu entmachten. Als Nächstes war ausgemacht, dass die »allzu nachgiebige«, wie die Verschwörer es nannten, auf Ausgleich zwischen den Religionen gerichtete Politik des verstorbenen Herrschers einem Kalifat der Strenggläubigkeit weichen sollte. Wie ihr Vater hatte auch Sitt schon des Längeren gewusst, dass es unter den Muslimen Unzufriedene und Eiferer gab, die den Christen und Juden ihre Stellung nicht gönnen wollten.

Noch während Sitt Al Mulk sich den Bericht Abul Abbas' anhörte, fing sie sich in ihrer Bestürzung und in ihrem Leid: Sie musste zum Gegenangriff übergehen. In dem Augenblick, als das Komplott offen vor ihr lag, hatte ihr Verstand mit der Schnelligkeit eines Jagdfalken eine verwegene Idee aufgegriffen. Doch um den Plan verwirklichen zu können, musste sie sich dem Zugriff ihrer Gegner in der Hauptstadt entziehen. Und sie brauchte Soldaten. Es war der einzig mögliche Rettungsplan, doch sein Gelingen würde an einem dünnen Faden hängen. Sitt bat den Prinzen Nour Ibn Abdallah zu sich, der ihr Cousin und engster Freund war.

Doch nicht nur das: Mit Nour wollte sie die Nachfolge des Vaters antreten und das mächtige Fatimidenreich regieren. Und Nour war der Mann, den sie liebte.
Nach kurzer Beratung erklärte der Prinz sich bereit, persönlich ins Heerlager von Bilbais zu reiten, um dort die Unterstützung eines Freundes, des türkischen Generals Ulug Tegin und seiner Mameluken-Truppen anzufordern. Um kein Aufsehen zu erregen, wollte er allein durch die Wüste reiten, auf jenen Beduinenpfaden, die er von der Jagd gut kannte und die große Heerstraße somit umgehen.
Kaum hatte Prinz Nour Sitts Palast verlassen, als bereits schwer bewaffnete Wachmannschaften vor den Pforten aufzogen, zweifellos auf Befehl der Verschwörer. Tags darauf setzte die Intrigantenclique den spätgeborenen Sohn des verstorbenen Herrschers, den erst elfjährigen Knaben Mansur, gegen jedes Gesetz in einem Akt beispielloser Willkür als neuen Herrscher auf den Kalifenthron. Einen kleinen Jungen, der ständig in den Bäumen der Palastgärten herumkletterte, weshalb alle ihn nur den »Gecko« nannten. Sie selbst rissen die Regentschaft für den Knaben an sich.

*

Somit war der Thronfolgerpalast für die Prinzessin Sitt Al Mulk zur Falle geworden. Sie sah sich gezwungen, ihn zu nächtlicher Stunde mit ihrer Gefährtin und vertrauten Dienerin Takarrub auf geheimem Wege zu verlassen. Keiner, der sie jetzt sah, hätte vermutet, dass die durch den Nebel eilenden, vermummten Frauen etwas anderes wären als zwei Küchensklavinnen.
Beim Küchentrakt angelangt, nahmen sie den sicheren Weg durch die Vorratskammern und schlichen, immer vorsichtig Ausschau

haltend, von einem mit Öllichtern schwach erhellten Raum in den nächsten, vorbei an Bergen von Gemüse und Obst, großen Tongefäßen mit eingelegtem Gemüse, Oliven und Käse und offenen Gewürzsäcken, aus denen es betäubend duftete. Die Helfer hatten gute Arbeit geleistet und dafür gesorgt, dass sie keinem Aufpasser begegnen noch einen irgendwo zwischen Amphoren zusammengerollt schlafenden Sklaven wecken konnten. Schließlich gelangten sie zwischen Reihen übereinandergetürmter Käfige voller Tauben und Hühner in einen hallenartigen, offenen Vorraum. Im fahlen Schein von Laternen waren vier Männer gerade dabei, ein Gefährt, dem zwei Esel vorgespannt waren, mit leeren Hühnerkäfigen zu beladen.

Es war die Zeit der großen Festlichkeiten nach dem Ende des *Ramadan*-Fastens. Da die Verschwörerbande die vielen tausend Soldaten, die in den Kasernen innerhalb der Befestigungsmauern der Stadt untergebracht waren, bei Laune halten musste, bewegten sich jetzt täglich frühmorgens lange Züge von Karren mit Extrarationen durch die Straßen der Hauptstadt. Ein Wagen voller Hühnerkäfige würde daher nicht auffallen.

Der Anführer nickte Takarrub kurz zu. Die Vertraute der Prinzessin raffte ihre Kleider und kletterte, nachdem sie die Herrin mit einem Blick um den Vortritt gebeten hatte, flink auf die Plattform. Die Männer hatten beim Beladen einen Hohlraum ausgespart. In diesen kroch Takarrub rücklings hinein, bis nur noch ihr Kopf und eine Hand zu sehen waren, die sie Sitt Al Mulk entgegenstreckte: »Kommt, *ya Amira,* hier ist Platz genug für zwei!«

Sitt ergriff die Hand und ließ sich von einem der Männer hinauf helfen. Nachdem auch sie in dem Versteck verschwunden war, fügten die Männer einige schützende Bretter und weitere Käfigreihen hinzu. Wenig später spürten Sitt und Takarrub, wie die Esel anzogen und das Gefährt losrollte.

Sitt konnte nichts sehen, doch ertastete sie zu beiden Seiten Holzwände, die schützend zwischen ihnen und den Käfigen aufgebaut waren. Takarrub half ihr dabei, sich in dem engen Raum eine Decke über Schultern und Kopf zu ziehen. Bald wurde es stickig in dem Verschlag und der Gestank aus den Käfigen war kaum zu ertragen. Mit dem Stoff ihres Gewandes versuchten die beiden Frauen, so gut es ging, Mund und Nase zu schützen. Um die üble Luft nicht in den Mund zu bekommen, vermieden sie es zudem, miteinander zu sprechen.

Sie waren noch nicht lange unterwegs, als der Karren rumpelnd zum Stehen kam. Dumpf klangen Geschimpfe und Eselsgeschrei zu ihnen herein. Wie es den Anschein hatte, stauten sich mehrere Gefährte. Ein Geschiebe und Gestoße setzte ein und die Stimmen draußen steigerten sich zu lautem Streit. Sitt begann, um die Festigkeit des Käfigaufbaues zu fürchten, dessen Innenwände sich bedenklich verschoben.

Takarrub fing leise an, die Hilfe des Allerhöchsten zu beschwören: »*Sobhan Allah* – Erhaben ist Gott!«

Während ihr die Floskeln über die Lippen liefen, wie die Perlen des *Tasbih* durch die Finger eines Betenden, fielen Sitt die Wachabordnungen ein, die in den Straßen der Palaststadt ohne Unterlass patrouillierten: Wenn der Aufbau nur hielt! Brach er auseinander, so würden sie in der unweigerlich folgenden Aufregung keine Chance haben, unentdeckt zu bleiben.

Nach endlos scheinendem Stillstand zog der Wagen endlich wieder an. Eine Weile kamen sie gut voran, doch dann hielten sie erneut.

»Wir sind beim Tor!«, hörten sie einen der Männer draußen sagen. Offenbar war der Karrenverkehr bei der Engstelle des mächtigen Bab El Futuh im Norden der Stadt wieder ins Stocken geraten.

Es war der entscheidende Augenblick. Die leeren Käfige boten nur dürftigen Schutz vor prüfenden Blicken. Deshalb hatten ihre Hel-

fer sie mit einer Plane zugedeckt. Es hatte sich verboten, mit Federvieh angefüllte Käfige zur Tarnung zu verwenden, denn ein Wagen, der die Hauptstadt voller Güter verließ, wäre den Torwachen sofort als verdächtig aufgefallen. Die Kalifenstadt war dem höfischen Zeremoniell und der Regierung vorbehalten; Güter wurden hier nur angeliefert, aber weder erzeugt noch vertrieben.
Die Prinzessin und ihre Dienerin hielten den Atem an, als könnte sie das vor Entdeckung schützen. Der Wagen rollte wieder an und kam erneut zum Stehen. Der Vorgang wiederholte sich mehrere Male.
Schließlich hörten sie eine raue, befehlsgewohnte Stimme: »He, ihr da! Was habt ihr unter der Plane!«
»Leere Hühnerkäfige!«, antwortete der Anführer.
»Lasst sehen!«
»Bitte, überzeuge dich!«
Bei den jungen Frauen setzte der Herzschlag aus. Wenn der Soldat genau hinsah, würde er durch die Käfige die Wände ihres Verschlags erkennen. Takarrub griff nach Sitts Hand. Wie erstarrt kauerten sie in dem winzigen Raum und warteten, dass ihr Versteck von hart zupackenden Händen aufgerissen würde. Doch es war noch immer Nacht und das flackernde Licht der riesigen Fackeln im Bereich der Tore war auf ihrer Seite.
»In Ordnung! Los! Fahrt weiter!«
In unsagbarer Erleichterung fielen die Prinzessin und ihre Vertraute einander in die Arme und die Anspannung der beiden löste sich in unhörbarem Schluchzen.

*

Als der Karren nach einer Zeit ungestörten Rollens wieder anhielt, rührte sich bei den Frauen fast schon aus Gewohnheit der Schreck. Doch dann hörten sie eine vertraute Stimme Anweisungen geben. Im nächsten Augenblick war die Öffnung ihres Verlieses frei geräumt und ein Ausschnitt des Himmels wurde sichtbar. Er war nicht mehr nachtschwarz, sondern leuchtete in dunklem Blau und kündete vom nahenden Morgen. Nur noch wenige Sterne sandten rötlich glitzernd ihr Licht aus. Aus einer Gruppe schattenhafter Gestalten streckten sich Sitt Al Mulk viele Arme entgegen, um ihr von dem Wagen herunterzuhelfen. An ihrer Seite erkannte sie den großen, weichen Umriss der Gestalt ihres Hofmeisters, des Eunuchen Midad, der sie um die Taille fasste und von der Plattform hob.

Sie ließ ihn gerne gewähren, denn die Glieder waren ihr in dem engen Verschlag eingeschlafen und sie wusste nicht, ob sie sich auf den Beinen halten konnte. Mit wenigen Schritten trug Midad sie zu der Sänfte, die er aus den Beständen des Kalifenpalastes entwendet hatte.

»Gebt acht, *ya Amira,* drinnen wartet Euer Kätzchen auf Euch!«

»Ist es dir gelungen?«, rief Sitt freudig. Erst jetzt fiel ihr wieder ein, dass Midad versprochen hatte, das Kätzchen Sitta mit Baldrianöl zu betäuben und es mitzubringen.

Durch den offenen Schlag der Hofsänfte sah sie zu ihrer Rechten die Felsklippen des Mukattam-Gebirges schwarz und steil in den Himmel ragen. Sie tastete auf den Bänken nach dem Kätzchen, fand es in einem Winkel und nahm es mit liebkosenden Worten auf. Mit einem Seufzer der Erleichterung ließ sie sich in die weichen Kissen fallen und stellte zu ihrer Überraschung fest, wie angenehm sich die sonst so gewohnte Bequemlichkeit nach der Fahrt in dem engen, stinkenden Verschlag auf dem Hühnerkarren plötzlich anfühlte.

Sitt schätzte sich in diesem Augenblick glücklich, dass sie sich auf die Treue ihrer Dienerschaft verlassen konnte. Ohne die Hilfe ihrer Leute wäre es ihnen nie möglich gewesen, an all den Wachen

vorbei aus dem Palast und der Kalifenstadt zu fliehen. Aber sie wusste, ihre Leute liebten und verehrten sie und hätten für sie sogar das Leben aufs Spiel gesetzt.
Aber noch waren sie nicht an ihrem Ziel angelangt. Vor ihnen lag ein schmaler, beschwerlicher Saumpfad zu jenem Felsplateau, auf dem, gleich dem Nest eines Steinadlers, das Kloster des Zwergen in den Lüften zu hängen schien. In der uralten Mönchsfestung hoffte sie, nicht nur zusammen mit ihren beiden Getreuen, der Dienerin Takarrub und ihrem Hofmeister Midad, Zuflucht zu finden, sondern auch die politische Unterstützung ihres Onkels Arsenios zu gewinnen, des Bischofs der melkitischen Christengemeinde, der der Bruder ihrer griechischen Mutter war.

*

Sitts Hand glitt in leichten, schnellen Strichen über den Kopf des verschreckten Kätzchens. Dazu wiederholte sie immer wieder die gleichen, besänftigenden Worte.
»Schsch, meine kleine Sitta, mein süßes Kätzchen, mein Augenstern! Schsch. Es ist gut. Es ist alles gut!«
Auf der Bank gegenüber hatte sich Takarrub in eine Ecke gekauert, die Knie bis ans Kinn hochgezogen und mit beiden Armen umfasst. Um die Schultern lag ihr jetzt eine wärmende Decke. Wie um sich selbst und ihrer Herrin Mut zu machen, sprach Takarrub ohne Unterlass in beschwörendem Tonfall auf die Prinzessin ein. Im Licht der Deckenampel, die im Schrittrhythmus der Sänftenträger schaukelte, war die Anspannung der feinen, klaren Züge ihres dunklen Beduininnengesichtes deutlich zu erkennen. Die Stirn hatte sich über ihrer Nasenwurzel in scharfe Falten gelegt. Ihre schwarzen Augen blitzten lebhaft.
»Der Gecko ist erst elf Jahre alt! Der Koran verbietet ausdrück-

lich, dass ein Minderjähriger zum Kalifen gemacht wird. Euer Bruder darf nicht der Nachfolger Eures Vaters sein. Er ist ein unmündiges Kind!«
»Ach, Takarrub!«, unterbrach Sitt Al Mulk die Vertraute. »Wenn es nur das wäre! Meinem Vater war es nie eingefallen, dass er in so jungen Jahren von uns gehen könnte. Deshalb traf er seine letzten Anordnungen erst, als er schon auf den Tod erkrankt war.«
»Mich wundert, dass er an Koliken gestorben sein soll! Es will mir nicht aus dem Sinn gehen, was Euer Arzt Yitzhak Ibn Alazar sagte – dass der Kalif womöglich zu viel von seiner Medizin eingenommen hat. Der Jude Yitzhak weiß, wovon er spricht und es drängt sich mir der Verdacht auf, dass Bargawan, der doch Tag und Nacht um Euren Vater war, etwas damit zu tun hat.«
»Diese Möglichkeit will ich jetzt gar nicht weiter bedenken, Takarrub! Wenn ich anfange, in dem Eunuchen den Mörder meines Vaters zu sehen, dann trübt sich mir der Verstand vor Zorn. Nein, jetzt, da kühle Planung nötiger ist denn je – jetzt soll kein innerer Aufruhr meine Überlegungen stören. Ruhig will ich bleiben, ruhig und klar. Hilf mir dabei!«
Ein Luftzug aus der Wüste strich durch die geschnitzten Fenstergitter, bauschte die seidenen Vorhänge und kühlte den Frauen die vor Aufregung glühenden Wangen. Da ging ein Ruck durch die Sänfte. Offenbar war einer der Träger, die sich durch die scharfen Kurven des Pfades plagten, gestrauchelt. Das schwere Gestänge krachte in seinen Fugen.

*

Sitts Gedanken wanderten zu Nour, der, sofern alles gut gegangen war, in diesem Augenblick auf einsamen Wüstenpfaden nach Bilbais ritt, um im Heerlager die Hilfe des Türkengenerals Ulug Tegin anzufordern. Auf die Mameluken – jene türkischen Kampftruppen, die der Kalif Al Aziz als Gegengewicht zu den allzu hochmütig gewordenen Kutama-Berbern unter Sold genommen hatte – konnten sich Sitt und der Prinz, wie sie wussten, verlassen.

Takarrub spürte den Stimmungswechsel ihrer Herrin und sah sie forschend an.

»Ich mache mir Sorgen um Prinz Nour«, antwortete Sitt auf die unausgesprochene Frage. »Er ist geschickt und klug, doch ist es für ihn viel schwieriger, Bargawans Spionen zu entkommen, als es das für uns war. Wir konnten ihnen ein Schnippchen schlagen! Aber wie soll ein Ritter zu Pferd ebenso täuschen wie wir Frauen, die wir doch mit Schleiern und Verkleidungen spielen können?«

Sitt hielt einen Augenblick inne. Ein Lächeln stahl sich auf ihre Lippen. Dann setzte sie hinzu: »Wenn ich's bedenke, *ya* Takarrub, so würde ich um nichts in der Welt ein Mann sein wollen. Was für ein langweiliges, einfallsloses Leben!«

Trotz oder vielleicht gerade wegen der gewaltigen Anspannung, die sie verspürten, fingen die beiden jungen Frauen plötzlich an zu kichern wie zwei junge Mädchen. Es war ihnen eingefallen, wie sie ihre Flucht in die Wege geleitet hatten: Takarrub hatte zwei besonders zuverlässige junge Sklavinnen kommen lassen und sie in vornehme Gewänder gesteckt. Dicht verschleiert hatte sie die beiden anschließend in Sitt Al Mulks allerorts bekannter blaugoldener Sänfte zum Mausoleum der Kalifen geschickt. Dort sollten sie sich am frischen Grab des Al Aziz niederwerfen und weinen. Die Wachen vor Sitts Schloss würden die verhüllten Frauen nicht aufhalten können. Das Einzige, was sie tun konnten, war, ihnen auf dem Weg zum Mausoleum eine Eskorte beizustellen. Der solcherart von großem Aufsehen begleitete Ausgang der vermeintlichen Prinzessin würde den beabsichtigten Zweck aufs beste erfüllen – nämlich Bargawans allgegenwärtige Spione abzulen-

ken. Derweil konnten sich die Prinzessin und ihre Vertraute, als Mägde verkleidet, unbehelligt aus dem Palast stehlen.
Plötzlich fiel den beiden auf, wie wenig ihre abgetragenen schwarzen Gewänder zu dem gold-roten Prunk der Polsterungen und Vorhänge rundum passten. An den achtlos auf die Sitzbänke geknüllten Schleiertüchern hafteten noch ein paar Hühnerfedern als Spuren ihrer abenteuerlichen Flucht. Deren Anblick brachte sie vollends aus der Fassung. Kichernd und prustend lehnten die Prinzessin und ihre Gefährtin in den Kissen der königlichen Sänfte. Aufgeschreckt sprang das Kätzchen Sitta von Sitts Schoß zu Boden, wo es sich niederließ und die beiden atemlosen Frauen mit unergründlich schillernden Augen beobachtete.

*

In der Stille des Gebirges musste jeder laute Ton aus dem Inneren der Sänfte deutlich nach außen dringen. Deshalb legte Sitt, als ihre und Takarrubs hörbare Freude über den Triumph, Bargawans Spione getäuscht zu haben, nicht verebben wollte, einen Zeigefinger an die Lippen: »Schsch, Takarrub. Wir müssen uns zusammenreißen. Niemand würde verstehen, dass uns jetzt etwas so sehr belustigen könnte!«
Aber noch während sie sprach, musste sie selbst schon wieder loslachen.
»Das sind – die – Nerven«, stieß Takarrub hervor und versuchte, sich zu beherrschen. »Es war einfach zu viel, alles, was in den letzten Tagen geschehen ist!«
Damit hatte die junge Beduinensklavin genau jene Worte gefunden, die ihre Herrin wieder zu sich kommen ließen. Denn Sitt Al Mulk hätte niemals zugegeben, dass ihr irgendetwas zu viel sein konnte. Sie beruhigte sich.

Sie beugte sich vor und nahm den Vorhang zur Seite. Über dem Niltal lag noch die Dämmerung, aber am Himmel brachte ein rosa Schimmer die Wolkenbahnen zum Leuchten, als wären sie seidenes Schleiergewebe aus Mossul. Drei Zacken stachen auf dem Westplateau deutlich vom Horizont ab. Wie Kristalle fingen sie das Licht der für Sitt noch unsichtbaren Sonne auf. Das waren *Al Ahram*, die berghohen, uralten Bauwerke heidnischer Götzendiener, die Sitt Al Mulk schon als Kind in ihren Bann geschlagen hatten. Immer wieder war sie der Lockung, die von der geheimnisvollen Geometrie der Bauten ausging, gefolgt und hinausgezogen mit ihren Frauen, Freunden und Dienern. Sie genoss es, am Fuß des Pyramidenplateaus für einige Tage in Zelten im Sand und unter Palmen am einfachen Dasein der Beduinen teilzuhaben. Ein solches Leben kam ihr dann stets um so vieles wahrer und beglückender vor als das Treiben bei Hofe mit seiner zeremoniellen Prachtentfaltung, all seinen Eitelkeiten und künstlich hochgespielten Belanglosigkeiten. Dieser Zustand dauerte freilich immer gerade so lange an, bis sie die Bequemlichkeit der Paläste, die Staatsgeschäfte und, vor allem, ihren Vater vermisste und es sie zurückzog nach Al-Kahira, in die unvergleichliche Zitadellenstadt der Fatimidenkalifen.

Bei aller Trauer um den Vater, die ihr die Seele verdüsterte, bei allem Zorn auf Bargawan und seine Spießgesellen löste das Bild der Pyramiden in ihr einen Schauer erinnerten Glücks aus. Wie viele heitere und unbeschwerte Stunden hatte sie dort bei den Beduinen verbracht, auf deren Treue und Verschwiegenheit sie sich ebenso verlassen konnte wie auf die ihrer Dienerschaft! Und diese Stunden hatte Prinz Nour mit ihr geteilt, ihr Cousin, den sie liebte, seitdem sie denken konnte.

Takarrub war eingenickt und Sitt Al Mulk lehnte sich in eine der gepolsterten Ecken. Für einen Augenblick musste ihr Geist ins

Reich der Träume entflohen sein, denn plötzlich kam es ihr vor, als vermischten sich vor ihrem inneren Auge die Bilder des Kalifen Al Aziz und seines Neffen Nour, der ihm ähnlich war wie ein jüngerer Bruder, zu ein und demselben edlen Männergesicht, sodass sie nicht mehr wusste, ob sie trauern sollte um den toten Vater oder sich freuen auf das Wiedersehen mit dem Geliebten.

*

Herrin und Dienerin fuhren gleichzeitig hoch, als ihnen Läuten und lautes Rufen verkündeten, dass sie das Kloster des Zwergen erreicht hatten. Die beiden Frauen lauschten nach draußen. Etwas kam ihnen anders vor als sonst. Die Stimme Midads erschien ihr ungewohnt beschwörend, während sie ihn immer wieder sagen hörte: »Die Prinzessin Sitt Al Mulk ist gekommen, um ihren Onkel, den Bischof Arsenios, zu besuchen.«

Der Eunuch mühte sich, den Pförtner davon zu überzeugen, dass in der Sänfte tatsächlich die Prinzessin saß. Vielleicht lag es an der unsinnig frühen Stunde des Besuches oder daran, dass der Mönch den gewohnten Anblick von Sitts Sänfte mit der weiß-goldenen Zeichnung auf blauem Grund vermisste. Jedenfalls traute er Midads Beteuerungen nicht.

»Die Mönche sind also schon auf der Hut!«, sagte Sitt zu Takarrub. Die Klöster Ägyptens hatten in der Vergangenheit immer wieder unangenehme Erfahrungen mit Besatzungssoldaten und deren Herren machen müssen, ob sie nun als Kaiser in Byzanz oder als Kalifen in Bagdad oder Damaskus saßen. Zwar war mit dem Einzug der Fatimiden in Ägypten, also vor gut einem Vierteljahrhundert, alles anders geworden und es hatte keinerlei Übergriffe mehr gegeben, doch brauchte es offenbar nicht viel, um die Erinnerung an frühere Zwischenfälle wieder aufleben zu lassen. Nun,

da der mächtige Schutzherr der Mönche, der Kalif Al Aziz, tot war und ein unbedarftes Kind als sein Nachfolger auf dem Herrscherthron saß, hatten sie schnell zu ihrem gewohnten Argwohn zurückgefunden.
Sitt beschloss einzugreifen. Sie setzte sich aufrecht hin und wandte Takarrub ihren Kopf so zu, dass sie ihr das Haargeflecht ordnen und das mit Perlen und Edelsteinen durchwirkte Netz zurechtziehen konnte.
Die Prinzessin stieß die Tür auf. Mit der Hilfe eines herbeieilenden Trägers kletterte sie aus der Sänfte und stand mit wenigen Schritten vor der winzigen, in der Befestigungsmauer ausgesparten Toröffnung des Klosters. Die Tür selbst war aus einem einzigen Steinquader gehauen. Durch das Guckfenster sah sie einen Lichtschein und den Umriss eines Kopfes mit Mönchshut.
Gleich konnte sie hören, wie drinnen der schwere Riegelbalken quietschend aufging. Als sich die Tür öffnete, entstand der Eindruck, als gäbe die Rückwand einer Höhle den Weg in das Innere eines Berges frei. Sitt wollte die Türschwelle überschreiten, als aus dem Tal der morgendliche Gebetsruf hundertfach heraufschallte:
»*Allahu akbar!*«
Sie machte auf dem Absatz kehrt und überquerte jenen Teil der Felsplatte, den die Mönche beim Bau des Klosters, Jahrhunderte zuvor, freigelassen hatten. Sie ging vor bis zur Kante, von der aus der Fels in die Tiefe stürzte.
In ihrem Rücken war soeben die Sonne über das Gebirge gestiegen. Das Licht nahm von dem dämmrigen Tal Besitz. Die beiden Hauptstädte, das neue, glanzvolle Al Kahira und das von Leben und Geschäftigkeit wimmelnde, alte Misr, schmiegten sich an den Nil. Die weißen Zinnen der Paläste der Kalifenstadt und die mit Mosaiken verzierten Kuppeln ihrer Moscheen und Gräber leuch-

teten auf, sowie die ersten Lichtstrahlen sie erreichten. Blitzend und funkelnd stachen die goldenen Minarettspitzen der Al Azhar-Moschee in den Himmel. Sitts Vater hatte die Al Azhar neben dem Palast erbauen lassen und dem *Zahir* geweiht, dem Gestalt gewordenen Geist.

In unmittelbarer Nachbarschaft der Al Azhar erstreckte sich ausgedehnt und hoch wie ein Gebirge der Kalifenpalast. Die einzelnen Gebäude waren deutlich zu sehen, wie auch die Kuppeldecken auf den Pavillons des Haremstraktes, nach dem der gesamte Palast stets nie anders als »der Harem« genannt wurde. Genau gegenüber und vom Harem nur durch die breite Prachtstraße getrennt, lag Sitts Palast, das Wasserschloss. Ein Stich fuhr ihr durch die Brust, als sie begriff, wie ungewiss ihre Rückkehr war.

Takarrub war neben sie getreten:

»Ein erhabener Anblick, Herrin, nicht wahr? Die Sonne führt Euch vor, was auf dem Spiel steht: die beiden Hauptstädte, stellvertretend für das Reich Eures Vaters.«

Sitt gab sich einen Ruck und riss sich los von dem Schauspiel unten im Tal, denn die Zeit drängte. Als Erstes musste sie, hier in dem Kloster des Zwergen, mit ihrem Onkel Arsenios, dem melkitischen Bischof und Metropoliten von Misr, sprechen.

*

Die Prinzessin wollte das unter ihrem Vater zu Reichtum und Machtfülle gelangte Kalifat von Al Kahira auf seinem Weg von Fortschritt zu Fortschritt weiterführen. Keinen Augenblick dachte sie daran, das muslimische Kalifat dem byzantinischen Kaiser in die Hände zu spielen – wie ihr, die sie zur Hälfte Byzantinerin war, von den Verschwörern mit Sicherheit unterstellt wurde. Dennoch bedurfte sie zur Durchführung ihres Planes nicht nur

der türkischen Soldaten des Generals Ulug Tegin, sondern auch der Hilfe der christlichen Gemeinden.
Denn die Christen Ägyptens übertrafen die Muslime noch immer an Zahl und Landbesitz und mit ihrer Unterstützung konnte Sitt Al Mulk hoffen, das gegnerische Dreigespann, bestehend aus dem Oberrichter, dem Palastmeister und dem mit Versprechungen gekauften General der Kutama-Berber, dauerhaft zu bezwingen. Die Kutama, ursprünglich die Haustruppe des Kalifats, hatten sich von Al Aziz zu Recht in ihrer Macht beschnitten gefühlt. Sein neues, kampfstarkes Mamelukenheer hatte sie in ihre Schranken verwiesen. Zudem war ihnen Al Aziz' Haltung religiöser Offenheit und freien Denkens ein ständiger Stein des Anstoßes gewesen. Jetzt gierten sie danach, ihre alte Vormachtstellung zurückzuerlangen.
Aber nicht minder schwierig als die Verhältnisse unter den rivalisierenden Armeekörpern waren die Beziehungen zwischen den christlichen Gemeinden. Denn die eingesessenen Kopten hatten in den Jahrhunderten vor der islamischen Eroberung, als noch die Kaiser von Byzanz über Ägypten herrschten, unter grausamen Verfolgungen und Repressalien ihrer griechischen Herren zu leiden gehabt. Deshalb waren die Beziehungen unter den christlichen Gemeinden traditionell von Misstrauen vergiftet. Doch bedeutete die Machtübernahme der nach rückwärts gewandten muslimischen Kräfte für alle Christen eine solche Bedrohung, dass Sitt Al Mulk hoffen konnte, sie hinter sich zu versammeln. Allerdings brauchte sie jemanden, der den Widerstand in die Wege leitete. Diese Rolle hatte sie ihrem Onkel zugedacht, dem Bischof Arsenios.

*

Sitt Al Mulk war wieder zur Klosterpforte zurückgekehrt. Sie musste ihr Haupt beugen, um einzutreten. Aus Respekt vor den

Mönchen und ihrem Kloster zogen sie und Takarrub sich die Tücher über die Köpfe. Ohne der Prinzessin den Rücken zu kehren, wies der Pförtner ihr und ihrem Gefolge den Weg durch die finsteren Gänge. Midad hatte die kleine Katze aus der Sänfte geholt und barg sie nun unter seinem Mantel. Sitt sah eine Ausbuchtung auf seiner Brust, die sich heftig bewegte.
»Ich hoffe, sie kratzt dich nicht!«
»Es wird schon gehen. Es dauert ja nicht mehr lange.« Er sah aufmerksam zu Boden, damit er die Herrin rechtzeitig auf Unebenheiten in dem gestampften Lehm aufmerksam machen konnte.
Durch ein über und über mit Nägeln beschlagenes Tor führte der Pförtner die Gruppe auf einen Hof mit einem knorrigen Ölbaum in der Mitte. Jenseits des Hofs fächerten sich zwischen den einzelnen Gebäuden enge Gassen auf. Entlang der Mauern standen Sträucher. Einige blühten. Der Duft einer Malve wehte zu ihnen herüber. Mit einladender Geste wies der Mönch den vier Sänftenträgern den Weg zum Gesindequartier.
»Ihr habt euch nach dem anstrengenden Aufstieg ein kräftiges Frühstück verdient, weiß Gott. Geht nur. Man wird euch dienen.«
Sitt und ihre beiden verbliebenen Getreuen geleitete der Pförtner an der Klosterkirche vorbei. Unter hölzernen, zwischen den Gebäuden gespannten Wandelgängen hindurch gelangten sie zu dem Wohnhaus, das der Bischof Arsenios, der griechische Metropolit von Al Kahira und Misr, innerhalb der Klostermauern für sich hatte errichten lassen.
Kalif Al Aziz persönlich hatte Arsenios als Bischof der großen Griechengemeinden in den beiden Städten eingesetzt. Den anderen Bruder seiner Favoritin, Aristos, hatte er zum Patriarchen von Jerusalem gemacht. Auch hier zeigte sich, welch ein weitsichtiger Herrscher er war. Er präsentierte sich damit als Freund der über-

wiegend christlichen Bevölkerung Ägyptens wie auch der großen christlichen Gemeinden an der Libanonküste und in Palästina. Er verstand es, das Reich so zu führen, dass die Religionen darin friedlich zusammenlebten – entgegen den Bestrebungen jener Kräfte, die das Andere ausgrenzen und zerstören wollten.
Zugleich stärkte Al Aziz mit seiner Religionspolitik das Bündnis zwischen dem Herrscherhaus der Fatimiden und den Kaisern von Byzanz. Die Fatimiden gehörten der schiitischen Bewegung der Ismailiten an, Byzanz war christlich. Beide hatten ein Interesse am Untergang des Kalifats von Bagdad und der Einschränkung des Einflusses der sunnitischen Muslime.
Doch je mehr die Fatimiden die Rolle Bagdads übernahmen und je mächtiger sie im Vorderen Orient wurden, desto häufiger kam es zu Gebietsstreitigkeiten mit den Byzantinern. Deshalb hatte Al Aziz vor seinem Tod in Abkehr von seiner bisherigen Politik einen Feldzug gegen den Kaiser vorbereitet, denn der hatte die Absicht erkennen lassen, Syrien wieder seinem christlichen Reich einzuverleiben.
Sitt wusste, in welch schwieriger Position ihr Vater sich am Ende seines Lebens befunden hatte. Der Kaiser von Byzanz, lange Zeit Freund der Fatimiden, war zu einem Gegner geworden. Sie konnte begreifen, wie sich der Kalif, der offenbar schon geschwächt gewesen war, den Vorhaltungen der Verschwörer ausgeliefert gesehen hatte.
»Es kann nicht sein, dass eine Christin das Kalifenreich regiert«, so hörte sie förmlich die heuchlerischen Stimmen der Berater sagen. »Prinzessin Sitt Al Mulk ist durch ihre Mutter mit dem Kaiser in Konstantinopel verwandt. Er würde seinem Gott danken für eine solche Statthalterin im Kalifat von *Al Kahira*!«
›Vermutlich‹, so dachte Sitt bei sich, ›hat Oberkadi Ibn Al Numan mir bis heute nicht verziehen, dass ich den Christen Aissa Ibn

Nesturus gegen seine Vorwürfe in Schutz genommen habe. Ich sehe noch vor mir, wie er und Palastmeister Bargawan meinen Vater damals mit vorwurfsvollen Blicken ansahen und ihn fragten: »Bestimmen denn nicht Christen und Juden über alle wichtigen Angelegenheiten im Reich? In Ägypten hat Wesir Aissa Ibn Nesturus das Sagen und in Syrien sein jüdischer Freund Menasse Ben Avraham! Ägypten und Syrien sind die herrlichsten Juwelen im Schatz der Kalifen von Al Kahira, deren Reich doch im Namen Allahs regiert werden sollte!« Solche Reden hatten den Kalifen sicherlich zutiefst getroffen.‹

Schon seit Jahren war eine Hetzkampagne gegen die Regierung des Al Aziz im Gange, für die der muslimische Pöbel in Misr sehr empfänglich war. Offen wurden Spottverse gesungen:

»Ich sag dir, Bruder, werde Christ,
was, wie die Zeit beweist,
der Religionen einzig wahre ist!
Denn, nur *eine* Heilige Dreifaltigkeit
gilt's zu bekennen:
Der Jude
Der Kalif
Der Christ!
Alles andre lass beiseit!«

Hunderte Male hatte die Prinzessin den Vater, wenn er in dieser Weise angegriffen wurde, den Heiligen Koran zitieren hören: »In der Religion gibt es keinen Zwang!« Alle, die sich über seine Toleranz ausgelassen und von ihm Härte gegenüber den anderen Religionen gefordert hatten, hatten die gleiche Antwort erhalten. Und er hatte es stets mit Milde, niemals barsch gesagt.

Doch so gut Sitt die schwierige Lage des Kalifen verstand und

sosehr sie seinen Zwiespalt nachempfinden konnte, es half nichts dagegen, dass ihr die Seele schwer und traurig war, weil sie sich von ihm als Vater verraten fühlte. Sie konnte indessen darüber nicht weinen und auch nicht klagen – nicht einmal sich selbst gegenüber –, denn sie hätte nie zugegeben, dass ihr angebeteter Vater vor menschlichen Schwächen nicht gefeit gewesen war.
Bei all seiner Güte und Großmut hatte der Kalif nämlich eine ausgeprägte Schwäche gehabt, die sich leider immer wieder als verhängnisvoll erwiesen hatte: Sein Glaube an das Gute im Menschen vernebelte ihm den Blick für die Bosheit, zu der das Menschengeschlecht ebenfalls fähig war. Während seiner zwanzigjährigen Regierung hatte er einen niemals endenden Kampf gegen die eigene Gutgläubigkeit führen müssen und des Öfteren war seine Tochter, Sitt Al Mulk, es gewesen, die ihn vor großen Fehlern bewahrte.
Sitt, die ihren Vater abgöttisch liebte, verschloss ihrerseits die Augen vor seiner Anfälligkeit für Intrigen, obwohl sie diese nicht nur nach Kräften ausglich, sondern selbst wiederholt durch sie zu Schaden gekommen war. Beide waren sie von ihrer Liebe verblendet gewesen: der Kalif von der zu den Menschen und seine Tochter von ihrer Liebe zum Vater.

*

Die freundliche familiäre Machtpolitik der Fatimiden gegenüber Byzanz verband sich mit der persönlichen entgegenkommenden Haltung des Kalifen Al Aziz gegenüber dem Christentum. Entsprechend hatte er seinem Schwager, dem Bischof Arsenios, vor mehreren Jahren großzügig Geld und Arbeiter zur Verfügung gestellt, damit dieser das verfallene Kloster des Zwergen wieder instand setzten konnte. Das Kloster hatte es dem Bischof angetan gehabt und er wollte es zu seinem Ort des Rückzugs und der Einkehr machen. Die einzigartige Lage auf dem Mukattam würde es ihm ermöglichen, zweien von den drei Herren, denen er diente, nahe zu sein: Die Höhe und Abgeschiedenheit der Bergresidenz rückte ihn an Gott heran, seinen ersten Herrn. Der Blick auf die im Tal, im Schutz des Gebirges hingebreitete Zitadellenstadt Al Kahira verband ihn mit dem Kalifen, in dem er seinen dritten Herrn sah. Von seinem zweiten Herrn, dem Kaiser von Konstantinopel, indessen trennte ihn eine lange, gefährliche Seereise, die er nur wenige Male in seinem Leben auf sich genommen hatte.

Mehrere Stufen führten zu der Metropolitenresidenz. Das Tor war mit poliertem Messing beschlagen und mit Rankenschnitzerei verziert. Der Pförtner zog den Glockenstrang und näherte sein Gesicht dem Guckloch, das sich klappernd öffnete.

»Prinzessin Sitt Al Mulk ist hier, um ihren Onkel zu sehen«, erklärte er auf Griechisch.

Riegel wurden aufgeschoben und ein Schlüssel drehte sich in dem Schloss. Sitt, die an die flachen, breiten Stufen der Palasttreppen gewohnt war, erklomm unmittelbar hinter dem Türhüter die steile Treppe. Mit den Fingerspitzen ihrer linken Hand stützte sie sich an der Wand ab und setzte vorsichtig einen Fuß vor den anderen. Midad, der einen Schritt hinter ihr ging und ihre Unsicherheit bemerkte, beugte sich ein wenig vor, damit sie sich auf seine Schulter stützen konnte.

Im ersten Geschoss wandte sich der Mönch nach links und ging bis ans Ende des mit ockerfarbenen und weißen Fliesen schachbrettartig ausgelegten Korridors. Dort klopfte er neuerlich an eine Tür, die sich nach einem kurzen griechischen Wortwechsel öffnete. Sitt Al Mulk trat ein und wie ein wohltuender Zauber legte sich die Ruhe und Harmonie des Raumes auf ihre angespannten Nerven.

In seiner Größe fast ein Saal, nahm der Empfangsraum des Metropoliten das halbe Stockwerk ein. Die Fenster bestanden im unteren Teil aus makellos durchsichtigem Kristallglas, durch das der Blick weithin über das Gebirge und die Nilsenke schweifen konnte. Der breit dahinfließende Strom und der bei Misr von ihm abzweigende Schiffskanal zum roten Meer der Vernichtung glänzten in der Morgensonne wie flüssiges Kupfer. Nach dem Nebelbad, das die Landschaft in der kühlen Herbstnacht genommen hatte, leuchteten Gärten und Felder in saftigem Grün.
Durch die gelben, roten und türkisen Scheiben der oberen Fensterhälften legte das Licht ein Farbenspiel über das geometrische Muster des Mosaikbodens aus weißem und honigfarbenem Marmor.
An den Wänden entlang lief eine gepolsterte Sitzbank für Besucher, die den Metropoliten bis zu seinem einsamen Zufluchtsort im Gebirge verfolgten. Ihre Überwürfe waren in der Tradition der Teppichweber des Niltals braun-weiß gemustert.
Der Mönch, der sie heraufgeführt hatte, ging nun auf eine kleinere Tür in der rechten Wand zu. Sie führte in die private Wohnung des Metropoliten. Hier, in dem mit Möbelstücken nach byzantinischer Mode eingerichteten Salon, nahm Sitt an einem großen, runden Marmortisch Platz.
»Ihr müsst hungrig sein und müde nach dieser Nacht«, wandte sie sich nach kurzem Schweigen an Takarrub und Midad, die nahe der Tür stehen geblieben waren. Der Eunuch hielt immer noch die kleine Katze unter seinem Mantel, doch im Augenblick schien sie ruhig zu sein. Noch bevor er oder Takarrub antworten konnten, war der Mönch wieder zurück:
»Der Bischof wird in wenigen Minuten bei Euch sein, *ya Amira.*«
»Ich will allein hier warten. Dich aber bitte ich: Kümmere dich um diese beiden hier« – sie wies auf ihre Diener –, »sie werden sich ausruhen und essen wollen.«

Daraufhin erhob sie sich, nickte den Hinausgehenden zu und ging zu der auf einem Lesepult offen daliegenden, farbenprächtig illuminierten Bibel ihres Onkels. Sie war aufgeschlagen an einer Stelle im Evangelium des heiligen Markus.
Gedankenlos fing sie an, einen Vers, auf den ihr Blick gefallen war, halblaut zu lesen. Als sie die Worte aufnahm, erschrak sie. Der Vers hatte plötzlich eine tiefere Bedeutung angenommen: Sie erkannte in ihm ein Bild dessen, was am Hof von Al Kahira in der Vergangenheit geschehen war und einen Ausblick auf das, was womöglich noch auf sie zukam. Winzige Perlen kalten Schweißes traten ihr auf die Stirn.

> »Wenn ein Reich in sich gespalten ist, so kann jenes Reich doch nicht bestehen. Und wenn ein Haus in sich gespalten ist, so kann jenes Haus doch keinen Bestand haben. Wenn nun der Satan gegen sich selbst aufsteht und mit sich selbst uneins ist, kann er doch nicht bestehen, sondern es ist mit ihm zu Ende. Nein, niemand kann in das Haus des Starken eintreten und sein Hausgerät rauben, wenn er nicht zuvor den Starken gebunden hat; dann erst kann er sein Haus plündern.«

›Ja‹, dachte sie bei sich, ›ja, wir haben im bequemen Vertrauen auf die Macht des Lichtes dem Wirken des Ungeists allzu lange zugesehen.
Der jetzige Oberrichter Mohammed ist aus einem ganz anderen Holz geschnitzt, als sein Vater es war, der große Kadi Ali Ibn Al Numan, dem wir wahre Schätze heiliger Weisheit verdanken. Sein Buch »Die Säulen des Islam«, in dem er die Grundgebote der Religion als Gleichnisse deutet, ist bis heute unübertroffen. Gegen ihn ist Mohammed Al Numan ein engstirniger Fanatiker. Er

hat die wegen des Aufstiegs der türkischen Militärsklaven verbitterten Kutama-Garden angesteckt und auch einem Teil der Höflinge den Kopf verdreht.
Wir erkannten es, doch ließen wir ihn gewähren, weil wir in der Religion keinen Zwang ausüben wollten. Wir dachten: Viele Menschen sind nicht befähigt, sich dem Geist, der in allem wirkt, zu öffnen, aber auch ihre Seelen wollen getröstet und beschäftigt sein. Doch wir verkannten die Macht fehlgeleiteter Religion.
Offenbar hat das Schicksal uns diese Prüfung bestimmt und somit gibt es nur eins: alle Kraft zusammennehmen und zusehen, dass wir die Dinge wieder zum Guten wenden.‹

*

Die Tür ging auf und der Metropolit trat ein. Da er sich in seinen Gemächern befand, bedeckte anstelle des Bischofshutes eine Kappe sein Haupt. Sein grauer Bart glänzte von Balsamöl. Das edelsteingeschmückte Kreuz hing ihm an einer Kette bis weit über den Gürtel des schwarzen Gewandes und blitzte unter den waagrecht einfallenden Strahlen der Morgensonne. Mit kraftvollen Schritten ging er auf seine Nichte zu, ergriff ihre Schultern und küsste sie auf beide Wangen. Anschließend beugte er sich ein wenig zurück, sah sie forschend an und fragte mit Sorge in seiner vom vielen Gesang wohl ausgebildeten Stimme:
»Was führt dich zu so früher Stunde zu mir, mein Kind? Ich höre, sie haben den kleinen Gecko zum Kalifen gemacht und ich fragte mich schon, was wohl aus der Tochter meiner Schwester werden würde – jetzt, da eine Verschwörerclique das Ruder an sich gerissen hat. Ich bin in Sorge um die Sicherheit unserer Kirchen und Klöster.«
›Ja und der Oberrabbiner sorgt sich um seine Synagogen‹, dachte

Sitt bei sich, ohne es auszusprechen, denn sie wusste um die tiefe Gegnerschaft zwischen den Christen und Juden, von der sie als Tochter eines muslimischen Kalifen nicht betroffen war. Am Hof der Fatimiden konnten Juden bislang zu allerhöchsten Ämtern aufsteigen und vom großen Yakub Ibn Killis, dem Baumeister des fatimidischen Staates, der als Wesir und Finanzminister bis zu seinem Tod mit allen Vollmachten ausgestattet war, hatte sie noch mehr gelernt als vom Kalifen selbst.

Tags zuvor, kurz nach der Thronbesteigung des Gecko, hatte ein Bote des Oberrabbiners von Misr sie aufgesucht und die jüdische Gemeinde unter ihren persönlichen Schutz gestellt. Doch im Augenblick war sie ein Flüchtling und bedurfte selbst des Schutzes.

»Mein Onkel, ich bitte dich, mich und mein Gefolge vorübergehend bei dir im Kloster des Zwergen aufzunehmen.«

»Aber falls sie dich suchen, werden sie dich hier bald finden!«

»Ich habe einen Plan, mein Onkel. Zu seiner Durchführung braucht es nur ein paar Tage. Sie werden mich nicht allzu bald vermissen und bis sie meine Flucht entdeckt haben, wird es für sie hoffentlich schon zu spät sein.«

»Nun, was ist dein Plan, erzähle!«

Sitt sah voraus, dass die Kühnheit ihres Vorhabens sogar ihren Onkel, der ihren Charakter gut kannte, überraschen würde. Sie ließ ihre Hände, die sie sonst gerne einsetzte, um ihre Worte zu unterstreichen, sinken, straffte ihre Gestalt und erwiderte Arsenios' interessierten Blick, indem sie ihn frei und offen ansah: »Ich werde meinen Cousin, den Prinzen Nour Ibn Abdallah, heiraten. Er wird Kalif und ich Regentin!«

Die Prinzessinnen der Fatimiden heirateten nur in ganz seltenen Fällen, genau aus dem Grund, damit in Nachfolgefragen keine Verwirrung eintreten konnte.

Nachdenklich strich sich der Bischof über den Bart.

»Und wie willst du das durchsetzen?«

»Ich weiß, mein Onkel, es ist ein verwegener Plan, aber es bleibt mir keine Wahl; ich muss es versuchen! Prinz Nour ist soeben auf dem Weg nach Bilbais, um sich dort der Unterstützung Ulug Tegins und seines Mamelukenheers zu versichern.

Du weißt, dass es in unserem Haus nie darum ging, ob der Thronfolger der erstgeborene Sohn des regierenden Kalifen war. Die Söhne der Fatima haben immer denjenigen zum Nachfolger erwählt, der in der Familie der Geeignetste war, um die Bürde des Kalifats zu tragen. Nour ist ein erwachsener Mann und hat sich auch schon im Krieg bewährt. Er ist der Sohn des Kronprinzen Abdallah, der, wäre er nicht so jung gestorben, anstelle meines Vaters Kalif geworden wäre. Sein Vater und mein Vater waren Brüder.

Nour gehört zu den Eingeweihten in der Nachfolge Ismails. Damit ist er gerüstet, um als *Imam* aller Gläubigen und Stellvertreter Gottes auf Erden aufzutreten und die geistliche Würde des Kalifenamtes zu tragen. Ich selbst werde die Regierung übernehmen.«

»Das mag alles wohl ausgedacht sein, aber glaubst du, dass ihr mit der Hife der Mameluken rechnen könnt?«

»Ich zähle auf General Ulug Tegin. Die Mameluken sind schon lange der Bevorzugung müde, deren sich die Berber noch immer erfreuen. Sie werden sich diese Gelegenheit, endlich ihren Verdiensten entsprechend gestellt zu werden, gewiss nicht entgehen lassen. Der kleine Gecko vertreibt sich seine Zeit mit Kinderspielen. Er hat noch viele Jahre vor sich, ehe er in der Lage sein wird, einen würdigen Herrscher abzugeben! Als Vater ihn vor drei Jahren unter der Insignie des Sonnenschirms dem Hof und dem Volk als künftigen Herrscher präsentierte, da hatte er gewiss nicht die Absicht, dem Land am Ende einen elfjährigen Kalifen aufzuzwingen!«

»In einer geregelten Machtübergabe müsste jetzt der Hofrat zusammentreten und den geeigneten Nachfolger bestimmen«, gab der Bischof seiner Nichte recht.

»Und dessen Wahl würde auf Nour Ibn Abdallah fallen. Er ist der Geeignetste! Aber diesem Verfahren sind Bargawan und seine Genossen zuvorgekommen.

Du weißt, mein Onkel, dass ich Nour liebe, solange ich mich zurückerinnern kann. Er ist meinem Vater so ähnlich! Und er wird mit mir zusammen all das fortführen, was unsere großen Vorgänger hier in Ägypten geschaffen haben. Ich kann mir nichts anderes vorstellen – weder für das Reich noch für mich selbst. Es kann einfach nicht sein, dass wir aus dem Licht des Wissens und der Aufklärung in die Finsternis zurückfallen.

Um den Anspruch des Prinzen Nour zu stärken, werde ich, sobald die Mameluken vor der Stadt liegen, mit ihm Hochzeit feiern. Wir beide wissen, dass es für uns Prinzessinnen nicht üblich ist zu heiraten. Aber es hat immer wieder Ausnahmen gegeben und ich werde mir mein Glück nehmen! Und das, was mein Glück ist, deckt sich mit dem Wohl des Reiches. Zusammen sind Nour und ich stärker als jede Verräterclique!

Unter dem Schutz des Mamelukenheeres werden wir nach der Hochzeit in Al Kahira und im Palast einziehen. Von den Prinzen unserer Familie wird sich kaum einer Bargawan und einem Elfjährigen unterordnen wollen. Gemeinsam mit den Getreuen unter den Würdenträgern werden sie Nour als legitimem Nachfolger huldigen. Der Gecko wird damit einfach abgesetzt sein!

In Al Kahira führen der Wesir Aissa Ibn Nesturus und der Staatssekretär und Chef der Geheimdienste Bisr Ibn Surun in meinem Auftrag fieberhaft Geheimverhandlungen, um Nours Inthronisation vorzubereiten. Jeder Prinz, jeder Würdenträger soll etwas zu gewinnen haben, wenn er sich auf unsere Seite stellt. In Misr wirbt der mächtige Polizeikommandant, der Slawe Johannes, bei den reichen Handelshäusern um Geld, da Bargawan als Schatzmeister die Hand auf dem Staatsschatz hat. Ich bin sicher, dass dieser Schurke General Hassan Ibn Ammar und den Kutama für ihren schmutzigen Dienst einen hohen Lohn hat zukommen lassen.«

»Dein Plan erscheint mir gewagt, aber nicht unmöglich. Und wo willst du Hochzeit halten?«

»Für diesen Zweck genügt uns der Pavillon für Sommerfeste, den Vater hier auf dem Mukattam, in der Nähe des alten Observatoriums erbaut hat. Ich hoffe, die Gestirne stehen günstig für unser Vorhaben, doch will ich sie nicht befragen lassen, denn wir haben keine andere Wahl.«

»Eure Astronomie ist ohnehin Aberglaube, nichts als Aberglaube!«, rügte der Bischof.

Statt, wie sie es sonst getan hätte, die Vorzüge der Astronomie zu verteidigen, ergriff sie jetzt seine Hand, legte den Kopf schräg und sah ihn mit fragendem Blick aus ihren in den Farben von Smaragd und Bernstein leuchtenden Augen an. Auf diese Weise hatte sie das Herz ihres Vaters zum Schmelzen gebracht, als sie noch kaum laufen konnte und dieser Blick verfehlte seine Wirkung auch bei dem Metropoliten nicht.

»Nun, auch ich will euch unter die Arme greifen. Ich werde mich dafür einsetzen, dass die Christen von Misr nach eurer Machtübernahme ruhig bleiben und dass sie ihre muslimischen Nachbarn davon überzeugen, sich ebenso zu verhalten.«

*

Das war alles, was Sitt Al Mulk von ihrem Onkel erhoffte. Und es war sehr viel. Denn im Grunde war das Volk von seinen wechselnden fremden Herren, denen es sich seit fast zwei Jahrtausen-

den unterwarf, weniger abhängig, als es scheinen mochte. Ob Perser, Griechen, Römer, Byzantiner oder Araber – sie alle hielten sich nur so lange, als sie die Staatsangelegenheiten zu einiger Zufriedenheit versahen. Derweil widmete sich das Volk in aller Ruhe seinen Tätigkeiten, Geschäften und Festen, die in den ewigen Kreislauf der Nilfluten eingewoben waren. Wenn die Politik und das Militär der Herren dies nicht mehr gewährleisten konnten, dann stand das Volk auf. So war es auch dem Kalifat von Bagdad ergangen: Als die Bagdader Vasallen Ägypten herunterwirtschafteten, da holte sich das Volk die Söhne Fatimas ins Land.
Seit zwei Generationen waren nun die Kalifen der Fatimiden mit ihren Heeren für die Sicherheit des Landes und seiner Handelsverbindungen verantwortlich. Fürs Kriegerische hatten die Ägypter nie viel übrig gehabt. Das, so sagte sich Sitt, überließen sie allzu gerne anderen, die sich dazu berufener fühlten.
›Aber ich habe keinerlei Grund, deswegen von diesem Volk gering zu denken‹, schalt sie sich gleich darauf. ›Ich selbst hätte schon längst zu kämpfen beginnen müssen!‹
Errötend bemerkte sie, dass sie ihren Onkel von ihren Gedanken ausgeschlossen hatte und sagte deshalb laut zu ihm: »Weißt du, mein Onkel, dass Bargawan so groß werden konnte, habe ich mitverschuldet. Er war Mutters Günstling. Sie zog ihn sich als Gefolgsmann heran, machte ihn zum Erzieher des Gecko und bewirkte, dass Vater ihn zum Palastmeister und dann auch noch zum Schatzmeister ernannte! Spätestens nach Mutters Tod hätte ich gegen ihn vorgehen müssen, aber ich habe es unterlassen. Vater litt so sehr darunter, die geliebte Frau verloren zu haben und in meiner Brust tobte solch ein Widerstreit der Gefühle, dass ich übersah, wie gefährlich Bargawan werden konnte. Ihn nicht zu bekämpfen war ein schwerer Fehler!«
»Aber, meine Tochter«, versuchte der Bischof seine Nichte in ih-

rer Selbstanklage zu trösten, »wie hättest du es verantworten können, dem Kleinen, der ohnehin schon Mutter und Großmutter verloren hatte, zu all dem noch seinen Erzieher zu rauben? Hättest du Bargawan aus seiner Stellung gedrängt, das Kind wäre vielleicht zugrunde gegangen! Hatte er den kleinen Prinzen nicht in seiner Obhut, seitdem er den Brüsten der Ammen entwöhnt war?«

Binnen weniger Monate waren im Vorjahr Sitts Mutter Theodora und ihre Großmutter Tagrid gestorben. Die Favoritin des Kalifen und seine Mutter waren erbitterte Rivalinnen gewesen. Doch in einer einzigen Angelegenheit hatten sich ihre Interessen gedeckt: den kleinen Prinzen Mansur, den »Gecko«, nach Kräften zu fördern.

»Dass Frauen so häufig der Frauen ärgster Feind sind!«, stieß es in Sitt hoch. »Mutter und Großmutter wollten nicht zulassen, was für meinen Vater stets selbstverständlich erschien: dass ich, die ihm von allen Kindern am nächsten stand und in den Staatsgeschäften erfahren war, seine Nachfolgerin sein würde.«

Als Bischof konnte Arsenios nicht umhin, angesichts so frei geäußerten Grolls den Kopf zu schütteln. Doch der Seelenkenner in ihm verstand die Nichte in ihrer Enttäuschung, obwohl ihre gegen die Mutter gerichteten Anschuldigungen seine eigene Schwester betrafen. Im Übrigen konnte er, wie die meisten Männer in Sitt Al Mulks Umgebung, sofern sie nicht Verschnittene waren oder Feinde, ihrem Zauber nicht widerstehen.

Nach jahrelangem Machtkampf, der sie mit ihrer Mutter und Großmutter entzweit hatte, war nach dem Tod der beiden Frauen ein tiefer Zwiespalt in der jungen Frau entstanden. Einen Augenblick lang hatte sie Genugtuung verspürt, den nächsten sich dafür wieder geschämt und sich mit Schuldgefühlen gequält. Dass sie aus der Krise überhaupt wieder herausfand, verdankte sie Takar-

rub, der jungen Vertrauten Theodoras, die sie mit ihrem Anteil des mütterlichen Vermögens und Gesindes übernommen hatte.
Sitts Gedanken kehrten zu dem Bibelvers zurück und sie bekannte dem Onkel:
»Jetzt zeigen sich die Folgen unserer Milde und dessen, dass wir durch unsere persönlichen Erschütterungen abgelenkt waren: ein frömmelnder Hof und eine Palastverschwörung! Und, als wäre all das nicht genug, kommen die Kriegsvorbereitungen gegen den Kaiser noch hinzu! Dabei hatte kein anderer als der große Wesir Yakub Ibn Killis Vater noch in seinen allerletzten Worten beschworen: ›Lasst Euch niemals mit Byzanz ein!‹«
Tränen traten in Sitts Augen. Dass die Kriegshetzerei seiner plötzlich so wichtig gewordenen anderen Berater den Vater mehr überzeugt hatte als ihre Bedenken, war das, was sie am allermeisten traf. Mehr noch als seine Entscheidung, sie von der Regentschaft auszuschließen. Denn in dem Augenblick, da er sich gegen ihren Rat zum Krieg gegen Byzanz entschloss, zeigte er ihr, dass er ihr nicht mehr vertraute.
Mit dem Knöchel eines Fingers strich Arsenios eine Träne von Sitts Wange. Byzanz war auch sein wunder Punkt. Als Vorstand der melkitischen Kirche war der Friede mit Byzanz für ihn Voraussetzung für die gedeihliche Existenz seiner Gemeinde. Wenn der Oberkadi Al Numan und die Kutama das Reich regierten, dann würde davon keine Rede mehr sein. Und so bekräftigte er seine Zusage.
»Die Christen werden geschlossen hinter dir stehen und auch hinter Prinz Nour. Ich werde mich mit dem Patriarchen der Kopten ins Einvernehmen setzen!«
Er trat an ein Fenster und sah schweigend auf das breite Tal mit den beiden Hauptstädten. Nach einer Weile wandte er sich wieder mit einem warmen Lächeln zu seiner Nichte.

»Ich nehme an, du hast noch nicht gefrühstückt. Es würde mich freuen, wenn du mir Gesellschaft leisten würdest.«

»Wenn du nichts dagegen hast, mein Onkel, so würde ich mich jetzt gerne zurückziehen. Nach all der Aufregung der vergangenen Tage und nach unserem Abenteuer heute Nacht möchte ich mich ausruhen. Aber wenn du am Abend hier sein willst, schließe ich mich dir gerne an.«

Wie Sitt wusste, verweilte der Metropolit immer nur für kurze Zeit an seinem Lieblingsort auf dem Mukattam, dann ging er wieder hinunter nach Misr, wo die Gemeinde, seine Frau und seine Kinder auf ihn warteten.

»Ich bleibe noch. – Gut, dann freue ich mich, mit dir zu Abend zu essen!«

Der Bischof läutete eine Glocke aus Messing. Ein Mönch erschien und geleitete Sitt Al Mulk in den Gästetrakt des Klosters, wo sie schon wiederholt Wohnung genommen hatte, wenn sie während einer Hitzeperiode der Glut in der Hauptstadt hatte entkommen wollen.

*

Seitdem Sitt sich zur Flucht aus dem Thronfolgerpalast entschlossen hatte, hatte sie sich immer wieder das verlockende Bild des Gästequartiers im Kloster des Zwergen vorgestellt. Hier würde sie ihre Kräfte sammeln und sich in Ruhe auf die Herausforderungen der Zukunft vorbereiten können. Endlich war sie angekommen und die mit allen Bequemlichkeiten ausgestatteten Räume umfingen sie so, wie die weichen Arme ihrer Lieblingsamme Aischa es in der Kinderzeit getan hatten.

Takarrub hatte sich im Vorraum des Schlafzimmers auf einem Sofa hingelegt und sprang auf, als sie ihre Herrin hörte. Sitt ging an ihr vorbei und konnte gerade noch sehen, wie das Kätzchen Sitta von ihrem Bett herunterhüpfte, um sich darunter zu verkriechen.

Sie bückte sich, um das Kätzchen zu locken.

»Pst, pst, meine Sitta! Deine Herrin ist da, fürchte dich doch nicht, mein Kätzchen!«

Aus dem hintersten Winkel glühten ihr zwei gelbe Punkte entgegen.

»Nun denn, wenn es dir da unten gefällt …«

Sitt richtete sich wieder auf und ließ sich mit einem tiefen Seufzer aufs Bett sinken.

Mehr zu sich selbst als zu Takarrub sagte sie: »Ich frage mich, wie Amina zurechtkommt. Vielleicht hätte sie mit uns kommen sollen.«

Amina war Sitts Milchschwester und nur wenige Wochen älter als sie. Wie Prinz Nour war auch Amina ein Kind des verstorbenen Kronprinzen Abdallah. Die beiden Cousinen waren von mehreren Ammen gemeinsam gestillt und von der Oberamme Aischa wie Schwestern erzogen worden. Als sie zu jungen Mädchen herangewachsen waren und Sitt und Nour einander heimlich zu treffen begannen, da war Amina in diesem Bund immer die Dritte, damit es kein Gerede gab.

»Ihr werdet bald wieder in Al Kahira sein und für Aminas Schutz sorgen können«, redete Takarrub Sitt beruhigend zu, während sie sie entkleidete. Schweigend gab Sitt sich den geschickten Händen der Dienerin hin, die ihr das Gesicht und die Glieder mit angewärmtem Rosenwasser abrieben und mit einem Tuch trockneten. Sonst umschwirrten Sitt zu ihrer abendlichen Toilette nicht weniger als zwei Dutzend Dienerinnen. Heute musste Takarrub alles allein tun, doch war sie der Schönheitspflege überaus kundig und Sitt war schon viel zu müde, um noch eine umfangreiche Behandlung über sich ergehen zu lassen. Während Takarrub ihr das Gesicht mit Salbe bearbeitete, fielen ihr die Augen zu. Behutsam bettete die Dienerin sie in die Kissen und deckte sie mit der seidenen Steppdecke zu. Dann legte sie sich selbst im Vorraum zur Ruhe.

*

Doch die erhoffte Ruhe fand Sitt Al Mulk nicht einmal im Kloster des Zwergen. Bedrohliche Traumbilder jagten durch ihren Schlaf und ihre Glieder verkrampften sich schmerzhaft. Irgendwann um die Mittagsstunde wachte sie durstig in dem zerwühlten Bett auf. Das Glas auf dem kleinen Tisch neben dem Bett war leer. Sie stand auf und trat so leise wie möglich auf, um Takarrub nicht zu wecken. Als sie an der Bettstatt vorbeikam, konnte sie erkennen, dass auch die Dienerin unruhig schlief. Takarrubs Stirn war immer noch in angespannte Falten gelegt und mit leicht geöffnetem Mund murmelte sie unverständliche Worte.

In dem kleinen, aber bequem ausgestatteten Salon stand auf einem Tisch eine Karaffe mit blutrotem Hibiskussaft. Sitt goss sich ein Glas ein und trank das süßsäuerliche Getränk mit dem Blütenaroma in einem Zug. Darauf leerte sie noch ein Glas Wasser aus einem nassen, kühlenden Tonkrug. Auf den süßen Saft schmeckte es schal, aber es labte ihre ausgetrocknete Kehle.

Mit einer Handvoll Datteln trat sie an eines der Fenster, um es zu öffnen. Sie drückte und zog eine Zeit lang an den Riegeln herum und als sie drauf und dran war aufzugeben, gab der Flügel nach. Mit einem tiefen Atemzug sog sie die sonnenwarme Luft des Felsgebirges in sich ein, die vermischt war mit Spuren der Ausdünstungen des Lebens unten in der Talebene. Sitt konnte den Geruch feuchter Erde unterscheiden und den des Dungs zahlloser

Kamele und Esel. Von den Schlachthäusern außerhalb der Stadt wehte ihr der allzeit über ihnen hängende Verwesungsgeruch in die Nase. Und auch der an den Fuß des Gebirgsstocks brandende Stadtlärm schickte seine Ausläufer in die Höhe. Es war ein fröhliches Lärmen, das sich da nach oben stahl, am deutlichsten das Geschrei aus Tausenden von Kinderkehlen, das sich wie eine helle, leichte Wolke über alles andere legte.

Die Eindrücke lösten Sitts Beklommenheit. Erleichtert spürte sie, wie ihre gewohnte Zuversicht zurückkehrte. Etwas Weiches schmiegte sich an ihren Knöchel. Sie lächelte:

»Ach, da bist du ja, meine Sitta, meine Schöne! Nun komm, lass dich ein wenig herzen!«

Sitt nahm das Kätzchen auf, das sich ihr Kraulen und Necken jetzt gern gefallen ließ.

Sitts Bauch regte sich. Sie ließ die Katze auf den Boden springen und trat durch eine kleine Tür in dem Vorraum, in dem Takarrub noch immer schlief, auf den Abort, der wie ein Kasten an der Außenmauer des Klosters angebracht war. Durch ein winziges Fenster in der dünnen Wand kam Licht herein. Sie vermied es, durch das Loch in der Bank in den sich darunter auftuenden Abgrund zu sehen. Es fühlte sich unheimlich an, sich auf diese Weise zu erleichtern. Ihr waren die in den Palästen der Hauptstadt üblichen Leibstühle lieber, da konnten ihre Dienerinnen sehen, was sie von sich gegeben hatte. Die beiden Leibärzte Sitts, die Brüder Yitzhak und Yischmael Ibn Musa Ibn Alazar, legten großen Wert auf Beobachtung der Ausscheidungen, da sich viele Krankheiten des Menschen an ihnen erkennen ließen. Als sie eins der auf der Bank zur vorgeschriebenen Reinigung bereitgelegten Tücher nahm und in Wasser tauchte, bemerkte sie, wie die Müdigkeit ihre Bewegungen verlangsamte. Nächtelang hatte sie kaum ein Auge zugetan.

Sitt legte sich wieder hin. Sie schlief schon beinahe, als der Mittagsruf der Muezzins sie noch einmal ins Bewusstsein holte. Wenn ihr Körper sich nicht so bleiern angefühlt hätte, wäre sie aufgestanden. Sie hielt sich gerne an die Gebetszeiten der Muslime, denn dadurch erhielt der Tag eine gute Ordnung.

*

Stunden später weckte sie das harte, schnelle Schlagen des hölzernen Vespergongs und kaum war dieser verklungen, erhob sich von den Minaretten der Stadt der frühabendliche Gebetsruf. Takarrub kam herein mit einer Schüssel erwärmten Wassers, das sie mit einer Spur erfrischenden, reinigenden Kampfers angereichert hatte. Sie stellte die Schüssel auf das Bett, tränkte ein Tuch mit dem Wasser und reichte es Sitt, die sich Gesicht und Hände wusch. Ein Kännchen Pfefferminztee stand ebenfalls bereit. Sitt spülte den Mund mit dem Tee und spie ihn in das Wasserbecken. Der Schlaf hatte sie belebt und gekräftigt. Sie streckte sich, ließ sich von Takarrub die *Abaja* ausziehen und trat nackt ans Fenster. Über das Tal senkten sich die Schatten des Abends, während auf dem Berg und dem Kloster noch der goldene Glanz der untergehenden Sonne lag.

Takarrub sah hin zu ihrer Herrin, deren Umrisse sich gegen den hellen Fensterausschnitt dunkel abhoben. Die biegsame Gestalt erinnerte sie an die anmutige Statue der einarmigen Göttin im Kalifenpalast, von der Sitt ihr gesagt hatte, es wäre die römische Kopie eines alten griechischen Kunstwerks. Die Rundungen von Sitts Hüften, ihrer Brüste und Schultern hätten jenem Meisterwerk als Vorbild dienen können. Aber ihre Beine waren länger und schlanker als die der Göttin. Als die junge Frau sich Takarrub wieder zuwandte, senkte diese schnell die Augen und machte sich an den auf dem Bett ausgebreiteten schwarzen Trauerkleidern zu schaffen. Midad hatte vorgesorgt und zwei zuverlässige Diener beauftragt, einen Esel mit Gewändern aus Sitts Garderobedepot zu beladen und damit auf den Mukattam zu kommen.

Sitt streckte ihr die Arme hin und ließ sich ankleiden. Zuerst streifte ihr die Dienerin ein dünnes Hemd über, das sich weich über ihre Brüste legte und die mit Henna gefärbten Brustwarzen durchscheinen ließ. Als Nächstes half sie Sitt in ein schwarzes Unterkleid aus weichem *Koton* mit einer Bordüre aus aufgestickten Silberplättchen am Saum. Und zuletzt kam ein Oberkleid aus feinstem Leinen, das die Brust knapp umspannte, im Rücken aber weit und fließend bis auf den Boden fiel.

Um sich das Haar richten zu lassen, setzte Sitt sich an den Tisch mit dem glänzend polierten Silberspiegel. Während die Dienerin ihr die Haarflechten löste und durchkämmte, griff Sitt zu einem Tiegel mit hellem Maispuder und bestäubte sich mit einem Federpinsel das Gesicht. Takarrub unterbrach sich beim Kämmen und hielt ihr einen Handspiegel vors Gesicht, damit sie sich die Augen mit schwarzer Schminke umranden konnte. Das war angesichts der Trauerzeit genug der Verschönerung. Ihre vollen, klar gezeichneten Lippen hatten von der Natur die Farbe dunklen Weines mitbekommen. Sitt ließ sie sich nie rot schminken, nur ein wenig Goldstaub darauf legen. Heute verzichtete sie auch auf den Hauch Gold und tupfte Balsamöl auf.

Takarrub frisierte ihr das Haar zu Ende, schlang es oben auf dem Kopf zu einem Knoten und steckte es mit silbernen Kämmen fest.

Sitt erhob sich und Takarrub legte ihr einen schwarzen wollenen Mantel mit silbernen Paspeln über die Schultern und ein schwarzes Seidentuch aufs Haar.

Nach dem Brauch der Fatimiden trug Sitt die meiste Zeit weiße Kleider. Als sie sich nun so ganz in Schwarz gehüllt im Spiegel sah, kam ihr wieder mit voller Gewalt der Tod des Vaters zu Bewusstsein. Die sich überstürzenden Ereignisse der vergangenen Tage hatten ihr wenig Zeit gelassen, den Verlust zu betrauern. Tränen schossen ihr in die Augen und sie sah im Spiegel, wie sie dastand, die Hände gefaltet, mit bebenden Schultern und wie ihr die frisch aufgetragene Schminke schwarze Schlieren in die helle Puderschicht zog. Sie ließ sich auf den Schemel fallen, stützte die Ellbogen auf den Tisch und vergrub ihr Gesicht in den Händen. Zum ersten Mal, seit sie die Todesnachricht erhalten hatte, überwältigte sie der Schmerz in seiner ganzen Härte.

Takarrub legte ihrer Herrin sanft die Hände an die zuckenden Seiten und beugte sich zu ihr hinunter. Ihr Gesicht lag an Sitts Haar und sie konnte seinen Duft riechen. So stand sie lange Zeit hinter ihr, bis die Prinzessin sich beruhigte und wieder aufrichtete, Gesicht und Innenseiten der Hände ganz verschmiert vom schwarzen Khol.

Sitt schüttelte den Kopf über sich selbst.

»Ach, Takarrub, wie ich jetzt aussehe! Gern hätte ich noch einen Teil der Vesper gehört, aber jetzt sind die Mönche wohl schon bald zu Ende damit. Hilf mir, mein Gesicht wieder sauber zu bekommen und geh dann zu Midad. Er soll uns drei Esel satteln lassen und wir machen einen Ausritt in der Abendluft.«

*

Als Sitt vor die Klosterpforte trat, warteten Takarrub und Midad bereits mit den gesattelten Eseln. Takarrub sprang auf das ihr zugedachte Reittier. Midad bückte sich und hielt Sitt die verschränkten Hände hin, sodass sie leichter aufsteigen konnte. Mithilfe einer Decke und ein paar Riemen hatte er für sie einen behelfsmäßigen Damensattel hergestellt. Nachdem auch er sein Tier bestiegen hatte, ritten sie an der Felskante entlang und beobachteten, wie die Sonne als feuriger Ball hinter den Pyramiden versank. Es war prachtvoll anzusehen, aber Sitt konnte sich daran nicht so recht erfreuen. Düstere Gedanken gingen ihr durch den Kopf. Zu dem untergehenden Gestirn hindeutend sagte sie:

»Als der Prophet und König David den Allerhöchsten fragte: ›O Herr, was war Deine Absicht bei der Erschaffung der Welt?‹, da sprach Gott zu ihm: ›Ich war ein verborgener Schatz und Ich wollte erkannt werden, deshalb schuf Ich die Welt.‹ Wie wunderbar war jene jetzt vergangene Epoche, als mein Vater noch herrschte. In glücklichen Augenblicken meinten wir schon, die Vollendung der Welt sei zum Greifen nahe. Doch ebenso schnell, wie die Sonne unter den Horizont sinkt und der Dunkelheit Platz gibt, weicht jetzt das Zeitalter des Lichts den heraufziehenden Schatten.«

Sie verstummte. Ihre Begleiter ritten still neben ihr her, um sie in ihren Gedanken nicht zu stören.

Nach einigen Augenblicken fuhr sie fort:

»Die Sonne gleicht der kosmischen Vernunft. Wie ihr Licht sich am Tage ausbreitet, so entfaltet sich der göttliche Geist im All, auf der Welt und in den Geschöpfen. Wenn dieses Kind, das mein Bruder ist, Imam und Herrscher sein soll, so fürchte ich, dass uns eine Zeit tiefer Nacht bevorsteht.«

»Ihr wisst, Herrin, dass ich die Thronbesteigung des Gecko für ein großes Unrecht halte, das so schnell wie möglich ein Ende haben muss«, erwiderte Midad. »Doch erlaubt mir den Einwand: Ist die ismailitische Mission nicht schon so weit fortgeschritten, dass es kein Zurück mehr gibt in frühere Verhältnisse? Unter den Bagdader Kalifen war die Religion starr geworden wie Stein und die Untertanen wurden ausgebeutet bis zum Ruin. Aber das ist doch ein für alle Mal vorbei!«

»Ich befürchte vielmehr ein Umschlagen ins andere Übel«, erwiderte Sitt. »Dass aus den Ideen, die das Haus der Söhne Fatimas seit Generationen beflügelt haben, Hirngespinste werden und dass die Ordnung, der wir uns immer gerühmt haben, in die *Fitna* kippt, ins grenzenlose Chaos.«
Auf dem Weg zurück zum Kloster des Zwergen herrschte unter den drei Reitern sorgenvolles Schweigen.

*

Bischof Arsenios, ein Mann von bekannt frohem Gemüt, mühte sich, die Prinzessin während des Abendessens, das er allein mit ihr einnahm, aufzuheitern.
»Schau, mein Kind, hier, die kastaniengefüllten Wachteln. Oder das Lamm mit Spinat und Käse. Unser Koch Georgios hat sich heute wieder selbst übertroffen. Du musst essen, damit du bei Kräften bleibst!«
Eigenhändig sorgte er dafür, dass ihr Teller gefüllt blieb. Er selbst aß mit großem Appetit und seine Finger und Lippen glänzten vom Fett.
»In Misr machen die Leute schon Scherze über das neue Dreigespann, das sich jetzt an der Macht wähnt. Sie sagen: Wenn der Gecko sich wieder auf irgendeinem Baum versteckt, dann suchen ihn jetzt nicht mehr seine Diener, sondern der Palastmeister, der Oberkadi und ein General.«
»Aber Onkel, das ist ja gerade das Schlimme! Das Kalifat der Fatimiden wird zum Gespött, nicht nur für das Volk von Misr, sondern vor der ganzen Welt! Wie, denkst du dir, kann der Kaiser von Byzanz Respekt haben vor einer Regierung wie dieser? Oder die *Taji*-Beduinen oder die Horden türkischer Panzerreiter, die Asien unsicher machen?«

Der Onkel hatte als Bischof der Christen des byzantinischen Ritus einen anderen Blick auf die Ereignisse als seine Nichte. Während ihm zwar aufrichtig an der Ruhe und an einer festen Ordnung in Ägypten gelegen war, vertrat er dennoch auch die Interessen des Kaisers, die sich manchmal mit denen der Kalifen deckten, manchmal aber auch nicht. Wie der Kalif war auch der Kaiser Herr eines weltlichen und eines geistlichen Reiches. Und es verhielt sich so, dass der Kalif weltlicher Herrscher war über eine große Zahl geistiger Untertanen des Kaisers – und auch über die heilige Stadt Jerusalem. Der christliche Kaiser seinerseits hatte muslimische Gemeinden in seinem Machtbereich. Daraus ergab sich eine überaus verwickelte und niemals ganz eindeutige Interessenlage. Oft, aber nicht immer, war die Schwäche des einen die Stärke des anderen.

Zum gegebenen Zeitpunkt allerdings, so hatte Arsenios nach der Machtergreifung des Palastmeisters Bargawan und des Oberkadi El Numan für sich entschieden, waren die Entwicklungen keineswegs im Interesse des Kaisers und so konnte er seiner Nichte zusagen, dass er ihr helfen würde. Im Stillen dankte er seinem Gott und obersten Herrn, dass er ihn nicht in einen Gewissenskonflikt gestürzt hatte.

Sitt Al Mulk, die Kalifentochter, stand im Gegensatz dazu, trotz ihrer halb byzantinischen Herkunft, eindeutig auf der anderen Seite. Sowohl der Bischof als auch die Prinzessin beherrschten das Spiel der Bündnisse und Interessen. Da sie nahe Verwandte waren und einander sehr mochten, waren sie es aber gewohnt, offen und ohne diplomatische Zurückhaltung miteinander zu sprechen.

Arsenios war nahe daran zu sagen, die Ereignisse der letzten Tage hätten immerhin den Feldzug gegen den Kaiser, den ja auch Sitt nicht gewollt hatte, verhindert. Doch die dunklen Schatten unter ihren Augen hielten ihn zurück. Er wollte die Prinzessin nicht verletzen, indem er sie daran erinnerte, dass der Kalif in seinen letzten Lebensmonaten anderen Ratgebern gefolgt war und nicht ihr.

Sitt war wieder still geworden. Mehr als alles bedrückte sie, dass noch keine Antwort von Ulug Tegin gekommen war. Es war so wichtig, von ihm die Versicherung zu haben, dass er sie und Nour unterstützen wollte! Von Nour konnte sie indessen noch kein Lebenszeichen erwarten. Er war frühestens am Vormittag in Bilbais eingetroffen und vor morgen Mittag würde es auch der schnellste Reiter nicht schaffen, ihr von ihm Nachricht zu bringen. Sie nahm sich vor, bis dahin nicht mehr darüber nachzudenken, ob es dem Geliebten gelungen war, durchzukommen oder nicht.

»Trinken wir noch ein wenig Wein«, unterbrach der Onkel ihre sorgenvollen Gedanken. »Und erinnere dich an die Verse von Alkaios:

Zeus' und Semeles Sohn
gab uns den Wein,
gab ihn als Lethetrank
unserm menschlichen Leid.
Füll sie, gieß ein,
schenk ein zweifach Maß,
bis zum Rande gefüllt ...«

Er hob sein volles Glas und trank ihr zu. Sitt nickte dankend und trank ebenfalls. Ein Lächeln stahl sich in ihr Gesicht.

»Wie lange liegt es zurück, dass Alkaios diese Worte schrieb? Eineinhalbtausend Jahre? Abu Nawas, der Dichter mit dem langen Haar, der Männer liebte und Harun Al Raschid erzürnte, ist ein Knabe gegen ihn! Aber auch er singt dem Wein mit hoher Kunst:

Wein in Kruges funkelnder Pracht
Sonne der schwarzen Nacht,
Träne des Auges,
Wein des Paradieses!«

Wieder hob Sitt ihr Glas an die Lippen und schmeckte die warme Fülle des vergorenen Rebsafts. Nach einer Pause, in der sie die Kraft des Weins in ihre Adern fließen spürte, kam sie wieder auf den kleinen Bruder zu sprechen.

»Mir tut der Gecko leid. Es trifft ihn keine Schuld! Er ist benützt worden. Wie mag es ihm wohl gehen, verwaist, ohne Vater, Mutter und Großmutter und zugleich als Herr über den riesigen Ostpalast, über den Harem und das ganze Reich? Ob er wohl die Tragweite von allem begreift?«

»Kinder sind in Augenblicken, in denen die Welt zusammenstürzt, oft stärker als wir. Ihr Leid und ihre Angst zieht sich in sich selbst zurück und umgibt sich mit einer Schale. In der Zukunft aber kann es sein, dass die Kapsel aufbricht wie ein Abszess, das nicht mehr aufhört, Eiter abzusondern.«

»Sobald ich wieder in Al Kahira bin, will ich mich um den Gecko kümmern. Ich schulde das auch meinem ...« – die Prinzessin verbesserte sich – »unserem Vater.«

»Vielleicht wird es klug sein, wenn du ihn nach dem Gelingen deines Plans fürs Erste heraufschickst zu mir, ins Kloster des Zwergen. Hier wird seine Erinnerung an die Thronbesteigung und den ganzen Aufruhr schneller verblassen.«

»Ja, das wird das Beste sein. Amina könnte mit ihm heraufkommen. Er mag seine Tante sehr.«

»Und wie willst du mit den Verschwörern verfahren?«, wollte Arsenios wissen.

»Es war sehr klug von Bargawan«, meinte Sitt, »sich mit dem

Oberkadi zu verbünden. Er hat damit die Gerichtsbarkeit auf seiner Seite und steht praktisch über dem Gesetz. Es wird sehr schwierig werden, die Verschwörer zur Verantwortung zu ziehen, aber wir werden eine Lösung finden.«

»Und?«, fragte Arsenios mit verschmitztem Glitzern im Blick. »Wirst du Frieden machen mit dem Kaiser?«

»Frieden schon, aber zu den richtigen Bedingungen. Das wird eines der ersten Dinge sein.« Sitt erhob sich. »Ich will mich jetzt zurückziehen. Ich wünsche dir eine gute Nacht, mein Onkel.«

Auch Arsenios stand auf. Mit geöffneten Armen trat er auf seine Nichte zu, drückte sie an sich und küsste sie auf beide Wangen. »Schlaf auch du gut, mein Kind und ein schönes Erwachen!«

*

Sitt ging nicht gleich zu Bett. Zu viele Gedanken jagten ihr durch den Kopf und zu dem Gefühl, in ihrer Brust einen Klumpen aus Blei zu tragen, hatte sich ein bohrendes Stechen in ihrer Kehle gesellt, als wühlte dort ein Dolch.

Sie hielt diese Empfindungen für die Trauer um ihren Vater. Doch sie wunderte sich, dass die Trauer nicht ihren Kopf erfasste. Denn der tat seinen Dienst mit der Präzision eines *Astrolabiums*: Der überraschende Tod des Vaters hatte das Reich in eine politische Krise gestürzt und drohte, all ihre Träume und Ambitionen zunichte zu machen. Konnte es sein, so fragte sie sich, dass ihr Hirn sich deshalb noch nicht mit dem unaussprechlichen Verlust, der sie getroffen hatte, befassen wollte? Noch immer konnte sie sich nicht eingestehen, dass der Kloß in ihrer Brust und der Dolch in ihrem Hals nichts mit der Trauer über den Tod des Vaters zu tun hatte, hingegen alles mit der Enttäuschung darüber, dass er sie im Stich gelassen hatte.

Wie an jedem Abend, den die Prinzessin allein für sich verbrachte, war Takarrub auch jetzt in ihrer Nähe. Sie spürte die zwischen Erregung und Niedergeschlagenheit schwankende Stimmung ihrer Herrin und tat ihr Bestes, sie mit allerlei nichtigem Klatsch aus dem Harem abzulenken. In der Langeweile des Frauenhauses gediehen Geschichten voller Witz und Bosheit und einige besonders hartnäckige Frauenfeindschaften sorgten über Jahrzehnte hinweg für Unterhaltung. So war es auch mit dem Hass zwischen Sitts Mutter Theodora und deren Schwiegermutter Tagrid gewesen, der allerdings für Sitt weniger eine Quelle des Vergnügens als der Scham und Kümmernis gewesen war – bis die beiden Damen sich völlig unerwartet in der Vergötterung des kleinen Gecko gefunden hatten.

Nachdem Takarrub die Tratschgeschichten ausgegangen waren und bedrücktes Schweigen einzutreten drohte, stand sie auf und trug ein *Schatarang*-Spiel herbei, das sie in dem Appartement entdeckt hatte. Sitts Miene hellte sich auf. Das war ein guter Einfall! Takarrub spielte gewandt und Sitt hatte in ihr eine ernst zu nehmende Gegnerin.

»Eröffne du«, forderte sie die Dienerin auf, die daraufhin in einem ungewöhnlichen Zug ihren Onyx-Elefanten vorschob.

»Aha und ich soll mich hinreißen lassen und wagemutig sein. Wie du willst! Hier kommt mein Turm!«

Die Frauen spielten schnell, ohne viel nachzudenken.

»*Al Scheich!*«, rief Sitt, nachdem sie eine Zeit lang gespielt und dabei kaum gesprochen hatten.

Takarrub berührte ihr Kinn mit Daumen und Mittelfinger und schnalzte mit der Zunge.

»Nun gut. Lass uns sehen, was du kannst, mein General!«

Sie zog die Schachfigur nach vorn.

Kaum hatte Sitt den nächsten Zug gemacht, hätte sie ihn gern wieder zurückgenommen. Denn Takarrub legte ihre schlanken Finger auf den schwarzen Ritter und plötzlich war Sitt klar, dass das Spiel für sie verloren war. Mit einem großen Sprung schlug Takarrubs Ritter den König der Prinzessin.

»*Al Scheich mata*! – Tot ist der König!«, rief Takarrub fröhlich, aber nicht zu fröhlich, um ihre Herrin nicht zu verärgern.

»Nun, du hast gut gespielt und dir den Sieg verdient«, meinte Sitt wohlwollend. Sie wusste, dass sie nicht auf der Höhe ihrer Kräfte war und verzieh sich deshalb ihr fehlerhaftes Spiel. Sie löste die verschränkten Beine, stand auf und streckte sich. Eine leichte, angenehmere Müdigkeit als während des Tages hatte von ihr Besitz ergriffen. Takarrub half ihr wieder beim Zubettgehen. Es tat gut, die Festigkeit des Unterbetts und die Wärme der Decken zu spüren. Vollends entspannte sie sich, als Takarrub ihr Schultern und Nacken zu massieren begann. Von der Bewegung der sanften Finger auf ihrer Haut schlief Sitt alsbald ein.

*

In der Morgendämmerung zerriss heftiges Schlagen des hölzernen Klostergongs den tiefen Schlaf der beiden erschöpften Frauen. Sie brauchten eine Weile, um sich zurechtzufinden. Doch dann, als sie an der Pforte aufgeregte Stimmen hörten, waren sie binnen weniger Atemzüge hellwach. Sitt sprang aus ihrem Bett und lief in den Vorraum, wo Takarrub sich die Augen rieb.

»Was bedeutet das, *ya Amira*?«, fragte die Dienerin verwundert und klärte räuspernd ihre Stimme.

»Wir werden es gleich wissen. Hilf mir beim Anziehen!«

Minuten später traten die beiden Frauen aus der Gästewohnung und stießen dabei fast mit Midad zusammen, der, vom Nachtlager bei den Mönchen aufgeschreckt, zu seiner Herrin geeilt war.

»Ein langer Zug Berittener kommt den Berg herauf«, stieß er atemlos hervor. »Ihre Anführer stehen vor dem Kloster. Sie verlangen, mit Bischof Arsenios zu sprechen.«
Für Sitt gab es keine Frage, weshalb die Soldaten gekommen waren. »Nun ist es so weit. Sie werden vom Bischof fordern, dass er mich herausgibt.«
Die Anspannung in ihrem Gesicht war sogar im schwachen Licht von Midads Lampe zu erkennen. Sie schien ihre Möglichkeiten zu überdenken. Dann aber sagte sie entschlossen: »Gehen wir!«
Bei der Klosterpforte hatte sich eine Schar Mönche versammelt. Sie standen nahe beisammen und flüsterten aufgeregt miteinander. Eine Gestalt löste sich aus der Gruppe und kam auf Sitt Al Mulk zu. Sie erkannte den Prior.
»Gott grüße Euch, Prinzessin!«, sagte er und neigte sein Haupt.
»Seid auch Ihr gegrüßt, Abt Ephraim. Was ist hier los?«
»Wenn ich das wüsste! Es sind Kutama-Truppen. Sie haben es abgelehnt, mit mir zu sprechen und wollen auf den Bischof warten.«
›Natürlich‹, dachte Sitt, ›weiß er, was – oder besser, wen – sie wollen. Aber der Mann ist diplomatisch und das ist kein Fehler.‹
Ihr Körper straffte sich.
»Lasst die Pforte öffnen. Mit mir werden sie reden!«
Der Klostervorstand befand sich in einem Dilemma. Ließ er die Prinzessin hinaus, so haftete er für ihre Sicherheit. Verwehrte er ihr Begehren, so hatte er mit ihrem Unwillen zu rechnen. So bekannt sie für ihr gnädiges, großzügiges Wesen war, so gefürchtet war ihr Zorn, wenn sie sich bevormundet fühlte.
»Ja, der Pförtner wird sofort aufmachen. Ich will nur noch einmal durch das Guckloch einen Blick auf die Lage werfen!«
Sitt verstand, dass der Abt Zeit zu gewinnen suchte und ließ ihn gewähren.

Ephraim schob den Schieber vor der Türöffnung zurück und sah nach draußen. Die Mönche waren verstummt. Alle Augen waren auf die Tür gerichtet. Schließlich schloss Ephraim das Guckloch mit einem scharfen Ruck und trat mit ernstem Gesicht vor die Prinzessin.

»Euer Hoheit, das sind nicht nur einige Reiter. Das ist ein Heer!«

Schon wollte Sitt an dem Mann vorbei, die Tür erreichen, als sie in ihrem Rücken eine Bewegung spürte. Sie blickte sich um und sah, wie ihr Onkel weit ausschreitend, in wehendem Gewand auf die Gruppe zugeeilt kam.

»Ich wünsche dir einen guten Morgen, Tochter meiner Schwester und euch allen hier! Ich habe von meinen Fenstern aus gesehen, wie die Kutama Aufstellung genommen haben. Es müssen einige hundert Mann sein.«

»Ich will mich ihnen übergeben, mein Onkel. Es ist sinnlos, das Kloster aufs Spiel zu setzen.«

»Und ich will zuerst erfahren, was sie wirklich wollen. Ich bitte dich, geh mit deinen Dienern in die Kirche. Die Kutama dürfen dich nicht sehen.« Dann beugte er sich zu ihrem Ohr und flüsterte: »In dem Raum hinter der Ikonenwand verbirgt sich eine Geheimtür und dahinter liegt ein unterirdischer Tunnel, ein alter Fluchtweg der Mönche. Er führt einige hundert Schritt weit, bis zu einem abgelegenen Taleinschnitt. Wenn nötig, schicke ich dir einen Mönch, der dich und dein Gefolge durch den Tunnel in Sicherheit führt.«

»Mein Onkel, ich bin zwar bereit, mich fürs Erste von hier zurückzuziehen, aber alles andere werde ich mir noch überlegen.«

Sie sah sich nach ihren Dienern um.

»Midad! Takarrub! Folgt mir in die Kirche!«

*

Sitt raffte Kleid und Mantel und schritt durch den sich öffnenden Kreis der Mönche zurück ins Innere des Klosters. Ein Bruder eilte voraus und hielt ihnen die Türen auf. Im Hof empfing sie das Licht des neuen Tages. Es tanzte auf den Blättern und Blüten der Büsche, erhellte die der Sonne zugekehrten Gebäudewände und tauchte den Rest in scharfe Schatten. Es fiel in versteckte Winkel, legte sich über Spinnweben und abgestelltes Gerümpel.

Hinter dem Kirchentor erwartete sie wieder dämmrige Dunkelheit. Viele kleine Öllampen brachten das Gold der Ikonen und ihrer Rahmen zum Glänzen. Einige Bilder waren alt und rauchgeschwärzt, andere offensichtlich erst vor Kurzem gemalt, denn sie erstrahlten in kräftigen Farben. Die Großzügigkeit des Kalifen Al Aziz gegenüber den Melkiten hatte den Ikonenmalern reichlich Arbeit verschafft. Die Ikonenwand erstreckte sich über die gesamte Breite der Kirche und zeigte in vielen Bildern das Wirken und Martyrium des heiligen Johannes des Zwergen.

Zu einem anderen Zeitpunkt hätte Sitt Al Mulk sich in die mystische Stille der alten Kirche versenkt und die Kunstwerke betrachtet. Jetzt aber musste sie die Flut von Gedanken in ihrem Kopf ordnen. So nahm sie auf einer Bank im vorderen Teil Platz und ihre Augen hefteten sich mit unbeteiligtem Blick auf die Leidensgeschichte an der Ikonenwand, während sie sich über die Lage klarzuwerden suchte. Konnten Bargawan und seine Genossen mit Sicherheit wissen, dass sie sich hier im Kloster des Zwergen aufhielt? Aber hätten sie andernfalls eine so große Truppe heraufgeschickt? Wie konnten sie es herausgefunden haben? Was war mit Nour? Befand er sich in Sicherheit? Und dann die Frage, die sie seit zwei Tagen nicht mehr losgelassen hatte: Würden die Mameluken, wie erhofft, von Bilbais auf Kairo zumarschieren?

Von den Antworten hing ab, wie sie sich weiter verhalten sollte. Wenn Bargawan wusste, dass sie hier war, so brachte sie mit einer

Flucht durch den Tunnel das ganze Kloster in Gefahr. Die Kutama würden es stürmen, um sie herauszuholen und dabei alles verwüsten. Indessen würde von Nour, falls es ihm gelungen war, sich durchzuschlagen, Hilfe kommen. Vielleicht war es möglich, dass Arsenios die Kutama so lange hinhielt?

›Nour und ich könnten gemeinsam nach Palästina fliehen und falls Bargawan uns bis dorthin verfolgen lässt, so gehen wir nach Aleppo. Dort steht das byzantinische Heer und wenn alles verloren ist, stellen wir uns unter den Schutz des Kaisers!‹

Eine verwegene Idee, die sie gleich darauf verwarf. Nein, wenn Ulug Tegin mit den Mameluken erst vor den Stadtmauern Kairos stand, dann würde sie sich ihm anschließen und mit ihm gemeinsam weitere Entscheidungen treffen. Wenn sie aber jetzt das Kloster durch den Geheimgang verließ, dann setzte sie das Schicksal der Mönche aufs Spiel!

Sie verzichtete darauf, ihre Gedanken Takarrub und Midad mitzuteilen. Zu verworren war die Lage, zu vielfältig die Möglichkeiten. Wenn sie klarer sah, würde sie sich vielleicht mit ihnen besprechen. Jetzt begnügte sie sich damit, von Zeit zu Zeit ein paar freundliche Worte an sie zu richten, um dann wieder zu ihren Überlegungen zurückzukehren. Die meiste Zeit jedoch saß sie einfach nur da und versuchte, an nichts zu denken und den Geist des Allerhöchsten in sich wirken zu lassen.

Vom Schlagen des Klostergongs zerstückelt, kroch der Morgen dahin. Was mochte es für Arsenios so lange zu verhandeln geben?

Endlich – es ging schon auf Mittag und die Sonne erfüllte das Kirchenschiff durch die bunten Scheiben mit farbigem Licht – hörte sie das äußere Kirchentor in seinen Angeln quietschen. Sie drehte sich um und sah, wie Arsenios durch die innere Tür das Kirchenschiff betrat. Er kam allein. Sie erhob sich von der Bank, ging ihm ein paar Schritte entgegen und sah ihn fragend an.

»Nun, mein Onkel?«

Seine dichten, grauen Augenbrauen hatten sich unter dem Bischofshut zusammengezogen und sie konnte spüren, dass er sich zurückhielt.

Ihr Herzschlag setzte aus.

»Setzen wir uns hin, mein Kind, dort, in die Ecke!« Er deutete auf einige Stühle nahe der Ikonenwand.

»Du siehst besorgt aus, mein Onkel. Was gibt's?«

»Es ist keine gute Nachricht. Fasse dich!«

Arsenios löste die in den Ärmeln des Priesterkleides verschränkten Hände. Seine rechte Faust kam hervor. Nach kurzem Zögern öffnete er die Finger. Auf der Handfläche lag ein kleiner, blitzender Gegenstand. Ein Aufschrei gellte durch die Kirche.

Es war eine Mantelschließe aus Goldfiligran und Email, die Sitt Al Mulk bis vor wenigen Tagen noch selbst benutzt hatte. Bei ihrem letzten Zusammentreffen mit Nour hatte sie die Schließe von ihrem Mantel abgenommen, an den seinen gesteckt und zu ihm gesagt:

»Sie soll dich begleiten, *ya Habibi,* bis wir wieder vereint sind. Die Nachtigall auf der linken Seite wird dir von meinen Gedanken und Gefühlen singen; die Taube auf der rechten wird zu mir fliegen und mich wissen lassen, wie es dir geht.«

Mit bebenden Fingern nahm sie das Schmuckstück dem Onkel aus der Hand, entsetzt, dass sich ihr Wunsch auf solche Weise erfüllt hatte. Die Taube war zu ihr geflogen. Sie starrte auf die Spange, als könnte sie die Botschaft entschlüsseln. Deren unheilvoller Inhalt schrie ihr entgegen. Trotzdem nährte Sitt noch eine letzte Hoffnung.

»Ist Nour eingetroffen? Hat er dir die Spange übergeben?«

Arsenios wurde das Herz noch schwerer. Er zögerte mit der Antwort, die seine Nichte, wie er wusste, wie ein riesiger Felsbrocken

treffen würde. »Der Kommandant der Kutama hat sie mir übergeben, meine Tochter!«
Sitt schloss die Augen, ihr Mund öffnete sich wie bei einem unhörbaren Schrei und sie wankte. Arsenios fürchtete, dass sie zusammenbrechen würde und packte ihren Arm.
Doch die Prinzessin hatte sich gleich wieder in der Gewalt. Kaum hörbar stieß sie hervor: »Sie haben Nour gefangen genommen. Er ist in Not. Ich habe keine Wahl mehr. Ich muss hinunter nach Al Kahira.« – Der Bischof erkannte, dass er keine Chance hatte, seine Nichte umzustimmen.
»Gut, mein Kind. Ich kann dich verstehen. Dennoch gebe ich dir zu bedenken, dass du für den Prinzen vielleicht nichts wirst tun können, während du dich der allergrößten Gefahr aussetzt.«
Sitt antwortete mit einem Blick aus tränenverhüllten Augen und wandte sich zum Gehen. Midad und Takarrub gingen hinter ihr. Der groß gewachsene Eunuch schien gebeugt und niedergedrückt von der unglücklichen Wendung und das Mädchen schluchzte leise. Mit schnellen Schritten überholte Bischof Arsenios die Gruppe, um noch vor Sitt die Klosterpforte zu erreichen.
Als sie ankam, stand er mit dem Rücken zur Tür, hoch aufgerichtet, wie ein Erzengel, der bereit war zu kämpfen. Der Prior und seine Mönche hatten sich zu einem Spalier aufgestellt. Plötzlich wirkte die fromme Schar wie eine Truppe Soldaten. Das Kloster machte ihr deutlich: Sie konnte sich immer noch für den Weg durch den geheimen Gang entscheiden. Die Mönche waren bereit, die Kutama aufzuhalten.
Sitt ging an den Mönchen vorbei, nickte ihnen dankend zu. Vor dem Onkel blieb sie stehen, legte ihm die Hand auf einen Arm und sagte mit fester Stimme:
»Tritt zur Seite, mein Onkel! Lass das Tor öffnen!«
Als Sitt Al Mulk hinaustrat, stand sie dem Kommandanten der

Truppe und zwei Offizieren gegenüber. Alle drei fielen auf die Knie und berührten den Boden mit der Stirn.

»Hier bin ich. Was wollt ihr von mir?«

Der Kommandant richtete sich auf und mit ihm die beiden anderen, doch blieben sie weiterhin auf den Knien.

»Wir haben Befehl, *ya Amira*, Euch in Euren Palast zu geleiten.«

»Wer hat diesen Befehl gegeben?«

»Unser General, Al Hassan Ibn Ammar.«

»Warum ist er nicht selbst heraufgekommen?«

»Wir wissen es nicht, vergebt uns, oh Herrin, wir befolgen nur seinen Befehl.«

Der Berber war sichtlich unglücklich über seinen Auftrag. Er konnte nicht wissen, was die Zukunft für die Tochter des Kalifen bringen würde und kein Mensch im Reich hätte leichten Herzens ihren Groll auf sich geladen.

»Woher hast du das Schmuckstück, das du dem Bischof überbracht hast?«

»Der General hat es mir ausgehändigt, Herrin.«

»Und woher hat es der General?«

Der Mann wand sich, doch Sitts unnachgiebiger Blick zwang ihn zu antworten.

»Er hat es von Prinz Nour.«

»Wo befindet sich der Prinz jetzt?«

»Herrin, wenn ich es wüsste, so würde ich es Euch mit Freuden sagen.«

»Ist er in Kairo?«

»Ja, ich glaube schon, aber ich weiß nichts mit Sicherheit, bei Allah!«

»Wohlan, ich nehme Euer Geleit an.«

Vielleicht waren die Kutama tatsächlich nur auf gut Glück zum Kloster des Zwergen gezogen, oder sie hatten nicht damit gerech-

net, dass Sitt sich kampflos ergeben würde. Jedenfalls hatten sie keine Sänfte mitgebracht und so blieb ihnen nichts anderes übrig, als zu warten, bis Sitts Träger die Hofsänfte aus dem Versteck im Stall an der Klostermauer geborgen hatten.
Nachdem sie den Bischof umarmt und die Mönche ein letztes Mal gegrüßt hatte, bestieg Sitt Al Mulk, gefolgt von Takarrub, die Sänfte. Midad ging zu Fuß voran. Die Kutama saßen auf und traten, die Gefangenen in die Mitte nehmend, den für die Pferde nicht ungefährlichen, steilen Abstieg vom Mukattam an.
In der Sänfte lehnte Sitt sich in die Polster zurück und schloss die Augen. Was war mit Nour geschehen? Und wie würde es nun weitergehen?
»Sitta!«, rief sie plötzlich aus. »In der Aufregung haben wir die Katze vergessen!«
»Die Arme! Sie muss in den Gastzimmern zurückgeblieben sein«, erschrak Takarrub. »Hoffentlich finden sie die Mönche!«
»Lass anhalten. Jemand muss meine Katze holen!«
Takarrub beugte sich aus dem Fenster und rief nach Midad. Der Eunuch erschien neben der Sänfte.
»Sitta ist oben geblieben. Die Herrin will sie haben.«
Nach einer Weile war Midad wieder bei ihnen.
»Ein Reiter wird umkehren und Euch die Katze bringen!«
Sitt versank wieder in Gedanken. Weder spürte sie den holprigen Abstieg, noch kümmerte sie sich um den Ausblick ins Tal. Es beschäftigte sie auch nicht, was mit ihr geschehen würde. Ihr Herz, ihre Seele, ihr Verstand waren in einem wilden Aufruhr, der sie in Stücke zu reißen drohte. Ihre Brust hob und senkte sich von den schnellen Atemzügen, die sie dem Toben in sich entgegensetzte. Aber dennoch: Ihr Verstand obsiegte. Über der unerträglichen Wirrnis aus Trauer, Angst und Hass auf jene, deren Bosheit ihr das angetan hatte, hämmerten hart und unerbittlich, wie der Trommel-

schlag des Taktgebers auf der Nilbarke des Kalifen, zwei Fragen auf sie ein: »Ist Nour am Leben?« Und: »Was wird aus dem Kalifat?«
Takarrub beobachtete Sitt Al Mulk eine Zeit lang in ihrer Not, bevor sie sich ein Herz nahm, sie anzusprechen:
»Meint Ihr, Herrin, wird Bargawan mit sich reden lassen und Nour herausgeben? Wärt Ihr bereit, mit ihm ins Exil zu gehen? Diese Verbrecher werden sich nicht lange halten können und dann wird Eure Zeit kommen.«
»Wir werden es sehen, Takarrub. Doch in einer Sache bin ich mir schon gewiss: Ich werde Kairo nicht verlassen.«
Der ruhige Rhythmus, in dem sich die Sänfte jetzt dahinbewegte, zeigte ihnen an, dass sie sich bereits im Tal und auf der breiten »Großen Straße« aus Syrien befanden. Sitt schob den Vorhang zur Seite und sah hinaus. Die unbezwingbaren Mauern um das Geviert der Zitadellenstadt kamen schnell näher. Nun, da sie ihre Entscheidung getroffen hatte, fühlte sie sich erleichtert. Sie würden es mit ihr aufnehmen müssen und sie würde es ihnen nicht leicht machen.

*

Ohne von den Wachen aufgehalten zu werden, passierten Prinzessin Sitt Al Mulk und ihre Kutama-Eskorte den furchteinflößenden steinernen Quader des Bab Al Futuh, des nördlichen Stadttors. Schnurgerade ging es auf der Großen Straße weiter bis zu jenem Punkt, wo sich die Straße zu dem prächtigen Festplatz öffnete, der, nach seiner Lage, »Zwischen den beiden Schlössern« hieß. Linker Hand breitete sich in unüberschaubarer Größe der Haremspalast aus, zur Rechten stand das kleinere Wasserschloss. Die Kutama schwenkten nach rechts und querten die westliche Hälfte des Festplatzes. Am Tor von Sitts Schloss angelangt, machten sie halt und saßen ab.

Jemand kratzte am Schlag von Sitts Sänfte und die Stimme des Berber-Kommandanten war zu hören: »Würden Euer Hoheit so gnädig sein und mit mir sprechen?«

Takarrub sah Sitt fragend an. Die Prinzessin nickte. Daraufhin rief die Dienerin nach draußen: »Ja. Mach auf und sag, was du zu sagen hast!«

Der Schlag ging auf und der Kommandant erschien mit einer Verbeugung in der Öffnung. »Wir sind bei Eurem Palast angekommen, *ya Amira*. Ich bitte Euch um Erlaubnis, Euch hineinzueskortieren.«

Der Offizier legte ein kluges Verhalten an den Tag. Sitt wusste, dass er seinen Befehl ausführen musste, doch immerhin trat er ihr dabei nicht unnötig nahe. Auch ihr lag im Augenblick daran, keinen Aufruhr zu verursachen. Einer respektlosen Behandlung hätte sie sich widersetzen müssen, so aber konnte sie sich fügen.

»Wenn es so sein soll – nun, so sei es eben!«

Die Sänfte hob sich wieder und bewegte sich durch die Torhalle in den Innenhof des Wasserschlosses. Da es im westlichen Teil der Stadt als Gegenstück zum Kalifenpalast im östlichen Teil erbaut war, hieß es auch der »Westpalast«. Sitts Vater Al Aziz hatte es früher als Lustschloss benutzt. Es verfügte über einen unterirdischen Tunnel, durch den er nach Lust und Laune jederzeit und ohne Schutz zwischen den beiden Palästen hin und her wechseln konnte. In den Jahren bevor Sitt das Wasserschloss als Residenz übernahm, hatte er sich oft und gerne dorthin zurückgezogen. Er genoss die Lage und die exquisite Architektur des kleineren Palastes. Dort konnte er sich, fernab des Menschengewühls im Kalifensitz, in dem neben dem Harem auch die *Diwane* der Minister untergebracht waren, in Ruhe seinen Büchern widmen, denn er war ein gebildeter Mann, der viel und gerne las.

Die Sänfte kam vor dem Aufgang zu Sitts Wohngemächern zum

Stehen. Die vielhundertköpfige Dienerschaft lief zusammen, um die Herrin zu begrüßen und vielleicht auch einen Hinweis darauf zu erhalten, was geschehen war, dass sie inmitten eines Kutama-Heeres heimkehrte. Nur wenige wussten, dass sie geflohen war, obwohl sich über das geheimnisvolle Verschwinden der Herrin alle möglichen Gerüchte verbreitet hatten.

Sitt stieg aus und bemühte sich um ein Lächeln. Ihre Leute sollten sich nicht um sie sorgen müssen. Sie neigte grüßend das Haupt und ging sogleich zur Treppe. Hinter ihr sammelten sich die persönlichen Dienerinnen und Eunuchen und folgten ihr in die Wohnung.

*

Eintausend Berittene waren angetreten, um Prinzessin Sitt Al Mulk zu bewachen – eintausend Mann gegen eine einzige Frau.

Sitt schritt auf ihrer Dachterrasse die kunstreich geschnitzten Maschrabia-Gitter und die mit blühendem Grün bepflanzten Lauben entlang und sah hinunter zu den Truppen. In der gewohnten Formation von je zehn mal fünf Mann hatten die Kutama-Reiter das Thronfolgerschloss umstellt. Ihre braunen *Burnusse* bedeckten die Flanken der Pferde. In der zweiten Generation dienten die Berber nun schon dem Thron der Kalifen von Al Kahira und waren trotz aller Prachtentfaltung und Verfeinerung in der Herrscherfamilie selbst einfache Söhne der Wüste geblieben. In früheren Zeiten hätte Sitt der Treue dieser Männer bedingungslos vertraut. Sie waren die Garde ihres Vaters gewesen und damit auch die ihre. Doch in Syrien hatten die stolzen Berberkrieger eine Niederlage nach der anderen einstecken müssen. Allein den türkischen Söldnern unter ihrem obersten Anführer, dem Generalissimus Mangu Tekin, war es zu verdanken gewesen, dass die reiche Provinz für den Kalifen gerettet werden konnte. Seither war der Stern der Wüstenkrieger im Sinken begriffen. Kalif Al Aziz hatte die Regimenter der Kutama auf Anraten seines früheren Wesirs Yakub Ibn Killis zunehmend durch die türkischen Mameluken ersetzt und nun nahmen die Berber dafür schonungslos Rache.

Ihr Blick erhob sich von den zu Feinden gewordenen einstigen Beschützern vor ihrem Palast und wanderte in die Weite, hinweg über ihren blühenden Park. Hinter dem Lustgarten war der große alte Kanal zu sehen, der *Khalig*. In heidnischen Zeiten, als Arabien von einer schrecklichen Dürre heimgesucht worden war, hatte ein Pharao diesen Kanal auf Bitten von *Sajida* Hagar, der Konkubine des Propheten Abraham und Mutter seines Sohnes Ismail, ausheben lassen, um die Stadt Mekka mit dem Wasser des Nils vor dem Verdursten zu retten. Mekka konnte gerettet werden. Der Kanal blieb viele Jahrhunderte hindurch eine für Schifffahrt und Handel unschätzbare Verbindung zwischen den ägyptischen Hauptstädten und dem Roten Meer.

Jetzt führte der *Khalig*, wie Sitt bedauerte, nicht mehr zum Roten Meer, sondern war größtenteils versandet und nur noch in einem kurzen Teilstück schiffbar. Gerade kam aus dem Süden eine kleine Flotte schwer beladener Schiffe auf Al Kahira zu. Der lange Zug der Treidelkamele, die sich am Ufer abplagten, war deutlich zu erkennen. Hinter dem *Khalig* und von diesem durch einen schmalen, von Gärten und Äckern bedeckten Landstreifen getrennt, floss der Nil.

Langsam, den Ausblick in sich aufnehmend, ging Sitt auf ihrer Dachterrasse weiter, bis das Prinzen- und das Wesirsviertel der Kalifenstadt in ihr Blickfeld kamen. Dort hatten hohe Beamte und Prinzen ihre Paläste und Gärten.

›Wer von euch ist jetzt noch Freund?‹, dachte die Prinzessin mit einem Anflug von Grimm.

Außerhalb der südlichen Stadtmauer erstreckten sich, eingebettet ins Grün des weiten Flusstales, die Elefantenseen. Daneben lag, breit und stark wie eine Festung, die Moschee des Ahmed Ibn Tulun und unweit von dieser das gewaltige Aquädukt, das auch der Tulunide hatte erbauen lassen. Die beiden Bauwerke waren die letzten Überreste einer glanzvollen Epoche, die vor hundert Jahren unter den Abbasiden ein gewaltsames Ende gefunden hatte. Im Hintergrund schließlich lag, verschwimmend schon in der vom Staub flimmernden Luft und gelbbraun wie die Wüste, die tausend Jahre alte Hauptstadt Misr, wimmelnd von Menschen und voller Märkte, Kirchen und Moscheen. Nach der Stadt nannten die Ägypter ihr Land, so als stünde der Teil fürs Ganze, nie anders als nur »Misr«.

Das von der Geschäftigkeit und den niemals endenden Umtrieben der Ägypter brodelnde Misr war das genaue Gegenteil zu der strahlenden, nach den Gesetzen der Geometrie und Astronomie angelegten Zitadellenstadt Al Kahira, in der die göttliche Ordnung ins Irdische übertragen worden war. Sitts Großvater Al Muizz persönlich hatte, beraten von seinem Hofastronom, die Planung dieses von gewaltigen Mauern und Türmen umschlossenen Himmels auf Erden beaufsichtigt. Die hohe Gilde der weisen Architekten Ägyptens hatte die Bauwerke ausgeführt. Und dennoch war Sitt Al Mulk die alte Stadt ebenso teuer wie die neue, denn nicht minder als den Geist, der in Al Kahira eine Herberge gefunden hatte, liebte sie das Leben, das seit der Ankunft der Fatimiden wieder mit großer Kraft durch Misr pulsierte.

Sitt beendete die Runde auf ihrer Terrasse an der Stelle, wo sich unten die Prachtstraße »Zwischen den beiden Schlössern« zum Festplatz erweiterte. Jenseits dieser erhoben sich, fast doppelt so hoch wie ihr eigener Palast, in göttlicher Harmonie gegliedert und mit vielerlei Steinmetzarbeit geschmückt, die Mauern des

Kalifenpalastes. Noch einmal lugte sie nach unten, wie um sich zu vergewissern, dass die Tausendschaft Berittener tatsächlich zu ihrer Bewachung angetreten war. Doch da standen sie noch immer und machten keinerlei Anstalten abzuziehen.

Mit schnellen Bewegungen ihres Fächers aus gestutzten Pfauenfedern kühlte sie sich die erhitzten Wangen und ging zurück zum Dachpavillon, wo sich heute eine besonders große Schar von Besucherinnen aus dem Harem und den anderen Palästen der Hauptstadt eingefunden hatte. Sitts Haus war, wie das jedes Würdenträgers, ständig offen für Besucher und Bittsteller. Doch nachdem sich in der Hauptstadt die Nachricht von Sitts Ergreifung durch die Kutama ausgebreitet hatte, waren heute besonders viele Frauen gekommen. Bei den Angehörigen des Hofes herrschte Entsetzen darüber, dass die Verschwörer die Kalifentochter gefasst hatten. Die verzweifelte Hoffnung, die sie in Sitt Al Mulk gesetzt hatten, war damit zusammengebrochen. Nun waren sie gekommen, um der Prinzessin ihr Mitgefühl zum Ausdruck zu bringen und sie ihrer weiteren Loyalität zu versichern.

Die Freundinnen und Verwandten hatten sich auf den Sofas entlang der Wände des Pavillons niedergelassen. Sie sprachen aufgebracht durcheinander. Die Stimmung war ein Gemisch aus Ratlosigkeit und Empörung.

Aus dem Augenwinkel nahm die Prinzessin wahr, dass in einer Ecke Takarrub und Amina – Sitts Cousine und Milchschwester – bekümmert die Köpfe zusammensteckten. Amina wusste von Sitts Plan, Nour zu heiraten und mit ihm im Staatsstreich die Regierung zu übernehmen. Jetzt bangte sie um das Schicksal sowohl des eigenen Bruders als auch der liebsten Freundin.

In diesem Augenblick kam ein knabenhafter Eunuch über die Treppe zum Dach heraufgelaufen und flüsterte Sitt, die sich eben zu den Frauen setzen wollte, etwas ins Ohr. Sitt richtete sich da-

raufhin wieder auf, strich sich Haar und Kleid zurecht und schritt unverzüglich zur Treppe. Der kleine Eunuch war ihr vorausgeeilt und hatte sich neben der obersten Stufe zu Boden geworfen.
Aus dem Halbdunkel des Treppenhauses tauchte die schlanke Gestalt der Prinzessin Abda Bint Al Muizz auf. Sie war die unbestrittene große Dame des Kalifenpalastes. Sogar für Sitt Al Mulk war es eine Ehre, ihren Besuch zu empfangen. Abda war eine Schwester von Sitts Vater und Tochter des Kalifen Al Muizz, des Gründers von Al Kahira und ihrer Nichte Sitt besonders zugetan.
Sie stattete nur in den allerseltensten Fällen Besuche ab, denn sie wollte den Haremsintrigen, die wie Insektenschwärme durch die Luft der Hauptstadt schwirrten, tunlichst aus dem Weg gehen. Doch die Notlage ihrer Nichte Sitt Al Mulk hatte sie veranlasst, ihr zu Hilfe zu eilen. Abda, die ebenfalls ein ausgedehntes Netzwerk von Spionen unterhielt, verfügte über Anhaltspunkte, die sie fürchten ließen, dass auf Sitt eine schwere Prüfung zukam.

*

Wie sich bald zeigte, sollten sich Abdas Befürchtungen auf das Schrecklichste bewahrheiten. Ausgerechnet Sitts Hofmeister Midad kam als Bote des Unglücks. Das dunkle Gesicht grau vor Bestürzung, trat er ohne Umschweife auf Sitt zu, die unter den Frauen Platz genommen hatte und flüsterte ihr etwas ins Ohr.
Der Prinzessin stockte der Atem. Der Pavillon wurde ihr plötzlich eng und erdrückend. Sie sprang von ihrem weichen Sofaplatz auf und war mit wenigen Schritten im Freien. Alles um sie herum begann sich zu drehen, langsam erst und dann immer schneller: das Dach, ihr Schloss und der Himmel selbst. So, wie die Welt um sie ins Wanken geraten war, drohte Sitt das Gleichgewicht zu verlieren. Midad und Takarrub waren gerade rechtzeitig an ihrer Sei-

te, um sie vor einem Sturz auf die Bodenfliesen zu bewahren. Amina kam gelaufen und barg ihren Kopf an ihrer Schulter. Jemand fächelte ihr Luft zu.

In gewohnter Ruhe näherte sich Tante Abda. Fragend sah sie Midad an. Die abrupte Gebärde, mit der er eine Hand an seiner Kehle vorbeizog, sagte alles.

Zu fünft stiegen sie die Treppe vom Dach hinunter. Sitt Al Mulk ging aufrecht, hielt sich aber immer noch an Midad und Takarrub fest. Noch nie war ihr der Weg vom Dach in ihre Gemächer so lang erschienen. Doch war sie dafür dankbar und wenn es nach ihr gegangen wäre, so hätte sie die Strecke ins Unendliche gedehnt. Lieber ewig so dahingehen als jemals Gewissheit haben! Vielleicht war das Schicksal gnädig mit ihr, vielleicht auch besonders grausam, denn letzte Gewissheit würde ihr niemals zuteil werden.

Auf den Stufen zu ihrer Bettstatt lag ein Gewand ausgebreitet, die weiße Reitjacke eines Prinzen oder Höflings, blutdurchtränkt und an der Brust von Messerstichen zerschnitten. Daneben lag ein weiteres Kleidungsstück mit Blutflecken und dieses war ihr vertraut: Es handelte sich um Nours Mantel, an dem sie zwei Tage zuvor ihr goldenes Schmuckstück mit der Taube und der Nachtigall als Schließe befestigt hatte. Für den Mittag hatte sie gehofft, Nachricht von Nour zu erhalten. Es war Mittag.

2

Der Knabe im Harem

Sitt wusste noch genau zu sagen, wann es begonnen hatte. Sie war ein kleines Kind gewesen, in ihrem sechsten Lebensjahr. Es geschah an einem jener Tage im Harem, an dem ihre Mutter und Großmutter wieder einmal knapp einem Streit entgangen waren. Tagrid, die Mutter des jungen Kalifen Al Aziz, ergriff damals jede Gelegenheit, um ihre griechische Schwiegertochter, die ihr ein Dorn im Auge war, herauszufordern. Und Theodora kostete es jedes Mal ein hohes Maß an Selbstbeherrschung, einen Zusammenstoß zu vermeiden.

Theodora – sie war die unangefochtene Favoritin des Kalifen – und ihre Freundin Demetria hatten soeben mit ihren Kindern und Dienerinnen den großen Haremssaal betreten. Wie Theodora entstammte Demetria einer byzantinischen Familie. Sie war die Mutter Aminas und die Konkubine des verstorbenen Kronprinzen Abdallah. Sitt und Amina in ihren gefältelten weißen Kleidern eilten den beiden Müttern voran und stürzten sich in das Haremsgewühl, aus dem ihnen eine Welle von Parfumduft entgegenschlug.

Trotz der frühabendlichen Schwüle außerhalb der Palastmauern war es in der riesigen, dreigeteilten Halle angenehm kühl. In grazilem Schwung hochgezogene Steinbögen nahmen den dicken Wänden die Schwere und vermittelten Eintretenden das Gefühl, an Bord eines auf dem Wasser tanzenden Schiffes zu gehen. Die hölzernen Decken waren mit Gold eingelegt und die Blütenkapitelle der Säulen vergoldet. An den Mauern entlang liefen Holzreliefs. In bunten Farben zeigten sie das Leben am Hof. Darunter zog sich in Blau und Gold eine Schriftbordüre mit Koranversen über die Wände. Ein Springbrunnen inmitten eines viereckigen, türkis gekachelten Wasserbeckens erfrischte die Luft im Saal. Doch sein Plätschern ging unter in dem herrschenden Klanggewirr von Musik und Frauenstimmen, von Kinderlachen und Säuglingsgeschrei.

Diwane standen entlang der Wände und rund um die Säulen. In ihren Polstern saßen oder räkelten sich träge die Frauen des Harems. Da waren weißhäutige *Jawaris* – Sklavinnen –, mit blondem Haar. Sie stammten aus den barbarischen Nordländern. Neben ihnen saßen schwarze Schönheiten von der Sansibar-Küste und dunkle, christliche Prinzessinnen aus Äthiopien. Mandeläugige Frauen aus Hind und Persien schwatzten mit Tartarinnen und Beduininnen aus der Cyrenaika mit den Schwestern ägyptischer Scherifen. Es war, als suchten die Fatimiden mit der Kraft ihrer Lenden die ganze Welt an sich zu binden.

In einiger Entfernung vom Eingang erhob sich, von Teppichen bedeckt, ein Podium. Beim Eintreten der Favoritin des Kalifen kam Leben in die vier Trommler, die bis dahin, ihre *Tablas* zwischen die Füße geklemmt, mit halbgeschlossenen Augen wie in Trance die Musikerinnen begleitet hatten. Nun beschleunigte und verstärkte sich der Rhythmus, mit dem die Hände der Eunuchen die Trommelfelle schlugen, um in einem lauten Wirbel die Ankunft Theodoras zu verkünden.

Die Unterhaltungen im Saal verstummten. Köpfe wandten und

Oberkörper reckten sich, um die Eintretenden besser sehen zu können. Theodora und Demetria hatten sich prächtig geschmückt und zurechtgemacht. Theodora trug ein karmesinrotes Kleid mit perlenbesticktem, knappem Oberteil und faltenlosem, sich nach unten hin weitendem Rock. Dort, wo die kurzen, anliegenden Ärmel des Kleides endeten, kamen die gefältelten Ärmel eines aprikosefarbenen Unterkleides hervor, das auch unter dem nach byzantinischer Mode abgeschrägten Rock hell und duftig zu sehen war. Das schwere, dunkelbraune Haar, dem Henna den Schimmer roter Datteln gegeben hatte, lag ihr in Flechten um den Kopf. Ein bis zu den Kniekehlen reichender, durchsichtiger Schleier aus Mossulseide war in ihrer Frisur befestigt und wehte bei jedem Schritt. Ganz ähnlich, wenngleich ein wenig bescheidener, war auch Demetria gekleidet. Sie trug ihr honigfarbenes Haar helmartig angeordnet. Auf einen Schleier hatte sie verzichtet. Ägyptische Ketten mit dicken Kugeln in filigran durchbrochener Goldarbeit schmückten Hals und Handgelenke der beiden Griechinnen.

Ein Raunen der Bewunderung ging durch den Saal. Auf einem der bestplazierten Sofas aber blieb eine Frau demonstrativ regungslos weiter über ein Schachbrett gebeugt. Es war die Beduinin Tagrid, die Kalifenmutter. Sie hatte die Beine untergeschlagen und stützte das Kinn in die Hand. Sie gönnte der verhassten Schwiegertochter nicht die Genugtuung, sich durch ihr Eintreffen im Spiel unterbrechen zu lassen und tat so, als wäre sie ganz in die Überlegung des nächsten Zuges vertieft. Langsam und bedächtig ergriff sie eine der geschliffenen Figuren aus Bergkristall und ließ sie zwischen ihren Fingern funkeln.

Theodora war durch Tagrids Verhalten gezwungen, auf sie zuzugehen, scheinbar ohne von ihr zur Kenntnis genommen worden zu sein. Sie zögerte einen Augenblick, wappnete sich dann mit

einem tiefen Atemzug und setzte sich in Richtung der beiden Schachspielerinnen in Bewegung.
Vor dem Tischchen blieb sie stehen. Als die Beduinin immer noch nicht zu ihr aufsah, gab Theodora sich einen Ruck und sprach sie an:
»Sei gegrüßt, Mutter des Befehlshabers der Gläubigen!«
So, als bemerkte sie die Anwesenheit der anderen erst jetzt, hob Tagrid langsam den Kopf und sah mit der täuschenden Sanftheit ihrer weit geöffneten großen Augen – die in Wirklichkeit von starker Kurzsichtigkeit rührte – zu Theodora auf. Mit einer kaum merklichen Drehung ihres Halses bot sie ihr die Wange zum Kuss. Theodora hatte keine andere Wahl, als sich tief zu der Schwiegermutter hinunterzubeugen und sie zuerst auf die dargebotene rechte und dann auf die linke Wange zu küssen. Tagrid führte daraufhin die zusammengeführten ersten drei Finger ihrer Rechten an die Stirn und murmelte einen unverständlichen Dank. Hierauf wandte sie sich wieder dem Schachbrett zu, als habe sie die lästige Störung im selben Augenblick auch schon wieder vergessen.
Sitt spürte für ihre Mutter einen Stich im Herzen, aber Theodora schien die Demütigung nicht zur Kenntnis zu nehmen. Erhobenen Hauptes blickte sie sich im Saal um und überlegte, wohin sie ihre Schritte lenken sollte. So es sich irgendwie vermeiden ließ, wollte sie sich nicht in der Nähe der Konkubinen des Kalifen niederlassen.
Zu ihrer Erleichterung erblickte sie in einer Ecke Raschida, die Schwester Abdas und wie diese ihrer Stiefmutter Tagrid nicht wohlgesonnen. Viele Frauen verbrachten den ganzen Tag im großen Harem und auch Raschida schien heute schon seit längerer Zeit dort zu sein, denn die Spule des Spinnrads war bereits dick mit Leinengarn umwickelt. Mit den geübten Fingern ihrer Rech-

ten drehte sie die Flachsfasern zusammen, während sie mit der Linken das Rad in Bewegung hielt. Dabei murmelte die der Mystik anhängende Frau in ununterbrochener Abfolge die neunundneunzig Namen Gottes. Dem Spinnen wohnte nämlich eine fromme Bedeutung inne: So, wie das Spinnrad summte, murmelte die gläubige Frau heilige Worte und so, wie das Garn durch das Spinnen immer feiner wurde, läuterte sich ihr Herz durch das ständige Denken an Gott. Die Frau durfte dann hoffen, dass der Allerhöchste am Tag der himmlischen Hochzeit ihre Seele zu einem guten Brautpreis kaufen würde, während ein weniger reines Herz nach dem Tode Zurückweisung zu erwarten hätte.
Beide Töchter des Al Muizz, Abda und Raschida, waren ungeheuer reich. Doch anders als ihrer Schwester Abda, die Kunstwerke, Bücher und Waffen sammelte, hortete Raschida lieber wertvolle Stoffe, Kleider und duftende Parfums, ohne jedoch selbst davon Gebrauch zu machen. Ihre Sparsamkeit war sprichwörtlich. Zugleich aber erfüllte sie peinlich genau die Vorschrift des Propheten, den Bedürftigen zu spenden und ließ Getreide von ihren Gütern unter den Armen von Misr verteilen. Dafür flehten diese den Segen Allahs auf sie herab. Von ihrem Vater Al Muizz hatte Raschida nicht nur große Schätze, sondern auch dessen Sammlung juwelenbesetzter Turbane geerbt, ebenso wie jenes berühmte Zelt aus schwarzer Halbseide, in dem Harun Al Raschid seine letzten Atemzüge getan hatte.
Mit ihrem kleinen Staat stand Theodora nun vor der allein dasitzenden Prinzessin.
»Sei gegrüßt, du fromme Schwester unseres Fürsten. Ist es dir recht, wenn wir dir Gesellschaft leisten?«
Ohne beim Spinnen innezuhalten, wies die Tochter des Muizz mit schmalem Lächeln und einem Gegengruß auf den Platz an ihrer Seite. Die beiden Griechinnen tauschten einen verständnisinnigen

Blick und ließen sich auf dem Diwan nieder. Obwohl vielfach um ihre Reichtümer beneidet, wurde Raschida ob ihrer unerbittlichen Askese oft belächelt. Die Tochter und Schwester vom Kalifen bestand darauf, sich ihren Lebensunterhalt durch das Spinnen selbst zu verdienen. Nach der Art besonders frommer Hofangehöriger verschmähte sie es, vom Staat eine Apanage zu beziehen, da dessen Reichtümer nicht unbedingt Quellen entstammten, die der Religion recht waren.

Trotz ihrer Verschiedenheit brachten Theodora und Raschida einander aufrichtige Wertschätzung entgegen. Beide waren Frauen mit Prinzipien, die ihre Ziele beharrlich verfolgten. Aufgrund ihrer gemeinsamen Abneigung gegen Tagrid sahen sie einander als Verbündete. Wenn keiner zuhörte, nannten sie die Stief- und Schwiegermutter »die Sklavin«. Tatsächlich war die Beduinin Tagrid ein einfaches Sklavenmädchen gewesen, als der Kalif Al Muizz sie zur Konkubine erwählte. Doch war sie dem Muizz mit ihren tiefgründigen schwarzen Augen, ihrer anmutigen Gestalt und ihrer an das Gezwitscher von Vögeln erinnernden Sprechweise bald so ans Herz gewachsen, dass er sie zu seiner Favoritin machte. Nachdem sie dem Kalifen zwei Söhne geboren hatte, Abdallah und Al Aziz, war sie am Hof in eine Machtposition aufgestiegen, die sogar jene der Töchter des Muizz übertraf.

Nun aber war Theodora für den Kalifen Al Aziz in die Rolle der Favoritin geschlüpft. Er überschüttete sie und ihre Tochter Sitt Al Mulk mit Liebe und behandelte beide mit einer Hochachtung, wie es am Fatimidenhof bislang weder einer Konkubine noch einer Tochter vergönnt gewesen war. Die Kalifenmutter Tagrid wollte sich mit der Machteinbuße, die das für sie bedeutete, nicht abfinden und lieferte deshalb der Griechin einen zermürbenden Kampf.

Während nun Theodora und Demetria eine Unterhaltung mit Raschida begannen, in die sich bald auch andere Frauen mischten, kamen aus allen Richtungen Kinder herbeigelaufen. Die meisten von ihnen waren weiß gewandet, die Mädchen in lange Kleider oder *Galabias* und die Knaben in halblange Hemden und über der Hüfte weiten und unterhalb der Knie eng anliegenden *Serwal*-hosen.

Sitt, die sich sonst gefreut hätte, ihre Halbschwestern und die vielen Cousinen und Cousins zu sehen, war heute sonderbar zerstreut. Schon beim Betreten des Saales hatte sich ihrer eine erwartungsvolle Unruhe bemächtigt und eine Kraft, der sie sich nicht bewusst war, zog sie fort von den Altersgenossen.

So kehrte sie bald Amina, den anderen Kindern und dem ganzen Kreis, der sich um ihre Mutter Demetria und Raschida gebildet hatte, den Rücken und entfernte sich von ihnen. Da am Eingang des Saales Wachen postiert waren, durften sich die Kinder im Inneren frei bewegen. Dennoch erhob sich die schwere Amme Aischa ächzend von dem Polster, auf dem sie sich zu Füßen Theodoras niedergelassen hatte und ging ihrem Schützling in einigem Abstand nach.

Sitt sah sich nicht um, sondern folgte einem Weg, den sie auf dem wie ein Blumengarten gemusterten Mosaikboden zu erkennen glaubte. Wäre sie ein wenig älter gewesen, so wäre ihr das Bild eines wie glühende Kohlen dunkel blitzenden Augenpaares, das sich irgendwann in jüngster Zeit in ihr Herz gebrannt hatte, zu Bewusstsein gekommen. So aber wanderte sie scheinbar ziellos durch den Saal, vorbei an schwatzenden Frauen, die sich von ihren mit hochgereckten Ärmchen Aufmerksamkeit fordernden Sprösslingen nicht aus der Ruhe bringen ließen und anderen, denen Sklavinnen das Haar bürsteten oder die Füße massierten.

In großen, glasierten Bodenvasen verströmten weiße Lilien ihren betäubenden Duft. Überall wimmelte es von kleinen und größeren Kindern. Ein kleiner Junge, der eben erst zu gehen gelernt hatte, sah mit großen Augen und speichelnassem Mündchen zu Sitt auf. Sie bemerkte ihn kaum. Ein kleines Mädchen stolperte vor ihr und fiel hin. Als sie der Kleinen aufhalf, bemerkte sie flüchtig deren klebrige Honigfinger, die ihr ebenfalls die Hände verklebten. Sie sah sich um nach einer Schüssel mit Rosenwasser, nahm eines der danebenliegenden Handtücher, tauchte es ins Wasser und reinigte sich die Hände, so gut sie konnte.

Aischa, die Sitt immer noch beobachtete, war drauf und dran, ihr zu Hilfe zu eilen, hielt sich aber zurück. Sie spürte die Veränderung in dem Kind. Wenn sie Sitt jetzt nicht aufschreckte, würde sie vielleicht erfahren, was in ihr vorging.

Schlafwandlerisch, als träumte es, setzte das kleine Mädchen seinen Weg fort. Dienerinnen mit Platten voller Leckerbissen, mit gebratenem Fleisch, reifen Früchten und honiggetränkten Süßigkeiten, eilten an ihr vorbei. Wie aus der Ferne hörte sie das Gezwitscher der Singvögel in den Käfigen, die im Saal aufgestellt waren und von den Wänden hingen. Ein grünäugiges, schwarzes Kätzchen kreuzte ihren Weg. An einem anderen Tag hätte sie es nicht vorbeigelassen, ohne es zu kraulen. Heute beachtete sie es nicht.

Sie durchquerte den Saal in seiner ganzen Länge, bis ihr Weg an einer langen Reihe von Wandschirmen endete. Dahinter waren laute Knabenstimmen zu hören. Es war jener Platz im Haremssaal, wo die älteren Jungen unter sich sein und sich mit ihren Spielen vergnügen durften. Nach ihren anfeuernden Rufen zu schließen, trugen sie einen Wettkampf aus. Sitt lugte durch einen Spalt zwischen zwei Wandschirmen.

In dem Halbdämmer hatten die Jungen einen Kreis gebildet und verfolgten gebannt, die Hände auf die Schenkel gestützt, einen Vorgang in ihrer Mitte. Sitt konnte nicht sehen, was es war, doch hörte sie heftiges Schnaufen und Keuchen. Da hob einer der älteren Jungen im Kreis die Hand und ließ sie mit lautem Ruf niedersausen. Ein Jubelschrei aus der Mitte drang an Sitts Ohr und ein zerzauster, vor Anstrengung dunkler, aber im Siegestriumph lachender, ihr wohlbekannter Kopf schoss in die Höhe. Das Hemd des Jungen war vom Kampf verrutscht und gab eine Schulter frei. Unter der dunkelsamtenen Haut zeichneten sich deutlich die schlanken Muskeln ab.

Der Blick des Knaben ging unwillkürlich in Sitts Richtung, kreuzte dabei, ohne dass es ihm zu Bewusstsein kam, den ihren und vereinigte sich in ihrem Herzen mit dem Bild des Augenpaares, das sie seit Tagen in sich trug. Mit wilder Kraft bemächtigte sich des Mädchens ein ungekanntes Hochgefühl.

Aischa war um die Wandschirme herumgegangen, um zu sehen, was dahinter vor sich ging. In dem Augenblick, da sie den wie von einem *Dschinn* hochgehobenen Jungen erkannte, wusste sie auch schon, was geschehen war. Zuerst erschrak sie. Sie fürchtete um das ihr anvertraute Mädchen. Doch gleich darauf fiel ihr ein: Der Knabe – es war Prinz Nour, der Sohn Abdallahs, Sitts Cousin und Aminas Halbbruder – feierte sehr bald das elfte Geburtsfest. Dann würde er, wie alle Prinzen, sobald sie dieses Alter erreicht hatten, in den Herrentrakt des Kalifenpalastes übersiedeln.

Als Aischa wieder hinter den Wandschirmen hervorkam, stand Sitt immer noch bei dem Spalt und sah auf das wilde Treiben der Jungen. Die Kinderfrau ging zu ihr hin, beugte sich über sie und sagte leise, um sie nicht zu erschrecken:

»Komm, meine schöne Prinzessin! Komm, deine Mutter wartet.«

*

Sitt schwebte auf einer Welle von Glück, wie sie es noch niemals zuvor erlebt hatte. Nicht einmal, wenn ihr Vater sie lobte und sich an ihrer drolligen Klugheit erfreute, war ihr so hell, so weit und so beflügelt zumute gewesen. Keinen Augenblick zweifelte sie daran, dass sie nun immer in diesem Zustand sein würde und ließ sich deshalb auch willig von Aischa fortführen.

»Ich werde Nour heiraten«, war alles, was sie auf dem Weg zurück durch den von Stimmengewirr und Musik schwirrenden Saal hervorbrachte.

»Aber meine Kleine, du weißt doch, Prinzessinnen heiraten nicht!« Die Töchter der Fatimiden wurden selten vermählt und bekamen ebenso selten Kinder. Auch die Kalifen vermieden es zu heiraten. Dadurch sollte die Erbfolge möglichst frei vom Einfluss der Frauen bleiben – eine Rechnung, die keineswegs aufging, sondern die im Gegenteil Intrigen förderte und nährte. Doch obwohl oder gerade weil es am Hof so wenige Hochzeiten gab, richtete sich das Sehnen der Frauen auf kaum etwas anderes und aus ihren Gesprächen und den Geschichten, die sie einander erzählten, pflanzte sich der Wunsch auf die im Harem heranwachsenden Mädchen fort.

»Ich werde ihn heiraten«, beharrte das Kind.

Aischa brachte es nicht über sich, Sitt zu eröffnen, dass der Cousin bald von seiner Mutter fort und zu seinem Vater ziehen würde. Auch kannte sie ihre Ziehtochter gut genug, um zu wissen, dass sie sich mit dieser Mitteilung nicht zufriedengeben würde. Vielleicht würde sie sogar zu dem Jungen zurücklaufen und sich bloßstellen. Der ganze Harem würde sich über das haltlose Kind Theodoras das Maul zerreißen. Nicht auszudenken!

Die Kinderfrau war heilfroh, als sie wieder bei Raschida und den Griechinnen angelangt waren. Inzwischen waren sieben Tänzerinnen in wehenden, durchscheinenden Kleidern auf das Podium

gesprungen. Im Haar trugen sie Bänder, von denen ihnen Goldmünzen in die Stirn hingen. Ketten mit Münzen fielen über ihre hochgeschnürten Brüste und klirrten an ihren Hand- und Fußgelenken. Sogar an den Säumen ihrer Kleider waren Goldstücke aufgenäht. Um die Hüften hatten sie Schleiertücher geknotet.
Die Tänzerinnen stellten sich auf. Die Außenstehenden hielten bemalte Rasseln, die in der Mitte Tamburine. Rund um das Podium hatte sich ein Kreis von Kindern gebildet und Aischa forderte eine Dienerin auf, zwei Sitzkissen hinzubringen, damit auch Sitt und Amina dem Tanz aus nächster Nähe zusehen konnten. Der Kreis weitete sich, damit die beiden Mädchen Platz fanden. Aischa beobachtete, wie Sitt mit gerötetem Gesichtchen und hochroten Ohren auf die magischen Bewegungen der Tänzerinnen starrte, die sich mit vorgeschobenem Becken und grazilen Beinschwüngen zunächst zögernd, aber lockend auf die Musik einließen. Allmählich wurden sie, dem Rhythmus der Trommeln folgend, schneller und begannen sich zu drehen und die Hüften zu schwingen, dass die Münzen klirrten und die dünnen Stoffe der Röcke und Schleier sie umwehten. Immer wilder tanzten die jungen Frauen und steigerten sich schließlich zu einem langen, wirbelnden Finale.
Sklavinnen, sagte sich Aischa, lernten zu musizieren, zu singen und zu tanzen, Prinzessinnen dagegen nicht. Für sie ergab sich keine Notwendigkeit, einen Geliebten in Stimmung zu bringen und anzustacheln. Die Amme warf einen bedauernden Blick auf Sitt, die immer noch ganz gefangen dasaß, als hätte sie heute zum ersten Mal einen Tanz gesehen: Auch dir, meine arme Kleine, auch dir werden die Freuden der Liebe verschlossen bleiben.
Ein Tanz folgte dem anderen, jeder anders als der vorhergehende. Die Kinder um das Podium und die Frauen des Harems wiegten sich im Rhythmus der Trommeln, klatschten dazu und feuerten

die Tänzerinnen an. Aus den Reihen der älteren Frauen fielen zweideutige Zwischenrufe und brachten die jüngeren zum Lachen. Die Stimmung wurde immer erregter und ausgelassener und die Tänzerinnen gönnten sich keine Ruhe. Erst als sie gänzlich erschöpft waren und ihre Locken nass, verbeugten sie sich, glücklich über den Beifall des Publikums und zogen sich zurück. Auch die Musiker hatten sich verausgabt und so kehrte Stille ein in dem Saal, die nach dem Wirbel zuvor auf die Frauen ernüchternd wirkte. Enttäuschung breitete sich aus. Wie jeden Abend hatten sie auch heute wieder darauf gewartet, dass der Kalif mit seinem Gefolge an Prinzen dem Harem einen Besuch abstatten würde. Dann wären weitere Tänzerinnen herbeigeholt worden und zudem Sängerinnen und bis in die frühen Morgenstunden wäre die Musik erklungen. Das Vergnügen wäre erst zu Ende gewesen, wenn die kühle Luft des neuen Tages frisch und jungfräulich durch die Gartenfenster hereingeströmt wäre und das Singen und Lärmen der Vögel das Spiel der ermüdeten Musiker übertönt hätte.

*

Zwanzig Jahre lagen zwischen jenem ersten Erwachen von Sitt Al Mulks Liebe zu Prinz Nour und ihrem grausamen Ende. Sie warf sich auf die Stufen vor ihrem Bett. Sie hielt die blutigen Kleider des Geliebten an sich gepresst. Ein trockenes Schluchzen schüttelte ihren Körper und ein Gefühl tiefster Einsamkeit bemächtigte sich ihrer Seele. Nour war ihr nicht nur Geliebter gewesen, sondern auch Freund und Partner im Irrgarten höfischer Politik. Ihr Glück war zerstört und ihre Pläne. Nun wusste sie: Ihre Feinde waren zu allem fähig. Takarrub kauerte zu ihren Füßen und Amina war neben ihr auf die Stufen gesunken und hielt sie umschlungen. Sie teilte das Leid der liebsten Freundin und trauerte um den eigenen Bruder. Rundum hatte lautes Klagen angehoben. Die Besucherinnen vom Hof und die Frauen des Hauses füllten Sitts Gemächer und die davorliegenden Wandelgänge. Dicht gedrängt standen, saßen oder hockten sie. Viele weinten, manche flüsterten mit bestürzten Mienen und Klagefrauen rauften sich die Haare, überschütteten sich mit Asche, schlugen sich an die Brust, riefen laut schreiend Gott an und schleuderten ihm Vorwürfe entgegen. Jede Tätigkeit im Palast war zum Stillstand gekommen. Im Hof hatten sich die Eunuchen versammelt und harrten besorgt der Neuigkeiten aus dem Wohntrakt der Herrin. Unter anderen Umständen wäre das Schloss Sitt Al Mulks nicht groß genug gewesen, um die Trauergäste aufzunehmen. Jetzt aber hatte die zu Sitts Bewachung abgeordnete Tausendschaft Befehl, niemanden mehr einzulassen. Es sollte ihr kein zweites Mal gelingen zu fliehen.

Abda beugte sich zu den beiden auf den Stufen liegenden verzweifelten Frauen und berührte sie sacht: »Ihr Töchter meiner Brüder: Es ist genug. Beruhigt euch! Achtet auf euch, ihr braucht eure Kraft!«

Immer noch schluchzend, stützte Sitt sich auf einen Arm und fuhr sich mit der freien Hand über Augen und Gesicht. Ihr Blick, der sich in den schrecklichsten Vorstellungen über das, was dem Geliebten widerfahren war, verloren hatte, kehrte in die Realität zurück. Sie wandte sich um zu Amina, sah der Freundin ins tränennasse Gesicht und strich ihr die gekräuselten Haarsträhnen aus der Stirn und von den Schläfen. Dann blickte sie sich im Schlafzimmer um.

»Wo ist Midad?«

Der Eunuch hatte sich, um die Trauer der Frauen nicht zu stören, in einen der hinteren Räume zurückgezogen. Als sich Sitts Frage wie ein Lauffeuer von Mund zu Mund bis zu ihm fortpflanzte, stand er, so schnell er konnte, vor seiner Herrin. Sie streckte ihm die Hand entgegen und zog sich mit seiner Hilfe hoch. Die Kleider des Prinzen lagen zerwühlt auf dem Boden. Takarrub bückte sich nach ihnen und sah ihre Herrin fragend an. Sitt nickte. Daraufhin breitete Takarrub die blutbefleckten Zeugnisse von Sitts vernichtetem Traum auf dem weißen Blütenmuster des damastenen Bettbezuges aus.

Sitt hatte sich gefasst. Zu Midad gewandt sagte sie: »Bestelle dem Palastmeister Bargawan, dass ich ihn zu sehen wünsche.«

Dann sah sie Abda an und setzte hinzu: »Ich will wissen, was für eine Erklärung Bargawan dafür hat!« Sitt wies auf die Kleider auf ihrem Bett.

»Lass es, Schwester!«, erklang da die belegte Stimme Aminas. Sie war ebenfalls aufgestanden und strich ihre Kleider zurecht. Dienerinnen bahnten sich mit Wasserschüsseln und herb duftendem, frisch aufgekochtem *Kahua* einen Weg durch die Menge klagender Frauen. Takarrub benetzte Tücher mit dem parfümierten Wasser, andere Dienerinnen eilten herbei, um behilflich zu sein. Während ihnen jemand von dem heißen Kaffee, einem unansehnlichen, aber belebenden dunkelgrünen Gebräu, einflößte, sagte Amina noch einmal:

»Lass es, Schwester! Reize sie nicht. Ist es nicht genug, dass euer Mut schon solch ein Opfer, das Leben eines vortrefflichen Mannes wie Nour, gefordert hat? Willst auch du dein Leben aufs Spiel setzen?«

Abdas wacher Blick ruhte gespannt auf Sitt. Sie kannte die Prinzessin, seit diese ein kleines Mädchen war. Sie hatte Sitt die Grundzüge des Lesens und Schreibens gelehrt und stets ein schützendes Auge auf sie gehabt. Sitts Mutter, die Griechin Theodora, hatte ein wenig außerhalb der Haremsgesellschaft gestanden, aber Abda wusste durch ihre Zuträger immer und in allen Einzelheiten, was im Harem und in der Regierung vor sich ging. Sie selbst hatte sich nie in öffentliche Angelegenheiten eingemischt, doch sie unterstützte es, dass ihre begabte, energische Nichte eine Rolle im Staat anstrebte und half ihr nach Kräften. Sitts Antwort enttäuschte sie nicht.

»Ich will ihn vor mir sehen, will hören, wie er versuchen wird, sich herauszureden, will spüren, wie er sich fühlt in seiner Haut.«

Und zu Midad, der noch zögerte, sagte sie: »Worauf wartest du? Bargawan soll kommen!«

*

Der Palastmeister hatte gehofft, dass die Prinzessin von einer Auseinandersetzung Abstand nehmen würde. Verstand sie denn die Drohung nicht? Sie musste doch begreifen, dass die Dolche, deren Spuren sie in Nours Gewand überdeutlich sehen konnte, auch vor ihr nicht haltmachen würden!

Doch obwohl Bargawan in Sitt Al Mulk eine gefährliche Gegnerin erkannte, gab es für ihn in der Tat gute Gründe, um vor einem Mord an ihr vorerst zurückzuschrecken. Nur allzu gut wusste er um die Liebe und Verehrung, die das Volk für die Tochter des Al Aziz empfand. Auch wenn der Gecko die Macht der Kalifenwürde für sich beanspruchen konnte, so hatte er noch keine Gelegenheit gehabt, sich die Liebe der Menschen zu erwerben. Das Wohl des Kalifats hing jedoch davon ab, ob die Dynastie der Fatimiden von der mehrheitlich christlichen und sunnitischen Bevölkerung geduldet wurde. Wenn die Ägypter eine Herrschaft ablehnten, so war deren Ablöse früher oder später sicher.

Die Kalifen Al Muizz und Al Aziz waren sich dieses Sachverhalts bewusst gewesen. Sie hatten das Land vorbildlich verwaltet, zu neuen Höhen der Macht und des Reichtums geführt und für jeden nur denkbaren Anlass ein überaus subtiles, zugleich aber glanzvolles Zeremoniell entwickelt, das die Bevölkerung über alle Gegensätze hinweg einte, indem es die Menschen auf den Kalifen und seine neue Hauptstadt einschwor. Sitt Al Mulk, obwohl sie eine Frau war, galt in der Bevölkerung als zuverlässige Repräsentantin dieser Haltung. Nicht aber der kindliche Gecko. Jeder im Land wusste, dass ihm das Kalifat übergestülpt worden war wie eine allzu große Krone. Entsprechend schwach war der Schutz, den ihm das Kalifenamt gewährte.

Bargawan hatte sich mit seinem Machtanspruch zwischen drei starke Lager gesetzt: die Christen, die sunnitischen Muslime und die Partei Sitt Al Mulks am Hof. Alle hatten miteinander mehr gemeinsam als mit Bargawan und seiner Gruppe. Auf lange Sicht gesehen würde es also unmöglich sein, gegen Sitt Al Mulk zu regieren. Wenn er die Prinzessin jedoch beseitigte – wozu es ihn im Grunde drängte –, so musste er mit einem Aufstand unter der Bevölkerung und im Palast rechnen. Zu Sitts Partei gehörten hohe Beamte und Prinzen mit unermesslichen Reichtümern, die sich nicht so einfach kaufen ließen wie der Berbergeneral Hassan Ibn Ammar. Und der Einsatz von Hassan Ibn Ammars in Kairo verbliebenen Kutama-Reitern gegen das Volk verbot sich von selbst, denn ein Blutbad hätte die junge Herrschaft des Kalifen Al Hakim, wie der Gecko jetzt hieß, in ernsthafte Gefahr gebracht. Zumindest fürs Erste, sagte sich Bargawan, sollte er deshalb die Prinzessin schonen, wenngleich er ihr weiteres Schicksal von vielerlei Umständen abhängig machte.

*

Aus all diesen Gründen, die Bargawan sorgfältig gegeneinander abwog, war es besser, wenn er sich Sitt Al Mulks Einladung, vor ihr zu erscheinen, nicht widersetzte, obwohl in der Tat sie seine Gefangene war.

›Sie ist eine Frau‹, überlegte er weiter. ›So entschlossen sie sich geben mag – sie kann nicht anders als Angst haben. Ich muss ihre Angst nützen, um sie zum Stillhalten zu bewegen. Die tausend Berber vor ihrem Schloss werden ein Übriges tun, um sie in ihre Schranken zu weisen.‹

Ja, das war die Taktik! Er musste sich weder mit dem Oberkadi besprechen noch mit irgendjemand anderem. Er war sich gewiss, das Richtige zu tun und so machte er sich gleich nach dem Abendgebet in einer Sänfte und unter schwerer Bewachung auf den kurzen Weg zum Wasserschloss.

*

Sitt Al Mulk hatte sich umkleiden und kämmen lassen und sich mit ihrem Gefolge in den *Iwan* begeben. Da die Kutama keine weiteren Besucher hineinließen, waren nur die Frauen der Trauergemeinde zugegen und jene Eunuchen, die im Hofstaat der Tochter des Kalifen wichtige Stellungen bekleideten. Es war dunkel geworden und die Luft hatte sich merklich abgekühlt. Vor der zum Garten des Kafur hin offenen Halle loderten in Zinnbecken Feuer gegen die vom Nil heraufkriechende Feuchtigkeit. Dienerinnen streuten von Zeit zu Zeit Hände voll Weihrauchkörner in die Flammen. Die würzigen Duftschwaden reinigten die Luft. Der Widerschein der Feuer brachte die Bilder auf den gekachelten Wänden zum Tanzen. Dabei entstand der Eindruck, als zöge der ebenso anmutig wie kühn geschwungene Mauerbogen, auf den sich das Deckengewölbe stützte, den ganzen *Iwan* in die Lüfte. Zwar besaß der Gartensaal Sitt Al Mulks nicht so ein gigantisches Ausmaß wie jener im Kalifenpalast, doch dafür war er von wunderbarer Harmonie und erlesener Ausstattung. Sogar den verwöhnten und in der Welt herumgekommenen Bewohnern von Al Kahira galt er als Wunder der Architektur.

*

Sitts Diwan war auf einem teppichbedeckten Podest an einer Längswand der Halle aufgestellt. Gefasst saß sie da, nicht nach muslimischer Frauenart mit untergeschlagenen Füßen, sondern die Knie geschlossen und die Unterschenkel nebeneinander gestellt. Die Blässe ihres ungeschminkten Gesichts stand in scharfem Gegensatz zu der schwarzen Trauerkleidung. Das gab ihr einen Ausdruck von Strenge, den sie verstärkte, indem sie ihr sonst so bewegliches Mienenspiel ruhig hielt.

Zuerst hatte sie erwogen, Bargawan unter vier Augen zu sprechen, doch dann entschied sie sich für den königlichen Rahmen ihres *Iwans* und inmitten ihres Staates.

Trotz der furchtbaren Erschütterung, die sie an diesem Tag getroffen hatte, hatte auch sie sich die Lage in allen Einzelheiten vor Augen geführt. Prinz Nour wäre ein vollkommener Kalif gewesen, mit ihm hätte sie im Fatimidenreich die Herrschaft ausüben können. Er hätte ihr die Regierungsgeschäfte überlassen. Trotz aller Tränen war sie nicht bereit, darauf zu verzichten. Selbst wenn es unter den verweichlichten Fatimidenprinzen den einen oder anderen gab, der ebenfalls geeignet war, den Kalifenthron zu besteigen, so würde in Anbetracht dessen, was Nour widerfahren war, kaum einer es wagen, nach dem Kalifat zu greifen. Der elfjährige Al Hakim saß somit fest auf dem Thron. Aber immerhin war er einer der Söhne Fatimas! Sie hatte keine Wahl, als sich mit dem, was geschehen war, vorerst abzufinden, wollte sie nicht die ganze Dynastie aufs Spiel setzen.

›Kommt Zeit, kommt Rat!‹, sagte sie sich. ›Ich muss meine Stellung als Schwester des Kalifen auf jeden Fall absichern. Bargawan aber soll sich unterdessen in Sicherheit wiegen.‹

*

In der Torhalle des Wasserschlosses stieg der Palastmeister aus seiner Sänfte. Midad erwartete ihn bereits und geleitete ihn zum *Iwan*. Bargawan hätte nicht gedacht, dass sie ihn vor allen Leuten würde sprechen wollen. Vor allem aber hatte er erwartet, dass Sitt Al Mulk aufgewühlt sein würde oder gebrochen. Doch wie er sich nun überzeugen konnte, war sie zwar blass, thronte aber im Übrigen auf ihrem Diwan und sah so unerschütterlich aus wie eine Ikone aus einer christlichen Kirche.

Da die Prinzessin ihm einen offiziellen Empfang bereitete, zwang ihn das Protokoll, sich vor ihr als der Schwester des Kalifen zu Boden zu werfen. Sitt ließ ihn ein wenig länger als üblich auf dem Boden liegen, ehe sie das Wort an ihn richtete und ihm damit die Erlaubnis zum Aufstehen erteilte.

»Ich danke dir, Hüter der Paläste, dass du gekommen bist. Wir sehen uns zum ersten Mal, seit mein teurer Vater von uns gegangen ist. Wie geht es dem jungen Kalifen – Gott möge ihn schützen? Wie geht es dir bei deinen Pflichten?«

Bargawan hatte Vorwürfe erwartet, Anschuldigungen, jedoch keine ruhige Begrüßung, die in jeder Hinsicht der Form entsprach. Da er ein gewitzter und gewandter Mann war, stellte er sich schnell auf den beherrschten Ton der Prinzessin ein.

»Das Fest des Fastenbrechens hat uns in Gestalt des neuen Kalifen den *Mahdi* enthüllt. Ihm geht es – Allah möge ihn uns lange erhalten! – den Umständen entsprechend gut. Noch trauert er um seinen Vater, doch geht er voll Ernst an seine Aufgaben und plant schon bald, unerkannt einen ersten Ausritt nach Misr zu machen, um sich dann dem Volk zu offenbaren. Was meine Wenigkeit betrifft, so hat das Fest des Fastenbrechens meine ganze Aufmerksamkeit gefordert, um dafür zu sorgen, dass die Soldaten ihre Extrarationen und Festgeschenke erhalten und dass auch sonst genug Nahrungsmittel vorhanden sind, um sie an die Armen von Misr zu verteilen.«

›Was für ein Heuchler‹, dachte Sitt. ›Da stiehlt er die tiefen Bedeutungen, den *Batin*, des Festes und benützt sie für seine Zwecke. Der Gecko hat mit dem *Mahdi* ebenso wenig zu tun wie mit irgendeiner verborgenen Offenbarung. Sie werden dem Jungen den Kopf verdrehen mit diesem Geschwätz. Wohin soll das noch führen!‹

Sie wandte sich wieder Bargawan zu:

»Ich bin bereit, meine *Tiraz*-Depots zu öffnen. Die Armen werden sich freuen, Stoffe aus dem Palast zu erhalten, aus denen sie Mäntel schneidern und mit denen sie ihre Wohnstätten schmücken können.«

Sitt Al Mulk hatte die Absicht, *Tiraz* von jener Art unters Volk zu bringen, in deren Borten der Name des Kalifen Al Aziz eingewoben war, denn so würde ihr Vater und seine glorreiche Herrschaft den Menschen lange im Gedächtnis bleiben. Und ihr eigener Name, auch wenn er keine *Tiraz* aus den weltberühmten staatlichen Webereien von Tinnis zierte, war damit untrennbar verbunden. Jeder, der die wertvollen Geschenke zu sehen bekam, würde ihrer gedenken.

»Eure Güte, *ya Amira,* wird das Volk jubeln und Euren Namen preisen lassen. Der Kalif wird es Euch danken.«

Bargawan war sichtlich erfreut über ihre Freigebigkeit, denn sie würde den Staatsschatz entlasten. Die Vorbereitungen für den von Al Aziz geplanten Feldzug gegen Byzanz hatten ein tiefes

Loch in die Staatskasse gerissen und nun benötigte er viel Geld, um die Soldaten in der Stadt zu befriedigen, um Würdenträger und Beamte zu kaufen und um das Volk für die neue Regierung zu gewinnen.

Sitt Al Mulk indessen besaß, wie viele andere Frauen aus dem Fatimidengeschlecht, immense Reichtümer. Sie wusste, dass das unter den gegenwärtigen Umständen nicht unbedingt ein Vorteil war, denn ihre Schätze bedeuteten auch eine Gefahr: Wenn ihr etwas zustieß, so fiel ihr gesamtes Vermögen an den Staat. Die Vorsicht riet ihr daher, Bargawan glauben zu machen, dass sie bereit war, sich großzügig freizukaufen.

»Nun, vor allem jedoch will ich den Kalifen meiner schwesterlichen Treue versichern. Er kann auf mich in jeder Hinsicht zählen.«

Am liebsten hätte Sitt jetzt den Abzug der Kutama-Tausendschaft verlangt, doch sie hielt sich zurück. Bargawan würde darauf mit Sicherheit nicht eingehen. ›Geduld‹, mahnte sie sich im Stillen. ›Geduld!‹ Es kostete sie viel Beherrschung, die Gefangenschaft schweigend hinzunehmen. Doch hielt sie jetzt den Augenblick für gekommen, um endlich von dem zu sprechen, was sie am meisten bewegte. »Die Kleider des Prinzen Nour wurden heute vor meinem Haus gefunden, blutig und von Dolchstichen durchbohrt.« Ihre Augen hielten Bargawans ausweichenden Blick fest. »Ist dir diesbezüglich etwas zu Ohren gekommen?«

Für sie stand fest, dass kein anderer als Bargawan selbst den Mord befohlen hatte. Aber vielleicht handelte es sich gar nicht um einen Mord? Inzwischen waren ihr Zweifel gekommen: Vielleicht war alles eine Täuschung! Je länger sie über die Ereignisse nachdachte, desto mehr verblasste das Schreckensbild der zerstochenen Kleider auf den Stufen zu ihrem Bett und desto stärker meldete sich in ihr die Hoffnung. ›Sie haben ihn nicht getötet! Sie haben es nicht gewagt, den Sohn Abdallahs, den Enkel des Al Muizz, kaltblütig zu ermorden. Das Ganze ist ein Schwindel! Sie wollen mich zum Aufgeben zwingen. Nour lebt!‹

Vorsichtig antwortete ihr Bargawan.

»Die Kutama haben mir sehr wohl von den Kleidern berichtet«, gab er zu. »Doch war ihnen nicht klar, dass der Fund etwas mit Prinz Nour zu tun hat. Lasst mich wissen, Hoheit: Was hat es mit den Kleidern auf sich?«

»Den Mantel erkenne ich ohne jeden Zweifel. Er gehört Nour.« Sie sprach jetzt sehr langsam und behielt den Palastmeister unablässig im Auge. »Als ich den Prinzen das letzte Mal sah, befestigte ich an diesem Mantel eine Schließe. Sie wurde mir heute von den Kutama zugespielt. Hast du eine Erklärung dafür, wie General Al Hassan Ibn Ammar zu diesem Schmuckstück gekommen sein könnte?« Bergawan hielt ihrem Blick stand und schwieg. »Nun denn«, fuhr sie fort, »ich vertraue darauf, dass du alles in deiner Macht Stehende tun wirst, um die Mörder des Prinzen ausfindig zu machen. Sie werden Stich für Stich zugrunde gehen, so wie der Prinz gestorben ist. Das ist das Gesetz.«

Hatten die Augen des Eunuchen jetzt nicht gezuckt? Gab es für ihn einen Grund, die Strafe zu fürchten? Seine Stimme verriet keine Unruhe, als er antwortete: »Lasst mir die Kleider schicken, *ya Amira,* damit ich den Beweis in Händen halte. Dann will ich nach den Mördern suchen lassen.«

›So ruhig er erscheinen mag – er geht gar schnell auf die Möglichkeit eines Mordes ein‹, dachte Sitt Al Mulk. ›Das könnte bedeuten, dass Nours Tod für ihn eine Tatsache ist. Aber ich muss den Leichnam sehen. Solange ich den Leichnam nicht gesehen habe, vermag ich nicht zu glauben, dass Nour von mir gegangen ist!‹

Sie winkte Takarrub zu sich und sprach leise zu ihr: »Hole die Kleider, aber schneide aus dem Mantel das Futter heraus. Ich will einen Beweis behalten.« Zu Bargawan gewandt sagte sie: »Du sollst die Gewänder haben. Und schaffe den Leichnam herbei! Wir müssen den Prinzen begraben, um ihm den Eintritt ins Paradies zu sichern.«

*

Am Ende dieses furchtbaren Tages lag Sitt Al Mulk auf dem Bett, unfähig zu weinen. An dem durchlöcherten Futterstoff in ihren Händen haftete noch eine Spur vom Duft des Geliebten. Immer wieder führte sie die Seide an die Nase und nahm den mit Ambra vermischten, vertrauten Geruch seines Körpers in sich auf. War ihr dieser flüchtige Hauch als letztes Stück Leben von ihm geblieben? Der Widerstreit zwischen Schmerz und Hoffnung zerrüttete ihr Denken und ließ ihren Leib zittern. Und so floh ihre Seele wieder in vergangene Zeiten und wärmte sich an Erinnerungen und der Hoffnung, er möge zu ihr zurückkehren.

In ihr wurden noch einmal jene Tage früher Geborgenheit lebendig, bevor der Machtkampf zwischen Theodora und ihrer Schwiegermutter sich ins Unerträgliche gesteigert und für lange Zeit einen Keil zwischen ihre Eltern getrieben hatte. Ihre kindliche Welt war damit untergegangen. Doch Sitt, für die all das noch viel zu früh gewesen war, hatte sich selbst gerettet. Sie war in die Welt der Erwachsenen geflohen und vor allem in die ihres Vaters.

3
Die Welt

Es muss kurz vor Sitts sechstem Geburtsfest gewesen sein, als ihre Tante Abda sie zum ersten Mal zu einem Ausflug außerhalb der Palastanlagen mitnahm. Es war der Morgen eines Hochsommertages. Die Luft war noch kühl und die Gärten in den Höfen des Harems rochen feucht und frisch. Würdevoll saß Prinzessin Abda in ihrer Sänfte. Die rot-goldenen Fenstervorhänge waren geöffnet und sie hatte sich einen weißen Schleier vors Gesicht gelegt, um unterwegs nicht angestarrt zu werden. Sitt war es nicht gewohnt, mit der Tante auszugehen und kannte sie bisher nur so, wie sie sich in ihren Gemächern gab. Während nahezu alle im Harem – Frauen wie Diener – die gebieterische Frau fürchteten, besaß die kleine Tochter des Aziz einen besonderen Zugang zu ihrem Herzen und konnte sich in ihrer Gegenwart stets unbefangen verhalten. Doch jetzt saß auch sie ihr klein und still in den weichen Polstern gegenüber und konnte kaum über den unteren Rand der Fensteröffnung sehen. Dabei hatte sie sich tagelang gefreut auf diesen Ausflug zum Grab von Sitts Großvater, dem Kalifen Al Muizz. Die Tante schien zu fühlen, dass sie das Kind einschüchterte. Mit einem kaum merklichen Augenzwinkern sagte sie: »Wenn du möchtest, kannst du gern aufstehen, um besser hinaussehen zu können.«

Ein anderes Mädchen hätte vielleicht gezögert, doch Sitt wartete nicht auf weitere Ermunterung, sondern glitt von der Polsterbank. Noch umgab das Dämmerlicht der rückwärtigen Ausfahrt des Haremspalastes die Sänfte. Die weite Halle dröhnte vom morgendlichen Getriebe. Hoflieferanten brachten mithilfe schwer bepackter Diener und Sklaven eine Unmenge von Gütern aller Art – Kleider, Stoffe, Parfums, Kunstgegenstände und Spezereien aus fernsten Ländern – zu ihrer vornehmen Kundschaft im Palast. Handwerker und Dienerinnen gingen ihrem Tagwerk nach und durch das Gewühl hindurch bahnte sich ein Zug hochgewachsener schwarzer Sklavinnen seinen Weg. Stolz und trotzdem biegsam, so, als gäbe es nichts, was die Ausgewogenheit ihres Schreitens stören könnte, trugen sie auf ihren Köpfen große leere Körbe und Tonkrüge, um sie auf dem Markt von Misr mit Gewürzen, Räucherwerk, Käse, in Essig eingelegten Zitronen, Pfefferschoten, Oliven, Trockenfrüchten, Nüssen und Honig zu füllen.

Riesengroß und schwarz zeichnete sich der Spitzbogen des Portals gegen das gleißende Licht des Tages draußen ab. Im oberen Teil des Torbogens hing ein schweres Fallgitter aus geschmiedetem Eisen mit nach unten gerichteten tödlichen Spitzen.

Nachdem sie die Ausfahrt passiert hatten, mussten Sitts Augen sich erst an die Helligkeit gewöhnen. Noch ehe sie die Dinge klar unterscheiden konnte, drangen militärische Befehle an ihre Ohren. Es war ein Trupp aus der Tausendschaft von Gardesoldaten, die Tag und Nacht rund um den Palast marschierte, damit niemand Unbefugter sich zu nähern vermochte.

Vor den Augen der Prinzessinnen breitete sich der Exerzierplatz aus. Unmittelbar an diesen anschließend befanden sich die Hofstallungen. Dahinter hatten die Regimenter aus Libyen ihre Quartiere. Abda deutete auf die vielstöckigen Kasernenbauten, Zeughäuser und Silos.

»Das ist das Viertel der libyschen *Barkia*. Und in dieser Richtung, an der Stadtmauer«, die Tante wies ein Stück weiter nach rechts, »liegt das Viertel der Kutama-Garden. Du weißt ja, dass sie schon aus *Ifrikia* mit uns gekommen sind.«
Zwischen die Sänfte der Prinzessin und das Kutama-Viertel schob sich jetzt eine hohe, mit kunstvoll durchbrochenem Zinnenwerk gekrönte Mauer. Sie gehörte zu einem weitläufigen Gebäude. Das breite Eingangstor war besonders aufwendig gestaltet. Der Bau schien noch nicht ganz fertig zu sein, denn von drinnen war lautes Hämmern zu hören und eine Seitenwand stand noch im Gerüst.
»Das ist die herrliche Al Azhar-Moschee. Hierher kommt der Kalif jeden Freitag zum Gebet. Wenn du ein wenig älter bist, darfst auch du hier bei den Frauen beten. Siehst du, wie makellos rein die Mauern und Zinnen sind? Kein Vogel wird sie je verunreinigen, keine Taube, kein Sperling hier sein Nest bauen. Dass das so ist und so bleibt, dafür bürgt ein geheimnisvoller Talisman.«
»Was ist das für ein Talisman, meine Tante?«
»Es sind drei uralte steinerne Vögel, die über die Reinheit der Moschee wachen. Niemand weiß, wer sie geschaffen hat. Drei Adler. Und damit sie bis ans Ende der Zeit ihre Aufgabe erfüllen können, sind sie im Inneren der Moschee fest eingemauert.«
Auf einer breiten Esplanade umrundeten sie den Kalifenpalast, vorbei an den Umfassungsmauern der Prinzenpaläste. Von den Gärten dahinter waren nur die Kronen der Bäume und Palmen zu sehen und von den Gebäuden die blendend weißen Dächer und Kuppeln.
Nun befanden sie sich auf der Straße »Zwischen den beiden Schlössern«. Abda zog an der Schellenschnur. Rami, ihr dunkelhäutiger Eunuch, Leibwächter und enger Vertrauter, zeigte sich am Fenster.

»Lass die Träger anhalten und die Sänfte so wenden, dass wir die Prachtstraße sehen können!«

Zwischen dem Ost- und dem Westpalast weitete sich die von Palmen gesäumte Hauptstraße zu einem langgestreckten Zeremonienplatz, auf dem an Festtagen die Truppen paradierten und die riesigen Prozessionen des Herrscherhauses sich versammelten. Dahinter verengte sich die Straße wieder und lief schnurgerade weiter bis zum nördlichen Eingang der Stadt, dem Bab Al Futuh. In weiter Ferne ragte der Turm des Stadttors wie ein drohend erhobener Finger empor, als Stein gewordene Warnung an jeden, der sich mit schlechter Absicht der Kalifenstadt näherte, denn eine riesige Schatzkammer wie das Land Ägypten musste zu allen Zeiten mit Bedrohungen von außen, aber auch von innen rechnen. Entsprechend hatte Kalif Al Muizz die Erbauer der neuen Stadt angewiesen, keine Kosten zu scheuen, um sie für Feinde unangreifbar zu machen. Ihre Mauern waren so dick, dass auf ihnen zwei Reiter zu Pferd bequem nebeneinander Platz fanden. Der Haremspalast war eine Festung in der Festung und Al Muizz hatte den Plan dazu selbst gezeichnet.

Noch nie hatte Sitt den Zeremonienplatz so in seiner ganzen Weite vor sich liegen gesehen. Zwischen den mit Säulen und muschelförmigen *Mukarnas*, mit Scheinfenstern, Rosetten und gemeißelten Schriftbordüren verzierten Fassaden der Schlösser ritten Prinzen in der weißen Tracht der Fatimiden auf tänzelnden Hengsten. Ihre weitärmeligen, langen Hemden hielten bunte, bestickte Wamse zusammen. Dazu trugen die zumeist jungen Männer gefältelte oder gezogene Beinkleider und weiche Stiefel aus feinem Leder. Um ihre Köpfe wanden sich kleine Turbane mit flatternden Enden. Schnellfüßige Sklaven trugen zahllose bunt bemalte und mit Schnitzwerk verzierte Sänften und Tragesessel. Darin saßen Hofbeamte und ausländische Gäste in fremdartigen Gewändern.

»An diesen Burschen«, meinte Abda mit einem Blick auf die zügig dahinlaufenden Träger der anderen Sänften, »sollten sich unsere faulen Eunuchen ein Beispiel nehmen.«
Schwer mit Lebensmitteln beladene Eselskarren drängten sich vor einer Reihe kleinerer Gebäude unweit des Wasserschlosses.
»Das, Tante, sind die Küchen mit den Vorratslagern. Ich kann sie vom Dach meiner Mutter aus sehen!«, rief Sitt, glücklich, auch etwas zu wissen.
Ein Eunuch zählte die Körbe, Krüge und Säcke auf den Karren und prüfte ihren Inhalt. Die Ergebnisse teilte er einem Rechnungsbeamten mit, der alles fein säuberlich aufschrieb. Zugleich hatte der Eunuch ein strenges Auge auf den Sklaventrupp, der die Wagen entlud. Die Körbe, wie Sitt erkennen konnte, waren mit Früchten angefüllt. Doch der Inhalt der Krüge und Säcke weckte ihre Neugier.
»Was ist da drinnen, meine Tante?«
»Öl, Mehl, Salz und vieles andere, das die Köche brauchen, um unser Essen zuzubereiten.«
»Aber so viel können wir doch niemals essen!«
»Nein, mein Mädchen! Wir nicht. Aber die vielen Leute, die für den Kalifen arbeiten, wollen ja auch essen. Der Wesir Yakub Ibn Killis behauptet, am Hof leben zehntausend Menschen.«
Ibn Killis, wusste Sitt, war der mächtige Finanzminister von Al Aziz. Sie hatte gehört, wie die Freundinnen ihrer Mutter ihn jedes Mal, wenn die Rede auf ihn kam, einen bekehrten Juden nannten. Irgendwie spürte sie, dass das bedeutsam war, doch verstehen konnte sie es nicht. Im Kreis der Mutter war ständig die Rede von Politik und Intrige, davon, wer woher kam und zu wem gehörte. Und so wuchs Sitt auf inmitten von Gesprächen, die sich immer wieder um dieselben Dinge drehten: um die Pläne, Bündnisse, Erfolge und Misserfolge von Heerführern, mächtigen Ministern

und verschlagenen Eunuchen; um die Kinder des Mahdi – wie sich die Fatimiden selbst nannten –, um Schia und Sunna; um Juden, Melkiten und Kopten; um den allerhöchsten Kaiser von Rom, den heruntergekommenen Kalifen in Bagdad und die gefährlichen *Buyiden* in Persien; um unzuverlässige nubische Könige, tapfere Berbersoldaten und neuerdings eingeführte mamelukische Militärsklaven; um die herrliche Stadt Damaskus, das heilige Jerusalem und die Pilgerstädte der Muslime, Mekka und Medina.

All das schien sehr wichtig zu sein und es kam Sitt vor, als wäre es ein Teil von ihr und sie ein Teil davon. Zugleich spürte sie undeutlich, dass die Ansichten ihrer Mutter von jenen der anderen Frauen vielfach abwichen. Immer wieder hatte sie miterlebt, dass Theodora eine Meinung kraftvoll vertrat, während die Freundinnen in verlegenes Schweigen verfielen.

Doch im Augenblick interessierte Sitt sich weniger für die Stellung der stolzen, eigenwilligen Griechin in dem Harem als für die vielen essenden Münder im Palast.

»Wie viel sind zehntausend?«

»Das ist die Zahl der Finger deiner Hände mal zehn mal hundert.«

»Das ist ja viel mehr, als ich zählen kann!«

Abda hatte Sitt die Zahlen bis tausend gelehrt.

»Ja, mein Kind, da hast du wohl recht!«

»Ich würde diese vielen, vielen Menschen gerne kennenlernen.«

»Das, *ya* Sitt, kann nicht einmal der Palastmeister. Außerdem sind viele von ihnen nur Sklaven. Aber zum Fest der Kanalöffnung ist der ganze Palast auf den Beinen. Bei dieser prunkvollsten aller Zeremonien wirst auch du, wenn du älter bist, zugegen sein.«

Während sie so miteinander sprachen, schlurfte ein langer Zug gebeugter Männer mit schweren, zu goldfarbenem Glanz polierten Metallgefäßen auf dem Rücken an ihnen vorbei. Schon vom

Dach ihrer Mutter aus hatte Sitt die Menschenketten bemerkt, die mit ihren großen runden Gefäßen von der Höhe aus wie bewegliche, goldene Perlenschnüre anmuteten. Es waren die Wasserträger. Überall in der Stadt sorgten sie dafür, dass die Versorgung mit Trinkwasser aus dem Nil nicht abriss. Die zerfurchten, vom Schweiß nassen Gesichter der Männer sahen trotz der Anstrengung freundlich drein und scherzende Worte gegenseitiger Ermunterung flogen von einem zum anderen. Wie hatte sie ihren Vater, den Kalifen, einmal sagen hören?

»Der Nil ist die große Mutter und ihre Kinder sind langmütig und haben ein gutes Herz.«

Von irgendwo aus der Ferne bahnte sich das Blöken einer Schafherde seinen Weg an Sitts Ohr. Plötzlich fühlte sie sich in die Zeit der großen Karawane zurückversetzt und Abdas Tragegestühl verwandelte sich in die schwankende Kamelsänfte, in der sie mit Amina und Aischa Tagereise um Tagereise zugebracht hatte. Obwohl Sitt Al Mulk damals nicht älter als drei Jahre gewesen war, hatte sie die Reise als großes Abenteuer in Erinnerung.

In der größten Karawane aller Zeiten war der gesamte Hofstaat des Kalifen von Kairuan vier Monate lang mit Tausenden Kamelen, Pferden und Maultieren auf der uralten römischen Küstenstraße von *Ifrikia* nach Ägypten gezogen. Obwohl der günstigste Zeitraum gewählt worden war, mussten Prinzen, Prinzessinnen, Konkubinen und ihr vieltausendköpfiges Gefolge den Sandstürmen der Wüste trotzen, bittere Kälte in der Nacht und glühende Sonnentage über sich ergehen lassen. Ein schwer bewaffnetes Heer von Kutama-Berbern sorgte für Begleitschutz, denn der mit unermesslichen Schätzen beladene, schwerfällige Zug musste jederzeit damit rechnen, von der See aus von Piraten oder zu Lande von räuberischen Beduinenstämmen angegriffen zu werden.

Sitt Al Mulk genoss die Abwechslungen des Reiselebens mit seinen vielen Rastpausen in großen Karawansereien, in den Überresten römischer Siedlungen oder in behelfsmäßigen Lagern mitten in der Wüste. Neugierig bestaunte sie die brüllenden, stampfenden, mahlenden, mit ihren Schwänzen nach Fliegen peitschenden Tiere und wunderte sich über die fremdartigen Trachten der arabischen Beduinenfrauen, die auf ihren Köpfen große Körbe voll Datteln und Tongefäße mit Ziegenkäse ins Lager brachten.

Theodora und Demetria reisten in einem geräumigen, auf einer rollenden Plattform befestigten Zelt. Acht Zugpferde, jedes einzelne von einem Knecht geführt, hielten die schwerfällige Konstruktion sicher und in stetem Trott in den tief ausgefurchten Wagengeleisen.

Sitt und Amina teilten sich zusammen mit ihrer Amme Aischa eine große Sänfte, die zwischen zwei Kamelen dahinschwankte. Zusammen mit fünf anderen Ammen hatte Aischa die beiden Prinzessinnen bis zum Alter von zwei Jahren gestillt. Jetzt war sie die Herrin ihrer Dienerinnenschaft. Für kleinere Handreichungen kauerten auf dem Sänftenboden zwei noch kindliche Sklavenmädchen. Auf Mauleseln ritten mehrere Eunuchen neben der Sänfte her. Sie sorgten für Nachschub an Essen und Frischwasser, besorgten, was immer Aischa ihnen auftrug und leerten mehrmals täglich den unter einem Sitzdeckel in der Sänfte eingebauten Reiseabort.

Zum Zeitpunkt des großen Umzugs erfreuten sich der Kalif Al Muizz und sein Thronfolger Abdallah noch bester Gesundheit und Sitts Vater, damals noch Prinz, befand sich im Genuss seiner jugendlichen Freiheit. Während jeder längeren Rast ließ er die Kinder in sein Zelt holen. Unterwegs ritt er oft an ihre Sänfte heran, um nach ihnen zu sehen und mit ihnen zu scherzen. Immer wieder hatte der Prinz Sitt zu sich in den Sattel heben lassen

und war mit dem hell auflachenden Kind in einer Staubwolke an die Spitze des langen Zuges geprescht.
Sitts Gedanken kehrten in die Gegenwart zurück. Ihr kam zu Bewusstsein, dass sie seit jenen aufregenden Tagen nicht mehr aus dem Harem herausgekommen war und sie begann zu begreifen, dass sie in einem herrlichen Palast wohnte, der in Wahrheit aber ein großer Käfig war.
Inzwischen waren die Träger mit der Sänfte mitten in die Schafherde hineingeraten. Abdas Eunuch Rami hatte das Missgeschick offenbar nicht verhindern können. Sie hörten, wie er draußen die Träger anherrschte: »Ihr Esel! Fällt euch nichts Besseres ein, als mitten in eine Schafherde zu stolpern?«
Die schmutzig-weißen Tiere drängten sich um die Sänfte und machten jedes Vorankommen unmöglich. Sitt konnte sich nicht sattsehen an dem Getümmel. Die Augen der Tiere blickten gerade so drein wie Menschenaugen und auch der Klang ihrer Stimmen schien ihr menschlich zu sein. Ihr fiel ein, dass ihr Vater sie auf der großen Reise manches Mal ein Lämmchen hatte halten lassen und sie hielt Ausschau nach Jungtieren. Doch zwischen den rundum wogenden Rücken der großen Tiere hätte nicht einmal eine Hand Platz gehabt. Erst als sie an den Rand der Herde kamen, sprang da und dort ein Lämmchen neben seiner Mutter her. Das helle Blöken der Kleinen und ihr weißes Fell entzückten Sitt.
»So ein Lämmchen wünsche ich mir!«, rief sie aus. »Vielleicht bekomme ich eines zum Geburtstag?«
»*Inscha'allah*, mein Liebling!«, wich Abda einer Festlegung aus, ohne die Hoffnung des Kindes zu zerstören.
Sie verschwieg, dass die Tiere sich auf dem Weg zur baldigen Schlachtung befanden. Am Tag des großen Opferfestes würden für die Bewohner und für das gewaltige Kalifenheer in der Zitadellenstadt Tausende Schafe, Kamele und Rinder ihr Leben lassen.

*

Noch war das Blöken der Herde nicht verklungen, als sie zu einer hohen, weißen Mauer gelangten. Vor einem geöffneten Tor hielten sie an. Zu beiden Seiten des Tors standen je zwei Berittene und mehrere behelmte Soldaten in Kettenhemden, mit Schwertern und Schilden. Die Wachen kannten die Sänfte Abdas und ihr Gefolge. Rami wechselte mit ihnen einige Grußworte und schon setzten sich die Träger wieder in Bewegung.

Das Mausoleum des Al Muizz, die *Turba Muizzia,* war in einem Ausläufer der Palastanlagen angesiedelt. Auf einem breiten, mit verschiedenfarbigen Steinen gepflasterten Weg bewegten Abda und Sitt sich in ihrer Sänfte zwischen wucherndem, in allen Farben blühendem Gebüsch auf das Grab des Vaters und Großvaters zu. Unterwegs begegneten ihnen mehrfach Menschen – Männer, Frauen und Kinder – und von Zeit zu Zeit auch eine andere Sänfte.

»Wer«, wollte Sitt wissen, »sind diese Leute?«

»Das sind Handwerker, Gärtner und anderes Dienstpersonal. Sie leben hier mit ihren Familien, um die Gräber zu pflegen und um uns zur Verfügung zu stehen, wenn wir unseren Vorfahren einen längeren Besuch abstatten wollen.«

»Aber wer ist denn hier noch begraben?«

»Du kannst dich gewiss nicht mehr erinnern, doch auf dem großen Umzug haben wir auch unsere verstorbenen Angehörigen mitgenommen.«

»Die Toten?«, vergewisserte Sitt sich mit neugierigem Schauer.

»Ja, die Toten. In ihren Särgen bildeten sie den Abschluss der Karawane. Die ganze Familie des Mahdi hat uns hierher begleitet. Deshalb sind in diesem Grab außer meinem Vater Al Muizz – Gott möge ihn segnen! – auch seine drei Vorgänger bestattet: die Kalifen Al Mansur, Al Kaim und Al Mahdi.«

Der Weg mündete in einen großen Platz, in dessen Mitte sich ein Kuppelpalast aus weißem Marmor und gelbem Sandstein erhob. Maulbeerbäume, übersät mit kleinen rosa Früchten und blühende Orangen- und Zitronenbäume spendeten erquickenden Schatten. Zwei Pfauen stritten fauchend und mit weit aufgeschlagenen Rädern um ein Weibchen.

Abda und Sitt machten sich daran, die Sänfte zu verlassen. Dienerinnen und Diener eilten herbei und warfen sich vor den Prinzessinnen zu Boden. Drei Atemzüge hatte die Verbeugung zu dauern und Stirn und Nase hatten dabei den Boden zu berühren. Zwei kleine Sklavinnen, kaum älter als Sitt, brachten einen Willkommenstrunk. Eines der beiden Mädchen war ganz besonders hübsch. Kurze schwarze Locken fielen ihr rund um den Kopf und hüpften bei jeder Bewegung. Sie trug schwer an einem grün glasierten Krug. Ihre kleine Begleiterin hielt die Augen angestrengt auf das Tablett geheftet, das sie auf den Handflächen balancierte. Darauf standen drei einfache Trinkbecher aus türkisfarbenem, von zahllosen Luftblasen durchzogenem Glas. Sitt hatte noch nie derart schmuckloses Geschirr gesehen, doch fand sie es sehr hübsch und einladend. Das kühle Getränk, öliger schwarzer Lakritzensaft, war Labsal für die ausgetrockneten Kehlen der Prinzessinnen.

Nach der Begrüßung löste Abda sich den Schleier vom Gesicht und ermunterte ihre von all den Eindrücken schon ein wenig müde gewordene Nichte: »Komm, Sitt. Das Wichtigste liegt noch vor uns!«

Gefolgt von Rami, betraten sie das Mausoleum durch einen kühlen, dunklen Korridor. Plötzlich machte der Korridor eine Wendung und sie befanden sich in einem von Marmorsäulen getragenen Wandelgang rund um einen Blumengarten, der an Zauber alles übertraf, was Sitt bisher gesehen hatte.

»Ist das hier das Paradies, meine Tante?«, flüsterte sie ergriffen.
»Ja, mein Kind, das ist das Paradies deines Großvaters Al Muizz.«
Sie schlenderten durch den Garten. Rund um Springbrunnen und Statuen waren duftende Beete angelegt. Bänke aus Buchsbaumholz und Marmor luden zum Sitzen ein. Käfige voll pfeifender, singender, trällernder Vögel in allen Farben verbargen sich im Schatten von Sträuchern. Kleine Affen turnten durchs Gezweig. Ein Wasserbecken, in das einige Stufen hinabführten und zu einem Fußbad einluden, ging über in einen Schilfteich. Aus dem Dickicht der Gräser drang der Gesang von Fröschen und über die Wasseroberfläche paddelte eine Entenfamilie mit ihren Jungen.
Die Tante wies auf ein Gesims, das ein sonderbares Gebilde krönte.
»Siehst du das da oben? Das ist ein Storchennest. Jedes Jahr im Winter kommen die Störche her, brüten ihre Jungen aus, um dann wieder für ein halbes Jahr fortzufliegen.«
Sie verließen den Wandelgang, gingen erneut durch einen dunklen Korridor, um zu einem weiteren Gartenhof zu kommen. Während in dem ersten alles natürlich zu wachsen schien, war hier die Natur in Formen gefasst. Rund und kegelförmig zugestutzte Sträucher, in geometrischen Mustern gepflanzte Beete und einfallsreich gebildete und angeordnete Wasserbecken erschufen eine eigentümliche und dennoch anziehende Welt.
Anschließend betraten sie einen kleineren Hof, der fast zur Gänze mit einem Schachbrettmuster aus hellen und dunklen Steinplatten ausgelegt war. Nur auf einer Seite gab es einen Brunnen und in den Ecken waren kühlende Lauben gepflanzt.
»In diesem Teil wohnen die Lebenden, wenn sie den großen Verstorbenen – Gott segne ihn! – besuchen kommen. In dem Hof werden dann Sofas aufgestellt und Tische, wie in einem Iwan und es wird gegessen und getrunken und die Seele des Al Muizz erfreut sich an der menschlichen Lustbarkeit.«

Viele Türen zweigten von dem mit kostbaren Schnitzereien ausgestatteten Wandelgang ab. Es waren die Zugänge zu den Gemächern für die Besucher, die hier keine Bequemlichkeit zu missen hatten und sich, sofern es sie danach gelüstete, sogar in einem Dampfbad ergehen konnten.

*

Durch ein Gewölbe gelangten die beiden Prinzessinnen zum Vorhof der Grabmoschee. Scheinfenster waren in die Hofmauern eingelassen, flankiert von Pilastern und oben in Spitzbogen mit Honigwabenwerk zulaufend. Die Wände zwischen den Fenstern schmückten Rosetten von so feiner Steinmetzarbeit, dass sie Sitt an Stickereien erinnerten. Ein überdachter Waschbrunnen mit mehreren Wasserauslässen und marmornen Becken diente der rituellen Reinigung. Vor jedem Becken stand ein würfelförmiger Sitzhocker. Abda und Sitt wuschen sich Gesicht und Hände und mit der Hilfe des Eunuchen Rami auch die Füße, die er ihnen mit bereitliegenden Tüchern trocknete.
Drei Tore mit schlanken Säulen zu beiden Seiten und mehrfach ineinander geschobenen Bögen bildeten den Eingang zu den heiligen Räumen. Zwei Diener kauerten auf einer Matte auf dem Boden. Sie standen auf, warfen sich zu Boden und hockten sich sodann vor die Prinzessinnen hin, um ihnen die Sandalen auszuziehen. Barfuß betraten Abda und Sitt den Gebetssaal. Wollene Teppiche liebkosten ihre Fußsohlen. Das durch Maschrabia-Fenster einfallende Licht zauberte Rankenmuster auf die weiß getünchten Wände. Nach vorne zu ging der Saal in einen Rundraum über. Dort, unter dem Gewölbe einer mit goldenen Ornamenten bemalten Kuppel, erhoben sich die marmornen Sarkophage der vier Kalifen. Um sie herum waren fünf kostbare Gebetsnischen

aus Holz und Stein in die Wände eingelassen. Sie hatten die Gestalt von Scheintoren. Ihre kunstvollen Ornamente und Inschriften nahmen das Auge des Gläubigen gefangen, beschäftigten es und dienten auf diese Weise der Andacht.

»Links vorne ist das Grab deines Großvaters, des Kalifen Al Muizz, Imam der Gläubigen und Sultan von Ägypten. Neben ihm liegt unser Stammvater Al Mahdi.«

Sitt war überwältigt von der heiligen Ruhe des Ortes und auch die Prinzessin und der Eunuch gaben sich ganz dem Eindruck mystischer Ordnung hin. Sie mussten schon lange in dem Mausoleum gestanden haben, als der mittägliche Gebetsruf sie aus der Versenkung holte.

Damit die beiden Prinzessinnen beim Gebet im Mausoleum ungestört waren, blieb der Eunuch Rami draußen bei den Dienern. Sitt trug in einem kleinen Beutel an ihrem Gürtel immer ihr Gebetstäfelchen und ein kleines Schleiertuch bei sich, das sie nun hervornestelte und sich über den Kopf legte. Die Tante rückte das Tuch der Nichte ein wenig zurecht und drückte sanft die zarten Schultern des Kindes. Die beiden wandten sich gegen Mekka und legten nach ismailitischem Brauch ihre steinernen Täfelchen aus der heiligen Stadt vor sich auf den Boden. Auf diese Weise würden ihre Stirnen, wenn sie bei den rituellen Kniefällen die Täfelchen aus Mekka berührten, mit dem Heiligtum der Kaaba in Verbindung treten. Die schlanke, asketische Frau und das kleine, aufgeweckte Mädchen verbeugten sich und begannen im Gleichklang ihr Gebet.

*

»Wollen wir jetzt noch die Landkarte unseres großen Herrn Muizz betrachten oder willst du schon etwas essen?«

»Nein«, beeilte Sitt sich zu beteuern, »ich will noch gar nichts!«

In der Tat hatte ihr Magen bereits mehrfach geknurrt und sie war über das befremdliche Gefühl auch ein wenig erschrocken. Sonst stopfte Aischa ihr dauernd irgendwelche Happen in den Mund, sodass sie nie erfahren hatte, dass ein hungriger Magen knurren konnte. Doch unwillkürlich hatte sie den Bauch eingezogen und ihn damit zum Schweigen gebracht.

»Gut«, forderte Abda sie auf, »dann folge mir!«

Sie gingen um die Särge herum und berührten dabei mit den Fingerspitzen den kühlen, schwarz-weiß geäderten Marmor jedes einzelnen und hierauf Stirn und Herz. Sodann traten sie durch eine Wandöffnung, die Sitt bisher verborgen geblieben war, in einen kleineren, ebenfalls von einer Kuppel überdachten Raum.

»Das«, sagte Abda mit bewegter Stimme, »das ist die Weltkarte des Muizz.«

An der Wand gegenüber dem Eingang war ein Behang aus leuchtend blauer Seide zu sehen. Er war breiter als eineinhalb Armspannen eines Mannes und über und über bedeckt mit geheimnisvollen, ganz und gar unregelmäßigen, vielfarbigen Mustern und Schriftzeichen. Sitt hatte noch nie ein so regelloses Kunstwerk gesehen und dennoch war es von überwältigender Schönheit. Als unbedeutender Rahmen erschien im Vergleich dazu der Raum mit seiner tiefblauen Kuppel, die von zahllosen Sternen übersät und im Zenit von der Sonne gekrönt war.

»Das, mein Kind, ist das Bild der Welt«, hörte Sitt Abdas Stimme hinter sich. »Das hier ist der Süden« – und die Tante deutete auf den oberen Teil des Bildes –, »hier unten ist Norden, rechts Westen und links Osten.«

Das Kind betrachtete das Bild nachdenklich.

»Ist die Welt eine lange Platte, geformt wie eine Melone oder ein Ei?«

»Nein, die Welt ist in Wahrheit rund wie ein Ball und du musst dir vorstellen, dass die beiden Enden des Bildes einander hinten berühren.«

»Was bedeuten die unterschiedlich blauen Flecken und Streifen?«

»Der grünliche Streifen rundum ist der große Ozean, das Ende der Welt. Hier, der große Fleck in der Mitte ist das fischreiche römische Meer. Dieser helle Finger hier ist das gefährliche Meer der Vernichtung. Doch sagt man, dass es darin die schönsten Fische und Korallen gibt. Und dieser hellblaue Finger weiter links ist das Meer von Persien.«

»Und wo leben die Menschen?«

»Sie leben auf den großen goldenen und roten Flächen. Hier, vom *Maghrib* bis China, das ist das Land, auf dem sie leben.«

»Und da leben auch wir?«

Sitt war ein wenig verwirrt. Sich vorzustellen, dass der gigantische Palast und die ganze Stadt Al Kahira mit ihren vielen Bewohnern, mit allen Pferden, Schafen, Eseln und Kamelen, etwas mit diesem Bild zu tun haben könnten, überstieg ihr Verständnis. Die Karte war nicht größer als eines ihrer Betttücher!

»Das ist nur ein sehr stark verkleinertes Abbild der Welt. Dieses Grab, in dem wir jetzt stehen, wäre auf dieser Karte nur ein winzig, winzig kleiner Punkt. So klein, dass du ihn gar nicht sehen könntest.«

»Wie kann das sein – ein Punkt, den ich nicht sehen kann?«

Abda erkannte, dass die Neugier des Kindes sie von einer schwierigen Frage zur nächsten treiben würde.

»Das wirst du später lernen. Ich bin mir sicher, der Kalif wird dir Unterricht in Mathematik geben lassen. Doch schau: Hier kannst du die Arme des Nils sehen und hier den breiten Kanal hinüber zum Meer der Vernichtung. Er ist sehr groß gezeichnet, größer eigentlich als er mir, verglichen mit dem Nil, vorkommt. Und hier, wo die Nilarme sich vereinigen, hier liegt Al Kahira und ganz knapp daneben die alte Hauptstadt Misr.«

Ein wenig begann das Kind zu verstehen, worum es ging.

»Diese Flecken in dem blauen Nilstreifen, sind das vielleicht die Inseln, die ich vom Dach des Harems aus sehen kann?«

»Du bist ein sehr kluges Mädchen. Ja, das sind die Inseln. Doch jetzt ist es höchste Zeit, etwas zu essen.«

Sitt wäre noch gerne geblieben und hätte die Tante weiter ausgefragt, doch war das Bedürfnis, etwas zu essen, mittlerweile übermächtig geworden. In einer der schattigen Lauben in dem kleinen Hof hatten die Diener einen Tisch gedeckt. Abda, die wie ihre Schwester Raschida die fatimidische Tradition asketischen Lebens pflegte und sich ernährte wie eine Bettlerin, hielt sich an die für sie hergerichtete, gewohnte Fleischbrühe, in die sie Brot brockte. Doch Sitt fand eine Anzahl einfacher, schmackhafter Speisen vor, die ihr den Mund wässrig machten – zartes Huhn in Milch und Brot gebacken, ebenfalls im Ofen zubereitetes Gemüse mit Zwiebeln und Knoblauch, in Gewürzen eingelegte Oliven und Zitronen, deren Säure sie, wiewohl sich ihr Gesicht verzog, offensichtlich genoss. Dazu gab es klares Wasser. Von allem aß und trank sie ausgiebig.

Da heute ein anstrengender Tag war, gestattete sich auch die Tante, zuerst ein wenig von dem Gemüse und dann von dem mit Hühnerbrühe und Milch durchtränkten Brot zu sich zu nehmen. Das Fleisch wies sie jedoch entschieden zurück.

*

Das sanfte Schaukeln der Sänfte und die Verdauungsarbeit ihres Magens bewirkten, dass Sitt, obwohl sie mit aller Kraft die Lider offen zu halten bemüht war, auf dem Rückweg von der *Turba*

Muizzia in unruhigen Schlummer fiel. Auch die Tante war müde. Sie zog die Vorhänge zu und schloss die Augen, um ein wenig zu schlafen, auch wenn sie sich dabei weiterhin aufrecht hielt.
Trunken von den vielen Eindrücken des Tages geriet das Kind in einen wirren Traum. Soldaten, Menschen, Paläste, Flüsse, Meere begannen sich zu vermischen und durcheinanderzuwirbeln und verbanden sich zu einer wogenden, dunklen Masse. Sitt spürte, wie sie vor Angst, in die Masse hineingesogen zu werden und darin zu verschwinden, erstarrte. Dann aber begann in dem Chaos, ganz fein und kaum sichtbar zunächst, eine helle Bogenlinie sich abzuzeichnen, die zunehmend breiter und breiter wurde. Als gerundeter Streifen zog sie sich durch das Dunkel und bewirkte in Sitt ein unsagbar tröstliches Gefühl wiedergefundener Ordnung.

*

»Wir sind da! Wach auf, Prinzessin!«
Starke Arme umfingen Sitt und sie roch den Moschusduft der dunklen, sonnenwarmen Haut des Nubiers Rami. Sie legte den Kopf an seine Schulter und ließ sich aus der Sänfte heben. Tante Abda, die sofort hellwach war, stieg um in einen Tragesessel.
Oben, in Abdas Gemächern angelangt, ließ Rami seine leichte Last sanft auf weiche Sofakissen gleiten. Dienerinnen brachten heißen, süßen Tee in winzigen Kristallgefäßen. Ein Stämmchen Minze stak in jedem Glas. Sitt spürte das starke Aroma in ihrer Nase und kam allmählich zu sich. Der Tee tat ein Übriges, um ihre Lebensgeister zu wecken.
Abda erhob sich und ging in die Bibliothek. Als sie zurückkam, trug sie ein schweres Buch unter dem Arm. Obenauf lag eine Pergamentrolle. Sie legte beides auf den niedrigen Tisch bei dem Sofa und deutete einer Dienerin, die Teegläser abzuräumen. Dann öff-

nete sie das Buch, das, wie Sitt auf einen Blick erkannte, in griechischer Schrift geschrieben war. Sie blätterte zu einer bestimmten Stelle und entrollte sodann das Pergament. Auf einer Seite beschwerte sie das störrische Blatt mit dem Buchdeckel, auf der anderen mit zwei kleinen Vasen aus Kristall.

Sitt setzte sich zurecht, damit sie das Buch und das Pergament gut sehen konnte.

»Sieh her, Sitt Al Mulk«, sprach Abda die Nichte mit ihrem vollen Namen, der auch ihr Titel war, an. »Siehst du dieses Bild hier in dem Buch? Das ist die Weltkarte des Klaudios Ptolemaios. Er war ein Sohn Ägyptens und wie deine Mutter von griechischer Abstammung. Sein Leben verbrachte er in Alexandria, zu einer Zeit, als dort noch die Kaiser Westroms herrschten. Vielleicht war er der größte Gelehrte aller Zeiten, jedenfalls wusste er sehr viel über die Welt, auf der wir leben und die Himmelssphären, die sich über uns spannen.«

Abda hielt kurz inne, bevor sie weitersprach: »Dieses Buch hier ist eines der wertvollsten in meinem Besitz. Es ist eine Abschrift der *Geographia* des Ptolemaios – den von ihm gezeichneten Landkarten und seiner Beschreibung der Welt. Doch wenn du dir seine Karte ansiehst, so merkst du, dass sie genau umgekehrt ist wie jene, die wir in der *Turba Muizzia* gesehen haben.«

Sitt betrachtete das Bild, konnte aber wenig Ähnlichkeit mit der Karte des Muizz erkennen. Vor ihr lag ein in die Hälfte geschnittener Ball auf einem Gitternetz. Mit dem Wandbehang in der Turba hatte das Bild nur die bunten Farben und die scheinbar sinnlosen Formen gemein.

»Für die Griechen«, fuhr Abda in ihrer Erklärung fort, »waren die Länder im Norden wichtig. Deshalb hoben sie diese hervor und stellten sie auf ihren Karten nach oben. Für die arabischen Gelehrten gilt das Gegenteil: Sie sehen im Süden den Mittelpunkt der Welt, in den heiligen Stätten Mekkas und Medinas. Denn heute liegt die Macht in den Händen des Islam und er kommt aus dem Süden.«

Abda beugte sich über das ausgebreitete Pergament.

»Sieh, das hier ist, im Gegensatz dazu, die Karte des Ibn Haukal. Er ist, wie der Urheber der Karte in der Turba, ein arabischer Geograph und seine Karte ist nach dem Süden ausgerichtet. Siehst du, hier fließt der Nil von oben ins Meer.«

Tatsächlich, der auf beiden Landkarten als langer Streifen deutlich sichtbare Fluss zeigte einmal nach oben und einmal nach unten. Mit ausholender Bewegung strich Abda in großem Schwung über die breiten, hellen Flächen, die Sitt bereits als festes Land zu deuten verstand.

»Von China bis Al Andalos reicht die Macht des Islam und seiner arabischen Söhne! Nur in China, in Al Hind und hier, in Persien, werden die Muslime von Fürsten regiert, die keine Araber sind.«

Abda räusperte sich. Es bewegte sie, dem Kind von der Macht der *Umma Islamjia,* der Islamischen Gemeinschaft, zu sprechen. Ihr Finger glitt zum unteren Teil der Karte des Ibn Haukal.

»Hier ist das Reich des Kaisers von Rom. ›Byzanz‹ nennen es die Griechen. Die Familie deiner Mutter stammt von dort. Noch ist Rom bedeutend, doch seine Tage sind gezählt. Dereinst brachten die Griechen die großen Gelehrten hervor, heute sind es die Muslime. Sie übersetzen und übernehmen die Wissenschaft von Aristoteles, Platon, Hippokrates, Ptolemaios und wie sie alle hießen. Und sie entwickeln sie weiter mithilfe ihrer eigenen Fähigkeiten – in der Mathematik, Astronomie und Medizin. Damit folgen sie getreulich dem Auftrag des Propheten: ›Suchet das Wissen und wenn ihr dabei so weit gehen müsst wie China!‹«

Die gelehrte Frau richtete sich auf, holte tief Atem und sprach nun zu dem Kind mit besonderem Nachdruck: »Doch betrachte,

ya Amira, was für ein Reich dein Vater, der Kalif und Imam der Gläubigen, Al Aziz, regiert! Von Syrien gegen Sonnenaufgang über Palästina, Ägypten, Sizilien bis *Ifrikia* gegen Sonnenuntergang. Wie du auf der Karte gut sehen kannst, ist er heute der mächtigste Sultan der Erde. Das nächste Ziel wird das Land zwischen den zwei Strömen sein und die Abbasidenstadt Bagdad.«
Das Kind besah sich die Welt und welchen Anteil davon die Fatimiden erobert hatten und es begann sich in ihr ein Begriff zu bilden, für den sie noch keine Benennung wusste: jener von der übermenschlichen Verantwortung des Kalifen.

*

Am Abend dieses ereignisreichen Tages brachten Theodora und Demetria ihre unzertrennlichen Töchter zu Bett.
»Bitte, Mutter, ich wünsche mir zum Geburtsfest ein Lämmchen!«
Theodora schlug ihre Bibel zu. Das wertvolle Buch war ein Geschenk des römischen Kaiserhauses an die Favoritin des Kalifen von Kairo. Um es klein und handlich zu halten, hatte der Kalligraph allerfeinste Schrift angewandt. In ihrer völligen Regelmäßigkeit erweckte sie den Eindruck, nicht von Menschenhand zu sein. Die vielfarbigen Illuminationen machten die heiligen Worte lebendig.
Die Griechin strich ihrem Kind übers Haar. »Aber wozu denn ein Lämmchen, Sitt?«
»Ich erinnerte mich, wie Vater mich auf der großen Karawane, als wir mit dem Hof von Kairuan nach Kairo umzogen, ein Lämmchen halten ließ. Das Fell fühlte sich so weich und das ganze Tier so warm an. Amina und ich könnten mit ihm spielen. Ich stelle mir vor, wie es in der Sonne durch das Gras hüpft und sich freut,

bei uns zu sein. Es könnte ja auch bei Amina und mir im Bett schlafen!«

»Nun, das dürfte es gewiss nicht. Doch ich will es mir überlegen.«

Theodora und Demetria erhoben sich und gaben ihren Kindern einen Gutenachtkuss. Sobald sie sprechen konnten, hatten die beiden es durchgesetzt, immer zusammen in einem Bett zu schlafen. Die Mädchen streckten sich in ihren aus hauchzarter Baumwolle genähten Hemden stocksteif aus, damit die Amme Aischa zusammen mit einer Sklavin das Bettlinnen über sie breiten konnte, um sich dann kichernd und lachend zusammenzurollen wie zwei kleine Katzen.

Theodora schüttelte ob solchen Übermutes den Kopf und mit den Worten »Iesos wache über euch!« verließen die Griechinnen das Schlafzimmer der Kinder.

Nur wenige Augenblicke vergingen, ehe die Mädchen von neuem losprusteten. Aischa legte mahnend den Finger an die Lippen, doch erzielte ihre Geste das Gegenteil der beabsichtigten Wirkung. Sitt begann, ihre Cousine zu kneifen und zu kitzeln. Amina versuchte, sich auf die gleiche Weise zur Wehr zu setzen, doch raubte ihr das Lachen die dazu nötige Kraft. Sie konnte nur hoffen, sich strampelnd und mit vor den Körper geschlagenen Armen dem spielerischen Ansturm Sitts zu entziehen. Nach einer Weile hielt es Aischa für an der Zeit einzuschreiten:

»Ihr beiden Prinzessinnen, hört! Eure Mütter kommen zurück!«

Diese List verfehlte ihre Wirkung nicht. Sie zwang die beiden, innezuhalten und zu horchen, gerade lange genug, um ihren kindlichen Ausbruch abebben zu lassen.

»Erzähle, *ya Amira* Sitt: Was hast du heute mit deiner Tante Abda unternommen?«

»Ach, nichts Bestimmtes«, war die immer noch von glucksendem

Kichern begleitete Antwort. Abda hatte ihr das Versprechen abgenommen, nichts von dem Ausflug zur *Turba Muizzia* zu erzählen. »Sie ist mit mir herumgegangen. Als wir hungrig waren, haben wir gegessen. Ich bin dann eingeschlafen und Rami hat mich zurückgetragen.«

»Aber wo seid ihr denn herumgegangen?«

Aischa erhielt keine Antwort mehr. Sitts Augen waren zugefallen und sie atmete ruhig und gleichmäßig. Auch Amina hatte sich beruhigt und stand mit einem Fuß bereits im Land der Träume. Aischa küsste die beiden Kinder, zog noch einmal die Betttücher zurecht und setzte sich noch für ein Weilchen an ihren Webstuhl. Bald nickte auch ihr Kopf vornüber. Gähnend erhob sie sich. Mit einer Hand den schmerzenden Rücken reibend, beugte sie sich über die Öllampe neben dem Bett der Kinder und blies das Licht aus. Es war nun fast ganz dunkel in dem Raum. Nur ein Nachtlicht brannte noch. Aischa zog sich das Übergewand über den Kopf und legte sich in Unterkleidern zu Füßen der Kinder auf das Bett zur Ruhe.

Sitt, die sich Aischas Nachforschung glücklich entzogen hatte, war in Wahrheit aber noch ein gutes Stück von jedem Schlummer entfernt. Vor ihrem inneren Auge hatte sie die Nacht in Tag verwandelt. An der Spitze einer Amazonenschar flog sie als Königin Hippolyta im Galopp über die bis zum Horizont sich erstreckende Weltkarte des Al Muizz. Der Gürtel des Kriegsgottes Ares lag ihr fest und schwer um die Mitte und schützte sie gegen Feinde. Doch da wuchs plötzlich mitten aus dem Boden eine gigantische Festung. Ihre Tore öffneten sich und spien schwarz Gerüstete hervor, in großen Haufen und ohne Ende.

Bald fand sich die Kriegerinnenschar auf ihren weißen Pferden umringt von lanzenschwingenden, schwarzen Kämpfern. Die Mädchen schlugen sich tapfer, doch für jeden Gegner, den sie töteten, stellten sich ihnen drei andere entgegen. Da konnte auch die Kraft des Gürtels des Ares nicht mehr helfen und die Lage erschien aussichtslos. Die Amazonen kämpften nur noch um einen würdigen Tod. Da griff Sitt zu einer List. Zu Amina an ihrer Seite sprach sie, während sie mit dem gespannten Bogen sorgfältig zielte:

»Es gibt eine Rettung. Reite zu jeder einzelnen Kämpferin und gib ihr diesen Befehl weiter, den sie, eine nach der anderen, ausführen sollen. Der Befehl lautet: Springe vom Pferd, jage es fort, nütze das Gewühl, einem Toten die Rüstung zu nehmen und sie selbst anzulegen. Eine nach der anderen werden wir so zu schwarzen Kämpfern, wie unsere Feinde und verschwinden vor ihren Augen. Wir fliehen durch ihre Reihen, jede für sich und treffen uns wieder in Al Kahira.«

Doch noch ehe Sitt als Letzte an der Reihe war, sich in einen der schwarzen Gegner zu verwandeln, überkam nun auch sie der Schlaf und entführte sie in den Paradiesgarten des Al Muizz, wo ein weißes Lämmchen sie erwartete, um mit ihr zu spielen.

Bis zum Morgen war in dem Gemach nur noch das Atmen der Kinder zu hören, von Zeit zu Zeit von Traumgemurmel unterbrochen und das leise Schnarchen Aischas.

4
Kalif Al Hakim Bi Amr Illah

Zwanzig Jahre später stellte sich die erwachsene Prinzessin Sitt Al Mulk einer anscheinend aussichtslosen Lage ebenso geistesgegenwärtig wie in ihrem Kindheitstraum. Sie hatte im wirklichen Leben gelernt, auf die List der Vernunft und das Wirken der Zeit zu vertrauen, sogar dann noch, wenn alles verloren schien.
Weitaus weniger gut gerüstet für die Dinge, die da auf ihn zukamen, war indessen der neue Kalif, das Kind Mansur, das sich von einem Augenblick auf den anderen in die Rolle eines Herrschers gestoßen fand. Zwar hatte er als Kronprinz an Zeremonien an vorderster Stelle, gleich neben seinem Vater und unter der Reichsinsignie des Sonnenschirms, teilgenommen und auch schon in der neu errichteten Moschee am Bab Al Futuh die Festtagspredigt gehalten. Trotzdem sprang jetzt in der Seele des Knaben etwas aus dem Lot. Allein gelassen in all dem kalifischen Gepränge und bis auf seine Erzieher aller vertrauten Menschen beraubt, hatte er die Orientierung im Leben verloren. Er lebte in einem großen Spiel, das Bargawan, sein Miterzieher Schukr, die Minister und Generäle eigens und allein für ihn in Szene setzten und stand in keiner Verbindung mehr zur Wirklichkeit.
Wie Sitt im Westpalast, so war er im Ostpalast ein Gefangener der

Verschwörung. Doch während Sitt Al Mulk mit allen Formen der politischen Intrige vertraut war und nach den Erschütterungen der letzten Zeit nicht einmal den Tod mehr fürchtete, war der Kalif ein argloses Kind, das sich noch nicht zu helfen wusste.

General Al Hassan Ibn Ammar hatte, kaum war der große Kalif Al Aziz begraben, alle bewegliche Habe aus dessen Wohnung, dem Elefantenpavillon, entfernen lassen. Der kindliche Kalif war nun zwar Herr über die väterlichen Gemächer, doch waren daraus all die ihm von Kindheit an vertrauten Dinge verschwunden. Bargawan hatte sich beeilt, nach der Plünderung durch Hassan die Gemächer wieder mit dem Nötigsten auszustatten, doch änderte das nichts an der Fremdheit und Leere, die Mansur – oder Al Hakim, wie er jetzt hieß – aus jeder Ecke der hohen, weiten Räume ansprangen wie böse Geister. Deshalb verbrachte er die meiste Zeit in einer kleinen, düsteren Zimmerflucht, deren Einrichtung der General geschont hatte.

Wenn Al Hakim nicht für die üblichen Audienzen, Ratssitzungen oder Predigten in Staatsgewänder gekleidet und mit Fanfarenklang und Trommelwirbel an die entsprechenden Orte geleitet wurde, so verbrachte er die meiste Zeit in seinem Schlafzimmer, auf dem Bett liegend, allein mit sich und für niemanden zugänglich, nicht einmal für Bargawan oder seinen zweiten Erzieher Schukr. Schukr bemühte sich, so gut er konnte, den Knaben mit Geschichten und kindlichen Spielen zu unterhalten. Seit Hakim Herrscher war, verbot sich für ihn das gewohnte Spiel mit gleichaltrigen Jungen. Nur Männer durften noch seine Lustbarkeiten teilen und der Erzieher Schukr verzweifelte an der Aufgabe, ihn dazu zu überreden, dass er sich im Schach oder Taulaspiel übte oder seine Reitkünste fürs Polospiel verbesserte. Denn wollte Hakim sich in der Gesellschaft erwachsener Männer vergnügen, so musste er diese Dinge beherrschen.

Nicht einmal seinen Tutoren gelang es, ihn, den sonst aufmerksamen und neugierigen Schüler, aus der Betäubung zu lösen und so durchlebte der junge Kalif nach dem Tod seines Vaters eine düstere Zeit. Wie Sitt flüchtete auch er sich in die Vergangenheit, doch während die Schwester aus ihren Erinnerungen Kraft schöpfen konnte und Trost, bedeuteten sie für ihn eine Qual. Wie unter einem inneren Zwang durchlebte er in einem fort die Ereignisse rund um den Tod des Vaters und litt unendlich, dass er so schnell von einem behüteten, verwöhnten Prinzen zu einem allzu jungen, unendlich einsamen Kalifen geworden war. Wie selig war er doch gewesen, als er an jenem vorletzten Tag des Fastenmonats Ramadan, der der letzte im Leben seines Vaters werden sollte, im Garten vor der Kalifenvilla in Bilbais spielen durfte! Keine Vorahnung trübte sein Glück, als der Kalif ihn plötzlich zu sich holen ließ.
Al Aziz befand sich im Hamam und Mansur glaubte daher, den Vater entspannt und guter Dinge vorzufinden. Doch als er ihn sah, spürte er sofort, dass etwas nicht in Ordnung war mit ihm. Es lag nicht daran, dass der Vater nur mit einem Schurz um die Lenden und einem Tuch um die Schultern bekleidet war. Etwas an seinem Aussehen beunruhigte den Jungen. Al Aziz' Gesichtshaut war von äscherner Blässe, trotz der heißen Dämpfe und Güsse, die er gerade über sich hatte ergehen lassen. Und als er den Sohn zu sich winkte, klang seine sonst starke, weit hallende Stimme sonderbar belegt.
Immer wieder in den seither vergangenen Tagen hatte Mansur in sich das Bild heraufbeschworen, wie der Vater ihn dann küsste, in die Arme schloss und zu ihm sprach:
»Bei Allah, wie muss ich mich um dich sorgen, Liebling meines Herzens!«
Der Kalif hatte Tränen in den Augen. Er schob den Sohn von sich und fügte hinzu:

»Nun geh, mein Prinz und spiele weiter! Es geht mir schon besser!«
Mansur kehrte in den Garten zurück und vergaß schnell wieder die Unruhe, die ihn beim Anblick des Vaters beschlichen hatte. Er saß gerade im Wipfel einer Sykomore, als Bargawan aufgeregt angelaufen kam und ihm befahl, von dem Baum herunterzuklettern. Mansur begriff, dass etwas vorgefallen sein musste. Er folgte Bargawan in die Villa, wo ihn bereits die in Bilbais anwesenden Würdenträger und Generäle erwarteten. Gemeinsam steckten sie ihn in einen Kalifenornat, bis hin zu den goldbestickten Stiefeln. Zuletzt setzte Bargawan ihm den mit Kronjuwelen geschmückten Turban auf den Kopf, warf sich vor ihm auf den Boden, küsste den Staub zu seinen Füßen und huldigte ihm:
»Der Friede sei mit dem Befehlshaber der Gläubigen!«
»Was ist geschehen? Wo ist mein Vater?«
»Du wirst deinen Vater gleich sehen. Er wünscht, dass du dich dem Kriegsvolk zeigst.«
Wie in einem Traum ging Mansur mit Bargawan hinaus ins Feldlager zu den Soldaten und der Palastmeister präsentierte ihn den Truppen als neuen Kalifen. Ohne irgendetwas zu begreifen, sah er ihnen zu, wie sie vor ihm auf die Knie fielen.
»Sei gegrüßt, Befehlshaber der Gläubigen! Gott ist groß! Gott segne unseren Imam!«
Gemeinsam mit Bargawan kehrte er in die Villa zurück. Inzwischen hatte man seinen Vater dorthin gebracht. Die Totenwaschung war bereits an ihm vollzogen und er lag da, aufgebahrt und in sein weißes Pilgertuch gehüllt. Fragend blickte Mansur Bargawan an, denn er wusste nicht, was er von dem leblosen Körper in dem Tuch halten sollte.
»Nachdem der Herr der Gläubigen dich im Hamam umarmt hatte, ging er hinaus in den Ankleideraum. Plötzlich brach er zusam-

men. Wir konnten nur mehr seinen Tod feststellen«, erklärte der Palastmeister.
Mansur wandte sich ab. Er lief hinaus und verbarg sich im Gebüsch. Er kam sich vor wie in einem wirren, bösen Traum und mühte sich aufzuwachen. Doch es gab kein Erwachen.
Am nächsten Tag zog der Elfjährige hinter dem auf einer Trage zwischen zwei Kamelen schaukelnden Leichnam des Vaters in Al Kahira ein.
Er ging zu Fuß, gekleidet in ein einfaches weißes Gewand mit weiten Ärmeln. Auf dem Kopf saß ihm wieder der Turban mit den funkelnden Schmucksteinen aus dem Kronschatz. Um seine Hüfte war ein Schwert gegürtet und in der Hand trug er eine Lanze. Während des gesamten Weges hatte Mansur nichts als die nackten, übergroßen Füße des Vaters vor Augen, die durch die Bewegungen der Lasttiere vom Leichentuch befreit worden waren. Nun standen sie wegen des ungewöhnlichen Körpermaßes des Kalifen über die Trage hinaus und bewegten sich im Rhythmus der Kamele hin und her. Fast sah es aus, als würden sie zu einem Lebenden gehörten und nicht zu einem Toten.
Mansur hatte das Gefühl, als wäre um ihn herum ein unsichtbarer Vorhang gespannt, der ihn von allem anderen trennte. Nur gedämpft hörte er die kreuz und quer durch die Straßen eilenden Stadtrufer den Tod des Vaters und die Nachfolge des Sohnes verkünden. Ans Ende jeder Ausrufung setzten die Rufer die Formel: »Allah, der Allerhöchste, ist Bürge für die Sicherheit eures Besitzes und eures Lebens!«
Mit dieser Botschaft ermahnte man das Volk, Ruhe zu bewahren, wusste man doch, dass kein Zeitpunkt unsicherer und gefährlicher war als der des Wechsels von einem Herrscher zum nächsten. Die Gefahr, dass *Fitna* ausbrach, das gefürchtete Chaos, war während eines solchen Übergangs stets am größten.

Mansur blickte weder nach links noch nach rechts, wo sich zu beiden Seiten des Weges immer mehr Menschen versammelten, bestürzt über die Nachricht vom Tod des geliebten Herrschers und voll Angst vor den Dingen, die nun, mit dem Machtantritt des Knaben, auf sie zukommen mochten. Weinen war zu hören und Klagen. Noch huldigte niemand dem neuen Kalifen, denn es galt zuerst, den Vorgänger zu begraben.

Es war der letzte Tag des Fastenmonats Ramadan und am Abend begann mit dem Ruf der Muezzins das Fest des Fastenbrechens. Die zu jedem Monatsende übliche Audienz des Kalifen stand an, die durch das Fest besonders feierlich vonstatten gehen würde. Selbst heute würde die Festaudienz nicht ausfallen, auch wenn der Sarg des Al Aziz soeben erst geschlossen worden war. Die Verschwörer rund um den jungen Kalifen hatten es eilig, ihren Thronanwärter in der Hauptstadt einzusetzen.

Nach Sonnenuntergang ritt der neue Kalif im großen Ornat und noch immer wie im Traum durch die Höfe des Palastes, vorbei an den Würdenträgern, die sich vor ihm der Länge nach zu Boden warfen, bis an den Goldenen Thron seiner Väter im großen *Iwan*. Der Hof jubelte ihm zu und hieß ihn mit seinem Thronnamen willkommen.

»Gesegnet sei unser Kalif Al Hakim *Bi Amr Illah*!« – ›Jener, der auf Gottes Befehl herrscht‹.

Von seinem Sitz auf dem Thron aus ernannte er, so wie Bargawan ihn angewiesen hatte, noch am selben Abend Männer aus dem Kreis der Verschwörung in höchste Positionen des Staates und unterschrieb sogleich ein Dekret, mit dem er die Binnenzölle an den Nil-Kais abschaffte. Diese Maßnahme verbilligte viele Güter für die Bevölkerung und sollte helfen, seine Beliebtheit zu steigern. Wie es der Brauch war, küssten Bargawan und der Wesir Aissa Ibn Nesturus jede einzelne Unterschrift, die er leistete.

Während er zum ersten Mal in seinem Leben auf dem Goldenen Thron saß, spürte Mansur, wie die Huldigungen durch die Menschen und das Gefühl der Macht ihn in Hochstimmung versetzten. Als er aber spät in der Nacht wieder in seinem Bett lag, überfiel ihn ein heftiges Schuldgefühl: Vor Kurzem noch hatte sein Vater von demselben Thron aus über das Reich geherrscht. War nicht das Leben des Vaters der Preis dafür, dass er jetzt die Macht auskosten durfte? Dieses Gefühl heftete sich an ihn wie eine Verwünschung und peinigte ihn bald Tag und Nacht und ließ ihn in seinem neuen Dasein vollends unglücklich sein.

Dann, eines Tages, begann er zu seinen Erziehern von jemandem zu sprechen, nach dem es ihn zunehmend verlangte: von seiner erwachsenen Schwester Sitt Al Mulk, die dem Vater so nahegestanden hatte und deren Schönheit und Liebreiz ihn entzückt hatten, solange er denken konnte. Als Bargawan davon erfuhr, kratzte er sich unter der Eunuchenkappe und meinte:

»Vielleicht sollten wir die Prinzessin wegen ihres Komplotts gegen den neuen Kalifen vor Gericht stellen!«

*

Sitt Al Mulk sah sich unterdessen dazu verurteilt, in ihrem Palastgefängnis täglich haarsträubendere Nachrichten anzuhören, die ihr ihre Vertrauten über die Zustände unter dem neuen Regime zutrugen. Die Prinzessinnen Amina und Abda konnten sich frei zwischen den Palästen bewegen und auch Midad und die anderen Eunuchen in Sitts Diensten verstanden es, sich Neuigkeiten zu beschaffen.

Im Heer gärte es und obwohl Sitt Al Mulk den Verschwörern nichts Gutes wünschte, sah sie vor allem die Bedrohung, die sich aus der Unzufriedenheit der Soldaten für das Land ergab: Nachdem die Nachricht von Nours Verschwinden und Sitts Gefangennahme zu Ulug Tegin gedrungen war, erkannten die Mameluken in Bilbais, dass die Kutama die Macht an sich gerissen hatten. Ulug Tegins Heer bemächtigte sich daraufhin aller Pferde im Feldlager und machte sich auf den Weg nach Nordosten, um sich nach Syrien abzusetzen.

Für Bargawan, der neben seinen Ämtern als oberster Palastmeister, Schatzmeister und Erzieher des Gecko auch noch Kommandant der türkischen Kalifengarden war und deshalb den Mameluken nahestand, war das ein schwerer Schlag. Er sah sich plötzlich ganz den Berbern und ihrem General Hassan Ibn Ammar ausgeliefert. Doch gefährdete die Desertion der Mameluken nicht nur ihn, sondern das ganze Reich, denn mit dem Türkenheer verlor es einen Teil seiner besten Soldaten. Der Kaiser von Byzanz wartete nur auf eine solche Gelegenheit.

»Sie müssen alles tun, um die Mameluken zum Bleiben zu bewegen!«, sagte Sitt Al Mulk zu Amina, die ihr von der Revolte der Türken erzählte. »Womöglich laufen sie zum Kaiser über! Dann ist alles verloren, was mein Großvater und Vater aufgebaut haben!«

»Die Berber scheint das alles nicht zu bekümmern. Sie werden von Tag zu Tag überheblicher und, höre dir an, Schwester, wozu ihr General Hassan Ibn Ammar sich verstiegen hat. Seine Soldaten sind in den Harem eingedrungen und haben alle Konkubinen deines Vaters herausgeholt. Einige von ihnen mussten sie von ihren Kindern fortreißen. Auf dem Exerzierplatz haben sie die weinenden, schreienden Frauen wie eine Herde Vieh zusammengetrieben. Dort warteten schon große Teile der Berbertruppen. Ibn Ammar ist vorgetreten und – ich kann es gar nicht schildern! – hat die Namen von Offizieren und Soldaten aufgerufen, die er beschenken wollte und jeder hat sich eine Frau ausgesucht. Es ist unfassbar!«

Sitt Al Mulk war während des Berichtes erstarrt. Ihre Hand, die eben noch das vom Kloster des Zwergen glücklich geborgene Kätzchen Sitta hinter den Ohren gekrault hatte, hielt inne. Obwohl sie mit den Konkubinen des Vaters wenig verband, war es eine unerhörte Schandtat, Frauen mit Gewalt aus dem Schutz des Kalifenharems zu entführen und es bedeutete eine schreckliche Schmähung des Verstorbenen, seine Frauen so zu behandeln. Die Kutama waren offenbar zu allem entschlossen, um sich jetzt, da sie von ihm nichts mehr zu befürchten hatten, an Al Aziz dafür zu rächen, dass er ihnen die Mameluken vorgezogen hatte.

»Das übertrifft alles«, flüsterte Sitt voll Entsetzen.

»Dem nicht genug ist Hassan in den Elefantenpavillon des Kalifen – Gott segne ihn! – eingedrungen und hat ihn geplündert. Alles ließ er forttragen: die kostbaren Möbel, die Teppiche, die Kunstwerke, die Bücher deines Vaters, seine Waffen – alles! Der Gecko wohnt jetzt in einigen unschönen, lichtlosen Räumen, die Bargawan vor dem Raubzug bewahrt hat. Die übrigen Gemächer stehen leer und Bargawan müht sich gerade, sie notdürftig auszustatten.«

»Wie geht es Mansur? Wie elend muss er sich fühlen!«, fragte Sitt mitfühlend.

»Er sieht nur seine Erzieher. Sie haben ihn völlig abgeschottet. Dabei ist er doch noch ein Kind! Er hat seine ganze Familie verloren und darf jetzt nicht einmal mehr mit seinen Altersgenossen zusammen sein. Es heißt, sie versuchen, einen Mann aus ihm zu machen. Er ist ja ein schönes Kind und groß für sein Alter. Er hält sich mit Würde. Darin ist sich auch der Hof einig. Aber trotzdem ist es eine Posse, die sie mit ihm vollführen.«

Sitt schien noch zu überlegen, ehe sie darauf meinte:

»Ich habe eine Bitte, Amina. Du bist doch seine Tante. Verlange von Bargawan, den Gecko zu sehen.«

»Dem wird er nicht gern stattgeben. Ich könnte zwar sagen, ich will unserem neuen Kalifen ein Geschenk bringen, aber ich bin sicher, dass er mich nicht zu Mansur lassen wird. Aber warum fragst du nicht Prinzessin Abda? Der Tochter des Al Muizz darf niemand eine Bitte abschlagen.«

»Ich hätte es lieber, dass du zu Mansur gehst. Ich will nicht, dass der Junge mich vergisst. Er hat uns beide so oft zusammen gesehen und du würdest ihn an mich erinnern. Aber Tante Abda könnte erwirken, dass ihr beide ihn gemeinsam aufsucht.« Sitt winkte eine Dienerin herbei. »Bring mir Papier und Schreibzeug!«

Sitt Al Mulk trat auf ihren Altan hinaus, hob eine Sichtklappe in dem Maschrabia-Gitter an und blickte über den Garten des Kafur. Die Wasserräder drehten sich und erfüllten die Luft mit Sphärenklang. Rechts schloss sich an den Garten der Poloplatz an. Eine Schar von Prinzen jagte auf zarten, aber wendigen, windschnellen Pferden hinter einem Ball her, den Sitt wegen der großen Entfernung nicht sehen konnte.

Seit ihrer Rückkehr vom Kloster des Zwergen war ihr sogar der Weg in ihren Garten versperrt. Das traf sie besonders hart. Die unvergleichlichen Gärten der Muslime waren Abbilder des Paradieses auf Erden und sie war es gewohnt, nach Belieben durch ihr eigenes Paradies zu wandeln. Wie lange würde man ihr das noch verwehren?

Das Schreibzeug kam und Sitt setzte sich an einen Tisch, an dem sie gerne schrieb und las. Sie sammelte ihre Gedanken und tauchte dann das Schreibrohr in die Tinte. In zügigen Bewegungen formten sich die Sätze. Es ging viel schneller, als wenn sie auf Griechisch schrieb. Die arabische Schrift, die nur die Mitlaute und die betonten Selbstlaute notierte, war, wie sie fand, eine überaus zweckmäßige Erfindung.

»Im Namen Gottes, des Allerbarmers und Barmherzigen.

Meine liebe Tante Abda!
Ich hoffe, diese Zeilen erreichen Dich bei guter Gesundheit.
Wie ich höre, geht es meinem kleinen Bruder Mansur, den das Schicksal allzu früh mit der Bürde des Kalifats belastet hat, nicht gut. Traurig und von allem abgeschlossen bringt er seine Tage in den ihres Schmucks beraubten Gemächern des Kalifen Al Aziz zu und er droht ein Opfer der Melancholie zu werden, wenn wir nicht etwas unternehmen.
Obwohl er kein idealer Kalif ist, braucht ihn das Kalifat jetzt. Zudem ist er mein Bruder und ich fühle Verantwortung für ihn. Deshalb, meine liebe Tante, trete ich an Dich mit einer Bitte heran: Könntest Du, als die Tochter des großen Kalifen Al Muizz, ihm einen Besuch abstatten und seinen Zustand erkunden? Amina würde Dich gerne begleiten, denn schließlich ist sie die Tante des Kleinen.
Ich möchte ihm ein Geschenk zukommen lassen. Du warst einst so gütig, mir aus Deinem Besitz das Schwert des Harun Al Raschid zu überlassen. Wenn Du es gestattest und mir darüber nicht gram bist, so würde ich dieses Schwert gerne an meinen Bruder weitergeben. Er ist jetzt der Herrscher und es würde ihn trefflich zieren.
Ich danke Dir, meine Tante, für Deine Güte und grüße Dich von ganzem Herzen.

Sitt Al Mulk Bint Al Aziz Ibn Al Muizz«

Während sie den Papyros mit Sand bestreute, ließ sie Midad kommen.
Sitt wollte den Brief so schnell wie möglich zu ihrer Tante bringen lassen, doch Midad wies sie auf die Gefahr hin, die das Unternehmen in sich barg. Unter keinen Umständen durfte der Brief in die falschen Hände geraten.
Und so schlug er vor, dass eine der Dienerinnen, die täglich das Geschirr in den Palast zurückbrachten, den Brief zwischen Tellern verborgen aus dem Schloss schaffen und an einer sicheren Stelle in den Vorratskammern verstecken sollte. Sobald er wisse, wo der Brief läge, könne er dies Rami, dem Eunuchen der Tante Abda, mitteilen. So würde er ganz sicher bei der Tante landen.
Inzwischen hatte Sitt das Schriftstück zusammengerollt und versiegelt und hielt es Midad hin. Sie war mit seinem Vorgehen einverstanden.

*

Es schmerzte Sitt Al Mulk sehr, das Schwert des Harun Al Raschid fortzugeben, war es doch eines ihrer teuersten Besitztümer. Sie hatte es begehrt, seitdem Abda es ihr zum ersten Mal gezeigt hatte. Und sie war ungeheuer stolz gewesen, als die Tante ihr die Waffe, die zu den kostbarsten zählte, die es gab, an ihrem sechzehnten Geburtstag schenkte. Es war das Jahr nach der Geburt des Gecko gewesen und Sitt bedurfte einer Aufmunterung. Der Vater war damals außer sich vor Freude, dass ihm seine Favoritin Theodora nach all den Jahren doch noch einen Sohn geschenkt hatte. Damit war der leidige Machtkampf mit Tagrid, der den Kalifen und seine Geliebte immer wieder entzweit hatte, ein für alle Mal beendet. Sitt spürte rasch, dass die Geburt des Bruders ihrer Zukunft eine Wendung geben würde, auf die

sie nicht vorbereitet war und die kluge Tante verstand ihre Befürchtungen.
Sitt schob die Schreibutensilien von sich weg und lehnte sich auf der Sitzbank zurück. Ihre Gedanken wanderten zu jenem fernen Tag in ihrer Kindheit, als Abda ihr das Schwert zum ersten Mal gezeigt hatte. Damals war ihr bewusst geworden, dass es in der Macht keinen Unterschied zwischen Männern und Frauen gab; es kam lediglich darauf an, wie gut ihre Waffen waren und wie sie diese benutzten.

*

Es war an einem Vormittag gewesen, kurze Zeit nach dem Ausflug, den Prinzessin Abda mit ihrer Nichte durch die Stadt unternommen hatte. Wie so oft suchte Sitt ihre Tante Abda auch an diesem Tag in deren Räumen in einem der oberen Stockwerke des Haremspalastes auf. Vor der hohen Tür zu ihrem Korridor stand groß und breit der Eunuch Rami. Als er die kleine Prinzessin Sitt Al Mulk mit ihrer Amme Aischa näher kommen sah, rief er ihnen einen Morgengruß entgegen und öffnete die Tür.
Beim Eintreten hielt Sitt inne und besah sich die bunt bemalten Türpaneele, in deren geschnitztem Palmenblattschmuck sich allerlei Fabelwesen – Tiere mit Menschenköpfen und Menschen mit Tierköpfen – verbargen. Bilder wie diese lieferten zusammen mit den alten Mythen, die ihr die Mutter erzählte, den Stoff für die aufregenden Geschichten, mit denen Sitt Al Mulk sich abends die Zeit vor dem Einschlafen verkürzte.
Von Rami geleitet, durchquerten Sitt und Aischa mehrere Räume, in denen Dienerinnen putzten und polierten. In den Ecken standen untätige Eunuchen herum, die beim Eintreten Ramis in Bewegung gerieten und sich den Anschein gaben, die Skla-

vinnen zu beaufsichtigen. »Gib acht, dass du nichts zerbrichst!«, mahnte einer die Frau, die neben ihm einen Glasteller abwischte. »Hier«, rügte ein anderer und tippte mit dem Finger auf einen in Silber gefassten kristallenen Kelch, »der Rand, er glänzt noch nicht!«

Abda besaß einzigartige Kunstschätze. Das meiste davon bewahrte sie in Magazinen auf, aber die schönsten Stücke befanden sich in ihren Gemächern. Die Kunstwerke waren einer der Gründe, weshalb Sitt ihre Tante so gern besuchte. Da gab es wunderbare Dinge zu betrachten: funkelnde Krüge aus Bergkristall, in die Bilder von Löwen und Gazellen eingeschnitten waren; mit goldenen Zeichnungen geschmückte Becher und Schalen aus Glas, Kassetten aus farbigen Hölzern und Schnitzereien aus Elfenbein. Auf Piedestalen standen Tierfiguren, die Sitt so lebendig vorkamen, dass sie jeden Augenblick erwartete, sie würden sich bewegen und herabspringen, um mit ihr zu spielen.

In einer Wandnische ruhte auf einem Untersatz aus Holz ein Teller aus golden geflammter Keramik mit dem Abbild eines Greises, der beide Hände dem Kopf eines Leoparden näherte. Es schien, als wäre der alte Mann im Begriff, das wilde Tier zu besänftigen. Als sie das Bild zum ersten Mal betrachtete, war Abda zu ihr getreten und hatte ihr erklärt:

»Die Weisheit des Alters zähmt die Leidenschaften der Jugend!«

Sitt hatte oft über diesen Satz nachgedacht und seine Bedeutung herauszufinden versucht. Was wohl mochten die Leidenschaften der Jugend sein?

In der Bibliothek, weiter hinten in der Zimmerflucht, würde Sitt, wie sie wusste, die Tante antreffen. Jeder im Palast kannte den Tagesablauf der Prinzessin Abda. Sie führte ihr Leben tatsächlich so streng und einfach, wie es die Sitte der Fatimiden eigentlich für die ganze Dynastie forderte. Es gehörte zum sorgfältig gehüteten

Wissen ihres ismailitischen Geheimbundes, dass die Entfaltung des Geistes im *Zahir* der Welt dann am besten gelang, wenn im *Batin* der Seele Ordnung herrschte. Deshalb pflegte Tante Abda schon bei Morgengrauen aufzustehen, um sich gleich nach dem *Fagr*-Gebet ihren Geschäften zu widmen. Nach ihrem frugalen Mahl nützte sie die Zeit der morgendlichen Stille zu einem Spaziergang durch einen der Höfe. Anschließend zog sie sich in ihre Bibliothek zurück, wo sie bis zum Mittag zu lesen pflegte.

Prinzessin Abdas Schatz an Büchern und Schriftrollen wurde nur noch von der Palastbibliothek des Kalifen überboten. In einem saalartigen Raum waren bis an die Decke reichende Kästen mit jenen Schriften gefüllt, die sie stets zur Hand haben wollte.

Wie gewohnt fand Sitt die Tante in dem einladenden Erker ihrer Bibliothek. Schlank und weiß gekleidet saß sie da, vor sich auf dem Tisch ein aufgeschlagenes Buch. Beim Näherkommen fiel Sitts Blick darauf. Den Kapitelanfang hob ein breites Blütenmuster in Gold, Rot und Blau hervor. Die schwungvolle Schrift war in einen goldenen Rahmen gepasst.

Die Tante streckte einen Arm aus. Nur Sitt gegenüber ließ Abda ihre sonstige Zurückhaltung fallen. Die Nichte empfand deshalb auch keine Scheu vor ihr. Sie schmiegte sich an die schlanke, noch junge Frau und küsste sie mit gespitztem Mund auf die zarte, etwas trockene Wangenhaut, in der sich erste feine Fältchen eingenistet hatten. Aischa verneigte sich tief vor der Schwester des Kalifen Al Aziz und zog sich in einen der vorderen Räume zurück, um den Dienerinnen bei der Pflege der Kunstwerke ihre Hilfe anzubieten und dabei auch ein Schwätzchen zu halten. Sie wusste, dass Abda, anders als ihre Mitbewohnerinnen im Haremspalast, es nicht schätzte, wenn dauernd Diener um sie waren.

»Sie sollen lieber etwas tun«, pflegte sie zu sagen. »Das ist für ihren Leib und ihre Seele gesünder, als in meiner Nähe den Tag lang sein zu lassen!«

Ihrer Nichte strich Abda nun übers Haar, hob dann ihr Kinn und sah ihr in die Augen.

»Sag mir Sitt, hast du dich auch an unsere Vereinbarung gehalten, niemandem von dem Ausflug zur *Turba Muizzia* zu erzählen?«

»Aber natürlich, meine Tante!«

Sitt spürte, dass Abda keine böse Absicht verfolgte, sondern sich lediglich aus den Spannungen zwischen Theodora und ihrer Schwiegermutter Tagrid heraushalten wollte. Eigentlich hätte die Tante für den Ausflug die Erlaubnis von Sitts Mutter einholen müssen. Aber obwohl Abda, die Tochter einer älteren Konkubine des Al Muizz, keinerlei Sympathie für ihre Stiefmutter Tagrid empfand, wollte sie ihre bewährte Strategie, den Machtkämpfen am Hof auszuweichen, nicht aufs Spiel setzen, indem sie Theodora nahekam. Sie wusste, dass sie sich auf die Macht ihres Reichtums und ihres Wissens besser verlassen konnte als auf den Ausgang von Haremskabalen.

Unwillkürlich blickte Abda zu den Schwertern, die an einer der Wände ihrer Bibliothek aufgereiht waren. Sie erhob sich und durchquerte den Raum mit festen Schritten. Ihre Gestalt war in eine unter der mädchenhaften Brust geraffte, fließende *Abaja* mit einfachen Paspelierungen gehüllt. Als sie vor den Schwertern stand, nickte sie Sitt aufmunternd zu. Das kleine Mädchen rutschte von seinem Sitz in der Lesenische und trat zu der Tante. Bläulich schimmerte der Stahl der Klingen in dem gedämpften Licht, das durch die Maschrabias hereindrang. Es waren tödliche Waffen, aber von einer nahezu heiligen Schönheit, mit aufwendigen Verzierungen in Silber und Gold und Einlegearbeiten aus Elfenbein und Edelsteinen an den Griffen. Unter jedem Schwert war die dazugehörige, ebenso prächtige Scheide angebracht.

Abda nahm das schönste Schwert, das von den anderen deutlich abgesetzt an der Wand hing, aus der Halterung. Sein Griff war mit Edelsteinen verziert, die Klinge leicht gekrümmt.
»Gib acht und bewege dich jetzt nicht!«
Die Waffe langsam führend, schnitt sie, ohne den geringsten Druck auszuüben, eine Locke aus Sitts Haar. Sitt verspürte an ihrer Kopfhaut kein noch so geringes Ziehen. Nun nahm Abda die Hand der Kleinen, legte den Griff hinein und schloss ihre Finger darum. Von der Tante geführt, wagte Sitt einige Streiche in der Luft. Das Schwert fühlte sich überraschend leicht an und hatte gerade genug Gewicht, um der Schärfe seiner Klinge Wirkung zu verleihen. Sie spürte die magische Kraft, die von dieser ungewöhnlichen Waffe ausging.
Abda hängte sie wieder zurück in die Halterung und sagte: »Dieses Schwert hat einst Harun Al Raschid besessen. Wenn ich nicht mehr bin, sollst du es bekommen! Doch jetzt geh! Gleich ist es Mittag, Zeit für das *Dohr*-Gebet.«

*

›Letzten Endes hat Abda mich weniger lang auf dieses Vermächtnis warten lassen‹, dachte Sitt nun, da sie plante, es dem jungen Kalifen zu schenken. ›Sie wollte mir damals, als der Gecko geboren wurde, mit dem Schwert etwas geben, das mich in meinem verletzten Stolz tröstete und mich stärkte. Und so war es auch. Nour lehrte mich dann, wie ein Schwert zu führen war. Bis jetzt bestand für mich keine Notwendigkeit, diese Kenntnis anzuwenden. Jetzt aber, da so viel auf dem Spiel steht, will ich mich der Waffe bedienen. Doch werde ich nicht zustechen mit ihr, sondern sie auch jetzt wieder als Geschenk ihre Wirkung tun lassen.‹

*

Wie Sitt Al Mulk gehofft hatte, stimmte Abda zu, dass sie das wertvolle Geschenk weitergab und sie erklärte sich auch bereit, dem Gecko zusammen mit Amina einen Besuch abzustatten.
Mit Ungeduld erwartete Sitt an dem betreffenden Tag die Stunde, da die beiden ihr berichten würden, wie es dem Bruder ging und wie er auf das Schwert reagiert hatte. Sie war sich sicher, dass Bargawan versucht hatte, Mansur gegen sie aufzuhetzen und sie wollte wissen, wie weit er damit schon gekommen war.
Die Mittagsstunde war vorüber und Sitt wanderte in der milden Novembersonne nervös auf ihrem Dach auf und ab. Damit ihre Haut sich nicht dunkel färbte, hielt Midad einen Sonnenschirm über ihr Haupt. Zugleich ließ sie sich von ihm erzählen, was es Neues gab am Hof, in der Stadt und im Reich. Diesmal waren es sehr vieldeutige Nachrichten und Sitt versuchte, sich über deren Folgen klarzuwerden.
»Die Mameluken haben sich bewegen lassen, in Ägypten zu bleiben. Bargawan hat ihnen dafür die Zuwendungen erhöht und ihnen ihre Sonderstellung in der Armee garantiert. Es heißt auch, dass er sich für die persönliche Prämie an Ulug Tegin sehr stark des Staatsschatzes bedient hat. Daraufhin ist Ulug Tegin mit seinen Soldaten wieder ins Lager von Bilbais zurückgekehrt.«
»Das scheint ja nicht allzu schwierig gewesen zu sein!«
»Ihr hattet recht, Herrin, mit Eurer Vermutung, dass die Mameluken daran dachten, zu den Byzantinern überzulaufen. Stellt Euch vor: Gestern flog in einem Taubenschlag des Palastes eine Brieftaube mit einer Botschaft aus Syrien ein. Es war ein Schreiben an Bargawan, gezeichnet von Mangu Tekin, Eures Vaters bestem Feldherrn – dem Generalissimus aller Mamelukenstreitkräfte, Eroberer Syriens und Amir von Damaskus! Mangu Tekin protestierte in dem Brief gegen das Vorgehen der Kutama unter Hassan Ibn Ammar in Ägypten. Es käme einem Staatsstreich

gleich. Einem solchen würde er sich aber nicht unterwerfen. Der Palastmeister Bargawan möge sich vorsehen: Als Kommandant der mamelukischen Garden sei er ihm, Mangu Tekin, verantwortlich und sein Bündnis mit den Kutama wäre ein unseliges.

Mangu Tekin hat damit klar Eure Partei ergriffen. Die Leute munkeln, er habe den byzantinischen Kaiser sogar um Hilfe gegen die Kutama-Verschwörung gebeten. Wie kommt es, dass Ihr diese Dinge voraussehen konntet?«

»Mein lieber Midad, das ist keine große Kunst, wenn man so lange wie ich mit der Politik lebt. Dass die Kutama entschlossen sind, den Tod meines Vaters zu nützen, um ihre frühere Vorrangstellung wiederherzustellen, liegt auf der Hand. Die alte, von Vater einst entmachtete Garde war ja schon zuletzt sehr rührig – was ich unglücklicherweise nicht ernst genommen habe. Ich mache mir deswegen immer noch Vorwürfe. Wäre ich wachsamer gewesen, so hätte ich Mangu Tekin in Syrien und Ulug Tegin hier in Ägypten vor den Bestrebungen der Berber gewarnt und sie rechtzeitig um die Unterstützung der Mamelukenheere gebeten.

Ich fürchte aber, dass die Berberclique um Hassan Ibn Ammar und den Oberkadi Al Numan sich damit, dass sie in Ägypten jetzt wieder die Oberhand haben, nicht zufriedengeben werden. Sie haben die Schmach wegen des Versagens der Kutama in Syrien noch nicht vergessen und werden sie wettmachen wollen. Mangu Tekin ist ihnen ein Dorn im Fleisch. Ihm und seinen türkischen Truppen gelang es, Damaskus einzunehmen und deshalb stehen sie als Kriegshelden da. Jetzt sichern sie für uns das reiche Syrien. Dabei lässt sich viel Geld verdienen.«

Midad trocknete sich mit einem Tuch die schweißnasse Stirn. Es war anstrengend, in der Mittagshitze der Prinzessin den Sonnenschirm über den Kopf zu halten und zugleich ein Gespräch zu führen. Doch er hielt sich tapfer.

»Wenn die Mameluken mit Byzanz liebäugeln, so geht es dabei also nicht nur darum, dass sie Euch, Hoheit, helfen wollen, sondern es geht auch um ihre eigenen Privilegien.«

»Natürlich, Midad! Die Mameluken sind Kriegssklaven und ebenso wie sie sich dem Kalifen von Kairo für Geld und Beute zur Verfügung stellen, so verkaufen sie sich in den Dienst des Kaisers von Byzanz, wenn ihr Interesse es erfordert. Auch wenn Vater und ich gut mit ihnen ausgekommen sind, so reicht ihre Verlässlichkeit nur so weit, wie sie damit zugleich ihrem eigenen Wohl dienen. Das war aber schon immer so in der Politik!«

»Aber die Berber werden sich an den Mameluken rächen.«

»Ja, das glaube ich auch. Und je mehr ich über das nachdenke, was du mir heute berichtet hast, desto mehr Sorge bereitet mir, dass Ulug Tegin gegenüber Bargawan so schnell nachgegeben hat. Hätte sich Ulug Tegin mit seinen Truppen, wie geplant, nach Syrien abgesetzt, so wäre das für die Mameluken besser gewesen, wenn auch nicht besser für den Zusammenhalt im Reich. Das Kalifat braucht die Mameluken.«

Sitt war bei dem Löwenbrunnen in einer Ecke der Terrasse stehen geblieben. Das Wasser im Becken stand jetzt still. Wenn aber unten der Ochse das Rad zur Bewässerung des Dachgartens zu drehen begann, dann spritzte es in hohen Bögen aus kleinen Öffnungen im Körper der aus Kupfer und Blei gegossenen Löwenfigur. Ihre Gedanken ordnend, strich sie mit dem Finger durchs Wasser und beobachtete die Wellen, die sich dabei bildeten. Nach einiger Zeit fuhr sie fort:

»Bargawan hat sich auf ein gefährliches Doppelspiel zwischen den Kutama und den Mameluken eingelassen. Jetzt, wo sowohl die Kutama als auch Mangu Tekin eigenmächtig zu handeln begonnen haben, gerät er in eine Klemme. Mir scheint, dass Bargawan als letzten Ausweg seinen Einfluss bei den Mameluken nützt, um sie zu spalten. Bei den Berbern wird ihm das nicht gelingen. Sie sind zu sehr aufeinander eingeschworen … außer …«

Sie unterbrach sich mitten im Satz. Nachdem die beiden ein Weilchen schweigend nebeneinander hergegangen waren, unternahm Midad einen Vorstoß.

»Ihr wolltet noch etwas sagen, Herrin?«

»Nun, mir ist ein Gedanke gekommen: Es gäbe einen Berber, der zu gewinnen wäre. Ebenfalls mit Geld, sehr viel Geld und einer Sicherheitsgarantie. Aber noch ist es nicht so weit.«

Midad glaubte zu wissen, wen sie meinte:

»Al Hussein Ibn Al Gauhar?«

»Ja, der Sohn des großen Gauhar, der Ägypten für die Fatimiden eingenommen hat. So geschickt der alte Gauhar in Ägypten war, so glücklos war er in Syrien. Den friedlichen Ägyptern, die das heruntergekommene Abbassiden-Heer gewohnt waren, erschien Gauhars Berberheer als respekteinflößende Streitmacht. Aber in Syrien, wo es gegen die neuzeitlichen türkischen Söldnertruppen der Byzantiner kämpfen musste, da standen die Berber auf verlorenem Posten. Ein paar hundert türkische Panzerreiter mit ihren undurchdringlichen Harnischen und ihrer wendigen Taktik reichten aus, um ein Kutama-Heer zu besiegen. Deshalb hatte Vater auf den Rat Yakub Ibn Killis' hin auch begonnen, in großem Umfang türkische Truppen einzukaufen. Nur dank der Mameluken konnten wir uns in Kleinasien gegen Byzanz behaupten. Inzwischen haben aber die Kutama von den Türken gelernt und sind gut ausgerüstet. Besonders im vergangenen Jahr, im Verlauf der Vorbereitungen für den Feldzug gegen Byzanz, hat Vater die gesamte Armee unter Einsatz riesiger Geldmittel hochgerüstet. Heute flößt auch das Kutama-Heer Furcht ein und kann Schlachten gewinnen. – Aber vergib mir, *ya* Midad, dass ich dir da Dinge erzähle, die du natürlich alle weißt. Ich spreche darüber, weil es mir hilft, meine Gedanken zu ordnen.«

»Sprecht nur Herrin … Ihr erwähntet zuvor den Sohn des Eroberers von Ägypten, Hussein Ibn Al Gauhar …«

»Ja, richtig! Nun, Al Hussein Ibn Al Gauhar hat von seinem Vater nichts geerbt als das Talent, Reichtümer zu raffen. Er hat weder dessen Ehrgeiz noch das diplomatische Geschick, noch die persönliche Ausstrahlungskraft. Dafür spricht er gar sehr dem Alkohol zu und frönt allerhand anderen Lastern. Seit dem Vorjahr übt er abwechselnd mit Bisr Ibn Surun das Amt des Staatssekretärs und des Nachrichtendienstchefs aus. Aber in Wahrheit tut er gar nichts. Er lässt Bisr Ibn Surun und seinen Sekretär für sich arbeiten. Ich bin froh, dass mein Vater ihn auf diesen Posten gesetzt hat – obwohl ich mich damals fragte, wozu. Das aber war die Stärke von Vaters ausgleichendem Wesen: Er sah ein, dass die Berber einen der ihren in einem der höchsten Regierungsämter haben wollten. Und er richtete es so ein, dass Bisr Ibn Surun ihn als zweiter Staatssekretär bei der Amtsausübung überwachen konnte. Hussein Ibn Gauhar in seiner Raffgier und Bequemlichkeit könnte uns noch nützlich werden. Aber, wie ich bereits sagte: Noch ist es nicht so weit!«

*

Die Zeit schlich dahin und aufgeregt sehnte Sitt den Sonnenuntergang herbei, denn erst danach rechnete sie damit, von Abda und Amina zu hören.

Schließlich aß sie mit ihren beiden Vertrauten Takarrub und Midad zu Abend. Niemand anderer unter den Dienern stand ihr so nahe, dass sie mit ihnen das Mahl eingenommen hätten. Seit Wochen fand Sitt Al Mulk heute wieder zum ersten Mal an den Speisen Geschmack. Sie war schmal geworden in der letzten Zeit. An ihren Fingern zeichneten sich die Gelenke deutlich ab und ihre Beine konnten einem noch länger erscheinen als sonst.

Plötzlich hörte Sitt, dass im Vorraum zum Salon Bewegung in die Dienerschaft geraten war.
»Das sind Abda und Amina – sie kommen vom Kalifen«, rief sie aus und im nächsten Augenblick erschien auch schon Abdas achtunggebietende Gestalt in der Tür. Amina folgte ihr auf dem Fuß.
Sitt Al Mulk erhob sich, ging Abda entgegen, ergriff ihre Hände und küsste sie auf beide Wangen. Nachdem sie auch Amina geküsst hatte, geleitete sie die Besucherinnen zu Sofas, die sich in der Mitte des Salons befanden und auf denen sie sich niederließen. Dienerinnen brachten eine Karaffe mit dem gesüßten Saft von Zitronen. Zur Kühlung stand das Gefäß in einem Bett aus Eis vom Hermongebirge, das mit Schiffen nach Ägypten geschafft worden war. Noch bevor sie trank, nahm Abda mit den Fingerspitzen ein Häufchen von dem Eis, presste es zu einer Kugel und fuhr sich damit über Gesicht und Handrücken.
»Ihr solltet das auch tun, Töchter meiner Brüder! Das Eis verschönt die Haut.«
Nun nahmen auch Amina und Sitt von dem kostbaren Schnee und taten es Abda gleich. Takarrub ging hinaus und kam mit einer Salbe zurück:
»Stutenmilchbutter mit Salbei und Minzöl. Damit pflegte Theodora ihr Gesicht zu laben, nachdem sie es mit Eis erfrischt hatte.«
Sitt hielt den Tiegel Abda hin und dann Amina: »Nun, meine Tante und meine Schwester, also laben wir die Haut unserer Gesichter!«
Sitt wusste ihre Ungeduld zu bezähmen. Ihre Milchschwester Amina hätte sie ohne Umschweife nach dem Besuch beim Kalifen gefragt, doch Abda gegenüber verbot ihr der Respekt, die Formen der Höflichkeit zu verletzen.

Nachdem sie ein Weilchen geplaudert hatten, forderte Sitt die beiden Prinzessinen auf, mit ihr zu essen. Erst als Abda mit ihrer Suppe zu Ende war und danach ein paar Datteln zu sich genommen hatte und als Amina sich zum Zeichen, dass auch sie mit dem Mahl fertig war, den Mund abwischte, erst dann kam Sitt auf ihren Bruder zu sprechen: »Wart ihr heute bei Mansur? Wie geht es ihm?«

Mit einem Blick zu Abda um Erlaubnis bittend, begann Amina zu erzählen:

»Er ist erwachsener geworden. Doch konnten wir auch seine Hilflosigkeit spüren, seine Einsamkeit. Seine stahlblauen Augen haben einen seltsamen Ausdruck bekommen. Einen Augenblick heftet sich sein Blick ohne besonderen Grund durchdringend auf sein Gegenüber, im nächsten wandert er fort und springt von hier nach dort. Er schläft nicht gut des Nachts, sagt sein Erzieher Schukr. Nur am Tage, besonders um die Mittagszeit, da überkomme ihn der Schlaf, doch das Erwachen sei immer ganz schrecklich. Er fürchte sich dann und weine nach seinem Vater und seiner Mutter.«

»Es war gut, dass du Amina geschickt hast«, ergänzte Abda. »Dein Bruder fragte sie aus nach dir, *ya* Sitt. Er wollte wissen, wo du dich aufhältst und warum du ihn nicht besuchen kommst.«

Das war die beste Nachricht, die Sitt seit Langem bekommen hatte: Der Gecko sehnte sich nach ihr. Sie konnte ihre Ungeduld nun doch nicht mehr bezähmen und drängte die Frauen, zum Punkt zu kommen. »Und, was hat er zu dem Schwert gesagt?«

»Zuerst starrte er es verständnislos an«, berichtete Amina. »Er hat offenbar noch kein Gespür für die Schönheit eines Gegenstandes. Doch als wir ihm erklärten, dass Harun Al Raschid es besessen und sich gewiss oft damit geschmückt hatte, da leuchteten seine Augen auf. Er wollte wissen, bei welchen Gelegenheiten der Kalif von Bagdad die Waffe wohl getragen haben mochte und wir sagten ihm, dass er es gewiss zu den großen Festen angelegt hatte, denn an seinem Hof gab es ein ähnlich prunkvolles Zeremoniell wie in Al Kahira, nur dass die Abbassiden, im Gegensatz zu uns, schwarze Zeremonienkleider trugen. Wir erzählten ihm, wie Harun Al Raschid sich als Kaufmann verkleidet unters Volk mischte, um zu erfahren, was die Menschen wirklich dachten. Denn Harun gab sich nicht zufrieden mit dem, was ihm seine Beamten und Spione zutrugen. Er wollte sich mit eigenen Augen und Ohren vergewissern, was in seinem Reich vorging.

Als wir so zu ihm sprachen, kam plötzlich wieder Leben in den kleinen Gecko. Seine bleichen Wangen färbten sich und er wollte mehr und mehr über den Kalifen wissen. Wir erzählten ihm manche Schnurren aus dem Leben Haruns, wie sie von den Sängern verbreitet werden. Aber wir sagten ihm auch, dass das Kalifat von Bagdad ein falsches war, gegründet von Schwindlern, die sich die Nachfolge des Propheten anmaßten. Hier hingegen, in Kairo, errichteten viele Jahre nach Haruns Tod euer Großvater Al Muizz und euer Vater Al Aziz ein rechtmäßiges Kalifat in der Nachfolge Alis und Fatimas, das jenes der falschen Kalifen von Bagdad an Ruhm, Reichtum und Prunk übertraf.

Und wie Harun Al Raschid umgab sich der Kalif Al Aziz mit einer glänzenden Schar von Dichtern, Astronomen, Rechtsgelehrten, Ärzten, Grammatikern und Rhetorikern, mit Musikern, Tänzern, Künstlern und Spaßmachern. ›Doch im Gegensatz zu deinem Vater, der es liebte, Gnade zu gewähren und davon häufig Gebrauch machte‹ – so sagten wir zu deinem Bruder –, ›war Harun ein grausamer Herrscher, der Gegner rücksichtslos tötete.‹

Da wog der kleine Mansur das Schwert in der Hand und seine Augen glommen noch einmal auf, bevor sie wieder erloschen und er in sich versank. Schließlich sahen wir keinen Sinn darin, noch länger zu verweilen und wir baten darum, Abschied nehmen zu dürfen. – Hörst du mir zu, Schwester?«

Sitt wirkte in sich gekehrt. Sie hatte die Stirn gerunzelt und einen Finger an die Lippen gelegt. Tatsächlich aber war sie Aminas Rede aufmerksam gefolgt. Nur hatte sie zugleich begonnen, ihre Schlüsse zu ziehen.

»Ich habe alles vernommen, meine Liebe. Ich versuche nur, mir ein Bild zu machen.« Sie räusperte sich und nahm aus einem Schälchen ein Stück Mastix. Sie kaute einige Male darauf herum und als der Harzgeschmack in ihrer Mundhöhle seine reinigende Wirkung entfaltete, fuhr sie fort. »Du sagst also, der Kleine schläft schlecht. Offenbar ist er zu viel mit sich und zu wenig mit sinnvollen Dingen beschäftigt. Aber immerhin interessiert er sich für das Leben eines anderen Herrschers. Das heißt, er macht sich Gedanken über seine Aufgabe – darüber, was es bedeutet zu regieren.

Aber ihr habt auch ein Zeichen erwähnt, das mir zu denken gibt; ich bitte dich, meine Schwester und auch dich, meine Tante, euch zu erinnern: War es tatsächlich so, dass Aminas Bemerkung über Harun Al Raschids Grausamkeit seine Augen zum Leuchten brachte? Ihr wisst: Harun machte nicht einmal vor seiner eigenen Schwester halt. Kaltblütig ließ er sie töten, als sie sich nicht seinem Willen fügte und dazu ihre beiden Söhne und ihren Mann! Ich hoffe, ich habe kein schlechtes Omen beschworen, indem ich dem Gecko ausgerechnet das Schwert des Raschiden schenkte!«

»Du bist überreizt, Tochter meines Bruders und siehst Dinge, die nicht in der Wirklichkeit liegen. Doch ich muss zugeben, dass auch mir es schien, als hätte das Schwert plötzlich für ihn eine andere Bedeutung gewonnen. Aber er ist ein Knabe!«

Sitt schnalzte mit der Zunge. »Mir will das nicht gefallen! Doch du hast recht, meine Tante. Es ist sinnlos, jetzt darüber nachzudenken. Aber immerhin sehe ich klarer, was ich tun kann. Ich werde ihm Abul Hassan Ibn Yunis schicken. Er hat mich die Mathematik und die Astronomie gelehrt und ich denke mir, wenn Mansur nicht gut schlafen kann, so ist es besser, er befasst sich mit den Gestirnen des Himmels und lernt, ihre Schönheit und ihre Gesetze zu erfassen, als dass er sich mit schwarzen Nachtgedanken verrückt macht. Ibn Yunis könnte ihn dazu bringen, dass er mich zu besuchen verlangt. Ich kann nicht zu ihm, doch wenn der Gecko darauf beharrt, zu mir zu kommen, so können sie es ihm auf Dauer nicht abschlagen.«

Sitt wandte sich an ihren Hofmeister.

»*Ya* Midad, suche morgen als Erstes Ibn Yunis auf. Bestelle ihm meinen Gruß und meine Bitte, er möge sich am Freitag nach dem Gebet in der Moschee vor allen Leuten dem Gecko nähern und ihm Folgendes sagen: Er, Ibn Yunis, sei bereit, den Unterricht in der Astronomie aufzunehmen, den der Kalif Al Aziz für seinen Sohn angefordert habe. Der verstorbene Kalif habe ihn reichlich bevorschusst und er wolle die Erfüllung seiner Pflicht nun nicht länger hinausschieben.«

»Darf ich Ibn Yunis in Aussicht stellen, dass Ihr, Herrin, ihn entlohnen wollt?«

»Ja. Sage ihm, ich werde ihn überreich belohnen. Und: Du würdest in zehn Tagen wieder zu ihm kommen und nachfragen, wie der Unterricht sich anlässt.«

»Du bist sehr geschickt, Tochter meines Bruders!«, konnte Abda nicht anders, als Sitt ihr Lob aussprechen. Stolz schwang in ihrer Stimme mit, denn da sie keine eigenen Kinder hatte, betrachtete sie in gewisser Weise die Nichte als ihr Kind.

»Ja«, bekräftigte auch Amina. »So wird es dir gelingen, mit dem Gecko Fühlung aufzunehmen.«

5
Streit der Frauen

Sitt war schon im Alter von sechs Jahren die Schülerin von Abul Hassan Ibn Yunis geworden. Damals freilich war der unfehlbare Astronom und zugleich geniale Erfinder des Pendels noch ein junger Gelehrter. Vorgestellt worden war er ihr an ihrem sechsten Geburtsfest, von ihrem Vater persönlich. Es war ein denkwürdiger Tag, der Sitt aus vielerlei Gründen im Gedächtnis haften blieb.

*

In jenem Jahr waren die Fluten des ansteigenden Nils besonders kraftvoll und so befand sich das ganze Land Ägypten in freudiger Erwartung auf eine reiche Ernte. Aischa und die anderen Dienerinnen Theodoras hatten für das Geburtstagsfest ihrer Prinzessin bereits alle Vorbereitungen getroffen. In der Nacht vor dem Fest hatten sie den gesamten Blauen Pavillon des Harems, der den Griechinnen vorbehalten war, wie zu einer Hochzeit geschmückt. Kostbare Festbehänge waren eigens aus den Stoffdepots herbeigeschafft und unter Aischas Anleitung an den Wänden befestigt worden. Überall standen Laternen aus Metall und buntem Glas.

Die zu den Appartements der Griechinnen führenden Korridore waren mit Teppichen ausgelegt und duftende Leuchtgirlanden aus Jasmin und kleine Öllämpchen hingen von den Decken herab. Mehrere Dienerinnen waren mit nichts anderem beschäftigt, als die weißen Blüten der Girlanden mit Wasser zu besprengen, damit sie bis zum großen Fest, das nach dem *Asr*-Gebet beginnen sollte, frisch blieben. Der halbe Harem, Frauen und Kinder, wurde erwartet, um Sitt an diesem Tag zu beglückwünschen und der Kalif hatte angekündigt, wie an jedem Geburtstag des geliebten Kindes, so erst recht an diesem bedeutenden Tag, anwesend zu sein.

Mit dem siebten Lebensjahr, in das die kleine Prinzessin nun treten würde, endete die Zeit der kindlichen Freiheit und es begann der Abschnitt der Disziplinierung von Körper und Seele, des Lernens und der Reifung des Geschlechts. In ihrer Aufgewecktheit hatte Sitt manche Anfangsschritte schon vorweggenommen, doch nun erhielt ihr Leben einen ernsteren Aspekt und die Frauengesellschaft des Harems würde mit kritischem Blick darüber wachen, ob die Lieblingstochter des Kalifen diesem Anspruch auch gerecht würde.

Als Sitt und Amina am Morgen erwachten, schien in Sitt auf rätselhafte Weise eine Wandlung vorgegangen zu sein, die der neuen Situation bereits Rechnung trug. Amina, die von Natur aus ein ruhiges, ja bedächtiges Kind war, hatte an ihrem Geburtstag vor wenigen Wochen keine wahrnehmbare Veränderung gezeigt. Sitt, die sonst des Morgens vor Tatendrang fast überschäumte, verhielt sich heute ungewohnt gemessen, sodass Aischa zu den anderen Dienerinnen meinte, das wären erste Anzeichen königlicher Würde. Auch Theodora fiel die Veränderung an ihrem ungestümen Kind auf, das sonst an den Geburtstagen in freudiger Erregung durch die Gemächer gerannt war und keine Dienerin, keinen Eunuchen mit seinem Geplapper verschont hatte. Vielleicht, so überlegte die Mutter, lag es an der besonders festlichen Ausschmückung der Räume oder aber daran, dass das Kind die unausgesprochenen Anforderungen, die fortan an es gestellt würden, gefühlsmäßig erfasste und schon begann, sich ihnen anzupassen. Doch bei aller neuen Würde steigerte sich in Sitt mit fortschreitendem Tag schließlich doch die Ungeduld. Und als es kein Spiel mehr gab, das ihre Aufmerksamkeit fesseln konnte, begann Aischa, ihrem Schützling von der eigenen Kindheit zu erzählen, davon, wie sie selbst als Beduinenmädchen mit Puppen gespielt hatte, allerdings nicht mit so wunderschön bemalten Gliederpuppen aus Holz und Elfenbein, wie die Prinzessinen sie besaßen, sondern mit einem hölzernen Löffel aus der Küche oder einem länglichen Stein. Es beeindruckte Sitt, zu hören, wie diese Dinge, sobald Aischa sie in Stofffetzen gewickelt hatte, in ihren Augen zu leben begannen und wie sie sie wiegte und versorgte und herzte und tröstete, als wären es wirkliche Kinder.

Endlich erklang der Ruf des Muezzins zum *Asr* und nach der Gebetszeit war es so weit! Theodora betrat das Kinderzimmer mit einem weißen Gewand über dem Arm, bestehend aus einem feinen leinenen Unterkleid und einer mit Goldfäden durchwirkten und an den Rändern mit goldener Stickerei verzierten *Abaja* aus hauchzartem Mossulgewebe. Die Stoffe für das Gewand hatte die Griechin persönlich im Tiraz-Depot des Kalifen ausgesucht und nach ihren Anweisungen in der Hofschneiderei verarbeiten lassen.

Aischa zog Sitt das neue Kleid an und verknüpfte die im Rücken unter dem Stoff geführten Bänder, die das Vorderteil straff um die kindliche Brust spannten. Obwohl Sitt noch nicht den geringsten Ansatz von Brüsten zeigte, erweckte der enge Schnitt des Kleides den Eindruck, als wäre es unterhalb des Ausschnittes schon ein wenig gefüllt und in Sitt, die an sich herabsah, rührte sich ein wenig der Stolz über die weibliche Form, die da angedeutet war. Das wellige Haar über dem frisch gewaschenen Gesicht der Kleinen war durch das Ankleiden in Unordnung geraten und Aischa nahm Bürste und Kamm, um es zu frisieren.

»Bitte, *ya* Aischa, stecke mir das Haar hoch! Ich will heute keine Zöpfe tragen!«

»Nun, dazu bist du aber wahrlich noch nicht erwachsen genug«, wandte Theodora streng ein.

Die Kinderfrau kam ihrem Schützling zu Hilfe.

»Es ist aber doch ein ganz außerordentlicher Tag heute, o Herrin! Wenn ich zwei Zöpfe flechte und sie rund um den Kopf feststecke, so ist das eine Haartracht, die auch einem Kind ansteht.«

»Wenn es also sein muss …«, gab Theodora widerstrebend nach.

»Bekomme ich auch einen Schleier?«, warf Sitt mit heller Stimme ein, um die Gunst des Augenblicks zu nützen.

»Nein, das wäre ganz und gar unpassend. Ein Schleier ist das Vorrecht der erblühenden Jungfrau. Davon bist du noch weit entfernt!«

Sitt verzog ein wenig schmollend den Mund. Mit Widerspruch, das wusste sie, musste sie bei ihrer Mutter vorsichtig umgehen.

In der schönsten Ecke des größten Salons der beiden Griechinnen war für den Kalifen ein vergoldeter Thronsessel aufgestellt worden. Links davon stand ein blumengeschmückter Stuhl für Sitt und daneben ein Stuhl für Theodora. Zur Rechten des Thronsessels befand sich ein Stuhl für Tagrid, die Mutter des Kalifen. Am Vortag noch hatte Theodora ihrer Freundin Demetria scherzend die Frage gestellt: »Weißt du einen Weg, meine Liebe, die ›Sklavin‹ von dem Fest fernzuhalten?«

»Nein, außer du willst zu deiner Familie zurückkehren.«

Alles war bereit, die bunten Lichtlein angezündet und Sitt, die überaus zufrieden ihr Ebenbild in einem Spiegel aus glänzend poliertem Messing betrachtet hatte, saß bereits auf dem ihr zugedachten Ehrensessel, als der erste Gast eintraf. Es war Abda, die dem Rummel im späteren Verlauf des Festes ausweichen wollte. Ihr Eunuch Rami folgte in knappem Abstand. In beiden Händen hielt er eine große Kassette.

Nachdem die Schwester des Al Aziz Theodora und Demetria zurückhaltend, aber freundlich begrüßt hatte, ging sie auf Sitt zu und küsste das Kind auf beide Wangen.

»Das ganze Jahr über möge es dir wohl ergehen, mein Mädchen! Und hundert Jahre sollen folgen!«

Auf einen Wink trat Rami vor. Mit einer Verbeugung hielt er Abda die Kassette hin. Sie öffnete den Deckel, damit Sitt einen Blick auf den Inhalt werfen konnte. Das Kind war aufgestanden, um besser sehen zu können. Auf dem roten Seidenfutter leuchtete ihr ein wunderschönes, buntes Ding entgegen, dessen Zweck ihr jedoch ein Rätsel war.

»Ich bin mir sicher, du weißt nicht, was das ist«, meinte Tante Abda und dabei schlich sich ein Leuchten in ihre Augenwinkel. »Üblicherweise bekommen kleine Mädchen Puppen und allerlei schmückenden Tand an ihren Geburtstagen. Damit können sie vielleicht ihre Mutterpflichten einüben oder lernen, sich zu ihrem Vorteil herzurichten. Doch das, was wirklich zählt in der Welt, lernen sie auf diese Weise nicht. Dieses Gerät wird dir helfen, all das zu berechnen, was über die Möglichkeiten deiner Finger hinausgeht. Es ist ein Abakus. Ich habe dieses Rechenbrett für dich so bauen lassen, dass es auch dem Geschmack eines Mädchens gefällt.«

Fasziniert betrachtete Sitt die in einem Rahmen aus Ebenholz und Elfenbein auf Golddraht gefädelten Kugeln aus verschiedenfarbigen Edelsteinen. Sie errötete vor stolzer Freude, denn offenbar war das kein Kinderspielzeug, sondern etwas, das sie erwachsen machte.

»Ich danke dir, meine Tante!«, sagte sie und streckte sich hoch, um Abda zu küssen. Die Tante beugte sich zu ihr und das Leuchten in ihren Augen verstärkte sich.

Wie es der Höflichkeit entsprach, ließ Abda sich auf einem der vielen Sofas nieder zu einem winzigen Glas dicken, süßen Zimttees, das ihr eine Dienerin in tiefer Verneigung in einer Silbertasse darbot. Mit Theodora und Demetria wechselte sie freundliche, aber nichtssagende Worte und als die nächsten Gäste eintraten, erhob sie sich, beglückwünschte das Festtagskind noch einmal und wandte sich zum Gehen.

Die Räume der Griechinnen füllten sich mit Gratulantinnen und deren Kindern. Musikantinnen spielten heitere kleine Weisen, die die Kinder zum Mittanzen reizten. Sie zogen Sitt in ihre Mitte und gemeinsam mühten sie sich, zu den Rhythmen der Kastagnetten und Tamburine geschmeidige Bewegungen und Drehungen zustande zu bringen. Manches davon sah noch recht nach Verrenkung aus, was sowohl unter den Kindern als auch unter den Zuseherinnen Heiterkeit und Lachen hervorrief. Einige schöne junge Prinzessinnen fingen an, ihre Oberkörper nach der Musik zu wiegen. Für andere Frauen war das ein Zeichen, sie zum Mittanzen zu ermuntern. Die Jungfrauen zierten sich gebührlich und ließen sich bitten, doch schließlich traten sie vor und ließen sich von Freundinnen Tücher um die Hüften binden, die ihnen die Bewegung erleichterten und sie zugleich besser sichtbar machten.

Obwohl Prinzessinnen nicht im Tanz unterwiesen wurden, schauten sie sich doch vieles von der Kunst der Hoftänzerinnen ab und da sie sehr viel Zeit und sehr wenig zu tun hatten, ließen sie oft die Lautenspielerinnen kommen und einen Eunuchen als Tromm-

ler dazu und dann sangen und tanzten sie, bis sie erschöpft und glücklich lachend und kichernd auf die Sofas sanken.
Sitt hatte sich wieder auf ihren Geburtstagsthron gesetzt und sah den Prinzessinnen zu. Dabei fühlte sie sich in jene Nacht zurückversetzt, wo sie im Harem so gebannt die Tänzerinnen betrachtet hatte und ein Bild stieg in ihr auf – ein jubelndes Knabengesicht unter dunklen, zerrauften Locken und eine entblößte, kräftige Schulter.

*

Ein Raunen erhob sich in den Vorräumen und pflanzte sich in den Salon fort.
»Der Imam kommt, der Imam!«
Er kündigte die Ankunft des Kalifen an. Die tanzenden Prinzessinnen hielten wie auf Befehl inne. Hastig lösten sie die Tücher von ihren Hüften. Die Dienerschaft warf sich zu Boden, um den Marmor, der die Schritte des Kalifen trug, zu küssen. Die Prinzessinnen und Konkubinen verneigten sich. Rundum ertönte die Grußformel:
»Der Friede Gottes sei mit dem Anführer der Gläubigen!«
Das Begrüßungsgemurmel verstummte erst, als der Kalif mit seinem kleinen Gefolge vor Sitt und Theodora stand.
»Sei gegrüßt, Liebling meines Herzens, *Amira* von Ägypten und auch Ihr, *Umm*-Sitt, seid gegrüßt!«
Die Byzantinerin richtete sich langsam auf und Sitt, die sich, wie die anderen Kinder, vor dem Vater zu Boden geworfen hatte, erhob sich strahlenden Blicks und rief aus:
»Der Friede und die Gnade und der Segen Gottes sei mit dir, mein Vater!«
Al Aziz war eine beeindruckende Persönlichkeit, trotz seiner Ju-

gend von erst einundzwanzig Jahren. Hoch gewachsen und breitschultrig, liebte er den Sport, ritt viel, ging oft auf die Jagd und hatte schon viele Löwen erlegt. Er begegnete jedem mit einem offenen Blick und wer ihm in die leuchtend braunen Augen sah, hatte das Gefühl, in ein Meer von Güte zu tauchen. Die Dichter sangen das Lob seiner Großherzigkeit und seines Mutes, die sich schon in der kurzen Zeit seiner Herrschaft deutlich gezeigt hatten. Das vielgeprüfte Volk Ägyptens schenkte dem jungen Kalifen bereits sein nicht leicht zu gewinnendes Vertrauen und sah der Zukunft hoffnungsvoll entgegen.

Für sein Kind Sitt war er die Verkörperung des Guten, Edlen und Heiligen. Sie betete ihn an und in ihren Augen, die ihn wie zwei Gestirne am Abendhimmel anstrahlten, war ihre grenzenlose Liebe zu sehen.

Al Aziz neigte sich zu seiner Tochter, umfing sie und küsste sie auf Stirn und Wangen. Dabei sagte er leise zu ihr: »Du musst dich nicht zu Boden werfen, meine Prinzessin!«

Dann nahm er Platz auf dem Thronsessel, bedeutete Sitt und Theodora, sich neben ihn zu setzen und winkte einen noch jungen Mann aus seinem Gefolge herbei.

»*Ya* Abul Hassan, ich will dich der *Amira* Sitt Al Mulk vorstellen!«

Und zur Tochter gewandt, erklärte er:

»Sieh mein Kind, das ist der Magister Ibn Yunis Abul Hassan Ibn Yunis. Sein Vater Abdel Rahman ist ein berühmter Geschichtsschreiber und schon sein Großvater und Urgroßvater waren namhafte Gelehrte. Abul Hassan hat sich der Astronomie und der Mathematik verschrieben. Trotz seiner Jugend gibt er bereits Anlass zu höchster Hoffnung. Ich habe ihn gefragt, ob er dich, meine liebste Tochter, in der Wissenschaft von der unbelebten Natur, in der Mathematik und Astronomie unterrichten will. Das Drama der Himmel entscheidet über die Vorgänge auf der Erde und für uns Ismailis bergen die Sterne das Geheimnis allen Seins. Was denkst du, meine Tochter, fühlst du dich bereit, zu lernen?«

Einen Augenblick lang war Sitt sprachlos. Zuerst das kunstvolle Rechengerät und jetzt dieses Anbieten des Vaters. Ein richtiger Gelehrter würde sie unterrichten! Sie würde ebenso klug werden wie Tante Abda. Dass sie auf diese Weise auch die große Freiheit der Tante erwerben konnte, kam ihr zwar nicht zu Bewusstsein, es ergab sich aber aus der Wirkung des Vorbilds, das die gebildete Frau dem kleinen Mädchen war.

Der vielversprechende Gelehrte trat näher. Im Gegensatz zu der kraftvollen Gestalt des Kalifen wirkte er schmal und zart. Sein überdeutlich gezeichneter Mund, der in dem kurz geschnittenen Bart sichtbar war und die verfeinerten Züge seines blassen Gesichtes ließen das alte Gelehrtengeschlecht erkennen. Er trug ein einfaches, dunkles, weites Gewand. Nur sein ärmelloser Übermantel aus ockerfarbenem Leinen mit blauer Bordürenstickerei, auf der sich inmitten von Blüten und Blattwerk kleine Knaben und Löwen tummelten, deutete auf seinen hohen Stand hin. Es war ein Mantel, wie ihn die Webereien von Tinnis ausschließlich für den Kalifen anfertigten. Der Herrscher verschenkte solche Gewänder als Beweis besonderer Gunst, denn ein Gewand aus seiner Garderobe, das von ihm selbst getragen worden war, bedeutete eine Auszeichnung, deren Wert das Gewicht des Kleides in Gold bei Weitem überstieg.

Sitt hatte schnell wieder ihre Schlagfertigkeit zurückgewonnen.

»Seid gegrüßt, *ya Ustas*. Sehr gerne will ich von Euch lernen!«

»Und mir wird es eine Ehre sein, Euer Lehrer sein zu dürfen«, gab der Astronom zurück, während er sich vor der Prinzessin verneigte.

»Aber das ist noch nicht alles«, sagte der Kalif mit einem Blick zu

einem seiner Eunuchen. »Ich habe noch ein besonderes Geschenk für dich, mein Kind.«
Gebückt trat der Verschnittene vor. Vor sich hielt er ein gelbes Kissen mit goldenen Quasten. Darauf lag, wie Sitt klopfenden Herzens bemerkte, ein Diadem aus schillernden Steinen. Der Kalif nahm das Diadem von dem Kissen und setzte es seiner Tochter Sitt Al Mulk aufs glänzende Haar. Aischa war mit einigen Haarnadeln näher getreten, um das Schmuckstück festzustecken und reichte ihr einen Handspiegel, damit sie sich mit dem königlichen Schmuck betrachten konnte. Der mit runden Mondsteinen besetzte Reifen krönte ihre Stirn. Von ihm hing ein tropfenförmiger, von winzigen Perlen eingefasster, magisch schimmernder dunkelblauer Opal bis zu ihrer Nasenwurzel. Die Gesellschaft ließ bewundernde Laute hören und Theodora lobte den Geschmack des Kalifen.
»Ein wunderbares Geschmeide hast du ausgewählt für unsere Tochter! Sieht sie nicht wunderschön aus?«
»Keinem Schmuck verdankt meine Tochter seine Schönheit, sondern allein den Anlagen ihrer Mutter.«
»Wenn ihre Mutter sie nur nicht so verziehen würde!«, erklang singend die Stimme Tagrids. Theodora blieb das Dankwort im Hals stecken. Die Schwiegermutter musste sehr leise eingetreten sein, denn sonst hätte die Griechin sie gewiss bemerkt und sich vorgesehen. Was für die Ohren der Byzantinerin wie eine böse Beleidigung klang, erschien dem Kalifen als harmlose Stichelei.
»Aber *Umm*-Abdallah«, wies er Tagrid scherzend zurecht, indem er sie mit ihrem offiziellen Titel als Mutter des erstgeborenen Sohnes von Al Muizz ansprach, »Sitt Al Mulk ist doch nicht schlecht erzogen. Sieh, wie fein und höflich sie dasitzt. Im Übrigen habe ich heute einen Lehrer für sie bestellt. Ibn Yunis wird sich ihrer Ausbildung annehmen.«

»Aber wozu braucht sie jetzt schon einen Lehrer! Es reicht, wenn sie den Heiligen Koran auswendig kennt und ein wenig schreiben lernt. Dazu braucht man keinen Sterndeuter.«

Erschrocken über den Angriff der Großmutter blickte Sitt zwischen ihr, dem Vater und der Mutter hin und her. Der Kalif lächelte immer noch, aber Theodora war erstarrt. Sitt konnte sehen, wie ihre Kiefer arbeiteten.

Allah sei Dank, erhob sich da in der entstandenen Stille die Stimme der Tante Raschida. Sitts Blicke suchten und fanden die Schwester des Al Aziz auf einem Sofa an der Fensterwand hinter ihrem allgegenwärtigen Spinnrad.

»*Ya Umm*-Abdallah«, sagte Raschida, während sie das Spinnrad anhielt, »Prinzessin Sitt Al Mulk vermag schon Verse aus dem Heiligen Koran zu rezitieren. Komm, *ya Amira,* lass uns hören, was du weißt!«

Die Stimmung in dem Saal entspannte sich. Noch einmal schien die Lage gerettet. Froh darüber und auch, weil sie gern ihr Können zeigte, erhob Sitt sich mit einem um Erlaubnis bittenden Blick zum Vater von ihrem Blumensessel. Sehr aufrecht und sicher stand sie da, holte Luft und begann, ihre Lieblingssure aufzusagen:

»Die Sure ›Die Sonne‹

Bei der Sonne und bei ihrem Morgenglanz;
und bei dem Mond, wenn er ihr folgt;
und bei dem Tage, wenn er sie erstrahlen lässt;
und bei der Nacht, wenn sie sie bedeckt;
und bei dem Himmel und bei dem, der ihn aufgebaut hat;
und bei der Erde und bei dem, der sie ausgebreitet hat;
und bei einer jeden menschlichen Seele und bei dem,

der sie gebildet
und ihr den Sinn für ihre Sündhaftigkeit und für ihre
Gottesfurcht eingegeben hat!
Erfolgreich ist derjenige, der sie rein hält;
und versagt hat derjenige, der sie verkommen lässt.«

Frei und offen hatte das Kind gesprochen, ohne jede Spur von Gefallsucht. In ihren Smaragd- und Bernsteinaugen lag Freude über die Verheißung, dass Allah jede reine Seele gefällt. Als sie geendet hatte, wandte sie ihr bezauberndes kleines Gesicht wieder dem Kalifen zu:

»Wenn du es erlaubst, *ya Abi*, will ich jetzt noch etwas aufsagen, das meine Mutter mich gelehrt hat.«

»Nur zu, mein Töchterchen!«, ermunterte sie der Vater mit seiner wohlklingenden Stimme. Er war von dem Denken geprägt, das davon ausging, dass die Geschichte einen Kalifen danach beurteilen würde, wie großzügig und tolerant er gegenüber seinen Untertanen war und wie geschickt in der Vermeidung von Blutvergießen, das vielfach durch religiöse Unduldsamkeit verursacht wurde und durch Rechthaberei. Entsprechend galt ihm Offenheit und Toleranz gegenüber Andersgläubigen als eine der höchsten Herrschertugenden. »Unsere Aufmerksamkeit gehört allein dir!«

»Mutter sagt, seine herrlichsten Worte hat Aissa Ibn Mariam auf dem Berg gesprochen«, erklärte Sitt. »Sie hat sie mich aus dem Buche Matteos gelehrt.«

Sitt hielt inne, sah hin zu Theodora, die stolz und erwartungsvoll ihr Kind anblickte und rezitierte die Verse des Evangeliums ebenso fehlerlos wie zuvor die Sure und ohne dabei ein einziges Mal zu stocken.

»Glücklich sind, die erkennen, wie arm sie vor Gott sind, denn Gottes Herrschaft und Herrlichkeit gehört ihnen. Glücklich sind die Traurigen, denn Gott wird sie trösten. Glücklich sind, die auf Gewalt verzichten, denn sie werden die ganze Erde besitzen. Glücklich sind, die sich nach Gottes Gerechtigkeit sehnen, denn Gott wird ihre Sehnsucht stillen. Glücklich sind die Barmherzigen, denn Gott wird auch mit ihnen barmherzig sein. Glücklich sind, die ein reines Herz haben, denn sie werden Gott sehen. Glücklich sind, die Frieden stiften, denn Gott wird sie seine Kinder nennen. Glücklich sind, die deshalb verfolgt werden, weil sie Gottes Willen tun. Sie werden mit Gott in seinem Reich leben.«

Große Stille herrschte im Saal, nachdem Sitts Worte verklungen waren. In einem Land wie Ägypten, wo die Mehrzahl der Menschen christlichen Glaubens war, wo Schiiten, Sunniten, Kopten, Juden und Melkiten zusammenlebten, ihre Feste feierten, Geschäfte machten und Kriege führten, wo eine Melkitin aus der Familie des Kaisers von Byzanz die Favoritin des Kalifen war, des Imams und Befehlshabers der Gläubigen, schätzten die Menschen das Gemeinsame, erfreuten sich an ihren Übereinstimmungen und beachteten das Trennende nicht. Es existierte jedoch und brach zuweilen gerade dann hervor, wenn alles im Einklang zu sein schien.
Theodora ließ ein Weilchen verstreichen und gab dann Aischa ein Zeichen. Diese wiederum deutete einer Dienerin, nach jemandem zu rufen. Kurz darauf erklang in dem königlichen Harem ein Ton, wie er gewiss noch nie an solchem Ort erklungen war. Es war ein Ton, der geradewegs aus einem Beduinenlager zu kommen schien:

Das zarte »Bäh!« aus der kindlichen Kehle eines kleinen Schafes, das ein Eunuch auf seinen Armen hereintrug. Dem Sklaven schien nicht ganz geheuer zu sein, was er da zu halten bekommen hatte, so entwöhnt war er der Natur und ihren Geschöpfen. Er hielt das wollige Tier weit von sich, als hätte er Sorge, sich zu beschmutzen und schien heilfroh, es an Aischa, die ihm für ihre Fülle erstaunlich schnell entgegeneilte, abzugeben. Aischa war nicht zimperlich. Fest drückte sie das verängstigte Tier an ihren großen Busen. Sitt, die nach der Rezitation immer noch vor dem Blumenthron stand, war stumm vor ungläubigem Glück.

»Was sagst du nun, meine Kleine?«, fragte Theodora. »Hier ist dein Schäfchen. Nimm es und erfreue dich daran!«

Aischa hielt ihrem Milchkind das Schäfchen hin. Ganz zart strich Sitt dem Tier über Kopf und Nase.

»Schau Amina, wie süß es ist!«

Und während die Cousine herantrat, übernahm Sitt mit vorsichtigem, aber entschlossenem Griff das kleine Schaf von Aischa, das nicht ganz glücklich schien, wie es in den Armen des kleinen Mädchens mit baumelnden Beinen hing. Sitt spürte, dass sie dem Tier keinen bequemen Halt zu geben vermochte und ließ es auf den Boden, wo es seine Beine ausschüttelte und scheu ein paar Schritte tat.

Die jungen Prinzen und Prinzessinnen waren näher gekommen und drängten sich um Sitt und Amina. Die Kinder ließen das Schäfchen an ihren Fingern lecken. Irgendjemand hatte Gras gebracht und das hielten sie ihm nun in Büscheln vors Maul. Und als sich schließlich allzu viele Hände dem Schäfchen entgegenstreckten, um es zu streicheln, drohte Streit auszubrechen unter den Kindern, die einander knufften und schubsten.

»Was soll dieser Unfug?«, fuhr Tagrids sonst so singende Stimme in ungewohnter, schneidener Schärfe dazwischen. »Schafe haben in einem Kalifenschloss nichts verloren! Hier wohnen doch keine Fellachen!«

Von Neuem war es still geworden im Salon der Griechinnen und nun entging nicht einmal mehr dem Kalifen die kränkende Absicht in den Worten seiner Mutter.

»Aber *Umm*-Abdallah!«, mahnte er, immer noch in leichtem Ton. »Weshalb so hart? Siehst du nicht, dass Sitt Freude hat an ihrem Geburtstagsgeschenk?«

»Wie kann jemand Freude haben an einem Schaf? Mit Vögeln mag der Mensch sich unterhalten, vielleicht auch noch mit Katzen. Das nächste Mal bringt uns die Römerin noch eine Kuh in den Harem!«

Ängstlich blickte Sitt zu ihrer Mutter hinüber, die stocksteif und mit vor Zorn fleckigem Gesicht in ihrem Sessel saß. Raschida stand auf, ging zu ihr hin und stellte sich neben sie. Theodoras volle Lippen waren zu einer Linie zusammengepresst. Raschida legte ihr beruhigend eine Hand auf die Schulter. In die Augen des Vaters war eine befremdliche Leere eingekehrt und Sitt fühlte mit Schrecken, dass die Mutter von ihm keinen Schutz zu erwarten hatte.

»So ein Tier macht überall Mist«, fuhr die Beduinin erbarmungslos fort, nachdem sie erkannt hatte, dass ihr Sohn sie nicht in die Schranken weisen würde. »Allah hat es uns zu unserem Nutzen gegeben, damit die Menschen Fleisch haben zu essen, Milch für Käse, Leder für Schuhe und Wolle für ihre Kleider.«

Und den Zeigefinger drohend in Theodoras Richtung erhoben, setzte sie mit verzerrtem Ausdruck, der die Schönheit ihres Gesichtes Lügen strafte, hinzu: »Willst du dein Kind auch noch zur Bäuerin erziehen?«

Nun konnte Theodora nicht länger an sich halten.

»Ich erziehe meine Tochter, so wie ich es will. Niemand hat das Recht, mir dabei reinzureden!«

»Oh, das werden wir schon noch sehen!«, geiferte die Schwiegermutter. »Schon lange genug sehe ich zu, wie du aus dem Kind eine Heidin machst. Sitt Al Mulk ist ihr Name und sie ist die Tochter des Imams! Du leitest sie an, zum Messias zu beten. Und warum ist sie noch nicht beschnitten? Wir hier sind es gewohnt, dafür zu sorgen, dass unsere Frauen rein sind und keusch!«
Bei den Völkern Afrikas, Syriens, Palästinas und Arabiens war es seit unerdenklichen Zeiten Brauch, die Haut an der Lustknospe der Frauen so zu beschneiden wie die Vorhaut des männlichen Gliedes. Der Prophet Mohammed sprach sich für den Brauch aus, mahnte seine Jünger jedoch, dabei behutsam vorzugehen. Aber bei manchen Völkern und auch in Ägypten wurde die Beschneidung sehr weit getrieben und führte dazu, dass viele Frauen ihr Leben davon verstümmelt waren.
Der Körper der Griechin zog sich zusammen bei der Vorstellung, dass Sitt so etwas angetan werden sollte. Voller Empörung brach es aus Theodora heraus:
»Ich bin die Mutter dieses Kindes. Ich bin Christin. Meine Brüder Aristos und Arsenios sind Priester unserer Kirche. In unserer Familie dulden wir solche Barbarei nicht! Wer mein Kind beschneiden will, muss zuerst mich töten!«
Der Kalif war völlig in sich versunken. Seinen Kopf gesenkt und den Blick auf den Boden gerichtet, saß er auf dem Thron und schien nichts wahrzunehmen von dem Unwetter, das um ihn tobte. Allein seine Finger bewegten sich im unablässigen Tasten von einer Türkisperle seiner Gebetskette zur nächsten.
Die Gäste hatten sich an die Wände zurückgezogen, saßen auf den Sofas mit bekümmerten Mienen oder taten so, als hörten sie nicht die Beleidigungen, die zwischen den beiden ersten Frauen des Kalifats hin- und herflogen. Die Diener hockten in den Ecken und beim Eingang, ängstlich, aber auch neugierig, wie es weitergehen würde.

»Wir sind noch nicht miteinander fertig!«, zischte Tagrid, erhob sich und verließ schnellen, entschlossenen Schritts den Saal. Ein Hauch ihres betörenden Myrrhe-Parfums wehte hinter ihr her.
Sitt ließ das Lämmchen, das sie im Schreck fest an sich gedrückt und dabei fast erstickt hatte, los und lief zu ihrer Mutter, die schwer atmend ihren Zorn zu beherrschen suchte. Als hätten sie ein Signal dazu erhalten, fingen nun die versammelten Menschen an, miteinander zu reden, sehr laut und allzu schnell, als könnten sie damit den bösen Geist, der über dem Saal hing, vertreiben. In die Augen des Kalifen kehrte das gewohnte Interesse an seiner Umgebung zurück.
»Komm zu mir, meine Tochter, lass dich zu deinem Geburtstag hochheben!«
Zögernd wandte Sitt sich von der Mutter dem Vater zu, doch als sie seine ausgebreiteten Arme und das zurückgekehrte gute Leuchten in seinen Augen sah, konnte sie nicht an sich halten. Sie streckte sich, um seinen Nacken zu umschlingen und während der starke Mann sie hob, umklammerten ihre Beine, so wie sie es immer schon getan hatten, seinen Leib. Sie saß auf seiner Hüfte, einen Arm um seine Schulter gelegt und erlebte neuerlich das Gefühl herrlicher und zugleich beruhigender Erhebung, das allein ein liebender Vater seiner Tochter zu geben vermag.
›Sie wird schon groß‹, dachte der Kalif bei sich, als er das Gewicht der Sechsjährigen spürte und eine Spur von Wehmut beschlich seine Seele. ›Wer weiß, wie lange ich sie noch so nahe fühlen darf?‹

6
Das Opferfest

Wie jeden Freitag seit seiner Thronbesteigung verließ der kindliche Kalif Al Hakim auch an diesem Mittag den Palast unter dem Sonnenschirm, gefolgt von den höchsten Prinzen, um die wenigen Schritte zur Al Azhar-Moschee zu Fuß zurückzulegen. Für seinen Schutz sorgten *Subian Al Chass* von der kalifischen Elitegarde. In dieser Woche hatte der Oberaufseher der königlichen Garderobe die Farbe Grün als Farbe für den Sonnenschirm und die Robe des Kalifen bestimmt, denn es war die Regel, dass Sonnenschirm und Robe stets farblich zusammenzupassen hatten. Da es selbst dem Kalifen nicht gestattet war, in der Moschee den königlichen Turban oder eine andere Art Krone zu tragen, saß auf Al Hakims Kopf lediglich ein rundes, grünes Käppchen. In der Hand aber hielt er ein juwelengeschmücktes Szepter. Der Palasthüter Bargawan, der einige Schritte abseits neben der Prozession ging, bemerkte besorgt die dunklen Schatten um Al Hakims Augen. Es war nicht zu übersehen, dass der Junge sich nur mit Anstrengung unter dem schweren Ornat aufrecht halten konnte. Es brauchte schon die Kraft eines Mannes, um den fürstlichen Insignien gewachsen zu sein. Der Sonnenschirmträger, der für seine Aufgabe eigentlich beide Hände benötigte, versuchte, dem Kalifen mit einer Hand ein wenig Stütze zu geben.

›Gut, dass er heute keinen Turban tragen muss! Dennoch, so kann es nicht weitergehen‹, dachte der Eunuch. ›Der Kalif welkt dahin. Er hat keine Freude an seinem neuen Leben. Um ihn mit einer Sklavin zusammenzubringen, ist es noch zu früh. Wäre er nur ein Jahr älter, dann würden ihn die Dienste eines kundigen Mädchens schon wieder auf die Beine bringen – aber so? Allah sei ihm zu Hilfe!‹

Das Volk warf sich zu Boden und küsste den Staub, über den der Kalif mehr wankte denn wandelte. Die niedereren Würdenträger, die dem Zug folgten, küssten die Schwellen, die er überstieg und die Türen, durch die er schritt. Der Imam war der Freund Gottes, ihn zu verehren hieß nichts anderes, als Gott zu verehren und war religiöse Grundpflicht jedes Gläubigen.

Endlich waren sie in der Moschee angelangt. Nach der rituellen Waschung begab sich der Kalif in seine Gebetskammer, wo ein Thronsessel für ihn stand, auf dem er Platz nehmen konnte. Der Oberkadi Al Numan betrat kurz darauf die Kammer, warf sich zu Boden und begrüßte den Imam mit der üblichen Formel:

»Der Friede sei mit dir, Befehlshaber der Gläubigen, Nachkomme des Propheten und höchster Richter – Gottes Gnade und Segen! Möge Gott dir das Gebet heiligen!«

Auch ihm fiel auf, in welch bedrückter Stimmung das Kind auf dem Thron sich befand und er nahm Bargawan beiseite:

»Sei gegrüßt, Hüter der Paläste, der du den Kalifen erzogst, als er noch ein Prinz war und der Erziehung bedurfte! Er sieht schmal aus, unser Herrscher. Es muss ein Mittel gefunden werden, um ihn aufzuheitern. Hast du schon die Ärzte hinzugezogen?«

»Noch nicht, denn wir glaubten, es wäre die natürliche Trauer. Doch jetzt wird es wohl notwendig werden. Darin gebe ich dir recht. Ich werde die beiden Leibärzte des Al Aziz, Sahlan und Ibn Nastas, holen lassen. Das Schlimmste ist, dass er nachts nicht schläft. Wenn er sich nicht in seinem Bett herumwirft, wandert er durch seine Gemächer, in denen vor Kurzem noch sein Vater gewohnt hat und die General Hassan Ibn Ammar so schändlich geplündert hat. Dieser Mann hat sich nicht im Griff. Wir werden es nicht leicht haben mit ihm.

Doch meine größte Sorge gilt dem Kalifen. In letzter Zeit verlangt er immer häufiger, seine Schwester Sitt Al Mulk zu sehen. Ich fürchte ihren Einfluss! Was meinst du, oberster Kadi: Sollten wir ihr einen Prozess machen? Von Prinz Nour haben wir nichts erfahren können, er hat sie auch nicht verraten. Aber General Ulug Tegin hat gesprochen: Sie hat seine Mameluken zu ihrer und Nours Unterstützung aus Bilbais angefordert. Das ist Hochverrat! Ulug Tegin würde sich als Zeuge zur Verfügung stellen.«

»Nun, es hat uns ja auch ein Vermögen gekostet, ihn auf unsere Seite zu bringen!«, gab Al Numan zurück. Nach einer Pause, in der er auf seine schmalen asketischen Hände blickte, fuhr er fort: »Was du vorschlägst, ist alles richtig und gut. Hoffen wir, dass die Ärzte etwas für Al Hakim tun können. Unterdessen werde ich eine Anklage gegen die Prinzessin vorbereiten.«

Nach diesen Worten begab der Oberrichter sich an seinen Platz in der Nähe des Mufti, der in wenigen Augenblicken das allgemeine Gebet eröffnen würde. Bargawan blieb bei seinem Schützling, der sein Herr war, den er aber gleichzeitig zu beherrschen suchte.

Als die letzte Formel des vorgeschriebenen Gottesdienstes verklungen, die letzte Verbeugung ausgeführt war, trat der Kalif aus seiner Kammer heraus und schritt zur Kanzel. Er schien ein wenig gestärkt – ›Ist das die Folge des Gebetes?‹, fragte sich Bargawan – und erklomm ohne Hilfe die steilen Stufen zu dem Hochsitz.

Palastmeister Bargawan, der Oberrichter Al Numan, der Kutama-General Ibn Ammar und der Wesir Aissa Ibn Nesturus stellten sich rund um die Kanzel auf. Der Kalif, der in Versammlungen schon früher seine Ausstrahlung unter Beweis gestellt hatte, ließ den Blick über die vieltausendköpfige Menge der Gläubigen schweifen und setzte sodann zu seiner Predigt an.

Es war so still in der großen Moschee, dass der Klang einer zu Boden fallenden Perle zu hören gewesen wäre. Ohne ein einziges Mal zu stocken, sprach der junge Imam die Freitagsrede, die der Oberkadi für ihn aufgesetzt und die er mithilfe des Eunuchen Schukr auswendig gelernt hatte. Al Hakim sprach dem Volk von Frieden und von Ruhe und davon, dass er alles tun würde, um den Wohlstand des Landes weiter zu mehren. Doch dürften die inneren Geheimnisse des Glaubens nicht zugunsten des äußeren Lebens vernachlässigt werden. Der sichtbare *Zahir* sei nur ein Spiegel des verborgenen *Batin*. Der *Zahir* sei vergänglich und anfällig für die Anfechtungen des Satans, während der *Batin* das unzerstörbare Band bilde zur Ewigkeit und zur Essenz der neunundneunzig Namen Gottes.

Bei jedem Satz, den der Imam sprach, nickten die Würdenträger und das Volk bekräftigend und von Zeit zu Zeit unterbrachen hingerissene »Allah«-Rufe aus allen Teilen des Moschee-Gevierts den Fluss der Predigt.

Nachdem der Kalif geendet hatte und die letzte Stufe von der Kanzel herabgestiegen war, stellte sich plötzlich ein hagerer Mensch mit Umhang und Kapuze Al Hakim in den Weg. Schon hatten die *Subian Al Chass* ihre Schwerter gezogen, um den Kalifen zu schützen, als der Wesir Aissa Ibn Nesturus dazwischentrat. »Halt, Männer, das ist Magister Abul Hassan Ibn Yunis!«

Auch Bargawan beschwichtigte die Soldaten: »Bedeckt eure Schwerter! Ihr könnt wieder zurücktreten. Das ist der Astronom!«

General Hassan Ibn Ammar und die Gardisten mussten sich nun dem neugierig herbeidrängenden Volk zuwenden und es beruhigen: »Es ist alles gut. Nichts ist geschehen. Zurück! Macht Platz!«

Doch die Menschen ließen sich nicht so leicht auseinandertreiben und so hörten viele mit an, wie Ibn Yunis dem Kalifen laut und deutlich das sagte, was Midad ihm von Sitt Al Mulk aufgetragen hatte.

»Der Friede sei mit Euch, o Amir der Gläubigen! Verzeiht meine Kühnheit, doch Euer Vater – Gottes Barmherzigkeit über ihn! – hat mich vor seinem Tod beauftragt, Euch in der Astronomie und der Mathematik zu unterrichten. Er hat mich dafür bereits reichlich entlohnt. Ich möchte meiner Pflicht mit Freude nachkommen, solltet Ihr bereit sein, von der Herrlichkeit des Himmelsgeschehens und den Geheimnissen der unbelebten Natur zu erfahren, von denen unsere Welt nur ein Abbild ist. Gestattet mir, Euch dies alles nahezubringen, o Herrscher!«

Kein Würdenträger durfte es in der Öffentlichkeit wagen, den Kalifen ungefragt anzusprechen. Zugleich aber gehörte es zum Alltag eines Kalifen, bei jedem Erscheinen inmitten des Volkes von Bittstellern umringt und mit Ansuchen förmlich überschüttet zu werden. Somit hatte Midad Ort und Zeitpunkt für den Vorstoß von Ibn Yunis überaus günstig gewählt. Anders wäre es dem Gelehrten kaum möglich gewesen, zu dem von Bargawan und seinen Komplizen abgeschirmten jungen Herrscher vorzudringen. In der Moschee, nach der herzbewegenden Predigt und inmitten des frommen Volkes, galt das Hofprotokoll nicht in der üblichen Strenge.

Schon wollte Bargawan zu einer abweisenden Antwort ansetzen. Zu gut war er mit den Verhältnissen bei Hof vertraut, um nicht zu wissen, dass Ibn Yunis der Lehrer der Prinzessin Sitt Al Mulk und ihr Astrologe war.

Aber noch ehe er etwas sagen konnte, ertönte bereits die helle Stimme des jungen Herrschers.

»Gut, gelehrter Herr! Wenn mein Vater für mich vorsah, dass ich die Sternenkunde von dir erlernen soll, so will ich dem gerne nachkommen. Morgen will ich dich sehen. Morgen, nach dem Abendgebet!«

Bargawan und die anderen Würdenträger waren verblüfft über die Sicherheit, mit der der Kalif geantwortet hatte. Verstohlen warfen sie einander Blicke zu. Unterdessen schob Bargawan den Gelehrten mit sanfter Gewalt aus dem Kreis um den Kalifen:

»Morgen, Magister, wird der Kalif dich empfangen! Du hast es gehört: nach dem Abendgebet!«

Sitt Al Mulks Plan war aufgegangen. Der Astrologe konnte ihr helfen, mit dem Bruder in Kontakt zu treten.

Nun formierte sich die Prozession neuerlich. In der Vorhalle der Moschee half der Kämmerer dem Kalifen in seine Schuhe und auch alle anderen zogen ihre Fußbekleidung an. Der ahnungslose junge Kalif zog dagegen in der Prozession weiter zur *Turba Muizzia,* um dort dem Grab des Vaters einen Besuch abzustatten.

*

Es war Brauch, dass der Kalif sich jeden Freitag nach dem Gebet zu den Ahnen in die Turba begab. Er wandelte dabei immer unter dem Sonnenschirm, denn dieser versinnbildlichte den Palast und wo der Kalif unter dem Sonnenschirm ging, dorthin dehnte sich der Palast aus. Indem er also auf diese Weise den Weg zum Mausoleum zurücklegte, bezog er es in den Palast ein.

In jenen Tagen konnte er jedoch nicht alle fünf Vorfahren in der Turba besuchen. Drei von ihnen fehlten. Da Kalif Al Aziz die Leichname des Al Muizz, des Al Mansur und des Al Kaim in Särgen auf den Syrien-Feldzug mitnehmen wollte, hatte er sie nach

Bilbais bringen lassen. Die Macht der Kalifen war selbst im Tod so groß, dass Aziz in diesem wichtigen Krieg gegen den Rivalen Byzanz die drei siegreichen Ahnen an seiner Seite haben wollte. Somit beherbergte die Turba zurzeit nur zwei Kalifen – den so plötzlich verstorbenen Al Aziz selbst und Al Mahdi, den Gesandten Gottes, einer der am stärksten verehrten Ahnväter der Fatimidendynastie. Hakim fiel vor dem neuen, dem fünften Sarkophag, in dem der Vater ruhte, auf den Boden und blieb lange Zeit liegen. Er weinte nicht, doch war in ihm eine gähnende Schwärze, schwärzer als die tiefste Nacht und er wusste nicht, wie er ihrer Herr werden konnte. Nach einiger Zeit halfen Bargawan und Schukr ihm wieder auf die Beine und führten ihn hinaus in den Gästetrakt, wo ein leichter Anzug für ihn bereitlag, damit er sich der schweren Zeremonienkleider entledigen konnte. Hakim ließ es wortlos geschehen, als ihm die beiden Eunuchen die knapp geschnittene, schenkellange, weiße Seidenjacke, den ebenfalls weißen Serwal und weiche Stiefel anzogen. Kein Wort kam ihm über die Lippen. Sein Blick war wieder in sich gekehrt und Bargawan fing ernsthaft an, um seinen Geisteszustand zu fürchten.

»Was ist Euch, Herr? Fühlt Ihr Euch nicht wohl? Im Hof ist ein Mahl gerichtet. Es wird Euch gleich besser gehen, wenn Ihr etwas zu Euch nehmt.«

Als der Kalif wenig später auf den sonnigen Gästehof hinaustrat, war dort für ihn, sein engstes Gefolge und die Amire ein kleines Bankett vorbereitet. So heiter die Stimmung und so ausgesucht die Leckerbissen auch waren, die der Eunuch Schukr ihm vorlegte, Al Hakim nahm keinen Anteil an den Genüssen, er starrte auf das Schachbrettmuster der marmornen Bodenfliesen und wünschte, sich so bald wie möglich wieder in dem großen Himmelbett in seinem dunklen Zimmer verkriechen zu können. Nicht ihm, sondern seinem Vater stünde es zu, bei diesem Bankett den Vorsitz zu führen. Und wieder überkam ihn das Gefühl, dass er am Tod des Al Aziz Schuld trug.

Endlich konnte der Kalif wieder in seine Zimmerflucht im Palast zurückkehren, doch die erhoffte Ruhe blieb ihm verwehrt. Der Oberrichter, der in der neuen *Madrassa* am Bab Al Futuh seine an jedem Freitag stattfindende öffentliche Rechtsvorlesung für die Bevölkerung von Al Kahira beendet hatte, erwartete ihn bereits im *Maglis* und versuchte, ihn in ein Gespräch zu verwickeln.

»Ich höre, Hoheit, dass Ihr die königlichen Marställe noch nicht besucht habt. Bedürfen die herrlichen Pferde des Kalifen nicht der Aufmerksamkeit ihres Herrn – so wie auch das Volk Eurer Aufmerksamkeit bedarf?«

»Das sind die Pferde meines Vaters!« Wieder versank Al Hakim in Schweigen und biss sich auf den Lippen herum. Plötzlich schien er eine Eingebung zu haben: »Doch gebt mir einen Esel und ich will das Volk aufsuchen.« Sein trauriges Gesicht hellte sich auf: »Ja, heute Nacht schon reite ich nach Misr! Harun Al Raschid durchstreifte die Straßen von Bagdad. Soll der Kalif von Kairo sich weniger bekümmern um sein Volk?«

Freilich war das nicht die Antwort, die der Oberrichter erwartet hatte. Der Kalif nächtens auf einem Esel in den Straßen von Kairo! Was für einen Tumult würde das auslösen! Um den Kalifen und sein Gefolge würde sich unweigerlich eine Menge bilden, die sich in der Dunkelheit kaum in Schach halten ließe!

»Aber, Hoheit, bedenkt, es wird sehr schwierig sein, in der Nacht eine Prozession durchzuführen. Vielleicht wollt Ihr Euer Vorhaben lieber auf den Tag verschieben!«

»Nein, ich reite heute Nacht. Es wird auch keine Prozession geben und die Menschen werden mich nicht erkennen. Bargawan soll mit mir reiten und Schukr, sonst niemand. Wir werden einfache Kleidung tragen. Mein Vater hat das Volk nie auf diese Weise besucht; er wird mir nicht böse sein, wenn ich es tue. So beanspruche ich für mich nichts von dem, was ihm gebührt.«

Dem Oberrichter blieb eine Antwort erspart. Mit Erleichterung nahm er zur Kenntnis, wie wenig später in tiefer Verbeugung die Leibärzte des Al Aziz, beide Christen, hereingeführt wurden.

Als Hakim ihren Gruß beantwortete, fiel Bargawan und dem Oberrichter auf, dass seine Stimme plötzlich wieder einen kraftvolleren Klang angenommen hatte. Offenbar wirkte die Vorstellung von einem nächtlichen Ausritt in die Stadt anregend auf den Kalifen. Doch die Geste, mit der er die beiden Ärzte aufforderte, sich vor ihm niederzulassen, war noch immer matt und gleichgültig.

Mit der Anwesenheit der beiden Christen hatte sich die Haltung des Oberrichters und Bargawans stark verändert. Hatten sie sich zuvor trotz der Gegenwart des Kalifen entspannt bewegt, so standen sie nun, so wie das Protokoll es verlangte, die linke Hand unter der Brust in der rechten ruhend, zu beiden Seiten des Diwans, auf dem Hakim sich ausgestreckt hatte. Die beiden Ärzte kauerten in der vorgeschriebenen wachsamen Stellung, die weder ein Sitzen noch ein Überkreuzen der Beine zuließ, auf dem Teppich. Beide hatten ein Knie angehoben und stützten sich ab, indem sie die Hände auf dieses Knie legten.

Bargawan schilderte ihnen die Sorgen, die sich der Hof um den jungen Kalifen machte:

»Der Imam isst zu wenig, schläft in der Hauptsache am Tage und kaum des Nachts. Er hat kein Verlangen nach den Vergnügungen, die einem Kalifen offenstehen. Auch hat er kein Verlangen, sich sportlich zu betätigen. Wir hoffen auf euren Rat, wie eine Heilung herbeizuführen ist.«

Die beiden Ärzte berieten sich kurz. Die fremde Färbung in ihrer arabischen Aussprache verriet, dass dies nicht ihre Muttersprache war, dass sie vielmehr mit dem Koptischen aufgewachsen waren. Das hatte Al Aziz nicht gehindert, ihnen und ihrer Kunst so viel Vertrauen entgegenzubringen, dass er sie als Leibärzte bestellte.

»Dürfen wir den Herrscher untersuchen?«, fragte schließlich Ibn Nastas, ein rundlicher, kurzbeiniger Mann, der den Vergnügungen reichlichen Essens und Trinkens offenbar ausgiebig zusprach.

Bargawan gab die Frage an Al Hakim weiter. »Der Arzt Abu Yakub Ibn Nastas wünscht, Euch zu untersuchen, *ya* Imam. Seid Ihr damit einverstanden?«

»Ach«, gab Hakim wieder mit merklich schwächerer Stimme zurück, »was sollen sie mich untersuchen? Es tut mir nichts weh.«

»Es gibt auch Leiden, die keinen Schmerz verursachen, *ya* Imam! Ich bitte Euch inständig, lasst die Ärzte Euch ansehen.«

»Lasst mich, ich bin nicht krank!«

Hilflos sah Bargawan zu den Ärzten hin und hob die Achseln.

»Was lässt sich da tun?«

Erneut steckten die Ärzte die Köpfe zusammen.

»Wir glauben«, ergriff nun Sahlan das Wort, »dass der Herrscher an einer Ermüdung der Seele leidet, die sich auf den Körper schlägt. Wenn Ihr mir erlaubt, Herr«, wandte er sich nun an Hakim, »so will ich lediglich Euren Puls messen. Das wird uns genügen, um unsere Diagnose zu stellen.«

Wortlos streckte Hakim ihm den Arm hin. Sahlan, ein kleiner, drahtiger Mann, der anscheinend besser auf die eigene Gesundheit achtete als sein Kollege, erhob sich behende und fühlte das Handgelenk des Knaben. Dabei schloss er konzentriert die Augen.

»Der Puls des Kalifen ist etwas langsam«, gab er sodann sein Urteil ab. »Bewegung würde dem Herrn guttun, doch er kann auch Kahua-Bohnen kauen und täglich am Morgen ein Glas Wasser trinken, in dem ein Viertellot Salz aufgelöst ist. Das würde den Puls beschleunigen und die Lebensgeister wecken.«

»War das alles?«, fragte Bargawan die Ärzte und als beide nickten, wandte er sich an den Kalifen. »Wenn Ihr es gestattet, Herr, so werde ich die Ärzte hinausgeleiten.«

Al Hakim hatte die Augen geschlossen und blieb eine Antwort schuldig. Blass lag er in den Polstern des Diwans.

»Nun, *ya* Sahlan und *ya* Abu Yakub – was sagt Ihr zum Zustand des Kalifen?«, fragte Bargawan die beiden auf dem Weg nach draußen.

»Es geht ihm nicht gut«, antwortete Sahlan, »doch es ist die Seele und nicht der Körper. Als ich seinen Puls fühlte, benützte ich die Gelegenheit, auch seinen Oberarm abzutasten. Er leidet unter schwachem Gewebetonus. Für uns gibt es keinen Zweifel, der Kalif hat einen Anfall von *Malachulia*. Ihr wisst, was er in letzter Zeit alles mitgemacht hat. Wenn sich sein Zustand nicht bald bessert, so kann er chronisch werden.«

Vorsichtig, da er wusste, dass die Prinzessin Sitt Al Mulk für Bargawan eine Gefahr darstellte, deutete er an:

»Vielleicht gibt es irgendwelche nahe Verwandte, die sich noch um den Kalifen kümmern könnten. Er braucht das jetzt sehr dringend.«

Bargawan verstand, was der Arzt sagen wollte, ging jedoch nicht darauf ein. Inzwischen waren sie am Tor des Elefantenpavillons angekommen und mit einer Verbeugung verabschiedeten sich die beiden Christen von dem Palastmeister.

*

Nachdem der Kalif die beiden entlassen hatte, begleitete der Oberrichter Bargawan in dessen Wohnung im Palast. Die beiden Verschwörer, die auf Gedeih und Verderb aneinandergekettet waren, hatten Wichtiges zu besprechen. Bargawan ergriff das Wort.

»*Malachulia*, meinte der Arzt Sahlan, sei das Leiden, das den Gecko plage. Und auch er fing an, von der Prinzessin zu sprechen. Nicht ganz offen, aber er meinte es so: Sitt Al Mulk sollte sich des Kalifen annehmen. Aber das ist völlig ausgeschlossen!«

»Die Prinzessin darf auf keinen Fall Einfluss auf den jungen Kalifen erhalten. Die beiden dürfen nicht zusammentreffen. Noch in der neuen Woche muss die Klage gegen sie erhoben werden. Der Kalif wird keine andere Wahl haben, als das Urteil zu unterschreiben, wenn Ulug Tegin gegen sie aussagt. Er wird erkennen, was für eine Gefahr sie für ihn bedeutet.«

»Als Ibn Yunis heute zu ihm vordrang, gefiel mir das zunächst gar nicht, denn er steht der Prinzessin viel zu nahe. Aber jetzt denke ich mir, dass es ihm gelungen ist, das Interesse des Jungen zu wecken. Wenn er mit ihm die Nächte im Observatorium verbringt, dann heilt das vielleicht seine Melancholie.«

»Aber dass er sich einbildet, heute Nacht nach Misr gehen zu müssen!« Der Oberrichter rückte seinen Turban zurecht. »Das ist doch unglaublich. Dennoch hielte ich es für unklug, es ihm zu verwehren. Es tut mir leid um deine Nachtruhe, Hüter der Paläste, aber da ihn die Melancholie ergriffen hat, sollten wir nichts unterlassen, das in irgendeiner Weise verspricht, ihn aufzuheitern.«

*

Sitt Al Mulk war hochzufrieden, von Midad zu erfahren, wie erfolgreich Ibn Yunis sich dem Kalifen genähert hatte.

»Du wirst sehen, die Sterne werden ihn zu mir führen. Die Tage von Bargawans Macht sind gezählt.«

Die Prinzessin wiegte sich in Sicherheit, denn sie verhielt sich ruhig und tat alles, um den Anschein zu erwecken, sie wäre an den Angelegenheiten des Staates nicht mehr interessiert. Entsprechend traf Sitt jede Vorkehrung, um auch den geringsten Verdacht von sich abzulenken. Sie hatte ihre Spione entlassen und verzichtete sogar darauf, Bargawan weiter nach Nour zu fragen, so als hätte sie sich auch in diesem Punkt in ihr Schicksal gefügt. Indessen genügten ihr vorläufig die Informationen, die ihr Abda dank ihres eigenen Netzes von Spionen verschaffte. Nour war wie vom Erdboden verschluckt.

Niemand schien etwas über die Umstände seines Todes zu wissen, noch, wo sein Grab lag und es gab wenig Hoffnung, dass er sich in Freiheit befand. Es wäre ihm gelungen, ihr ein Lebenszeichen zukommen zu lassen. Ein Zuträger, dem Abda sehr vertraute, suchte nach ihm in Kairo und Misr, ob er vielleicht an irgendeinem verborgenen Ort festgehalten wurde, doch von Woche zu Woche konnte Sitt auch daran weniger glauben.

Dennoch hatte sie sich noch immer nicht mit seinem Tod abgefunden.

»Der Oberrichter, der jetzt die Predigten des Kalifen verfasst«, setzte Midad seinen Bericht fort, »hat Al Hakim in der heutigen Freitagspredigt zum ersten Mal öffentlich gegen den *Zahir* wettern lassen. Die Menschen hätten sich zu sehr der Materie verschrieben und die inneren Tugenden vergessen. Dadurch wären sie anfällig geworden für das Wirken des Satans.«

»Das überrascht mich nicht«, meinte Sitt. »Wir haben keinen mündigen *Imam,* der die heilige Schrift des Koran kundig interpretieren und das Göttliche den Menschen vermitteln könnte. Der Kadi missbraucht deshalb seine Autorität als oberster *Dai,* um den angeblichen Willen Gottes zu verkünden. Dabei wäre sein Amt lediglich, die göttliche Weisheit des Kalifen zu verbreiten.

Wenn aber der *Imam* und Kalif nicht weise ist, haben die Eiferer die Oberhand. Ich habe nichts gegen die Welt der Ideen, doch können sie gefährlich werden, wenn ihnen die Verbindung zum Leben fehlt. Beides muss Hand in Hand gehen – die Ideen und ihre Verwirklichung zum Wohl der Schöpfung.«

»In einer Sache stehen die neuen Machthaber allerdings mehr im Dienst des *Zahir*, als Euch lieb sein wird: Man wird doch Krieg gegen Byzanz führen. Das ist nun beschlossen. Hassan Ibn Ammar, der sich gerade in Al Kahira zum Regenten aufwirft, hat General Sulaiman Ibn Gafar bereits das Kommando übertragen und die Kutama werden die Hauptmacht in der Armee stellen. Aber auch Ulug Tegin und seine Mameluken haben zugestimmt, mit nach Syrien zu ziehen. In der Bucht von Tinnis liegt schon die neue Flotte bereit, Segel zu setzen.«

»Ich bin nach wie vor gegen den Krieg mit Byzanz. Mangu Tekin sitzt in Damaskus! Die Mameluken haben Syrien in der Hand. Wir können es auch ohne Krieg halten. Wozu gibt es den lange bewährten Waffenstillstand mit dem Kaiser? Aber die Kutama scheinen entschlossen, Syrien unter ihre Kontrolle zu bringen. Sie handeln, als wären sie ein Staat im Staat! Ist es nicht genug, dass wir im Vorjahr schon zweimal die gesamte Flotte wegen dieses Feldzugs verloren haben – zuerst durch das schreckliche Feuer und anschließend durch den Sturm, der sie geradewegs dem *Dux* von Antiochia in die Arme trieb. Was dieser Feldzug, abgesehen vom Leben meines Vaters, schon gekostet hat! Ich kann es noch immer nicht verstehen, dass mein Vater sich in solch eine Verschwendung hat drängen lassen. Vielleicht hatte es damit zu tun, dass mit Mutters Tod eine mächtige Fürsprecherin der guten Beziehungen mit Byzanz verloren ging und dass die Kutama in diesen Leerraum vorstießen. Sie redeten Vater ein, er müsse den Feldzug persönlich anführen, mit allem denkbaren Pomp, um den Kaiser zu beeindrucken. Das riesige Prunkzelt des Kalifen kam mit ins Feldlager! Siebzig Kamele sind nötig für seinen Transport! Das übrige Zeremoniengepäck wurde auf fünftausend Dromedare und tausendachthundert Lastkamele in jeweils zwei Truhen gepackt. Hinzu kamen zwanzig Traglasten voll gemünzten Goldes, Gold- und Silberbarren, Juwelen und anderen Schätzen. Die Marställe des Kalifen besserten den Reittierbestand der Armee um zwölftausend Kriegspferde und dreißigtausend Kamele auf! Alle Soldaten und die befreundeten Beduinen, die in Syrien mitkämpfen würden, erhielten neue Rüstungen! Und all das nur, um sich Syrien offiziell einzuverleiben, das uns in Wirklichkeit doch schon längst gehört! Mir kommt es mehr und mehr so vor, als hätten Bargawan, der Oberrichter und die Kutama all das ausgeheckt, um Vater in dem Augenblick, als alle Vorbereitungen für den Feldzug getroffen waren, zu ermorden. Einmal in Kairo an der Macht, würden sie von da an leichtes Spiel haben, um auch noch das reiche Syrien den Mameluken abzujagen. Ja, so muss ihr Plan gewesen sein!«

»So, wie Ihr es darlegt, Herrin, erscheint mir Eure Deutung zutreffend! Der Staatsstreich war von langer Hand vorbereitet – und unsere Spione haben versagt.«

»Ich sehe es anders: Die Spione des Kalifen und meine eigenen Leute haben die Anzeichen des Komplotts vielleicht nicht gemeldet. Die Schuld daran tragen wir selbst. Wir waren zu sehr mit unseren Gefühlen beschäftigt, die Absichten hinter der Kriegshetze gegen Byzanz sind unschwer zu erkennen gewesen.«

»Was gedenkt Ihr nun zu tun, *ya Amira?*«

»Was wir bereits begonnen haben: das Herz meines Bruders gewinnen. Wenn das gelingt, wird unsere Sache siegen. Dann werden die Verschwörer sich selbst vernichten. *Inscha'allah.* Die Kräfte des Guten müssen sich gegen das Böse schützen. Diese Wachsamkeit haben wir vernachlässigt. Nun helfe uns Gott!«

»Hassan Ibn Ammar hat verfügt, dass General Sulaiman Ibn Gafar zusätzlich zum Kommando über die Syrien-Armee auch die gesamte bewegliche Habe des Kalifen als Anzahlung für das Syrien-Abenteuer erhalten soll, also nicht nur die aus dem Palast entwendete Einrichtung, sondern auch die in Bilbais befindlichen Schätze aus dem Privateigentum Eures Vaters.«

Sitt Al Mulk war einen Augenblick lang betroffen, dann zuckte sie die Achseln und lächelte traurig.

»Jeder hat seinen Preis! Ibn Gafar ist der Sohn jenes Mannes, der als Erster Damaskus im Namen des Al Aziz eroberte und später im Kampf fiel. Ich hätte nicht geglaubt, dass Ibn Gafar mit Bagawan und Ibn Ammar gemeinsame Sache macht. Aber sein Preis war nur besonders hoch. Was haben sie wohl dem Türken Ulug Tegin dafür bezahlt, dass er mit ihnen gegen seine eigenen Leute marschiert? In Wahrheit, das sage ich dir, Midad, geht es nicht gegen den Kaiser von Byzanz. Es geht gegen die Mameluken und vor allem gegen Mangu Tekin, den ›Befehlshaber der siegreichen Armeen‹. Als dieser wurde er von meinem Vater für seine syrischen Erfolge ausgezeichnet. Wenn es so weitergeht, liegt das Reich bald im Bürgerkrieg!«

*

Wie sehr Sitt Al Mulk recht hatte mit ihrer Einschätzung, dass der mit viel Kunst und Verstand ein Vierteljahrhundert lang bewahrte Friede zwischen den Gemeinden Ägyptens zusammenzubrechen drohte, zeigten die Ereignisse um das Schlachtopferfest der Muslime und das Weihnachtsfest der Christen, die in diesem Jahr zwei Wochen auseinanderlagen.

Schon vor dem Schlachtopferfest hatte sich der Berber Hassan Ibn Ammar in einer Zeremonie, die unter den Angehörigen des Hofes

größtes Ärgernis auslöste, vom Kalifen zum Regenten erheben und zum »Treuhänder des Staates« ernennen lassen.
Damit war er Chef der neuen Regierung, was zugleich die Entmachtung des Wesirs Aissa Ibn Nesturus bedeutete. Der Kopte Aissa jedoch wurde im ganzen Land als überaus fähiger Finanzfachmann und Administrator geschätzt. Selbst ein Steuerpächter, beherrschte er alle Feinheiten des jahrtausendealten, ausgeklügelten Steuersystems des Niltals. Al Aziz hatte in ihm einen Mann gefunden, der das schwierige Kunststück schaffte, dass die Steuergelder zuverlässig einflossen und die Bevölkerung gleichzeitig zufrieden war.
Voller Empörung lauschte Sitt Al Mulk den Berichten über die Amtseinführung Ibn Ammars, der sich feiern ließ wie ein Mitglied der Kalifenfamilie. Tatenlos sahen alle zu, wie das neue Oberhaupt der Regierung sich der Schätze des Al Aziz bemächtigte und sich somit auch an dem Staatsschatz, in den ein beträchtlicher Teil der Besitztümer des verstorbenen Kalifen fließen sollte, bereicherte.
Doch nicht genug. Jetzt, da Ammar an der Spitze der Regierung stand, schienen die Berber der Meinung zu sein, das Land gehöre ihnen. Bald begann die Bevölkerung von Misr zu murren, weil die Kutama-Wachen sich zunehmend Übergriffe erlaubten. Am Markttag zertrümmerten sie aus nichtigem Grund die Stände der Händler. Christen und Juden wurden roh zurechtgewiesen, weil sie die längst in Vergessenheit geratene Kleiderregel verletzt und den schwarzen Turban und den schwarzen Gürtel nicht angelegt hatten, durch die sie sich von den Muslimen unterscheiden sollten. Unverschleierte muslimische Frauen wurden von den Berbern von der Straße gejagt.
»Das ist die Rückkehr in die Barbarei!«, rief Sitt aus, als ihr diese Vorgänge zu Ohren kamen. Sie empörte sich über den Verlust der

zivilisierten Sitten, deren Schutz für die Fatimiden eine Angelegenheit der Ehre und Menschlichkeit war. Zugleich wusste sie aber auch, dass sich sowohl Ibn Ammar mit seiner Arroganz als auch die Kutama-Krieger mit ihrem Verhalten selbst schadeten. Die Klagen der Bevölkerung konnten Sitt Al Mulk nur recht sein.

*

Bargawan hingegen bereitete das Verhalten der Berber ernstes Kopfzerbrechen. Er haderte mit sich, weil er die Erhebung Hassan Ibn Ammars zum Regenten möglich gemacht hatte. Ohne seine Empfehlung hätte der junge Kalif Ibn Ammar niemals in diese Position erhoben. Doch war Bargawan keine andere Wahl geblieben: Der Krieg in Syrien stand unmittelbar bevor und die Kutama waren so mächtig wie in ihren besten Zeiten. Er musste sie bei Laune halten, wollte er nicht selbst von ihnen gestürzt werden. Im Übrigen brauchte Bargawan gerade jetzt die Unterstützung der Berber, da er plante, jene Person zu vernichten, in der er die allergrößte Gefahr für sein Regime witterte: Prinzessin Sitt Al Mulk. Auch wenn es so aussah, als habe sie sich ganz zurückgezogen, so musste er doch mit allen Mitteln versuchen zu verhindern, dass der Kalif unter ihren Einfluss geriet. Und der junge Kalif drängte nach wie vor darauf, seine Schwester zu sehen.

Der erste Schritt zu ihrer Vernichtung war bereits getan, indem der Wesir Aissa Ibn Nesturus, ihr koptischer Gefolgsmann, von Hassan Ibn Ammar verdrängt worden war. Mit ihm hatten die Kopten ihren wichtigsten Mann und ihren Einfluss in der Staatsführung verloren. Und mit ihm war ein starker Pfeiler von Sitt Al Mulks Macht weggebrochen. Nun stand der nächste Schritt an: die Anklageerhebung gegen Sitt Al Mulk.

Nachdem er mit derlei Erwägungen beschäftigt die Nacht nach dem ersten Tag des Schlachtopferfestes schlaflos zugebracht hatte, ließ er schon kurz nach Sonnenaufgang seine Sänfte rufen und machte sich auf den Weg zum Oberrichter. Al Numan befand sich noch in der Nachtkleidung, als Bargawan eintraf und hatte über die *Galabia* nur eine wollene *Abaja* gezogen. Auf dem Kopf trug er anstelle des gewohnten Turbans ein gewirktes, weißes Käppchen. Der äußeren Zeichen seiner Würde bar, war Al Numan keine einnehmende Gestalt. Alles an ihm wirkte übertrieben – seine Magerkeit, sein gebeugter Rücken, die Blässe, die Tränensäcke und die große, gebogene Nase.

›Diese Klerikerfamilien heiraten zu viel untereinander. Da fehlt das frische Blut‹, dachte Bargawan. Er selbst war eine auffallende Erscheinung, groß, mit mächtigen Schultern, grauen Augen und hellem Haar. Er war stolz darauf, als Knabe aufgrund seines guten Aussehens um den unglaublichen Kaufpreis von fünfhundert Dinar in den Besitz des Al Muizz übergegangen zu sein. Er wusste nichts über seine Herkunft, außer, dass er aus einem der Slawenländer im Norden des byzantinischen Reiches stammte. Kriegswirren hatten ihn in die Hände griechischer Sklavenhändler gebracht. Die Griechen ließen ihn entmannen, ehe sie ihn an arabische Sklavenhändler, denen die Kastration vom Koran verboten war, weiterverkauften. Nach mehrmaligem Kauf und Verkauf von einem Händler zum anderen landete er schließlich auf dem riesigen Sklavenmarkt von Kairuan, dem Hauptumschlagplatz für menschliche Ware rund um das *Weiße Meer*. Wenngleich er sich mit Schrecken an die furchtbare Operation erinnerte, so fand er keinen Grund, sein Schicksal zu bedauern. Wäre er nicht ein Verschnittener, so stünde er jetzt nicht an der Spitze des mächtigsten Reiches des Erde, sondern pflügte als Bauer in irgendeinem Barbarenland sein elendes Stückchen Land oder schlüge sich als Soldat mit den Byzantinern herum. Nein, bis jetzt hatte er wahrlich keinen Grund zum Klagen gehabt und er würde dafür sorgen, dass es so bliebe.

*

»Willkommen, Hüter der Paläste!«, begrüßte der Kadi den Palastmeister.

»Einen guten Morgen, hoher Richter! Mögest du dich das ganze Jahr wohlbefinden!«

Al Numan legte die Hand unter Bargawans Ellenbogen und geleitete ihn in seinen Maglis. Nachdem sie sich niedergelassen und eine verschleierte Dienerin ein Tablett mit zwei Gläsern heißen Zimtaufgusses gebracht hatte, wandte sich der Richter voller Neugier an Bargawan.

»Was, Hüter der Paläste, führt dich schon zu so früher Stunde zu mir?«

»Sitt Al Mulk. Die Schwester des Kalifen lässt mir keine Ruhe mehr, Richter! Lass uns noch heute die Anklageschrift gegen die Prinzessin aufsetzen.«

»Du überraschst mich. Warum diese Eile? Sie ist eine Gefangene, bewacht von eintausend Kutama. Sie kann uns nicht entkommen!«

Al Numan schien plötzlich nicht mehr davon überzeugt zu sein, dass es klug wäre, Sitt Al Mulk vor Gericht zu stellen. Die Prinzen und Prinzessinen am Hof waren schon hinreichend aufgebracht über das Verhalten von Hassan Ibn Ammar und das Verschwinden des Prinzen Nour. Es war nicht abzusehen, wie sie die Nachricht von einem Hochverratsprozess gegen ein weiteres, noch dazu so wichtiges Familienmitglied aufnehmen würden.

»Hältst du das wirklich für den einzigen Weg, die Prinzessin unschädlich zu machen? Bis jetzt halten die Kutama den Hof in Schach, aber ich würde das Spiel nicht zu weit treiben!«

»Es muss sein. Du weißt es ebenso gut wie ich.«

»Nun denn, dann lass es uns hinter uns bringen!«

*

Zur selben frühen Stunde ruhte Sitt Al Mulk noch in ihrem Bett, halb sitzend, von weichen Kissen gestützt. Sie genoss die Ruhe des Morgens und hing ihren Gedanken nach. Und wie so oft in den frühen Stunden des Tages galten sie Nour. Noch immer hielt sie an der Hoffnung fest, dass er lebte. In den letzten Monaten vor seinem Verschwinden hatte er sich verändert. In seinen Augen sah Sitt etwas, das sie nicht zu deuten wusste. Irgendwann war sie zu dem Schluss gekommen, dass er zutiefst verletzt gewesen sein musste darüber, dass ihr Vater den achtjährigen Gecko als den nächsten Kalifen präsentiert hatte. Als Sohn Abdallahs hatte er sich begründete Hoffnung auf das Kalifat gemacht. Dass Sitt Al Mulk sich immer als die zukünftige Regentin sah, hatte er gern hingenommen aus Liebe zu ihr. Doch dass ein kleiner Junge, ein Kind, ihm für die höchste Würde des Islam, die Nachfolge des Propheten, vorgezogen worden war, das hatte er vielleicht nicht ertragen.

In den Wochen der Agonie nach Nours Verschwinden hatte Sitt sich oft Vorwürfe gemacht: Durch die geplante Heirat wäre Nour, nachdem Al Aziz ihm die Thronfolge verwehrt hatte, Kalif von ihren, Sitt Al Mulks, Gnaden gewesen. Hatte ihn auch das zutiefst getroffen? Sitt wusste es nicht, Nour und sie hatten nie darüber gesprochen. Zweifel hatten sich in ihr Herz geschlichen. Hatte er sich aus dieser Lage befreit, indem er sich Bargawan und Ibn Ammar in die Hände spielte?

Sitt schüttelte den Kopf. Sie klingelte Midad, um mit ihm die Morgenbesprechung zu halten. Gestern hatte das viertägige Schlachtopferfest begonnen und er würde viel zu erzählen haben. Und die Prinzessin suchte nach etwas, das sie von ihren verstörenden Gedanken ablenkte.

»Nun, Midad, ich denke, du warst gestern wie alle auf der *Musalla* beim Bab Al Futuh und hast die Zeremonie mitverfolgt. Der neue Kalif musste dieses Mal die Schlachtungen vornehmen. Wie hat er das ertragen, Dutzende Tiere zu opfern? Schließlich ist er noch ein Kind?«

»Er stand sehr verloren in seinem Ornat auf der großen Plattform. Aber er war tapfer. Ein Kamel nach dem anderen wurde zu ihm auf die Plattform hinaufgeführt. Der Oberkadi hielt die Spitze des Speers an die Kehle jedes einzelnen Tiers und Al Hakim führte den tödlichen Stoß aus. Er wirkte wie eine jener Puppen, die ihre Gliedmaßen bewegen, wenn jemand sie aufgezogen hat. Es hatte den Anschein, als berührte ihn all das nicht. Es waren dreißig Kamelfohlen und eine Stute, die er gestern auf diese Weise zur Verteilung unter den Soldaten und unterm Volk schlachtete. Und das wird noch drei Tage lang so weitergehen. Ich war erleichtert, als Bargawan den Metzgern endlich das Zeichen gab, die Schlachtung zu übernehmen. Insgesamt wurden gestern mehr als fünfhundert Stück Kamele, Rinder und Wasserbüffel geschlachtet. Der Kalif stand die ganze Zeit über auf dem Podium.«

»Wie entsetzlich, der arme Mansur!«

»Ihr habt recht, Hoheit. Aber zuvor war etwas geschehen, das mir mindestens ebenso zu denken gab: Wie Ihr ja wisst, ist es Brauch, dass auf den Stufen der Kanzel, von der aus der Kalif vor seiner Armee das Festgebet leitet und die Predigt hält, alle wichtigen Männer der Regierung versammelt stehen. Diesmal waren das der Oberkadi, Bargawan und der grässliche General Hassan Ibn

Ammar. Aber einer, der sonst immer dort gestanden hatte, fehlte, was jedem auffiel: der Wesir Aissa Ibn Nesturus. Das bedeutet, dass Ibn Ammar den Wesir nicht nur entmachtet hat, sie wollen Aissa völlig aus dem Bild verbannen.«

Sitt äußerte sich nicht zu dieser Neuigkeit, aber im Stillen sagte sie sich: ›Wenn ich nur handeln könnte! Wenn sie es so weitertreiben, wird uns am Ende nichts anderes übrig bleiben, als den Kaiser um Hilfe zu bitten. So verrückt es klingen mag, aber dann ist der Kaiser von Byzanz der Einzige, der das Kalifat noch stützen kann. Aber diese drei – sie führen unser Reich geradewegs in den Abgrund!‹

Solche Gedanken waren lebensgefährlich und sie durfte bei allem Vertrauen nicht vergessen, dass Midad Muslim war und vielleicht nicht verstehen würde, dass sie sich zutraute, den Einfluss des christlichen Kaisers im Nachhinein wieder zurückzudrängen.

»Auf der *Musalla* war auch Abul Hassan Ibn Yunis!«, sprach Midad weiter.

Sitt fuhr aus ihren Gedanken hoch.

»Tatsächlich! Habt ihr miteinander gesprochen?«

Midad freute sich über die Überraschung, die er bei der Prinzessin hervorgerufen hatte und so ließ er sich mit der Antwort ein wenig Zeit, um den Augenblick auszukosten und die Spannung zu erhöhen.

»Also – Ibn Yunis kam auf mich zu, als ich mich vom Hofstaat entfernte, um mich für das Bankett am Abend umzukleiden. Er hat in der vergangenen Woche bereits zwei Nächte mit dem Kalifen zugebracht, um ihm die Grundkenntnisse der Sternkunde zu erläutern. Nach der ersten Nacht, die sie auf dem Dach des Palastes verbrachten – der Eunuch Schukr war ständig bei ihnen und horchte auf jedes Wort –, da war Hakim so angetan von seiner neuen Beschäftigung, dass er verlangte, dass Ibn Yunis sich in der

übernächsten Nacht im neuen Observatorium des Al Aziz bei Karafa einfinden sollte. Er würde ihn dort erwarten.
Es war eine sternenklare Nacht und Ibn Yunis begann, den Kalifen in den Gebrauch der »Königin der Instrumente« einzuführen, des Astrolabiums. Er zeigte ihm, wie er mit dem Gerät die Position des Mars berechnen und in der Nacht, ohne jede Art von Uhr, die Zeit ermitteln konnte. Der Gecko habe sich überaus verständig angestellt und verfüge, wie Ibn Yunis bekräftigte, über einen guten Sinn für die Mathematik. Trotz der Kälte sahen sie stundenlang in den Nachthimmel und kehrten erst in den Palast zurück, als sich das Wetter gegen Morgen zu eintrübte. Der arme Schukr hatte sich zwar in Decken gehüllt, doch fror er bitterlich, da ihm die Hitze der Begeisterung, die den Kalifen und den Astronomen wärmte, versagt war. Irgendwann schlief er kurz ein – obwohl Bargawan, dessen bin ich mir sicher, ihm bestimmt eingeschärft hatte, die beiden keinen Augenblick unbeobachtet zu lassen – und Ibn Yunis ergriff die Gelegenheit, um dem Gecko davon zu erzählen, wie er vor fünfzehn Jahren zusammen mit dem Kalifen Al Aziz und mit Euch, die Ihr ein elfjähriges Mädchen wart, in demselben Observatorium erstmals in der Geschichte der Wissenschaft eine Mondfinsternis beobachten konnte, die er auf die Stunde genau vorausberechnet hatte.«
Sitt Al Mulk dachte wehmütig an jenen Apriltag vor fünfzehn Jahren zurück. Es war um die Zeit des christlichen Osterfestes gewesen und der laue Nessimwind hatte die Luft mit süßem Frühlingsduft erfüllt. Dass Ibn Yunis, ihrem Hofastronomen, eine Großtat von solcher Tragweite gelungen war, hatte den Kalifen und seine Tochter mit unbändigem Stolz erfüllt und sie sprachen noch wochenlang von jenem Augenblick, da der Erdschatten sich nach spannungsvoller Wartezeit, wie vorhergesagt, ganz langsam, aber unaufhaltsam über die Mondscheibe geschoben hatte.

Midad hatte die kurze Unaufmerksamkeit der Prinzessin bemerkt und sie genützt, um neuerlich eine wirkungsvolle Pause einzulegen.

»Ja und?«, drängte Sitt ihn, weiter zu erzählen.

»Ibn Yunis berichtete dem Gecko davon, wie der Kalif, seine Tochter Sitt Al Mulk und er selbst in jener denkwürdigen Nacht außer sich waren vor Entzücken über das Naturwunder des verschwindenden Mondes und darüber, dass es ihm gelungen war, es richtig vorherzusagen. Er sagte ihm, dass er, der Kalif Al Hakim, das gleiche Verständnis für die Wissenschaft von der unbelebten Natur habe wie sein Vater und seine Schwester und dass die Prinzessin Sitt Al Mulk selbst ihn vieles lehren könnte.«

»Hat der Gecko dazu etwas gesagt?«

»Ibn Yunis meinte, er sei nachdenklich geworden und wäre danach nicht mehr ganz bei der Sache gewesen.«

»Ich werde das heutige Festbankett dazu nützen, den Kalifen erneut zu beschenken. Aber diesmal will ich ihn überschütten mit Geschenken. Er soll sehen, dass er auf meine Unterstützung zählen kann. Der ganze Hof und die Hauptstadt werden davon sprechen, dass sogar Fürsten einander nur selten solche Schätze schenken, wie der Kalif Al Hakim sie von seiner Schwester Sitt Al Mulk erhält.«

»Und was gedenkt Ihr ihm zu schenken?«, wollte Takarrub wissen, die Midads Bericht ebenso gespannt verfolgt hatte wie Sitt Al Mulk.

»Du kennst den Silbernen Garten, der in meinem Museum steht. Es ist eine persische Silberschmiedearbeit von unvergleichlicher Kunst. Er allein wäre eine Gabe, die selbst der Kaiser von Byzanz schätzen würde. Doch der Garten ist nur die Krönung von all dem, das ich ihm übersenden will.

Midad, höre! Zum Bankett heute Abend werden fünfzig meiner

Eunuchen, davon zehn Slawen, den Silbernen Garten in den Kalifenpalast tragen. Ihnen voran werden dreißig gesattelte Pferde von bestem Geblüt von ihren Knechten geführt werden. Unter ihnen soll auch das edelste Pferd aus meinen Stallungen gehen, der Hengst Seglavi Schams. Ihn lasse mit einem Zaumzeug aus Edelsteinen schmücken, ein zweites Pferd mit einem Zaumzeug mit Kristall und alle übrigen mit Zaumzeugen aus Gold. Sowohl die Eunuchen als auch die Pferde sollen dem Kalifen gehören.«
Takarrub und Midad starrten sie entgeistert an. Der Hengst Seglavi Schams war eines der wertvollsten Zuchtpferde der arabischen Reiche, beide Eltern Abkommen der fünf Pferde des Propheten. Die Eunuchen waren so viel wert wie ein ganzes Lustschloss. Zugleich war Sitt Al Mulk im Begriff, ihre schönsten Prunkzaumzeuge zu verschenken.
»Herrin, seid Ihr sicher, dass Ihr den Hengst hergeben wollt?«
»Sei getrost, Midad, ich weiß, was ich tue.«
Ein wenig gekränkt ob der schroffen Antwort, wollte der Eunuch um Erlaubnis bitten, zu gehen und sich um die Erfüllung des Auftrags zu kümmern, doch Sitt gab ihm durch ein Zeichen ihrer Hand zu verstehen, dass sie noch nicht geendet hatte.
»Des Weiteren schicke ich zwanzig meiner schönsten Maultiere, alle gezäumt und gesattelt. Richte hundert Truhen mit Kleidern und zwei Dutzend Körbe mit Parfum. Ebenfalls aus dem Museum werde ich eine Krone und eine Kappe aussuchen, die eines Kalifen von Al Kahira würdig sind.«
Sitt nahm das Glas Pfefferminztee, das Takarrub ihr reichte und setzte hinzu:
»So und nun, Takarrub, meine Liebe, will ich aufstehen und mich für den Tag richten. Lass die Frauen kommen!«

*

Sitt Al Mulks *Sakira,* ihr Palastmuseum, befand sich zwischen dem Ausgang des Tunnels vom Ostpalast und ihrem *Iwan.* So konnte sie Gäste, die vom Palast des Kalifen zu ihr geleitet wurden, inmitten der Pracht ihrer Schätze empfangen und sich anschließend mit ihnen in den Iwan begeben. Sofern das Wetter nicht zu heiß oder zu kalt war, führte sie hohe Besucher anschließend durch ihren herrlichen Garten. Die Schönheit ihres Palastes, ihres Gartens und ihre auserlesenen Schätze waren berühmt und wurden von Politikern, Reisenden und Chronisten in deren Aufzeichnungen voll Bewunderung beschrieben.

In Begleitung von Midad, Takarrub und mehreren Eunuchen begab sie sich also als Erstes an diesem Tag in das Museum, um die Stücke für ihren Bruder auszuwählen. Während der Tunnelausgang von den Kutama bewacht wurde, damit die Prinzessin ihn nicht als Fluchtweg benutzen konnte, standen vor dem Museum ihre eigenen Wächter: sechs mit Dolchen und blanken Säbeln bewaffnete schwarze Eunuchen. Es waren besonders große, schwere Männer aus den unbekannten Südländern. Ihre massigen Oberkörper waren nackt und glänzend eingeölt; um ihre wohlgenährten Bäuche lagen breite, mit Gold beschlagene Gürtel und schwere goldenen Ketten hingen ihnen auf die Brust. Sitt achtete besonders darauf, dass es den Wächtern ihrer Schätze an nichts fehlte, damit sie keinen Drang verspürten, sie zu besteh-len und das Gut der Herrin im Notfall so verteidigten, als wäre es ihr eigenes.

Die Wände der fünf Säle waren von der Decke bis zum Boden mit seidenen Teppichen verhüllt. In jedem Saal beschworen die Teppiche eine eigene Welt und da bei den Ismailiten kein Bilderverbot herrschte, waren sie angefüllt mit Menschen und Tieren. Im Paradiessaal bedeckten bezaubernde Landschaften die Wände. Ein Bild zeigte, wie aus der Wesenheit des Anfangs durch das Zutun Allahs das erste Menschenpaar entstand. Ein anderes, wie immer mehr und mehr Menschen den Garten bevölkerten und in Frieden untereinander und mit den Tieren lebten. Im Saal der Heiden war die heilige Kaaba dargestellt, wie sie noch von Götzenbildern umgeben war; im Saal der Frauen vertrieben sich anmutige Prinzessinnen und ihre Sklavinnen den Tag mit Musik, im Bade und im tändelnden Geplauder mit ihrem Herrn. Im Saal der Männer wurden Kriege geführt, Feinde erschlagen und Löwen und Gazellen gejagt. Als Lohn für ihre gefährlichen Abenteuer erwarteten die Männer die schönsten Huris in durchscheinender Kleidung und mit Lippen, die höchste Lust versprachen. Der fünfte Saal war der Saal der Weisheit und die Wand gegenüber der Fensterfront zeigte die Sonne mit einem menschlichen Gesicht und Strahlen, die sich in vielfältigen Farben und Formen ausbreiteten. Sie beleuchtete die in kufischer Schrift in die Behänge gewebten Namen der Propheten, von Adam über Ibrahim und Aissa bis Mohammed und die Errungenschaften der Wissenschaft von den magischen Zahlentafeln des Pythagoras bis zum Pendel des Ibn Yunis.

Sitt hielt sich sonst gern in ihrem Museum auf und gab auch den Chronisten, die kamen, um ihre Kunstwerke zu betrachten, stets bereitwillig Auskunft. Heute jedoch war sie in Eile und verschwendete keine Zeit damit, sich an ihren Schätzen zu erfreuen. Gleich im ersten Saal, im Saal des Paradieses, war der Silberne Garten ausgestellt. Er stand in der Mitte, auf einem Podest und war ein herrliches Spielzeug, das ein persischer Herrscher vor vielen Jahren für seinen kleinen Sohn in Auftrag gegeben hatte. Ein großer, Sitt aber namentlich nicht bekannter Künstler hatte dieses Kunstwerk geschaffen. Es wog eine halbe Million *Dirham* und maß sieben mal sieben Ellen im Geviert. Die Blumen und die Blätter der Bäume waren bis in die kleinsten Einzelheiten ausgeführt, die Früchte aus herbsüß duftendem Ambra geformt. Zwischen den Pflanzen tummelten sich Hasen und Hörnchen, Affen und Eidechsen. An Teichen labten sich Gazellen und Nilpferde in sicherer Entfernung von lauernden Krokodilen. Löwen und Geparden strichen durchs hohe Gras oder lagen faul im Schatten.

»*Ya* Midad, lass bitte den Antrieb überprüfen!«

Ein Eunuch trat an den Tisch, öffnete eine Klappe, steckte die Hände in den Hohlraum dahinter und vollführte einige geheimnisvolle Bewegungen, während er gespannt auf einen Punkt in dem Garten sah. Sitt folgte seinem Blick und erkannte ein winziges Hebelchen. Als dieses einschnappte, zog der Eunuch die Hände zurück und im selben Augenblick begannen sich manche Tiere zu bewegen. Dazu erklang ein wundersames Pfeifkonzert. Wie die Besitzerin des Kunstwerks wusste, bargen sich in den Leibern der Vögel winzige Vorrichtungen, die jeden Vogel ein unterschiedliches Lied pfeifen ließen, sobald jemand den Antrieb in Gang setzte.

»Gut, das genügt!«

Sitt wandte sich von dem Wundergarten ab, denn sie fühlte einen Stich der Reue, wollte aber in ihrem Entschluss nicht wanken. Ohne sich aufzuhalten, passierte sie den Saal der Heiden, in dem sie ihre erlesensten Kunstwerke aus uralten Zeiten zur Schau stellte. Neben einem mannsgroßen schwarzen Horusfalken mit goldenem Geschmeide stand da, die Kriegsaxt schwingend, eine wütende Ischtar auf dem Rücken des Löwen und neben dieser das entzückende junge Paar Eros und Psyche. Als ihr Blick auf diese beiden fiel, da wurde es Sitt Al Mulk ganz eng um die Brust und Tränen schossen ihr in die Augen, denn in dem Bild der beiden hatte sie immer sich und Nour gesehen.

Aus dem Saal der Frauen schlug ihnen betörender Duft entgegen. Er stammte von einer lebensgroßen Kleiderpuppe, die zur Gänze aus einer formbaren Masse aus Moschus, grauem Ambra und Safran gebildet war. In Regalen an den Wänden lagen Tausende Seidentücher gestapelt. In Krügen lagerten viele Gallonen von geschliffenen Edelsteinen verschiedenster Größe und Perlen in den Farben Weiß, Grau und Schwarz. In geöffneten Truhen waren sowohl große als auch zarte Schmuckstücke zu bestaunen, bei denen die schönsten Edelsteine in komplizierte Goldarbeit gebettet waren. Es gab Tausende Löffel aus Gold und Silber und eine Unzahl von Blumentöpfen aus Gold, Silber, Kristall oder Porzellan.

Im Saal der Männer türmten sich an den Wänden dreihundert lederne Schatullen, bis oben angefüllt mit Rohgold. Spezielle Gestelle trugen Waffen und Prunkharnische, Ornate und edelsteingeschmückte Turban-Kronen wie auch andere Ausstattungsstücke, die in höchster Handwerkskunst angefertigt waren und jedem Kalifen würdig anstehen würden.

Aus diesen Schätzen wählte Sitt nun eine mit übergroßen, ungeschliffenen Smaragden und Perlen verzierte Krone und eine über und über mit Goldkügelchen und Perlen bestickte Kappe aus.

Sie stellte sich vor, wie sich der lange Zug von Pferden und Eunuchen mit diesen Prunkstücken in den Palast und bis in den festlich beleuchteten *Iwan* des Kalifen bewegen würde. Der Kalif würde von den unvorstellbar großzügigen Geschenken unterrichtet werden und seinen Platz in der Goldenen Halle verlassen, um sich alles anzusehen. Und dann?

›Er wird nicht anders können, als sich zu freuen‹, sagte sich Sitt. ›Er wird immer wieder mit dem Garten spielen wollen und er wird die Kappe und die Krone tragen. Und jedes Mal, wenn er eins von meinen Geschenken sieht, wird er an mich denken und eines Tages werden sie ihre Wirkung getan und ihn mir nähergebracht haben.‹

Sitt berührte den Talisman, den sie an einer goldenen Kette unter ihrem Gewand auf der Brust trug – ein Perlennetz mit dem Zahn einer jungen Löwin. Dieses Schmuckstück hatte ihr einst Prinz

Nour um den Hals gelegt. Sie konnte den Augenblick jederzeit in solcher Lebendigkeit heraufbeschwören, dass sie jede Einzelheit von Neuem durchlebte. Damals waren sie und Nour einander zum ersten Mal ganz nahegekommen. Der Talisman lag warm in Sitts Hand, als sie aus der lichterfüllten Erinnerung in die düstere Gegenwart zurückkehrte. Zu viel Unglück war in ihrem Leben und am Hof von Al Kahira geschehen. Magie war vonnöten!

*

Niemals aber hätte Sitt Al Mulk gedacht, dass ihre Gaben so schnell Wirkung zeitigen würden. Sonst wäre sie wohl kaum am Abend desselben Tages bequem gekleidet mit Amina und Takarrub zusammengesessen und hätte dem süßen Gesang einer blutjungen Sklavin gelauscht. Von einem Eunuchen auf der *Aoud* begleitet, trug die Sängerin die Ballade von jener berückenden Prinzessin vor, die sich, nachdem ihr Schiff von einem Seedämon versenkt worden war, als einzige Überlebende an Land retten konnte und dabei in die Goldene Stadt des Kalifen geriet.
Selbst Sitt lauschte wie gebannt der Stimme des Mädchens, in der jede Regung, die die Heldin der Ballade empfand, mitschwang und ihren Weg in die Herzen der Zuhörerinnen fand. Da manche Stellen des Liedes mehrfach wiederholt wurden, würde der Vortrag bis spät in die Nacht dauern. Die drei Frauen hatten sich also auf ein langes Vergnügen eingerichtet und waren auf einem Sofa nahe zusammengerückt. Sklavinnen pflegten und massierten ihnen die Füße, während die Geschichte der in der goldenen Kalifenstadt gestrandeten Fürstentochter ihren abenteuerlichen Lauf nahm.

*

Wie Amina und Takarrub lauschte auch Sitt Al Mulk dem Vortrag der Sängerin voll Spannung und Mitgefühl. Dennoch wanderten ihre Gedanken von Zeit zu Zeit zum Kalifenpalast und sie fragte die beiden Frauen mehr als einmal, wie wohl die märchenhaften Geschenke auf den Bruder wirken würden. Indessen war sie vollkommen überrascht, als Midad, der sonst so besonnen war, in den Salon stürzte und aufgeregt rief:

»Prinzessin, verzeiht! Der Kalif wünscht Euch zu sehen!«

Die drei Frauen waren sprachlos. Ihr Mienenspiel wechselte zwischen Ungläubigkeit und Verblüffung. Amina war die erste, die sich wieder fasste: »Meine Schwester! Das ist kaum zu glauben! Komm, wir müssen dich zurechtmachen.«

»Wo bleiben meine Frauen? Ach, Amina, was soll ich anziehen? Wir sind doch noch im Trauerjahr. Aber ich will nicht in Schwarz vor ihn treten und ihn an das Leid der letzten Zeit erinnern. Ich werde Weiß tragen. Ja, ein weißes Kleid und einen nachtblauen Mantel.«

Schon hatte sich Sitt erhoben und ging in ihr Ankleidezimmer. Dienerinnen eilten herbei, ängstlich besorgt, jetzt keinen Fehler zu machen. Die Herrin war immer gut zu ihnen, doch spürten alle, dass sehr viel auf dem Spiel stand.

*

Wenig später passierte Sitt Al Mulks Sänfte ungehindert die Kutama-Wachen vor ihrem Schloss, überquerte die Prachtstraße »Zwischen den beiden Schlössern« und wurde ebenso ungehindert von der Palastgarde am Haupteingang des Harems durchgelassen. Überall schien bereits die Anweisung ergangen zu sein, die Tochter des Al Aziz zum Kalifen vorzulassen. Für Sitt dehnte sich die Zeit, die ihre Träger brauchten, um den Weg durch Korridore und Höfe bis zur Goldenen Halle zurückzulegen, ins Unendliche. Dabei liefen die Burschen ohnehin so schnell sie nur konnten. Midad musste sich anstrengen, um mit ihnen Schritt zu halten. Endlich spürte Sitt, wie die Sänfte auf dem Boden aufsetzte. Sie zwang sich zur Ruhe, um nicht die Tür aufzustoßen und herauszuspringen. Kein Eindruck von Hast sollte ihren Auftritt verderben. Als die Tür von außen geöffnet wurde, erhob sie sich von der Sitzbank und stieg mithilfe ihrer Träger langsam aus. Mit einem Nicken bedeutete sie Midad, ihr zu folgen. Gemessenen Schrittes betrat sie durch den weit gespannten Eingangsbogen die Goldene Halle, wo sie der Meister des Audienzsaales bereits erwartete. Hinter ihm standen zwei Eunuchen minderen Ranges. Alle drei warfen sich vor der Schwester des Kalifen zu Boden, während Midad den Meister des Audienzsaales mit einer tiefen Verbeugung grüßte.

Das Bankett war in vollem Gang. An Dutzenden Tischen saßen Prinzen und Würdenträger und aßen von dem frisch geschlachteten Fleisch. Der Kalif war anwesend, jedoch nicht sichtbar, denn er speiste, wie es Sitte war, hinter einem Maschrabia-Wandschirm an einem eigenen Tisch. Es war üblich, dass ihm dabei nur die engsten Berater oder Personen, die er durch eine besondere Gunst auszeichnen wollte, Gesellschaft leisteten. Sitt vermutete, dass Al Hakims Vormund Bargawan und die beiden anderen Verschwörer mit ihm zu Tisch saßen. Aus Ehrfurcht vor dem Kalifen war bei seinen Banketten lautes Reden oder Lachen verpönt. Deshalb wurden die Gespräche im Saal zu einem Summen, das Sitt an die Bienenstöcke erinnerte, die sie bei den Beduinen am Fuß des Pyramidenplateaus gesehen hatte.

Von den Galerien aus, die in einiger Höhe rund um die Goldene Halle liefen, verfolgten die Frauen des Harems das Fest. Auch Kinderköpfe lugten neugierig herunter, obwohl der schönste Teil des

Festes, die Eröffnung, bereits vorüber war. Noch ehe die Männer im Saal auf Sitt aufmerksam wurden, brachte das Erscheinen der Prinzessin Bewegung in die an den Brüstungen lehnenden Frauen. Sitt konnte sehen, wie sich die vorne Stehenden zurücklehnten, um den anderen etwas zu sagen, wie sie deuteten und gestikulierten.

Der Meister der Audienzhalle erteilte seinen beiden Helfern einen leisen Befehl und diese liefen in gebückter Haltung los, um dem Kalifen die Ankunft seiner Schwester zu melden. Sitt sah sich indessen um in der Halle und stellte erfreut fest, dass in der Mitte, in dem breiten Durchgang zwischen den Tafelreihen, auf dem heute in aller Eile eigens dafür angefertigten Tragegestell aus Ebenholz, ihr Silberner Garten stand. Davor lagen auf je einem Sockel die Krone und die Kappe.

Die auf Kissen an niedrigen Tafeln sitzende Männergesellschaft hatte nun auch Sitt bemerkt. Kaum einer, der noch weiter aß. Ein Kopf nach dem anderen neigte sich vor ihr. Sie alle waren begierig zu sehen, wie sich das Treffen zwischen der Prinzessin und dem Kalifen gestalten würde. Die beiden hatten einander seit dem Ramadan vor vier Monaten nicht mehr gesehen.

Von den Frauengalerien her war noch Gewispere zu hören und von Zeit zu Zeit eine helle Kinderstimme, aber sonst war es still geworden in der großen Halle.

Hinter dem Maschrabia-Gitter, das den Kalifen vom Hofstaat trennte, glaubte Sitt eine Bewegung auszumachen. Und tatsächlich trat wenige Augenblicke später der Kalif in einem gelben Festgewand vor den Wandschirm, gefolgt von Bargawan, dem Oberrichter und vom nunmehrigen Regenten Hassan Ibn Ammar.

Mit leichtem, noch kindlichem Schritt kam der Gecko auf Sitt zu. Sie verbeugte sich tief und lang. Dabei sagte sie sich: ›Ich beuge mich nicht vor dem kleinen Gecko, aber ich beuge mich vor dem

Kalifen aus dem Hause Fatimas und ich werde alles tun, was in meiner Macht steht, um durch den kleinen Gecko dem Kalifen zu helfen.‹

Als sie sich wieder aufrichtete, sah sie den Knaben aufmerksam an und nahm tatsächlich zwei unterschiedliche Gesichter wahr – das eines unglücklichen, in sich zurückgezogenen Kindes und das eines frühreifen jungen Mannes, dem Stärke abverlangt wurde, der aber einen Halt suchte. Und in diesem Augenblick, da sie erkannte, was in ihm vorging, brach der ganze, lange unterdrückte Schmerz aus dem Jungen heraus und er vergrub aufschluchzend sein Gesicht an ihrer Brust. Sitt Al Mulk erinnerte ihn an Vater und Mutter zugleich und er konnte die in der Öffentlichkeit bisher so tapfer gezeigte Haltung nicht länger wahren.

Ein wenig zögernd – sie war es bisher nicht gewohnt gewesen, mit dem kleinen Rivalen zärtlich umzugehen – hob sie die rechte Hand, hielt noch kurz inne und legte sie ihm dann auf den Kopf. Hakim war immer noch ein Stück kleiner als sie. Unter dem gelben Käppchen quoll sein dichtes Haar hervor. Vorsichtig, damit das Käppchen nicht verrutschte, strich sie ihm über Nacken und Hinterkopf. Seine Arme legten sich um sie und auch sie drückte ihn an sich.

Sie verhielt sich in der natürlichen Weise einer mitfühlenden Schwester und sie hätte unter den gegebenen Umständen kaum anders handeln können. In dem heranwachsenden Jungen aber, bei dem soeben erster Bartflaum zu sprießen begann, hatte die tröstende Berührung durch die wenig vertraute, zugleich aber durch das Band der gemeinsamen Eltern so eng mit ihm verbundene, schöne, herrlich duftende junge Frau eine unvorhergesehene Wirkung: Al Hakim verliebte sich unsterblich in seine Schwester Sitt Al Mulk.

An ihrer weichen Brust geborgen, war in dem Kind schon genug Männlichkeit, um auch zu spüren, wie rund und fest das war, woran seine Wange sich drückte und so erlebte er zum ersten Mal, wie er sich für eine Frau erregte. Sitt Al Mulk kam es vor, als suche der kleine Kalif etwas zu lange ihre Umarmung und schob ihn sachte von sich.

»Ich sehe, du hast mein Geschenk erhalten, mein Bruder. Erfreut es dich?«

»O ja, Schwester!« Al Hakim schluckte, immer noch verwirrt von dem, was ihm soeben widerfahren war. Dann aber nahm er sich zusammen: »Ja, besonders der Garten! Aber alles gefällt mir, meine Schwester.«

»Ich wünsche dir zum Fest ein gutes Jahr und eine lange, glückliche Herrschaft, *Amir* der Gläubigen!«

»Und auch dir, dass es dir wohlergehe!«

Sitt Al Mulk hatte erreicht, was sie mit dem Zusammentreffen bezweckt hatte. Der Kalif würde ihre Nähe wieder suchen, daran gab es keinen Zweifel. Und so bat sie schließlich, Abschied nehmen zu dürfen.

»Dein Abend ist noch lang, doch ich bin müde. Allerdings fühle ich mich einsam in meinem großen Palast, wo in diesen Tagen kaum jemand mich besucht. Würdest du mir gestatten, für einige Zeit die Gemächer meiner Mutter im Harem zu beziehen?«

Al Hakim gewährte ihr nichts lieber als das. Der Blaue Pavillon, den Theodora bewohnt hatte, lag nicht weit vom Elefantenpavillon entfernt. Aziz hatte Wert darauf gelegt, der geliebten Frau nahe zu sein. Ebenso würde die Schwester, in deren Gegenwart Al Hakim sich so beglückt fühlte, ihm bald nahe sein.

»Natürlich, Schwester!«, rief er beglückt und wandte sich an Bargawan, der die Szene mit wachsender Besorgnis beobachtet hatte. »Hüter der Paläste, bitte sorge dafür, dass meine Schwester, die *Amira* Sitt Al Mulk, gut untergebracht ist in meinem Palast.«

Zum Zeichen, dass er verstanden hatte, beugte Bargawan den

Kopf und sagte dann zu der gefürchteten Frau: »Würdet Ihr, *ya Amira*, bis die Wohnung Eurer Mutter – Gott segne sie! – hergerichtet ist, nicht lieber in Euer Schloss zurückkehren?« Er wusste nur zu gut, wie geschickt sie es seit vielen Jahren vermieden hatte, in den Mauern des Harems zu wohnen. Und so hoffte er, sie würde den Zeitpunkt des Umzugs aufschieben wollen.
Aber für Sitt Al Mulk gab es keinen Zweifel: Wenn sie sich wieder in die Gewalt von Ibn Ammars tausend Reitern begab, würde sie wahrscheinlich niemals mehr herauskommen.
›Nein, mein Lieber, diesen Gefallen werde ich dir nicht tun!‹, dachte sie und sagte: »Es ist schon spät und ich will mich ausruhen. Ich werde im Harem bleiben.«
Da der ganze Hof Zeuge des Treffens war, stand hinter jedem Wort Al Hakims die heilige Autorität des Kalifen. Bargawan konnte also nichts dagegen unternehmen, zumal er sich auf diesen Kalifen und seine Macht stützen musste. Sosehr Sitt das Leben im Harem auch verabscheute, so froh war sie, der monatelangen Verbannung in ihrem Schloss zu entkommen. Für einige Zeit würde sie sich ins Palastleben einfügen und dabei ihre Ziele vorantreiben. Bargawan konnte versuchen, sie daran zu hindern, dass sie Besuche machte, doch er würde nicht verhindern können, dass alle, denen der Sinn danach stand, sie besuchen würden. Und irgendwann würde sich auch das aufweichen! Zugleich hatte Sitt bereits einen Plan, wie sie am Hof eine starke Allianz für die Zukunft schmieden konnte.
›Es wird seine Zeit brauchen‹, dachte sie, ›und in ganz kleinen Schritten gehen müssen, denn hier hat jede Wand hundert Ohren. Aber das ist besser als tausend Kutama vor der Tür!‹
Es war tatsächlich sehr spät, als sie endlich ins Bett fand, doch Sitt machte es nichts aus zu warten, bis die Dienerinnen zumindest Theodoras Schlafgemach und Ankleidezimmer für sie in Ordnung gebracht hatten. Seit einem Jahr hatte hier niemand mehr

gewohnt. Die Teppiche waren zusammengerollt und mit Kampfer gegen Ungeziefer behandelt. Die Behänge des Betts und der Wände waren entfernt worden und auf allem lag Staub.
Während die Dienerinnen unter Takarrubs Aufsicht im Licht von Öllampen putzten, wanderte Sitt durch die vertraute Wohnung, in der sie ihre frühe Kindheit verbracht hatte. Hier hatte sie mit ihrer Mutter, mit Amina und der Amme Aischa bis kurz nach ihrem sechsten Geburtstag gewohnt – bis, ebenfalls zur Zeit des Schlachtopferfestes, der Zwist zwischen Theodora und Tagrid sich in furchtbarer Weise entladen hatte. Auch heute noch schauderte Sitt, wenn sie daran zurückdachte.
›Genau zwanzig Jahre ist es her!‹, stellte sie staunend fest. ›Ein Kreis scheint sich zu schließen. Als Königin an Nours Seite wollte ich heimkehren in den Ostpalast. Jetzt bin ich da, doch so ganz anders als erhofft!‹

7
Die Harpyien

Nach Sitts sechstem Geburtsfest war die Stimmung zwischen Theodora und Tagrid wieder besser geworden. Im Verlauf einer leidenschaftlichen Aussprache mit dem Kalifen hatte Sitts Mutter versprochen, sich künftig noch mehr Mühe zu geben, um einem Streit auszuweichen. Und auch Tagrid schien verstanden zu haben, dass ihr Sohn ihre Ausfälle gegen seine Favoritin nicht guthieß. Sitt atmete auf. Sie hatte unter dem Streit unendlich gelitten, ganz besonders in jenen Augenblicken, da die Gefühle in der Familie aus dem Gleichgewicht gerieten.

Nun freute sie sich auf das bevorstehende große Fest, an dem sie zum ersten Mal teilnehmen würde und für das sich die Palaststadt seit Tagen rüstete. Am *Aid al Adha* gedachten alle Muslime des Opfers, das Allah von dem Propheten Ibrahim gefordert hatte: Ibrahim, der allererste der *Muslime,* sollte nach dem Willen des Herrn seinen Sohn Ismail opfern. Beide waren dazu bereit. Doch in dem Augenblick, da Ibrahim das Opfer vollziehen wollte, legte auf Gottes Geheiß ein Engel einen Schafbock an Ismails Stelle.

Wie zu allen Festen begannen die Feiern auch diesmal schon am Vorabend. Der ganze Haremspalast war auf den Beinen, um an dem großen Festmahl im Goldenen Pavillon der Palaststadt teilzunehmen. Das Bankett für die vielhundertköpfige Gesellschaft wurde in dem zum Haupthof der Palaststadt hin geöffneten großen *Iwan* des Kalifen, der Goldenen Halle, ausgerichtet. Obwohl die Sonne bereits untergegangen war, verbreiteten zahllose Öllampen ein helles Licht. In bronzenen Räucherbecken gloste Weihrauch. Die duftenden Schwaden zogen sich bis in das Deckengewölbe. Entlang einer Wand des *Iwan* befand sich die Thronempore. Sie war sechzig Ellen lang und neun Fuß hoch und über silberne Stufen zu erreichen. Die vergoldeten Wandflächen rundum zeigten Jagden auf Löwen, Antilopen und Elefanten, Pferderennen und Festprozessionen. Über der Bilderreihe lief ein Schriftband mit Koranversen. Die Kalligraphie war von überirdischer Harmonie.

Auf der Erhöhung stand unter einem Baldachin aus Goldbrokat der goldene Festthron des Kalifen. Zu beiden Seiten war der Thron durch ein kunstvoll geschmiedetes Gitter abgeschirmt. Am Fuß der Empore hatten die Bläser der Kutama-Berber Stellung bezogen. Jeder von ihnen hielt einen armlangen Olifanten aus Elfenbein vor der Brust. Flankiert wurde die Musikergarde von Standartenträgern. Die Frauen und ihre älteren Kinder drängten sich hoch oben auf den Balkonen, um sich keine Einzelheit des Geschehens entgehen zu lassen.

Für die ersten Frauen des Harems waren Bänke unmittelbar an der Balkonbrüstung reserviert. Sitt und Amina hatten ihre Plätze zwischen Theodora und Demetria. Sie durften heute zum ersten Mal bei einem Fest zusehen und schauten gespannt vor Neugier und Erwartung über die Brüstung. Nach und nach kamen auch Abda, Raschida, die übrigen Schwestern und die Tanten des Kalifen und nahmen ihre Plätze ein. Zuletzt erschien Tagrid und nach einem kurzen Gruß sah es so aus, als wolle sie sich zu Theodora setzen.

Überrascht blickte Theodora auf. Doch sie dachte an das Versprechen, das sie Aziz gegeben hatte und rückte bereitwillig ein wenig

zur Seite, um für die Schwiegermutter Platz zu machen. Tatsächlich hatte Theodora den Eindruck, dass Aziz auch mit Tagrid gesprochen hatte, denn diese begann sogar mit ihr zu plaudern.
Sitt, die das Gespräch der Frauen mit angehört hatte, war froh, dass die Versöhnung weiter hielt. Sie wünschte sich das mit jeder Faser ihres Herzens, doch spürte sie auch, wie unsicher der Friede war.
Unterdessen hatte sich der *Iwan* mit den Prinzen und Würdenträgern des Reiches gefüllt. Der genau vorgegebenen Rangordnung entsprechend nahmen sie auf den Sitzpolstern Platz. Die Tische vor ihnen waren mit Gestecken aus Blüten und Obst geschmückt, deren Anblick das Auge und deren Duft die Nase erfreuten.
Die führenden Palasteunuchen des Kalifen hatten auf der Thronstiege Aufstellung genommen, als der Wesir Yakub Ibn Al Killis mit großem Gefolge im Hof vor dem *Iwan* eintraf. Er war zu Fuß und führte an der Hand ein Maultier. Obwohl in seinem Stall Pferde aus edelster Zucht standen, unterstrich der allmächtige Wesir mit dieser Geste der Bescheidenheit, dass die Ehre, zu Pferd in den Palast einzureiten, in seinen Augen allein dem Herrscher zustand. Dennoch lag auf dem Rücken des Maultiers ein edelsteinverzierter Sattel und darunter eine herrliche Decke aus golddurchwirktem Brokat. Beides waren, ebenso wie das goldene Zaumzeug des Tieres, Geschenke, die der dankbare Al Aziz seinem unentbehrlichen Wesir gemacht hatte.
Sitt, die sich immer noch auf Zehenspitzen stehend über die Brüstung streckte, wandte den Kopf.
»Mutter, wer ist dieser Mann?«
»Das ist der Wesir Yakub Ibn Killis, der höchste Beamte des Kalifen.«
»Was macht er da?«
»Er hilft deinem Vater, das Reich zu regieren und er sorgt dafür,

dass die Schatzkammern immer voll sind«, erläuterte Theodora. »Als Ägypten sich deinem Großvater Al Muizz unterwarf und seine Regierung ins Land holte, ging es dem Land gar nicht gut. Es hatte schlechte Ernten und eine Hungersnot gegeben und sehr hohe Steuern gingen an den Herrscher in Bagdad. Ägypten war ausgeblutet und der Handel lag darnieder. Um dem Abhilfe zu schaffen, entsandte Al Muizz den aus Bagdad stammenden Juden Yakub Ibn Killis nach Misr, damit er das Geldwesen und das Steuerwesen wieder in Ordnung brachte.

Dein Großvater hatte in seiner Vereinbarung mit den Ägyptern versprechen müssen, große Reichtümer ins Land zu bringen. Die Münzen, mit denen die Ägypter damals bezahlten, waren nicht viel wert, da sie wenig Gold enthielten. Deshalb war es für sie schwierig, Geschäfte zu machen. Die Leute nannten diesen Dinar spöttisch den »Weißen«, weil ihm nicht anzusehen war, dass er überhaupt Gold enthielt. Dein Großvater schickte zum einen 1500 Kisten mit Geld nach Misr, um den Bau der neuen Hauptstadt Al Kahira zu finanzieren. Zum anderen ließ er den Goldschatz der Fatimiden nach Ägypten bringen. Auf den Rat von Yakub Ibn Killis ließ Al Muizz mit dem Schatz der Fatimiden Dinare aus reinem Gold prägen, die deshalb sehr wertvoll sind. Schon jetzt sind unsere Dinare in der ganzen Welt begehrt. Das hilft den Geschäften.«

Die Erklärungen ihrer Mutter hatten Sitt von den Geschehnissen im *Iwan* abgelenkt. Begierig sog sie jedes Wort auf. Erfreut bemerkte Theodora das Interesse ihres Kindes. Was sie Sitt erzählte, war kompliziert und deshalb wählte sie jedes Wort sorgfältig, damit die Kleine sie auch verstehen konnte. Sie hielt inne, um zu sehen, ob Sitt ihr noch zuhörte. Ein drängendes »Weiter, Mutter, weiter!« ließ daran keinen Zweifel. Also fuhr Theodora fort.

Begierig nahm Sitt jedes Wort der Mutter auf und versuchten

deren Erläuterung von Steuern, Steuerpächtern und Beamten zu verstehen.

Sie wollte gerade eine Frage stellen, als Theodora den Finger an die Lippen legte.

»Sss, mein Kind. Gleich zieht der Kalif ein.«

Tatsächlich erstarb das Stimmengewirr in der Halle und auf den Balkonen. Die Männer unten erhoben sich von ihren Sitzen und Sitt und Amina drückten sich wieder an die Balustrade, um nichts zu versäumen.

Die Kutama-Bläser rissen ihre aus Elfenbein geschnitzten Hörner hoch und ihre Fanfare kündete die Ankunft des Oberbefehlshabers der Gläubigen an. Die Stangen des goldenen Tragestuhls ruhten auf den Schultern von acht riesenhaften Eunuchen aus den Südländern. Vor den silbernen Stufen zum Thron setzten sie den Stuhl ab und sehr langsam, Stufe um Stufe, stieg der erst einundzwanzigjährige Kalif an diesem ersten Schlachtopferfest seiner Regierungszeit unter dem Jubel der Fanfaren die Stufen hinauf. Er trug eine gerade geschnittene Tunika aus gelbem Leinen mit schwerer, blaugoldener Bordürenstickerei. Diese säumte die Ränder des Gewandes und bildete vorne und hinten von den Schultern bis zum Saum zwei breite Streifen. Die Hände hielt Al Aziz in den weiten Ärmeln verschränkt. Auf dem Haupt trug er einen kunstvoll geschlungenen großen Festturban aus weißer Seide. Als er sich umwandte, um sich auf dem Thron niederzulassen, blitzte der über seiner Stirn in dem Turban steckende, hühnereigroße blaue Stein im tausendfachen Licht der Lüster.

*

Belustigt beobachtete Theodora, wie Sitt mit aufgerissenen Augen und geöffnetem Mund den Anblick in sich aufnahm. Zugleich regte sich in ihr ein wenig die Eifersucht, denn einmal mehr kam

ihr zu Bewusstsein, welche Naturgewalt in der Liebe zwischen Vater und Tochter lag.
Sobald der Kalif Platz genommen hatte, setzten sich auch die Gäste. Die Bläser ließen ihre Hörner sinken, nur um sie, sobald alle saßen, neuerlich an den Mund zu führen und hineinzustoßen. In die Klänge der Fanfaren mischten sich die dumpfen Schläge nahender Trommeln.
In Sitt löste die Musik eine für sie neue Empfindung aus. Es schien ihr, als versetzte sie ihren ganzen Körper in Schwingung, viel tiefer und stärker als jede andere Musik, die sie bis dahin gehört hatte. Die Schwingungen übertrugen sich auf den ganzen *Iwan*, dessen Deckengewölbe sie verstärkte und in die Tiefe zurückwarf. Die Trommler in ihren knappen roten und goldenen Mänteln und weißen *Serwal* bewegten sich in langen, langsamen Schritten auf den Thron zu. Hinter ihnen tauchten aus dem Dämmerdunkel des Hofes Pferde auf, jedes einzelne von seinem Reiter am Zügel geführt. Beim Betreten des *Iwan* warfen sich die Männer nieder, um den Boden zu küssen. Dann führten sie die Pferde um den *Iwan* herum. Es waren die Tiere des königlichen Marstalles und allesamt von größter Anmut und Schönheit. Ihre Sättel und Zaumzeuge waren auf vielfältigste Weise gestaltet und mit Gold, Silber, Edelsteinen, Ebenholz und Elfenbein verziert. Die Rücken der Tiere schützten Schabracken mit wertvollen Stickereien und Knüpfarbeiten oder aus bunten Seidenstoffen, die zu Mustern zusammengenäht worden waren.
Sitt sah, wie der Vater angesichts seiner prächtigen Pferde strahlte. Sie waren schön wie die Rösser des Propheten.
Nach der Parade begann das Festmahl. Während unten ein Heer von Dienern die Speisen auftrug, schwärmten oben auf den Galerien Sklavinnen mit reich gefüllten silbernen Platten und Gläsern mit süßen, heißen oder kalten Getränken aus.

Al Aziz war von seinem Thron herabgestiegen, hatte die Gäste im Saal begrüßt und sich zum Mahl hinter den Wandschirm zurückgezogen. Dabei begleitete ihn wie stets Yakub Ibn Killis. Diesmal war zudem der Gesandte des Emirs von Sizilien an den Tisch des Kalifen geladen. Theodora und allen anderen, die sich mit der Politik befassten, fiel auf, dass sich in diesem Jahr kein Kutama-Führer in dem Kreis der Auserwählten befand, die mit dem Kalifen speisen durften.

Das war ein deutliches Zeichen: Der Herrscher entzog den Kutama nach ihren syrischen Misserfolgen seine Gnade.

Die Byzantinerin nahm sich vor, diesbezüglich die Ohren offenzuhalten. Vielleicht konnte sie auch dem Kalifen etwas über seine Absichten entlocken. Da sie sich als Schutzherrin der Christen fühlte, war es für sie wichtig, zu allen Zeiten zu wissen, wie die Machtverhältnisse standen.

*

Am zweiten Tag des Opferfestes jenes Jahres 365 der Hedschra – es war das Jahr 976 des Herrn Iesos Christos – empfing Al Aziz eine Gesandtschaft des Kaisers Basileios II., der kürzlich den Thron in Konstantinopel bestiegen hatte. Die Delegation war mit so viel Prunk in Ägypten eingezogen, dass die Kunde davon schon im Vorfeld Misr erreicht hatte. Die Händler hatten ihre Läden geschlossen, die Märkte waren verwaist und das Volk war vor den Mauern von Al Kahira zusammengelaufen, um den Einzug der Byzantiner zu bestaunen.

Der neue Kaiser in Konstantinopel war erst achtzehn Jahre alt und sein Großonkel führte für ihn die Regierung. Doch wie der nur um weniges ältere Kalif Al Aziz, so sah auch der Regent des Kaisers darauf, die Beziehungen trotz des erneuten Krieges um

Syrien so zu gestalten, dass eine Verständigung zu allen Zeiten möglich war. Der Machtantritt des Kaisers bot eine gute Gelegenheit, um zur Bekräftigung dieses Willens eine Delegation nach Kairo zu entsenden.

Wie das Bankett am Vorabend, so fand auch der Empfang in der Goldenen Halle des Haremspalastes statt. Die kaiserlichen Gesandten waren bereits eingetroffen, als Theodora zusammen mit Demetria und ihrem Gefolge die Halle betrat. Die Griechinnen führten ihre Töchter an der Hand. Um ihre Zugehörigkeit zum Hof des Kalifen zum Ausdruck zu bringen, hatten sie sich und die Kinder in fließende Gewänder nach arabischer Mode gekleidet. Im Haar trugen die beiden Frauen Diademe, die zarte Schleier aus Mossul-Seide festhielten. Scheinbar ohne den Byzantinern Beachtung zu schenken, nahmen sie ihre Plätze in der ersten Reihe der Tribüne zur Rechten der noch leeren Thronempore ein.

Sitt Al Mulks Herz schlug so stark, dass sie meinte, alle müssten es hören. Es war das erste Mal, dass sie in der Öffentlichkeit erscheinen durfte und sie konnte kaum still sitzen vor freudiger Erregung. Sie blickte um sich. Auf der einen Seite des Thronsaales warteten die Beamten und Generäle des Reiches, auf der anderen, in prächtiger Aufmachung, die byzantinische Gesandtschaft. Sie sah, dass ihre beiden Onkel Arsenios und Aristos bei den Byzantinern standen und sich mit ihnen unterhielten. Sie mochte ihre Onkel, besonders Arsenios, der immer zu lustigen Scherzen aufgelegt war und sie bedauerte, dass sie auf der Tribüne sitzen musste, während die Griechen offenbar interessante Dinge zu besprechen hatten. Arsenios und Aristos hatten die Köpfe schief gelegt und hörten den Ausführungen des kaiserlichen Legaten von Zeit zu Zeit nickend zu. Der Legat schien sehr eindringlich etwas darzulegen und es interessierte das Kind brennend, wovon er wohl sprach. Wenn sie nur erst erwachsen wäre, so nahm sie sich vor, würde sie stets wissen, was die Männer besprachen. Denn das, was die Männer sagten, schien wichtig zu sein und zeigte Wirkung, während Frauen, abgesehen von Tante Abda und Theodora, im Grunde immer nur viel redeten, ohne dass dadurch etwas geschah. Männer taten Dinge und befahlen sie; die meisten Frauen, die sie kannte, konnten dagegen nur über ihr Verhalten andere dazu bringen, nach ihrem Willen zu handeln. Sitt fand das sehr aufwendig und wenig wirksam. Wenn sie etwas wollte, dann verlangte sie es lieber geradeheraus, als, wie die anderen Mädchen, so lange herumzudrucksen und vielleicht sogar zu weinen, bis ihnen jemand zum Trost endlich das gab, was sie sich wünschten.

Kurz nach Eintreffen der Griechinnen gab der Türsteher des Kalifen ein Zeichen und es ertönte ein Fanfarenstoß, um das Erscheinen des Herrschers anzukündigen. Begleitet von mehreren Amiren, betrat Al Aziz den *Iwan*. Er war heute in einen einfachen weißen Anzug gekleidet und trug einen leichten Turban mit einem rauchfarbenen Diamanten. Auf seinen Schultern lag ein Umhang aus ockerfarbenem Brokat, in dessen goldenen Blütenranken sich Pfauen verbargen. Unter neuerlichem Fanfarenklang stieg er die silbernen Stufen zum Thron hinan. Außer den Prinzen, den Frauen auf der Tribüne und den Byzantinern, die sich verbeugten, warfen sich alle im Saal zu Boden. Dann stellten sich die Würdenträger des Reiches in genau festgelegter Rangordnung auf die Stufen der Thronempore. Der Meister des Audienzsaales, der seine Anweisungen direkt vom Kalifen empfing, sorgte mit seinen Gehilfen dafür, dass niemand einen Fehler machte und alle die ihnen zustehenden Plätze einnahmen. Dem Kalifen zunächst stand, als sein engster Vertrauter und Berater, Yakub Ibn Killis.

Im Namen des Kalifen begrüßte der Meister des Audienzsaales den byzantinischen Legaten und sein Gefolge. Für die Griechen war das das Zeichen, vor die Thronempore zu treten. Der Legat näherte sich dem Kalifen mit einer neuerlichen tiefen Verbeugung und nahm einem seiner Begleiter eine umfangreiche Schriftrolle aus der Hand. Auf ein Zeichen des Zeremonienmeisters erklomm er nun die silbernen Stufen und überreichte Al Aziz mit einer weiteren Verbeugung das Schreiben. Der Kalif händigte es seinem obersten Schreiber aus, der die Siegel erbrach und es wieder dem Kalifen zurückgab. Nachdem Al Aziz die Botschaft des Kaisers gelesen hatte, wandte er sich wieder dem Legaten zu.

»Wir danken dem *Kyrios* Basileios für seine Nachricht und bedauern zutiefst das Hinscheiden des Johannes nach seiner Rückkehr aus Syrien.«

Sitt Al Mulk hatte mit angehört, wie ihre Mutter und Demetria über den plötzlichen Tod des Johannes Tzimiskes gerätselt hatten. Theodora wollte die Meldung, er sei dem Typhus erlegen, nicht glauben. Sie sagte, dass auch ihre Brüder davon überzeugt wären, er wäre während der Belagerung von Tripolis vergiftet worden. Mit knapper Not hatte er dann den Weg von der Libanonküste heim nach Konstantinopel geschafft, wo ihn der Tod ereilte. Johannes Tzimiskes war mit Sitts Großvater Al Muizz in Verhandlungen getreten und beide starben im selben Jahr vollkommen unerwartet. Sowohl in Kairo als auch in Konstantinopel hatte es deshalb viel Gemunkel gegeben. Eines war jedoch gewiss: Der Krieg in Syrien ging weiter.

Inzwischen hatten der Gesandte und der Kalif eine lange Reihe höflicher Formeln ausgetauscht und waren nun zum Kern der Sache vorgedrungen:

»Bitte bestellt Eurem alleredelsten *Autokraten* Basileios«, hörte Sitt ihren Vater sagen, »die Stadt Damaskus gehört dem Islam und daran wird sich auch in der Zukunft nichts ändern.«

Es folgte der Abschied in der gleichen höflichen und ausführlichen Form wie die Begrüßung. Der Kalif erhob sich von seinem Thron und verließ mit den Prinzen zum Klang der Fanfaren den Goldenen Saal. Die Frauen schlossen sich ihm an und Sitt Al Mulk bemerkte, wie hinter ihnen Leben in die im Saal verbliebene Gesellschaft geriet. Sie drehte sich um und konnte, bevor sie an der Hand Theodoras in den Gartenhof hinaustrat, gerade noch sehen, wie Yakub Ibn Killis und der byzantinische Legat einander überaus freundlich begrüßten. Später würde ihr diese Szene oft vor Augen stehen; der Wesir Yakub hatte stets einer versöhnlichen Politik gegenüber Byzanz das Wort geredet und ihm war der lange, segensreiche Waffenstillstand zu verdanken gewesen, den General Hassan Ibn Ammar und sein Genosse Bargawan schließlich brachen.

Im Garten trat Al Aziz, nachdem er sein Gefolge entlassen hatte, auf Theodora zu. Sie schenkte ihm ein Lächeln aus blitzenden Augen. Wie schön seine Geliebte aussah und wie reizend sein Kind! Er beugte sich nieder, öffnete die Arme und rief: »Komm, meine Prinzessin, küsse deinen Vater!«

Sitt ließ die Hand der Mutter los und lief glücklich auflachend zu ihm. Theodora suchte mit gespielter Hilflosigkeit Demetrias Blick. »Ich verstehe nicht, was die beiden aneinander finden. Aber es muss etwas Besonderes sein.«

Demetria schüttelte lächelnd den Kopf.

»Sie sind Vater und Tochter und es kann eine solche Zuneigung entstehen. Ich wäre glücklich, wenn Abdallah noch lebte und Amina mit seiner Liebe nähren könnte.«

Al Aziz führte Sitt durch den mit Sträuchern und Blumen bepflanzten Hof bis zu einer Zypressenlaube. Dort standen Bänke, wo sich alle niederließen. Belustigt und ein wenig gekränkt verfolgte Theodora, wie Sitt jede Regung ihres Vaters schon im Voraus zu erspüren schien. Jetzt stand das Kind auf und trat zu dem in der Mitte des kleinen Platzes plätschernden Brunnen. Neugierig beäugte sie die wunderliche Form des Brunnens. Aus dem Sockel über dem Becken wuchs, steinern, ein Lebensbaum, an dessen oberem Ende anstelle der Äste kleine Wasserfontänen in runden Bögen ins Becken sprangen. Hinter dem Wasserschleier verbargen sich rechts und links des Stammes zwei große Vögel mit Mädchengesichtern und starrten einander böse an.

Sitt wusste natürlich, wie sehr der Vater an ihr die Wissbegier schätzte und so fragte sie: »Was sind das für sonderbare Vögel, *ya Abi*?«

»Das sind *Harpyien*, meine Tochter. Aber deine Mutter kennt sich in den Mythen der Griechen besser aus als jeder andere. Frage sie!«

Sitt trat zu ihrer Mutter, stützte die Arme auf ihren Schoß und sah sie fragend an. Theodora lachte geschmeichelt auf. »Also, wenn dein Vater das sagt!« Sie strich Sitt über das Haar und sah zu Amina hin, ob auch sie zuhörte. »Harpyien, müsst ihr wissen, sind Sturmdämonen – überaus unfreundliche Wesen. Um sie herum schwebt eine Wolke von Aasgeruch. Sie besudeln den Menschen die Nahrung mit Geifer und Kot. Einem unglücklichen König verdarben sie auf diese Weise alles Essen und machten ihm das Leben zur Hölle. Zuweilen rauben sie auch Menschen und wenn es an der Zeit ist, begleiten sie die toten Seelen in die Unterwelt. Aber wie fast alles im Leben haben die Harpyien auch eine lichte Seite: Sie spielen wunderbare Musik auf der Leier und eine von ihnen, Podarge, gebar dem Westwind Zephyr die schnellen Rosse, die später dem Achilleos gehören sollten.«

»Du bist ja wie Scheheresad, *ya Umm*-Sitt! Ich würde deinen Geschichten ebenfalls nächtelang lauschen.« Die Augen des Kalifen blitzten mutwillig.

»Nun, ich glaube kaum, dass du mir in unseren Nächten allzu lang zuhören würdest«, gab Theodora schlagfertig zurück.

Beide lachten.
Sitt schmiegte sich an die Mutter.
»Erzählst du uns auch die Geschichte von Achilleos? Nicht wahr, Amina, die würden wir gerne hören!«
Amina rutschte von ihrem Platz neben Demetria und stellte sich zu Sitt.
»Ja, bitte, Tante! Erzähle uns von Achilleos!«
Theodora sah Aziz fragend an und dann Demetria:
»Seid auch ihr bereit, noch mehr zu hören?«
Aziz nickte ihr ermunternd zu und Demetria meinte:
»Da sich alle hier für Achilleos entschieden haben, bleibt mir wohl keine Wahl!«
»Ich will's kurz machen! Setzt euch hin, Mädchen, damit ihr besser zuhören könnt.«
Sie und Demetria rückten ein wenig zur Seite und machten zwischen sich Platz für die beiden Kinder. Aziz streckte sich auf seiner Bank aus, verschränkte die Hände unter dem Kopf und sah den Wolken dabei zu, wie sie über den Himmel zogen. Es herrschte eine friedliche Stimmung und Sitt genoss es, mit den Eltern zusammen sein zu können. Viel zu selten erlebte sie die beiden jenseits des höfischen Zeremoniells. Erwartungsvoll sah sie ihre Mutter an, die sie in diesem Moment ebenso wie der Vater für ihr großes Wissen bewunderte.
Theodora wollte mit ihrer Erzählung beginnen, als plötzlich jemand vor ihnen stand. Es war Tagrid, sichtlich erbost:
»Was muss ich hören? Du hast dich heute beim Empfang der Byzantiner gezeigt? Wie kannst du es wagen!« Jede Spur des sonstigen Gezwitschers war aus ihrer Stimme verschwunden. »Keine erste Gattin dürfte es wagen, sich so zu betragen. Und du erst recht nicht! Du bist ja nicht einmal eine Sohnesmutter!«
Die beiden Frauen und die Kinder sahen die Kalifenmutter entgeis-

tert an. Sitt konnte erkennen, wie in ihrer Mutter der Zorn hochstieg. Der Vater dagegen lag weiterhin auf der Bank und starrte in den Himmel, als nähme er keine Kenntnis von dem Vorfall.
Sitt wünschte sich in diesem Augenblick mit der ganzen Kraft ihres kindlichen Herzens, dass der Vater aufstehen und Tagrid zurechtweisen würde. Zugleich wusste sie aber, dass er niemals vor anderen Menschen seine Mutter kritisieren würde.
Sie hielt die Hand Theodoras fest umklammert und hoffte, sie auf diese Weise von einer unüberlegten Handlung zurückhalten zu können. Sie fühlte, dass die Mutter zitterte. Bei sich betete sie: ›*Ya Rab*, mach, dass meine Mutter nichts sagt. Bitte!‹ Ihr Gebet blieb unerhört.
Theodora stand auf. Sie tat es ohne Hast und mit der Gefasstheit eines Menschen, der zum Äußersten entschlossen ist. Sitt hatte den Eindruck, sie wählte ihre Worte bewusst so, dass es zu einer Entscheidung kommen musste.
»Höre, *ya Umm*-Al Aziz! Wir müssen uns nicht darüber unterhalten, welche von uns die Vornehmere ist! Ich bin jedenfalls nicht als Sklavin geboren.«
Voller Entsetzen sah Sitt, wie Aziz sich langsam aufrichtete. Sie hatte gehofft, er würde liegen bleiben und weiterhin so tun, als hörte er nichts. Aber Theodora hatte den Bogen überspannt. Er musste eingreifen. Und er tat es in einer Weise, wie keine der Anwesenden, außer vielleicht Tagrid, es erwartet hätte. Er stand auf und wandte sich zum Gehen. Leise vor sich hin sagte er dabei die Worte: »Ich werde eine Prinzessin heiraten.«
Theodora meinte, ihn missverstanden zu haben und blickte fragend zu Demetria und den Kindern. Doch als sie in deren Gesichtern die Bestürzung las und dann in Tagrids Gesicht den Triumph, da wusste sie, dass sie richtig gehört hatte.
Sitt begriff, dass etwas Unwiderrufliches geschehen war. Die Mut-

ter stand wie versteinert und schien nicht zu bemerken, wie Tagrid ihre Kleider raffte und sich beeilte, den Kalifen zu erreichen. Demetria saß immer noch auf der Marmorbank, Amina neben sich, beide ungläubig, mit schreckgeweiteten Augen. Die äußere Welt war unverändert. Die Blumen des Gartens dufteten, der Brunnen plätscherte weiter und die Harpyien starrten böse. Doch Sitts innere Welt war zerbrochen, die ihrer Eltern entzweit. Sie wusste nicht, sollte sie dem Vater nachlaufen und verhindern, dass Tagrid noch mehr Gift verbreitete, oder sollte sie sich zur Mutter wenden, die verlassene Frau mit ihren kindlichen Armen umfangen und festhalten, damit sie nicht stürzte. Hin- und hergerissen zwischen beiden blieb sie stehen, wie im Boden verwurzelt und eine unendliche Einsamkeit ergriff von ihr Besitz. Plötzlich war ihr, als bewegte sich etwas hinter ihr und sie wandte den Kopf. Da stand, als hätte ihre Seele in ihrem Jammer nach ihm gerufen und als wäre er diesem Ruf gefolgt, im weißen Anzug der Prinzen und mit einem Turban auf dem Kopf, der Knabe Nour. Er war ein wenig größer und erwachsener geworden, seitdem er im Männerstaat Einzug gehalten hatte und er sah sie an, als wollte er ihr sagen:

»Fürchte dich nicht, Prinzessin. Ich bin da.«

8
Im Harem des Kalifen

Sitt Al Mulk stand, in einen warmen Mantel ihrer Mutter gehüllt, auf der Dachterrasse des Blauen Pavillons und verfolgte den Weg des sich der Fülle nähernden Mondes über den Nachthimmel. Zwanzig Jahre lag jener folgenschwere Vorfall im Garten des Harems zurück und ebenso viel Zeit war vergangen, seitdem sie von dieser Stelle aus zum letzten Mal den Sternenhimmel betrachtet hatte.

Der Vater hatte seine Drohung wahr gemacht und eine Cousine geheiratet. Ihre Mutter war daraufhin aus dem Ostpalast ausgezogen. Sie weigerte sich, noch länger unter dem Dach des Harems zu wohnen. Aziz schien sein Handeln zu bereuen, denn er überließ Theodora das Thronfolgerschloss, damit sie weiterhin in seiner Nähe blieb und nicht zu ihren Brüdern nach Misr zog.

Die Eltern mieden einander lange, entsetzt über das, was zwischen ihnen vorgefallen war. Als Mädchen wäre Sitt Al Mulk eigentlich bei der Mutter aufgewachsen, doch das Band zwischen ihr und dem Vater war so stark, dass sie so oft wie möglich zu ihm in den Ostpalast ging. Aziz liebte es, seine Tochter um sich zu haben. Schnell erkannte er, welch großes Interesse sie an seinen Aufgaben zeigte und er führte sie behutsam in die Staatsgeschäfte ein. Aziz beschloss, ihre Erziehung in die Hand zu nehmen. Ab ihrem zwölften Lebensjahr sah man Sitt zu allen Anlässen an seiner Seite. Wie ein Prinz nahm sie an den Sitzungen des Maglis teil, an Prozessionen, Festen, Banketten und Empfängen. Sie erlernte alle Feinheiten des Protokolls, der Diplomatie und des Regierungshandwerks. Der Kalif gewöhnte sich an, die erste Mahlzeit jedes Tages zusammen mit seiner Tochter einzunehmen und mit ihr die Ereignisse zu besprechen. Während am Anfang er es war, der sprach und erklärte, begann bald auch sie, Meinungen zu äußern. Es dauerte nicht lange und die Tochter wurde zur engen Beraterin des Vaters.

Jeden Abend kehrte sie durch den Verbindungsgang zwischen dem Ost- und dem Westpalast zu ihrer Mutter zurück. Zwischen den Eltern pendelnd, wuchs Sitt Al Mulk heran. Nach einiger Zeit – Al Aziz hatte mit seiner Cousine kein Glück finden können und es war ihnen auch kein Kind geboren worden – kamen der Kalif und die Griechin einander wieder näher. Immer öfter begleitete der Vater nun seine Tochter auf ihrem abendlichen Rückweg durch den Tunnel zur Mutter ins Wasserschloss und nachdem er eines Nachts bis zum nächsten Tag geblieben war, sprach der ganze Palast von nichts anderem als davon, dass Al Aziz sich wieder mit Theodora versöhnt habe.

Sitt war unendlich glücklich über diese Entwicklung, hatte sie doch unter der Trennung der Eltern sehr gelitten. Umso mehr schmerzte es sie, als sie feststellen musste, dass Theodora nach der Versöhnung mit Al Aziz in Sitt eine Rivalin um die Gunst des Kalifen sah. Sitt schloss sich noch stärker dem Vater an. Somit änderte sich das gute Verhältnis, das Sitt Al Mulk zu ihrer Mutter gehabt hatte. Und dann, Sitt war inzwischen fast fünfzehn Jahre alt geworden, wurde Theodora erneut schwanger. Von dem Tag an, da sie sich ihrer Schwangerschaft bewusst geworden war, hatte die Griechin, immer noch besessen von dem Wunsch, Tagrid zu beschämen, nichts anderes im Sinn, als dass sie einen Sohn gebären wollte. Astrologen, Ärzte und Hebammen waren von da an ihre häufigsten Besucher. Sie ließ nach heilkundigen Frauen aus dem Volk suchen, die sich mit der Beeinflussung von Geburten auskannten und sich von ihnen geheimnisvolle Tränke mischen. Und tatsächlich, ihr Wunsch ging in Erfüllung. Im Alter von einundreißig Jahren gebar Theodora dem Kalifen Al Hakim einen Sohn.

Zum ersten Mal in all den Jahren waren sich Theodora und ihre Schwiegermutter Tagrid einig. Dieser Knabe, Mansur, sollte der Thronfolger werden. Theodora zog mit dem Säugling zurück in den Harem.

Es war eine schlimme Zeit für Prinzessin Sitt Al Mulk, denn plötzlich drehte sich alles nur noch um den neugeborenen Prinzen. Der Kalif war außer sich vor Freude, von seiner geliebten Favoritin doch noch einen Sohn bekommen zu haben. Und Theodora triumphierte. Der Kalif heiratete sie und machte sie damit zu seiner rechtmäßigen Gattin. Für Sitt Al Mulk war der einzige Lichtblick in jener Zeit, dass der Kalif ihr den Westpalast schenkte. Seither war sie die Herrin im Wasserschloss. Im Blauen Pavillon wurde sie nur noch höchst selten begrüßt und Mutter und Tochter entfremdeten sich mehr und mehr.

Für Sitt Al Mulk begann ein langer Kampf. Sie musste ihren besonderen Rang am Hof wahren. Gegen ihre Mutter und Großmutter blieb sie dabei erfolgreich, doch zuletzt hatte der Kalif, vom Tod der beiden Frauen erschüttert und von Krankheit geschwächt, nicht mehr die Kraft, die Stellung seiner Tochter zu schützen.

*

›Was mehr hätte ich von ihm verlangen können?‹, fragte sich Sitt nun und gab auch gleich selbst die Antwort: ›Er hat sein Möglichstes getan!‹ Keinen Augenblick kam ihr in den Sinn, dem Vater einen Vorwurf zu machen, dass er die Frage ihrer Regentschaft nie eindeutig geklärt hatte.

Wenn sie doch nur wüsste, was mit Nour geschehen war! Immer noch gab es kein Lebenszeichen von ihm. Zugleich hatten ihre Feinde ihr aber auch seinen Leichnam noch nicht präsentieren können. Sie sah ihn vor sich, wie er damals nach dem Bruch zwischen den Eltern plötzlich aufgetaucht war. Mit einem Mal hatte sie sich nicht mehr gefürchtet und in all den Jahren hatte er sie stets beschützt. Jetzt wünschte sie sich, Nour würde noch einmal so vor ihr stehen wie damals.

*

Nach dem Ende des Festbanketts war der Palastmeister Bargawan in Begleitung des Oberrichters Mohammed Ibn Al Numan durch die Stallungen des Kalifen gegangen, um zu überprüfen, ob die neuen Pferde gut versorgt waren. Voller Bewunderung betrachteten sie eine Weile den Hengst Seglavi Schams. Das Tier war von blendendem Weiß, mit dunklen Fesseln und weit geöffneten schwarzen Nüstern. Nervös stampfte es an seinem ungewohnten Platz. Bargawan legte ihm eine Hand auf die gebogene Nase. Mit der anderen hielt er ihm eine getrocknete Dattel vors Maul. Der Hengst nahm sie auf, malmte und warf den Kopf schnaubend zurück.

»Still, du Schöner! Sei gewiss, du wirst dich hier bald wohlfühlen!« Während er beruhigend auf den Hengst einsprach, klopfte er ihm sanft den in vollkommenem Schwung gebogenen Hals.

Dann suchten sie die Sattelkammern auf und staunten darüber, welch unvergleichliche Zaum- und Sattelzeuge die Prinzessin aus ihren Schatzkammern hatte holen lassen. Der Eunuch, der ihren Besitz verwaltete, war überaus verschwiegen – was für die gesamte Dienerschaft Sitt Al Mulks galt. Alle standen fest zu ihr, keiner war für eine Untreue zu gewinnen. Deshalb hatte Bargawan zu seinem Bedauern keine genaue Vorstellung von Sitts Besitz. Doch die fantastischen Geschenke waren eine Bestätigung dafür, dass die Prinzessin über ein wahrhaft fürstliches Vermögen verfügen musste.

Nach dem Rundgang saßen sie lange in Bargawans Maglis und besprachen die veränderte Lage. Sitts Großzügigkeit, der heftige Gefühlsausbruch des jungen Kalifen und seine Verfügung, dass die Schwester nun im Ostpalast wohnen sollte, passten nicht in ihren Plan, die Prinzessin vor Gericht zu stellen. Selbst wenn man ihr mit Fug und Recht Hochverrat gegen den neuen Kalifen vorwerfen konnte – hatte sie nicht mit Ulug Tegin in umstürzlerischer Absicht korrespondiert, nachdem Al Hakim bereits den Thron bestiegen hatte? –, so löschte doch die heutige Umarmung durch den Kalifen und ihre liebevolle Aufnahme in seinem Haus vor dem versammelten Hof und den Würdenträgern des Staates jeden Vorwurf aus. Der Kalif war der allerhöchste Richter und was er vergab, war vergeben.

Immer, wenn sie meinten, die Frau in den Griff bekommen zu haben, so entwand sie sich ihnen wie eine Schlange. Der Richter betrachtete, wie es seine Gewohnheit war, seine Finger und meinte verdrossen:

»Wir sind von Anfang an zu zögerlich mit ihr umgegangen. Wir hätten sie zusammen mit Nour unschädlich machen sollen, ohne Rücksicht auf irgendwelche Folgen. Es war ein Fehler von dir zu glauben, dass du sie in Schach halten kannst. Diese Frau kann niemand kontrollieren. Jetzt ist sie sogar Ibn Ammars tausend Kutama-Reitern entkommen.«

Trotz der kühlen Winternacht stand Schweiß auf Bargawans

Stirn. Er war müde von den Festlichkeiten des Tages und die Gedanken, die ihm durch den Kopf gingen, trieben seinen Puls an.

»Nun, nun, oberster Kadi!«, versuchte er, ungeachtet der eigenen Unruhe, den Richter zu besänftigen. »Die Prinzessin befindet sich im bestbewachten Palast des ganzen Reiches. Vergiss nicht, auch um den Ostpalast macht eine Tausendschaft ohne Unterbrechung ihre Runden, nicht zu zählen die vielen hundert Wächter innerhalb der Mauern. Sie wird aus dem Blauen Pavillon nicht herauskommen und wir werden genau verfolgen können, wer sie dort besucht.«

»*Inscha'allah*! Gott höre deine Worte!«

»Sei ohne Sorge. Es gibt im Übrigen etwas, mit dem wir sie hart treffen können. Statt sie unter Anklage zu stellen, sollten wir uns ihren christlichen Freund, den Wesir Aissa Ibn Nesturus, vornehmen.«

*

Am folgenden Tag wusste der ganze Harem von Sitts Umzug in den Ostpalast. Midad hatte schon in den frühen Morgenstunden die Übersiedlung des Hausstandes in die Wege geleitet. Nun bewegte sich eine nicht abreißende Prozession von Sklavinnen und Eunuchen zwischen dem Wasserschloss und dem Ostpalast hin und her. Auf dem Kopf, auf dem Rücken oder mit Hilfe von Tragegestellen schafften sie alles in den Blauen Pavillon, was für Sitts Wohlergehen und das Funktionieren ihres Haushaltes erforderlich war: Kleider, kosmetische Mittel und Utensilien, Kunstgegenstände, Bücher, Geschirr, Möbel und die Habseligkeiten der vielhundertköpfigen Dienerschaft. Erst gegen Mittag befand sich alles an Ort und Stelle. Bis dahin putzte ein Heer von Dienerinnen jeden Winkel und jeden Gegenstand im früheren Haus Theodoras.

Sitt hielt sich dem Getriebe fern. Sie verbrachte den Vormittag auf der Dachterrasse und empfing Besucher. Was für eine Erleichterung war es, endlich wieder mit mehr als einer Handvoll Vertrauter sprechen zu können! Dennoch war Tante Abda unter den Ersten, die sie aufsuchten. Die beiden Frauen umarmten einander voll Freude über die unvorhersehbar günstige Entwicklung: »Ich habe schon alles gehört. Du hast viel gewagt und viel gewonnen!«

Abda sah sich auf der Terrasse um. Beruhigt stellte sie fest, dass außer Takarrub und einigen von Sitts Dienerinnen, deren Gesichter sie kannte, niemand zu sehen war.

»Es ist klug, deine Gäste zu vertraulichem Gespräch hier oben zu empfangen. Du bist es nicht gewohnt, in diesem Wespennest zu leben und deshalb musst du doppelt vorsichtig sein. Überall in diesem Palast, hinter jeder Säule, hinter jeder Tür, verbergen sich Spione!«

Sitt stand auf und nahm ihre Tante am Arm. Gemeinsam schlenderten sie bis zum Maschrabia-Gitter, das auch hier rund um die Terrasse lief und gegen unerwünschte Blicke schützte, während es zugleich eine gute Sicht auf die Außenwelt ermöglichte. In einer Laube aus Zitronenbäumen setzten sie sich auf eine nubische Bank aus dem Besitz Theodoras.

»Meine Tante, ich habe erneut eine Bitte. Wäre es möglich, dass du mit dem Staatssekretär Bisr Ibn Surun in Verbindung trittst? Seitdem General Ibn Ammar den Wesir Aissa Ibn Nesturus entmachtet hat, ist er der höchste christliche Beamte. Ich mache mir Sorgen, wie die Christen sich in der Zukunft verhalten werden und will herausfinden, was unter ihnen vor sich geht. Außerdem hat Bisr Ibn Surun den Geheimdienst unter sich und ich will wissen, wenn ihm wichtige Nachrichten zugehen. Ich weiß, meine Tante, du hast sonst nicht allzu viel mit den Christen zu tun, doch ich bitte dich, um der Sicherheit des Reiches willen.«

»Nun, mein Kind, du weißt ja, dass ich nicht zimperlich bin. Ich halte mich an die Gebote der Religion und das genügt mir. Ich werde schon Wege finden, damit du mit Bisr Fühlung aufnehmen kannst, ohne dass Bargawans Spione dahinterkommen.«

Viele fromme Prinzessinnen waren weniger großzügig als die kluge Abda. Sie wären sich zu gut gewesen, um mit Christen zu tun zu haben.

»Prinz Abdallah Ibn Haschim Ibn Mansur hat mich gebeten, dir zu übermitteln, dass er dich heute, gleich nach dem Nachmittagsgebet, zusammen mit mehreren anderen Amiren aufsuchen möchte. Bargawans Wachen werden es nicht wagen, sich auf dem Boden des Kalifenpalastes einer Gruppe von Prinzen in den Weg zu stellen.«

Ein Hochgefühl breitete sich in Sitts Brust aus. Die Prinzen spielten ihr in die Hände! Auch wenn sie darauf gehofft hatte, so war es doch etwas anderes, die Bestätigung dafür zu bekommen.

»Du beglückst mich, Schwester meines Vaters! Aber das bedeutet, ich muss mich eilig umkleiden, um die Prinzen gebührend zu empfangen. Leistest du mir dabei Gesellschaft?«

»Nein, mein Kind! Ich mache mich auf den Weg und kümmere mich um Bisr Ibn Surun. Das ist jetzt sehr wichtig. Doch du siehst mich bald wieder!«

Sitt umarmte ihre Tante voll Dankbarkeit und küsste sie auf beide Wangen. Dann lief sie frohlockend wie ein Kind die Stiegen zu den inneren Gemächern hinunter. Abda Bint Al Muizz sah ihr nach und ihr Herz wärmte sich wie das einer Mutter beim Anblick ihres Lieblingskindes.

›Ich habe kein Kind geboren, doch Sitt ist auch *mein* Kind. Mein Bruder, wo immer du jetzt bist: Steh ihr bei! Steh ihr bei, so wie du es bis zu deinem Tod hättest tun sollen!‹

*

Als die Dienerinnen Sitt so freudig und leichtfüßig die Treppe herunterkommen sahen, breitete sich auch unter ihnen Frohsinn aus. Sie hatten mit der Herrin um den Geliebten getrauert, ihre Gefangenschaft geteilt und das Scheitern ihrer Pläne beklagt. Jetzt schienen sich die Dinge zu lösen und es würde wieder glücklichere Tage geben für die Prinzessin und ihren Hofstaat.

»Macht schnell, wir bekommen Besuch von den Amiren! Wo ist Takarrub? Midad soll kommen! Salima, hilf mir, mich frisch zu machen und umzukleiden. Wo sind die Meisterinnen der Garderobe? Und Madiha, die Schminkkünstlerin?«

Sitt wusste, dass Prinz Ibn Haschim sie verehrte. Zwar war er älter als ihr eigener Vater, doch war ihr zugetragen worden, dass er sich mit dem Gedanken trug, sie zu ehelichen und sie in seinen Harem aufzunehmen.

Nun hoffte er offenbar, das Beste herauszuschlagen, indem er das Angenehme mit dem Nützlichen verband. Wenn er sie im Sinne familiärer Verbundenheit aus den Fängen Bargawans rettete, so diente er damit auch den eigenen politischen Zielen, denn Sitt Al Mulks Einfluss bei der christlichen Bevölkerung war von unschätzbarem Wert. Brächte er sie in seinen Harem, so würde sich ihr Einfluss und Reichtum mit dem seinen verbinden. Als besonderen Anreiz könnte er obendrein noch ihre Schönheit in Besitz nehmen.

›Sonderbar‹, wunderte sich Sitt Al Mulk, während Takarrub ihr beim Ankleiden half, ›wirklich sonderbar, wie mit uns Frauen verfahren wird. Die *Scharia* lässt uns unser Vermögen, wenn wir uns einem Mann anheim geben, nicht aber unseren Körper. Doch wie viel schlechter trifft es die Christenfrauen! Ihnen bleibt gar nichts, kein Vermögen, kein eigener Wille und auch nicht ihr Leib. Immerhin kann eine Muslimin sich scheiden lassen, wenn ihr Mann seine Pflicht nicht erfüllt oder sie missbraucht. Nein, für mich gibt es keinen Grund mehr, heiraten zu wollen. Mit Nour, das war etwas Besonderes. Und wir hatten unsere Vereinbarung und eine Vorstellung von unserem gemeinsamen Schicksal. Das kann ich nicht vergessen und nicht aufgeben – noch nicht. Und nur um mich aus Bargawans Griff zu befreien, soll ich mich jetzt in die Gewalt eines Gatten begeben? Nein, niemals! Andererseits‹, so dachte sie weiter, ›brauche ich die Prinzen auf meiner Seite. Also werde ich Ibn Haschims Spiel mitspielen, aber zu meinen Bedingungen!‹

Sitt Al Mulk stand auf. Sie war bereit, den Prinzen zu empfangen, gehüllt in königlichen Nardenduft und ein weißes, perlenbesticktes Kleid. Ein Saum aus Schwanenfedern umspielte ihren vom hochgesteckten Haar freigelassenen Hals. Während Takarrub der Prinzessin eine schwarze wollene *Abaja* mit Silberpaspeln auf die Schultern legte, tupfte Madiha ihr einen Hauch von Gold auf Stirn, Wangenknochen und Kinn. Sie sah schöner aus als die paradiesischen Jungfrauen auf den Miniaturen persischer Künstler. Zuletzt, um das Spiel der Verführung in Vollendung zu betreiben, ließ sie sich ein Schleiertuch in durchbrochener Blumenstickerei übers Haar legen.

*

Sitt war kaum fertig, als einer ihrer Läufer die Ankunft der Prinzen ankündigte. Sie begab sich auf den Balkon des Empfangssalons, durch dessen Maschrabia-Gitter sie den Platz vor dem Eingang zum Blauen Pavillon gut sehen konnte. Die Prinzen und ihre Pagen waren in mehreren Sänften gekommen und sammelten sich soeben, offenbar in der Absicht, gemeinsam die Wachen zu passieren. Ibn Haschim stand in der Mitte, groß, ein wenig fettleibig, aber trotzdem eindrucksvoll, mit einem Turban, der mit genauester Berechnung gerade so gewunden war, dass er noch nicht als Krone gelten konnte. Ein großer, blitzender Stein schmückte die Nadel über seiner Stirn. Alle Prinzen – Sitt zählte außer Ibn Haschim noch sieben andere – und ihre Pagen waren mit Schwertern gegürtet.

Bargawan hatte zwei Dutzend Kutama beim Blauen Pavillon antreten lassen. Vor ihnen standen nun die mit Schwertern bewaffneten Prinzen und deren Gefolge und in ihrem Rücken Sitt Al Mulks Eunuchen, die beim Umzug immerhin ihre Dolche behalten hatten.

Der Offizier, der das Kutama-Häuflein führte, schien einen Augenblick lang unentschlossen. Sein Befehl lautete, niemanden bewaffnet zu Sitt durchzulassen. Aber wie konnte er seine Krieger gegen eine Schar von Amiren kämpfen lassen? In seinem Rücken machten sich Sitts Eunuchen mit lautem »*Allahu akbar!*«-Geschrei bemerkbar. Was also blieb ihm anderes übrig, als sich vor den Amiren zu Boden zu werfen? Als er wieder aufstand, ließ er seine Soldaten strammstehen, während die erlauchten Besucher den Palast betraten.

Sitt trat von ihrem Aussichtsplatz zurück und ging zu dem Diwan, auf dem früher ihre Mutter gesessen hatte, wenn sie Hof gehalten hatte. Eine Welle des Triumphs wogte durch ihre Brust. Es waren allesamt Enkel und Neffen früherer Kalifen, die da zu ihr kamen, Amire des Kragens und des Silberstabes! Abdallah Ibn Haschim Ibn Mansur, der Enkel des Kalifen Al Mansur, hatte sich klug entschieden, nicht allein, sondern mit einer Gruppe anderer zu kommen. Die Amire hatten gelernt, dass sie zusammenhalten mussten, wenn sie sich gegenüber dem neuen Regime behaupten wollten. Deutlich standen ihnen das Verschwinden Nours und die Gefangennahme Sitt Al Mulks vor Augen.

Die Flügeltür des Salons ging auf und Midad kam herein.

»Die hochgeborenen Amire sind eingetroffen, Herrin.«

»Ich begrüße sie!«

Die Prinzen traten herein, allen voran Ibn Haschim, versammelten sich und verbeugten sich.
»Der Friede sei mit Euch, Tochter des Al Aziz und Schwester des Al Hakim!«
»Und mit Euch, meine Onkel und Cousins! Seid willkommen im Haus meiner Mutter – Gott erweise ihr sein Erbarmen! Nehmt bitte Platz!«
Dienerinnen huschten mit süßen, heißen Getränken herein und Midad und die anderen führenden Eunuchen ihres Staates nahmen Aufstellung zu beiden Seiten der Tür.
Der Enkel des Kalifen Mansur ergriff das Wort.
»Wir wollen dich willkommen hießen, *ya Amira,* nach deiner Heimkehr ins Haus deines Vaters! Es ist uns eine Freude, dich wieder im Schoß deiner Familie zu begrüßen.«
Sie alle waren gestern bei dem Bankett anwesend und Augenzeugen gewesen, wie Hakim sie im Palast aufgenommen hatte.
Sitt dankte ihm und nippte von ihrem winzigen Becher heißen, grünen *Kahuas.* Das Gebräu schmeckte weit weniger gut als gebrühte Zimtrinde oder heißer Tamarindensaft, doch beschleunigte es den Puls und erhöhte die Aufmerksamkeit. Wegen dieser Eigenschaften war das neumodische Getränk aus dem Yemen am Hof in Kairo sehr geschätzt. Für die Prinzen war Rauchzeug hergerichtet worden. Ibn Haschim sog genüsslich am Mundstück einer Wasserpfeife. Um ihn herum bildete sich eine Schwade, deren süßer Duft bald auch Sitts Nase erreichte.
»Der Hengst Schams ist wahrlich die Sonne unter den Pferden der Hauptstadt.«
»Es ist der Sohn eines Hengstes, den Vater als junger Kalif aus Syrien mitgebracht hatte. Dieser Hengst war das Versöhnungsgeschenk an meine Mutter. Als Mutter in den Ostpalast zurückzog, bat ich mir zwei Fohlen aus seinem Samen aus.«

»Ja, ich erinnere mich. Der Anführer der *Taji*-Beduinen hatte das Pferd deinem Vater nach der Schlacht am Mühlenfluss zum Geschenk gemacht. Es war aus der Linie des Prophetenpferdes Seglavi. Doch Schams übertrifft dieses Pferd noch. Die Anmut seines Ganges, das Feuer seiner Augen! Und wie es dem Zügel gehorchte, als sein Bereiter es an dem Kalifen vorbeiführte! Ich wünschte, ich hätte diesen Hengst in meiner Zucht.«

»Das zweite Fohlen war eine Stute. Sie befindet sich noch in meinem Besitz«, ließ Sitt den Prinzen wissen. Sie lächelte. Dabei bewegte sie unmerklich den Kopf, sodass der Schleier von ihrem Haar glitt.

Es war unübersehbar, wie die Augen des Mannes aufleuchteten. Amüsiert bemerkte Sitt, wie er um Fassung rang. Sie warf ihm einen kurzen Blick unter flatternden Lidern zu, was ihn noch mehr verwirrte.

›Die Stute kann er haben, wenn er mit mir zusammenarbeitet‹, sagte sie sich, während sie spürte, wie die Spannung in ihr nachließ. Sie hatte das Spiel gewonnen.

Während der alternde Prinz scheinbar in Gedanken versunken an der mit glühenden Hanfkörnern gefüllten Pfeife sog, wandte sie sich dem ihm an Rang Nächststehenden aus ihrer Gästeschar, Prinz Ali Ibn Ahmed Ibn Mahdi, zu:

»Nun, mein Onkel Ali Ibn Ahmed, wie geht es unserem Freund, dem Kutama-General Sulaiman Ibn Gafar?«

»Er befindet sich bereits auf dem Vormarsch in den Sinai, mit dreitausend Kutama und siebenhundert abtrünnigen Mameluken unter Ulug Tegin. In ihrem Tross befinden sich achtundsechzig Maultiere mit Geldkisten und Waffen – genug, um in Palästina ein Beduinenheer in den Sold zu nehmen und auszurüsten. Es ist aber eine weitaus kleinere Streitmacht als jene, mit der der Kalif Al Aziz nach Syrien gezogen wäre. Bargawan und Hassan Ibn

Ammar haben einen guten Teil der Expeditionstruppen nach Kairo befohlen. Offenbar rechnen sie hier in Misr mit Unruhen.«

»Allah behüte!«, rief Sitt aus.

»Keiner kann verstehen, was sie für eine Politik betreiben. Soeben sind sie im Begriff, eine weitere Front zu schaffen: Staatssekretär Gauhar, dieser Idiot, erzählt jedem, der es hören will, dass der Kalif ein Edikt unterschrieben hat, in dem er die Kutama seiner besonderen Gunst versichert und Mangu Tekin in Damaskus mit dem Bann belegt. Am kommenden Freitag wird der Bann gegen Mangu Tekin von den Kanzeln aller Moscheen verlesen werden. Sie werden es also in Syrien nicht nur mit den Truppen des Kaisers, sondern auch mit Mangu Tekins Mameluken aufnehmen müssen. Sulaiman ist ein fähiger General, das kann niemand bestreiten, obwohl er sich schändlich verhalten hat, als er die geraubten Besitztümer des Kalifen annahm. Doch die neue Situation könnte ihn überfordern. Gott sei mit uns!«

Auch wenn keiner der Anwesenden Sulaiman und den Kutama Gutes wünschte, so lag ihnen doch daran, dass sich die Auseinandersetzungen in Syrien nicht zu einer Katastrophe entwickelten. Aus Erfahrung wussten alle, wie eng das Wohl und Wehe des Kalifats mit der Lage in Syrien verbunden war. Friede in Syrien bedeutete, dass die Geschäfte mit den großen syrischen Städten üppig gediehen, dass das reiche und strategisch wichtige Zweistromland der fatimidischen Macht frei zugänglich war und dass die Handelsstraßen nach Persien, in die Länder Sind und Hind und bis nach China offen lagen. Sitt Al Mulk verfügte über ausgedehnte Besitzungen in Syrien. Während sie sich dafür eingesetzt hatte, dass man sich mit Byzanz auf diplomatischem Weg verständigte, hatten sich die Kriegshetzer durchgesetzt.

Sitt wandte sich wieder dem Prinzen Ibn Haschim zu.

»Ich will den Kalifen unterstützen. Selbst wenn diese elende Regierung, die das Schicksal uns auferlegt hat, fallen sollte, so ist er jetzt der Herrscher des Reiches und er sollte das noch einige Zeit bleiben, um der Beständigkeit willen. *Inscha'allah.*«

Sie sah dem Amir fest in die Augen. Unter ihrem Blick konnte er nicht umhin, ihr zuzustimmen:

»Ja, wir können dem Reich nicht zu viel auf einmal zumuten.«

Sitt las aus der Antwort, dass Ibn Haschim seinen Anspruch auf den Thron nicht aufgegeben hatte, sondern hoffte, irgendwann doch noch zum Zug zu kommen. Gut. Das war seine Sache. Sie musste sich dazu nicht äußern. Umso mehr musste ihm an einem Bündnis mit ihr gelegen sein.

»Wenn sie den Bann gegen Mangu Tekin verkünden, so wird das die Sunniten aufbringen. Was denkst du?«

»Das befürchte ich. Die Sunniten betrachten die Mameluken als ihren Schutz gegen die Berber, die ja der *Schia* angehören. Die Regierung bringt das Kalifat in Schwierigkeiten. Wir haben immer die Interessen aller im Auge gehabt und damit ist es uns gelungen, den inneren Frieden zu sichern. Aber wenn die Berber sich aufspielen, so wird das sunnitische, das jüdische und das christliche Volk uns, die wir ebenfalls Schiiten sind, ebenso hassen wie sie.«

»Und was schlagen du und die anderen Prinzen vor?« Sie sah sich im Halbkreis der Männer um.

»Wir sind bereit, zusammen vierhunderttausend Golddinar für die Moscheen und Kirchen von Misr aufzubringen.«

Die anderen nickten zustimmend.

»So gebe ich hunderttausend dazu!«

Nach der Zurschaustellung ihres Reichtums am vorherigen Tag waren die Prinzen erneut beeindruckt, mit welcher Kühnheit sie die Macht des Geldes einzusetzen bereit war. Ihnen konnte das nur recht sein. Ibn Haschim betrachtete sie mit neu aufflammendem Begehren, als wollte er sagen: »Was für eine Frau!«

Gerne wäre der Enkel des Kalifen Mansur noch geblieben, doch seine Begleiter drängten zum Aufbruch. So blieb Ibn Haschim keine Wahl, als ebenfalls aufzustehen. Während sie alle einander zum Abschied ihrer Zufriedenheit über die erzielte Abmachung versicherten, sagte Sitt, sodass jeder es hören konnte, zu Midad:
»Lass meinen Schatzmeister kommen!«
Dann fragte sie Prinz Ibn Haschim:
»Ich würde dir das Geld gerne bringen lassen, doch fürchte ich, dass Bargawan oder Ibn Ammar sich seiner bemächtigen könnten. Wie kann ich euch meinen Anteil zukommen lassen?«
»Ich zahle ihn zunächst für dich, *ya Bint* Al Aziz!«, erklärte der Angesprochene und reckte die Brust heraus.
»Ich danke dir von Herzen für deine Großzügigkeit, *ya Amir* Ibn Haschim!« Ihre Lider flatterten, als ihr Blick sich noch einmal in seinen Augen verfing.

*

Doch nur kurz währte Sitts Freude über das gelungene Treffen mit den Prinzen, das ihr helfen würde, ihre schwache Position zu stärken und sich langsam ihrem Bruder wieder zu nähern. Sie hatte soeben ihr Siegel auf einen Brief an den Metropoliten Arsenios gedrückt, in dem sie diesem frohlockend über ihren Pakt mit den Prinzen berichtete, als eine Dienerin ihr aufgeregt einen ungewöhnlichen Besuch ankündigte.
Schukr, der Erzieher des Kalifen und ein treuer Untergebener Bargawans, bat, vorgelassen zu werden. Schlagartig wich ihre Freude über die Verständigung mit den Prinzen großer Besorgnis. Dass der Erzieher des Kalifen sie aufsuchte, konnte nur bedeuten, dass mit Al Hakim etwas nicht stimmte. Ihre Ahnung trog Sitt nicht.

Aufgeregt berichtete Schukr, dass der Kalif seine Schwester zu sehen wünschte.

»*Ya Amira*, der Kalif ist außer sich. Er sagt, er wird nicht schlafen können und er werde niemals mehr Ruhe finden.«

Erstaunt sah Sitt Al Mulk den Erzieher ihres Bruders an. Die Schlaflosigkeit des Kalifen trieb ihn zu ihr? Jeder im Palast wusste, dass Al Hakim unter einer starken Störung des Schlafes litt. Das konnte nicht der Grund für die große Unruhe Schukrs sein. Energisch forderte sie ihn auf, deutlicher zu sein.

»Der Kalif hat heute sein erstes Todesurteil unterschrieben«, ließ der Eunuch sie endlich wissen.

Erneut war Sitt verblüfft. »Das gehört zu den Aufgaben eines Herrschers. Auch wenn es schrecklich ist, er wird sich daran gewöhnen müssen.«

»Aber Herrin«, brach es nun aus Schukr hervor, »er hat das Todesurteil von Aissa Ibn Nesturus unterschrieben!«

Sitt meinte, der Boden schwinde ihr unter den Füßen. Aissa, der mächtige Wesir ihres Vaters, einer der fähigsten Männer in der Regierung und ein verlässlicher, lieb gewonnener Freund – zum Tode verurteilt! Sie erkannte den Schlag, den die Verschwörer ihr erneut zufügten. Aissa stand ihr nahe und ihre Gegner wussten, dass sie ihm vertraute. In ihren Zukunftsplänen spielte er eine wichtige Rolle. Für einen Moment schien die Verzweiflung Sitt Al Mulk zu überwältigen. Doch dann riss sie sich wieder zusammen.

»Wann soll das Urteil vollstreckt werden?«

»Sobald das Weihnachtsfest der Christen vorüber ist.«

Sitt erbleichte.

Bis Weihnachten waren es keine zwei Wochen mehr. Vermutlich hatten die Verschwörer es eilig gehabt, sich die Unterschrift des Kalifen zu sichern, damit Sitt ihn nicht beeinflussen konnte. Wahrscheinlich hatten sie die alten Vorwürfe der Bereicherung und Begünstigung von Christen und Juden, deretwegen Aissa schon einmal verhaftet worden war, hervorgezerrt. Juden und Christen waren nach wie vor sehr mächtig in Syrien. Aissas Hinrichtung würde ihnen ein Exempel sein, sich den Kutama zu fügen. General Sulaiman konnte dann die Hand auf das syrische Steuersystem und seine reichen Einkünfte legen. Zugleich würde Aissas beträchtliches persönliches Vermögen an die Staatskasse fallen, sobald das Todesurteil vollstreckt war.

›Wenn sie gegen Aissa vorgehen‹, überlegte Sitt, ›haben sie einen doppelten Nutzen davon: Sie wissen, dass sie damit ihre anderen Gegner und mich schwer treffen und sie können die Finanzen ihres Unrechtsregimes aufbessern. Sie werden sich durch nichts abhalten lassen. Es gibt nur eine ganz kleine Hoffnung: Ich muss Mansur dazu bewegen, das Todesurteil öffentlich zu widerrufen.‹ Sie sah Schukr in die Augen: »Wann will der Kalif zu mir kommen?«

»Er hat in der vergangenen Woche keine Nacht in seinen Gemächern verbracht. Anstatt sich nach seinen Pflichten zur Ruhe zu begeben, beobachtete er entweder mit Ibn Yunis zusammen die Sterne oder er bestand darauf, auf einem Esel nach Misr zu reiten. Er schläft tagsüber und ist dann am Abend voller Tatendrang. Aber ich bin froh darüber, denn seine Unternehmungen haben ihn aus seiner Lethargie gerissen. Heute aber erschien er mir jedoch wieder vollkommen verstört. Es wäre gut, wenn Ihr bereit wärt, ihn zu empfangen, wann immer er zu kommen geruht. Es fällt mir schwer, Euch vorherzusagen, wann das sein wird.«

»Ich werde ihn erwarten.«

»Allah segne Euch reichlich, Herrin! Nur Ihr könnt dem Kalifen aus seinem Elend helfen.«

*

Die Stunden des Wartens zogen sich hin. Auch am dritten Tag des Opferfestes erstreckten sich die abendlichen Lustbarkeiten im Ostpalast bis spät in die Nacht. Sitt bedauerte nicht, dass es ihr verwehrt war, daran teilzunehmen. Zu sehr war sie mit dem Todesurteil gegen Aissa beschäftigt. Sie hatte ihre Dienerinnen, einschließlich Takarrub, fortgeschickt und Midad befohlen, am Tor des Blauen Pavillons auf das Eintreffen des Kalifen zu warten. Unterdessen harrte sie in einem der kleineren Salons ihrer Mutter aus, schmiedete und verwarf einen Plan nach dem anderen, wie sie Aissa retten könnte. War es denn nicht möglich, dass die Prinzen Bargawan und den Kadi dazu bewegten, das Urteil in Verbannung umzuwandeln? Konnten die Prinzen nicht das Gefängnis überfallen und den Wesir einfach befreien? Oder war gar ihre Politik, die Christen und die Sunniten zu beruhigen, falsch und es wäre besser, einen Volksaufstand zuzulassen? Doch im Grund wusste sie, dass alle diese Ideen entweder undurchführbar waren oder zum Untergang der Fatimidenherrschaft führen würden. Und so kehrte sie am Ende wieder zu ihrer ersten Eingebung zurück, nämlich dass die einzige Hoffnung darin bestand, einen Widerruf des Urteils herbeizuführen.

Die Mitte der Nacht war längst vorüber, als ihre aufgrund der Stille besonders geschärften Ohren eine Bewegung in den Korridoren des Pavillons vernahmen. Kurz darauf erschien auch schon Midad.

»*Ya Amira,* der Kalif Al Hakim ist hier, um Euch einen Besuch abzustatten.«

Sitt erhob sich von dem Ruhebett, auf dem sie gelegen hatte und ging dem Bruder, der den Salon unmittelbar nach Midad betreten hatte, entgegen. Er hatte den Kopf gesenkt und sah viel kleiner und kindlicher aus als beim letzten Mal. Sie umarmte ihn und legte den Zeigefinger unter sein Kinn, um sein Gesicht zu betrachten.

»Du leidest, mein Bruder! Was ist geschehen?«

»Ach, Schwester«, brachte er heiser hervor, »Wesir Aissa muss sterben! Und ich musste es beschließen. Jetzt trage ich auch dafür die Schuld!«

Sie hätte ihm gerne die Bürde erleichtert, doch durfte das nicht sein, wollte sie ihn dazu bringen, das Urteil zu widerrufen.

»Das ist furchtbar, *ya* Mansur« – bewusst nannte sie ihn weiterhin bei seinem Geburtsnamen, denn auf diese Weise war er ihr näher, als wenn sie ihn mit dem Thronnamen Al Hakim ansprach –, »doch das ist die Bürde des Kalifen. Er entscheidet und trägt dafür die Verantwortung. Warum hast du das Urteil unterschrieben?«

»Bargawan kam zu mir, gemeinsam mit dem Oberrichter. Sie erklärten mir, dass der Wesir dem Staat Geld gestohlen und sich gegen die Muslime verschworen habe. Das sind große Verbrechen und ich war enttäuscht, dass Aissa, der doch der Wesir meines Vaters war, sich solche Dinge hat zuschulden kommen lassen. Also habe ich unterschrieben. Danach aber, als sie gegangen waren und ich mir vorstellte, wie Aissa hingerichtet werden würde, da war mir das plötzlich unerträglich und es fiel mir ein, dass mein Vater so oft Gnade vor Recht hatte ergehen lassen und ich fragte mich, ob ich es nicht auch so halten sollte.«

»Aber der Wesir hat die Verbrechen, die du ihm vorwirfst, bestimmt nicht begangen!«

»Doch, er hat sie begangen! Mein Palastmeister und der Oberrichter wissen es.«

»Was macht dich so sicher, dass sie die Wahrheit sagen?«

»Bargawan hat mich erzogen und al Numan ist der Hüter des Rechts. Sie würden mir niemals etwas Unwahres sagen!«

»In diesem Fall irrst du dich. Der Wesir Aissa Ibn Nesturus hat lediglich seine Aufgabe erfüllt. Er hat dafür gesorgt, dass in unserem Reich, in dem die Christen und die Juden seit alters her ansässig sind, Gerechtigkeit herrscht. Denn nur dann, wenn alle Gruppen im Land zufrieden sind, können wir es auf Dauer gut regieren. Aber wenn manche Angst um ihre Einkünfte oder ihren Besitz oder ihre Sicherheit haben, dann können wir nicht mehr auf sie zählen. Schlimmer noch, sie werden uns in allem zu behindern suchen.«

Sitt und Mansur hatten sich nebeneinander hingesetzt. Mit großen Augen sah der junge Kalif seine Schwester an.

»Du meinst also, der Wesir tat gut daran, mit den Juden und den Christen zusammenzuarbeiten?«

»Ja, genau das meine ich. In einem Land wie Ägypten, das sich unseren schiitischen Hof hereingeholt hat, um für Schutz und Gedeihen seiner christlichen, sunnitischen und jüdischen Bevölkerung zu sorgen, da können wir nicht gegen die Menschen regieren, sondern nur mit ihnen. Unser Großvater Al Muizz und unser Vater Al Aziz haben das genau verstanden und setzten deshalb Wesire ein, die nicht nur überaus fähige Leute, sondern die vor allem auch beim Volk gut gelitten waren.«

»Was habe ich nur für einen Fehler gemacht! Niemals hätte ich das Urteil unterschrieben, hätte ich all das gewusst. Ich brauche deine Hilfe, Schwester, deinen Rat. Bitte, bleib hier im Palast!«

»Ich bin ja hier, sorge dich nicht. Aber was willst du jetzt tun? Willst du es zulassen, dass sie Aissa töten?«

»Nein, wenn ich es irgendwie verhindern kann!«

»Aber wie?«

»Ich werde Bargawan und den Oberrichter rufen lassen und ihnen sagen, dass ich jetzt weiß, dass der Wesir zu Unrecht verurteilt worden ist und dass dieses Urteil nicht gültig ist.«

»Das solltest du nicht tun! Bargawan wüsste sofort, dass du mit mir gesprochen hast. Nein – Bruder, höre auf meinen Rat. Erzähle niemandem von unserem Zusammentreffen und nimm auch Schukr das Versprechen ab, Bargawan nichts von deinem Besuch bei mir zu erzählen. Tue einfach so, als würden alle, auch ich, deiner Entscheidung zustimmen. Doch beim Freitagsgebet in der Moschee sollst du nach der Predigt in aller Öffentlichkeit das Urteil widerrufen.«

»Aber wie kann ich etwas widerrufen, das ich beschlossen habe?«

»Auch dein Vater hat einmal eine Verurteilung von Aissa zurückgenommen und ihn wieder als Wesir eingesetzt. Dann kannst du das ebenfalls tun. Begründe den Widerspruch damit, dass du nach gründlicher Überlegung zu dem Schluss gekommen bist, dass der kluge und mächtige Kalif Al Aziz niemals einen korrupten Wesir geduldet hätte. Daraus ergebe sich die Schlussfolgerung, dass der Wesir unschuldig und alles ein verhängnisvoller Irrtum sein müsse.«

»Ich danke dir, Sitt! Ja, genau so werde ich es machen. Ich fühle mich so erleichtert! Auch diese Schuld noch zu tragen – ich könnte es nicht aushalten!«

Nachdenklich betrachtete Sitt ihren Bruder Mansur, der mit einem Schlag erholt wirkte und nun gedankenverloren Sitts kleiner Katze das Fell kraulte.

»Was meinst du, mein Bruder, wenn du sagst, ›auch diese Schuld noch zu tragen‹? An welche andere Schuld denkst du dabei?«

»Ich muss so oft an unseren Vater denken, was für ein weiser Kalif er war, wie alle Menschen ihn liebten und wie sehr er es liebte, für die Menschen da zu sein. Immer, wenn ich jetzt seine Pflichten ausübe, denke ich, dass er es so viel besser getan hätte und ich habe das Gefühl, ihm das wegzunehmen, was alleine ihm zusteht. Am Anfang war ich glücklich, das Amt des Kalifen auszuüben. Es hat mir gefallen, so geehrt zu werden und solche Macht zu haben, Gesetze zu erlassen oder aufzuheben und Würdenträger zu ernennen, von der Kanzel die Predigten zu verlesen und Zeremonien anzuführen. Doch mir ist die Freude daran vergangen und ich finde, dass mir all das in Wirklichkeit nicht zusteht.«

›Ich glaube, du weißt gar nicht, wie wahr du sprichst, kleiner Bruder!‹, ging es Sitt durch den Kopf. ›Doch das nützt jetzt nichts. Du musst dich halten, damit du das Kalifat erhältst.‹ Und so musste sie ihn von dem Schuldgefühl befreien.

»Betrachte es einmal aus einem anderen Blickwinkel, mein Bruder: Statt ihn an deinem Platz zu sehen, kannst du dir vorstellen, ihr beide steht nebeneinander und Al Aziz stützt und führt dich.«

Überrascht, erleichtert und dankbar starrte Hakim seine Schwester an und er wünschte sich nichts sehnlicher, als dass sie ihn wieder in ihre Arme nähme, so wie am Abend zuvor. Und, als hätte sie seinen Wunsch erraten, breitete Sitt Al Mulk die Arme aus und hieß ihn an ihrer Brust willkommen.

›Was für ein armes Kind dieser Kalif doch ist‹, sagte sie sich, während sie seinen Kopf streichelte.

*

Nach dem nächtlichen Besuch des Kalifen blieb Sitt Al Mulk nichts anderes übrig, als das Freitagsgebet abzuwarten. Sie ertrug es nur schwer, dass sie nicht mehr für ihren Freund Aissa tun konnte. All ihre Hoffnung ruhte auf Mansur.

Doch der Freitag sollte ein schwarzer Tag werden. Entsetzt hörte Sitt Al Mulk Midads Bericht darüber, was sich in der Moschee zugetragen hatte.

»Gegen Mangu Tekin wurde heute der Bannfluch ausgesprochen! Die Sunniten müssen von dem Plan der Verschwörer Wind bekommen haben. Schon als ich zur Al Azhar kam, spürte ich, dass etwas anders war als sonst. Ich dachte nicht weiter darüber nach, denn in diesem Augenblick erschien die Prozession des Kalifen, der unter dem Sonnenschirm in die Moschee einzog. Ich schloss mich hinten an und suchte mir dann einen Platz. Als ich durch die dicht gedrängten Menschenreihen hindurchging, wurde mir plötzlich klar, was anders war: Es hatte sich eine viel größere Zahl von Gläubigen versammelt als sonst, mehr als die Gebetshalle fassen konnte! Wer drinnen keinen Platz gefunden hatte, kauerte im Hof und unter den Arkaden. Ich verstehe nicht, wie der Oberrichter unter diesen Umständen überhaupt zulassen konnte, dass der Kalif seinen Platz einnahm.

Doch keiner unternahm etwas, denn sie waren offenbar entschlossen, ihn den Bann gegen Mangu Tekin ausrufen zu lassen. Ich beruhigte mich etwas, als der Gottesdienst ohne Zwischenfall begann. Ich wurde erst wieder unruhig, als der Kalif auf die Kanzel stieg. Doch er konnte, wie an jedem Freitag, unbehelligt seine Predigt halten. Der Oberrichter hatte ihm einen Text verfasst, in dem es um Treue und Untreue gegenüber dem Imam und somit auch gegenüber Gott ging. Dann zieh der Kalif den Generalissimus der Mameluken der Untreue. Schließlich endete die Predigt im Bannfluch.

Noch ehe der Kalif zu Ende gesprochen hatte, erhob sich von allen Ecken und Enden der Moschee ein lautes Murren, in dem seine Worte untergingen. Mehrfach versuchte er, sich gegen den Lärm durchzusetzen, so, als wollte er zu dem Volk noch etwas sagen, doch schon hatten sich die Menschen zu erheben begonnen, zuerst vereinzelt, dann wurden es immer mehr, bis fast die Hälfte der Moscheebesucher in Richtung der Kanzel drängte. Bargawan stieg persönlich hinauf, um den wie versteinert dastehenden Kalifen herunterzuholen. Noch einmal schien es, als wollte der Knabe etwas sagen, aber dann fügte er sich Bargawan, der ihm offensichtlich gut zuredete. Ein dichter Korridor von Soldaten hatte sich bereits gebildet und durch diesen konnten der Kalif und die Amire ohne weitere Anfechtung die Moschee verlassen.«

Mit angehaltenem Atem hatte Sitt den Bericht ihres Hofmeisters bis zu Ende angehört. Schließlich sagte sie niedergeschlagen: »Das war die letzte Möglichkeit!«

»Was meint Ihr, Herrin?«

»Nichts Besonderes, *ya* Midad. Sag mir lieber: Wie konnte es geschehen, dass sich so viele Sunniten innerhalb der Stadtmauern aufhielten, sodass es in der Moschee fast zu einem Aufstand kommen konnte?«

»Alle glauben, dass sie sich im Trubel der Festlichkeiten über Nacht in der Stadt verborgen haben müssen. Vielleicht hat ihnen auch der eine oder andere Prinz seinen Garten geöffnet.«

Sitt verfiel in trauriges Schweigen, das Midad nicht recht zu deuten wusste. Eigentlich war es doch in ihrem Sinne, wenn einige Prinzen mit den Sunniten gemeinsame Sache machten und Bargawan an seine Grenzen erinnerten.

Sie hatte niemandem von der Absicht des Kalifen, das Todesurteil gegen Aissa Ibn Nesturus zu widerrufen, erzählt. Offenbar wollte der Gecko sein Vorhaben in die Tat umsetzen, doch eine höhere Macht hatte es verhindert.

›Warum, *ya Rab*, willst du den Wesir meines Vaters nicht schützen?‹, fragte sie, während ihr Herz sich zusammenkrampfte.

*

In anderen Jahren hatte Sitt Al Mulk stets an den Volksfeiern zu Weihnachten teilgenommen. Sie liebte das Treiben und die Brauchtümer der ägyptischen Christen. Doch dieses Mal gab es für Sitt an den Festtagen wenig Grund, sich zu freuen. Zwar war ihr der Triumph mit den Geschenken zum Opferfest gelungen, doch lebte sie, wenn auch unter gelockerten Bedingungen, weiterhin wie eine Gefangene. Und die drohende Hinrichtung des Freundes und Verbündeten trug nicht dazu bei, eine frohe Stimmung aufkommen zu lassen. Immer noch quälte sie ihr Hirn mit der Suche nach Lösungen, um ihn von seinem Schicksal zu retten.

Aber es gab keine Lösung mehr.

*

Im Morgengrauen des dritten Tages nach dem Fest der Geburt des Herrn Iesos Christos wurde Sitt von dem einförmigen Rhythmus marschierender Trommler aus ihrem unruhigen, von Alpträumen zerrissenen Schlaf geweckt. Schlaftrunken lief sie zum Fenster, riss es auf und sah, dass die Trommler einem Trupp Kutama vorangingen, die in ihrer Mitte einen wankenden Menschen führten. Der Zug näherte sich langsam aus südlicher Richtung und sie konnte noch keine Einzelheiten erkennen. Es schien ihr, als wäre der Gang des Mannes durch Fußfesseln behindert. Die Hände waren ihm am Rücken zusammengebunden. Das zwang ihm eine unnatürliche Haltung auf, sodass Sitt Hoffnung schöpfte, ihre Ahnung trüge sie und es sei irgendein Delinquent, der da durch die Höfe des Palastes zum Tor der Leichten Brise und von dort zur Richtstätte geführt würde. Doch dann streckte der Mann Nacken und Hals in einer Weise, an der Sitt ihn unter Tausenden anderen als den Wesir Aissa Ibn Nesturus erkannt hätte. Es war der Ausdruck eines Menschen, der es gewohnt ist, sich über ein großes Ganzes Überblick zu verschaffen.

Krachend brach eine Klappe der Maschrabia-Fenster im Blauen

Pavillon auf. Sitt hatte sich nicht die Zeit genommen, den Riegel zu öffnen. Die Kutama-Krieger und mit ihnen der Gefesselte wandten die Gesichter in die Richtung des Lärms. Der Trupp war jetzt nahe genug gekommen, dass Sitt das Gesicht des Mannes deutlich sehen konnte. Damit starb der letzte Hoffnungsschimmer in ihr. Während sie mit einer Hand die Klappe geöffnet hielt, reckte sie sich, so weit es ging, aus der Öffnung, damit auch er sie sehen konnte.

»Aissa!«, rief sie hinunter. »Aissa! Das bleibt nicht ungesühnt!«

Er gab keine Antwort, aber es kam Sitt so vor, als hätte er sich ein Lächeln abgerungen und ihr zugenickt.

Als der Zug aus ihrem Blickfeld verschwunden war, ließ sie die Gitterklappe mit neuerlichem Krachen zufallen. Takarrub stand hinter ihr, den Kopf ein wenig schräg geneigt und die Brauen fragend hochgezogen.

»Was war das, Herrin?«

»Die Berber führen Aissa zum Richtplatz. Bargawan ist ein Satan. Dass er ihn mit Getrommel durch die Stadt, durch den Palast und unter meinem Fenster vorbeiführen lässt, soll uns zeigen, was jene erwartet, die sich nicht unterwerfen. Wecke die Eunuchen. Zwei von ihnen sollen sich schnell auf die Beine machen und dem Zug folgen. Ich will Nachricht, wenn alles vorüber ist.«

Bitter dachte Sitt Al Mulk daran, dass es ihr noch vor ein paar Jahren gelungen war, den Freund vor einer Intrige zu retten. Mohammed Ibn Al Numan, der Oberrichter, hatte sie damals eingefädelt. Obwohl ihn die Angelegenheiten der Steuer und der Verwaltung nichts angingen, konnte er es nicht lassen, sich einzumischen.

Es hatte damit begonnen, dass Aissa, nachdem er die Staatsfinanzen übernommen hatte, die korrupte und unfähige Verwaltung auflöste, alles neu ordnete und Steueraufseher einsetzte, denen er trauen konnte. Ohne dass dabei die Religion eine besondere Rolle gespielt hätte, waren die bisherigen Beamten zu einem großen Teil Muslime. Die neuen Beamten dagegen waren vielfach Christen, die deshalb ausgewählt worden waren, weil sie sich mit dem seit unerdenklichen Zeiten hochentwickelten Steuerwesen bestens auskannten.

In Syrien setzte der Wesir als seinen Stellvertreter den ebenfalls überaus fähigen Menasse ben Avraham ein. Menasse war Jude. Und auch er holte sich jene Leute, denen er vertrauen konnte.

Eines Tages, als der Kalif Al Aziz durch die Stadt ritt, warf ihm eine Bittstellerin einen Zettel zu und verschwand in der Menge. Wie üblich, hob ein Reitknecht den Zettel auf und reichte ihn dem Kalifen. Dieser las die Botschaft, wurde nachdenklich und ließ nach der Frau suchen, freilich ohne Erfolg.

Zurück im Palast rief er den Oberrichter zu sich und gab ihm den Zettel zu lesen.

»Was hältst du davon?«

Auf dem Zettel stand geschrieben: *Amir der Gläubigen, die Christen förderst du durch Aissa Ibn Nesturus und die Juden durch Menasse ben Avraham. Die Muslime aber vernachlässigst du. Willst du mir nicht helfen?*

Der Richter las und antwortete: »Ich weiß, was gemeint und was zu tun ist: Vieles ist falsch gemacht und versäumt worden!«

Für Sitt gab es keinen Zweifel, dass der Oberrichter die Frau ihrem Vater persönlich in den Weg gestellt hatte. Tatsächlich ließ Al Aziz bald darauf sowohl Aissa als auch Menasse verhaften und er befahl, dass die *Diwane* der Verwaltung und die Steuereintreibung erneut muslimischen Beamten überantwortet würden. Aber das ging nicht lange gut und so wurden nach und nach wieder christliche und jüdische Beamte eingesetzt. Sie sorgten dafür, dass die Behörden ihre Arbeit zufriedenstellend erledigten.

Damals wandte sich Aissa Ibn Nesturus nach seiner Verhaftung an Sitt um Hilfe. Leidenschaftlich setzte sie sich für den Wesir ein.

»Mein Vater, ich bitte dich, lasse Gnade walten. Aissa und Menasse handeln zum Wohl des Staates. Wir können es nicht ändern, dass die muslimische Gemeinde um so vieles jünger und weniger verwurzelt ist als die christliche und dass die Grundbesitzer wie auch die Bauern in der Mehrzahl Christen sind. Der Erfolg seiner Maßnahmen gibt Aissa ja recht, denn seither sind die Erträge aus der Erntesteuer tatsächlich ganz unglaublich gestiegen!«

Und da Al Aziz Sitt so sehr liebte, dass er ihr nichts abschlagen konnte, verzieh er Aissa und machte die Absetzung rückgängig. Zum Dank zahlte Aissa aus seinem freilich beträchtlichen Vermögen dreihunderttausend Dinar an die Staatskasse. Und alle waren zufrieden.

*

Das christliche Weihnachtsfest lag schon lange zurück und die letzten Wochen des Winters und des kurzen Frühlings gingen vorüber, ohne dass sich an der Lage Sitts etwas geändert hätte. Das Gleiche galt für die Lage des Staates, dessen Zügel ein grenzenlos ehrgeiziger Eunuch, ein größenwahnsinniger General und ein von religiösem Eifer besessener Oberkadi in Händen hielten. Allein was Al Hakim anging, hatte ein Wandel einzusetzen begonnen. Zwar machte er noch immer die Nacht zum Tage und verschlief den Großteil der Zeit, da die Sonne schien, doch hatte er es sich zur Gewohnheit gemacht, seiner Schwester allabendlich nach dem letzten Aufruf zum Gebet einen Besuch abzustatten. Sitt gab ihm Kraft und Stärke und jene Wärme, die er im Männerstaat zu vermissen schien. Wenngleich der Bart auf seinem Kinn immer dichter spross, würde es noch ein Weilchen dauern, ehe er

sich bei anderen Frauen Wärme und noch mehr würde holen dürfen.
Der Eunuch Schukr hatte es sich zur Gewohnheit gemacht, Al Hakim allein zu lassen, wenn er mit seiner Schwester zusammen war. Er erkannte ihren guten Einfluss auf den Knaben und wollte diesen nicht stören. So begleitete er ihn zwar zum Blauen Pavillon, begab sich dann aber in die Quartiere von Sitts Eunuchen und vertrieb sich mit diesen die Zeit, bis der Kalif wieder aufbrach.
In manchen klaren Nächten suchte Al Hakim Sitt gemeinsam mit Ibn Yunis auf und dann beobachteten sie vom Dach aus zu dritt den Sternenhimmel. Ibn Yunis verstand es wie kein anderer, eine Brücke zu schlagen zwischen den kosmischen Erscheinungen, der Philosophie und dem Leben. Sitt hatte großes Vergnügen daran, ihm dabei zuzuhören, wie er Hakim dieselben Wahrheiten lehrte, mit denen er vor vielen Jahren sie selbst begeistert hatte. Und sie beobachtete mit Genugtuung, wie begierig der Knabe alles aufnahm, was der Gelehrte von sich gab.
»Die Sterne verraten uns, wie Gott sich in seiner Schöpfung entfaltet und sie zeigen uns unseren Platz darin. Vor vielen Jahrhunderten fiel den Menschen auf, dass die Bewegungen am Himmel die gleichen Botschaften enthielten wie die Verkündigungen der Propheten. Da kamen sie auf den Gedanken, dass sie die göttlichen Offenbarungen besser würden deuten können, wenn sie besser verstünden, welchen Gesetzen die kosmische Ordnung gehorchte. Sofort fingen sie an, die Sterne und ihre Bewegungen planvoll zu erforschen. Um das zu tun, mussten sie aber ihre Kenntnis in der Algebra, in der Zahlenkunde und in der Lehre von den Harmonien vorantreiben und so ging das eine mit dem anderen Hand in Hand. Je besser sie diese grundlegenden Wissenschaften von der Natur beherrschten, desto mehr konnten sie über den Kosmos in Erfahrung bringen und auf umso erstaunlichere Weise erwies

sich die tiefe Wahrheit der heiligen Schriften. Die Gesetze der Sterne liegen dem Leben zugrunde und die Gesetze der Propheten sind eine Richtschnur für die Menschen, denen das Wissen um die ewigen Gesetze verborgen ist.«

»Bedeutet das«, fragte Al Hakim, »dass derjenige, der die Gesetze des Kosmos verstanden hat, über den Offenbarungen und Gesetzen der Propheten steht?«

»Er steht nicht über ihnen, sondern neben ihnen. Die Religion ist für jene Menschen gemacht, die sich mit der Philosophie nicht befassen können oder wollen, aber trotzdem ein gutes, glückreiches Leben führen möchten. Wem sich aber die Philosophie erschließt, der benötigt die Religion dazu, um Sicherheit zu haben, dass seine Vernunft ihn nicht auf Abwege geführt hat. Es ist ein wenig wie die Probe, die du bei einer mathematischen Berechnung zu machen gelernt hast.«

»Die Philosophie erlegt uns eine große Verantwortung auf«, fühlte Sitt sich bemüßigt, für den jungen Kalifen hinzuzufügen. »Wer sich von den Gesetzen der Vernunft leiten lässt, muss zu allen Zeiten die Gesetze der Menschlichkeit im Auge behalten und diese lehrt uns immer noch am besten die Religion!«

Al Hakim hatte begonnen, den Blick suchend über den Himmel schweifen zu lassen.

»Wo stehen heute die Herrscher über die sieben Sphären?«

»Ich glaube, dass Ihr einige schon selbst erkennen könnt, Euer Hoheit!«

»So will ich es versuchen.«

»Wir nehmen die Sterne und ihre Bewegungen als Grundlage, um unseren Kalender zu berechnen und zuverlässig den Beginn eines neuen Monats anzusetzen. Sonst wüssten wir nicht, ob es jetzt wirklich an der Zeit ist zu fasten und ob der Tag des Schlachtopfers angebrochen ist. Die Seefahrer errechnen mit Hilfe der

Sterne, wo ihr Schiff sich gerade befindet und welchen Kurs sie nehmen müssen, um an ihr Ziel zu gelangen. Wir ermitteln, wie ein Palast gebaut werden muss, sodass er die guten Einflüsse der Planetensphären einfängt und die schlechten zurückweist und wo die Gebetsnische einer Moschee hingehört, damit sie genau nach Mekka ausgerichtet ist.«

»Trotz dieser gewiss nützlichen praktischen Anwendungen der Astronomie interessieren mich aber ganz besonders ihre *Batin*-Bedeutungen«, verkündete da der Kalif. »Du wirst mich doch gewiss auch lehren, wie sich die Ereignisse auf der Erde vorhersagen lassen, nicht wahr?«

»Es wird mir eine Ehre sein, hoher Herr, doch wird es dafür notwendig sein, dass wir noch um einiges tiefer in das Reich der Mathematik vordringen.«

»Das soll für mich kein Hindernis sein!«, rief Al Hakim begeistert aus.

*

Während der Kalif auf diese Weise neuen Lebensmut gewann, wussten die Höflinge nicht, ob sie darüber jubeln oder klagen sollten, denn für sie ergab sich aus seinem nächtlichen Eifer ein beträchtliches Maß an Unbequemlichkeit. Al Hakim bestand nämlich fortan darauf, dass die Sitzungen des Maglis nur noch während der Nachtstunden stattfanden. Nach den nächtlichen Ausflügen in die Stadt war er geradezu süchtig geworden. Sehr schnell war es nicht mehr möglich, der Bevölkerung zu verbergen, welch hoher Besuch sie so häufig zu später Stunde beehrte und deshalb musste der Kalif nun mit großem Gefolge und viel Aufhebens in Misr einreiten, wobei er jedoch nie ein Pferd benützte, sondern immer nur einen Esel. Er war unverändert von der Vorstellung besessen, dass er sich gegen den Vater verstieß, wenn er auf einem Pferd ritt oder am Tage seinen Pflichten nachging.

*

Indessen trieb die Berber-Partei unter dem Regenten Hassan Ibn Ammar den Hochmut auf die Spitze. Sie tat dies im Bewusstsein der überraschenden Erfolge des Kutama-Generals Sulaiman Ibn Gafar in Palästina und in Syrien. Der Emir von Damaskus Mangu Tekin und seine Mameluken waren Sulaiman entgegengezogen und hatten versucht, ihn in Askalon zurückzuschlagen. Doch mit der Verstärkung der gekauften Beduinen-Krieger – oder lag es an der Magie der den Feldzug begleitenden toten Kalifen? – behauptete sich das Kutama-Heer und besiegte die Mameluken. Von Mangu Tekin hörte man daraufhin mit einem Mal nichts mehr. Die Art, wie die Nachricht vom Sieg der Kutama bei Askalon nach Kairo gelangte, trug dazu bei, dass der Hof noch lange über das Schicksal Mangu Tekins rätseln würde. Midad war der Erste, der Sitt davon berichtete.
Als er eintrat, saß sie über einer Aufstellung ihres Verwalters bezüglich des Erlöses aus dem Verkauf einiger Ländereien an ihrem Schreibtisch. Ihre Goldreserven brauchten dringend eine Aufbesserung, nachdem sie noch mehrere Male große Summen benötigt hatte, um die Bevölkerung von Misr ruhig zu halten. So hatte sie die Badehäuser der alten Hauptstadt aufkaufen lassen und einen Eintrittspreis verfügt, der so niedrig war, dass auch die Armen sich fortan den Genuss der Bäder leisten konnten. Die Bevölkerung – Juden, Christen und Muslime – lobte sie dafür. Dass ihr Einkommen daraus unter jenem blieb, das ihr aus der Bewirtschaftung der dafür verkauften Landflächen zugeflossen war, störte sie nicht. Die

Gewogenheit der Bevölkerung wog den Unterschied bei Weitem auf.
Midad bat um ihre Aufmerksamkeit und Sitt Al Mulk löste den Blick von den Papieren vor sich und sah ihren Hofmeister erwartungsvoll an. »Ja, Midad. Was gibt es?«
»Gamila, die schnellste von Mangu Tekins berühmten Brieftauben, ist heute eingeflogen. Sie trug eine Botschaft in der Handschrift des Generalissimus an den jungen Kalifen. Sie lautet folgendermaßen:

Befehlshaber der Gläubigen!
Eure türkischen Krieger sind heute bei Askalon im Land der Philister in unerträglicher Schmach den Rebellen unter Sulaiman Ibn Gafar unterlegen. Ich kann es mir nicht verzeihen, für Euch den Sieg des Rechts nicht erkämpft zu haben. Meine Güter und mein gesamter Besitz gehören Euch. Meine Seele wird sich in die Fremde begeben und dort ihr Los ertragen. Seid bedankt für all Euren Großmut.

Mangu Tekin
Generalissimus der türkischen Streitkräfte.«

»Mangu Tekin – geschlagen?«
In ihrer Erregung hatte Sitt die Frage in den Raum geschrien.
»Ja, Herrin.«
»Und was ist mit ihm? Was haben seine Worte zu bedeuten?«
»Das weiß keiner. Ob er sich irgendwohin abgesetzt oder – Allah verhüte – sich selbst getötet hat, keiner weiß es.«
»Ist bekannt, was mit dem Mamelukenheer geschehen ist?«
»Nein, auch das wissen wir nicht.«
»Hoffentlich sind sie den Kutama entkommen!«
»Ja, hoffentlich!«

Midad hatte kaum alles berichtet, was er in Erfahrung gebracht hatte, als Prinz Ibn Haschim darum bat, Sitt einen Besuch abstatten zu dürfen. Er musste sich unverzüglich auf den Weg gemacht haben, denn er traf sehr schnell ein.

»Sei gegrüßt, *ya Amira!* Wie ich an deiner Miene erkennen kann, hast du schon von Mangu Tekin gehört! Jetzt wird es sehr schwierig werden für uns. Das Hauptheer der Mameluken ist vermutlich zerstreut. Wohl stehen noch einige Einheiten hier in Kairo, aber das wird nicht genug sein, um uns zu behaupten, sollte die Gelegenheit dazu kommen. Für Bargawan, Hassan Ibn Ammar und den Oberrichter ist heute ein Tag zum Feiern: Ihr Regime sitzt nun fest im Sattel.«

Er sah sie fragend an. Sie verstand, dass es eine zweifache Frage war, die er ihr auf diese Art unausgesprochen stellte und sie antwortete auf beides: »Ich fürchte, du hast recht, mein Onkel, dass sie heute zum ersten Mal seit ihrer Machtübernahme wirklich aufatmen können. Und für mich schiebt sich damit die Zeit meiner Befreiung weiter in die Ferne. Trotzdem will ich noch nicht aufgeben.«

Ihr entschlossener Blick traf kurz den seinen. Sie wusste, dass ihn ihre hartnäckige Weigerung, in seinen Harem zu ziehen, nicht entmutigte, ganz im Gegenteil, von Mal zu Mal war er begieriger darauf, sie zu besitzen. Und sie wusste, dass sie ihn so als Verbündeten halten konnte, ohne sich ihm zur Frau zu geben.

*

Von Askalon aus zogen die Kutama nach gewonnener Schlacht am See Tiberias vorbei gegen Damaskus. Unterwegs trafen sie auf keinen nennenswerten Widerstand und so marschierten sie im Monat Ragab des Jahres 387 der Hedschra – im August des Jahres 997 des Herrn der Christenheit – in der alten Stadt der Omajaden ein. Der Triumph der Kutama gipfelte darin, dass ihr General Sulaiman Ibn Gafar in der Großen Moschee von Damaskus die Freitagspredigt im Namen des jungen Fatimidenkalifen Al Hakim Bi Amr Illah verlas.

*

Sitt Al Mulk nützte die Zeit, da die Regierung sich zunehmend sicherer fühlte und ihr Augenmerk auf Syrien richtete, um im Haus Theodoras ganz langsam ihren monatelang stillgelegten *Diwan* wieder zu eröffnen. Täglich kamen mehr Frauen, Prinzessinnen, Prinzen und Beamte in den Blauen Pavillon, bis Sitts Salons, wie in alten Zeiten, vom Morgen bis zum späten Abend angefüllt waren mit Besuchern. Schritt für Schritt belebte Sitt obendrein ihr Netz von Spionen wieder, während ihre Gegner zunehmend das Interesse an ihr verloren.
Dem Regierungstrio war nicht entgangen, dass Prinz Ibn Haschim Ibn Mansur leidenschaftlich um die Prinzessin warb und sie mit Geschenken überschüttete. Sie waren sich sicher, dass sie ihm bereits nachgegeben hatte. Damit, so glaubten sie, stellte sie keine Bedrohung mehr dar. Und so hielt Sitt Al Mulk schließlich auch den Zeitpunkt für gekommen, da sie ebenfalls ganz langsam damit beginnen konnte, ihre Bewegungsfreiheit in Anspruch zu nehmen.
An jenem Hochsommertag erhoben sich soeben die Kutama-Wachen vor dem Blauen Pavillon von ihrem Abendgebet, als eine größere Gruppe Frauen das Gebäude verließ. Die Soldaten hatten sich mittlerweile an das Ein- und Ausgehen gewöhnt, sodass sie die Schar nur flüchtig musterten. Doch inmitten der Frauen ging dieses Mal Sitt. Sie hatte sich einen Schleier tief in die Stirn gezogen und passierte ungehindert. Daraufhin ging sie allein die kurze Strecke zum Elefantenpavillon und nahm vor dem Tor ihren Schleier ab. Die Wachen dort waren erstaunt, die Prinzessin zu

sehen, doch wagte es keiner, sie am Betreten der Kalifengemächer zu hindern, wussten sie doch alle, dass der Kalif sonst um diese Zeit ihr einen Besuch abstattete.
Sitt traf ihren Bruder an, als er gerade im Begriff war, den Weg zu ihr anzutreten. Es war das erste Mal seit dem Tod des Vaters, dass sie den Fuß in seine Gemächer setzte und obwohl sie von Ibn Ammars Raubzug gehört hatte, traf es sie hart, zu sehen, dass all die schönen Gegenstände, die Al Aziz mit Liebe und Kunstverstand ausgewählt hatte, verschwunden waren. Bargawan hatte es nicht zuwege gebracht, den Eindruck der Plünderung zu verwischen und so musste der kindliche Herrscher in dieser traurigen Umgebung leben.
Al Hakim war überrascht und zugleich voll Freude, dass seine Schwester ihm einen Besuch abstattete. Als sie den Knaben zum Gruß umarmte, meldete sich in ihr das Gefühl mütterlicher Wärme plötzlich mit ungekannter Kraft. Es berührte sie sonderbar, doch fand sie schnell eine Erklärung: ›Ist das denn verwunderlich? Schließlich komme ich ja aus dem Haus seiner Mutter!‹
»Was sehe ich, mein Liebling!«, sagte sie zu dem Bruder, dem die ungewohnt zärtliche Anrede aus dem Mund seiner sonst immer ein wenig förmlichen Schwester Balsam auf der Seele war. »In was für einem Zustand befinden sich denn deine Gemächer! Das muss sofort geändert werden!«
Sie wandte sich an Schukr, der das unerwartete Erscheinen der Prinzessin noch immer nicht ganz fassen konnte. Auch in seinen Augen war es eine ausgemachte Sache, dass sie ihr weiteres Leben in Unfreiheit – sei es bewacht im Blauen Pavillon oder im Harem des Prinzen Ibn Haschim – verbringen würde. Und jetzt erschien sie plötzlich ungerufen und unangemeldet bei ihrem Bruder!
Ohne sich um die Überraschung des Eunuchen zu kümmern, sagte sie: »Schukr, ich weiß, dass die Schatzkammern meines Vaters ge-

leert sind. Deshalb bitte ich dich: Suche Midad auf und sage ihm, der Kalif und ich werden in Kürze bei meinen Depots eintreffen und wir wollen zusammen eine würdige Einrichtung für die Räume des Kalifen auswählen. – Ist dir das recht, mein Bruder?«
Al Hakim konnte nur ein dankbares Nicken hervorbringen und so führte sie ihre Anweisungen an Schukr zu Ende:
»Wir benötigen auch eine einfache Sänfte, damit wir unerkannt über die Straße zwischen den beiden Schlössern zu meinem Palast gelangen können. Du kannst meines Dankes sicher sein, *ya* Schukr!«
Da der Erzieher des Kalifen ein kluger Mensch war, der wusste, dass einer im Leben nie genug Freunde und nie zu wenig Feinde haben konnte, tat er, wie ihn die Prinzessin geheißen und verzichtete darauf, Bargawan zu verständigen. Er würde dem Palastmeister die Sache später, bei Gelegenheit, schon zu erklären wissen. Schließlich ließ es sich nicht leugnen, dass es dem Kalifen besser ging, seit er seine Schwester sehen konnte. Und hatte nicht ursprünglich die Plünderung des väterlichen Heims zur Verschlechterung seines Zustandes beigetragen? Schukr wusste, dass Bargawan viel daran gelegen war, dass der Kalif sich weiterhin so gut erholte. Und wenn die Prinzessin meinte, sie wolle seine Räumlichkeiten aus ihrem Besitz wieder wohnlich gestalten, so war doch dagegen nicht das Geringste einzuwenden!
Und somit traten die beiden Gefangenen, der junge Kalif und seine schöne Schwester, gemeinsam das Abenteuer eines unbewachten Ausflugs an. Sitt war sich bewusst, welche Gefahr sie einging. Denn wurden sie ergriffen, so würde Bargawan ihr gegenüber keine Gnade walten lassen. Er würde sie unwiderruflich verschwinden lassen, ob hinter den Mauern eines Harems oder auf noch schlimmere Weise – so wie Nour verschwunden war, dessen Schicksal noch immer im Dunkeln lag.

Die Sänfte wartete im Hof des Elefantenpavillons und trug sie ohne Zwischenfall zum Wasserschloss. Sitt lugte durch die Vorhänge und stellte zu ihrer Beruhigung fest, dass weit und breit keine Soldaten zu sehen waren. In der Torhalle erwarteten sie bereits Midad und ihr Güterverwalter Ragai. Nachdem sie und der Kalif ausgestiegen waren, schaute Sitt sich um und warf einen Blick in den Hof ihres Besitzes.

»Dass ihr für mich arbeitet, ist ein großes Glück«, lobte sie erfreut die beiden Eunuchen. »Alles ist in bester Ordnung, so als lebte ich hier!«

Die auf diese Weise Gewürdigten sahen bescheiden zu Boden und am Erröten ihrer Gesichter zeigte sich, wie ihnen die Anerkennung ihrer Herrin das Herz wärmte.

Die Depots der Prinzessin waren in einem Nebengebäude untergebracht. Der Weg dorthin führte ein kurzes Stück durch den Garten des Kafur. Die Hitze des Sommertages war gebrochen und die letzten Lichtstrahlen verfingen sich in Bäumen, Sträuchern und Blumen. Der Garten war menschenleer. Die Gärtner hatten ihr Tagewerk besorgt und die Wächter ihre Posten noch nicht bezogen.

»Was würdest du davon halten, mein Bruder, wenn wir die kurze Zeit, in der es noch hell ist, nützen und ein wenig durch meinen Garten gehen? Ich habe ihn schon so lange entbehrt!«

»Aber gern, *ya* Sitt, sehr gern!«

»Dann lass uns zum Haus der Menschenvögel gehen!«

So hatte der Kalif Al Aziz seine liebevoll gehegte Papageienzucht genannt. Den Gesandten des Hofes und den Offizieren seiner Schiffe war die Vorliebe des Herrschers für sprechende Vögel bekannt gewesen und jeder, der ihm ein neues Tier brachte, konnte, besonders wenn es in einer in der Zucht noch nicht vertretenen Sprache geschult war, mit großzügigen Geschenken rechnen.

Nun wanderten die im Alter so weit auseinanderliegenden Lieblingskinder des Aziz, seine Tochter Sitt Al Mulk und sein Sohn Al Hakim, über einen mit schwarzen und weißen Kieseln in Rankenmustern ausgelegten Weg, vorbei an Blumenrabatten und blühenden Sträuchern. Dabei querten sie auf Brücken mehrere Kanäle, die den Garten in geometrische Inseln teilten. Die Kanäle dienten sowohl zur Bewässerung als auch zur Kühlung und Verschönerung des Gartens. Von ihren Ufern erklang schon das abendliche Gequake der Frösche und aus dem Gras das Zirpen der Zikaden. Die Vögel in den Baumkronen jubelten dem scheidenden Tag noch ein letztes Mal zu.

Unweit des Eingangs zu jenem unterirdischen Kanal, den Sitt und Takarrub vor vielen Monaten auf ihrer Flucht ins Kloster des Zwergen passiert hatten, stand das Papageienhaus. Es war einem Sultanspalast nachempfunden. Die goldenen Kuppeln glühten im Rot des Abendhimmels und das Geschimpfe seiner Bewohner drang nach außen.

Noch war das Licht hell genug, um durch das geschmiedete Gitterwerk hindurch ins Innere des Käfigs zu sehen. Belaubte und tote Bäume streckten ihre Äste in alle Richtungen. In der Mitte der Halle ragten Dattelpalmen in das Firmament der obersten Kuppel und entfalteten dort ihre Wedel. Dazwischen hingen goldene Vogelschaukeln. In die Sitzstäbe waren bunte Steine eingelassen, die bei jeder Landung eines schwingenschlagenden Vogels auffunkelten. Heller Sand bedeckte den Boden.

Nach einer langen entbehrungsreichen Zeit erlebten die Geschwister endlich Stunden der Unbeschwertheit miteinander. Doch schließlich mahnte Sitt zum Aufbruch. Sie wollte ihre Kühnheit nicht übertreiben.

Die verwöhnten Nasen der heimlichen Spaziergänger kräuselten sich vom strengen Geruch der Ausdünstung der Papageien und

Sittiche. Lachend sahen sie einander an. Manche der Vögel trugen einen Kopfschmuck, andere hatten Schwanzfedern fast so prächtig wie jene der Pfauen in den Höfen des Kalifenpalastes. Ihre vielfarbigen Gefieder hatten vom Abendlicht einen roten Schimmer angenommen.

Es war ein Augenblick, in dem Sitt Al Mulk und der kleine Kalif sich plötzlich wie unbeschwerte Kinder fühlten. Sie wiesen einander auf besonders prächtige Vogelexemplare hin und mussten wieder lachen, als einer der Papageien auf Griechisch zu krächzen begann und andere ihm auf Arabisch und Syrisch antworteten.

»So gerne ich noch hier im Garten verweilen würde – es ist besser, wenn wir jetzt wieder zurückgehen. Wir wollen ja noch deine Einrichtung aussuchen!«

Auf dem Rückweg hätte Al Hakim allzu gern die Hand seiner Schwester ergriffen, doch da er das als nicht statthaft empfand, ging er einige Schritte vor ihr her.

›Er fängt schon an, sich als Mann zu fühlen‹, ging es Sitt durch den Kopf. Seit ihrem Umzug in den Westpalast um die Zeit der Wintersonnenwende war er ein gutes Stück gewachsen. Er war nun so groß wie sie und hatte an Gewicht zugenommen. Es ließ sich bereits absehen, dass er sich zu einem gut aussehenden Mann entwickeln würde.

Als hätte Hakim die Gedanken Sitts erspürt, blieb er unvermittelt stehen und drehte sich zu ihr um.

»Wenn du nicht meine Schwester wärst, so würde ich dich heiraten!«

»Aber Mansur, was du da sagst! Ich wäre ja viel zu alt für dich!«

»Nein, das wärst du nicht«, erwiderte er und sah zu Boden. Völlig unerwartet für Sitt ging er in die Knie und vergrub sein Gesicht in ihren Schoß. Er hielt ihre Hüften umklammert und schien etwas zu sagen, doch klang es wie ein Schluchzen. Sitt beugte sich über ihn und versuchte, ihn hochzuziehen. Als er sich nicht rühren wollte, legte sie ihm die Hand aufs Haar, strich darüber und sprach leise auf ihn ein. Dabei verbarg sie die Angst, die sein Verhalten in ihr auslöste: »Komm, mein Bruder, du weißt, dass ich dir von Herzen zugetan bin. Aber du bist ja schon ein Mann! Steh auf! Schsch, ich höre jemanden!«

Nach einem Augenblick des Schreckens konnte Sitt aufatmen. Hakim richtete sich wieder auf und schien bereit, den Weg zum Depot fortzusetzen. Ohne weiteren Zwischenfall trafen sie auf Midad und den Verwalter, die sie beim Eingang erwarteten.

*

»Ich danke dir, Schwester, für die schönen Schränke und Truhen, für die Stühle und Tische, die Lampen, Teppiche und Wandbehänge, die du mir hast schicken lassen«, sagte der Kalif, als er Sitt am darauffolgenden Tag im Blauen Pavillon besuchte. »Der Elefantenpavillon sieht jetzt ganz anders aus und ich halte mich wieder gern darin auf.«

Seit dem Ausflug in den Garten hatte Sitt den Bruder nicht wieder besucht. Wenn er zu ihr kam, so besaß sie als Hausherrin mehr Gewalt über ihn, als wenn sie ihn aufsuchte. Die Szene hatte sie noch tagelang beschäftigt und sie wollte einer Wiederholung nicht Vorschub leisten.

*

Noch jemand, der meinte, sich alles gestatten zu dürfen, war der Regent Hassan Ibn Ammar. Für ihn und die Kutama waren alle Schranken gefallen. Der Staat, so schien es, gehörte nun unwiderruflich ihnen. Damit seine Truppen in Kairo Verstärkung bekämen, ließ Ibn Ammar jeden Berberjungen, der groß genug war, ein Schwert zu tragen, von der Straße weg zur Armee verpflichten. Um Ausrüstungen für die neuen Rekruten zu beschaffen, hielten sich die Kutama an die königlichen Stallungen. Sie trieben eintausendfünfhundert Pferde hinaus und verschacherten viele hundert Rennkamele, Maultiere und Esel. Um den Erlös wurden die jungen Berber eingekleidet und bewaffnet; die Pferde wurden ihnen als Reittiere zugeteilt. Zugleich aber mussten sich die türkischen Militärsklaven gefallen lassen, dass ihnen der Sold gekürzt und die Fleischrationen herabgesetzt wurden.

Bargawan und der Oberrichter waren dazu verurteilt, tatenlos zuzusehen, wie die Berber täglich schlimmer unter der Bevölkerung wüteten. Zu ihren bereits zur Gewohnheit gewordenen Ausschreitungen gegen die Händler auf den Märkten und gegen Juden und Christen, die sich weiterhin standhaft weigerten, die längst verworfenen Bekleidungsvorschriften einzuhalten, kam nun, dass die Berbersoldaten anfingen, Frauen und Knaben zu entführen und sich an ihnen zu vergehen. Jeden Tag erstatteten Sitts Spione, die nun wieder wie früher für sie arbeiteten, Midad Meldung über neue Ausschreitungen. Am Abend fasste er die Berichte für die Prinzessin zusammen.

Sitt beobachtete die Ereignisse mit einer Mischung aus Genugtuung und Besorgnis. Denn wenn in Misr der Friede zusammenbrach, dann war die *Fitna* nicht mehr aufzuhalten. Mit dem Knaben auf dem Thron würde das ismailitische Kalifat nicht zu retten sein und auch für die griechischen Christen waren die Folgen nicht abzusehen. Sie selbst würde in den Strudel hineingezogen und, falls ihr nicht rechtzeitig die Flucht gelang, darin ertrinken.

Es war ein heißer August und der lange Sommer hatte nun auch die dicken Mauern der Palaststadt so stark aufgeheizt, dass die

Menschen am Abend auf die Dächer strömten, um den kühlenden Fallwind vom Mukattam zu spüren.
Auch Sitt war an einem dieser Abende nach dem Abendgebet mit ihren Frauen und Gästen auf das Dach des Blauen Pavillons gezogen, als Midad erschien, um ihr zu berichten. Sitt erhob sich und bedeutete ihm, ihr zur Zitronenbaumlaube zu folgen. Nachdem sie ihn angehört und ihm gedankt hatte, kehrte sie nachdenklich zu den Freunden zurück.
»Heute ist in Misr ein Trupp Kutama mit Mameluken zusammengestoßen. Die Berber wollten den Türken vor aller Augen die Kleider vom Leib reißen und sie dem Gespött preisgeben. Die Mameluken setzten sich zur Wehr und am Ende lagen zwei tote Soldaten, einer auf jeder Seite, im Straßenstaub.«
Die Anwesenden sahen einander betroffen an. Es verstrich einige Zeit, ehe jemand das Wort ergriff. Nur das Surren von Tante Raschidas Spinnrad war zu hören. Sie war es auch, die als Erste die Sprache wiederfand:
»Ich bin der Meinung, wir sollten den Mameluken reichlich Geld zukommen lassen, um ihren Kampfwillen zu stärken.«
»Ja, ja, so ist es! Ich bin dabei! Ja und ich auch!«, ertönte es aus dem Kreis.
Die Welle der Zustimmung für Raschidas Vorschlag war noch nicht verebbt, als einer von Sitts Dienern die Ankunft des Kalifen meldete. Sitt ging ihm zur Treppe entgegen und empfing ihn im Hinblick auf die Gäste mit einer Verbeugung und in aller Form:
»Sei gegrüßt, Befehlshaber der Gläubigen! Du beehrst das Haus meiner und deiner Mutter. Hat man dir schon berichtet, was sich heute in den Straßen von Misr ereignet hat?«
»Nein, meine Schwester. Sag, was hat es gegeben!«
Sitt erzählte ihm den Vorfall in allen Einzelheiten, wie Midad ihn ihr geschildert hatte und sie fügte hinzu, dass die anwesende Hof-

gesellschaft entschlossen sei, das ihre zu tun, um dem gewalttätigen Treiben der Kutama ein Ende zu setzen. Das Schicksal des ganzen Hofes stünde auf dem Spiel.

Sie schloss mit den Worten:

»Bargawan ist der Chef der türkischen Palastgarden. Wir sollten ihm unser Angebot übermitteln und ihm deutlich machen, dass es für ihn nur noch einen Weg gibt: sich endlich wieder auf die Seite der Prinzen zu stellen und Ibn Ammar das Bündnis aufzukündigen. Ich bitte dich, mein Bruder und Herr, lass Bargawan rufen, damit wir retten, was sich noch retten lässt!«

»Gut, *ya Amira*. Jemand soll Schukr holen.«

Schukr, der sich wie immer bei Sitts Eunuchen aufhielt, stand binnen Kurzem wegen der Eile, in der er die Stufen genommen hatte, rasch atmend vor dem Kalifen und stieß hervor:

»Euch zu Befehl, Hoheit!«

»Mein Palastmeister Bargawan soll kommen. Jetzt und hierher!«

Während sie auf das Erscheinen des obersten Eunuchen warteten, ging Sitt mit ihrem Bruder auf dem Dach auf und ab und erläuterte ihm, weshalb die Ereignisse des Tages so folgenschwer waren. Von Zeit zu Zeit blieben sie stehen und blickten zu den Dächern der anderen Pavillons der Palaststadt. Einige waren von bunten Lampen erleuchtet, Musik, scherzende Stimmen und lautes Gelächter drangen herüber.

Einige Zeit verstrich, ehe ein Diener sich ihnen gebückt näherte, um zu melden, dass Bargawan noch nicht gefunden worden war. Und noch ein Weilchen musste vergehen, ehe der Erwartete endlich mit schnellem Schritt auf sie zukam. Nachdem er sich vor dem Geschwisterpaar verneigt und beide begrüßt hatte, begann er:

»Verzeiht, dass ich so lange auf mich warten ließ. Ich war in den Zeughäusern, um nachzusehen, was noch an Waffen übrig geblieben ist, nachdem die Berber sich bedient haben.«

»Wenn der Kalif mir gestattet zu sprechen«, unterbrach ihn Sitt mit einem Blick zum Bruder, »so will ich Euch fragen: Bedeutet das, auch der Kommandant der türkischen Garden hat erkannt, dass es so nicht weitergehen kann?«
»Ja, Herrin, so ist es. Hassan Ibn Ammar hat den Bogen überspannt, indem er seine Soldaten in der Stadt nach Belieben wüten ließ. Es muss etwas geschehen.«
»Was immer Ihr gegen die Berber unternehmt, Ihr habt meine Unterstützung und die des Hofes. Doch gibt es eine Bedingung: Die Wachen ziehen sofort vom Blauen Pavillon ab. Und es wird nie wieder eine von mir unerwünschte Wache vor dem Wasserschloss stehen. Auch wenn es Berber sind – Eure Autorität als Palastmeister reicht aus, damit die Soldaten verschwinden. Zugleich bekomme ich von Euch und dem Oberrichter eine Sicherheitsgarantie betreffend meine Person und meinen gesamten Besitz, bestätigt von Kalif Al Hakim.«
Neuerlich warf sie dem Bruder einen Blick zu und vergewisserte sich seiner Zustimmung. Schon auf dem Weg in den Blauen Pavillon hatte Bargawan überlegt, dass der Hof vermutlich mit ihm verhandeln wollte. Doch er hatte damit gerechnet, dass Prinz Ibn Haschim ihm ein Angebot machen würde, nicht aber Sitt Al Mulk, an die er in letzter Zeit immer weniger gedacht hatte. So war er nun entsprechend überrascht, sich einem so entschieden vorgetragenen Ansinnen der Prinzessin gegenüberzusehen. Allerdings war die Lage so gefährlich und die von den Kutama übrig gelassenen Waffenbestände waren so gering, dass er keinen Spielraum sah, als auf die Bedingung einzugehen.
»Was Ihr verlangt, *ya Amira* Sitt Al Mulk, soll Euch gegeben werden. Wie also lautet Euer Angebot?«
»Die Prinzen und Prinzessinnen werden aus ihren Beständen beisteuern, was Euch noch an Waffen fehlt, nachdem Ihr alle orien-

talischen Truppen, das heißt die Türken und die Perser, sowie auch die Schwarzen aus den Zeughäusern ausgerüstet habt. Ihr erhaltet von uns einen Betrag von zweihunderttausend Dinar, um diese Truppen in einer Sonderzahlung zufriedenzustellen. Die Einwohner des griechischen Viertels in der Palaststadt werden ebenfalls bewaffnet. An die Bevölkerung in Kairo werden selbstverständlich keine Waffen ausgegeben, doch lasst die Nachricht verbreiten, dass, sobald die Lage sich beruhigt hat, das Fleisch von zweitausend Stück Großvieh unter der Bevölkerung verteilt werden wird.«

Bargawan war bestürzt über die Sicherheit, mit der die Prinzessin in der Krise die Zügel übernahm. Er konnte jedoch nicht anders, als das Hilfeangebot anzunehmen. Jetzt gab es endlich die begründete Hoffnung, der unkontrollierbar gewordenen Kutama Herr zu werden. In diesem Moment erkannte Bargawan, wie gut der alte Kalif Al Aziz seine Tochter Sitt Al Mulk darauf vorbereitet hatte, sein Amt zu übernehmen. In dieser Krise zeigte sich, wer Sitt Al Mulk wirklich war: die Kalifin!

*

In den folgenden Tagen spitzte sich die Lage immer mehr zu. Die Berber fanden, dass ihr in dem Raufhandel getöteter Kamerad durch den Tod eines Türken nicht ausreichend gesühnt wäre und überfielen ein Mamelukenquartier, um Blutrache zu nehmen. Diese Tat machte alles noch schlimmer. Während dreier langer Tage lieferten sich die gegnerischen Parteien in der Doppelstadt Straßenkämpfe, die den Höflingen ebenso wie der Bevölkerung Angst und Schrecken einjagten. Die Menschen wagten sich nicht mehr auf die Straße und zitterten um Hab, Gut und Leben. Schließlich kam die Entscheidung.

»*Ya Amira,* es ist vorbei!« Mit diesen Worten stürmte der sonst so gelassene Hofmeister Midad am dritten Tag des Monats September in den Ankleideraum seiner Herrin. Sitt und Amina wurde soeben das Haar gewaschen. Beide saßen mit zurückgeneigten Köpfen in ihren Stühlen, während hinter jeder von ihnen zwei Dienerinnen standen und ein Gefäß mit warmem Wasser hielten. Zwei weitere Dienerinnen spülten die Locken der Prinzessinnen. Sitt setzte sich erschrocken auf, sah dann aber das strahlende, dunkle Gesicht ihres Hofmeisters.

»Du meinst, die Orientalen und die Schwarzen haben sich durchgesetzt?«, fragte sie atemlos.

»Ja. Heute stürmten sie den Palast des Regenten Hassan Ibn Ammar wie auch die Häuser anderer Kutamaführer. Der Regent und die anderen mussten fliehen und die Häuser wurden geplündert. Es heißt, Ibn Ammar hält sich irgendwo in Misr versteckt.«

»Midad, deine Worte klingen schöner in meinen Ohren als der süßeste Gesang. Hassan Ibn Ammar ausgeplündert! Hörst du, Amina! Noch ist es kein Jahr her, dass er das Haus meines Vaters geplündert hat. Bis zuletzt hat er die Schätze der Kalifen als sein Eigentum betrachtet und sie gestohlen. Und heute ist er ein Flüchtling. Wie schnell sich die Gerechtigkeit durchzusetzen vermag! Im kühnsten Traum wäre mir das nicht in den Sinn gekommen. Das sind wahrhaft glückliche Tage für uns und traurige für die Verschwörer! Erst muss Bargawan mit mir ein Bündnis eingehen, um zu überleben und jetzt eine solche Erniedrigung für den Kutama-General, der nicht nur ein Verräter ist, sondern dazu noch aufgeblasen und dumm! Und jetzt bitte ich dich, Bargawan holen zu lassen.«

Während Sitt sich wieder zurücklehnte, um ihr Haar fertig waschen zu lassen, dachte sie darüber nach, wie es weitergehen sollte. Da sie nicht damit gerechnet hatte, dass Hassan Ibn Ammar so bald unschädlich gemacht werden würde, hatte sie noch keinen Plan gefasst.

Doch gegenüber Bargawan würde sie bereits ihre wichtigsten Anliegen darlegen können: Das Reich brauchte Frieden und eine starke Regierung. Sitt wusste, dass sie Bargawan nicht ausschalten konnte. Es war ihm kein Verbrechen nachzuweisen und auch nicht die gewaltsame Machtübernahme. Zudem hatte er einen guten Ruf im Land. Sie musste ihm also ein Amt zusprechen, damit er sie ebenfalls schalten und walten ließ.

Als der Palastmeister gemeldet wurde, waren die beiden Prinzessinnen mit ihrer Haarpflege noch nicht zu Ende. Dieses Mal ließ Sitt Al Mulk Bargawan warten, während die beiden Frauen sich die Köpfe mit wohlriechenden Ölen salben ließen.

Als sie schließlich fertig waren, ließ Sitt sich in ein königliches, gelb-goldenes Gewand kleiden. Zusammen mit Amina, Midad, ihrem Verwalter Ragai, Takarrub und mehreren Eunuchen begab sie sich in den schönsten von Theodoras Salons. Nachdem sie und Amina auf Diwanen Platz genommen hatten, ließ Sitt Bargawan hereinrufen.

Sie konnte spüren, wie er während der Begrüßung ihre Stimmung und ihre Absichten zu erraten suchte. Wie plötzlich hatte sich die Lage ins Gegenteil verkehrt! Nun war er auf ihre Hilfe angewiesen. Sie sah ihn die ganze Zeit ernst, jedoch nicht unfreundlich an und gab keinen Augenblick preis, was in ihr vorging.

Gleich kam sie zur Sache:

»Die Kutama haben sich Unerhörtes zuschulden kommen lassen, doch gehören sie zu unserem Staat. Auch wenn sie in den vergangenen Jahren ihre Zuverlässigkeit eingebüßt haben, so sind sie dennoch mit den Söhnen Fatimas von *Ifrikia* nach Ägypten gekommen. Daher wollen wir sie großmütig behandeln, so, wie mein Vater es getan hätte. Allerdings werden wir dafür sorgen,

dass sie nicht mehr übermächtig werden. Es wird notwendig sein, dass wir noch mehr türkische und schwarze Militärsklaven in Dienst stellen.
Was dich betrifft, *ya* Bargawan, so wird der Kalif dir das Amt des Wesirs übertragen. Und damit nach dem schrecklichen Ende unseres hochverdienten Aissa Ibn Nesturus die Christen wieder beruhigt werden, soll dir ein Kopte als Sekretär zur Seite stehen. Ich bin dafür, dass Fahd Ibn Ibrahim diese Aufgabe übernimmt. Er ist ein erfahrener Beamter und genießt nicht nur bei den Christen Respekt. Es muss wieder Ruhe einkehren im Reich, denn für den Frieden waren die Kutama offensichtlich nicht die richtige Gewähr.«
Sie hielt inne, um den Palastmeister nicht mit zu vielen Anordnungen zu demütigen und fuhr nach einer Pause mit einer Frage fort: »Jemand wird dafür sorgen müssen, dass die Berber sich mit der neuen Lage anfreunden. Wen würdest du vorschlagen, Hüter der Paläste?«
»Ich habe an Al Hussein Ibn Al Gauhar als zukünftigen Herrn des Kutama-*Diwans* gedacht, *ya Amira*. Er hat ja schon das Amt des Staatssekretärs inne, in dem er sich mit dem Christen Bisr Ibn Surun abwechselt. In der Politik ist er zurückhaltend und die Kutama achten ihn als Sohn des Eroberers von Ägypten. Allerdings wird es einiges kosten, wenn er die Kutama zum Stillhalten bewegen soll.«
»Daran soll's nicht liegen. Also Gauhar.«
Bargawan hatte sich vorsichtig ausgedrückt, als er meinte, der Staatssekretär wäre in der Politik zurückhaltend. In Wirklichkeit kümmerte sich Gauhar wenig um seine Amtspflichten. Er galt als raffgierig und war allen möglichen Lastern zugetan. Doch hatte er das ansehnliche Erbe seines berühmten Vaters so geschickt vermehrt, dass er nun über eines der größten Vermögen des Reiches verfügte. Wie Sitt schon vor Monaten gegenüber Midad geäußert

hatte, war er derjenige unter den Berbern, mit dem man sich einigen konnte. Doch nicht nur Sitt glaubte, auf den schwachen Gauhar Einfluss nehmen zu können. Auch Bargawan setzte darauf, in Gauhar einen Verbündeten zu finden.

Sitt kam auf etwas anderes zu sprechen:

»Die großen Nilfeste – die Salbung des *Nilometers* und die Dammöffnung – stehen bevor. Für den jungen Kalifen wird das eine übermenschliche Anstrengung werden. Damit es ihm ein wenig leichter fällt, werde ich bei den Festen in seiner Nähe sein. Ich bitte dich also, im Protokoll vorzusehen, dass ich hinter dem Kalifen gehen werde und ich werde künftig auch wieder an den Sitzungen des Maglis teilnehmen.«

»Über diese nächtlichen Sitzungen würde ich gerne mit Euch sprechen, *ya Amira*. Die Beamten und die Prinzen murren, weil diese Eigenwilligkeit des Kalifen sie um die Nachtruhe bringt. Könntet Ihr Euren Bruder nicht dazu bewegen, wieder am Tag Maglis zu halten, so wie es immer üblich war?«

»Ich kann es versuchen, aber der Kalif scheint sich für ein Leben in der Nacht entschieden zu haben. Das mag mit den Umständen zu tun haben, wie er an die Macht gekommen ist.«

Sie sah ihn scharf an.

Bargawan hielt ihrem Blick stand. ›Der Mann‹, dachte Sitt, ›hat keine Spur von Gewissen! Trotzdem will ich ihn noch einmal fragen, was mich schon so lange quält.‹

»Hüter der Paläste, du erinnerst dich doch gewiss, dass du mir versprachst, mehr über das Verschwinden des Prinzen Nour herauszufinden.«

»Das habe ich auch getan, *ya Amira*.«

»Und?«, fragte Sitt mit hochgehobenen Brauen. Sie fühlte, wie eine kaum erträgliche Spannung sich ihrer bemächtigte. Die monatelange Ungewissheit war nicht ohne Folgen geblieben.

»Der Prinz ist tot«, antwortete Bargawan. Seine Worte kamen langsam, wie Tropfen aus einer fast versiegten Quelle in der Wüste. »Berbersoldaten wollten ihn festnehmen und er weigerte sich, aufzugeben. Die Soldaten versuchten, ihn zu überwältigen, er setzte sich zur Wehr und dabei wurde er getötet.«

»Wo befindet sich sein Grab?«

»Das weiß niemand zu sagen. Die Kutama, die dabei waren, befinden sich in Syrien.«

Sitt hätte ihn am liebsten angeschrien, doch sie beherrschte ihren Zorn und dachte: ›Wenn du gewollt hättest, hättest du sie vor ihrem Abmarsch befragen können! Aber ich bin noch nicht fertig mit dir!‹

Zu Bargawan sagte sie:

»Vielleicht gelingt es dir trotzdem, mehr herauszufinden. Ich wäre dir sehr verbunden.«

*

An diesem Abend blieb Sitt Al Mulk noch lange wach; es war so viel geschehen und sie musste die Ereignisse verdauen und wie auf einem Schachbrett die verschiedenen Möglichkeiten gegeneinander abwägen. Amina und Takarrub leisteten ihr Gesellschaft und halfen ihr, in ihren Überlegungen nichts außer Acht zu lassen.

»Hast du bedacht, *ya* Sitt, dass Hussein Ibn Gauhar ein übler Geschäftemacher ist, der nicht einmal vor Spekulationen zurückschreckt? Glaubst du, dass du ihm trauen kannst?«, warnte Amina.

»Deine Sorge ist wohl berechtigt, meine Schwester, doch ich denke, dass ihm das Amt des Staatssekretärs, obwohl er die meiste Arbeit Bisr Ibn Surun überlässt, viel bedeutet, denn es hilft seinen Geschäften. Der Oberbefehl über die Kutama gibt ihm noch mehr

Macht. Und ich sorge dafür, dass er reichlich abgegolten wird, wenn er sich wohl verhält – aber nicht alles auf einmal, sondern von Mal zu Mal.«

»Du und die Prinzen, ihr habt schon so viel Geld ausgegeben, um die Bevölkerung ruhig zu halten, willst du nun auch noch Ibn Gauhar bezahlen?«

»Zurzeit fließen die Erntesteuern in den Staatsschatz. Obwohl die letzte Zeit keine glückliche war, hatten wir im Todesjahr meines Vaters immerhin eine gute Ernte. Es wird mehr als genug Geld da sein, um die Soldaten zufriedenzustellen und um das Volk zu den bevorstehenden Festen reich zu beschenken. Es stehen ja nicht nur die Nilfeste ins Haus; in wenigen Tagen beginnt der Fastenmonat. Während des Ramadan feiern dieses Jahr die Christen ihr Neujahrsfest. Dann kommt das Fest des Fastenbrechens, das Schlachtopferfest, das Neujahrsfest der Muslime, Weihnachten und das Tauffest der Christen. In den nächsten Monaten werden die Menschen ganz in den Lustbarkeiten und ihren Vorbereitungen aufgehen. Und danach sollte das Leben wieder in ruhige Bahnen zurückkehren. Hoffen wir, dass der Nil wieder auf das gute Maß von siebzehn Ellen ansteigt. Dann werden die Ernten reich ausfallen, die Menschen genug zu essen haben und die Geldbeutel prall gefüllt sein. Der Gecko wird ein wenig älter geworden sein und das Kalifat auf festem Boden stehen. Doch wehe uns, wenn die Ernteerträge bis dahin schwach ausfallen. Ihr wisst, dass die Ägypter die Söhne Fatimas in einem Hungerjahr, in dem der Nil nur auf zwölf Ellen und neunzehn Finger gestiegen war, ins Land geholt haben. Das war das Ende der Herrschaft Bagdads über Ägypten. Wenn das Volk hungrig ist, dann muss sich die Regierung vorsehen!«

Takarrub, die begonnen hatte, Sitt die Füße zu massieren, blickte auf.

»Obwohl es verboten ist, den Wasserstand des Nils zu verkünden, habe ich vom Aufseher der Palastküchen, der mit dem Wärter des Nilometers befreundet ist, gehört, dass *Ami* Ibn Abi Al Raddad vor fünf Tagen bereits fünfzehn Ellen gemessen hat.«

»Dann stehen die Aussichten gut, dass wir dieses Mal genug, aber nicht zu viel Wasser bekommen«, meinte Amina. »Aber das Wasser kann auch ganz überraschend wieder absinken oder wie eine Sturzflut ansteigen und wenige Ellen machen den Unterschied zwischen Zerstörung, Fülle oder Mangel. Schon bei achtzehn Ellen wird das Land zu stark geflutet und die Felder werden fortgerissen. Bei fünfzehn Ellen droht der Hunger und jeder, der Geld hat, fängt an, auf Vorrat Getreide einzukaufen. Das ist die Zeit der Spekulanten wie Gauhar, die die Preise noch höher treiben, um dann, wenn die Märkte leergefegt sind, satten Gewinn zu machen.«

»Aus diesem Grund hat ja Kalif Al Muizz nach der Hungersnot, deretwegen er ins Land gerufen worden war, verfügt, dass die Nilstandsmessungen geheim zu halten seien«, ergänzte Takarrub. »Aber wer den Nil gut kennt, kann den Stand abschätzen; deshalb nützt das Verbot, das Panik verhindern soll, nicht allzu viel.«

»Aber du bringst mich da auf einen Gedanken«, rief Sitt aus. »Wenn ich große Mengen Getreide aufkaufe, so kann ich damit, wenn die Lage gut ist, den zulässigen Gewinn machen. Wenn die Lage aber schlecht ist, so lässt sich damit der Preis drücken. Ich werde in Zukunft mehr Geschäfte dieser Art machen und auch meinem Bruder vorschlagen, es zu tun. Ich werde jemanden brauchen, der sich in solchen Dingen gut auskennt. Ragai, mein Verwalter, ist zwar überaus zuverlässig, doch ist er es nicht gewohnt, auf diese Art zu arbeiten. Bis jetzt bestand seine Aufgabe darin, die Erzeugnisse meiner Güter zu verkaufen und den Besitz durch Ankäufe von Land und Kunstschätzen, Gold und Juwelen zu

mehren. Doch darüber«, sie unterdrückte ein Gähnen, »will ich in den nächsten Tagen nachdenken. Heute ist es schon zu spät dazu.« Ihr Blick ging zu Amina. »Meine Schwester, wenn du mich entschuldigst, aber wir sollten jetzt zu Bett gehen!«
Sitt schwang die Beine vom Diwan herunter, atmete tief ein und stand auf. Auch Amina erhob sich. Sitt ging mit ihr durch Theodoras Zimmerflucht bis zum Arkadengang. Schlaftrunken schlossen sich Aminas Dienerinnen an.
»Ein gutes Erwachen, meine Schwester!«
»Deines möge noch besser sein!«

*

In der Mitte der Nacht fühlte Sitt, wie sich etwas Weiches, Warmes an ihre Schulter schmiegte. Schläfrig murmelnd drehte sie sich auf die andere Seite. Da spürte sie etwas Kaltes, Feuchtes an ihrer Haut und ein leises Schnurren kitzelte ihr Ohr.
»Ach, du bist's, Sitta, mein Kätzchen! Wie traurig doch diese Nächte sind.«
Sitt hatte, wie so oft, von Nour geträumt. »Er fehlt mir so sehr, kleine Sitta«, murmelte sie in das Fell der Katze. »Er erscheint mir oft im Traum und liegt bei mir, weißt du. Und er küsst mich und liebt mich, aber mittendrin bricht der Traum immer ab und das ist furchtbar!«
Sitt tastete unter dem Kopfkissen nach ihrem Talisman, der sie auch in der Nacht beschützen sollte. Durch das Netz aus winzigen Perlen hindurch erfühlte sie den Zahn der Löwin und meinte zu spüren, wie sich in ihr seine stärkende und Sicherheit verleihende Wirkung ausbreitete. Ihre Mutter hatte ihr, als sie noch sehr klein war, erklärt, dass sie im Sternbild des Löwen geboren war und dass dieses Geburtszeichen überall als ein starkes galt, besonders

aber im Land Ägypten, wo der Nil im Hochsommer unter dem Einfluss des Löwen zur Flut anstieg.
Tatsächlich schien es, als stehe sie unter dem Schutz des Löwen. Ihren Geburtstag hatte sie vor wenigen Wochen auf dem Dach von Theodoras Haus gefeiert. Es war ein kleines Fest gewesen, um nicht unnötig die Aufmerksamkeit der Machthaber auf sich zu lenken, doch erhellten zu dieser Zeit schon die ersten Lichtstrahlen der Freiheit ihr Dasein. Jetzt war sie ausgebrochen aus dem Gefängnis, so als wäre sie zum zweiten Mal geboren. Doch diesmal war sie nicht aus ihrer Mutter geboren, nein, diesmal hatte sie selbst sich ans Licht der Welt gebracht.
Sie spürte die rauhe Zunge der Katze an ihrer Wange.
»Ja, Sitta, auch du bist eine Löwin – nun, sozusagen.«
Und während sie das Tier streichelte, verlor sie sich in tiefen Schlummer.

9
Die Feste des Wassers

Der Fastenmonat hatte begonnen. Obwohl er für die Prinzessin Sitt Al Mulk das Ende ihrer einjährigen Trauerzeit bedeutete, rief er in ihr noch einmal in aller Stärke die Erinnerung wach an den Vater, den sie während der Ramadan-Festlichkeiten zum letzten Mal gesehen hatte und an Nour, der sie durch die von Lebensfreude überschäumenden Nächte der Fastenzeit begleitet hatte. Denn all den Dingen, die sich die Menschen während der Verbotszeit des Tages versagten, denen sprachen sie umso ausgiebiger zwischen Sonnenuntergang und Sonnenaufgang zu.

Am Hof der Fatimiden hielten sich die ismailitischen Höflinge nicht mit der unter Sunniten üblichen Strenge an die religiösen Gebote und betrachteten dementsprechend auch die Fastenzeit eher als Gleichnis für eine innere Haltung denn als buchstabengetreu zu erfüllende Verpflichtung.

Dennoch ergriff die Begeisterung der fastenden Muslime das ganze Land und nicht nur die Ismailiten, sondern auch die jüdische und christliche Bevölkerung wurden in den festlichen Strudel nächtlicher Ausgelassenheit von Feiern, gegenseitigem Besuchen und Beschenken hineingezogen.

In den Nächten erhellten Hunderttausende Laternen, durch deren vielfarbige Scheiben buntes Licht fiel, die Straßen. An den Minaretten wurden allabendlich Lichterketten hochgezogen, entlang der Simse der Moscheen brannten zahllose Lampen und beide Städte, Misr und Kairo, bildeten in dem Monat zwei gleißende Oasen im Dunkel der Nacht.

Doch verglichen mit dem kochenden Schmelztiegel Misr blieb die vornehme Kalifenstadt Kairo während des Ramadans ruhig und aus diesem Grund zog es den nachtschwärmerischen Kalifen jeden Abend nach dem Fastenbrechen in die alte Hauptstadt.

An einem dieser Abende begleitete ihn zum ersten Mal seine Schwester Sitt Al Mulk. Es war jene Nacht, in der sich der Nilstand aller Voraussicht nach den sechzehn Ellen der Fülle nähern sollte. Der Wärter des Nilometers Ibn Abi Al Raddad hatte, wie Takarrub auch diesmal vom Küchenchef wusste, in der Palastküche entsprechend dem Brauch zehn Zentner Brot aus Feinmehl, zehn gebratene Lämmer und zehn Gläser mit Süßigkeiten bestellt. Am Tag war alles zur Moschee beim Nilometer geliefert worden. Es handelte sich um die Verpflegung und den Lohn für die Koranleser des Palastes und die Vorsteher der großen Moscheen von Kairo und Misr, die in dieser Nacht zusammen mit dem Wärter des Nilometers im Licht von zehn Kerzen den gesamten Koran rezitieren würden. Was von den Lebensmitteln übrig bleiben würde – und das war der größte Teil –, würden die frommen Männer und der Wärter untereinander aufteilen und behalten dürfen.

Für den Kalifen und die Prinzen, mehrere Prinzessinnen – unter ihnen Sitt Al Mulk und Amina, Abda und Raschida – wie auch die höchsten Beamten und die obersten Eunuchen und Dienerinnen des Palastes war für diese Nacht am Nilufer eigens eine Zeltstadt errichtet worden. In ihrer Mitte stand der Perlpavillon, ein Gebäude von magischer Pracht, in dem der Kalif sein Quartier nahm. Am frühen Morgen würde er die Meldung über den Nilstand erhalten und dann, falls die erhofften sechzehn Ellen voll waren, der feierlichen Salbung des Nilometers beiwohnen.

Dazwischen aber lagen die Stunden der Nacht und Al Hakim ließ sich nicht einmal im Hinblick auf die Zeremonie am nächsten Tag dazu bewegen, ein Auge zuzutun. Stattdessen verlangte er, sobald die Tafel für das *Iftar*, das Mahl des Fastenbrechens, im Perlpavillon aufgehoben war, dass sein Esel gesattelt würde. Die Höflinge warfen einander verstohlene Blicke zu, denn keinem bereitete die Vorstellung Freude, die Nacht im Gefolge des kindlichen Kalifen in den Straßen von Misr zuzubringen. Als Sitt Al Mulk dies sah, ergriff sie das Wort und erklärte:

»Mir und meinem Gefolge wird es ein Vergnügen sein, den Kalifen auf seinem Besuch beim Volk zu begleiten. Midad, bitte lasse auch für mich einen Esel satteln, wie auch für Takarrub, für dich und die anderen Eunuchen. Schukr, denke ich, wird ebenfalls mitkommen – wäre dir das so recht, mein erhabener Bruder?«

Al Hakims Augen leuchteten auf. Endlich einmal ohne den Hof unterwegs zu sein und in Begleitung der Schwester, die er ja am liebsten ständig um sich hätte, was für eine Aussicht!

»Wunderbar, wir reiten zusammen! Ja, Schukr, mache dich bereit!«

Bargawan, der ebenfalls zugegen war, hatte sich die ganze Zeit schweigend zurückgehalten. Doch nun schaltete er sich ein, denn es gefiel ihm nicht, dass der Kalif mehr und mehr Zeit mit seiner Schwester verbrachte.

»Als Euer Wesir, Eminenz, wäre es mir Pflicht und Ehre, Euch ebenfalls zu begleiten.«

Allzu gern hätte der Junge den Ausflug ohne die einengende Gegenwart seines früheren Erziehers unternommen, doch wagte er es nicht, ihn zurückzuweisen. Unsicher blickte er zwischen Bargawan und Sitt hin und her. Die Prinzessin, die spürte, dass es noch

zu früh war, um den Kalifen vor eine solche Entscheidung zu stellen und die auch den Wesir nicht vor der versammelten Hofgesellschaft demütigen wollte, lenkte ein.
»Wohlan, so werden dein Wesir und deine Schwester mit dir reiten!«

*

Es war ein milder Septemberabend und die nächtliche Luft vibrierte von den Rhythmen der *Tablas*, vom Lachen der für die Nacht vom Fasten befreiten Menschen und den hellen Stimmen der Kinder. Der leicht verbrannte Geruch von gegrilltem Fleisch hing in der Luft. Als sie das Nilufer verließen, um durch das Viertel der Holzhandwerker und sodann durch das Tor der Genüsse in die alte Stadt einzureiten, sah sich die Gesellschaft des Kalifen plötzlich umdrängt von Frauen und Kindern mit armdicken Strängen aus Ketten aufgefädelter Jasminblüten, die sie um den Hals oder über den Schultern trugen. Dutzende Hände streckten sich ihnen mit ebensolchen Ketten entgegen, damit sie sich für ein Almosen damit schmückten. Midad und Schukr verteilten Vierteldirhams unter das Volk und bald waren der Kalif, seine Schwester, die Eunuchen und die Reittiere mit duftenden Blüten behängt.
Al Hakim zügelte seinen Esel, damit Sitt neben ihm reiten konnte. Er sah zu ihr hin und sie las in seinen Augen die Freude darüber, dass sie mit ihm gekommen war. Aber auf dem Grund seines Blickes bemerkte sie ein Flackern, das sie nachdenklich stimmte: ›Ich frage mich, was für ein Mann wird aus diesem Jungen werden?‹
Seine inzwischen brüchig gewordene Stimme unterbrach ihre Gedanken.
»Schwester, ich will den Goldschmieden einen Besuch abstatten!«
Vor ihnen lag das Tor zur Cäsarea, der schönsten aller Markthal-

len der berühmten *Souks* von Misr. Hakim war bereits abgesessen und trat, noch ehe sie antworten konnte, zu ihr hin, um ihr aus dem Sattel zu helfen. In letzter Zeit war ihr aufgefallen, dass der Bruder jede Gelegenheit nutzte, um sie zu berühren.

›Aber er ist ja noch ein Knabe‹, suchte sie sich zu beruhigen. ›Es wird vorübergehen, sobald eine Frau ihm die Sehnsucht nach der Mutter vertreibt.‹

Die Bettler vor der Cäsarea hatten die Ankunft des Kalifen den Goldschmieden gemeldet und so standen die Ladeninhaber bereits vor ihren Geschäften, um sich in den Staub zu werfen. Leutselig forderte Hakim die Menschen auf, sich zu erheben und begann einen Rundgang von einem Geschäft zum anderen. Vom winzigen Goldanhänger für ein neugeborenes Kind in Form der Hand der Fatima über den traditionellen Münzschmuck für bäuerliche Bräute bis zu den erlesensten Geschmeiden für die Frauen und Töchter der reichen Kaufleute wurde hier jede Art von Goldjuwelen angeboten. Auch Teller, Kerzenleuchter, Kannen oder mit Emailarbeit eingelegte Deckel für Bibeln und Korane waren in den Läden zu Dutzenden nebeneinander aufgereiht.

Keinen Laden ließ Hakim aus und die Händler holten für ihn mit rotem oder blauem Samt ausgeschlagene Schatullen mit fürstlichen Kunstwerken hervor: mit Diademen aus Korallen und taubeneigroßen Perlen, Vasen und Trinkbechern aus Bergkristall, Ketten, Spangen, Ringen, Turbannadeln. Sitt hatte den Eindruck, dass der Bruder bei den Goldschmieden schon einiges gekauft hatte und sie sah fragend zu Bargawan hin, der ihre Vermutung durch ein Nicken bestätigte.

Hakim hielt nun ein Paar halbmondförmiger Ohrgehänge in der Hand. Er wandte sich zu Sitt, mit einem Glanz im Blick, der sie in diesem Augenblick an den Vater erinnerte und ihre Bedenken vergessen ließ und wollte von ihr wissen: »Gefallen sie dir?«

Der Händler stand schon mit einem Spiegel bereit und noch ehe Takarrub hinzutreten konnte, um Sitt die Ohrringe zur Probe anzulegen, hielt Hakim der Schwester den Schmuck zum Gesicht und berührte dabei ihre Wange.
Sitt zuckte zusammen. Das war ungehörig, doch durfte sie den Kalifen weder bloßstellen noch ein Geschenk von ihm zurückweisen. »Ich danke dir, mein Bruder, für deine Güte und Großzügigkeit!«, sagte sie leise, doch so, dass die anderen es hören konnten und schlug die Augen nieder. Alsdann entfernte sie sich, ohne ihm den Rücken zuzuwenden, in eine Ecke des Ladens.
Al Hakim spürte, dass er seine Schwester verärgert hatte und warf ihr einen unruhigen Blick zu. Als sie diesen nicht erwiderte, verließ er raschen Schrittes und errötend den Laden. Bargawan, der die Verstimmung wahrgenommen hatte, beeilte sich, an die Seite des Kalifen zu treten.
Sitt war froh, aus dem engen Geschäft herauszukommen. Midad, der mit dem übrigen Gefolge in der Ladengasse gewartet und von den Händlern angebotene heiße Minze getrunken hatte, stellte seinen Becher ab und trat zu Sitt und Takarrub. Zu dritt folgten sie dem Kalifen und dem Wesir, die den Weg von einem Geschäft zum nächsten fortsetzten.
Obwohl Hakim sich weiter die schönsten Stücke der Goldschmiede zeigen ließ, schien er verstört. Sitt überlegte fieberhaft, wie sie wieder Herrin der Lage werden könnte. Am Ende hatte sie sich neuerlich zu ihrem alten Standpunkt überredet: ›Er ist noch ein Kind! Ein Kind braucht Zärtlichkeit und da er keine Mutter und keine Großmutter hat, so sucht er sie bei mir, seiner Schwester. Vielleicht bin ich nur deshalb so empfindlich, weil ich seinetwegen so viel verloren habe. Doch dafür kann er ja nichts! Warum soll ich ihm nicht entgegenkommen, wo er doch offensichtlich so innig an mir hängt.‹

*

Die Markthalle der Goldschmiede war nur der erste Halt auf Al Hakims nächtlichem Streifzug durch die hell erleuchteten Straßen und Plätze von Misr. Als Nächstes besuchte er die Teppichhändler und die Kupferschmiede. Überall erhielten der Kalif und seine Gesellschaft ein begeistertes Willkommen. Getränke wurden gereicht und Süßigkeiten und Musikanten spielten auf. Die Töchter der Geschäftsleute banden sich Tücher um die Hüften und sangen und tanzten zu Ehren des jungen Herrschers, der sich so leutselig unters Volk zu mischen beliebte. Sowie sich die Kunde von der Anwesenheit des Kalifen verbreitete, erschienen Bittsteller. Mehrere von ihnen führten Klage, weil die Kutama ihnen ihre Läden zertrümmert oder Waren gestohlen hatten, andere, weil ihren Frauen und Kindern übel mitgespielt worden war. Al Hakim schien nicht zu verstehen, wie seine Soldaten sich solche Dinge zuschulden kommen lassen konnten und er wandte sich hilfesuchend an Bargawan.

»Haben die Leute etwas verbrochen, sodass die Soldaten sie dafür strafen mussten?«

»Nein, Befehlshaber der Gläubigen, aber die Kutama meinten, nach ihren Siegen in Syrien hätten in Ägypten fortan sie das Sagen und das wollten sie dem Volk zeigen.«

Al Hakims Augen suchten Sitt, denn er wollte auch ihre Meinung hören. Offenbar wünschte er sich, dass die Missstimmung zwischen ihnen vorüberginge. Sie erhob sich von der Bank, auf der sie gesessen hatte und ging auf ihn zu.

»Soldaten und Regierende sind dazu da, die Menschen in ihrem Land zu schützen, mein Bruder. Zuweilen aber wenden sie sich gegen die eigene Bevölkerung.«

Bei den letzten Worten warf sie Bargawan, der durch sein Bündnis mit Hassan Ibn Ammar und den Berbern Mitschuld an den Vorfällen trug, einen vielsagenden Blick zu. Bargawan verstand. Wenn sie es wollte, konnte sie jeden Augenblick auf seine Verantwortung zu sprechen kommen.

»General Hassan Ibn Ammar, die hohen Offiziere der Kutama und all jene, die bei den Vorfällen Rädelsführer waren, sind allesamt bestraft worden«, sagte er kleinlaut.

»Das will ich hoffen!«, rief der Kalif aus. »Doch sag, Schwester, wie können wir das Unrecht wiedergutmachen?«

»Es ließe sich erwägen, einen Beamten im Steuerdiwan damit zu beauftragen, dass er alle Klagen gegen die Kutama sammelt, sie überprüft und entsprechende Entschädigung vorschlägt. So wäre es möglich, dafür zu sorgen, dass Ansprüche, die zu Recht bestehen, abgegolten werden.«

»Ja, das ist ein wunderbarer Vorschlag! Schon morgen will ich das hierfür Nötige verfügen.«

»Das wäre eine Wohltat, für die dich die Menschen mit Fug und Recht loben würden, erhabener Herrscher.«

Sitt atmete auf, dass ihr der Gecko ihre abweisende Haltung nicht nachtrug. Sie hatte sich mittlerweile wieder beruhigt und beschloss für sich, von Fall zu Fall zu entscheiden, wie sie sich ihrem Bruder und Kalifen gegenüber verhalten würde, käme es erneut zu einer Situation wie in der Goldschmiede.

Nachdem er der Souks müde geworden war, verlangte Hakim, jetzt noch die *Amr*-Moschee aufzusuchen. Die älteste Moschee von Misr war der Mittelpunkt der Stadt, an dem sich die Wege von Muslimen, Juden und Christen trafen. In dem rundum dicht bevölkerten Bezirk spielte sich der Großteil des Geschäftslebens von ganz Ägypten ab. Jetzt im Ramadan war ihre Fassade von siebenhundert Lampen erhellt. Auf den Vorplätzen hatte sich das feiernde Volk versammelt und eine Unmenge Bettler. Jongleure,

Feuerschlucker und andere Gaukler zeigten ihre Kunststücke vor, Wunderheiler priesen ihre Künste an. Eine wandernde Theatertruppe hatte eine Puppenspielbühne aufgebaut. Um die Geschichtenerzähler herum saßen die Menschen im Halbkreis und lauschten hingegeben den Abenteuern großer Helden und den Liebesleiden schöner, aber vom Geliebten getrennter Frauen. Fromme Männer und goldbehängte Weiber sagten allen, die es wissen wollten, die Zukunft voraus und eine Truppe von Beduinen ließ ihre Kamele zur Belustigung von Hunderten Gaffern tanzen.

Zu Sitts Erstaunen ritt der Kalif geradewegs auf das Tor der Moschee zu und saß ab. Wollte er Andacht halten, mitten in der Nacht? Sitt und Takarrub legten sich ihre Umhänge über die Köpfe. Über den weiten Vorplatz gelangten sie in die große, ebenfalls hell erleuchtete Gebetshalle. Ihre Bögen ruhten, wie Sitt wusste, auf 378 Säulen aus römischer und griechischer Zeit. Sie kannte die ehrwürdige Moschee gut. Es war Brauch, dass der Kalif am vierten Freitag im Ramadan mit großem Gefolge zur Amr-Moschee ritt und dort die Gebete anführte. Sitt hatte ihren Vater viele Jahre hindurch begleitet.

Die Moschee war vom arabischen Feldherrn Amr Ibn Al Aas gegründet worden, nachdem er Ägypten im Jahr 20 nach der Hedschra des Propheten und 641 des Herrn der Christenheit für den Islam erobert hatte. Seither war sie das Herz Ägyptens. Nicht einmal die neue Kalifenstadt Al Kahira konnte der Amr-Moschee ihren Rang streitig machen. Von ihr ging eine solche Macht aus, dass Al Aziz ihren Muezzin von der sonst überall in Ägypten gültigen Vorschrift ausnehmen ließ, am Ende des Gebetsrufs den Zusatz der Ismailiten, »Auf zum besten Tun!«, hinzuzufügen. Für die Christen bildete die Amr-Moschee nach alter Tradition den Endpunkt der Parade zu *Naurus*, dem Neujahrsfest der Kopten.

An diesem Ort trug das Volk Ägyptens seine Streitigkeiten aus und rottete sich zusammen, wenn es unzufrieden war; hier fanden Aussöhnungen und Friedensschlüsse statt. Auf dem Vorplatz wurden zu genau festgelegten Anlässen die Spenden an die Armen verteilt, zu denen nicht nur der Kalif und der Hof verpflichtet waren, sondern alle Muslime, die aus ihrem Besitz und ihren Einkünften den *Sakat*, eine genau festgelegte Steuer für die Armen und Bedürftigen, entrichten mussten.

*

Al Hakim hatte sich gegenüber der Gebetsnische auf den Boden gesetzt und das Gesicht in den Händen vergraben. Sitt war überrascht, ihn so zu sehen. Diese Frömmigkeit kannte sie nicht an ihrem Bruder. Sie musste sich im vergangenen Jahr, während seines abgeschlossenen Lebens im Elefantenpavillon, herausgebildet haben.

Nach einem Blick zur Wand der Gebetsnische, wo auf weißen Marmortafeln der ganze Koran in kunstreicher Kalligraphie von unübertrefflicher Schönheit aufgeschrieben stand, begab Sitt sich zusammen mit Takarrub in den Frauenteil der Moschee. Durch Wandschirme war er von jenem der Männer abgetrennt. Sie ließen sich ebenfalls auf dem Teppich nieder. Sitt neigte sich zu Takarrub und flüsterte ihr zu:

»Der Gecko macht mir Sorgen. Es ist gut, wenn er mich als seine Schwester liebt, doch ich fürchte, er vermischt die Dinge. Er scheint sich nicht mehr ganz auszukennen in seinem Leben und es kommt mir vor, er hält mich manchmal für seine Mutter und manchmal für eine geliebte Frau.«

»Wer liebt Euch nicht, Herrin?«, sagte darauf Takarrub. »Doch würde ich mich nicht allzu sehr sorgen. Sobald er mit einem Mäd-

chen das Bett teilt, wird er schon wissen, wo seine Liebe hingehört.«
»Ich will es hoffen«, meinte Sitt zweifelnd.

*

Als sie wieder auf den Vorplatz hinaustraten, hatte der Tanz der Derwische begonnen. Verzückt und mit schräg gehaltenen Köpfen drehten sie sich langsam zum Rhythmus von Trommeln um sich selbst und sangen mit stets gleichbleibender Stimme dazu die Worte:
»*Allah hai! Allah hai! Allah hai!*«
Bis zum Morgengrauen, wenn der Muezzin zur letzten Mahlzeit vor dem Beginn des Fastens aufrief, würde ihr Tanz dauern, allmählich schneller werden und zuletzt in einem rasenden Wirbel enden.
Sitt sah zu den Wahrsagerinnen hinüber und ihr kam die Vorhersage von Ibn Yunis in den Sinn. Sollte sie eine der Frauen rufen lassen? Normalerweise befragte sie Ibn Yunis, doch dessen wissenschaftliche Vorhersagen waren in Angelegenheiten des Herzens nicht sonderlich aufschlussreich. Er hatte ihr vorhergesagt, dass der Mann an ihrer Seite das Fatimidenreich regieren würde. Aber wie konnte das sein? Nour war verschwunden, angeblich tot, doch einen Beweis dafür hatte man ihr nie gebracht. Bedeutete es, dass Nour noch lebte? Diese Frage hatte sie auch Ibn Yunis gestellt und er hatte ihr geantwortet, dass die Sterne Nour als Umherirrenden zeigten. Das konnte vieles bedeuten. Vielleicht war er tatsächlich tot, aber nicht gemäß der Tradition begraben worden, dadurch war ihm der Weg ins Paradies verwehrt. Ibn Yunis' Aussagen verwirrten Sitt mehr, als dass sie ihr halfen. Nein, sein Rat war gut, wenn es darum ging, den Bau eines Palastes zu planen oder den

einer Moschee. Er konnte den Ausgang eines Feldzuges vorhersagen und ob die Ernte gut oder schlecht sein würde. Wer es wagte, mochte ihn auch nach dem Zeitpunkt seines Todes fragen. Doch seinen Prophezeiungen in bezug auf Nour traute sie nicht so recht und hätte gerne noch eine andere Person befragt. Zu viel Hoffnung hatte sie in ihre Verbindung mit Nour gesetzt. Sie wollte sich nicht noch einmal auf etwas einstellen, das dann nicht eintraf. Sie nahm jede der Frauen in Augenschein, aber keine wollte ihr gefallen. Der Derwisch aus dem Märchen, das sie an ihrem letzten Abend im Wasserschloss gehört hatte, fiel ihr ein. Vielleicht sollte sie einen der weisen Männer befragen?

›Genug!‹, rief sie sich zur Ordnung. ›Schluss! Ibn Yunis hat sich geirrt. Er muss die Pläne, die ich mit Nour verfolgte, in den Sternen gesehen haben. Das war alles! Meine Großmutter Tagrid hatte sich ständig mit Wahrsagern umgeben und was war dabei herausgekommen? Nichts als Verwirrung!‹

Sie bewegten sich nun zu Fuß durch die Menge. Sitt folgte dem Blick ihres Bruders und begriff, wo er hinwollte.

›Ja, das wird ihm gefallen!‹, hoffte sie. ›Das Puppenspiel wird ihn von seinen schweren Aufgaben ablenken.‹

Die Gesellschaft des Kalifen nahm vor der Bühne Aufstellung. Die Schausteller unterbrachen ihr Spiel, traten vor den Herrscher und küssten den Boden zu seinen Füßen.

»Was wollt ihr uns denn vorführen, *ya* Ami?«, fragte Al Hakim den Anführer der Truppe.

»Wenn es dem Befehlshaber der Gläubigen beliebt, so spielen wir einen Schwank von Goha, dem Bauern!«

Es war eine einfache Geschichte, aber unterhaltsam gespielt, mit vielen Späßen, aber auch mit politischen Anspielungen. Zwei unschwer als Kutama erkennbare Soldaten spielten eine unrühmliche Rolle und Sitt fragte sich, ob die Leute das Stück schon vor der Niederschlagung der Berber-Revolte auf diese Weise gespielt hatten.

Nachdem der Bauer Goha auf der Bühne am Ende trotz oder gerade wegen seiner Einfalt alle Anfechtungen überstanden und zuletzt noch die richtige Frau gewonnen hatte, mahnte Bargawan den Kalifen vorsichtig zum Aufbruch.

»Euer Hoheit wird rechtzeitig zum Frühmahl im Perlpavillon sein wollen. Zudem erwarten wir um diese Zeit den Bericht des Ibn Abi Al Raddad über den Nilstand.«

Pflichteifrig hielt Hakim nach seinem Esel Ausschau, stieg, nachdem das Tier herbeigeführt worden war, auf und setzte sich in Bewegung. Die Hofgesellschaft hatte Mühe, ihm zu folgen.

Im Perlpavillon war bei ihrer Ankunft schon alles zum Mahl gerichtet. Ein Bote vom Nilometer hatte gemeldet, dass der Fluss in der Nacht über die Marke von sechzehn Ellen angestiegen war. Der Zeremonie zur Salbung des Wasserstandsmessers stand somit nichts mehr im Wege.

Jetzt erst merkte Sitt, wie hungrig und vor allem durstig sie war. Sie ließ sich von den Dienern ausgiebig vorlegen und mehrmals Wasser einschenken und spürte, wie ihre Kraft zurückkehrte. Amina zu ihrer Linken fragte sie über den Ausflug mit dem Kalifen aus und Sitt berichtete ausführlich, ohne jedoch das Verhalten des Kalifen ihr gegenüber zu erwähnen. Abda, die rechts von Sitt Platz genommen hatte, hörte ebenfalls aufmerksam zu, besonders als Sitt von dem Moscheebesuch erzählte.

»Ja, es stimmt, ich habe auch schon gehört, dass Hakim ein frommer Mann zu werden verspricht.«

Da um sie herum weitere Frauen saßen, die mit ihnen aßen, sagte sie nicht, ob sie das für gut hielt oder für schlecht. Doch kannte Sitt ihre Tante genug, um zu wissen, dass diese von übertriebener Frömmigkeit wenig hielt.

Sitt lächelte ein wenig zweifelnd. Je besser sie ihren Bruder kennenlernte und je mehr sich sein Charakter ausprägte, desto besorgter wurde sie. Auf der einen Seite zeigte er großes Interesse an der Wissenschaft, auf der anderen Seite hatte er offensichtlich einen Hang zur Frömmelei – was war davon zu halten? Und von seinem Hingezogensein zu den Menschen, seinem Bedürfnis nach Zuneigung und zugleich dem unberechenbaren Zug, den sie zunehmend an ihm zu erkennen glaubte?

Weniger als Antwort auf Abdas Bemerkung, denn um sich selbst Mut zuzusprechen, sagte sie:

»Er ist jetzt im Jünglingsalter. Es lässt sich also noch wenig über seine weitere Entwicklung sagen. Das Verhalten schlägt in diesem Alter zuweilen in die eine und zuweilen in die andere Richtung aus, so wie das Pendel des Ibn Yunis.«

*

Nach dem Frühmahl und dem ersten Gebet wechselten der Kalif und sein Gefolge die Kleidung und erwarteten den Bericht des Ibn Abi Al Raddad. Der Kalif und einige der Prinzen und Prinzessinnen hatten Zeremonienornate angelegt, die am Vorabend aus den Depots des Palastes herbeigeschafft worden waren. Für Sitt Al Mulk war es das erste Mal, dass sie in einem solchen Ornat auftrat, denn diese Auszeichnung war den Schwestern und Tanten, Brüdern und Onkeln von Kalifen vorbehalten. Als Tochter hatte sie noch kein Anrecht auf den Ornat gehabt.

Vor der Zeltstadt versammelte sich eine ständig wachsende Menschenmenge. Wenn der Nil das Maß der Fülle erreichte, so fiel von der Bevölkerung eine schwere Last ab und die Erleichterung brach sich Bahn in einem Ausbruch von Freude, der das ganze Land erfasste.

Zuerst suchte der ebenfalls in einen Festornat gekleidete Wärter des Nilometers den Wesir auf, der ihn in seinem Zelt erwartete. Gemeinsam begaben sie sich zum Perlpavillon, um dem Kalifen die wichtige Nachricht zu überbringen. Der Raddad erstattete dem Kalifen täglich Meldung über den Nilstand, doch heute bildete diese Meldung den Anstoß zu einem der großen Festumzüge des Jahres.

Dann trat der Kalif vors Volk. Sein Erscheinen bestätigte den Menschen, dass sie in diesem Jahr den Hunger nicht mehr fürchten mussten und lautes Jubeln erhob sich in der gewaltigen Menge.

Die Prozession zum Nilometer formierte sich. Der Kalif bestieg seinen Esel. Sitt Al Mulk ritt direkt hinter ihm. Es folgten ihr der Wesir Bargawan, die Prinzen und Prinzessinnen und die Eunuchen. Das Volk nahm die Hofangehörigen in die Mitte. Der Weg führte auch jetzt wieder durch das Tor der Genüsse nach Misr hinein und an der Cäsarea der Goldschmiede vorbei. Überall waren Bänke mit persischen Matten aufgestellt, als Einladung an den Kalifen zur Rast. Dieser zog jedoch ohne Unterbrechung weiter zum Zollhaus am Nil und dann zum »Sitz des Königreiches«, jenem Uferpavillon, an dem sich die Anlegestelle der königlichen Leibbarke befand.

Der Wesir saß vor dem »Sitz des Königreiches« ab und betrat ihn als Erster, um den Kalifen und seine Hofbegleitung darin zu empfangen. Zusammen durchschritten sie den Pavillon und gelangten zur Barke. Auf dem Deck erhob sich eine Kabine, die so wertvoll war, dass sie nach jeder Verwendung wieder an ihren Aufbewahrungsort im Palast gebracht wurde. Diener hatten die Einzelteile erst am Vortag herbeigeschafft und auf der Barke zusammengesetzt. Die Wände bestanden aus feinster Einlegearbeit von Elfenbein in Ebenholz und trugen eine mit silbernen und goldenen Platten verkleidete Kuppel.

Der Kalif, der Wesir Bargawan, Sitt Al Mulk und die höchsten Eunuchen des Gefolges gingen an Bord der Barke. Der Wesir nahm außerhalb der Kabine unter einem Vordach aus gedrechselten Holzpfeilern Aufstellung. Al Hakim, Sitt und die Eunuchen begaben sich ins Innere. Sodann stiegen die Prinzen und Prinzessinnen und der Wärter des Nilometers ein. Das Boot stieß ab und nahm mit seinem einzigen, übergroßen Segel Kurs auf den Wasserstandsmesser.

Sitt hatte sich in ihrem steifen Zeremonienornat aus gelbem, mit Goldfäden durchwirktem Brokat auf der Bank niedergelassen, die innen an der Kabinenwand entlanglief. Al Hakim saß auf einem Thronsessel und machte nicht den Eindruck, als ob er erschöpft wäre. Zufrieden stellte Sitt fest, dass er mit überraschender Sicherheit auftrat und das Protokoll fehlerlos beherrschte. ›Ich muss ihn in einem vertrauten Gespräch dafür loben, wie gut er die zeremoniellen Pflichten des Kalifen wahrnimmt‹, nahm sie sich vor.

Der Taktgeber fing an, die Trommel zu schlagen und die königliche Barke setzte sich in Bewegung. Obwohl es noch früh am Tag war, brannte schon die Sonne auf das Kuppeldach. Aber dank der kühlen Morgenbrise, die vom Fluss durch die Fenster hereinstrich, war es trotz der schweren Gewänder in der Kabine recht gut auszuhalten. Sitt sah hinaus und freute sich am Anblick der schnell vorbeiziehenden Ufer mit den vielstöckigen Lagerhäusern auf der Seite der Stadt Misr und den Palmenhainen auf der gegenüberliegenden Insel Rada. Da und dort reckten sich die Minarette von Moscheen weiß oder gelb in den Himmel. Zwischen den Lagerhäusern zeigten sich immer wieder Teile der Stadtmauer von Misr. Hinter dieser ragten die Hochhäuser reicher Familien auf, mit üppig grünenden Dachgärten, in denen Orangenbäume und Bananenpalmen gediehen. Tausende Boote mit Schaulustigen tummelten sich auf dem Nil, um seine Fülle zu feiern und sich am Anblick des Kalifen zu erfreuen. Zwischen ihnen glitten schwer beladene Feluken mit geblähtem Segel durchs Wasser. Flussaufwärts beförderten sie im Süden begehrte Güter wie Holz, Eis, Gewürze, Duftessenzen und Trockenfrüchte, vor allem aus Syrien und dem Libanon, sowie edle Stoffe aus den Webereien von Tinnis und Dimyat. Flussab brachten sie die Überschüsse aus den Getreidespeichern von Misr, Zwiebeln, Knoblauch und Halbedelsteine aus den Minen Nubiens zu den Häfen am Weißen Meer und zur Karawanenstraße, die zum Roten Meer führte.

Schnell näherte sich die zweiteilige Schiffsbrücke, die an der Südspitze der Insel Roda das rechte Nilufer mit dem linken verband. Zwischen den beiden Brückenteilen, dort, wo die Insel steil in den Fluss abfiel, erhob sich wie ein Bollwerk auf Felsquadern, die der stärksten Flut widerstanden, der Nilometer.

»Sieh, erhabener Kalif! Dieses Bauwerk haben die Griechen vor mehr als tausend Jahren errichtet!« Sitt hatte ihre Stimme erhoben. Sie bebte vor Stolz. »Und der arabische Eroberer Amr Ibn Al Aas ließ es vor fast vierhundert Jahren erneuern. Sieh, wie mächtig es dasteht. Deine Mutter war Griechin, dein Vater Araber. Erinnere dich immer daran, dass das eine starke Verbindung ist! Das ganze Land Ägypten blickt heute auf dich! Wenn du dich der sechzehn Ellen vergewissert hast, so wird die Kunde von Läufern in Windeseile nach Süden und nach Norden verbreitet werden: ›Der Oberbefehlshaber der Gläubigen Al Hakim bi Amr Illah hat die Fülle für das kommende Jahr bestätigt!‹«

Auf diese Weise hatte sie sehr geschickt und ohne jemanden zu verletzen, in Erinnerung gerufen, dass sie und der Kalif der Verbindung einer Griechin mit einem arabischen Fürsten entsprangen und dass das eine Stärke war. Sie wusste, dass sie wegen der Freiheit, die sie für sich beanspruchte, wegen ihrer Verbindung zu den Christen und Juden Ägyptens und, nicht zuletzt wegen ihres Herrschaftsanspruchs von ihren Gegnern immer feindselig als »die Christin« angegriffen werden würde. Es konnte durchaus auch sein, dass es jemandem aus dem Kreis der alten sunnitischen Scherifen-Familien oder aus dem eigenen Haus der Söhne Fatimas einfiel, Hakims Kalifat mit derselben Begründung anzufechten. Da die Umstände ihre Macht mit jener des Bruders auf Gedeih und Verderb verknüpft hatten, musste sie sein Ansehen ebenso stärken wie das eigene.

*

Die königliche Barke hatte am Nilometer angelegt. Das aus dem Wasser ragende Fundament des Gebäudes war rund, der obere Teil viereckig gebildet. Eine steile, vom Fluss umspülte Treppe führte nach oben zum Tor. Der Raddad übernahm die Führung. Es folgten ihm der Wesir, die Eunuchen und die Hofangehörigen. Dann erst ging Sitt von der Barke. Der riesige Schwarm von Booten war ihnen gefolgt und wurde von Polizeitruppen, die sich ihrerseits in Booten befanden, in sicherem Abstand gehalten. Als Letzter stieg der Kalif die Treppe hinauf.

Im Inneren des Nilometers angelangt, wandelten der Wesir und der Kalif betend mehrere Male um die viereckige Estrade. Die Geistlichen, die während der Nacht gewacht hatten, setzten ihre Koran-Rezitation fort. In der Mitte ragte die Säule mit der Ellen-Markierung aus dem unruhigen Wasser auf. Die sechzehnte Elle der Fülle war durch Verzierungen deutlich hervorgehoben. Bargawan reichte nun in seinem Amt als Schatzmeister dem Kalifen Safran und Moschuspaste für die duftende Salbe, die der Kalif eigenhändig anrührte. Das fertige rotgelbe Parfum übergab der Schatzmeister dem Raddad, der sich inzwischen seiner Zeremonienkleider entledigt hatte und nichts mehr trug als ein Hemd, einen um die Hüften gewundenen Schurz und einen weißen Turban. Der Wärter lief nun auf der in den Nilometer hinunterführenden Treppe bis knapp zur brodelnden Wasseroberfläche und streckte sich von der letzten Stufe zu der Säule in der Mitte des Raumes, die er mit einer Hand knapp erreichte. Sitt hielt den Atem an. Einen Augenblick sah es so aus, als würde der Mann in die unter ihm kochende Flut stürzen, doch geschickt sprang er auf die Säule zu, umklammerte sie mit dem rechten Arm und beiden Beinen, nahm das Gefäß mit der Paste in die rechte Hand und salbte mit der freien linken die Säule. Dann stieß er sich ab und landete sicher auf der Treppe.

Sitt und alle anderen Zuschauer atmeten auf. Es wäre ein schlechtes Omen gewesen, wäre einer der beiden Sprünge des Raddad missglückt und er ins Wasser gestürzt. So aber konnte die Natur und das von ihr abhängende Werk der Menschen seinen Lauf nehmen. Es würde gut sein.

›Seit wie vielen Jahrtausenden‹, fragte sich Sitt, ›wird dieser Brauch nun schon gepflegt? Unter den Pharaonen war es gewiss nicht anders! Ägypten bleibt sich immer gleich; nur seine Herrscher ziehen dahin wie die Wolken an einem immer gleich blauen Himmel.‹ Sie dachte an die Lastschiffe, die sie auf der Herfahrt beobachtet hatte. Wie die Feluken, die mit ihren riesigen Segeln über den ewigen Nil dahinziehen.

Kaum war die Zeremonie beendet, wandte sich der Kalif zum Gehen. Er bestieg mit seinem Gefolge die Barke und segelte zurück zum »Sitz des Königreiches«. Da Ramadan war, erwartete sie hier kein Imbiss. Sitt würde warten müssen, bis sie wieder im Blauen Pavillon war. Mittlerweile war es Tag und sie begann, ob der Hitze unter ihrem Durst zu leiden. Sie, wie die ganze Familie des Al Aziz, pflegte während des Ramadan nicht im leiblichen Sinn zu fasten. Doch achtete sie besonders auf die Sauberkeit ihrer Handlungen und ihrer Gedanken. Um sich im Verzicht zu üben und um der Verdauung im Fastenmonat etwas Ruhe zu gönnen, aß sie tagsüber nur Datteln und ein wenig Suppe. Ihrem Durst nach Wasser gab sie jedoch ohne Einschränkung nach, denn weder sie noch ihre Ärzte hielten den Entzug von Wasser, vor allem in der Hitze des Sommers, für gesund.

Als Sitt aus dem »Sitz des Königreiches« heraus in die brennende Mittagssonne trat, musste sie gegen Schwindel ankämpfen. Sie hielt Ausschau nach Midad. Das fiel ihr schwer, denn vor ihre Augen hatte sich ein Schleier gelegt. Doch dann sah sie ihn und winkte ihn zu sich, ehe um sie herum alles zu wanken begann. Sie fürchtete, sich nicht mehr auf den Beinen halten zu können und bot alle Willenskraft auf, um nicht zusammenzubrechen. Wo blieb Midad denn nur? Unendlich langsam löste er sich aus der Gruppe der Eunuchen und kam ebenso langsam auf sie zu. Da spürte sie einen festen Griff an ihrem rechten Arm. Für einen Augenblick schwand ihr Bewusstsein, doch als sie wieder zu sich kam, war die ärgste Schwäche vorüber. Sie wandte den Blick nach rechts, um zu sehen, wer sie so hilfreich gestützt hatte und blickte in ein Paar schwarzer Augen unter dichten Brauen, die sie mitfühlend ansahen.

»Geht es Euch wieder besser, *ya Amira* Sitt Al Mulk?«

»Danke! Es geht schon! Was war nur mit mir los?«

Jetzt stand auch Midad vor ihr.

»*Ya Amira,* Euch ist nicht wohl! Kommt zurück in den Pavillon. Die Sonne ist zu stark. Eine Sänfte wird Euch zum Palast bringen.«

»Ja, ich glaube, es ist besser, ich reite nicht zurück. Ich brauche Wasser.«

Der Fremde stand immer noch neben ihr. Sie dankte ihm mit

einem Neigen des Kopfes und kehrte ihm den Rücken. ›Ein schöner Mann!‹, dachte sie und ihr eben noch so mattes Herz schlug spürbar kräftiger. Als sie sich wieder zu ihm umdrehte, war er verschwunden.
»Midad, finde heraus, wer der Mann war, der soeben neben mir stand.«
»Lasst mich zuerst für Euch sorgen, Herrin!«
»Nein, geh jetzt!«
Doch der Mann war wie vom Erdboden verschluckt.

*

Sitt kostete ihre neu gewonnene Freiheit in vollen Zügen aus und erwartete am folgenden Morgen inmitten einer riesigen Menschenmenge auf der Straße »Zwischen den beiden Schlössern« die Ankunft des Ibn Abi Al Raddad. Denn der Tag nach der Salbung des Nilometers gehörte der Ehrung seines Wärters, dessen Aufgabe zu den wichtigsten im Reich zählte. Trotz des Fastens waren die Leute aufgekratzt ob der guten Aussichten für das Jahr und sie lärmten, scherzten und schubsten. Um in der Menge kein Aufsehen zu erregen, hatte Sitt sich verschleiert und hörte mit, was die Menschen untereinander sprachen.
»Wenn der Nil richtig schwillt – nicht zu wenig, aber auch nicht zu viel«, scherzte eine laute Stimme hinter ihr, »dann soll uns ruhig ein Kind regieren und ein schurkischer Wesir!«
Sitt blickte sich um und sah, dass die Stimme zu einem Mann mittleren Alters mit pockennarbigem Gesicht gehörte.
»Rede nicht solch einen Unfug!«, entgegnete einer seiner Nachbarn. »Du weißt doch, was die Berber in Misr angerichtet haben. Wenn eine Regierung ihre Soldaten nicht im Griff hat – das kann ebenso schlimm werden wie eine Nilflut!«

»Also, ich höre, die Kutama sind jetzt wieder zahm geworden. Ihre Führer wurden bestraft und Prinzessin Sitt Al Mulk steht am Hof wieder in Gnaden. Sie soll den Kalifen gestern bei der Salbung begleitet haben«, wusste ein Dritter zu berichten.
»Ich traue dem Frieden nicht«, beharrte der Zweite. »Ich sage euch: Die guten Zeiten sind vorbei!«
In Sitt krampfte sich etwas zusammen. Was diese Menschen aus dem Volk sagten, traf sich mit ihren eigenen heimlichen Befürchtungen. Aber während Sitt mit einem Ohr den Gesprächen lauschte, waren ihre Augen in der Menge auf der Suche: Sie hatte den Mann, der ihr gestern beigestanden hatte, nicht vergessen. Im Gegenteil. Ein Teil ihrer selbst schien sich in der Erinnerung an die kurze Begegnung regelrecht verfangen zu haben. Eine Hand an ihrem Arm, die selbstsicher zugriff, Augen schwarz wie Ebenholz, die sie mitfühlend ansahen und eine wohlklingende Stimme, die mit wenigen Worten im Tonfall der Länder des Ostens ihr Herz berührte. Sie schalt sich, dass sie Midad nicht schneller befohlen hatte, ihn zu suchen. Wahrscheinlich ein Reisender und sie würde ihn nie mehr zu Gesicht bekommen! Dennoch hörten ihre Augen nicht auf zu suchen.
Inzwischen war der Raddad mit seiner ganzen Familie am Goldenen Tor, dem Haupt- und Zeremonieneingang des Kalifenpalastes, erschienen. Der Zeremonienmeister und der Oberaufseher der königlichen Garderobe empfingen ihn und geleiteten ihn in die Goldene Halle, wo für ihn die Goldenen Gewänder bereitlagen – ein goldbestickter Anzug und die dazu passende Robe. Darüber hinaus erhielt er vier Taschen, jede mit fünfhundert Silberdirham gefüllt. Der Kalif zeigte sich zu diesem Anlass nicht, denn der Tag gehörte ganz allein dem Raddad. Nachdem dieser die Goldenen Gewänder angelegt hatte, begab er sich, wie es sonst nur dem Kalifen zustand, auf die Festloge über dem Goldenen Tor.

In dem Augenblick, als der Raddad an die Brüstung trat und in der Pracht seiner Festausstattung zu sehen war, brach die Menge in Jubel aus, denn nun stand es in aller Form und über jeden Zweifel fest: Der Nil hatte seine Fülle erreicht. Als der Raddad zum Abschied am Goldenen Tor erschien, da küsste er das Tor, so wie er auf seinem weiteren Weg heute jedes Tor, durch das der Kalif sonst schritt, küssen würde. Als weitere Belohnung erwarteten ihn vier ausgesuchte Maulesel. Er bestieg eines der Tiere, während die drei verbleibenden Esel die mit Silber gefüllten Taschen aufgeladen bekamen. Eine Abordnung Trompeter stellte sich dem Raddad voran. Die Musiker hoben die Instrumente an die Lippen und führten ihn unter Fanfarenklängen aus der Palaststadt hinaus. Hinter ihm wurde die große Trommel geschlagen. Es folgten die Angehörigen seiner zahlreichen Sippe.
In dieser Weise paradierte der Raddad an seinem Freudentag durch die Stadt Misr bis zur Amr-Moschee und zuletzt zum Nilufer. Dort ließ er sein Ehrengeleit zurück und setzte über zum Nilometer, der Stätte seines Wirkens in nimmermüder Wachsamkeit.

*

Nach der Würdigung des Raddad kehrte Sitt nicht gleich in den Blauen Pavillon zurück, sondern sie überquerte die Straße »Zwischen den beiden Schlössern« und begab sich in ihren alten Palast. Seit vielen Monaten betrat sie zum ersten Mal wieder ihre Gemächer. Die Dienerinnen, die zurückgeblieben waren, um das Haus zu hüten, brachen in Freudentriller aus, als sie der Herrin ansichtig wurden, die sich ihre Freiheit wiedererobert hatte. Sie wussten natürlich von der guten Nachricht, denn neben der Fülle des Nils drehten sich die Gespräche am Hof und in der Doppelstadt in jenen Tagen um nichts anderes als um den überraschenden, neuerlichen Aufstieg der Prinzessin Sitt Al Mulk und den tiefen Fall des Wesirs Hassan Ibn Ammar mitsamt der Disziplinierung der Kutama. Deshalb sahen nicht alle Menschen die Zukunft in einem so düsteren Licht wie jene Männer, die Sitt zuvor hatte reden hören und deren Sorge sie teilte.

Sie ging zu ihrem Schreibtisch, der ganz leergeräumt war. Wo immer sie hinblickte, fehlten Gegenstände an den gewohnten Plätzen und der Wunsch, wieder in ihr Schloss zurückzukehren, regte sich mit großer Macht. Doch sie beschwichtigte sich selbst: ›Harre noch ein wenig aus im Harem! Die Lage ist noch nicht gefestigt. Aber dann, ja, dann, wenn die Dinge sich gut eingespielt haben, kommst du wieder zurück!‹

Ihre Hand strich über die kühle Fläche des Tisches mit den geometrischen Linien der andalusischen Intarsien. Dann ging sie weiter, durch die inneren Salons und ihr Ankleidezimmer bis in ihr Schlafgemach. Sie stieg die Stufen zu ihrem Bett hinauf und ließ sich auf den rotsamtenen Überwurf fallen. Ihr Blick ging zum vertrauten Betthimmel mit den in breitem Schwung herabfallenden Vorhängen aus aprikosenfarbenem, fast durchsichtigem *Koton*. Und während sie darüber nachsann, wo der Mann vom »Sitz des Königsreiches« wohl zu finden sein mochte, fiel sie in einen tiefen Schlummer.

*

Als sie erwachte, fühlte sie sich ausgeruht wie schon lange nicht mehr. Dennoch war sie im ersten Moment verwirrt darüber, wo sie sich befand. Dann machte sich Freude in ihr breit und sie rief nach Midad.

»*Ya* Midad, ich will mich dem Mann, der gestern, als mich die Ermüdung befiel, an meiner Seite war, erkenntlich zeigen. Man soll in den Karawansereien von Misr Ausschau halten nach einem Mesopotamier. Es werden nicht allzu viele Reisende aus diesem fernen Land hier weilen. Es ist ein Versuch wert!«

Kurz dachte sie daran, den Hamam herrichten zu lassen, doch war das ein leibliches Vergnügen, das nicht dem Fasten entsprach. Das müsste bis zum Abend warten. Nach dem Fastenbrechen aber würde sich der Blaue Pavillon mit Besuchern füllen und es gäbe ein schlechtes Bild, wenn sie als Gastgeberin fehlte. Zudem war heute die Nacht des Maglis.

Seufzend sagte sie zu Takarrub, die wie immer zugegen war:

»Gerne würde ich jetzt in den Hamam gehen, aber das ist kein guter Einfall! Trotzdem will ich den Tag heute in meinem Schloss verbringen. Gibt es Neuigkeiten?«

Sie nahm einen Schluck aus dem Glas Mandelmilch, das Takarrub ihr reichte.

»Es geht das Gerücht um, dass Hassan Ibn Ammar eine Amnestie erhalten hat! Dieser Verbrecher sollte doch abgeurteilt werden!« Takarrubs Augen sprühten vor Empörung.

»Nein, es ist besser, wenn wir mit den Berbern nicht allzu hart ins Gericht gehen. Sie gehören immerhin zur Armee und ihre Truppen haben Damaskus in ihrer Gewalt. Die orientalischen und die schwarzen Truppen sind noch nicht stark genug, um Ägypten zu schützen. Noch brauchen wir die Berber. Ich hätte Hassan zwar noch eine Zeit lang länger gefangen gehalten, aber im Prinzip stimme ich mit Bargawan überein. Wir haben vereinbart, Milde walten zu lassen.«

»Und der Oberrichter! Soll auch er, der doch das ganze Komplott von langer Hand vorbereitet hatte – soll auch er weiter sein Unwesen treiben?«

»Im Augenblick, Takarrub, muss es wohl so sein. Doch sei gewiss: Seine Zeit kommt noch!«

Tatsächlich hatte Sitt bereits ihren Nachrichtendienst angewiesen, den Oberrichter zu beobachten und Erkundigungen über ihn einzuziehen. Denn auch wenn Mohammed Ibn Al Numan nach außen hin den Eindruck eines weisen Asketen vermittelte, so führte er ein großes Haus, das seinen Verhältnissen nicht angemessen schien.

Eine Dienerin kratzte an der Tür.

»Prinzessin Abda Bint Al Muizz ist hier, um Euch zu sehen!«

Sitt sprang vom Bett auf, strich sich übers Haar und ging Abda entgegen. »Wie ich mich freue, dass du hierhergekommen bist! Am Abend gehe ich in den Harem zurück, aber bis dahin ist es noch lang. Wie hast du mich gefunden, meine Tante?«

»Denkst du, mein Kind, deiner Tante Abda bliebe irgendetwas verborgen?«

Sie strich Sitt in einer mütterlichen Geste, die diese überraschte und ihr zugleich unsagbar guttat, eine Haarsträhne zurecht. Sitt ergriff dankbar die Hand ihrer Tante.

»Wir haben gerade über den Oberrichter gesprochen. Ich frage mich, ob der Kadi Al Numan nicht eine schwache Stelle hat, an der sich ansetzen ließe. Er gibt sich nämlich wie ein heiliger Mann, doch kommt es mir so vor, als würde in seinem Haus großer Luxus getrieben.«

»Nun, Tochter meines Bruders, die Frömmsten sind nicht selten die Allerschlimmsten! Du tätest gut daran, dir das zu merken!«

Was wie Lästerei klang, entsprach im Grunde der Haltung des Propheten. Sowohl im Heiligen Buch als auch in der Sunna wurde mehrfach gewarnt: »Übertreibt nicht in eurer Religion!« Der Prophet war fromm, aber kein Frömmler und seine Lehre kümmert sich um das Wohl der Menschen auf Erden in nicht geringerem Maß als um ihre Seligkeit im Paradies.

»Ja, da hast du wohl recht! Man vergisst es nur allzu leicht und es fällt einem schwer, sich vorzustellen, dass unter der frommen

Oberfläche solcher Menschen das Übel regieren sollte. Meinem Vater war dieser Gedanke ebenfalls fremd.«

»Ich hatte versucht, ihn zu warnen«, verriet Abda Sitt zum ersten Mal, »doch er weigerte sich, es zu sehen. Ich glaube, er wollte sich sein Bild von den Menschen und der Welt nicht zerstören lassen.«

»Vielleicht hätte er es nicht ertragen. Ich selbst bin dabei, meinen Blick für das Böse zu schärfen und ich bin in wachsendem Maß auch bereit, dem Bösen mit Gleichem zu begegnen. Das macht mir manchmal Angst vor mir selbst; und um mich selbst! Und ich frage mich dann: Ist es das wert?«

»Ja, meine Tochter! Es ist es wert. Wer, wenn nicht du, bedenkt noch das Wohl des Reiches? Du musst den Weg zu Ende gehen, den dein Vater dir im Grunde gewiesen hat. Vergiss nie, dass er dich an der Spitze der Regierung sehen wollte. Verfolge deine Idee weiter und lasse den Oberkadi beobachten. Ja, die Leute reden über den Luxus in seinem Haus. Seitdem er sich seine jüngste Frau ins Haus genommen hat, ein eigensinniges Kind von dreizehn Jahren, seither herrscht unter den anderen Frauen Aufruhr. Er hatte, um das Mädchen ins Haus nehmen zu können – als Oberrichter darf er sich schließlich keine Konkubine halten! –, eine seiner vier Frauen aus der Ehe entlassen müssen. Jetzt befürchten die drei anderen, es könnte ihm einfallen, dieses Vorgehen zu wiederholen und setzen alles daran, das zu verhindern. Zudem heißt es, er verwöhne den kleinen Fratz nach allen Regeln der Kunst, beschenke sie mit den kostbarsten Juwelen und habe unlängst ihr Gewicht in einer Paste aus Honig und dem Futtersaft der Bienenkönigin aufwiegen lassen, damit sie damit Bäder nähme und leichter von ihm empfange! Die älteren Frauen verlangen nun allesamt die gleiche Behandlung für sich und berufen sich auf die Forderung des Heiligen Koran, dass ein Mann vier Frauen haben dürfe, vorausgesetzt, er behandle sie alle gleich. Auch in diesem Punkt darf ein Oberrichter sich keine Verfehlung leisten. Also war er gezwungen, ähnlichen Schmuck für alle zu kaufen und ihr Gewicht ebenfalls in der wertvollen Paste aufwiegen zu lassen, obwohl jede von ihnen gut zweimal so viel wiegt wie die Kleine!«

Abda hatte ihre Erzählung mehrmals unterbrechen müssen, weil es sie und Sitt dabei vor Lachen schüttelte.

»Nun musst du dir vorstellen, meine Tante, dass Mohammed Ibn Al Numan ohnehin nicht einer der kräftigsten Männer ist und jetzt soll er, wenn's nach der religiösen Vorschrift geht, auch noch die drei anderen Frauen ebenso oft beglücken wie das junge Ding, an dem er einen Narren gefressen hat. Er müsste einem eigentlich leidtun, der Kadi!«

Die beiden Frauen rangen nach Luft vor Heiterkeit.

»Und von irgendwo muss er das Geld hernehmen für all diese Forderungen. Es heißt auch, er habe vier kostbare russische Sklavenmädchen, die sich auf die hohe Kunst der griechischen Schönheitspflege verstünden, gekauft. Zunächst eine für die Neue und dann noch drei für die anderen!«

»Ich habe meine Spione angewiesen, ein ganz besonderes Auge auf den Kadi zu haben. Ich bin neugierig, was sie in Erfahrung bringen. Heute Abend werde ich nach einem Jahr zum ersten Mal an einer Sitzung des Maglis teilnehmen. Vater – der Allerhöchste segne ihn! – starb am Ende des Heiligen Monats und jetzt ist wieder die Zeit des Fastens angebrochen.«

»Ja, mein Kind. Es war ein schreckliches Jahr. Und noch immer ist Bargawan an der Macht. Und obwohl der Oberrichter mit dem Sturz der Kutama seine Hauptverbündeten verloren hat, ist er – da der Imam noch immer zu jung ist, um die Lehre zu verkünden – unser religiöser Führer. Ich kann seine unsäglichen Ergüsse während der Weisheitssitzungen kaum noch ertragen. Doch rate ich dir, wieder an den Sitzungen teilzunehmen, damit du weißt, was dein Gegner verbreitet und damit die Frommen nichts an dir auszusetzen haben.«

»Sie werden immer etwas an mir auszusetzen haben. Aber auch ich habe überlegt, wieder in die Sitzungen zu gehen. Zumal wir den heiligen Monat haben. Was meinst du, meine Tante?«

»Ich stimme dir ganz und gar zu. Mit deiner Anwesenheit zeigst du deine Macht und man kann dich nicht so leicht ausschalten. Nutze die Freiheit, die du neuerdings wieder hast. Und das Vertrauen deines Bruders Al Hakim.«

*

Gemeinsam begaben sich Nichte und Tante zur *Zakira,* Sitts Sammlung an Kostbarkeiten, um die sie weithin beneidet wurde. Schon der Weg dorthin war ein Vergnügen. Die Wände der Korridore, die zu den Repräsentationsräumen führten, waren mit erlesenen Reliefs geschmückt, deren Kostbarkeit sich steigerte, je näher man dem Museum kam. Es begann mit bunt bemalten Holzpaneelen, die an den Wänden lange Geschichten von ritterlichen Turnieren und Jagdabenteuern erzählten. Da waren Reiter beim Zielschießen mit Speeren zu sehen oder dabei, wie sie unerschrocken Löwen und Panther durchbohrten. Hundemeuten stellten fliehende Gazellen und Hirsche lagen miteinander im Kampf.

Im Weitergehen kamen Sitt und Abda an vergoldeten Holzreliefs vorbei, auf denen der Alltag am Hof nachgebildet war – das familiäre Leben mit den Kindern, die Unterhaltungen mit Musikern und leicht bekleideten Tänzerinnen, das Schach- und das Taulaspiel und zuletzt zeremonielle Anlässe wie die Thronbesteigung des Kalifen, das Schlachtopfer und die Verteilung von Geschenken an das Volk.

Bei der letzten Biegung wich die bunte und goldene Pracht der Jagd- und Hofbilder einer kühlen, fast mathematischen Eleganz. Wände und Reliefs waren hier aus weißem Marmor und es gab keine Geschichten mehr zu sehen, sondern einander gegenüberstehende Tierpaare – Pfauen, Löwen, Antilopen, Hasen, Pferde. Durch symmetrische Pflanzenranken hindurch blickten sie einander in die Augen. An dieser Stelle waren die Tiere nur noch Symbole und standen für die Eigenschaften Stolz, Mut, Grazie, Fruchtbarkeit und Schnelligkeit, die sich aus dem kosmischen Geschehen auf die Menschen übertrugen.

*

Die Wächter vor dem Museum standen stramm, als Sitt und Abda sich der vielfach verstärkten Tür näherten und durch sie den ersten Saal, jenen des Paradieses, betraten. Auf den ersten Blick fiel Sitt schmerzlich der große freie Platz auf, wo früher der Silberne Garten gestanden hatte. Wie um sich über den Verlust zu trösten, sagte sie schnell:

»Der Kalif beschäftigt sich oft stundenlang mit dem Silbernen Garten. Er ist ein großes Kunstwerk, wie ja auch das Schwert des Harun Al Raschid, das ich dir, meine Tante, verdankte, ein einzigartiges Stück ist. Aber die Geschenke haben ihren Zweck erfüllt und es war die Sache wert, mich von ihnen zu trennen. So schwer es mir auch gefallen ist.«

»Weißt du, *ya* Sitt, dass Hassan Ibn Ammar den Hengst Seglavi Schams aus dem königlichen Marstall entfernen ließ, als er den Palast ein zweites Mal plünderte, um die Kutama-Rekruten zu bewaffnen? Wie ich höre, hat er das Pferd jedoch nicht, wie die meisten anderen Schätze, General Sulaiman Ibn Gafar übergeben, sondern es für sich behalten. Allerdings dürfte er es irgendwohin aufs Land ver-

bracht haben, denn die Mameluken konnten es nicht finden, als sie sein Haus in Kairo in Beschlag nahmen und plünderten.«
Sitts Gesicht rötete sich vor Zorn:
»Das hat er gewagt, der Hundesohn? Gut, dass du es mir sagst, meine Tante! Ich werde mich heute Nacht im Maglis mit diesem Raub und mit allem anderen, das er aus dem Palast gestohlen hat, befassen!«
Inzwischen hatten sie den Saal der Frauen betreten. Sitt führte Abda zu einem Podest. Darauf stand auf einem Tuch aus golddurchwirktem Brokat ein Kleinod von überaus seltener Schönheit. Es war eine Schale, im unteren Teil aus undurchsichtigem türkisfarbenem Glas gearbeitet und im oberen Teil von einem breiten Streifen aus purem, glatt poliertem Gold eingefasst. Die Schale gliederte sich in fünf Segmente, deren jedes einzelne am Rand wie eine Muschel gewölbt war. In der goldenen Einfassung saßen Rubine, Diamanten, Türkise und dunkle Amethyste in vielfältigen Schliffen und Mustern. Auf dem glänzend polierten türkisfarbenen Glas des unteren Schalenkörpers liefen, aus den Segmenten erhaben herausgeschnitten, fünf Hasen.
Abda nickte anerkennend, nachdem sie das Kunstwerk eingehend betrachtet hatte.
»Bei dieser Schale war ein großer Glaskünstler zusammen mit einem ebenso tüchtigen Goldschmied am Werk.«
»Nicht wahr? Sie wirkt so einfach und hat dabei so viel Kraft! Sie stammt aus Mesopotamien.«
Die Erinnerung an ihr gestriges Erlebnis meldete sich mit einem Stich zwischen Hals und Brust. Auch der Mann kam aus Mesopotamien!
›Mein Gott‹, fragte sie sich erschrocken, ›hat er mich so in seinen Bann gezogen? Das kann doch nicht sein! Ich hoffe doch noch immer auf Nours Rückkehr!‹

Es fiel ihr schwer, der Tante nichts von der Begegnung zu erzählen, doch Liebesgeschichten waren nichts, was sich mit Abda teilen ließ. Nein, sie musste auf Amina warten.

Sie verließen den Saal der Frauen und gingen weiter durch die anderen Säle, bis sie den letzten erreichten, den prachtvollsten – jenen der Weisheit. Wie Abda auf den ersten Blick bemerkte, hingen an der Fensterwand zwei Bildtafeln, die sie ebenfalls noch nicht gesehen hatte. Sie trat vor die Bilder hin und betrachtete sie eingehend.

Das eine der beiden Bilder zeigte vor strahlendem Morgenrot die Gestalt des Aissa Ibn Mariam. Rund um seinen Kopf lag eine goldene Scheibe und die ganze Gestalt war von goldenem Glanz umflossen. In deutlichem Unterschied zu den neben ihm stehenden anderen Männern, in deren Gesichtern ehrfüchtiges Staunen zu lesen war, leuchtete das ruhige Antlitz des Messias im goldenen Schein des ewigen Lichtes.

Sitt begann leise auf Griechisch zu sprechen und nach wenigen Worten hatte Abda sich auf die fremde Sprache eingestellt:

»Sechs Tage darauf nahm Iesos den Butros, den Iakobos und dessen Bruder Joannis mit sich und führte sie auf einen hohen Berg allein. Und er wurde vor ihnen verklärt; sein Angesicht leuchtete wie die Sonne und seine Kleider wurden weiß wie das Licht.«

Beide Frauen schwiegen. Nach einer Weile fragte Abda:

»Stammen diese Sätze aus dem Evangelium?«

»Ja, aus dem Evangelium des Matteos.«

Sie wandten sich nun dem anderen Bild zu, das Sitt in der Zeit vor der Katastrophe erworben hatte. Auf dieser Tafel reihten sich, wie auf einer Perlenschnur, vor einer Zitadelle mit hohem, schwarz gähnendem Torbogen die Köpfe der Apostel auf. Über allem erhob sich als goldene Kugel das Himmelsgewölbe und von diesem ergossen sich, aus der dunklen Sonnenscheibe der Erkenntnis, feu-

rig rote Strahlen über die ebenfalls von goldenen Scheiben umgebenen Häupter der Apostel.
»Die Herabkunft des Heiligen Geistes«, sagte Sitt.
Abda löste ihren Blick von den beiden Bildern und ließ ihn durch den Saal wandern zum großen seidenen Teppich an der gegenüberliegenden Längswand mit dem Abbild der menschengesichtigen Sonne und von da zur rechten Querwand mit den Namen der Propheten und dann zur linken Querwand, wo die Errungenschaften der Wissenschaft aufgezeichnet standen.
»Es hängt alles zusammen und es ist Unsinn, das eine oder das andere zu verdammen«, rief Abda leidenschaftlich aus. »Im Grunde sagt der Geist immer das Gleiche und verströmt sich wie die Sonne, der alles Leben zu verdanken ist.«
»So wie Plotin und die neuzeitlichen Anhänger des Platon sagen: Das Eine, das keiner beschreiben kann, verströmt sich und daraus entsteht der Kosmos, das All. Allah, der Unbeschreibliche, der doch neunundneunzig Namen hat, ist das Eine und ist im Einen und im Einen sind die anderen Wesenheiten, die dem Einen mehr oder weniger gleichen. Jeder Prophet eröffnet eine neue Stufe der *Emanation,* eine neue Epoche. Es begann bei Adam und ging über Noah, Ibrahim, Musa, Aissa bis zu Mohammed. Wir sind schon weit fortgeschritten, aber noch nicht im Stadium der Vollendung, denn sieben Propheten sollen es nach der Verheißung insgesamt sein und es fehlt der letzte.«
»Du hast deinem Vater und deinen Lehrern aufmerksam zugehört, meine Tochter! Und, so freue ich mich zu bemerken, auch mir! Ja, so wie wir Ismailiten sagen: Unser verschwundener Imam Mohammed Ibn Ismail wird an dem Tag die Reihe der sieben Propheten vollenden, an dem er zur Menschheit zurückkehrt. Aber noch leben wir in einer Welt, die vieles zu wünschen übrig lässt.«

»Den größten Trost spendet mir, dass die Menschen, wo immer sie leben, im Grunde der gleichen Sehnsucht folgen, die gleichen Hoffnungen hegen und ähnliche Vorstellungen haben, wie sie diese Sehnsucht und diese Hoffnungen Wirklichkeit werden lassen können. Es tröstet mich, dass die Weisheit überall die gleiche ist!«

»Und dementsprechend hast du deinen Saal der Weisheit gestaltet! Die neuen Tafeln fügen sich in wunderbarer Weise in diesen Rahmen. Hier die große Sonne, das ›Antlitz der ewigen Geliebten‹, wie unsere Sufis sagen, da die Propheten von Adam bis Mohammed, die uns die Botschaft des Einen offenbaren und dort die Wissenschaft, die seinen Manifestationen auf der Erde und im Kosmos auf den Grund geht! Du bist im Begriff, mit diesem Saal ein eigenes Kunstwerk zu schaffen!«

Das Lob der Tante trieb Sitt immer noch die Röte des Stolzes in die Wangen. Sie schenkte der älteren Frau einen strahlenden Blick, in dem sich der Glanz des Goldes rundum spiegelte.

»Es kommt mir vor«, nahm Abda ihren Gesprächsfaden wieder auf, »als wäre dieser Saal hier ein Widerschein dessen, was ich einmal zu sehen gesegnet war.«

»Wie meinst du das, meine Tante?«

»Nun«, sagte Abda, nachdem sie tief Atem geholt hatte, »es gab einmal in meinem Leben eine Zeit, wo auch mich das Verlangen nach einem Mann gefangen hielt. Wenn es mein unbedingter Wille gewesen wäre, so hätte ich ihn heiraten können. Obwohl es für uns nicht üblich ist, zu heiraten, so geschieht es doch immer wieder!

Es war im ersten Sommer nach unserem Einzug in Al Kahira, um die Zeit der Sonnenwende. Eines Nachts wachte ich lange vor Tagesanbruch auf und konnte nicht mehr einschlafen. Etwas in mir zog und drängte hinauf in das Gebirge im Rücken unserer neuen Hauptstadt. Es war ein ungewöhnlicher Wunsch, doch dank meines guten Rami wartete sehr schnell meine Sänfte auf mich und noch vor dem Weckruf der Muezzins hatten wir das obere Mukattam-Plateau erreicht.

Ich stieg aus und entfernte mich von den Trägern. Rami wollte mir folgen, aber ich winkte ab. Ich musste allein sein. Und so ging ich zur Mitte des Plateaus, bis hin zur der Stelle, wo mein Bruder später das Observatorium erbauen ließ. Im Osten hatte sich der Himmel bereits rot gefärbt – fast so tiefrot, wie du es auf dem Bild hier sehen kannst.« Sie deutete auf die Ikone von der Verklärung Christi. »Ich stand da und schaute in das Rot und wartete. Ich weiß nicht, worauf ich wartete, denn Sonnenaufgänge hatte ich schon viele gesehen – die schönsten auf der großen Karawane, an den Ufern des Weißen Meeres.

Bald stieg auch tatsächlich die glühende Wölbung der Sonne über dem Gebirge auf und stand schließlich als orangefarbener Feuerball am Himmel. Es wäre jetzt eigentlich Zeit gewesen, zur Sänfte zurückzugehen. Doch irgendetwas hielt mich mit geheimnisvoller Kraft. Plötzlich – ich weiß nicht, wie lange ich da gestanden und dem weiteren Aufstieg des Tagesgestirns zugesehen hatte – kam ein Wind auf, der schnell an Stärke gewann und dann geschah etwas, das ich niemals vergessen werde. Es war kein Blitz und kein Donner, es war kein Sturm und auch nicht die Flut des Regens. Doch es war eine Gewalt, die von außen über mich kam und mein Inneres erfasste, die mich ganz und vollkommen erhellte, in mir erklang, mich durch und durch schüttelte und überschwemmte. Dergleichen war mir bis dahin und ist mir seither nicht mehr widerfahren. Dennoch wusste ich: Das ist Es – das Eine und das Ganze. Ich kann mir nichts Schöneres vorstellen und nichts Erschreckenderes und trotzdem hatte ich keinen Augenblick lang Angst, sondern ich dehnte mich dem Erleben entgegen und wünschte, es würde niemals enden.

Aber da ich ein Menschenwesen bin und die Endlichkeit mein Schicksal ist, fand ich mich schließlich auf dem sandigen Felsgrund kauernd, Rami über mich gebeugt und mich mit besorgten Worten rufend. Seither aber weiß ich, dass ich bei aller Endlichkeit im Unendlichen geborgen bin.«

»Du hast mir nie davon erzählt, meine Tante!«

»Außer Rami und meinem Vater Al Muizz wusste auch niemand davon. Das Erlebnis übte auf mich eine solche Wirkung aus, dass mir die Sehnsucht nach dem Geliebten verging. Sie richtete sich fortan auf etwas anderes. Der Mann war weiterhin da und ich liebte ihn nicht weniger als zuvor, aber ich ersehnte ihn nicht mehr. Deshalb ist deine Tante Abda heute eine ebenso sonderbare Jungfer wie die fromme Raschida. Zwar vermag ich nicht zu sagen, ob meine Schwester Ähnliches gesehen hat wie ich – doch wer weiß!«

»Aber, meine Tante!« Sitt nahm ihren Arm und schmiegte sich an die ältere Frau: »Zwischen dir und Tante Raschida liegt eine ganze Welt! Du bist auch nicht sonderbar. Du lebst ein gutes Leben und ich werde mich glücklich schätzen, wenn ich das einmal von mir sagen kann.« In Gedanken setzte sie hinzu: ›Falls meine Art zu lieben mich jemals zur Ruhe kommen lässt!‹

*

Es kam der Abend und das Fastenbrechen, Sitts Salon füllte sich und es wurde viel gesprochen an diesem Tag über den Sturz Hassan Ibn Ammars und seines Berberregimes, über das glückliche Erreichen der Fülle des Nils und über Sitt Al Mulks Wiedererscheinen in der Öffentlichkeit.

»Tatsächlich«, meinte Amina an diesem Abend zu Sitt, »ist es so, dass Bargawan und der Oberrichter jetzt keine andere Wahl haben, als mit dir zu regieren. Wer hätte das vor einem Jahr gedacht!«

»In Wahrheit regiert ja der Kalif«, schwächte Sitt ab, um keinem Vorwurf gegen sie Nahrung zu geben. Es konnte allzu leicht sein, dass Bargawans Ohren bis in ihre Gästeschar reichten. »Alle anderen beraten den Kalifen und bereiten seine Entscheidungen vor. Doch er ist es, der die Entscheidungen trifft!«

»Jedenfalls wirst du heute zum ersten Mal wieder im Maglis sitzen«, ließ sich da die säuselnde Stimme einer entfernten Cousine vernehmen.

Einen Augenblick war Sitt in Gefahr, der Schmeichelei zu erliegen und sich zu einer unvorsichtigen Äußerung hinreißen zu lassen. Doch sie zügelte sich. Hatte sie nicht schon genug schlechte Erfahrungen gemacht? Wer weiß, vielleicht würde gerade diese liebedienernde Cousine schon morgen dem Oberrichter hinterbringen, was die Schwester des Kalifen heute in ihrem Salon gesagt hatte.

Als die Zeit des Maglis näher rückte, erbat Sitt die Erlaubnis ihrer Gäste, sich bereitmachen zu dürfen. Denn es war in der Tat ein bedeutender Schritt und sie wollte ihn in aller Würde gehen. Sie hatte sich Theodoras Diadem und Kollier aus der Schatzkammer kommen lassen. Im großen Schmuck ihrer Mutter, der Gattin des Al Aziz, würde sie im Rat erscheinen.

*

Obwohl es in dieser Nacht gewiss kein Mitglied des Rates gab, das nicht gewusst hätte, dass Sitt Al Mulk an der Sitzung teilnehmen würde, so wanderten dennoch, als sie den Maglis betrat, alle Blicke erstaunt in ihre Richtung. Ein Jahr war eine lange Zeit und die Herren, die da rund um die Wände auf den Diwanen saßen, hatten

sich gar leicht daran gewöhnt, dass keine Frau mehr unter ihnen weilte, seitdem Al Aziz – die Großmut des Höchsten sei über ihm! – verstorben war.
Das Staunen wandelte sich binnen Augenblicken in Unruhe und ein Raunen pflanzte sich von Mund zu Mund fort. Denn vor ihnen stand nicht die reizende Tochter des Kalifen, als die Sitt Al Mulk zuletzt in diesem Saal erschienen war, sondern es zeigte sich ihnen eine Königin, voll Anmut und Würde. Die Süße der Jugend war aus ihrem Gesicht, aus ihrer Haltung und ihren Gesten verschwunden.
Da der Tod des Vaters sich am Ende des Heiligen Monats jähren würde, trug sie einen schwarzen Umhang über ihrem perlenbestickten weißen Kleid. Das Haar fiel ihr, von einem goldenen Netz locker zusammengehalten, schwer auf die Schultern. In ihrem Gesicht, das schmaler geworden war, leuchteten die smaragd- und bernsteinfarbenen Augen größer und strahlender denn je. Doch wohnte in diesem Leuchten eine neue Härte, die den Würdenträgern Achtung einflößte. Die geschliffenen Smaragde in ihrem Haar und um ihren Hals wetteiferten mit dem Grün ihrer Augen und unterlagen dabei.
Sitt genoss den Eindruck, den sie auf die Anwesenden machte und fühlte sich ruhig und sicher. Geschickt hatte sie es so eingerichtet, dass sie nach dem Kalifen eintraf. Und so bewegte sie sich mit ihrem aufrechten und geschmeidigen Gang geradewegs auf ihn zu und nahm für sich das Vorrecht in Anspruch, ihn nach einer Verbeugung auf beide Wangen zu küssen, wie es weder dem Wesir zustand noch dem höchsten Amir. Sodann ließ sie sich auf dem links neben seinem Thronsessel für sie freigehaltenen Platz nieder. Es war derselbe Platz, den sie in früheren Zeiten eingenommen hatte.
Sie sah sich um in dem Saal und stellte fest, dass keiner fehlte

außer Nour, Aissa Ibn Nesturus und Hassan Ibn Ammar und, natürlich, ihrem Vater. Rührung regte sich in ihr, doch sie schob sie von sich, gerade rechtzeitig, denn schon fühlte sie, wie ihr Tränen in die Augen schießen wollten.

Ein Blick auf den Kalifen zeigte ihr, wie gut es ihm tat, sie an seiner Seite zu wissen. Er hatte sich nach ihrem Eintreffen sichtbar entspannt und saß jetzt mit fast heiterer Miene und untergeschlagenen Beinen auf dem breiten Thron. Rechts von ihm hatten Bargawan und der Oberrichter ihre Plätze. Bargawan saß somit bereits an der Stelle, die noch beim letzten Maglis vom früheren Wesir Hassan Ibn Ammar besetzt worden war.

Eine Zeit lang hörte sie den Erörterungen zu – auch hier drehte sich alles um das Glück der Fülle und um die mit knapper Not abgewandte Gefahr, die für den Staat von den Kutama ausgegangen war. General Ibn Gauhar saß an demselben Platz, auf dem vor vielen Jahren sein Vater, der Eroberer Ägyptens, gesessen hatte. Sitt musterte ihn eingehend unter halb niedergeschlagenen Lidern.

Er war ein schwerer Mann mit tiefen, schwarzen Schatten unter den Augen, den Zeichen von Ausschweifung und zu viel Rauschmitteln. Dennoch machte er den Eindruck von jemandem, der sich in der Gewalt hatte und der auch in der Lage war, über andere Gewalt auszuüben. Als Geschäftsmann war er damit sehr erfolgreich gewesen und es war zu erwarten, dass er auch als Truppenkommandant seinen Mann stehen würde. Es ging schließlich nicht darum, einen Krieg zu schlagen, wozu ihm die für einen guten Feldherrn notwendige körperliche Tüchtigkeit gefehlt hätte, sondern es galt, einen Haufen wild gewordener Soldaten zu bändigen.

Gleich neben Gauhar hatte der zweite Staatssekretär und zugleich Chef des Nachrichtendienstes, der Christ Bisr Ibn Surun, seinen Platz. Als Sitts Blick den seinen traf, gab er ihr durch ein unmerkliches Nicken zu verstehen, dass sie auf seine Unterstützung zählen konnte. Sitt hatte nichts anderes erwartet, denn die Treue und Gewissenhaftigkeit ihres alten Verbündeten war sprichwörtlich. Bargawan hatte das Wort, als Sitt eingetroffen war. Nun setzte er seine Rede fort.

»General Hassan Ibn Ammar hat bereits eine Amnestie erhalten, doch sagte er, er würde sich erst dann wieder seines Lebens sicher fühlen und nach Kairo zurückkehren, wenn er eine Garantie des Kalifen erhielte. Er fordert das Gleiche auch für die anderen hohen Kutama-Offiziere. Stimmt der Maglis zu, ihnen die Sicherheitsgarantie zu gewähren?«

Murmelnd und nickend gaben die Ratsmitglieder ihr Einverständnis. Manch einer der Prinzen hätte Hassan Ibn Ammar vermutlich lieber unter dem Richtschwert gesehen, doch um der Ruhe und des Friedens mit den Berbern willen erhob keiner einen Einwand.

Doch plötzlich schossen, als wäre ein Angriff aus dem Hinterhalt erfolgt, alle Blicke in die Richtung, wo neben dem Kalifen seine schöne Schwester saß. Denn Sitt Al Mulk hatte das Wort ergriffen – etwas, was sie in den Maglissitzungen unter ihrem Vater noch nie getan hatte.

»Ehrwürdige Mitglieder dieses Rates, ihr wollt Kalif Al Hakim empfehlen, Hassan Ibn Ammar und seinen Spießgesellen eine Sicherheitsgarantie auszustellen! Bedenkt ihr denn dabei nicht, dass ebendieser Hassan Ibn Ammar den Harem und die gesamte bewegliche Habe seines Vaters geraubt und unter den Kutama verteilt hat? Es kann doch kein Zweifel darüber bestehen, dass all das zurückerstattet werden muss! Vorher kann es nicht einmal einen Gedanken an eine Sicherheitsgarantie geben. Zumindest würde ich glauben, dass unser hochwürdiger Kalif dieser Meinung ist. Was denkst du darüber, Oberbefehlshaber der Gläubigen?«

Al Hakim war den Ausführungen aufmerksam gefolgt und dankte Sitt im Stillen dafür, dass sie für ihn Wiedergutmachung forderte. ›Warum‹, kam es ihm in den Sinn, ›hat Bargawan das nicht für mich getan?‹

Er antwortete auf die Frage seiner Schwester.

»Wir sind der Ansicht, dass Hassan Ibn Ammar und alle anderen zurückgeben müssen, was sie uns gestohlen haben. Die Schatzkammern sind leer, ebenso die Ställe. Ich habe monatelang in ausgeplünderten Räumen leben müssen.«

»Was die Frauen angeht«, sprach Sitt weiter, »so mag unser König und Imam verfügen wollen, dass es den Frauen freisteht, ob sie bei ihren neuen Männern bleiben oder in den Harem zurückkehren.«

»So sei es!«, rief der Kalif.

›Seine Stimme hat die Brüchigkeit des Übergangs vom Kind zum Mann verloren!‹, staunte Sitt.

Zu der Versammlung gewandt, kam sie auf einen weiteren Punkt zu sprechen.

»Noch in den letzten Tagen seines elenden Regimes hat General Hassan Ibn Ammar aus dem Marstall des Kalifen den unbezahlbaren Hengst Seglavi Schams gestohlen. Das Pferd konnte in Ibn Ammars Stall in Kairo nicht gefunden werden. Wenn er es dem Kalifen nicht unbeschadet zurückstellt, wird dieser ebenfalls nicht daran denken wollen, eine Sicherheitsgarantie auszustellen.«

»Nein, unter keinen Umständen!«, bekräftigte Al Hakim ihr Wort. Er schien Gefallen an diesem Wechselspiel mit seiner Schwester gefunden zu haben. Sie gab ihm einen Ball vor und er schlug ihn zurück. Es erinnerte ihn an die Poloübungen, die sein Vater mit ihm gemacht hatte.

Die Angehörigen des Maglis sahen den Kalifen und seine Schwester entgeistert an. Sie hatten erwartet, dass die Prinzessin so wie

zu Zeiten des Al Aziz der Sitzung zuhören und ihren Rat für später aufbehalten würde. Dass sie aber eingreifen und, was noch viel unerhörter war, dem Kalifen Entscheidungen in den Mund legen könnte, damit hatte niemand gerechnet.
Sitt versuchte, aus dem Verhalten der Männer Schlüsse zu ziehen. Der Blick Prinz Ibn Haschims lag unverwandt auf ihr. Er war einer jener Männer, die sich durch eine starke Frau herausgefordert fühlten. Bargawan und der Oberrichter mieden es, einander anzusehen, doch wusste sie, dass die beiden, sobald sie unter vier Augen waren, besprechen würden, wie sich dem unerwarteten Verhalten der Prinzessin begegnen ließe.
›So seht zu, was ihr jetzt noch gegen mich tun könnt!‹, dachte Sitt triumphierend, denn sie fühlte, dass der Kalif Wachs in ihren Händen war und die Prinzen fest hinter ihr standen.
»Eine Frage wäre noch zu klären, ehe der ehrwürdige Maglis zu anderen Dingen übergeht«, meldete sich nun wieder Bargawan. »Hassan Ibn Ammar wird, wenn er nach Kairo zurückkehrt, Anspruch auf weiteren Lohn erheben. Ich bin der Meinung, er sollte den gleichen Lohn erhalten wie zur Zeit, als er unter dem Kalifen Al Aziz – Gott segne ihn! – diente.«
Neuerlich erhob sich beistimmendes Gemurmel. Der Kalif sah fragend zu seiner Schwester hin und als sie nickte, erklärte er: »Ich erkläre mich einverstanden, doch er muss zuerst das geraubte Gut zurückstellen. Tut er dies nicht, so soll er Kairo nicht betreten.«
Sitt staunte, wie schnell ihr Bruder alles begriffen hatte und belohnte ihn mit einem Blick voll Anerkennung und Wärme.

*

Nach dem Maglis suchte der Kalif seine Schwester, trotz der späten Stunde im Blauen Pavillon auf. Sitt lud ihn ein, mit ihr die kühle Nachtluft auf dem Dach zu genießen und so saßen sie zusammen in der Laube aus Zitronenbäumen und tranken kühlen Lakritzensaft. Die Bäume standen in Blüte und verströmten bittersüßen Duft. Der Sternenhimmel hüllte sich über den Ramadan-Lichtern in Dunkel. Doch der Blick auf die Festbeleuchtung der Al Azhar-Moschee entschädigte sie dafür.

»Bargawan verlangt von mir, dass ich in allem das tue, was er sagt. Er wird heute nicht zufrieden sein mit mir«, begann Hakim. »Doch ich bin froh, dass ich ihm die Stirn geboten habe«, setzte er eilig hinzu. »Seit dem Todesurteil gegen Aissa Ibn Nesturus kann ich ihm nicht mehr vertrauen – weder ihm noch dem Oberrichter. Aber ich weiß noch nicht genug über die Politik, um mir selbst ein Urteil zu bilden. Jetzt, wo du im Maglis bist, meine Schwester, werden sie mich zu keinen falschen Entscheidungen mehr überreden können. Ich danke dir für deine Hilfe. Es ist ein großes Glück für mich, wenigstens einem Menschen vertrauen zu können. Doch sollte ich mich selbst auch in den Angelegenheiten des Staates auskennen. Sag, Sitt, würdest du es mich lehren?«

Er ergriff ihre Hand und küsste sie. Sitt ließ ihn gewähren.

»Das tue ich mit Freuden, *ya* Mansur. Wir können gleich heute damit anfangen. Zuvor aber will ich dir sagen, wie glücklich ich war zu sehen, dass du deine Pflichten so hervorragend erfüllst. Gestern, bei der Salbung des Nilometers, hast du die lange Zeremonie so gut ausgeführt, wie es dein Vater nicht besser gemacht hätte. Und auch im Maglis war es einfach, dir zu raten, weil du alles sehr schnell verstehst. Ich bin sehr stolz auf dich, mein Bruder!«

Sie konnte sehen, wie ihr Lob ihn beglückte. Seine Augen gaben den Glanz der Lichter wieder und er saß neben ihr wie ein sorgloser Jüngling, die Beine von sich gestreckt, mit zurückgelegtem Kopf.

»Der große Wesir und Finanzminister deines Vaters, Yakub Ibn Al Killis, hat mich gelehrt, dass die Politik im Grunde nur zwei Aufgaben hat«, begann Sitt mit der Unterweisung des Kalifen. »Sie muss dafür sorgen, dass die Menschen sich sicher fühlen und sie muss alles tun, damit sie in Wohlstand leben können. ›Gut genährte Bäuche‹, pflegte er zu sagen, ›sind milde gestimmt und rebellieren nicht.‹ In einem Land wie Ägypten, wo die Menschen so unterschiedlich sind, ist es ganz besonders wichtig, dass sie einander mit Milde begegnen. Wenn sie unter Druck stehen, so hat das schnell böse Folgen.

Deshalb sollte man Händlern, die zum Beispiel mit Getreide spekulieren, das Handwerk legen und zugleich etwas tun, damit auch in schwierigen Zeiten der Wohlstand nicht in Gefahr gerät. Daher will ich selbst Getreide aufkaufen und lagern, um es, sollte eine künstliche Knappheit erzeugt werden, billig auf die Märkte bringen zu lassen und den Preis zu drücken. Falls aber eine tatsächliche Not eintritt, dann gibt es Vorräte und die Menschen müssen nicht verhungern.

Unsere Mutter hat dich, wie ja einst auch mich, in den Evangelien und in der ihnen vorausgehenden *Taura*, den fünf Büchern Mose, unterwiesen. In der *Taura* steht geschrieben, wie Ägypten die sieben mageren Jahre dank seiner Vorräte aus den vorhergehenden fetten Jahren überstehen konnte. Erinnerst du dich daran?«

»Wie könnte ich mich nicht erinnern! Das Gleiche sagt auch der Heilige Koran, in der Sure Yussuf!«

»Vollkommen richtig! Du hast dir das gut gemerkt! Doch nicht nur bei den Getreidevorräten können wir etwas für das Volk tun. Als weiteren Schritt werde ich Land aufkaufen. In Misr ist der Boden viel zu teuer. Deshalb finden junge Männer keine Wohnung, um zu heiraten und eine Familie zu gründen. Auch das muss sich ändern. Die Regierung hat somit nicht nur die Möglichkeit, die Unbilden der Natur zu mildern, sondern auch die Macht, den Handel und Wandel im Land zu lenken und zu fördern.

Doch da gibt es noch etwas, was sich für das Volk tun lässt: Die Leute vergnügen sich gern und wenn sie das in ausreichendem Maß tun können, so trägt das zu ihrer Zufriedenheit bei. In eine Unternehmung solcher Art habe ich ebenfalls investiert: In der jüngsten Krise, die von den Kutama verursacht wurde, kaufte ich in Misr viele Badehäuser auf, damit die Bevölkerung sich dieses Vergnügen leisten konnte. Die Dankbarkeit der Leute half, dass sie sich nicht auf die Seite der Berber schlugen. So wie in diesen Beispielen, lässt sich auf vielerlei Art für das Wohl und die Zufriedenheit der Bevölkerung sorgen!«

»Bargawan hat mir etwas anderes erklärt: Er sagte, dass es klug wäre, die reichen Geschäftsleute mit Würden auszuzeichnen, denn sie brächten dem Staatsschatz Steuern und ein gut gefüllter Schatz steigere die Macht des Staates. Wurde nicht deshalb Al Hussein Ibn Al Gauhar zum Staatssekretär erhoben und jetzt zum Chef des Kutama-Diwans?«

»Gauhars Erhebung in oberste Ämter hat einen besonderen Grund: Im Augenblick ist er tatsächlich der beste Mann, um die Kutama wieder in den Griff zu bekommen. Die Berber gehorchen ihm und deshalb kann er uns politisch nützen. Doch als Geschäftsmann gebührt ihm keine Ehre. Er zählt zu jenen Spekulanten, von denen ich eben sprach und Leute wie er, die sich schamlos bereichern, sind für das Wohlergehen des Landes schädlich.«

»Und die Steuern, die sie bezahlen?«

»Steuern fließen am stärksten in den Staatsschatz, wenn die Geschäfte vieler Menschen gut gehen und dazu ist es notwendig, dass die Bedingungen für viele günstig sind und nicht nur für wenige. Dennoch: Nicht jeder reiche Geschäftsmann ist ein Spekulant! Der Unterschied zwischen der geschäftlichen Tätigkeit, die dem Gemeinwohl nützt und jener, die ihm schadet, ist nur nicht immer leicht zu erkennen. Deshalb gibt der Heilige Koran und der *Hadith* des Propheten ganz klare Anweisungen für das richtige Gebaren in Geschäften. Der Heilige Koran enthält sehr viele Anweisungen für das Zusammenleben der Menschen; er ist ein richtiges Gesetzbuch. Im Vergleich dazu geht es in der Heiligen Schrift der Christen um das seelische Heil der einzelnen Menschen, denn in den Augen des Messias sind die weltlichen Gesetze Angelegenheit des Staates.«

Sie hielt inne, um zu sehen, ob Hakim ihr noch folgte. Erst als er den Kopf zu ihr wandte und mit einem fragenden Blick weiteres Interesse bekundete, fuhr sie fort.

»Wie du weißt, hat mich unser Vater von Rechtsgelehrten unterrichten lassen. Ich wünsche mir, dass auch du dich mit dem Recht befasst. Als Ismailiten wissen wir, dass die Texte der heiligen Schriften nicht wörtlich zu nehmen, sondern nur durch Interpretation zu verstehen sind. Deshalb hielt unser Vater es für notwendig, dass künftig die religiösen Vorschriften und die Gesetze des Staates getrennt werden sollten. Er war der Ansicht, die Zeiten wandelten sich so schnell, dass, wie bei den Römern, ein eigener *Kanun*, ein staatliches Gesetz, den Erfordernissen eines neuzeitlichen Staates am besten entsprechen würde. Zudem, so meinte er, wären viele Menschen schon so gebildet, dass man es ihnen überlassen könnte, wessen und welche Vorschriften sie für ihr seelisches Wohl einhalten wollten. Rückblickend sehe ich, dass er sich damit wohl viele Feinde gemacht hat!«

»Was willst du damit sagen, Schwester?«

»Ich will damit sagen, dass ich den Verdacht hege, dass unser Vater ermordet worden ist.«

Hakim sprang von seinem Sitz auf. »Ermordet! Das ist ausgeschlossen! Wer sollen die Mörder sein?!«

»Ich habe keinen Beweis und es wird ihn vermutlich nie geben. Aber ich glaube, dass der Oberrichter und der Wesir gemeinsam in die Sache verwickelt waren. Der Oberrichter und die gesamte Numan-Sippe mit allen ihren Freunden hatten viel zu verlieren, falls Vater ein staatliches Recht durchgesetzt hätte. Für Bargawan gab es viel zu gewinnen, denn heute ist er Wesir, er führt die Regierung und seiner Selbstbereicherung sind kaum Schranken gesetzt!«

Hakim war an die Brüstung der Dachterrasse gestürzt und starrte durch die Maschrabia in die erleuchtete Nacht. Er hielt die Hände an den Kopf gepresst, als wollte er sich die Ohren verschließen. Sitt blieb auf ihrem Platz sitzen.

›Ich musste es ihm sagen‹, beruhigte sie ihren aufsteigenden Zweifel, ob sie ihm nicht zu viel zumutete. ›Er soll nicht nur den Titel des Kalifen führen, er muss auch das Amt verstehen und ausüben lernen. Und ich muss ihn ein für alle Mal von Bargawan trennen. Manchmal braucht es auch in Belangen der Seele das Messer eines Chirurgen.‹

Der Bruder kehrte ihr noch immer den Rücken zu. Schließlich erhob sie sich, trat zu ihm und legte ihm die Hand auf die Schulter.

»Ich verstehe, *ya* Mansur, dass es eine grausame Wahrheit ist, die ich dir da vor Augen geführt habe. Doch der Kalif kann sich vor der grausamen Seite des Lebens nicht verschließen. Du willst doch Kalif sein, oder nicht?«

Langsam richtete er sich auf. Sein Gesicht schien blass im Widerschein der Lichter und jeden Ausdrucks entleert.

»Mein Vater war ein guter Kalif. Er sollte an meiner Stelle sein.«

»Doch ist es so, dass das Schicksal und, wahrscheinlich, Mörder-

hand dich an seine Stelle gesetzt haben. Du hast jetzt die Pflicht, stark zu sein und klug, um sein Werk zu vollenden.«
»Ich kann es nicht, meine Schwester! Ich ertrage es nicht! Ich will nicht mehr im Elefantenpavillon wohnen, in dem immer noch mein Vater lebendig ist. Sie haben seine Einrichtung gestohlen, seine Kunstwerke, aber die Wände sind noch da und sie sind der Raum, der seine Erinnerung birgt.«
»Dein Vater ist eben bei dir, Mansur! Er schützt und stützt dich! Das ist es, was du im Elefantenpavillon fühlst.«
»Aber es geht davon eine Verpflichtung aus, die eines Giganten bedürfte. So wie mein Vater ein Gigant des Guten war. Ich bin das nicht. Ich kann das nicht. Ich bin ein Zwerg gegen ihn, ein Nichts!«
Bei diesen Worten brach eine so tiefe Verzweiflung aus ihm hervor, dass sie nicht anders konnte, als ihn in ihre Arme zu schließen. Sein Kopf lag auf ihrer Schulter und es kam ihr zu Bewusstsein, dass er jetzt täglich um einen Fingerbreit zu wachsen schien.
»Mansur, das stimmt doch gar nicht!«, rief sie aus, indem sie ihm sacht auf den Rücken klopfte. »Sieh, wie groß du schon geworden bist! Bald wird dein Körper so groß und stark sein wie der deines Vaters und auch deine Seele wird stark werden und reif für die Anforderungen, die auf dich warten. Alles braucht seine Zeit und ich bin bei dir!«
In den vergangenen Tagen hatte sie immer wieder daran gedacht, ins Wasserschloss zurückzuziehen, aber dazu war es offensichtlich noch zu früh. Es war besser, wenn sie weiter in der Wohnung Theodoras und in seiner Nähe blieb. Sie legte beide Hände auf seine Schultern und schob ihn sanft von sich.
»Komm, setzen wir uns wieder!«
Allmählich beruhigte sich der junge Kalif wieder. Erneut saß er neben ihr, die Beine von sich gestreckt. Den Kopf hielt er nicht

mehr locker nach hinten gelegt, sondern stützte ihn mit verschränkten Händen ab.
Sitt versuchte, ihn von seinen traurigen Gedanken abzulenken und kehrte zu ihrem Gespräch zurück.
»Wir hatten darüber gesprochen, dass Spekulanten dem Gemeinwohl schaden. Wenn in einem See die Krokodile überhandnehmen, gibt es bald keine Fische mehr. So ist es in einem Staat und so ist es auch bei den Geschäften. Deshalb ist es so wichtig, dass eine Regierung gute Minister hat und ein Staat ehrliche Beamte. Wenn die Regierung und die Beamten indessen bereit sind, den Reichen für Geld Vergünstigungen zu geben, dann werden die Krokodile nur noch schneller fett. Der Herrscher muss darauf achten, dass solche Dinge nicht geschehen!«
Er schien nachzudenken.
»Der Kalif ist also der oberste Beschützer der Menschen.«
»Zunächst ist es die Aufgabe der Regierung, die Menschen zu schützen, aber wenn die Regierung versagt, dann muss der Kalif handeln, das ist richtig.«
»Was kann der Kalif dann tun?«
»Er muss seine Regierung zur Ordnung rufen und, wenn das nichts fruchtet, die Schuldigen absetzen, verhaften und ihnen den Prozess machen lassen.«
»Nach dem, was ich heute erfahren habe, soll Gauhar nur so lange in seinen Ämtern bleiben, wie es notwendig ist. Und Bargawan und den Oberrichter werde ich sofort absetzen.«
Nun musste Sitt ihn in seinem zornigen Eifer bremsen, denn noch war es zu früh für diesen Schritt.
»Beruhige dich, mein Bruder. Noch funktioniert der Staat und das ist zurzeit das Wichtigste. Noch hat die Korruption der Regierung kein gefährliches Ausmaß erreicht. Bargawan führt diese Regierung und so soll es vorläufig bleiben, um den Staat nicht schon

wieder zu erschüttern. Wir müssen geduldig sein, bis die Umstände für uns günstiger sind. Das Volk hat soeben erst die Ausschreitungen der Berber erlebt. Jetzt muss Ruhe herrschen, damit alles wieder in seine Bahn zurückfindet.«

»Aber wenn ich eine neue Regierung berufe, dann könnte die doch alles viel besser machen!«

»Du darfst nicht vergessen, mein Bruder, dass der Staat für vieles zugleich verantwortlich ist. Er baut Häfen und Straßen, Dämme und Nilkanäle, Manufakturen und Aquädukte, Abwasserleitungen und Stadtbefestigungen. Er sorgt nicht nur dafür, dass es der Bevölkerung gut geht, dass sie sich sicher fühlen und ihren Tätigkeiten in der besten Weise nachgehen kann, sondern er sorgt auch für den Schutz des Handels und der Grenzen des Reiches vor Außenfeinden, ob das nun Wegelagerer sind oder räuberische Beduinenstämme, die sich dem Kalifen nicht unterwerfen wollen, oder auch die Soldaten des Kaisers von Byzanz. Wolltest du alle diese Dinge von einem Tag auf den anderen in neue Hände legen, so könnte es sein, dass vieles zusammenbricht.«

»Wenn ich dich recht verstehe, so gibt es im Augenblick nichts, was ich tun könnte, damit Ägypten eine Regierung bekommt, die nicht aus Mördern besteht.«

Erneut versank er in Gedanken. Schließlich richtete er sich im Sitzen auf und erklärte: »Also würde ich gerne deinem Beispiel folgen und etwas für das Wohl des Volkes tun. Ich weiß aber nicht, ob ich genügend Geld habe, um, wie du, an den Geschäften teilzunehmen. Bargawan verwaltet ja alles und wie zuverlässig er das getan hat, lässt sich daran sehen, dass die Kutama den Besitz meines Vaters gestohlen haben.«

»Einiges, wenn auch nicht alles, wirst du zurückbekommen, *ya* Mansur. Außerdem strömen jetzt die Erntesteuern in die Staatskasse und wir müssen dafür sorgen, dass du den rechtmäßigen

Anteil des Kalifen erhältst. Ich finde es sehr klug von dir, dass du als Herrscher anfangen willst, Geld für die Stärkung des Staates auszulegen.«

»Aber wird mein Geld dann nicht immer weniger werden, wenn ich das, was ich erwerbe, billig weitergebe?«

»Meistens hast du trotzdem noch Gewinn. Der Heilige Koran verbietet zwar Wuchergeschäfte, aber es lässt sich auf redliche Art genug Geld verdienen. Auch das habe ich von Yakub Ibn Killis gelernt.«

Hakim sah in die Nacht hinaus.

»In Misr habe ich Prediger gehört, die jeden Reichtum und Gewinn auf Kosten anderer verdammen. Sie gehen in grobleinenen Kleidern und lassen sich lange Bärte wachsen. Geld und Luxus, sagen sie, verdirbt den Menschen und entfernt ihn von Allah. Ich spreche oft mit Allah, Schwester. Denn bin ich nicht der Imam? Und Gott stimmt dem zu, was die Prediger sagen! Liegt es denn nicht auch in der Tradition der Söhne Fatimas, arm und bescheiden zu leben?«

Sein Blick schien plötzlich an einen Ort gegangen zu sein, an den Sitt ihm nicht folgen konnte. Sie versuchte es trotzdem.

»Bescheidenheit ist gewiss eine Tugend, aber der Reiche kann mit seinem Vermögen viel Gutes bewirken, wenn er das will«, meinte sie vorsichtig.

Als er ihr die Antwort schuldig blieb, sagte sie:

»Es ist schon sehr spät, mein Bruder. Wir sollten uns jetzt zur Ruhe legen!«

»Noch nicht!«, widersprach er heftig. »Lass mich noch ein Weilchen bei dir bleiben. Ich schlafe nie des Nachts. Schade, dass die Sterne nicht zu sehen sind. Ich würde dir zeigen, was ich von Ibn Yunis gelernt habe. Ibn Yunis hat mir das Astrolabium erklärt. Ich vermag schon die Zeitpunkte zu bestimmen, wann Sonne und

Mond auf- und untergehen. Er hat mir erzählt, dass es in Byzanz verboten ist, ein Astrolabium zu benützen, weil es den Christen als Teufelswerk gilt. Er meinte auch, dass die Wissenschaft nirgendwo so gut gedeihe wie in den Ländern des Islam, weil der Prophet uns beauftragt hat, das Wissen zu vermehren.« Er hielt inne, setzte sich gerade hin und sah ihr ins Gesicht. »Ist der Islam da nicht die bessere Religion?«

Sie hielt seinem Blick stand und wählte ihre Worte mit Bedacht. »Ich glaube nicht, dass es eine bessere oder eine schlechtere Religion gibt. Sie alle lehren uns, ein gutes Leben zu führen und wie wir mit Gott richtig verkehren können. Der Geist des Einen kann dem Schwachen gefährlich werden und deshalb brauchen die Menschen solche Anleitungen. Aber leider ist es möglich, dass auch in der Religion Ungeist herrscht. Und aus diesem Grund sollte der Religion die Philosophie zur Seite stehen. Da sie eine Wissenschaft ist, folgt sie den Regeln der Logik und das ist bei den göttlichen Offenbarungen in unseren heiligen Schriften nicht immer der Fall.«

Sie spürte, wie er sich bei ihren Worten verhärtete. Als er eine Weile nichts sagte, fragte sie ihn: »Habe ich etwas gesagt, mein Bruder, das dich verwirrt hat?«

»Mir ist die Religion heilig. Gott spricht aus ihr zu mir.«

Mit diesen Worten stand er auf und ging. Sie sah ihn in der Dunkelheit verschwinden. Scharf durch die Nase einatmend, sog sie den Duft der Zitronenblüten ein und stützte ahnungsvoll das Kinn in die Hand.

»Es wohnen zwei Geister in ihm, der eines Wissenschaftlers und der eines Mystikers. Allah gebe, dass die beiden zu einer Einheit finden und, vor allem, dass aus ihm ein guter Mann der Politik wird!«

*

Am folgenden Morgen erschien Midad nicht wie sonst allein vor seiner Herrin, sondern er kam in Begleitung dreier Männer. Sie verharrten in gebückter Stellung an der Tür des Gemaches, das schon Theodora als Schreib- und Lesezimmer genutzt hatte, während Midad sie ankündigte:

»Diese drei, Gole Panub, Abul Abbas Ibn Maghribi und Eliah Ben Eli – sie haben Euch Neuigkeiten zu überbringen.«

Sitt nickte den dreien zu, was sie als Zeichen auffassten, sich aufzurichten. Es verwunderte sie ein wenig, dass Midad heute nicht, wie gewohnt, selbst Bericht erstattete, sondern seinen Gewährsleuten das Wort überlassen wollte.

»Seid willkommen, ihr Männer! Nun, was ist es, das ihr mir zu sagen habt?«

Eliah Ben Eli trat vor, kniete vor der Schwester des Kalifen nieder und berührte mit der Stirn den Boden.

»*Schalom aleichem*, erhabene Prinzessin«, grüßte er, während er aufstand. Dabei klingelte das Glöckchen, das ihm an einer Schnur um den Hals hing und ihn als Juden auswies.

»*Schalom*, Eliah. Doch sag: Warum trägst du das?«, fragte Sitt und deutete mit dem Finger auf die Glocke an seiner Brust und den schwarzen Turban auf seinem Kopf.

»Seitdem die Berber in Misr über jeden von uns herfielen, der die alten Kleidervorschriften nicht beachtete, sind wir wieder vorsichtig geworden und fügen uns. Was sonst können wir tun?«

»Die Berber werden sich an euch nicht mehr vergreifen. Sie wurden in ihre Kasernen zurückbefohlen. Bis die Polizeitruppe von Misr gestärkt ist, werden an ihrer Stelle türkische Soldaten Wachrunden gehen. Von ihnen habt ihr nichts zu befürchten.«

»Wir haben schon viel erlebt, *ya Amira*. Auch wenn die Herrschaft der Muslime Andersgläubige freundlicher behandelt als jene von Byzanz, mit Verlaub, so sind wir *Dhimmis* doch immer im Nachteil. Die Jahrhunderte haben uns gelehrt, vorsichtig zu sein.«

»Ich kann eure Bedenken gut verstehen, doch sind wir nicht alle *Ahl Al Kitab* – Kinder des Buches – und als solche Brüder und Schwestern? Das Kalifat von Kairo steht in diesem Zeichen.«

»Gott mache es möglich!«

»*Inscha'allah*«, bekräftigte Sitt Al Mulk. »Aber nun sag, was hast du mir zu berichten?«

»Ihr habt Auftrag gegeben, in den Karawansereien nach einem Mesopotamier zu suchen, einem Mann in jüngeren Jahren, der möglicherweise als Händler nach Misr gekommen ist. In den Karawansereien ließ sich niemand finden, auf den die Beschreibung Eures Hofmeisters passte. Gole Panub und ich sind von einer zur anderen gegangen, fragten bei den Wirten nach und unter den Kaufleuten, die dort Quartier bezogen haben.«

Der Kopte Gole Panub – auch er hatte den schwarzen Turban der *Dhimmis* aufgesetzt, trug aber ein großes Kreuz auf der Brust – nickte zur Bestätigung mehrmals mit dem Kopf.

»Dann suchten wir in den anderen Herbergen und als wir auch dort nicht fündig wurden, sagten wir uns, dass er entweder Misr bereits verlassen oder in einem privaten Haus als Gast Aufnahme gefunden hatte. Als letzte Hoffnung blieb uns noch, in den Souks nachzufragen. Weder in der Cäsarea der Goldschmiede noch in der Markthalle der Teppichhändler oder in den Gassen der Gewürzhändler oder der Intarsienkünstler schien jemandem der junge Mesopotamier aufgefallen zu sein. Dann fiel uns ein, bei den Apothekern zu suchen, aber auch sie konnten uns nicht weiterhelfen. Als letzte Hoffnung blieben uns die Geldwechsler und noch während wir uns bei ihren Tischen anstellten, hielten wir die

Augen offen. Aber kein Mann mit dem Tonfall des Zweistromlandes war weit und breit zu entdecken. Doch als ich endlich an die Reihe kam und den Bruder im Glauben hinter seinem Tisch mit den Stößen von Dinar und Dirham und Drachmen und Solidi nach dem Mesopotamier fragte, da strich er sich nachdenklich den Bart und sagte: ›Der, den du meinst, könnte einer von zwei Brüdern sein. Ich erinnere mich gut an sie – obwohl, wie du ja sehen kannst, täglich eine lange Schlange Menschen bei mir anstehen. Der Ältere war höchstens dreißig Jahre alt, der Jüngere keine fünfundzwanzig. Obwohl es nicht selten vorkommt, dass Leute aus dem Kalifat der Abbassiden nach Misr reisen, so fielen mir die beiden auf und zwar nicht nur deshalb, weil sie Brüder waren, sondern weil ich sie anfangs wegen ihres Aussehens für Perser gehalten hatte. Sie wechselten einen großen Betrag Goldes verschiedenster Herkunft. Es befanden sich Münzen aus fernen Ostländern darunter, aus den Ländern Sind und Hind und wahrscheinlich sogar aus China, deren Beschriftung niemand hier zu lesen vermag.‹

Der alte Mann beugte sich nach unten und suchte etwas in dem Fach seines Tisches.

›Ja, sieh!‹, rief er triumphierend. ›Das sind sie. Ich habe sie zur Seite gelegt, denn sie sind zu schön zum Einschmelzen.‹

Und er warf ein halbes Dutzend offenbar reingoldener Münzen mit unverständlichen Zeichen in einem Halbkreis auf den Tisch.

›Was weißt du noch über die beiden?‹, drängte ich den Glaubensbruder. Doch der wiegte nur langsam den Kopf und meinte bedauernd: ›Leider nichts, mein Freund!‹

Gerne, *ya Amira*, hätte ich Euch bessere Auskunft gegeben, doch das war alles, was wir in Erfahrung bringen konnten.«

Auch jetzt begnügte sich der stumm danebenstehende Kopte damit, eifrig zu nicken.

»Ich danke euch für eure Anstrengungen. Tatsächlich habt ihr einiges in Erfahrung gebracht. Haltet eure Augen weiter offen und lasst nicht ab herumzufragen. Vielleicht stoßt ihr doch noch auf das Brüderpaar!«

Der schwarze Eunuch entließ die beiden *Dhimmis*.

Sitt starrte vor sich hin. Aufgewühlt und voller Hoffnung dachte sie: ›Die Nachricht ist gar nicht so schlecht. Dass die beiden das viele Geld wechselten, deutet auf die Absicht, länger in Ägypten zu bleiben und vielleicht sogar Grund und Boden hier zu erwerben oder einen Laden.‹ Ihr Herz zog sich sehnsüchtig zusammen. ›Ach, wie quälend ist diese Ungewissheit! Doch warum kann ich diesen Mann nicht einfach vergessen. Jeder Freundin würde ich diesen Rat geben. Aber sich selbst zu raten ist wohl das Allerschwierigste.‹

Sie schüttelte den Kopf, als könnte sie damit die Gedanken an den Mesopotamier verscheuchen. Midad und der dritte Gewährsmann hatten geduldig gewartet, bis sie ihnen wieder ihre Aufmerksamkeit schenkte.

»Nun, Abul Abbas Ibn Maghribi«, wandte sie sich dem dritten Besucher zu. »Was hast du zu sagen?«

»Ich hatte den Auftrag, die Verhältnisse des Oberrichters Mohammed Ibn Al Numan zu erkunden und herauszufinden, in welcher Weise er für seinen üppigen Haushalt aufkommt. Euer Hofmeister«, bei diesen Worten verbeugte er sich in Midads Richtung, »hat mir geraten, mich unter jenen Leuten umzuhören, die mit den vom Richter beaufsichtigten Stiftungen zu tun haben und auch unter den Verwandten der Mündel, deren Vermögen er zu treuer Hand verwaltet. Es war wenig Gutes und viel Schlechtes, was die Menschen über den Oberrichter zu sagen hatten. Wohin ich mich auch wandte, überall herrschte Zorn und ohnmächtige Empörung, denn wo konnten die Leute heute gegen den Oberrichter Klage erheben? Früher wandten sie sich, wenn sie sich ungerecht behandelt fühlten, an den großen Al Aziz und sie konnten gewiss sein, dass ihnen Recht widerfahren würde. Aber an wen, so klagen die Menschen, sollen sie sich heute wenden? An den kindlichen Kalifen, der doch wieder nur das tut, was Al Numan und Bargawan ihm vorschreiben? Sie wären verrückt, das zu tun! Denn auf diese Weise würden sie sich nur dem Oberrichter in die Hände liefern.

Indessen sagten die Leute, während sie sich über den Zustand der Regierung beklagten, auch immer wieder, dass ihre ganze Hoffnung sich jetzt auf Prinzessin Sitt Al Mulk richte.

›Hat sie nicht sogar schon unter dem gerechten Kalifen Al Aziz für noch mehr Gerechtigkeit gebürgt? Sie wird uns auch jetzt, da wir mit dem Kind Al Hakim geschlagen sind, ihre Hilfe nicht versagen.‹«

Der Mann unterbrach seinen Redefluss, um sich den Schweiß, der ihm während seines zunehmend leidenschaftlichen Berichts auf die Stirne getreten war, abzuwischen.

»Ja«, schloss er schließlich, nachdem er das Schweißtuch in seinen Ärmel zurückgesteckt hatte, »so und nicht anders haben die Menschen zu mir gesprochen!«

»Ich danke dir für deinen Bericht, guter Mann! Midad, dich bitte ich, dafür zu sorgen, dass all drei, die mir heute so wertvolle Neuigkeiten gebracht haben, guten Lohn für ihre Mühe erhalten! Und auch dich, *ya* Abul Abbas, bitte ich, weiterhin Augen und Ohren offen zu halten und mir jede neue Entdeckung unverzüglich mitzuteilen.«

*

Als sie mit Midad allein war, stand sie von ihrem Platz an Theodoras Schreibtisch auf und ging in dem Zimmer umher. Es war ein schöner, heller Raum, dessen Fenster auf jenen Palasthof hinausgingen, in dem, wie vor zwanzig Jahren, immer noch der Harpyien-Brunnen plätscherte. Heute ergingen sich einige Haremsfrauen mit ihren Kindern und Dienerinnen in der Laube, wo der schicksalhafte Streit zwischen ihrer Mutter und Tagrid stattgefunden hatte. Die Zypressen waren damals noch jung gewesen und nur einige Fuß hoch. Jetzt sah sie eine Gruppe hochragender, dunkler Bäume, beschnitten wie eine Mauer und die einstige Lieblichkeit war aus der Anlage gewichen.

Es ergriff sie die Sehnsucht nach ihren eigenen Räumen, von denen aus sie in die Weite sehen konnte, über den Garten des Kafur hinweg bis zum Nil. Nach so vielen Jahren im Wasserschloss war sie die Enge, die in dem von so vielen tausend Menschen bewohnten Haremspalast bei aller Großzügigkeit der Ausstattung zu spüren war, nicht mehr gewohnt.

›Und ich werde mich auch nie daran gewöhnen können‹, dachte sie und seufzte hörbar auf.

»Ist Euch wohl, Herrin?«, fragte Midad voll Sorge. Seit ihrer Unpässlichkeit nach der Salbung des Nilometers forschte er ständig nach Anzeichen weiterer Schwäche seiner Herrin. Sie war so vielfältigen Bürden ausgesetzt gewesen im vergangenen Jahr, dass es ihn verwunderte, wie unerschütterlich stark sie bei allem geblieben war. ›Der Kalif Al Aziz‹, so pflegte er sich dann zu sagen, ›wusste schon, weshalb er diese Tochter zur Herrscherin erzog.‹ Doch gab ihm zu denken, wie sehr dieser Mann aus Mesopotamien sie zu beschäftigen schien. Das entsprach überhaupt nicht ihrer sonstigen Art. Seit er in ihren Diensten stand, war sie immer nur an Nour gebunden gewesen und das in einer Form, die nicht den geringsten Zug einer kopflosen Leidenschaft trug. Das war eine starke, von Ähnlichkeit und gegenseitigem Verstehen genährte Liebe gewesen, wie sie unter Cousins häufig vorkommt.

Dass sie sich auf einen Blick hin in einen Mann verlieben konnte, wäre ihm nie in den Sinn gekommen. Freilich wusste der Verschnittene nicht, dass seine hohe Herrin sich auch in ihren Cousin Nour Ibn Abdallah mit einem Blick unsterblich verliebt hatte. Dass diese viel bewunderte Frau in Liebe zu einem dahergelaufenen Fremden, von dem keiner wusste, wer er war und was er trieb, entbrennen konnte – das überstieg seine Vorstellungskraft.

»Aber ja, mir ist ganz wohl! Ich dachte nur ans Wasserschloss und wie sehr ich mich darauf freue, wieder dort zu leben.«

Sie hatte unter den Frauen im Hof Amina entdeckt und öffnete eine Klappe in der Maschrabia. Die Blicke der in ihrer unendlichen Langeweile allzeit höchst aufmerksam auf jede Abwechslung lauernden Frauen wanderten in ihre Richtung und auch Amina sah zu ihr hinauf. Sitt gab ihr ein Zeichen und Amina gab nickend zu verstehen, dass sie kommen würde.

»Ich bin sehr zufrieden, *ya* Midad, mit den Berichten deiner Leute. Auch das, was sie über den Mesopotamier und seinen Bruder herausgefunden haben, stellt mich zufrieden – die beiden Männer scheinen die Absicht zu haben, länger in Ägypten zu verweilen und ich werde eines Tages bestimmt Gelegenheit haben, dem Mann meinen Dank auszusprechen.«

Midad verstand gut, dass sie mit ihm nicht über die Angelegenheiten ihres Herzens reden wollte. Sie hatte das nie getan und ihm war das sehr recht. Anders als viele Eunuchen, war er keine neugierige Natur. Sein Platz bei der Prinzessin zählte zu den besten von Al Kahira. Allein noch Rami, der Hofmeister der Prinzessin Abda, hatte vielleicht eine ebenso angenehme Stellung wie er. Die anderen Eunuchen mussten es sich gefallen lassen, ständig für alle möglichen und unmöglichen Dienste herangezogen und von ungeduldigen Haremsfrauen beschimpft zu werden. Hatten sie es in die höheren Hofämter geschafft, so bestand ein Gutteil ihres Tages darin, bei Zeremonien und Audienzen bewegungslos dazustehen, um die Macht ihrer Prinzen oder des Kalifen darzustellen. Kein Wunder, dass den meisten von ihnen keine Intrige zu übel, keine Bosheit zu verwerflich war, um ihre Position zu verbessern und sich nach Möglichkeit die Ernennung in die Freiheit eines Staatsamtes zu erschleichen.

Nein, ihm, Midad, hatte es immer genügt, dass er das Vertrauen der Prinzessin in ihren politischen und geschäftlichen Belangen genoss. Mehr brauchte er nicht. Doch war sein Glück und Heil eng mit dem ihren verwoben und so erfüllte ihn jetzt, da sie soeben den Fängen der Verschwörer entkommen war, die berechtigte Sorge um ihre Gesundheit und, was fast ebenso gefährlich war, dass sie einem unwürdigen Mann in die Falle gehen könnte.

»Der Kundschafter, Abul Abbas Ibn Maghribi«, vernahm er die Stimme der Prinzessin, »hat hervorragende Arbeit geleistet. Noch ist der Kalif nicht stark genug, um den Oberrichter abzusetzen. Bis es so weit ist, sollten wir so viele Zeugen und Beweise wie möglich gesammelt haben. Ich lasse diese Angelegenheit nunmehr zur Gänze in deinen Händen. Wenn es an der Zeit ist, tätig zu werden, werde ich es dir sagen.«

Als sie wieder zurück zum Fenster gehen wollte, um zu sehen, wo denn Amina bliebe, da ging auch schon die Tür auf und die Freundin betrat das Zimmer.

»Ich danke dir fürs Erste, *ya* Midad. Und noch einmal: Du und deine Leute, ihr habt ausgezeichnete Arbeit geleistet!«

Sie ging auf Amina zu, umarmte sie und führte sie an der Hand in einen der Wohnsalons, wo sie sich auf einem Sofa niederließen. Dienerinnen schwärmten herbei, brachten Becken mit kühlem Wasser, damit die Prinzessinnen ihre Füße darin baden konnten. Auf dem Wasser schwammen Jasminblüten und erfüllten die Luft mit süßlichem Geruch.

»Bekommt man hier auch Wasser zu trinken?«, fragte Amina scherzhaft und einen Atemzug später standen zwei Mädchen vor ihr und reichten ihr jede ein Glas. »Nun, das ist schon fast wieder zu viel! Aber vielleicht will eure Herrin ebenfalls einen Schluck?«

»Gerne! Ein wenig versuche ich während der Fastenzeit zwar, mich auch beim Trinken zu beherrschen, aber nicht zu sehr. Mein Arzt hat mich ausdrücklich davor gewarnt, in der Hitze des Sommers meine Willenskraft durch Enthaltsamkeit im Trinken zu üben. Ich frage mich oft, was die tiefere Bedeutung dessen sein könnte, dass im Fastenmonat selbst in der größten Sommerhitze von Sonnenaufgang bis Sonnenuntergang das Trinken verboten ist.«

»Ja, manche Dinge aus der Offenbarung sind wirklich schwer zu verstehen. So auch diese Widersprüche, was die Rechte und die Stellung der Frauen anbetrifft! Es gibt Stellen in dem Heiligen Buch, in denen Mann und Frau Seite an Seite stehen, Menschen von gleichem Wert und von Gott füreinander geschaffen, so in der zweiten Sura, wo es heißt ›Die Frauen sind ein Gewand für euch und ihr seid ein Gewand für sie‹! Dann aber wieder steht geschrieben, dass die Frau dem Mann zu gehorchen hat und dass ihr Zeugnis nur die Hälfte wiegt von seinem.«

»In der Heiligen Schrift der Messianer ist es nicht anders: Der Herr Iesos Christos ist da von vielen Frauen umgeben und schätzt sie sehr, aber der heilige Pavlos verlangt von den Frauen, in der Kirche zu schweigen. Ich glaube, die Menschen machen einen großen Fehler, zu denken, alles, was in den heiligen Schriften geschrieben steht, wäre für alle Ewigkeit gemeint. Gewiss enthalten sie viele grundlegende Weisheiten, die immer und überall gelten, aber könnte es nicht sein, dass manche Stellen uns heute deshalb so schwer verständlich erscheinen, weil es darin um ganz bestimmte, längst vergangene Verhältnisse geht, mit denen wir nichts mehr zu tun haben?«

»Jedenfalls schätze ich mich glücklich, von beiden Religionen einiges zu wissen. Was ich an der einen nicht zu verstehen vermag, kann ich mir bei der anderen ansehen und oft komme ich zu dem Ergebnis, dass sie einander gut ergänzen. Sieh zum Beispiel auch das Leiden des Herrn am Kreuz. Während Iesos nach dem Bericht der Evangelien am Kreuz elend zugrunde gegangen ist, sagt der Koran, Gott habe nicht zugelassen, dass der Messias von Menschenhand stürbe und ihn rechtzeitig zu sich geholt.«

»Ja«, meinte Sitt, »da kann ich dir nur recht geben. Je mehr wir von den Verschiedenheiten der Dinge wissen, desto weiter wird unsere Sicht und desto besser können wir viele Probleme verstehen und lösen. Aber, meine Schwester, ich habe im Augenblick ein ganz anderes Problem und ich sehe keine Lösung!«

»Das klingt aber geheimnisvoll!«

»Das ist es auch. Eine unerklärliche Macht hat von mir Besitz ergriffen. Handelte es sich um jemand anders als um mich, so würde ich wahrscheinlich sagen, es ist ein *Dschinn*, von dem die Frau besessen ist. Aber da ich's selber bin, kann ich beschwören: Es ist nur ein Mann!«

Amina sah sie so verständnislos an, dass sie für einen Augenblick glaubte, die Freundin missbillige ihren Überschwang. Schon wollte Sitt sich beschämt einem anderen Thema zuwenden, als Aminas Gesicht verstehend aufleuchtete.

»Ach, du hast dich verliebt!«, rief sie aus, öffnete die Arme und drückte die Cousine an sich, selbst glücklich darüber, dass Sitts Trauer um Nour offenbar nachgelassen hatte. Wie tapfer hatte Sitt sich dem Verlust des Bräutigams gestellt und wie unerschrocken hatte sie alle Schwierigkeiten gemeistert! Amina wünschte ihr von Herzen, dass sie wieder lieben konnte.

»Weißt du«, fuhr Amina fort, indem sie die Milchschwester, Freundin und Cousine losließ, »ich hatte schon befürchtet, du würdest am Ende dem Werben von Prinz Ibn Haschim doch noch nachgeben. Er wäre in jeder Hinsicht eine passende Wahl. Und ich hätte dir vielleicht sogar dazu geraten, aber mir wäre dabei nicht wohl gewesen. Eine Frau wie du ist nicht dazu geschaffen, mit einem zusammen zu sein, den sie nicht liebt!«

»Ich muss gestehen, dass ich nicht unzufrieden war, gestern im Maglis die ganze Zeit seinen Blick auf mir zu fühlen und zu spüren, dass er meinem Vorgehen Beifall zollte. Doch dein ungutes Gefühl trügt dich nicht, *ya* Amina: Selbst wenn Ibn Haschim mir wirklich gefiele, so ist er doch ein Mann, der, sobald er das Wild erjagt hat, das Interesse daran verliert. Dann hätten wir nur noch unsere politischen Interessen, die uns verbänden. Eine Verbindung zu rein politischen Zwecken ist mir aber nicht gut genug.«

»Also, wer ist es, der dieser Versuchung den Riegel vorgeschoben hat?«

»Das weiß ich nicht!«, sagte Sitt und setzte ein verzagtes Gesicht auf.

»Das kann doch nicht sein!«

»Doch, ich weiß wirklich nicht, wer er ist! Er war nur da, neben mir, als ich mich am Sitz des Königreiches elend fühlte. Er hielt mich einen Augenblick fest und sah mich an und das war's. Er ist kein Ägypter, vielleicht nicht einmal ein Araber! Er spricht mit der Färbung des Zweistromlandes und er sieht aus wie ein Perser. Deshalb diese Augen! Mein Gott, was für Augen!«

»Das klingt tatsächlich nach einem *Dschinn!*«

»Ach, mach dir doch keinen Spaß mit mir! Ich spüre, dass mich mit diesem Mann etwas verbindet, das über mich hinausgeht und über ihn ebenso. Diese Begegnung hatte eine Bedeutung, die tiefer reicht als ein zufälliges Zusammentreffen zweier fremder Menschen.«

»Sitt, *ya Habibti,* so wie du spricht jede von der Liebe ergriffene Frau. Wir alle neigen dann dazu, in unserem süßen Wahn einen vorbestimmten, zwingenden Sinn zu erkennen. Doch es freut mich, dass dein Herz sich wieder verschenken will! Wie willst du ihn also wiederfinden?«

»Ein wenig haben mir meine Zuträger schon über ihn in Erfahrung gebracht. Er dürfte mit einem jüngeren Bruder nach Ägypten gekommen sein – wahrscheinlich sind sie Kaufleute – und es hat den Anschein, als planten die beiden, länger hier zu bleiben.«

»Damit sehe ich auch die letzte Aussicht für Prinz Ibn Haschim, dich doch noch zu erobern, schwinden! Es wird ihn unendlich treffen!«

»Ich will's ihm ein wenig versüßen. Du weißt doch, dass der Hengst Seglavi Schams, den ich Mansur schenkte und den sich Hassan Ibn Ammar aus dem Marstall holte, eine Schwester hat – die Stute Sumurud. Als Ibn Haschim so hilfreich dabei war, die Bevölkerung angesichts der Ausschreitungen der Berber zu beruhigen, da erzählte ich ihm von meiner Stute und ich konnte sehen, wie sich in ihm das Begehren regte, das Pferd zu besitzen. Diesem Begehren will ich nachkommen. Die Unterstützung der Prinzen aus dem Haus Ismails war und ist unverzichtbar für mich und für den Kalifen und Ibn Haschim spielt dabei eine wichtige Rolle. Da ihm die große Trophäe verwehrt bleiben wird, soll er sich wenigstens an der Stute erfreuen können!«

»Also, deine Meinung von dem Prinzen ist wirklich keine hohe!«, musste Amina laut herauslachen. »Mit einer Stute soll er sich trösten! Aber wenn ich's mir überlege, so geschieht ihm recht, denn ob Frau, ob Stute: Beides gilt ihm als Besitz!«

Sitt stimmte in ihre Heiterkeit ein: »Wie sagt der Dichter Al Mu-

tanabbi? ›Der schönste Platz im Leben ist der Stutensattel!‹ Ich hoffe nur, meine Sumurud hat nichts dagegen!«
Ausgelassen wie zwei eben der Kindheit entwachsene Mädchen lagen sie lachend auf dem Sofa, mit hochgezogenen Kleidern und entblößten Schenkeln und ihre Füße plantschten in dem kühlen Wasser, dass es spritzte.

*

Mit Spritzen und Plantschen begannen an diesem Abend auch die *Naurus*-Feiern zum Neujahr der koptischen Christen. Seit undenklichen Zeiten fiel in Ägypten der Jahreswechsel in die Fülle des Nils, wenn das Land für einige Wochen den Atem anhielt und voll Spannung beobachtete, wie die steigenden Wasser Kanal um Kanal füllten und Feld um Feld fluteten. Es war die Wende zwischen Ende und Neuanfang und die Spanne, in der das Wasser herrschte. Es war wie ein Nachklang jenes versunkenen Zeitalters vor jeder Ordnung, als die Welt noch dem Chaos gehört hatte.
Wieder war der Kalif mit dem Hof an den Nil zum Perlpavillon gezogen. Nun jedoch fand das Festbankett zum Fastenbrechen am Flussufer, vor dem Pavillon, statt. Auf dem mit Teppichen ausgelegten weiten Vorplatz saßen auf Polstern, an langen, niedrigen Tischen, Hofangehörige, Würdenträger und Beamte. Wie bei den Banketten im Palast speiste der Kalif auch hier mit seinem engsten Gefolge abgeschirmt hinter einem Gitter. Ebenso blieben die Frauen während des Mahls, so wie es bei den Muslimen Sitte war, unter sich, durch Gitter vor den Blicken der übrigen Gäste geschützt. Doch sowohl der Kalif als auch die Frauen hatten einen ungehinderten Ausblick über den breiten Strom, der von großen und kleinen Booten wimmelte.
Schon seit dem Nachmittag war die gesamte christliche Bevölkerung der Doppelstadt Misr und Al Kahira zum Nil geströmt, um

auf ihm und an seinem Ufer ihr rauschendes Fest des Wassers zu feiern. Nun gesellten sich in Scharen, gesättigt und hochgestimmt, die Muslime hinzu. Halbwüchsige Knaben und junge Männer standen in Lendenschurzen am Ufer und schöpften mit Kellen oder mit den bloßen Händen Wasser und Schlamm und bespritzten ausgiebig jeden Neuankömmling. Ein nicht enden wollendes Gejohle war die Folge. Mancher wurde dabei so schmutzig, dass er sich mitsamt seinen Kleidern ins Wasser warf.

Sowohl auf den Booten als auch unter den Gruppen, die sich am Ufer niedergelassen hatten, begannen Bier und Wein zu fließen und das Gelächter und Geschrei wurde immer lauter und hemmungsloser. Bald ertönte aus dem Getümmel an den Ufern auch das Gekreische von Frauen, die sich ebenfalls ins Wasser gewagt und damit ein fröhliches Fangenspielen ausgelöst hatten. Mit zunehmender Dunkelheit wurden auf den Booten bunte Lampen entzündet, die sich auf der Wasseroberfläche spiegelten und den breiten Fluss allmählich in ein Meer tanzender Lichter verwandelten.

Musikanten hatten sich am Ufer in der Nähe des Perlpavillons zusammen mit Sängerinnen niedergelassen und spielten zur Freude des Kalifen auf, was Instrumente und Kehlen hergaben. Käufliche Mädchen wiegten und wanden sich dazu in aufreizenden Bewegungen.

Der Oberrichter, der ebenfalls am Tisch des Kalifen saß, konnte nicht umhin, sich über die Ausgelassenheit des Christenvolkes zu beschweren und Bargawan Vorhaltungen zu machen.

»Wie kann eine Regierung solche Schamlosigkeit dulden? Und dazu noch im Heiligen Monat! Die *Dhimmis* stecken auch unser gläubiges Volk an mit ihren Ausschweifungen und es würde mich nicht wundern, wenn einiges von dem Wein seinen Weg in muslimische Kehlen findet, ungeachtet des Fastenmonats.«

Mit Vergnügen hätte Sitt dem entrüsteten Kadi von veruntreuten Mündelgeldern gesprochen oder auch von seinen Frauen, die einander in einem Wettlauf von Verschwendung überboten, von dem die ganze Stadt sprach, doch war dazu die Zeit noch nicht reif und so begnügte sie sich zu sagen:

»Besser das Volk feiert, als es sitzt unzufrieden und gelangweilt in seinen Häusern.«

Der Kadi warf ihr einen scharfen Blick zu und sah dann Bargawan an, der mit den Achseln zuckte und meinte:

»Unsere erhabene Prinzessin hat recht. Erfreuen wir uns an der Freude der Menschen!«

»Der Prophet hätte solche Ausgelassenheit gewiss nicht gebilligt und es ist Pflicht des Imam, dagegen einzuschreiten. Unsere Mission auf der Welt ist es, die Menschen zu Höherem zu führen. Aber wir lassen hier zu, dass sie sich unter den Augen des Kalifen wie Tiere betragen«, gab sich Al Numan noch immer nicht geschlagen.

Zur allgemeinen Überraschung war es Al Hakim, der der Debatte ein Ende setzte.

»Kalif Al Aziz fand keinen Grund, das Feiern zu untersagen. Im Gegenteil: Er nützte auch die Feste der Christen, um dem Volk Geschenke zu machen und ihm damit zu zeigen, dass er, ohne Ansehen von Religion oder Bildung, allen wie ein Vater zugetan war.«

Nach einer Weile setzte Al Hakim hinzu: »Da mein Vater so gehandelt hat, wie sollte ich es anders halten? Lasst das Volk an diesem Bankett teilhaben! Lasst alles Fleisch, das noch vorhanden ist, zu den Leuten ans Ufer bringen – ich selbst will es unter ihnen verteilen!«

Er sah er zu seiner Schwester hinüber. Sie beantwortete seinen Blick mit einem leisen Kopfnicken und einem Lächeln, das ihn an seine Mutter erinnerte.

»Und«, fuhr er fort, »lasst aus dem Palast Süßigkeiten herbeischaffen! Auch davon soll das Volk heute bekommen!«
»Aber, Oberbefehlshaber aller Gläubigen«, wandte Bargawan ein, »morgen, am Neujahrstag selbst, findet ohnehin eine große Verteilung von Nahrungsmitteln statt!«
»Ich will aber schon heute, am Vorabend des Festes, dem Volk meine Verbundenheit zeigen. Sind wir denn nicht zum Perlpavillon gekommen, um mit dem Christenvolk zu feiern?«
Damit stand er auf und zwang seine Tischgesellschaft, es ihm gleichzutun. Belustigt beobachtete Sitt, wie die Männer sich mühten, ihren Ärger über das unterbrochene Mahl hinter gleichgültigen Mienen zu verbergen.

*

Als der Kalif und sein Gefolge sich an der Stelle einfanden, an der die Dienerschaft das gesottene und gegrillte Fleisch zusammengetragen hatte, war die Kunde von der bevorstehenden Verteilung schon von Mund zu Mund und von Boot zu Boot gegangen und eine große Menge hatte sich angesammelt, die von türkischen Gardisten mit ihren in den Scheiden steckenden Schwertern zurückgehalten werden musste.
Der Anblick des Kalifen, begleitet von Prinzessin Sitt Al Mulk und Wesir Bargawan und gefolgt von einigen Amiren, ließ das Volk in Lobpreisungen des Herrschers und seiner Großzügigkeit ausbrechen.
Freudig bemerkte Sitt, mit welch königlicher und zugleich milder Haltung er die Verteilung des Fleisches an die Untertanen vornahm. Die Leute warfen sich vor ihm zu Boden, küssten den Saum seines Gewandes und nahmen, Christen wie Muslime, dankbar das Fleisch mit dem *Baraka* des Imam entgegen, denn allen Gaben

des Kalifen und insbesondere jenen während des Heiligen Monats wohnte ein starker, heilbringender Segen inne.
Das Fleisch war bald verteilt, ohne dass alle Wartenden befriedigt werden konnten. Als er die enttäuschten Gesichter sah, erhob Al Hakim seine Stimme und sagte:
»Aus dem Palast werden Süßigkeiten geholt, die euch unser Wesir« und damit wies er auf Bargawan, »gerne darreichen wird. Ich freue mich mit euch an eurem Fest und wünsche euch, dass ihr euch das ganze Jahr wohlbefinden mögt!«
»Und auch Ihr, unser Herr, mögt Euch wohlbefinden«, kam es aus dem Volk zurück. Unter den Segenswünschen der Menge zog sich der Kalif mit seiner Schwester und dem übrigen Gefolge zurück. Auf dem kurzen Weg zum Festplatz vor dem Perlpavillon, durch ein Spalier türkischer Garden hindurch, raunte Al Hakim Sitt zu:
»Mich lockt die Fröhlichkeit dieser Nacht. Wie gerne wäre ich jetzt Harun Al Raschid und ginge verkleidet unter die Menschen!« Er schwieg eine Weile, um sich das Abenteuer auszumalen und anschließend traurig hinzuzufügen: »Aber das wird er« – und dabei machte er eine Kopfbewegung in die Richtung des hinter ihnen gehenden Bargawan – »wohl zu verhindern wissen!«
»Wie sollte er es verhindern? Er weiß doch nichts von deinem Wunsch? Sag ihm einfach, dass du dich nicht wohl fühlst. Er wird bald zum Volk zurückgehen müssen, um die Süßigkeiten auszuteilen. Alles Weitere wird sich ergeben. Vertraue mir!«
Am Ufer war eine Tribüne mit einem Podium für den Kalifen und seine Begleitung aufgebaut worden. Die Bankettteilnehmer hatten sich inzwischen schon auf ihr niedergelassen und erhoben sich, als eine Trompetenfanfare das Kommen des Herrschers ankündigte. Doch plötzlich, ehe er den Fuß auf die erste Stufe setzte, wandte Al Hakim sich zu Bargawan um und sagte, indem er den Handrücken an die Stirn hielt:

»Ich fürchte, ich muss mich ausruhen.«
Mit gespielter Besorgnis legte Sitt die Hand unter seinen Ellenbogen: »Was fehlt dir, mein Bruder?«
»Ich weiß nicht – mein Magen, mein Kopf!«
»Wir müssen dich in den Pavillon bringen!«
Bargawan hatte ihn am anderen Ellenbogen untergefasst und gemeinsam geleiteten sie den Kalifen in sein Schlafgemach im Lustschloss. Dort halfen sie Hakim, sich auf das Bett zu legen. Dann ließ Sitt die Leibärzte Sahlan und Abu Yakub Ibn Nastas rufen und, um in Bargawan keinen Verdacht aufkommen zu lassen, den Erzieher Schukr.
Sobald alle drei erschienen waren, sagte Hakim mit schwacher Stimme: »Sorge dich nicht um mich, Bargawan. Das Volk wartet darauf, dass du die Süßigkeiten verteilst.«
Nachdem der Wesir den Raum verlassen hatte, trug Sitt einer Dienerin auf, sowohl Midad als auch Takarrub zu holen.
»Und sage Midad, er möge noch zwei kräftige Eunuchen mitbringen!«
Die Leibärzte Sahlan und Ibn Nastas kümmerten sich sogleich um den jungen Kalifen und überprüften seinen Puls und die Wärme seiner Haut. Jetzt sahen sie einander zweifelnd an.
»Ihr seid Christen«, erklang da hinter ihnen die Stimme der Prinzessin. »Ihr werdet es gewiss verstehen, wenn euch der Kalif sagt, dass seine Unpässlichkeit nur eine kleine List war, um sich unter eure Festlichkeiten zu mischen.«
Und zu Schukr sagte sie: »Keiner weiß besser als du, lieber Schukr, wie sehr der Kalif unter seiner Abgeschiedenheit im Palast leidet. Sogar wenn er sich in die Stadt begibt, dann ist immer ein großes Gefolge um ihn. Das, was dem Ärmsten aller Armen vergönnt ist, bleibt dem Kalifen verwehrt: unbefangen und unbekümmert unter Menschen zu sein. Dabei ist er noch so jung und es täte ihm

gut, von Zeit zu Zeit unerkannt unter die Leute zu gehen. Ich weiß, dass sein Vater das in jungen Jahren häufiger getan hat und auch ich begebe mich immer wieder in die Stadt, obwohl ich mir meistens keine Mühe gebe, dabei unerkannt zu bleiben. Freilich ist das beim Kalifen anders. Er könnte in Bedrängnis geraten, wenn die Leute ihn erkennen. Deshalb helft mir nun, ihn so zu kleiden, dass er niemandem auffällt. Von dir, Sahlan, erbitten wir das Obergewand und deinen Turban. Dann werden ihn alle für einen Christen halten.«

Schukr hatte keine Wahl, als dem Kalifen in die Christenkleider zu helfen. Zu seiner Beruhigung sagte er sich, dass unter dem schwarzen Turban tatsächlich keiner den Kalifen vermuten würde. Zugleich aber machte er sich Sorgen, wie Bargawan den heimlichen Ausflug aufnehmen würde.

Inzwischen waren Midad, Takarrub und die beiden Eunuchen eingetroffen.

»Takarrub, ich brauche deine Kleider! Komm mit in die Frauengemächer und lass uns tauschen!«

Wenig später standen der Kalif, verkleidet als Christ und Sitt in den feinen, aber unauffälligen Gewändern ihrer vertrauten Dienerin bereit, den Pavillon durch einen Hintereingang zu verlassen.

»Ihr kommt mit«, sagte sie zu Midad und den beiden anderen Eunuchen aus ihrem eigenen Hofstaat. »Schukr, wenn du willst, kannst auch du uns begleiten!«

Erfreut willigte der Erzieher ein. So konnte er ein Auge auf seinen Schützling haben und wich zugleich dem ersten Zorn Bargawans aus, wenn dieser das Verschwinden des Kalifen bemerkte.

Durch einen Hinterausgang verließen Sitt, der Kalif und die vier Eunuchen zusammen mit den beiden Leibärzten den Perlpavillon. Dank der vielen Höflinge, die sich im Garten und am Ufer festlich ergingen, war es für Midad ein Leichtes, die Prinzessin und den

Kalifen an den Wachen vorbeizubringen, ohne deren Aufmerksamkeit zu erregen.
»Wohin wollt Ihr nun gehen, o Herrscher aller Gläubigen?«, fragte Midad den Kalifen, nachdem sie sich weit genug vom Pavillon entfernt hatten.
»Nun, was meinst du, meine Schwester?«
»Zwischen dem *Fumm Al Khalig* – dort wo der große, alte Kanal vom Nil abzweigt – und dem Zuckerpavillon, wo du, mein Bruder, in wenigen Tagen die Kanalöffnung durchführen wirst, herrscht das lebendigste Festtreiben. Dort hält heute auch der *Amir Al Naurus* Hof.«
»Amir Al Naurus? Wer ist denn das?«
»Jedes Jahr zum Naurus-Fest wählt sich die christliche Bevölkerung von Misr einen Mann aus ihrer Mitte, meistens ein besonders gut aussehender Jüngling, der an diesem Tag die Stadt regiert.«
»Aber darf er denn das? Ich bin doch der Herrscher!«
»Nun, erhabener Imam, an diesem Tag hat Misr seit alters einen eigenen Fürsten. Das Ganze ist ein Spaß, zeigt aber auch, dass wir das Volk nicht unterschätzen dürfen. Der Prinz hat ein großes Gefolge und regiert wie ein Fürst. Er treibt Steuern ein und Bußgelder und fordert von den Hausbesitzern Abgaben, die er für die großen Häuser der Reichen besonders hoch bemisst. Er verleiht scherzhafte Titel und Ämter und erlässt ebenso scherzhafte Gesetze für diesen Tag.«
»Diesen Rivalen will ich mir gerne ansehen!«, rief Hakim fröhlich aus und gab Midad mit einer Handbewegung zu verstehen, dass er den Weg in der vorgeschlagenen Richtung fortzusetzen wünschte.
Während sie am Ufer flussaufwärts zum Zuckerpavillon wanderten, strebten das Feiern und die Ausgelassenheit dem Höhepunkt zu. Überall wurde musiziert, gesungen und getanzt. Das

Gespritze hatte noch immer kein Ende gefunden und auch der Kalif, die Prinzessin und ihr kleines Gefolge blieben nicht verschont. Wie Sitt der aus ihren oder, besser, Takarrubs Kleidern aufsteigende Geruch bald verriet, war es nicht nur Wasser, das sich da auf sie ergoss, sondern auch Wein.

Eng umschlungene Paare kamen an ihnen vorbei und von jenen Stellen, wo die Festlichter nicht hinleuchteten, waren Laute zu hören, die der Kalif aufgrund seiner Jugend nicht zu deuten wusste, während sie in seiner Schwester Erinnerungen an vergangene Feste wachriefen, zu denen sie gemeinsam mit Nour dem Zwang der Palaststadt entkommen war.

Ihre Gedanken beiseite schiebend, wandte sie sich wieder dem Bruder zu: »Und wie gefällt es dir?«

Noch ehe der Kalif antworten konnte, loderten im Süden Flammen auf. Es sah aus, als würde die Stadt Misr hinterrücks vom Feuer überfallen. Rasend pflanzte es sich fort und binnen Kurzem sah sich die von Schreck erstarrte Gruppe des Kalifen in roten Schein gehüllt.

Erst in dem Augenblick, als auf beiden Nilufern die Feuerräder in Flammen aufgingen und sich langsam zu drehen begannen, da erst erkannten sie, dass alles nur ein Spuk war. Das Volk rundum trommelte, blies, fiedelte, sang und tanzte wie besessen, um die seit unerdenklichen Zeiten alljährlich stattfindende Vermählung von Feuer und Wasser zu feiern. Der Taumel erfasste die kleine Hofgesellschaft und sog sie in sich auf.

In dem Feuerschein sah Sitt noch kurz Midads Gesicht auftauchen und konnte ihm gerade noch zurufen: »Achte auf den Gecko! Wegen mir sei unbesorgt!«

Sie ließ sich mitreißen von dem Strom aus Feuer, Menschen, Wasser und Wein und war glücklich, sich dem pulsierenden, kochenden Ganzen hingeben zu können. Sie spürte, dass nur noch ein dünner Faden Vernunft sie in sich festhielt, der sie aber, wie oft sie auch untertauchte, immer wieder an die Oberfläche holen würde.

Es war nicht das erste Mal in ihrem Leben, dass sie in ein Festtreiben hineingeriet, doch war es das erste Mal, dass sie dabei alleine war. Sie roch den Schweiß, den Wein, das Bier, sie fühlte Wasser und Schlamm in ihr Gesicht klatschen und auf ihr Haar, von dem der schützende Schleier längst herabgerutscht war. Ekel wollte sich in ihr regen, doch sie schob ihn fort, so wie sie zuvor die Erinnerung an Nour von sich geschoben hatte. Das war das Leben, schlammig und nass. In diesem Brei füllten sich ihr, der verwöhnten und von engstem höfischem Regelwerk umsponnenen Prinzessin die Poren mit Kraft. Sie nahm wahr, dass ein Mann sich an ihrer Seite hielt. Im Schein der Freudenfeuer und der sich immer schneller drehenden Feuerräder sah sie sein Gesicht. Er kam ihr jung vor, mit glücklichem Ausdruck. Obwohl er nicht zu ihr hinsah, spürte sie, wie ihre Leiber zueinander drängten und sie beschloss, an seiner Seite zu bleiben.

Mit einem nassen Zipfel ihres Gewandes wischte sie sich den Schlamm vom Gesicht und da schlang sich plötzlich sein Arm um sie und sein Mund suchte den ihren. Zufrieden bemerkte sie, dass sein Atem nicht nach Bier oder Wein roch und sie öffnete die Lippen.

Er zog sie mit sich, ihre Mitte umfassend, sie küssend und nach ihren Brüsten greifend. Je tiefer ihre Münder sich aneinander festsogen, desto leichter fühlte sie sich werden. Von seinen Lippen ging ein lockender Geruch aus und da ließ sie ihren Körper los.

Bald waren sie dem Gewühl entkommen und er führte sie, während ihr das Herz bis zum Hals klopfte, zu einer Uferstelle, die von Schilf überwachsen und deshalb menschenleer war. Sie sah sich verwundert um, denn hier gab es keinen Platz, um sich niederzulassen. Da teilte er mit den Händen das Schilf, nahm ihren Arm und bedeutete ihr voranzugehen. Sie konnte nicht sehen, wo sie hintrat und tastete mit der Spitze ihres kostbaren Schuhes – ›Gut, dass es hier so finster ist‹, schoss es ihr dabei durch den Kopf. ›Er muss nicht wissen, dass er es mit einer Frau vom Hof zu tun hat!‹ – und fühlte harten, schwankenden Boden.

»Ein Boot!«, rief sie leise aus, sie gewann Halt und kauerte sich auf den Boden, um nicht zu stürzen. Vorsichtig bewegte sie sich nach vorne. Ein kräftiger Stoß zeigte ihr an, dass auch er in dem Boot gelandet war und gleich darauf lagen seine Hände an ihren Hüften und seine Lippen an ihrem Hals. Zielsicher strebte sein Mund nach unten, doch war ihr Ausschnitt zu eng, um an das Gesuchte heranzukommen. Da langte er nach dem Saum von Takarrubs weitem Kleid, schob es zusammen mit dem Unterkleid hoch und setzte die Suche fort. Als er ihr die Gewänder über den Kopf streifte, spürte sie mit herrlichem Schauer, wie seine Lippen sich an ihr festsogen und winzige Pfeile durch ihren Leib schickten. Die Holzverstrebungen des Bootsbodens drückten gegen ihren Rücken, aber sie achtete nicht auf den Schmerz, griff nach den Schultern des Mannes und zog ihn an sich. Warm lastete sein Körper auf ihrem. Aufseufzend vor Genuss begann sie ihre Hüften zu bewegen. Das Boot folgte sanft schaukelnd ihrem Rhythmus.

Wieder näherte sich sein Mund ihrem Mund und sie fühlte, dass der Bogen seiner Erregung nun voll gespannt war. In fliegender Hast und mit ihrer Hilfe befreite nun auch er sich von seinen Kleidern. Doch als er sich in sie versenken wollte, hielt sie ihn zurück.

»Sssss!«, flüsterte sie ihm ins Ohr, »Sssss!« und legte die Hand beruhigend auf seinen Arm. »Mein Garten dürstet nach der Feuchte deiner Lippen!«

Der Mann ließ sich nicht lange bitten und zeigte Sitt, dass sie in

ihm jemanden erwählt hatte, der wusste, wie man einer Frau höchstes Glücksgefühl bereitete.
Später schaukelte das Boot heftig, als sie und der Mann Stellung tauschten, sodass er unter ihr zu liegen kam. Davon ernüchtert, wäre sie jetzt am liebsten aufgesprungen und davongelaufen. Aber wie jede Frau, die sich auf die Ausgelassenheit des *Naurus*-Festes einließ, wusste Sitt, dass sie ihren Teil zu leisten hatte, sonst konnte es passieren, dass der Mann sich das Erwartete mit Gewalt nahm. Sie rief sich ins Gedächtnis, was die Haremsfrauen untereinander flüsterten: »Die Essenz des Mannes im Mund stärkt die Frau nicht weniger als in ihrem Schoß.«
Dieser Gedanke führte dazu, dass in ihr neuerlich Erregung aufstieg und mit wachsender Lust ließ sie sich erneut auf das Liebesspiel ein. Am Ende legte sie ihren Kopf auf den Bauch des Mannes, der zärtlich in ihrem Haar zu spielen begann.
Als er spürte, dass sie sich von ihm lösen wollte, fragte er sie hörbar enttäuscht: »Du willst doch nicht schon gehen?«
»O doch. Ich muss gehen.«
»So bleib doch noch ein Weilchen!«, versuchte er sie zu locken.
»Nein, es geht nicht!«
»Dann will ich dich begleiten. Alle sind jetzt schon völlig verrückt und niemand weiß, was ihnen jetzt einfallen könnte. Du willst doch nicht noch ein Abenteuer erleben heute Nacht, oder?«
»Nein, gewiss nicht! Es wäre gut, wenn du bis zum Zuckerpavillon mit mir gingst.«
»Das will ich gern tun«, sagte er und küsste sie noch einmal. Lachend legten sie, einander helfend, in dem heftig schwankenden Boot wieder die Kleider an.
Die Freudenfeuer waren niedergebrannt und die Feuerräder erloschen. Sitt verhüllte Kopf und Gesicht mit ihrem Schleier und

ging schweigend neben dem Fremden her. Ihr Leib fühlte sich leicht und frei und, wie sie zu ihrer Überraschung feststellte, auch ihr Herz.
Bald näherten sie sich dem Lichterschmuck des Lustschlosses und als es hell genug war, um gefahrlos allein weiterzugehen, zog sie ihren Schleier fester um den Kopf, griff nach der Hand des Unbekannten, drückte sie und verschwand in der zum *Fumm Al Khalig* hin dichter werdenden, feiernden Menge.

*

Schritt für Schritt arbeitete sie sich durch das Geschiebe und Gedränge hindurch.
›So viele Menschen habe ich hier noch nie versammelt gesehen!‹, sagte sie sich verwundert. ›Hoffentlich kann ich den Gecko finden! Wer weiß, was alles geschehen kann in solch einer wilden Nacht!‹ Schuldgefühl regte sich in ihr: ›Ich hätte mich nicht treiben lassen dürfen! Meine Verantwortung ist es, auf den Gecko aufzupassen! Und da lasse ich es zu, dass wir einander in dem Gewühl verlieren.‹
Rund um sie wogte die Menge und sie sah kein Ende. Perlen kalten Schweißes standen ihr auf der Stirn und sie zog Takarrubs Umhang enger um sich. ›Midad gibt sicher gut acht auf ihn!‹, versuchte sie sich zu beruhigen. ›O Gott, gib, dass ich ihn finde.‹
Mehrmals hörte sie um sich herum das Wort »Elefant« fallen. Was für ein Elefant das wohl sein mochte? Es gab doch keine anderen Elefanten in Kairo als jene in der Menagerie des Hofes. Und sie wusste nichts davon, dass einer von diesen Elefanten für das Fest zur Verfügung gestellt worden wäre, was auch ganz und gar unmöglich erschien, denn die gehenden Kolosse wurden nur von Zeit zu Zeit auf Prozessionen des Kalifen mitgeführt.

Die Leute wurden immer aufgeregter und schienen ganz verrückt danach, den geheimnisvollen Elefanten zu sehen. Immer schneller bewegte sich die Menge zum *Fumm Al Khalig* und Sitt war froh darüber, denn dort hielt der *Amir Al Naurus* Hof, in dessen Nähe sie Hakim, Midad und die anderen vermutete.
Da erhob sich in der Menge vor ihr zunächst großes Staunen und schließlich brüllendes Gelächter und bald konnte sie den Grund dafür sehen. Ein riesenhafter Elefantenkopf mit glitzerndem Glasschmuck und einer Lichterkrone ragte über den Köpfen in die Nacht. Bald auch war der Körper des Tieres zu sehen, das zwei-, dreimal so groß war wie die Elefanten in der Menagerie. Ein wahres Ungeheuer! Zuerst fiel sie für einen Augenblick der Täuschung zum Opfer, doch dann musste auch sie lachen, als sie erkannte, dass das Ungeheuer aus Holz gemacht war.
Das ägyptische Volk hatte eine unerschöpfliche Fantasie, wenn es darum ging, sich verrückte Späße und Lustbarkeiten einfallen zu lassen. Und über allem, hoch oben auf dem Rücken des Elefanten, thronte auf einem goldenen Sitz, hergerichtet wie ein Kalif, der *Amir Al Naurus*.
Sitt nahm alle Kraft zusammen, um sich an den Menschen vorbei nach vorne zu schieben. Endlich stand sie zuvorderst in der Menge, direkt unter dem in den schwarzen Nachthimmel geschwungenen Rüssel der Attrappe.
Verzweifelt stellte sie fest, dass hier, im Schatten des riesigen Körpers, bei Weitem weniger zu sehen war als in der vom Licht unzähliger Fackeln beleuchteten Menge. Jetzt stand sie unter dem Bauch des Elefanten und sah angestrengt um sich, immer mehr die Hoffnung verlierend, dass sie ihre Gruppe wiederfinden könnte. Da hörte sie neben sich eine vertraute Stimme. Ein freudiger Schrecken fuhr ihr in die Glieder.
»Allah sei Dank, *ya Amira*, dass ich Euch gefunden habe. Wir –

besonders der Kalif – waren schon ganz außer uns vor Angst um Euch.«
Noch einmal wollte das schlechte Gewissen nach ihr greifen, doch sie schüttelte es ab und sagte mit ruhiger Stimme:
»Auch ich habe euch voll Sorge gesucht, jetzt aber seid ihr da! Ein Glück, dass du deine Augen so gut aufgehalten hast, *ya* Midad.«
Der Kalif trat auf sie zu und ergriff ihre Hand. Sie konnte seine Erleichterung deutlich spüren.
»Jetzt hast du den *Amir Al Naurus* gesehen, mein Bruder! Die Nacht ist noch lange nicht zu Ende. Willst du nach Misr gehen, wo auf den Plätzen getanzt und gelacht wird, oder sollen wir zum Perlpavillon zurückkehren?«
»Jetzt, da wir dich wiedergefunden haben, will ich die Nacht bis zur Neige erleben! Kommt, gehen wir nach Misr!«

*

Sitt hatte keine Vorstellung, welche Tageszeit es war, als sie am nächsten Tag in einem fremden Bett erwachte. Langsam kamen die Erinnerungen an die vergangene Nacht zurück und an ihr Abenteuer in dem schaukelnden Boot im Schilf.
›Saturnalien!‹, kam es ihr in den Sinn. ›*Naurus* ist den Ägyptern das, was den Römern einst das Fest des Saturns war! Man mag's heidnisch nennen, aber es hat eine reinigende Wirkung – was auch immer der Oberkadi davon halten mag.‹ Noch immer erfüllte die wohltuende Wirkung des Zusammentreffens mit dem Fremden ihren Körper. Zufrieden seufzend drehte sie sich noch einmal um, doch dann fiel ihr ein: ›Der Gecko muss zurück an den Hof!‹
In der Mogendämmerung, als der Gebetsruf der Muezzins das Ende der Nacht anzeigte und die Straßen leerfegte, hatte sie einen

ihrer Eunuchen zu Bargawan geschickt mit der Nachricht, dass der Kalif wohlauf sei und die Gastfreundschaft seines Onkels Arsenios in Anspruch zu nehmen gedenke.

»Um die Mittagsstunde« – so hatte sie dem Eunuchen eingeschärft – »soll eine Abordnung Mameluken beim Haus des Metropoliten sein, mit einer Sänfte und frischen Kleidern für den Kalifen. Und bringe auch Kleider für mich!«

Mit einem Satz sprang sie aus dem Bett, warf sich einen Umhang über und ging die Treppe hinunter in die Tagesräume im Stadthaus ihres Onkels Arsenios. Es war noch ganz still in dem Bischofssitz, nur aus der Küche drangen Geräusche zu ihr.

Schon wollte sie ins Gesindequartier in einem niedrigen Anbau des Hauses hinübergehen, um nach Midad und den anderen Eunuchen zu suchen, als sie hinter sich ein Räuspern vernahm. Sie wandte sich um und sah erfreut, dass ihr Onkel Arsenios schon auf war.

In Erwartung darauf, dass seine schöne Nichte auf ihn zukommen würde, stand er mit offenen Armen da. Sein Bart, wie Sitt bemerkte, duftete bereits nach frischer Pflege, doch war er ansonsten noch mit einer weißen *Galabia* angetan. Das schmale, schön bestickte *Epitrachelion* um seinen Hals zeigte, dass er die Morgenandacht bereits verrichtet hatte.

Sie konnte sich nicht erinnern, ihren Onkel jemals im Hausgewand gesehen zu haben und als er ihr Erstaunen über den ungewohnten Anblick bemerkte, machte er kehrt und ging zurück in die Bibliothek, um der Nichte kurz darauf, würdig in seine Robe gehüllt, neuerlich entgegenzutreten.

»Dein Schlaf war kurz, Tochter meiner Schwester!«

»Das ist gut so, mein Onkel! Der Gecko und ich, wir haben den Palast gestern heimlich verlassen. Der Junge war der Gefangenschaft am Hof überdrüssig. Er musste sich einmal unbeobachtet und frei unter Menschen bewegen. Und, wenn ich aufrichtig bin«, fügte sie mit einem Lächeln im Mundwinkel hinzu, »auch ich hatte es dringend nötig, endlich wieder einmal freie Luft zu atmen. Du weißt, dass ich früher immer wieder der Enge des Hofes entflohen bin. Jetzt liegt es aber schon sehr lange zurück, dass ich mich frei bewegen konnte. Seit ich dich vor einem Jahr im Kloster des Zwergen besucht habe und die Verschwörer mir die Kutama nachschickten, seitdem gab's keinen Augenblick wirklicher Freiheit mehr für mich. Außerdem« – sie schenkte Arsenios einen bezaubernden Blick aus blitzenden Augen unter dichten Wimpern –, »außerdem habe ich meinen Onkel und seine Familie vermisst!«

»Seit der Oberkadi sein starrköpfiges Regime führt, haben Bischöfe im Kalifenpalast nichts mehr verloren. Mehrmals habe ich versucht, zu dir vorgelassen zu werden, aber meist haben mich die Berber schon bei den Stadttoren abgefangen und wenn es mir gelang, bis zu den Palästen zu kommen, dann verwehrten sie mir dort den Zutritt. Aber deine Nachrichten habe ich erhalten und ganz Misr hat erlebt, was du für die Stadt getan hast! Die Menschen gingen in die Badehäuser mit deinem Namen auf den Lippen, sie betraten ihre Kirchen und Moscheen und flehten den Segen Gottes auf die großherzige Spenderin herab.«

»Aber die Prinzen haben doch den größeren Teil des Geldes aufgebracht!«

»Du kennst die Menschen von Ägypten. Nichts kann man vor ihnen verbergen. Sie haben gewusst, dass dein Anteil größer war als jener der Prinzen und sie haben gesehen, dass das Vorbild deiner Großzügigkeit die anderen anstachelte, es dir gleichzutun.«

Sitt hörte ihm gerührt zu und ein feuchter Schimmer war in ihren Augen zu sehen.

»Du wirst sehen, mein Onkel, künftig wird noch viel mehr für das Volk geschehen. Die Tage der Freude, die Ägypten unter seinen

ersten Kalifen erlebte, werden wiederkehren! Es steht mir geschrieben, dass das meine Aufgabe ist.«
Der Bischof sah seine Nichte ernst an, ohne jedoch etwas zu sagen.
»Was denkst du, mein Onkel?«
»Ich frage mich, ob du dich richtig entscheidest!«
»Was *maktub* ist, darüber gibt es keine Entscheidung!«
»Die Aufgabe, die du für dich siehst, ist überaus schwierig und vielleicht unmöglich. Sie bedeutet, dass du den Gecko noch lange wirst lenken müssen. Darüber werden deine besten Jahre vergehen. Ich will dich nicht erschrecken, doch ist mir leid um meine schöne, kluge Lieblingsnichte!«
Von draußen drang das Geräusch klappernder Hufe herein. Die gleich darauf zu hörenden türkischen Kommandos ließen keinen Zweifel mehr:
»Die Mameluken sind da, um den Gecko und mich in den Palast zurückzuholen. Ich hatte sie für die Mittagszeit herbefohlen. Ist es denn schon so spät?«
»Nein, aber Bargawan und der Oberrichter können es offenbar nicht erwarten, euch wieder in Gewahrsam zu wissen.«
»Ich bitte dich, mein Onkel, öffne der Eskorte deinen schattigen Hof. Es ist Ramadan und die Türken werden keine Erfrischung annehmen. So sollen sie wenigstens vor der Sonne geschützt sein, solange sie auf uns warten. Ich will jetzt zum Gecko gehen und ihn wecken.«

*

Das Lärmen der Soldaten hatte Leben in das Haus gebracht. Die Söhne und Töchter des Metropoliten erschienen schlaftrunken auf den Stiegen, Dienerinnen brachten Krüge voll Wasser in die Zimmer und nahmen ihr Tagewerk in Angriff.
Der Kalif hatte zusammen mit Schukr in den Gästegemächern

übernachtet. Immer wieder empfing der Metropolit Amtsbrüder aus anderen Städten und so war sein Haus gerüstet für hohen Besuch, wenn freilich auch nicht für einen Kalifen.
Schukr war bereits wach, kam Sitt entgegen und verbeugte sich.
»Einen schönen Morgen, ehrwürdige Prinzessin! Ihr erleuchtet den Tag!«
»Dir noch einen schöneren Morgen, *ya* Schukr! Wie geht es dem Kalifen?«
»Er schläft noch und ich wollte ihn nicht eher wecken als nötig.«
»Da hast du gut getan. Doch jetzt sind die Mameluken schon hier und ich möchte, dass wir noch ein wenig mit der Familie zusammensitzen. Mein Bruder sehnt sich stets nach dem normalen Leben.«
»Das weiß ich, *ya Amira*!«
»Du kannst das auch Bargawan sagen: dass du der Meinung bist, dass es für die Gesundheit der Seele des Kalifen wichtig war, ihm diesen heimlichen Ausflug möglich zu machen. Seitdem Bargawan Wesir ist, trägst du die Verantwortung des Erziehers. Du kannst auf meine Unterstützung zählen.«
»Ich danke Euch, erhabene Prinzessin!«
Leise öffnete sie die Tür zu dem Gemach, in dem der Bruder schlief und näherte sich seinem Bett auf Zehenspitzen. Sie setzte sich vorsichtig an den Bettrand und griff sachte nach seiner Hand.
»*Ya* Mansur, *ya Habibi*, mein Bruder!«
Er bewegte sich ein wenig und öffnete langsam die stahlblauen Augen. Sie beugte sich über ihn und küsste ihn auf die Stirn. Sie fühlte sich kühl an.
»Hast du gut geschlafen nach dieser aufregenden Nacht?«
Er antwortete nicht. Zu sehr wühlte ihn der Anblick auf, den der Ausschnitt von Sitts ausgeliehenem Nachthemd freigab, als sie

sich über ihn beugte; zu stark empfand er den Duft ihres warmen Körpers. Ganz still lag er da und fühlte eine Welle der Erregung in sich aufsteigen.
Sitt bewegte seine Hand ein wenig: »Nun, wie hast du geschlafen, *ya* Mansur?«
»So gut wie schon lange nicht mehr!«
Dabei streckte und reckte er sich. Dann drehte er sich auf die Seite und ergriff nun seinerseits die Hand der Schwester.
»Du erinnerst mich so stark an meine Mutter!«, sagte er mit rührender Einfachheit, die zeigte, wie sehr er noch ein Knabe war.
»Und du«, gab Sitt zärtlich lächelnd zurück, »erinnerst mich an unseren Vater. Bald wirst du aussehen wie er, nur dass deine Augen blau sind.«
Schweigend blickten sie einander an.
Schließlich erhob sich Sitt, tief einatmend, von dem Bettrand und rief: »Gut und jetzt ist es Zeit aufzustehen. Unser Onkel Arsenios und seine Familie warten gewiss schon auf uns und wir wollen doch noch ein wenig mit ihnen beisammen sein, bevor wir uns wieder unseren Pflichten stellen, nicht wahr?«

*

Nach der Rückkehr in den Palast musste Sitt Al Mulk sich eingestehen, dass es ein Fehler gewesen war, sich zusammen mit dem Kalifen den Verlockungen des *Naurus*-Festes hinzugeben. Bargawan ließ Al Hakim fortan nicht mehr aus den Augen. Wie in früheren Zeiten, als der Kalif noch ein Kind war, wich er sogar des Nachts nicht mehr von seiner Seite.
Sitt Al Mulk stand es frei zu gehen, wohin sie wollte, doch je mehr Zeit verging, desto dünner spürte sie das Band zwischen sich und dem Bruder werden. Sie nahm weiterhin an den Maglis-Sitzungen

teil, da der Ausflug weder ihre Macht am Hof noch unter den Menschen von Misr geschmälert hatte. Im Gegenteil, die Kunde vom Besuch des Kalifen zum *Naurus*-Fest im Haus des Metropoliten pflanzte sich fort und jeder wollte ihn in der wilden Nacht mit eigenen Augen gesehen haben und Beweise seiner Weisheit und Großmut erlebt haben. Die Menschen lobten ihn, weil er, wie Harun Al Raschid, gerne unter ihnen war und die alten Geschichten über den Bagdader Kalifen wurden neu erzählt, allein mit dem Unterschied, dass sie sich nun in Misr zutrugen und Al Hakim ihr Held war.

Sitt Al Mulk schrieben die Menschen zu, dass sie es war, die ihren Bruder zu solch großen Taten angeleitet hatte und das Volk sah in ihr mehr denn je seine Mittlerin in Al Kahira, am Hof der Kinder Fatimas.

Eine Zeit lang blieb Sitt noch im Blauen Pavillon ihrer Mutter Theodora wohnen. Doch Bargawan verstand es, jedes unerwünschte Gespräch mit dem Bruder zu unterbinden, indem er ihn ständig durch einen dichten Ring von Eunuchen abschirmen ließ.

Bald sah Sitt keinen Sinn mehr darin, in dem verhassten Haremspalast auszuharren. Zwar ruhten die Augen des Bruders in den Maglis-Sitzungen weiterhin erwartungsvoll auf ihr und es gelang ihr auch immer wieder, ihn zu Entscheidungen in ihrem Sinn zu führen, doch hatten Bargawan und der Oberrichter gelernt, sich zu wappnen. Zudem löste der Wesir die hohen Beamten, einen nach dem anderen, durch Eunuchen aus dem Kreis seiner Vertrauten ab. Das Verhältnis der Stimmen im Maglis änderte sich in einer Weise, dass es für Sitt und die Prinzen zunehmend schwieriger wurde, sich durchzusetzen. Die neue Lage zwang sogar Sitts standhaften Verbündeten in der Regierung, den zweiten Staatssekretär und Chef des Nachrichtendienstes Bisr Ibn Surun, sich der

Mehrheit anzupassen. Hätte er es nicht getan, so wäre auch sein Posten an einen von Bargawans Eunuchenfreunde verloren gegangen.
Sitt Al Mulk beschloss, neuerlich auf die Gunst der Zeit zu hoffen. Immerhin hielt sie die inzwischen erdrückend gewordene Beweislast gegen den Oberrichter in Händen. Wichtig war, dass sie sich im Maglis hielt, denn dann konnte sie den Fall vorbringen, sobald sie den Eindruck hatte, dass der Kalif erwachsen genug war, um sich durchzusetzen.
Der Gecko würde gewiss nie vergessen, was sie ihm über die Rolle des Richters und Bargawans beim Tod des Vaters gesagt hatte. Sie war sich sicher, dass er ihr in die Hände spielen würde. Im besten Fall würde es ihr gelingen, Bargawan zusammen mit dem Richter zu stürzen, weil er dessen üblem Tun so lange tatenlos zugesehen hatte.
Sitt sah richtig voraus, dass der Sturz des Regimes eine Frage der Zeit war. Was sie jedoch nicht voraussehen konnte, war, welch grauenvolle Katastrophe dazu führen sollte.
Kurz nach dem Schlachtopferfest, bei dem sie wieder einmal vergeblich versucht hatte, in die Nähe des Kalifen zu gelangen, zog Sitt Al Mulk zurück ins Wasserschloss.

10
Die Christin!

Fast auf den Tag genau ein Jahr hatte Sitt Al Mulk im Blauen Pavillon im Ostpalast gelebt, was dazu führte, dass sie das freie Leben in ihrem kostbaren, vom Harem abgetrennten Schloss mehr zu schätzen wusste denn je. Jeden Tag um die Mittagsstunde begab sie sich in Begleitung einiger Dienerinnen und Eunuchen in den Garten des Kafur und genoss die köstliche Wärme der winterlichen Sonne. Sie unternahm ausgedehnte Spaziergänge zum Ufer des *Khalig* und zum Poloplatz der Prinzen. Oft stattete sie dabei dem Haus der Menschenvögel einen Besuch ab. Sie machte sich Vorwürfe, mit dem gewagten *Naurus*-Ausflug nach Misr die schwer erarbeitete und teuer erkaufte Nähe zum Kalifen aufs Spiel gesetzt zu haben. Da belustigte und erleichterte es sie auf eigentümliche Weise, den prachtvoll gefiederten Vögeln in ihrem goldenen Kuppelkäfig dabei zuzuhören, wie sie einander krächzend in allen möglichen Sprachen auf das übelste beschimpften.

Die zunehmende Entfremdung von Al Hakim nach der rauschenden Festnacht hatte sie sehr getroffen. Doch nun schmiedete sie Pläne, wie sie dem Bruder wieder näherkommen konnte.

Sitts Vertraute, Takarrub und Amina, konnten spüren, dass sich in ihr etwas veränderte. Sie hofften, dass sie im Begriff war, ihre frühere innere Stärke wiederzufinden.

Denn je mehr Sitt vom Kalifen sprach, desto seltener wurde der Mesopotamier erwähnt. Die Kopflosigkeit von Sitts Verliebtheit in den Mann aus dem Zweistromland hatte die beiden Vertrauten nicht weniger erstaunt als Midad. Die beiden Frauen waren sich einig gewesen, dass Sitts ungewöhnliches Verhalten nur durch das ungeklärte Ende des Prinzen Nour zu erklären war. Die Anzeichen deuteten darauf hin, dass er einen schrecklichen Tod erlitten hatte, doch der klare Beweis in Form des Leichnams oder zumindest seines Grabes fehlte immer noch. Es war ein teuflischer Zwiespalt und so durfte man sich nicht wundern, wenn die Seele der Prinzessin davon verwirrt war.

Es verhielt sich aber in der Tat so, dass Sitt nach der Rückkehr in ihren Palast ihre Ruhe zusehends wiedergewann. Dazu trug auch eine Nachricht aus Syrien wesentlich bei, die den Soldatenkrieg zwischen Berbern und Mameluken, der für das Reich der Kinder Fatimas so bedrohlich geworden war, endgültig entschied.

Es war um das Neujahr 387 der Hedschra, das beinahe zusammenfiel mit dem christlichen Neujahr 998, als eine Brieftaube aus Damaskus die Hauptstadt Al Kahira erreichte. Nur eine Nacht war der Vogel geflogen, um die Strecke zu überwinden, zu der eine Stafette der schnellsten Reiterkuriere zehn Tage benötigt hätte. Die Botschaft, die der Taube in einer Kapsel am Bein befestigt war, schilderte in wenigen Worten die Geschehnisse der vergangenen Tage auf dem syrischen Schauplatz:

Im Namen Allahs, des Allerbarmers und Barmherzigen.
Der General der türkischen Truppen, Gaisch Ibn Al Simsima,
grüßt den Oberbefehlshaber der Gläubigen,
den erhabenen Kalifen Al Hakim Bi Amr Illah Ibn Al Aziz.

Damaskus ist wiedergewonnen!

Als die orientalischen Streitkräfte, die nach dem Unglück von Askalon in Syrien versprengt waren, vom Sturz der Berber in Ägypten erfuhren, schöpften sie Hoffnung, sammelten sich und nahmen mit den jungen Damaszener Milizen Verbindung auf. In einem wohlgeplanten Streich griffen unsere Truppen die Berber in Damaskus von außen an, während die Milizen ihnen von innerhalb der Stadt in den Rücken fielen.

Es kam zu einem großen Blutbad unter den Kutama und zuletzt blieb General Sulaiman Ibn Gafar und seinen kläglichen Truppenresten als einziger Ausweg nur die Flucht aus der Hauptstadt Syriens.

Allzeit zu Eurem Befehl,

Gaisch Ibn Al Simsima

Die Brieftaube wurde für ihre große Leistung und die gute Nachricht wie ein Kriegsheld im Triumph durch Kairo und Misr getragen. Eine lange Prozession Menschen bildete sich hinter ihr und die Zweistadt jubelte, dass nun das Ende der Berberherrschaft besiegelt war. Die Mameluken hatten Damaskus wieder fest in ihrer Hand, allerdings, wie Sitt mit Bedauern feststellte, ohne ihren alten Bundesgenossen, den türkischen General Mangu Tekin. Er blieb verschollen.

Bargawan, so musste Sitt ihm zubilligen, nutzte die Situation in der denkbar geschicktesten Weise und ergriff alle nötigen Maßnahmen, um die Truppen des byzantinischen Kaisers, der sich den Machtkampf unter den Armeen der Fatimiden zunutze gemacht hatte, wieder zurückzudrängen. Während die Niederlage der Berber in Damaskus die Stellung des Oberrichters empfindlich geschwächt hatte, saß Bargawan nun fester denn je im Sattel. Schon unter Al Aziz war er Befehlshaber der türkischen Garden gewesen und er hatte das politische Kunststück vollbracht, sowohl auf die Berber als auch auf die Mameluken zu setzen. Nun stand er als Sieger da, obwohl der Staatsstreich, den er zusammen mit den Berbern nach dem Tod des Al Aziz durchgeführt hatte, nunmehr endgültig gescheitert war.

*

»Nicht einmal der *Baraka* der drei toten Kalifen konnte den Berbern letztlich helfen«, freute sich Sitt bei ihrer Tante Abda.

»Ja«, meinte diese, »zu verwerflich war ihr Streben und der Idee des Staates der Kinder Fatimas allzu schädlich!«

Es war ein Donnerstag und Sitt hatte die Tante aufgesucht, um mit ihr zusammen, wie sie es sich in letzter Zeit zur Gewohnheit gemacht hatte, die wöchentliche Weisheitssitzung zu besuchen, die der Kadi Al Numan für die Frauen des Hofes in der Goldenen Halle abhielt. In den Tagen des Al Aziz hatte sich der gesamte Hof, Frauen und Männer, zu diesen Sitzungen versammelt, doch der Kadi hatte nach dessen Tod eine Trennung der Geschlechter verfügt. Er glaubte als *Dai*, als oberster Missionar der Ismailiten, einen *Dschihad* gegen den Verfall der Sitten am fatimidischen Hof führen zu müssen.

»Wahrscheinlich, weil er dem Verfall der Sitten in seinem eigenen Haus nicht Herr wird!«, wie Sitt Al Mulk spöttisch bemerkte.

»Ich weiß, dass du die Zeit noch nicht für reif hältst, um den Kadi zu Fall zu bringen«, sagte Abda. »Doch überlege, mein Kind: Bargawan ist sehr stark geworden. Auch ihm könnte jetzt daran gelegen sein, den Kadi loszuwerden. Falls dein Verdacht stimmt, dass die beiden deinen Vater ermordet haben, so müsste der Wesir den Mitwisser beseitigen wollen. Von den drei Verschwörern ist Hassan Ibn Ammar bereits aus dem Spiel. Jetzt wäre es möglich, auf den zweiten zu zielen. Ich rate dir: Verständige dich mit Bargawan! Vielleicht kannst du im Gegenzug erreichen, dass du deinen Bruder, den Kalifen, wieder sprechen kannst. Ich höre, der Arme ist mehr denn je ein Gefangener des Wesirs. Nicht einmal der Astronom Ibn Yunis darf ihn noch besuchen. Zwar unternimmt er von Zeit zu Zeit einen nächtlichen Ausflug in die Stadt, aber immer unter schwerster Bewachung. Mein Rami hat von Schukr, der sich große Sorgen macht um den Kalifen, in Erfahrung gebracht, dass er jetzt stundenlang allein in den Sternenhimmel starrt und anfängt, sonderbares Zeug zu reden. Sein Geist lechzt danach, mit Bildung erfüllt zu werden, doch er ist sich selbst überlassen. Mansur hat sich die Schriften der Brüder von Basra beschaffen lassen und liest darin. Du weißt so gut wie ich, dass jede Stufe des Wissens einen bestimmten Grad der Eingeweihtheit voraussetzt. Wenn das Wissen zu früh in einen Menschen hineinfließt und vor allem ohne geeignete Führung, dann kann es Verwirrung stiften und Schaden anrichten und ich fürchte, dass dein Bruder in dieser Hinsicht anfällig ist.«

»Wenn Bargawan diese Gefahr nicht sieht und mich und die Lehrer von ihm fernhält – was kann ich da noch tun? Ich habe mich bemüht, ihm, so gut ich es vermochte, die Eltern zu ersetzen, damit aus ihm ein starker Herrscher werde, der sein Erbe gut verwaltet. Bargawan wird ihn immer zu seiner Marionette machen wollen. Als ich mit dem Gecko unseren Onkel besuchte, sagte dieser, dass ich mir zu viel damit aufhalse, das Reich schützen zu wollen. Oft denke ich mir, meine Tante: Warum kann ich nicht einfach mein Leben leben, wie Amina und die anderen Frauen des Harems?«

Abda beugte sich lächelnd vor, ergriff ihren Arm und sah ihr auf den Grund ihrer Augen: »Weil du *Sitt Al Mulk Bint Al Aziz* heißt,

meine Tochter! Weil du, auch wenn dein Vater es nicht deutlich genug zu machen verstand, seine Erbin bist. Eine Frau kann nicht Kalifin sein. Dazu braucht es einen Mann. Das ist so. Doch eine Frau kann Politik betreiben und sie kann regieren. Das haben andere Frauen vor dir gezeigt. Dein Vater wusste, dass du eine einzigartige Begabung hast und er förderte und ermutigte dich. Dass er zuletzt die Mauer der Sitte nicht überspringen und seinen Willen, dass du regierst, nicht unzweifelhaft zum Ausdruck bringen konnte, das ist ein Unglück. So büßen wir für die Sünden unserer Väter. Aber das war schon immer so und wird immer so sein.
Ich weiß, dass du berufen bist, das Reich der Kinder Fatimas zu führen. Du weißt es ebenso, wenn nicht besser als ich. Erhebe dein Haupt, meine Tochter und rette den Kalifen!«

*

Die Weisheitssitzungen, die der Oberkadi Mohammed Ibn Al Numan der eingeweihten Schar der »Gottesfreunde« zumutete, waren nach Sitt Al Mulks Empfinden von endloser Langweiligkeit, aber auch wenn er der mitreißendste Prediger, der geistreichste Ideologe gewesen wäre, so hätte sie ihm heute nicht zuzuhören vermocht. Zu stark hatten die Worte der Tante sie aufgewühlt. Jetzt, da sie endlich bereit gewesen war, Frieden zu finden und sich in ihrem schönen Schloss in einem angenehmen Alltag einzurichten, ohne gegen Intrigen anzukämpfen, ohne große Pläne zu schmieden und sich um deren Verwirklichung zu kümmern, jetzt rief Abda ihr das in Erinnerung, was sie bis vor Kurzem in jeder wachen und schlafenden Stunde als oberste Aufgabe verfolgt hatte.
›Mein Gott‹, rief es in ihr aus tiefstem Herzen, ›lass mich doch leben, einfach leben! Kümmere du dich um den Kalifen, schütze

das Reich! Wäre ich ein Mann, so wären die Dinge einfach. Freudig würde ich jedem Auftrag folgen. Doch so, wie ich bin, als Frau, gilt es für mich ständig und überall, Hindernisse zu überwinden, Umwege zu gehen, im Verborgenen zu wirken. Ich brauche kein Glück, nicht das Glück des Herrschens und auch nicht jenes der Liebe. Lass mich doch bitte nur zufrieden sein, so wie ich in den vergangenen Wochen zufrieden zu werden begann.‹

Doch eine andere Stimme in ihr sagte ihr, dass das nicht richtig war. Gerade weil sie eine Frau war, verfügte sie über Möglichkeiten, von denen ein Mann nicht einmal träumen konnte und würde sie ihre Fähigkeit, Gutes zu bewirken, nicht ausschöpfen, wäre ihr Leben verfehlt. Das begriff Sitt in diesem Moment, während sie den Ausführungen des Oberkadis lauschte.

Als Mohammed Ibn Al Numan seine Gemeinde entließ, hatte Sitt die Entscheidung über ihre Zukunft getroffen. Sie fühlte sich erleichtert und zugleich hohl und leer – wie ein Gefäß, das es aufzufüllen galt.

Während Abda die Nichte durch die Höfe und Korridore des Haremspalastes zu ihrer Sänfte begleitete, hielt sie sie am Arm und drückte ihn fest. Sie konnte spüren, dass Sitt sich entschlossen hatte zu kämpfen und sie ahnte, welche ungeheuren Schwierigkeiten auf die junge Frau zukommen würden. Doch Abda vertraute auf Sitts Stärke.

*

Abda behielt recht mit der Veränderung, die sie an Sitt bemerkt hatte: Die Prinzessin nahm den Kampf auf und so bestand ihre erste Verfügung darin, den Tunnel zwischen dem West- und dem Ostpalast wieder zu öffnen und ihn herzurichten. Fortan würde sie wieder diesen Weg benützen, um in den Harem zu gelangen.

»Soll Bargawan nur versuchen, mich zu hindern!«, schleuderte sie Midad entgegen, als er sie auf ihren Befehl hin zweifelnd ansah. »Im Übrigen«, fuhr sie fort, »schicke einen Boten zu Prinz Abdallah Ibn Haschim. Ich würde mich über seinen Besuch freuen und auch Amina möge, so es ihr beliebt, zu mir kommen. Ich brauche ihre Unterstützung.«

Während Midad eilte, die Anordnungen seiner Herrin zu erfüllen, regte sich in ihm beträchtliche Unruhe: Angenehm und friedvoll war die letzte Zeit verlaufen. Sollte das schon jetzt ein Ende haben?

*

»Amina, meine Schwester, ich danke dir, dass du so schnell gekommen bist! Ich habe beschlossen, einige Angelegenheiten, die ich in der letzten Zeit bequem vor mir hergeschoben habe, zu klären. Und dabei brauche ich deine Unterstützung.«

»Welche Angelegenheit meinst du, *ya* Sitt?«

»Zuerst will ich mit Prinz Abdallah Ibn Haschim reinen Tisch machen. Er hofft noch immer auf mein Jawort und ich habe ihn schon allzu lange warten lassen. Dann will ich mich erneut mit dem korrupten Oberkadi beschäftigen. Noch immer haben die Berber das geraubte Vermögen meines Vaters nicht zurückgegeben. Die Zeit ist günstig: Sowohl der Oberkadi als auch die Kutama sind durch die Niederlage in Damaskus schwächer denn je.«

»Du hast dir einiges vorgenommen, meine Liebe! Ich fürchtete schon, du würdest die Dinge ruhen lassen und hättest dich am Ende vielleicht doch für Ibn Haschim entschieden.«

»Das ist aber nicht das Ende, *ya Habibti!*«

»Gott möge es erleichtern!«, rief Amina vergnügt und besorgt zugleich. »Als Erstes also der Prinz?«

»So ist es, meine Schwester!«

*

Der Prinz ließ nicht lange auf sich warten, denn für ihn stand es außer Zweifel, dass die Prinzessin nun, da Bargawan sie so wirksam vom Kalifen fernhielt und sie sich weitgehend in ihr Privatleben zurückgezogen zu haben schien, seinem Werben endlich nachgeben würde.
In einem strahlend weißen Anzug, mit Goldfaden und Rubinen bestickt und darüber eine gelbseidene *Abaja,* so als erschiene er zu einem Empfang im Palast, trat er vor sie hin. Er war, wie Sitt zugeben musste, ein erfreulicher Anblick. Der warme Moschusduft seines geölten, sorgfältig gestutzten Bartes tat ein Übriges, dass sie den Mann, dessen Eifer, sie zu gewinnen, so deutlich war, durchaus anziehend fand.
»Schön ist es, dich zu sehen, mein Onkel!«, rief sie mit ihrem strahlendsten Lächeln.
»Und noch tausend Mal schöner ist es, dich zu sehen, *ya Bint Al Aziza!*«
Ihr entging sein Wortspiel nicht. »Teures Mädchen!«, hatte er gesagt anstelle von »Tochter des Aziz«. Er besaß Humor.
»Nimm Platz, mein Onkel!«
Dabei wies sie auf das Sofa, das jenem, auf dem sie und Amina saßen, gegenüberstand.
Der Prinz ließ sich nieder, doch konnte Sitt erkennen, dass er lieber stehen geblieben wäre. Es bereitete ihm offensichtliches Unbehagen, zwei Frauen in einem Palast, der einer dieser beiden Frauen gehörte, allein gegenüberzusitzen. Da ihr nichts daran lag, seine Stimmung zu verderben, erhob sie sich und ermöglichte es ihm dadurch, ebenfalls aufzustehen.
»Du erinnerst dich gewiss, mein Onkel, dass ich dir vor einiger

Zeit von einer Stute in meinem Besitz erzählte, der Schwester des Hengstes Seglavi Schams. Ich würde dir dieses Pferd gerne zeigen. Was hältst du davon?«

In seine Augen trat ein begehrlicher Glanz. ›Auf diese Art‹, rührte sich in ihr wieder der alte Vorbehalt, ›sieht er wahrscheinlich auch eine Frau an, wenn er sich ihr nähert!‹ Wie eine Sternschnuppe verlöschte die Anziehung, die von ihm ausgegangen war.

»O ja, gerne würde ich sie sehen!«

»Dann lass uns gehen! Kommst du mit, meine Schwester?«

»Pferde sind zwar nicht meine große Vorliebe, aber dir zu Gefallen komme ich!«

Während sie sich zu den Sänften begaben, die sie zu Sitts Stallungen bringen würden, erzählte sie noch einmal die Geschichte des kostbaren Pferdes.

»Die Stute Sumurud und der Hengst Seglavi Schams entstammen dem Samen eines Hengstes aus der Linie des Prophetenpferdes Seglavi. Mein Vater hatte diesen Hengst nach seinem siegreichen Feldzug in Syrien vom Häuptling der Taji-Beduinen zum Geschenk erhalten.«

»Da du mir das erzählst: Hat Bargawan schon dafür gesorgt, dass Hassan Ibn Ammar den Hengst Schams dem Kalifen zurückerstattet?«

»Nein, meines Wissens hat er das noch nicht getan. Ich will in der nächsten Maglis-Sitzung darauf zu sprechen kommen. Wenn du und die Prinzen mich dabei unterstützen wolltet, so wäre ich dir überaus dankbar.«

Ihr Blick senkte sich für die Zeit, die ein Schmetterling brauchte, um an einer Blüte zu riechen, in den seinen.

»Das wollen wir gerne tun, doch wirst du mit uns genug Stimmen haben?«

»Ich werde den Staatssekretär Bisr Ibn Surun bitten, sich auf meine Seite zu stellen und ein paar von Bargawans Eunuchen sind Geschenken durchaus zugänglich.«

»*Inscha'allah!*«

»Ja, *inscha'allah.*«

Die beiden Prinzessinnen bestiegen Sitts gold-blaue Sänfte, der Prinz die, mit der er gekommen war. Schnell liefen die Träger an, da sie auf der kurzen Strecke zu den Ställen ihre Kräfte nicht schonen mussten.

»Er sieht gut aus, dein Prinz«, neckte Amina die Freundin.

»Das mag schon sein, aber hast du gesehen, wie seine Augen glänzten, als ich auf die Stute zu sprechen kam?«

»Dein Talisman möge dafür sorgen, dass er sich mit ihr zufriedengibt!«

Unwillkürlich griff Sitt an Nours goldenes Netz an ihrem Hals. Sie drückte es, fühlte den Zahn der Löwin darin und lachte Amina an:

»Weißt du, jetzt, wo ich beschlossen habe, mich den Herausforderungen zu stellen, bin ich mir sicherer denn je, dass das Schicksal mir noch Erfreulicheres bescheren wird als den Cousin meines Vaters.«

»Gott möge es erlauben!«

*

In Sitt Al Mulks Stallungen standen nicht allzu viele Pferde, doch war eines edler als das andere. Das schönste von allen aber war die weiße Stute Sumurud und wie Sitt belustigt feststellen konnte, hatte der Prinz mit sicherem Gespür sofort den Weg zu dem kostbaren Tier gefunden. Noch ehe der herbeieilende Knecht den Zugang öffnen konnte, hatte er schon selbst den Riegel angehoben. Dafür warf er dem Knecht seinen seidenen Umhang zu. Jetzt näherte er sich mit der behutsamen, aber festen Haltung des Pferdeverständigen der scheu in eine Ecke getretenen weißen Stute. Ihr leise zusprechend, hob er die Hand und legte sie ihr auf die Kruppe. Das Pferd warf den Kopf hoch, wodurch sein langes, silbernes Nackenhaar dem Prinzen wie das Haar einer Frau über die Hand fiel. Ganz langsam kam er ihr noch näher. Sie schien sich zu beruhigen, doch hörten ihre zierlichen Hufe nicht auf, das Bodenstroh zu treten. Der Knecht reichte dem Prinzen eine Handvoll Datteln. Er nahm eine davon und hielt sie der Stute in der flachen Hand hin. Sie bewegte die Nüstern, machte jedoch keine Anstalten, die Dattel zu nehmen. Ihre dunkel umrandeten, weit aufgerissenen Augen ließen den Mann an ein junges, ahnungsloses Mädchen denken, das der Liebhaber zum ersten Mal berühren will. Doch anders als bei einem Mädchen, das der Mann mit Überredungskunst oder roher Kraft dazu bringen konnte, sich seinem Drängen zu ergeben, ließ sich mit einer ängstlichen Stute in einem Pferch weder gut reden, noch war ihr mit Gewalt beizukommen. Da brauchte es Geduld und, was den Reiz erhöhte, man konnte nie sicher sein, das Tier wirklich in der Hand zu haben. So behutsam, wie er gekommen war, zog sich der Prinz wieder zurück.

»Wenn auch von zarterem Bau und nervöser, so ist sie ebenso schön, wenn nicht schöner als der Hengst Schams. Ihre Mähne und ihr Schweifhaar sind noch länger und dichter als seines, ihre Augen noch seelenvoller. Wann willst du sie einem Hengst zuführen?«

»Du siehst ja, wie ängstlich sie ist! Wenn sie auf eine vorsichtige Annäherung so antwortet, wie wird sie sich bei der Zuführung eines Hengstes verhalten?«

»Es ist an der Zeit für ihr erstes Fohlen. Ich würde ihr den Deckhengst nicht zuführen. Sie sollte sich in freier Koppel an ihn gewöhnen. In der Natur wirbt ein Hengst um die Stute.«

»Du bist so kundig im Umgang mit Pferden und hast so viel Gefühl für sie. Ich würde mich daher freuen, wenn du Sumurud übernimmst.«

Einen Atemzug lang wusste Ibn Haschim nicht, was er sagen sollte. Es wäre ihm nicht eingefallen zu hoffen, dass die Prinzessin ihm das Pferd überlassen könnte. Doch hatte er sich bald gefangen und meinte in seiner gewohnt überlegenen Art:

»Nun, ich glaube, dass sie bei mir nicht nur ein Fohlen, sondern noch eine Reihe wunderschöne Seglavi-Kinder zur Welt bringen würde. Wenn es dir ernst ist, Bint Al Aziz?«

»Ich spreche in vollem Ernst«, antwortete sie mit ihrem Schmetterlingsblick. »Jeder Stute ist ein so einfühlsamer Besitzer wie du zu wünschen! Meine Knechte werden Sumurud zu deinem Haus bringen, sobald sie sich beruhigt hat.«

»O nein, *ya* Sitt Al Mulk! Ich will sie selbst heimholen, so wie es sich für eine so herrliche Jungfrau geziemt.«

»Wohlan! Ich bin sicher, Sumurud könnte es nicht besser treffen.«

»Sag mir noch, *ya Amira*: Wie kommt sie zu diesem Namen?«

»Mein Vater fand, als er sie am Tag nach ihrer Geburt auf schwachen Beinen, aber mit den deutlichen Anlagen großer zukünftiger Schönheit im Pferch ihrer Mutter sah, dieses Fohlen verdiene den Namen des Allerschönsten, das er je gesehen hatte. Deshalb nannte er sie Sumurud – Smaragd.«

»Nun, über Schönheit lässt sich streiten, aber in meinen Augen gibt es einiges, das schöner ist als ein kalter Smaragd.«

»Mein Vater meinte« und Sitt sah errötend zu Boden, »Smaragd, wie die Farbe meiner Augen.«

Die Szene fiel ihr wieder ein. Sie hatte neben ihrem Vater im Pferdestall des Wasserschlosses gestanden und seine Worte damals als das schönste Geschenk empfunden, das er ihr je gemacht hatte.

›Sumurud‹, überlegte sie, ›ist die Erinnerung an dieses Geschenk. Ich glaube, es ist eine passende Handlung, dass ich mir mit ihr die Freiheit erkaufe von jenem Mann, der mich so tatkräftig unterstützt.‹

*

Es fügte sich gut für Sitt Al Mulk, dass der Prinz ihr seinen Beistand angeboten hatte, um im Maglis noch einmal die von den Berbern aus dem Palast geraubten Vermögenswerte zurückzufordern. Durch ihr für einen Pferdeliebhaber wie ihn unschätzbares Geschenk hatte sie ihn sich zutiefst verpflichtet. Mit der gegenüber dem Kalifen vorgeschriebenen Ehrfurcht, aber mit umso größerer Beharrlichkeit forderten Ibn Haschim und die anderen Prinzen alles zurück, zumal Sulaiman Ibn Gafar nun nicht mehr der Herr von Damaskus, sondern ein Verlierer auf der Flucht war, der durch den Syrienfeldzug unnötige Kosten enormen Ausmaßes verursacht hatte. Nicht einmal der *Baraka* der drei verstorbenen Kalifen – Gott segne sie! – wirkte noch für ihn. Da, wie Sitt vorausgesagt hatte, auch mehrere Eunuchen, unter ihnen der Schwarze Gain, der neue Polizeichef von Kairo, ihr Gewicht für ihren Antrag in die Waagschale warfen, griff der christliche Staatssekretär Bisr Ibn Surun gleich im Maglis zu Schreibfeder und Papyros und setzte eine entsprechende Verfügung auf, die Bargawan wohl oder übel dem Kalifen zur Unterschrift vorlegen musste.
Sitt hatte den Eindruck, dass Bargawan es weiterhin sorgfältig vermied, die Berber dauerhaft zu vergrämen. Obwohl sie dieser Politik im Grunde zustimmte, musste sie dennoch auf Rückerstattung der geraubten Schätze bestehen, während Bargawan anscheinend gehofft hatte, dass sich auch darüber der Mantel des Vergessens breiten würde.

Zwar hatte der Kalif während der Sitzung verstanden, worum es ging und er hatte auch die Verfügung geistesgegenwärtig mit dem Vermerk »dringend« versehen, doch war es für Sitt sichtbar, dass es ihm von Woche zu Woche schlechter ging in dem undurchlässigen Gehege, das Bargawan rund um ihn errichtet hatte wie um einen gefangenen jungen Leoparden.

*

Wenige Tage später befahl sie Midad während des Morgenberichts:
»Ich habe einen Brief an den Wesir geschrieben, in dem ich ihn bitte, mich dringend aufzusuchen. Der Brief befindet sich auf meinem Schreibtisch. Ich bitte dich, ihn persönlich zuzustellen. Aber danach möchte ich dich noch einmal sprechen!«
»Der Wesir kündigt an, Euch am Abend nach dem Gebet aufzusuchen«, meldete Midad, als er zurückkehrte.
Sitt sah von ihrem Arbeitstisch auf. Sie war damit beschäftigt, Briefe an die Aufseher ihrer Güter in Syrien und Palästina zu lesen und zu unterzeichnen.
»Sehr gut. Ich danke dir, Midad.«
Dann deutete sie auf die Briefe.
»Die Ernten waren zufriedenstellend und haben gute Erträge geliefert. Aber mein Gefühl sagt mir, dass sich mehr tun ließe. Wir wollen uns umhören in Kairo und Misr. Ich muss endlich jemanden finden, der in den Geschäften zwischen den Ländern gut bewandert ist, der die Zeichen zu deuten weiß, welche Güter wo den höchsten Gewinn erzielen können und der die Wege der großen Karawanen kennt. Tante Abdas Verwalter könnte behilflich sein bei der Suche nach einem geeigneten Mann. Sprich mit ihm!

Aber ich habe dich eigentlich wegen etwas anderem gebeten, noch einmal zu kommen. Ich denke, wir sollten jetzt gegen den Oberrichter vorgehen. Bis zum Nachmittag brauche ich eine Aufstellung all dessen, was du in Erfahrung gebracht hast. Ich will die Liste Bargawan vorlegen. Mohammed Ibn Al Numan muss abgesetzt werden!«

Midad war sichtlich erfreut.

»Dazu sollten die Beweise mehr als ausreichen. Ihr werdet zufrieden sein, *ya Amira*!«

»Stelle Kopien der Liste her und verteile sie persönlich an Prinzessin Abda, Prinz Abdallah Ibn Haschim, Staatssekretär Bisr Ibn Surun und den Polizeichef von Kairo, Gain, der, wie ich höre, seit seiner Bestallung dein Freund geworden ist. Gut so! Ehe du an die Arbeit gehst, nimm bitte diese Briefe und gib sie dem Verwalter! Ich danke dir!«

Nachdem sie Midad entlassen hatte, griff sie nach einem schweren, zwischen hölzernen Deckeln gebundenen Buch. Dort, wo das Lesezeichen lag, schlug sie es auf. In der letzten Zeit hatte sie immer wieder dieses Kapitel gelesen und auch jetzt verfehlte es nicht, sie zu beunruhigen.

›Eine Frau muss ihre Liebe sorgfältig beschützen‹, ging es ihr nach den ersten Versen durch den Sinn, ›wie eine gute Mutter ihre heranwachsende Tochter. Vielleicht hat es mir an diesem Schutz gefehlt und die Liebe spielt mir deshalb solche Streiche!‹

Neuerlich wandte sie sich dem fast genau ein Jahrtausend alten lateinischen Text zu. Darin hatte die Königstochter Medea den Beschluss gefasst, sich die aberwitzige Liebe zu Jason aus dem Kopf zu schlagen, aber es fehlte ihrer Absicht an Festigkeit. Sitt las weiter.

»Und zu Hekates altem Altar schritt sie sodann,
den abseits ein schattiger Hain überdeckte.
Schon ist sie stark, die Glut ist gebannt und gewichen,
da sieht sie
Jason und aufs Neue entbrennt die erloschene Flamme.
Jäh erröten die Wangen, sie glüht im ganzen Gesichte,
und wie ein winziger Funke, der tief in der Asche
versteckt war,
wenn ihm die Winde Nahrung verleihen, aufs Neue
hervorwächst
und, gewaltig entfacht, in früherer Stärke emporloht,
so die Liebe Medeas: Sie schien schon schwach und
erloschen,
aber sie loderte frisch beim Anblick des herrlichen Jünglings.
Denn er war wirklich noch schöner als sonst,
gerade an jenem Tage; man mochte die Liebe verzeihen!
Und sie schaut! Wie wenn sie ihn jetzt erst sähe, so hält sie
fest die Augen gebannt auf sein Antlitz; sie kann sie nicht
lösen;
Denn sie vermeint, das Gesicht eines Gottes zu schauen,
die Tolle!«

»Nein«, ermahnte Sitt Al Mulk sich mit lauter Stimme, als sie am Ende der Geschichte angelangt war, »Medea soll mir kein Vorbild sein. Sie möge mir vielmehr ein Schreckensbild sein, damit ich weiß, welche Fehler ich unbedingt vermeiden muss!«
Sie klappte das Buch der *Metamorphosen* zu, läutete den Diene-

rinnen, stand auf, ließ sich einen Umhang über die Schultern legen und ging hinunter in ihren Park.

*

Pünktlich nach dem Abendgebet machte Wesir Bargawan Prinzessin Sitt Al Mulk seine Aufwartung. Sie erwartete ihn mit ihren Eunuchen im *Iwan* des Wasserschlosses. Nachdem der Türsteher den Wesir hereingeleitet hatte, entließ sie die Eunuchen mit Ausnahme Midads, dem sie zu bleiben befahl. Nach den Begrüßungsfloskeln kam sie ohne Umschweife zum ersten Punkt, den sie mit dem Wesir besprechen wollte: auf die untragbare Lage des Kalifen.

»Du weißt, Wesir, dass er solchen Belastungen nicht gewachsen ist. Er ist noch immer sehr jung und ich höre, dass es ihm schon wieder weniger gut geht. Er braucht Lehrer, er braucht Gesellschaft und er braucht Liebe.

Ich will dir einen Vorschlag machen: Unter meinen Dienerinnen befindet sich eine junge Nordländerin, schön wie ein Bild. Sie ist eine *Rus*, mit goldenem Haar, einer Haut wie Elfenbein und Augen violett wie der Himmel an einem Sommerabend. Ich denke, sie wird meinem Bruder gefallen. Außerdem ist sie des Griechischen mächtig und das wird ihn an seine früh verlorene Mutter erinnern. Bald wird er das vierzehnte Jahr erreichen und ich denke, das Mädchen – sie heißt Olga – könnte an seinem Geburtstag in den Elefantenpavillon ziehen. Sie ist ein wenig älter als er, fünfzehn oder sechzehn Jahre und wenn du zustimmst, werde ich sie persönlich auf ihre Aufgabe vorbereiten.«

Im Stillen erwog Bargawan das Gehörte.

›Es ist wohl wahr. Er braucht jemanden um sich, der einfühlsamer und zarter ist als Schukr und ich und er kommt jetzt ins Alter, wo er eine Frau haben kann. Solange die Prinzessin ihm fernbleibt, soll mir vieles recht sein. Ob ich die Lehrer wieder zu ihm lasse, das weiß ich noch nicht. Aber ein harmloses junges Mädchen – warum nicht?‹

Dann sagte er: »Prinzessin, wenn Ihr nichts dagegen habt, die *Rus*, die Euch ja bestimmt sehr viel Geld gekostet hat, herzugeben, dann wird der Kalif nichts dagegen haben. Ihr seid überaus großzügig!«

›Das war ich heute schon einmal!‹, dachte Sitt. ›Wenn es so weitergehen soll, muss ich dafür sorgen, dass ich meinen Besitz vermehre.‹

Mit vielsagendem Lächeln antwortete sie Bargawan.

»Es ist ja nicht das erste Mal, dass der Kalif von mir ein besonderes Geschenk erhält. Ich hoffe, das Pferd Seglavi Schams befindet sich wieder im Marstall!«

»So ist es, erhabene Prinzessin! Und auch die anderen Schätze kehren wieder an den Hof zurück. Hassan Ibn Ammar setzt uns keinen Widerstand entgegen, denn schließlich ist Sulaiman Ibn Gafar, der ja der größte Nutznießer der Plünderung war, ein vernichtend geschlagener Feldherr, von dem nichts mehr zu erwarten ist. Ich schlage vor, dass um des Friedens willen nicht nur Hassan Ibn Ammar, sondern auch Sulaiman eine Sicherheitsgarantie erhält. Würdet Ihr der Garantie für Sulaiman im Maglis zustimmen?«

»Wenn ich aufrichtig bin, so liegt mir viel daran, unter den Berbern ein Exempel zu statuieren, dass Staatsstreiche sich nicht auszahlen und Sulaiman hat immerhin Damaskus angegriffen! Doch ich habe dir ein Angebot zu machen. Sulaiman soll meinetwegen ungeschoren davonkommen und seine Sicherheitsgarantie erhalten, sobald mein Bruder alle gestohlenen Güter zurückerhalten hat. Um es kurz zu machen, mein Angebot lautet: Lass Sulaiman laufen. Dafür aber wird der Oberrichter abgesetzt!«

Mit einem solchen Ansinnen hatte Bargawan keinen Augenblick gerechnet. So schnell und gewandt er sonst jede Lage zu meistern wusste – jetzt erlebte Sitt ihn zum ersten Mal um eine Antwort verlegen.
»Der Oberrichter? … Was meint Ihr, *ya Amira?*«, stieß er stockend hervor.
»Ich habe Erkundigungen über seine Amtsführung einziehen lassen. Was dabei herausgekommen ist, sollte jeden Gerechten in heiligen Zorn versetzen. Ich frage mich, wie solches Tun dir so lange Zeit verborgen bleiben konnte, denn hättest du es bemerkt, so wäre es deine Pflicht gewesen, dagegen vorzugehen.«
Es war deutlich zu sehen, wie Bargawan seine Erregung zu beherrschen suchte und sich zwingen musste, nicht aufzuspringen. Seine Finger hatten sich ineinander verkrallt, sodass die Gelenke hell hervortraten.
»Ich weiß nicht, wovon Ihr sprecht, erhabene Prinzessin.«
»Midad hat eine Liste der Veruntreuungen angefertigt, die dem Oberkadi Mohammed Ibn Al Numan vorgeworfen werden. Du magst einen Blick darauf werfen wollen.«
Sie bedeutete Midad, dem Wesir die Liste auszuhändigen. Während der Slawe die Punkte, einen nach dem anderen, las, wurde sein eben noch von erhöhtem Blutfluss gerötetes Gesicht fahl.
»Nun, was sagst du dazu?«
Bargawan räusperte sich, ehe er sprach: »Das sind schwere Vorwürfe. Ich gehe davon aus, dass die Betroffenen bereit sind, gegen den Oberkadi Zeugnis abzulegen.«
»Das sind sie! Ein Sondergericht muss einberufen werden und es wird den Kadi zweifellos seines Amtes entheben. Im Übrigen ist dies nicht die einzige Ausfertigung dieser Liste. Sie wurde an verschiedene Persönlichkeiten verteilt.«
Hatte Bargawan noch gehofft, die Sache irgendwie vertuschen zu können, so war er nun auch dieser Möglichkeit beraubt.

»Ich werde die Vorwürfe überprüfen lassen und, falls die Betroffenen bei ihren Aussagen bleiben, dem Kalifen und dem Maglis die Einberufung eines Sondergerichts vorschlagen.«
»Und ich werde meine Dienerin Olga darauf vorbereiten, dass in Kürze die ehrenvolle Aufgabe auf sie wartet, den jungen Kalifen zu erfreuen.«
»Ich bitte Euch darum, *ya Amira*!«, sagte Bargawan leise.

*

Furchtlos richtete die junge *Rus* Olga ihre tiefblauen, fast violetten Augen auf die Herrin. Sitt ließ die Katze Sitta von ihrem Schoß springen, stand auf, ging zu dem Mädchen hin, das schön gewachsen und fast ebenso groß war wie sie und legte ihr den Arm um die Schulter.
»Ich möchte dir etwas zeigen. Gehen wir in die *Zakira!*«
Zusammen gingen sie die Treppe hinunter und durch die Korridore mit den vielfarbigen, den goldenen und den marmornen Friesen. Von Zeit zu Zeit blieb Sitt stehen, um das Mädchen auf etwas aufmerksam zu machen oder ihr ein Bild zu erläutern.
»Die Bilder meinen nicht nur, was du auf ihnen siehst. Das wäre zu einfach und, wie etwa im Fall dieser beiden Marmorpfauen, die einander ansehen wie in einem Spiegel, sogar äußerst langweilig. In allen Bildern steckt noch ein tieferer Sinn, der sich auf das Spiel der Kräfte im Universum bezieht.«
Die schwarzen Wächter vor dem Museum nahmen Haltung an, als sie die Prinzessin kommen sahen. Sie nickte ihnen zu und durchschritt, ohne anzuhalten, den Saal des Paradieses und jenen der Heiden. Erst im Saal der Frauen blieb sie stehen. Das Mädchen Olga hatte sicher noch nie solche Schätze zu Gesicht bekommen, doch erging sie sich weder in staunenden Ausrufen, noch schien

sie sonst von der Pracht überwältigt. Nun war es an Sitt, überrascht zu sein, denn es hatte noch niemanden gegeben, der sich von ihrer Sammlung nicht beeindruckt gezeigt hätte.
»Gefällt dir mein Museum nicht?«, fragte sie die *Rus*.
»O doch. Aber es liegt mir wenig an der Pracht von Palästen. Ich bin in der freien Natur aufgewachsen, auf grünen Wiesenteppichen zwischen dunklen Bergen. Eine Narzisse oder eine Anemone, die ein Werk Gottes ist, beeindrucken mich mehr als all das Künstliche, das Menschenhand zu schaffen vermag.«
»Du antwortest nicht wie eine Ziegenhirtin! Und du sprichst nicht nur die Sprache der *Rus*, sondern auch Griechisch. Wie passt das zusammen?«
»Ich bin die Tochter eines Stammesfürsten. Mein Vater schickte mich eine Zeit lang zu einer Tante nach Kiew. Seit der Hochzeit des Großfürsten Wladimir mit der byzantinischen Prinzessin Anna war in Kiew alles griechisch geworden, sogar die Religion! Deshalb spreche ich Griechisch.«
»Aber wie kommt es, dass du in die Hände der Sklavenhändler geraten bist?«
»Mein Stamm wurde von Soldaten des Großfürsten angegriffen, weil wir uns nicht taufen lassen wollten. Die stärksten Männer und die Jungfrauen wurden verschleppt und von den Soldaten an griechische Händler verkauft.«
Sitt wusste wohl, dass die Sklaverei ein schlimmes Geschäft war, aber sie war an einem Hof mit Sklaven aufgewachsen und es war ihr immer selbstverständlich erschienen, dass Menschen verkauft und gekauft wurden, um anderen zu Diensten zu sein. Dennoch berührte sie die Geschichte des Mädchens. Vielleicht weil sie eines Stammesfürsten Tochter war und sie sich ihr deshalb verwandt fühlte. Dabei waren Sklavinnen vornehmer Herkunft am Hof von Al Kahira keine Seltenheit, denn auf allen Sklavenmärkten wur-

den die verschleppten Kinder und Frauen besiegter Herren als besonders wertvolle Ware zum Kauf angeboten.

»Fehlt dir deine Heimat?«, fragte sie das Mädchen.

»Die Wiesen, die Berge, die Seen fehlen mir. Doch versuche ich, nicht an sie zu denken, denn dann müsste ich auch an meine Sippe denken.« Die Augen der *Rus* verdunkelten sich. »Alle aus meiner Familie«, fuhr sie fort, »die nicht jung, schön oder stark genug waren, um verschleppt zu werden, wurden von den Christen getötet.«

Sie sah zu Boden und Sitt konnte spüren, dass die Erlebnisse zu furchtbar waren, als dass sie darüber sprechen konnte.

»Du bist ein sehr schönes Mädchen und, wie ich mich soeben überzeugen konnte, auch klug. Wenn dir an Kunst jetzt nichts liegt, so wird sich das vielleicht ändern. Menschen, die auf beengtem Raum leben, in Städten und in Palästen, benötigen die Kunst, um sich für den Verlust der Natur zu entschädigen. Und da Künstler in ihre Werke so viele Bedeutungen zu legen wissen, kann es geschehen, dass ein Kunstwerk die Natur überflügelt. Ich besitze einige Stücke, in denen das gelungen ist. Aber damit meine ich nicht das hier!« Sie deutete auf die Wandteppiche mit den trägen Prinzessinnen und ihren Sklavinnen, »und auch das hier nicht!« Damit war die Kleiderpuppe aus Moschus, Ambra und Safran gemeint, die ihren Duft verströmte.

»Vielleicht sprechen wir später noch einmal darüber. Aber gehen wir zuvor in den Saal der Männer.«

An diesem Ort blieb das Mädchen nicht gleichgültig. Die Waffen und Harnische schienen ihr Unbehagen zu verursachen. Sie sah kaum hin und ging schnell an ihnen vorbei, was Sitt nicht weiter verwunderte. Doch bei den Kronen und Insignien blieb sie stehen und betrachtete sie aufmerksam.

»Komm, setz dich zu mir!« Sitt hatte auf einem Sofa Platz genommen. »Ich habe mit dir etwas Besonderes vor. Doch die Voraussetzung dafür ist, dass du es auch wirklich möchtest. Sonst wäre es sinnlos. Was ich bis jetzt von dir erfahren habe, lässt mich annehmen, dass du nicht abgeneigt sein wirst. Trotzdem will ich dich fragen, denn es ist eine Aufgabe von großer Verantwortung.«

Während sie sprach, hatte sie aufmerksam beobachtet, ob das Mädchen Zeichen von Unruhe oder gar Ungeduld zeigte. Da dem nicht so war, fuhr sie fort:

»Der Kalif, mein Bruder, wird in Kürze das vierzehnte Fest seiner Geburt feiern. Er ist damit reif genug, um bei einer Frau zu liegen. Ich habe dich ausersehen, die erste zu sein. Wenn er sich mit dir gut versteht und zufrieden ist, dann wirst du im Elefantenpavillon wohnen. Im Harem wartet schon eine ganze Reihe ihm zugedachter Frauen auf ihn, doch will ich es dazu nicht kommen lassen. Seine erste Frau muss ganz besondere Voraussetzungen erfüllen und ich glaube, dass du dazu geeignet bist. Wärst du damit einverstanden?«

Die junge *Rus* antwortete nicht gleich. Ihr Blick war in die Ferne gewandert. Sitt konnte spüren, dass sie in diesem Augenblick nicht bei ihr im Saal der Männer war, sondern in einem Reich, das ihr allein gehörte. Wenn eine Frau über ein solches inneres Reich verfügte, dann war sie stark, um Anfechtungen von außen standzuhalten. Die Prinzessin drängte nicht, sondern blieb ebenfalls ruhig sitzen und wartete, was das Mädchen sagen würde.

Es war ein gutes Stück Zeit vergangen, ehe das Mädchen sprach:

»Ja, ich will es tun.«

»Freust du dich?«

»Nein, aber ich werde mein Bestes geben.«

»Das wird ausreichen, denke ich. Komm, sieh dir das an!«

Sie ging voran zu einem Tischchen, auf dem, verborgen unter

einem Tuch, ein aufgeschlagenes Buch lag. Sitt lüftete das Tuch. Auf der linken Seite war ein Bild zu sehen, auf der rechten stand etwas in einer Schrift, die Sitt zwar lesen konnte, aber nicht verstehen, denn es war Persisch. Das Bild zeigte eine nackte Frau, die an einem Teich voller Seerosen auf einem Felsen ausgestreckt schlief. Ein Schwan hatte sich neben ihr niedergelassen und seinen Kopf auf ihren Schenkel gelegt. Im Gebüsch rundum versteckt saßen Männer verschiedenen Alters und ergötzten sich an der Szene.

»Was fühlst du, wenn du dieses Bild betrachtest?«

»Ich spüre die Wärme der Sonne auf meinem Bauch und den seidenen Flaum des Schwanes an meinem Bein.«

»Was spürst du noch?«

»Ich spüre die Blicke der Männer auf mir und wie sie darauf warten, dass ich die Augen öffne und mich rege.«

Sitt nickte.

»Gut. Sehen wir uns das nächste Bild an.«

Sitt schlug das Blatt um. Wieder auf der linken Seite war ein Garten zu sehen, aber nicht wie zuvor nach natürlichem Vorbild, sondern klar und streng gezogen. Er lag im Hof eines Palastes, denn im Hintergrund befanden sich Maschrabias, aus denen Frauen neugierig die Köpfe streckten. Vorne im Bild saß eine kaum bekleidete Frau mit geöffneten Beinen auf einer Steinbank. Vor ihr kniete ein Mann in fürstlicher Tracht und näherte sein Gesicht ihrem Geschlecht.

»Was tut dieser Prinz?«, wollte Sitt von dem Mädchen wissen.

»Er sieht das Geschlecht der Frau.«

»Was empfindest du dabei?«

»Ich empfinde Scham und den Wunsch, dass der Mann mich küsst.«

»Was wird der Mann nun tun?«

»Er wird mich küssen.«

»Auf deinen Mund?«
»Nein, auf mein Geschlecht.«
»Was wird er weiter tun?«
»Ich werde etwas tun.«
»Und was wirst du tun?«
»Ich werde seine Jacke öffnen.«
»Ist das alles?«
»Ich werde seine Haut streicheln und seine Brust mit Küssen bedecken.«
Sitt beglückwünschte sich zu ihrer Wahl: ›Das Mädchen hat Talent zur Liebe und versteht ihren Rhythmus!‹
»Wollen wir weiterblättern?«
»Ja.«
Die Szene wechselte in das Innere eines Palastes. Am Rand eines Springbrunnens ruhte, den Kopf in eine Hand gestützt, auf weichen Polstern ein Mann. Er war nur mit einer *Abaja* bekleidet, die den Blick auf einen schönen Körper und kräftige Arme freigab. Über der Lende war schwellend sein Glied zu sehen. An seinen Schenkel gelehnt saß, eine Hand auf seiner Hüfte, eine Frau, von einem geknüpften Tuch nur wenig verhüllt.
Unaufgefordert begann Olga zu sprechen.
»Wenn ich der Prinz bin, so sehnt sich mein Schwert nach dem warmen Dunkel der Scheide.«
»Aber es ist noch nicht bereit dazu!«
»So will sein Schwert gerieben sein und von warmen Lippen umfangen.«
»Und was geschieht nun?«
»Der Prinz nimmt die Hand der Frau und führt sie an jene Stelle.«
»Sollte sich die Frau nicht schämen, den Prinzen zu berühren? Sollte sie nicht wenigstens den Anschein von Keuschheit erwecken und ihm ihre Hand entziehen?«

»Nein. Wenn sie die Hand fortnimmt, dann nur, um sein Glied mit dem Mund einzufangen.«
Sitt sah sie anerkennend an:
»Wenn mein Arzt dich nicht noch einmal eingehend untersucht hätte – ich würde meinen, du bist keine Jungfrau mehr!«
»Ich wuchs, wie ich Euch sagte, in der Natur auf. Schon als kleine Kinder sahen wir den Tieren dabei zu, wie sie sich paarten und wir halfen ihren Jungen, den Weg aus dem Mutterleib herauszufinden. Wir sprachen ohne Scheu über die Dinge des Lebens und auch darüber, wie es sich damit bei den Menschen verhielt. Bevor ich den Soldaten in die Hände fiel, hatte meine Mutter begonnen, mich auf die Hochzeit vorzubereiten.«
»Du hattest einen Bräutigam?«
»Ja, ich war dem Sohn eines anderen Stammesfürsten versprochen.«
»Kanntest du ihn?«
»Kaum. Ich hatte ihn bei den großen Frühlingsopfern gesehen, wenn die Tiere nach dem Winter auf die Weide getrieben wurden.«
»Gefiel er dir?«
Sie wich der Frage aus und sagte: »Auch die benachbarten Stämme verweigerten die Taufe. Es erging ihnen nicht anders als uns.«
›Das bedeutet‹, ging es Sitt durch den Kopf, ›dass er ebenfalls in die Sklaverei verkauft oder vielleicht sogar getötet wurde.‹
Zu dem Mädchen sagte sie: »Es tut mir leid, was dir geschehen ist. Doch ich würde dir wünschen, dass du dich am Ende mit deinem Schicksal versöhnen kannst.«
Sie bedeckte das Buch wieder mit dem Tuch:
»Lassen wir's genug sein für heute. Takarrub wird sich darum kümmern, dass eine erfahrene Tanzmeisterin dich in allen Künsten der Verführung unterrichtet. Es wäre von Vorteil, wenn du

dazu noch ein wenig Lautenspiel und Gesang lernst. In den kommenden Wochen wirst du damit beschäftigt sein! Und wenn es so weit ist, will ich dich prüfen.«

Sie nickte dem Mädchen zu und ließ es gehen. Sie selbst begab sich in den Saal der Weisheit.

Das Gold an den Wänden und auf den Bildern gab dem Licht im Saal eine leuchtende Kraft, die nicht erhitzte wie die Sonne, sondern sich kühl anfühlte und beruhigte. Sitt atmete tief durch: Hier war ihre Seele zu Hause.

Vor den beiden Ikonen der Verklärung Christi und der Herabkunft des Heiligen Geistes hatte sie die Betbank ihrer Mutter aufstellen lassen. Sie hob ihr Kleid an und kniete auf der Polsterung nieder. Dann breitete sie die Arme aus und öffnete ihr Herz und ihren Geist.

*

Der Liebeskunst kundig wie eine *Huri*, wovon Sitt sich persönlich überzeugt hatte, war die *Rus* Olga dem jungen Kalifen zugeführt worden.

Midad brachte von Schukr in Erfahrung, dass die Paarung offenbar sehr erfolgreich verlaufen war. Olga war dem Kalifen, als er in der Morgendämmerung endlich sein Schlafgemach aufsuchte, einfach nachgegangen. Erst am frühen Abend waren sie gemeinsam herausgekommen. Al Hakim hatte auch in der folgenden Nacht keinen Einwand dagegen erhoben, dass die *Rus* sein Bett teilte und sie lebte nun schon seit mehreren Tagen bei ihm. Wenn er fortging, wartete sie geduldig auf seine Rückkehr und er schien es eilig zu haben, zu ihr zu kommen.

»Allah sei Dank«, sagte Sitt zu Amina, »endlich ist etwas einfach gelungen. Bisher war alles so unendlich schwierig und mühsam, wie von einem Fluch belegt! Ich wünsche mir sehnsüchtig, dass es von jetzt an besser wird.«

»Ich denke mir oft, dass die Sterne uns und dem ganzen Land in den vergangenen Jahren nicht gewogen waren«, meinte Amina.

»Das Gleiche sagt meine Wahrsagerin. Aber sie sieht auch für die Zukunft nicht viel Gutes – außer …«

Sie unterbrach sich, denn es kam ihr plötzlich sehr unklug vor, Sitt von der Prophezeiung zu erzählen. Eine innere Stimme warnte sie entschieden davor. Doch die Freundin war schon aufmerksam geworden und schien entschlossen, zu erfahren, was Amina ihr vorzuenthalten suchte.

»Außer was?«, rief sie aus.

»Ach nichts. Sie sagt einfach, es wird noch eine Weile so weitergehen mit Ägypten und deshalb werden auch der Hof und die Regierung nicht zur Ruhe kommen. Ägypten, so meint sie, durchlaufe gerade eine unglückliche Epoche.«

»Aber du wolltest noch etwas sagen, etwas, das nicht schlecht, sondern erfreulich sein würde«, ließ Sitt nicht locker.

»Nun, sie sagte – aber weißt du, ich bin mir sicher, sie irrt sich, denn das ist ganz und gar unmöglich!«

»Sag es schon!«

»Sie sagte, sie sehe für mich …« Amina zögerte immer noch.

»Also was!«

»Sie sehe für mich, dass ich binnen weniger Jahre Königin sein werde.«

*

Der Abend desselben Tages war noch nicht in die Nacht übergegangen, als eine Nachricht wie ein Lauffeuer durch Al Kahira jagte:

»Der Oberrichter ist tot! Mohammed Ibn Al Numan ist gestorben! Von einem Augenblick auf den anderen!«
Sitt Al Mulk stockte das Blut in den Adern. Sie war überzeugt: Bargawan hatte es nicht darauf ankommen lassen wollen, dass sein Spießgeselle womöglich anfing, sein Wissen auszubreiten. Was sie über die Umstände von Ibn Al Numans Tod erfuhr, bestärkte sie in diesem Verdacht. Der Kadi war in der Frühe ohne jede Beschwerde aufgestanden. Wohl wusste er bereits von den Vorwürfen, die Sitt gegen ihn erhoben hatte, doch schienen sie ihm nicht allzu viel Sorge zu bereiten.
An seinem letzten Nachmittag war der Kadi Al Numan nach Erledigung der Amtspflichten nach Hause zurückgekehrt. Als er sich ein wenig zur Ruhe legen wollte, klopfte es und Bargawan stand in der Tür. Die beiden zogen sich in das Arbeitszimmer des Richters zurück und eine Dienerin brachte ihnen Tamarindensaft und einen Teller mit Süßigkeiten. Nach einiger Zeit verließ Bargawan wieder das Haus des Kadis, der sich daraufhin tatsächlich zur Ruhe begab – und nicht mehr aufwachte.
›Ich werde mich hüten‹, beschloss Sitt, ›künftig etwas zu essen oder zu trinken, wenn der Wesir in der Nähe ist. Und ich werde einen Vorkoster beschäftigen.‹
Aber immerhin war nun auch der zweite Mann aus dem verschwörerischen Dreigespann gestürzt. Und Bargawan hatte selbst dafür gesorgt.
›Jetzt stehen wir einander allein gegenüber – er und ich. Es wird ein Kampf werden. Ein Kampf auf Leben und Tod.‹

*

Sitts Ahnung trügte sie nicht. Zwar war der neue Oberrichter, Hussein Ibn Al Numan, ein Neffe des so überraschend verschiedenen Mohammed, schnell bestellt und er machte sich auch unverzüglich an die offizielle Aufklärung der Verfehlungen seines Onkels. Doch gingen Sitt bald von allen Seiten Warnungen zu: Ein Feldzug der Verleumdung sei gegen sie in Gang gesetzt worden.

Am Hof flüsterten die Leute einander zu, sie sei zum Glauben ihrer Mutter zurückgekehrt. Obwohl der unglückliche Ausflug mit Hakim zum *Naurus*-Fest schon so lange zurücklag, wurde er dazu benutzt, sie als Verführerin hinzustellen, die aus dem Kalifen einen Christenherrscher machen wolle. Sie habe die *Zakira* im Wasserschloss in eine Kirche verwandelt und sei in Wahrheit nie eine rechte Muslimin gewesen. Immer habe sie die Juden und Christen in Schutz genommen und überhaupt sei sie eine Spionin des Kaisers von Byzanz am Kalifenhof! Ihr alter Verbündeter, der Staatssekretär Bisr Ibn Surun, fürchtete bereits, die koptischen Christen könnten in die Hetze gegen Sitt Al Mulk hineingezogen werden. Nachdem Ibn Surun so lange zu ihr gehalten hatte, konnte sie es ihm nicht verübeln, als er deshalb im Maglis den Unterschied zwischen der Mehrheit der ägyptischen Kopten und der Minderheit der griechischen Melkiten hervorzukehren begann. Um ihn nicht noch mehr unter Druck zu bringen, beschloss sie, für die nächste Zeit den Sitzungen des Maglis fernzubleiben.

Ihre Freunde besuchten sie weiterhin, doch im Übrigen versiegte der Besucherstrom zu ihrem Palast zusehends. Abda und Amina wie auch Prinz Ibn Haschim zählten zu den wenigen, die zu ihr hielten und auch ihr einstiger Lehrer Ibn Yunis suchte sie häufig auf, um mit ihr gelehrte Gespräche zu führen oder sie zur Beobachtung zu erwartender Himmelsereignisse ins Observatorium von Karafa einzuladen. Da er wieder zum Kalifen gelassen wurde, erfuhr sie von ihm auch, dass Al Hakim unter den Aufmerksamkeiten Olgas rasch zum Mann erstarkte. Er habe an Gewicht zugenommen und der tiefe Klang seiner Stimme habe sich gefestigt.

»Er macht mir den Eindruck, als gewinne sein Wesen jetzt an Macht, Prinzessin. Er ist noch immer überaus jung, doch ich merke, wie die Ehrfurcht seiner Diener allmählich tiefer geht, als die bloße Form des Umgangs es erfordert. Er ist bereits ein gutes Stück größer als ich, sein Brustkorb beginnt sich zu weiten und in seinen Augen blitzt Härte. Ich denke mir, dass Schukr bald nicht mehr seiner Herr werden wird und auch die Tage von Bargawans Kuratel sind gezählt! Der Kalif hasst Bargawan.«

»Gott möge für Recht sorgen, *ya Ustas*! Im Augenblick freilich sieht alles sehr düster aus und mir bleibt im Grunde nichts, als wieder einmal zu hoffen, dass der Sturm um mich sich legt. Ich weiß, dass manche mich die ›melkitische Verräterin‹ nennen und du weißt, welche Strafe auf Hochverrat steht! Seit Jahren überlegt Bargawan nun schon, ob er es sich erlauben kann, mich hinrichten zu lassen. Ich fürchte, dass er heute näher dran ist als je zuvor. Aber es scheint, dass ich mich daran gewöhnt habe!«

Sie lachte auf.

Ibn Yunis wiegte den Kopf und enthielt sich einer Antwort.

*

Wieder war der Sommer ins Land gezogen, als Ibn Yunis eines Morgens auf dem Heimweg vom Observatorium ins Wasserschloss kam und zu ihr sagte:

»Heute Abend werden die Planeten *Suhra, Merich, Mushtarie* und *Suhal* auf einer Konjunktionslinie mit der Sonne stehen. Wollt Ihr dabei zusehen, Prinzessin?«

»Ja, gewiss! Ich komme nach Karafa.«

Ihre Beziehung zu dem bei allem Glanz seines Geistes ein wenig

versponnenen Gelehrten war in letzter Zeit inniger geworden und sie freute sich den ganzen Tag auf das Schauspiel am Himmel.
Ein Kratzen an der Tür riss sie aus ihren Gedanken. Die auf dem kühlen Steinboden hingestreckte Katze Sitta hob den Kopf ob der unerwarteten Störung. Sitta sprang auf und dehnte sich, die Pfoten mit geöffneten Krallen weit von sich streckend. Dann setzte sie sich auf die Hinterpfoten. In den Raum trat der Türhüter. Hinter ihm zeigte sich die hohe Gestalt Midads.
»Komm nur herein, Midad!«, rief Sitt, ohne die Ankündigung des Türhüters abzuwarten und setzte sich auf. Sie wunderte sich ein wenig, denn für gewöhnlich trat Midad ohne Umstände bei ihr ein – außer er brachte Besuch. Aber dafür war es eine ungewöhnliche Stunde.
Der Eunuch stand vor ihr, sein dunkles Gesicht rätselhaft verschlossen. Er holte tief Luft, ehe er zum Sprechen ansetzte, um ihr mitzuteilen: »Erhabene Prinzessin, ich glaube, wir haben die geeignete Person gefunden, um Eure Geschäfte zu führen. Ich stelle Euch vor: Ali Ibn Ahmed Al Gargarai.«
Ohne ihre Zustimmung abzuwarten, traten er und der Türhüter gleichzeitig auf die Seite und gaben den Weg frei, damit der Angekündigte hereinkommen konnte.
Wie lange war es her, dass sie in diese Augen geblickt hatte? Ein Jahr, zwei Jahre? Ungezählte Male hatte sie sie vor sich gesehen und ebenso ungezählte Male hatte sie den Gedanken an sie zurückgedrängt. Längst hatte Sitt die Suche nach ihm aufgegeben und sich Medea als warnendes Beispiel genommen. Und jetzt stand er vor ihr! In diesem Augenblick fühlte es sich an, als wäre sein Erscheinen in ihrem Salon die natürlichste und unausweichlichste Sache der Welt. Deshalb fand sie bei aller Überraschtheit mit der Sicherheit einer Schlafwandelnden die richtigen Worte, ihn zu empfangen.

»Wenn Midad mir sagt, das ist der richtige Mann für meine Geschäfte, so habe ich keinen Grund, daran zu zweifeln. Nur will ich natürlich wissen: Wer ist dieser Mann, woher kommt er und was macht er?«

Er kniete nieder vor ihr und berührte mit der Stirn den Boden.

»Der Friede Allahs sei mit Euch, erhabene Prinzessin!«

»Und mit Euch, Meister Ali!«

»Eure drei Fragen sind klar und ebenso klar will ich sie beantworten: Ich bin Kaufmannssohn. Meine Familie stammt ursprünglich aus Gargaria bei Bagdad, zog aber später nach Basra. Ich bin nach Ägypten gekommen, um hier Geschäfte zu machen.«

»Mir kommt es vor, als habe ich Euch schon einmal gesehen, irre ich mich?«

»Nein, erhabene Prinzessin, Ihr irrt Euch nicht. Ihr habt mich in der Tat schon gesehen. Bei der Nilzeremonie, am ›Sitz des Königreiches‹.«

»So wird es wohl gewesen sein«, entgegnete sie geheimnisvoll.

Sie nickte und betrachtete ihn genauer. Er schien sich kaum verändert zu haben – die dunklen Augen mit dem leicht orientalischen Zug, die dichten Augenbrauen, die gut gebildete Nase und die weder zu vollen noch zu schmalen Lippen. Die Form seines Gesichts kam ihr heute ein wenig ausgeprägter vor als damals, wodurch sein kräftiges Kinn mit dem Grübchen deutlicher hervortrat.

›Ein Hermes‹, dachte sie, ›ein Reisender, ein Kaufmann. Aber ist er auch ein Götterbote? Ein Bote des Glücks und der Lust?‹ Sie rief sich zur Ordnung: ›Belass es fürs Erste beim Geschäftsmann! Als solcher steht er jetzt vor dir und behandle ihn als solchen. Denk an Medea!‹

»Hat mein Hofmeister Midad bereits angedeutet, wofür ich die Hilfe eines erfahrenen Kaufmanns brauche?«

»Euer Hofmeister sagte mir, ihr wolltet Eure Geschäfte über die Grenzen tragen. In beiderlei Hinsicht vermag ich Euch, wie ich meine, gut zu beraten. Von Basra aus stellte ich Karawanen in die Länder Sind und Hind auf und zweimal nach China. Wir beluden die Kamele mit Damaszener Klingen, Weihrauch, Gewürzen und edlen Brokaten; auf dem Rückweg brachten sie uns Elefantenzähne, die Häute und Zähne von Tigern, herrliche Seidenstoffe, medizinische Wurzeln und chinesische *Sauarich*. Habt Ihr schon einmal ein solches Feuerwerk gesehen?«

Sitt fielen ihr *Naurus*-Abenteuer und die Feuerräder ein. »Ich kenne die ägyptischen Feuerräder.«

»In den Ländern Sin, wo die Menschen so ganz anders aussehen als wir, mit breiten Gesichtern und schmalen Augen, da feiern sie ihre Feste auf die allerfantastischste Weise, mit unglaublichen Verkleidungen und ganzen Menschenzügen, die in der seidenen Haut von Fabelwesen stecken und diese zum Leben erwecken. Dazu brennen sie, sobald die Nacht sich herabgesenkt hat, ihre *Sauarich*. Es klingt, als pfiffen Kometen in den Himmel und sänken in Tausenden bunten Sternschnuppen wieder zur Erde herab. Dabei kracht es donnernd laut. Bei den Festen des Hofes und der Noblen von Bagdad sind solche Feuerschauspiele überaus begehrt.«

»Im Augenblick begnüge ich mich mit den leuchtenden Schauspielen, die der Himmel uns bietet, aber ich kann mir vorstellen, dass auch die Menschen Ägyptens an solchen Ergötzlichkeiten Gefallen finden würden.«

Die Sternstunde heute Nacht im Observatorium mit Ibn Yunis fiel ihr ein. Wie schön wäre es, mit diesem Mann die Sterne zu betrachten!

»Ihr könntet«, hörte sie seine ein wenig rauhe Stimme durch ihre Träumereien hindurch, »beispielsweise überlegen, die schillernden *Bukalamun*-Stoffe von Tinnis an die Fürstenhöfe des Fernen Ostens zu bringen. Es gibt auf der ganzen Welt nichts, das dem *Bukalamun* vergleichbar wäre. Bot nicht deshalb der Kaiser einst im Scherz Eurem Vater an, er wolle ihm hundert Städte des byzantinischen Reiches geben im Tausch für die einzige Stadt Tinnis?«

»*Bukalamun*«, nickte Sitt. »Das wäre ein erwägenswertes Unterfangen. – Ja, Vorschläge solcher Art wünsche ich mir! Ich kann nicht klagen über mein Vermögen noch über meine Apanage. Für mich und meinen Hof hätte ich damit mehr als genug. Doch habe ich viele Dinge vor und dazu werde ich Geld brauchen, viel Geld. Was denkt Ihr, Meister Ali – wollt Ihr in meinen Dienst treten?«

Er verbeugte sich, ergriff ebenso kühn, wie er Sitt zuvor angesehen, ihre Hand, küsste sie und erklärte: »Es gibt nichts, was ich lieber täte, Herrin!«

»So sei es. Morgen, wenn die Sonne auf halbem Weg zum Mittag steht, werde ich Euch in meinem Arbeitszimmer erwarten. Der Friede sei mit Euch!«

»Und mit Euch, Herrin.«

*

Nachdem der Türsteher ihn hinausgeleitet und sich die Tür hinter beiden geschlossen hatte, sagte Sitt zu Midad:

»Das war wirklich eine Überraschung, aber auch ein Schock für mich! Glücklicherweise ist alles gut gegangen.«

Midad strahlte über sein glänzendes, gutes Gesicht.

»Vergebt mir, Herrin, aber ich dachte, nach all den bösen Überraschungen täte es Euch wohl, endlich wieder einmal eine gute zu erleben.«

»Wie wahr, du *Scheitan*. Was täte ich ohne dich!«
Sie lachte, zog sich einen schweren, goldenen Ring vom Finger und warf ihn Midad hin, der ihn grinsend auffing.
»Das ist nur ein Zeichen. Wenn sich dieser Mann tatsächlich als fähiger Führer meiner Geschäfte erweist, so soll von allen Gewinnen, die er mir bringt, ein Teil von hundert dir gehören.«
Midads Mund zog sich noch weiter in die Breite. Seine Ahnung sagte ihm, dass er ein sehr reicher Mann werden würde.
»Grinse nicht!«, schalt sie ihn, wobei ihre Augen vor Mutwillen blitzten. »Ein Prozent nach Abgabe der Steuern! – Lass Takarrub kommen und das Feuer im *Hamam* entzünden!«

*

In bester Stimmung gab Sitt sich dem festen Zugriff der Hände des *Hamamgi* hin. Bedeckt von weichem Seifenschaum und von warmem Wasser umspült, ließ sie die Jahre des Kämpfens und des Schreckens hinter sich und fühlte sich hinübergetragen in ein neues Leben, in dem weder die Rivalität und Intrigen von Mutter und Großmutter ihr ganzes Sein bestimmen würden noch das Ringen um die Treue des Vaters angesichts des spätgeborenen Bruders. ›Im Grund habe ich immer dagegen angekämpft, verraten zu werden und nicht nur das: Da ich den Verrat nicht verhindern konnte, kämpfte ich an zweiter Front darum, den Verrat zu verbergen – vor mir selbst, vor jenen, die ihn begingen und vor aller Welt! Aber eines steht fest: Mich wird keiner mehr verraten – kein Vater, keine Mutter, kein Bruder, kein Wesir! Ich führe mein Leben fortan mit mir und für das, was mir richtig erscheint. Der einzige Verrat, der dann noch möglich wäre, käme von mir selbst und das verhindere Gott!‹
Sie gab sich dem Gefühl hin zu schweben und sie spürte, wie die

Fesseln sich lösten, die Fessel des Standes, der Sitte und der Pflicht. Sitt befreite sich selbst, auch wenn ein unsichtbarer, seidendünner, aber unzerstörbarer Faden sie auf Gedeih und Verderb an den Gang der Geschichte band.

*

»Der *Hamam* erwartet Euch, Herrin«, flüsterte es an Sitts Ohr.
Gemeinsam mit Amina betrat sie den *Hamam*. Mit Minzöl versetzte Duftschwaden schlugen ihnen entgegen. Sie setzten sich auf die Marmorbänke und öffneten ihre Tücher. Bewundernd betrachtete Sitt Aminas runde, üppige Weiblichkeit. Doch sie musste sich neben ihrer Milchschwester nicht verstecken. Auch wenn sie mit ihren dreißig Jahren die erste Jugend schon hinter sich hatte, konnte sie mit den Kunstwerken der großen alten Bildhauer wetteifern.
»Midad hat ihn gefunden!«
Amina wusste sogleich, wer gemeint war.
»Den Mann aus Mesopotamien?«
»Ja!«, rief Sitt. »Er wird meine Geschäfte führen.«
»Dann, *ya Habibti*«, meinte Amina, »hüte dein Herz!«
»Keine Sorge, meine Schwester, das ist mein fester Entschluss!«

*

Die Sonne stand blutrot hinter den Pyramiden und der Himmel verfärbte sich in einem Farbenspiel aus Indigoblau und leuchtendem Violett. Schwere Wolken türmten sich dort, wo über dem Mukattam die Nacht hereinbrach. Blitze zuckten zwischen ihnen hin und her. Einmal, zweimal grollte Donner.
Der Rand der Wetterfront lag ziemlich genau über dem Observa-

torium von Karafa. Sitt und Ibn Yunis schenkten dem dräuenden Wolkengebirge in ihrem Rücken von Zeit zu Zeit einen ehrfürchtigen Blick, aber ihre Aufmerksamkeit war nach Westen gerichtet, denn binnen Kürze würden, einer um den anderen, die vier Planeten der Konjunktion sichtbar werden. Ein leichter Abendwind hatte sich erhoben und strich kühlend über die Plattform der Sternwarte von Karafa. Mehrmals formte Ibn Yunis aus seinen Händen eine Röhre, um zu prüfen, ob nicht schon der erste Schimmer des *Merich* aufflammte. Sein lebenslang geschulter Blick konnte Tausende Körper und Nebel am Firmament unterscheiden und für jeden hatte er einen Namen parat.

»Prinzessin, da ist er!«

Und er stellte sich hinter Sitt und wies ihr, seinen Arm nahe an ihrer Wange, mit der Hand die Richtung.

Sitt strengte die Augen an und, ja, da sah sie ihn aufblitzen, den roten himmlischen Krieger.

Die Sonne, die Herrin der vierten Sphäre des Kosmos, begann ihren Abstieg unter den Horizont. Jetzt erschien bläulich aufstrahlend die *Suhra,* Stern der dritten Sphäre und Triebkraft für Liebe, Sehnsucht und Eitelkeit. Als nächster Planet der Konjunktion leuchtete in dem dichter werdenden Getümmel der Himmelslichter der fröhliche Wandelstern *Mushtarie* auf, der Gigant der sechsten Sphäre und Freund allen Wachstums. Und schließlich, kaum sichtbar und nur deshalb für Sitt erkennbar, weil er auf der Fortsetzung der gedachten Linie von der Sonne zu den anderen Planeten stand, zeigte sich *Suhal,* der Furcht verbreitende Hüter der äußersten, der siebten Sphäre; der Kronos der Griechen, der Herr der Zeit, der die eigenen, ihm vorauseilenden Kinder frisst.

Sitt Al Mulk starrte voll Staunen auf das seltene Zusammentreffen. Und als das rote Restlicht der Sonne verschwand, da hörte sie Ibn Yunis' heisere Stimme: »Seht Euch um, *ya Amira*!«

Da trat, inmitten eines weißen Strahlenhofes, aus den Wolkengebirgen leuchtend der *Hilal* hervor, das zunehmende Gestirn der ersten Himmelssphäre, das Gestirn der Wiederkehr der Monate, der Fruchtbarkeit von Frauen und Feldern.

»Was hat dieses Zusammentreffen zu bedeuten«, flüsterte Sitt.

»Unruhige Zeiten, aber ein gutes Ende!«, antwortete Ibn Yunis vieldeutig, ohne den Blick vom Himmel zu nehmen.

»Amina erzählte mir vor einiger Zeit, eine Wahrsagerin habe ihr prophezeit, sie würde Königin werden. Sie wagte zunächst gar nicht, es mir zu sagen. Vermutlich meinte sie, es würde mich treffen. Aber was kann mich noch treffen! Im Übrigen« und dabei legte sie die Hand auf den Arm des Astronomen und sah ihn herausfordernd an, »im Übrigen hat ja der erste unter den Hofastronomen mir ebenfalls prophezeit, dass mein Mann einst das Reich regieren würde.«

»So ungern ich das einer Wahrsagerin zugestehe, aber die Frau hat recht. Ich weiß von der Bestimmung der Prinzessin Amina, Königin zu werden. Und, *ya Amira*, es stimmt, was ich Euch gesagt habe. Um genau zu sein: Ihr werdet regieren *und* Euer Mann wird regieren.«

»Und was hast du für das Land Ägypten errechnet?«

»Eine lange, schwierige Strecke steht bevor.«

»Was bedeutet das für mich?«

»Das, was es für uns alle bedeuten wird: schwierige Zeiten, bis alles so übereinstimmt, wie es der Himmel uns heute zeigt.«

»Dabei war es doch bis jetzt schon schlimm genug!«

»Das war erst der Anfang. Alles, was zu schnell dem Ziel zustrebt, stößt an *Suhal*, den unbestechlichen Wahrer der Grenze und zugleich Hüter dauernder Entfaltung.«

»*Ya Rab!*«, rief sie zum Himmel. Bei sich aber dachte sie: ›Es muss besser werden! Ich glaube nicht die Geschichten über Amina, mich und unsere Männer. All das zusammen ist unmöglich! Nein, Ibn Yunis muss sich verrechnet haben!‹

Als wäre er ihren Gedanken gefolgt, meinte der Astronom:

»Auch unter Menschen gibt es Konjunktionen, so erstaunlich und ebenso unaufhaltsam wie die, die sich uns heute am Himmel zeigt.«

Sitt erschauerte und der Mesopotamier Ali fiel ihr ein, den sie an diesem Abend so gerne neben sich gehabt hätte.

›Ich fühle, er ist mein Schicksal. Aber wie kann das sein?‹, dachte sie erschrocken. ›Etwas in mir wartet noch immer auf Nour! Wie passt das alles nur zusammen?‹

Wieder schien Ibn Yunis erraten zu haben, was ihr durch den Kopf ging.

»Wer hätte noch zum Zeitpunkt Eurer Geburt gedacht, *ya Amira*, dass Euer Vater binnen fünf Jahren Herrscher werden würde? Kalif Al Muizz stand damals in der Blüte seiner Manneskraft und Kronprinz Abdallah war zu einem starken jungen Mann herangewachsen. Und wenn Ihr Euch weiter zu erinnern geruht, so wurde schon Eurer Mutter, als sie mit Euch schwanger ging, prophezeit, dass dieses Kind einst herrschen würde. Bis zuletzt waren Theodora und der Hof deswegen überzeugt, sie würde einen Knaben gebären. Groß war die Verwunderung, als ein Mädchen auf die Welt kam und dennoch nannte Euch Euer Vater, weil er seinen Astrologen vertraute, Sitt Al Mulk, *Herrin des Reiches*. ›Wenn sie kein Herrscher wird‹, so sagte er damals, fünfzehnjährig, ›dann wird sie eben eine Herrscherin!‹«

Sitt holte tief Luft: »Es wird sich alles zeigen«, sagte sie und gab sich alle Mühe, ihre Aufmerksamkeit wieder dem Himmel zuzuwenden.

*

Am darauffolgenden Tag meldete ihr der Türsteher pünktlich den Besuch des Irakers.
Sitt erwartete ihn bereits an ihrem Schreibtisch, vor sich ein von eigener Hand beschriebenes Blatt. Kurz nach dem Morgengebet war sie mit dem Verwalter Ragai ihre Güter und Unternehmungen durchgegangen und hatte sich jene notiert, wo wenig Gewinn oder sogar Verlust entstand. Manche aber hatte sie mit Absicht in der Liste ausgelassen: die wenig Gewinn bringenden Badeanstalten etwa, die als Wohltat fürs Volk gedacht waren und nicht, um ihren Reichtum zu mehren. Auch die Gärten des Kafur standen nicht auf der Liste, obwohl sie zu den Verlustgeschäften zählten. Zwar lieferten die Obsthaine des Kafur ein nicht geringes Einkommen, doch reichte dieses nicht aus, um die für den Lustgarten anfallenden Ausgaben zu decken.
Nach solchen und ähnlichen Gesichtspunkten waren sie alles miteinander durchgegangen und nun hatte sie eine Aufstellung jener Besitztümer vor sich, die sie dem Mesopotamier vorlegen wollte, damit er daraus zwei auswähle, um ihr an ihnen seine geschäftlichen Fähigkeiten zu beweisen.
Nachdem der Türhüter sie allein gelassen hatte, forderte sie den Mann ohne Umschweife auf: »Tritt näher, Meister Ali! Ich möchte, dass Ihr Euch das anseht.«
Damit reichte sie ihm die Aufstellung. Während er vor ihrem Tisch stand und las, legte sie ihm ihre Vorstellungen dar.
»Ich biete Euch an, von diesen Gütern und Unternehmungen zwei auszuwählen. Ihr würdet von mir freie Hand erhalten, nach Gutdünken mit ihnen zu schalten und zu walten und mir nach dem Schlachtopferfest – das sind nahezu sechs Monate – zu berichten, was Ihr erreicht habt.«
Während er die Liste durchging, sah sie ihn sich genauer an. Seine Kleidung war aus Stoffen von hoher Güte, ansonsten aber ein-

fach, wie es einem Kaufmann geziemte. Über einer schmucklosen, am Hals geknöpften, weißen Galabia trug er einen dünnen, feingewebten Mantel mit schmalen silbernen Borten. Ein weißer Turban bedeckte sein Haar. Ein goldener Ring ohne Stein, jedoch mit einem Zeichen, das sie nicht erkennen konnte, stak an dem kleinen Finger seiner linken Hand. Seine Hände waren von angenehmer, männlicher Größe. Dass er mit ihnen zupacken konnte, hatte er ja bereits gezeigt, als er sie am Sitz des Königreiches hielt. Seine Finger waren lang und sehnig.

Er sah von dem Blatt auf.

»Was haltet Ihr von diesem Angebot?«

»Euer Vorschlag, Herrin, ehrt und reizt mich. Meine Wahl wäre bereits getroffen.«

»Und?« Sie sah ihn erwartungsvoll an.

»Ich würde Eure Schiffswerft in *Kulsum* übernehmen und die Gärten des Kafur.«

»Aber die Gärten stehen doch nicht zur Wahl!«

»Das habe ich gesehen. Doch ich weiß, so wie jedes Kind in Misr, dass Ihr einen herrlichen Lustgarten habt, dessen Erhaltung sehr kostspielig ist. Die an ihn anschließenden Haine könnten mehr Ertrag liefern – der, wie ich annehme, ja dem Lustgarten zufließt –, wenn ihre Bewässerung verbessert würde. Das ließe sich bewerkstelligen, indem man die vom *Khalig* hereinführenden Zuleitungskanäle erweitert. Und daraus ergäbe sich ein zweiter Nutzen: Es ist Euch ja sicherlich bekannt, dass die Wasserversorgung in Al Kahira nicht so gut ist, wie sie sein könnte. Die Stadt wurde binnen weniger Jahre aus dem Erdboden gestampft und es führen keine Bewässerungskanäle herein. Die Menschenketten von Wasserträgern sind keine dieser herrlichen Stadt angemessene Lösung. Das aber soll nicht meine Sorge sein. Allerdings könntet Ihr aus diesem Sachverhalt Gewinn ziehen, indem Ihr die Bewässerungskanäle, die vom *Khalig* in die Haine des Kafur führen, nicht nur erweitern, sondern bis in die Stadt hereinziehen ließet. Das Wasser wäre für gutes Geld an die nahen Paläste der Prinzen und Wesire zu verkaufen. Jeder von ihnen bezahlt jetzt allein zur Bewässerung der Pflanzen auf den Dachterrassen ein Vermögen.«

Es gefiel Sitt, dass er nicht nur eingehende Erkundigungen über ihren Besitz eingezogen hatte, sondern auch den Mut besaß, ihr zu widersprechen.

Eine der großen Schwierigkeiten, mit denen ihr Vater nach dem Tod des unvergleichlichen Wesirs Yakub Ibn Killis zu ringen hatte, war, dass es außer ihr niemanden mehr gab, der bereit war, ihm seine tatsächliche Meinung zu sagen. Alle verfolgten irgendwelche Interessen, doch den Kalifen gut zu beraten gehörte nicht dazu.

Trotzdem hatte sie einen Einwand.

»Aus welchen Mitteln gedenkst du die Bauarbeiten zu bezahlen?«

»Damit die Schuld abgedeckt ist, würde ich die Ernte der Haine auf drei Jahre verpfänden und zwar mit der Aussicht auf steigenden Ertrag. Es sind Bäume mit kostbarer Frucht, die Kafur in seinem Garten ansetzen ließ: Kastanien, Granatäpfel und Bananen. Da der Geldgeber jedoch auch noch etwas an dem Geschäft verdienen will, würde ich ihm für weitere zwei Jahre jeweils ein Drittel des Ertrages zugestehen.«

»Und wovon soll ich inzwischen die Erhaltung des Lustgartens bezahlen?«

»Zum Teil aus den Einnahmen durch den Wasserverkauf. Zum Teil aus den hohen Gewinnen, die die Werft von *Kulsum* binnen weniger Monate abwerfen wird.«

»Und wie soll das möglich sein?«

»Das Rote Meer ist inzwischen dermaßen von Piraten verseucht, dass jede Schiffsreise ein großes Wagnis geworden ist. Das gilt für die reich beladenen Handelsschiffe, die die Häfen des *Hidschas* und Indien und China ansteuern ebenso wie für die Schiffe der Pilger auf dem Weg nach Mekka. Bewaffnete Wachen auf den Schiffen reichen nicht mehr aus, die Piraten abzuschrecken, die mit ihren wendigen, kleinen *Marakeb* längsseits gehen, die Schiffe entern und im Handgemenge die Besatzung überwältigen. Man sollte die Schiffe auf dem Roten Meer nach dem Vorbild der Flotte von Byzanz mit griechischen Feuerwerfern ausstatten, damit die Piratenschiffe gar nicht erst herankommen können. Und eben das könnte in Eurer Werft in Kulsum gemacht werden.«

»Aber bei wem willst du das Geld für den Kanalbau aufnehmen?«

Er sah sie freimütig an. »Bei Euch, Herrin!« Er wartete kurz, ob sie etwas sagen würde und fuhr dann fort: »Oder seid Ihr gewillt, den Gewinn aus dem Ertrag der Haine des Kafur einem anderen zu überlassen?«

Sitt musst laut auflachen. »Ich will sehen, ob ich das Geld für den Kanalbau zusammenkratzen kann!«

»Ich könnte mich beteiligen, wenn es sein muss.«

»Da es unsere erste Zusammenarbeit ist, will ich dir das nicht zumuten. Dennoch sollst du an den Gewinnen beteiligt sein. Was würdest du sagen, wenn ich dir ein Zehntel anbiete – vor Entrichtung der Steuern.«

»Ein Sechstel«, setzte er dagegen. »Damit wäre ich zufrieden!«

»Nun, ich will nicht feilschen! Wenn unsere Vorhaben sich gut entwickeln, so nehme ich dein Angebot, dich mit Geld zu beteiligen, gerne an. Dann, *inscha'allah,* wird auch für dich der Gewinn ein erklecklicher sein.«

»*Inscha'allah!*«

Sie einigten sich darauf, wie die gemeinsame Arbeit vonstatten gehen und wann Ali beginnen sollte. Bevor Sitt ihn entließ, hatte sie noch eine letzte Frage an ihn.

»Was ist das für ein Zeichen auf deinem Ring?«

Er hob die Hand und betrachtete kurz den Schmuck.

»Ich hoffte, Ihr würdet die Frage stellen. Wenn ich für Euch tätig bin, so ist es Euer Recht, es zu erfahren. Es ist der achteckige Stern, ein Zeichen der *Brüder der Reinheit*. Die Männer meiner Familie sind schon seit Generationen in dem Bund. Dieser Stern ist das Symbol für die acht Elemente, aus denen Gott sich bildet und die Acht ist die Grundlage der Zahlenlehre der Sufis.«

»Ich würde gerne mehr darüber erfahren. Mir wurde berichtet, dass mein Bruder, der Kalif, die Bücher der Brüder der Reinheit liest. Es bereitet mir Sorge, dass er sich ohne Führer in solche Tiefen wagt.«

Der Mann schwieg.

Sie stand auf, trat auf den Altan und sah durch das Maschrabia-Gitter in ihren Garten. Zwischen den Kronen der Bäume und Palmen blitzten die Kuppeln des Palasts der Menschenvögel hervor.

»Ich habe mich bemüht, meinem Bruder zu zeigen, dass er in der Philosophie festen Halt finden und ergreifen muss, ehe er in die Mystik eintaucht. Ich frage mich, ob ich es ihm gut genug beibringen konnte. Ibn Yunis bemüht sich, ihn in der Astronomie und Kosmologie zu verankern, doch er hat niemanden, der ihn dabei unterstützt. Mich beunruhigt die Vorstellung, dass es meinen Bruder von Natur aus stark zum *Batin* zieht. Da genügt es nicht, wenn einer allein ihn im *Zahir* zu halten versucht. Ich mache mir große Sorgen.«

Sitt Al Mulk war selbst überrascht über ihre Offenheit einem Fremden gegenüber. Sie sprach sonst nur mit ihren Vertrauten über den Bruder. Als sie sich wieder umdrehte, stand der Mann

aus Mesopotamien hinter ihr, die Augen mit dem gleichen Blick auf sie gerichtet wie damals am Sitz des Königreiches.
Für einen Herzschlag gestattete sie sich, in diesem Blick zu versinken. Dann hatte sie sich wieder im Griff.
Ali Ibn Ahmed reichte der kurze Moment der Hingabe, um zu verstehen, dass sie sich ihm zugehörig, aber nicht hörig fühlte. Das aufflammende Begehren wich aus seinen Augen und gab einem Ausdruck der Hochachtung Platz.
Sie ging ihm zur Tür voraus. Er verbeugte sich tief, ergriff ihre Hand und küsste sie.

*

Der Sommer ging ohne größere Aufregungen dahin. Ein einziges politisches Ereignis ließ Sitt aufhorchen und sie musste, wenn auch widerstrebend, Bargawan dafür Anerkennung zollen: Er schickte den Christen Fahd Ibn Ibrahim, der in der Regierung als Sekretär tätig war, mit einer Delegation zum Patriarchen Aristos nach Jerusalem. Fahd sollte den Onkel Sitts und Al Hakims darum bitten, er möge als Führer mit dieser Delegation nach Konstantinopel reisen, um dort mit dem Kaiser Verhandlungen über die Erneuerung des alten Waffenstillstandes zwischen Byzanz und dem Fatimidenreich aufzunehmen. Auf diese Weise trieb Bargawan die für das Reich so wichtige Wiederherstellung friedlicher Verhältnisse in Syrien voran.
Für Sitt war es eine ruhige Zeit und sie stellte verwundert fest, dass ihr das Leben fern den Verpflichtungen und Ärgernissen der Politik durchaus gefiel. Hie und da zeigte sie sich zwar noch in den Sitzungen des Maglis, um ihren Anspruch an der Teilnahme nicht zu verwirken, doch ansonsten hielt sie sich aus dem öffentlichen

Leben heraus. Tatsächlich geschah, was sie erwartet hatte: Mit der Zeit verstummten die üblen Nachreden.

Zugleich erfreute es sie, zu beobachten, wie tatkräftig ihr neuer Helfer die übernommenen Verpflichtungen anpackte. Binnen Tagen war der Erdaushub zur Vergrößerung des ersten Kanals in ihren Hainen in Angriff genommen. Die Arbeit ging schnell voran und bald war der Kanal fertiggestellt und führte unter der Umfassungsmauer ihrer Gärten hindurch in die Stadt. Fast täglich wurden Verträge über die Wasserentnahme mit den Besitzern von Palästen in der Umgebung abgeschlossen und bald würden die ersten Geldbeträge aus dem Wasserverkauf einfließen. Von den einzelnen Palästen aus wurden unterirdische Kanäle zu jener Stelle geführt, wo Sitts Kanal endete und binnen vier Wochen erfolgten die Durchstiche. Und schon befahl Ali Ibn Ahmed den Bau des zweiten Kanals.

Davon überzeugt, dass er die Oberaufsicht nun seinem Baumeister überlassen konnte, trat Ali Ibn Ahmed die Reise nach Kulsum an. In der Hafenstadt am nördlichen Ende des Roten Meeres hoffte er auf jene zwei Ingenieure aus Antiochia zu treffen, die ihm als Meister in der Bestückung von Schiffen mit griechischen Feuerwerfern empfohlen worden waren.

*

In der Kalifenstadt setzte wie jedes Jahr erneut der Festreigen ein, doch dieses Mal dicht gedrängt, da die christlichen und muslimischen Kalender so ineinandergriffen, dass die großen Feste des muslimischen Mondjahres genau in die Zeit der großen Feste des christlichen Sonnenjahres fielen. Sitt nahm an den Festlichkeiten teil und stellte beruhigt fest, wie sicher und gewandt der junge Kalif in allem erschien, was er tat. Dennoch stimmte sein Anblick sie traurig, denn weiterhin umgab ihn Bargawans Eunuchenmauer, die jede Annäherung zwischen ihr und ihrem jüngeren Bruder unmöglich machte.

Einzig von Olga erfuhr sie, wie es um den Kalifen stand. »Er ist mir sehr zugetan«, bemerkte diese, leicht errötend, bei einer solchen Gelegenheit und Sitt gewann den Eindruck, dass der Schatten der Gleichgültigkeit, der über der jungen *Rus* gelegen hatte, sich allmählich lüftete.

Die Frage nach einer möglichen Schwangerschaft unterdrückte Sitt, wusste sie doch nur allzu gut, dass diese wie ein ständiger Alptraum über jeder Konkubine und jeder Gattin hing. Das Mädchen machte seine Aufgabe offensichtlich gut und der Kalif schien mit ihr glücklich zu sein. Alles andere würde sich ergeben.

*

Mit dem Ende des Schlachtopferfestes kam die Zeit, dass Ali Ibn Ahmed der Prinzessin Bericht erstatten sollte über seine Arbeit. Sitt wusste bereits, dass der Ausbau ihrer Kanäle ein großer Erfolg war. Ihr Verwalter meldete einen so großen Geldzufluss, dass sich damit ein nicht geringer Teil der Kosten ihres Parks begleichen ließ.

Aber ein noch größeres Geschäft schien der Mesopotamier gewittert zu haben, als er Sitt empfahl, auf ihrer Werft Schiffe mit griechischen Feuerwerfern auszurüsten. Schon berichteten erste, sicher heimgekehrte Pilger voll Begeisterung davon, wie nahende Piratenschiffe beim Anblick der neuen Waffe das Weite gesucht hatten, denn jeder Seemann wusste, dass ein einziger Treffer mit dem brennenden *Naft* die hölzernen Schiffe wie Fackeln in Brand setzte.

So war Sitt denn auch überaus zufrieden, als der Mesopotamier ihr in allen Einzelheiten die Ergebnisse seiner Tätigkeit darlegte.
»Was du im vergangenen Halbjahr zustande gebracht hast, Meister Ali, gibt mir guten Grund, dir weitere Geschäfte anzuvertrauen und, wie ich dir bereits ankündigte: In Zukunft steht es dir frei, dich mit eigenem Geld am Gewinn zu beteiligen.«
»Eure Zufriedenheit erfreut mein Herz und Euer Vertrauen macht mich stolz, *ya Amira*. Ich stehe zu Euren Diensten.«
»Lass uns über alles Weitere sprechen, wenn die letzten großen Feste der Christen vorbei sind.« Sie stand von ihrem Schreibtisch auf und setzte sich auf einen Diwan. Mit einer Handbewegung wies sie ihm einen Platz ihr gegenüber an. »Aber sag: Wie ergeht es dir hier, so weit weg von deiner Heimat, getrennt womöglich von Frau und Kindern?«
Längst hatten ihre Leute in Erfahrung gebracht, dass er in Misr außer seinem Bruder offenbar keine Angehörigen hatte. Auch ihre Nachforschungen in Basra hatten nichts ergeben, was sie beunruhigte oder traf; dennoch wollte sie es von ihm selbst hören. Angespannter als sie erwartet hatte, sah sie seiner Antwort entgegen.
»Ich habe weder Frau noch Kind«, antwortete er ruhig und zog dabei in einem Anflug von Befremden und Amüsement die Augenbraue leicht hoch.
»Und deine Eltern?«
»Mein Vater ist vor langer Zeit von uns gegangen, meine Mutter folgte ihm vor drei Jahren. Ich habe zwar Geschwister von den anderen Frauen meines Vaters, aber nur einen Bruder, Mohammed, von meiner Mutter. Er ist vier Jahre jünger als ich und lebt mit mir in Misr.«
»Und wie viele Jahre zählst du?«
»Einunddreißig, *ya Amira*.«

›Zwei Jahre älter als ich!‹, dachte Sitt. ›Ein guter Unterschied.‹
»Willst du in Ägypten bleiben?«
»Als ich herkam, war ich unsicher. Mein Bruder und ich dachten zunächst, ein, zwei Jahre zu bleiben. Aber als ich, sehr bald nach unserer Ankunft vor fast drei Jahren, nach der Salbung des Nilometers am ›Sitz des Königreiches‹ war, da wusste ich, dass ich mein Leben lang in Ägypten bleiben würde.«
Er lehnte zwanglos in den Polstern des Diwans, die goldene Gebetskette locker in der Hand. Sein Blick lag ruhig auf ihr und Sitt war sich sicher, dass er es ehrlich meinte. Ihr Herz hatte bei seinen Worten begonnen, höher zu schlagen. Am liebsten hätte sie sich ihm in die Arme geworfen, so groß waren ihre Gefühle für ihn. Doch stattdessen begnügte sie sich mit einem Lächeln.
»Erzähl mir vom Leben in Basra!«
»Es ist schön, in einer Hafenstadt aufzuwachsen und ganz vergisst man nie den Duft des Meeres, der einen dort ständig umweht. Wann immer ich hier ins Freie trete, vermisse ich etwas und einen Moment lang frage ich mich, was es ist – bis es mir wieder einfällt: Das Meer! Es ist die Feuchtigkeit in der Luft und der Geruch von Salz, von Tang und Fischen, aber auch das ewige Rauschen.
Mein Bruder und ich wohnten mit meiner Mutter in einem eigenen Haus. Mein Vater war wohlhabend genug, um jeder seiner drei Frauen ein Haus schenken zu können, damit es keinen Streit gab zwischen ihnen. Zwei Tage in der Woche verbrachte er mit jeder seiner Frauen und am siebenten Tag blieb er in seinem Haus.
An den Tagen, an denen er bei uns wohnte, da war er sehr aufmerksam. Er brachte uns zum Erzählen, hörte gut zu und wenn sich unsere Mutter dazusetzte, so wurde es sehr lustig mit ihm. Meine Mutter war seine dritte und jüngste Frau. Sie war fett und von heiterem Gemüt und ich glaube, dass es ihm bei uns am besten gefiel, doch er hielt sich an seine Verpflichtung gegenüber

den anderen Frauen. Jedenfalls brachte er uns und unserer Mutter immer schöne Geschenke mit und wir stellten uns vor, dass unsere die allerschönsten waren. Heute weiß ich nicht, wie es wirklich war, aber meine Mutter schien jedenfalls zufrieden.«

»Und du hast im Geschäft deines Vaters gelernt?«

»So ist es. Ab meinem zwölften Jahr half ich ihm in seinem Kontor, der den Lagerhäusern angeschlossen war. In meinem achtzehnten Jahr nahm ich zum ersten Mal an einer Karawane teil. Sie zog durch ganz Persien und ging bis nach Samarkand. Wir waren fünf Monate unterwegs, aber ich werde keinen Ort vergessen, nicht die großen und auch nicht die kleinen und schon gar nicht die blaue Hauptstadt Timurlans, die Perle des Ostens. Wir waren sehr erfolgreich gewesen, denn nicht nur, dass wir unsere Güter zu den allerbesten Preisen losschlagen konnten, sondern wir hatten auch das Glück, von einer Karawane aus China mit einem Schlag zwanzig Kamelladungen kostbarster glasierter Tonware zu erwerben, die so fein war, dass man durch sie fast hindurchsehen konnte. Mit dieser wertvollen Ware und dreißig weiteren Ladungen an schönen Seidenstoffen und gefärbten Seidengarnen machten wir uns in bester Stimmung angesichts des erwarteten Gewinns auf den Rückweg. Vielleicht hatte uns der Erfolg der Reise zu sorglos gemacht, denn ein Stück nach Bukhara ereilte uns das große Unglück.

Wir hatten uns gerade für die Nacht niedergelassen, die Feuer waren entzündet worden und jeder holte seine Essensvorräte hervor. Ich hatte mich bei einigen anderen Kaufleuten aus Mesopotamien, zwei von ihnen aus Basra, eingerichtet. Ich setzte mich nicht gleich zu ihnen, sondern drehte eine Runde ums Lager. Plötzlich erhob sich ringsum Kampfgebrüll, Fackeln loderten auf und ein Haufen säbelschwingender Männer stürzte sich zuerst auf unsere Wächter und dann auf die Händler und die Reisenden, unter ihnen einige Frauen. Ich hatte Glück, denn sowie ich bemerkte, dass wir überfallen wurden, lief ich hinaus ins Dunkel der Nacht. Ich hörte die Hilferufe der Frauen und Todesschreie von Männern und das Blut stockte in meinen Adern. Aber was hätte ich tun können? Und so lief ich weiter und weiter in der Hoffnung, irgendwo in der Schwärze auf ein Dorf zu stoßen und Hilfe zu finden. Doch vergeblich. Als ich schließlich über eine Wurzel oder einen Stein stolperte und hinfiel, blieb ich liegen und irgendwann muss ich eingeschlafen sein.

Im Morgengrauen weckte mich eine Berührung an meiner Hand. Ich schrak auf und vor mir standen zwei Hunde und ein vornehm gekleideter Mann mit einem auf mich gerichteten Bogen. Wie ich dann erfuhr, war der Fremde der *Amir* der Gegend. Gemeinsam mit ihm und seiner Gefolgschaft ritt ich zu dem Ort des Unglücks. Der Anblick, der sich uns bot, war erschütternd. Sieben Männer waren fort, die Frauen alle verschwunden. Ebenso wie die Kamele und natürlich unsere Güter. Die Feuer waren, wie wir sehen konnten, ausgetreten worden und überall lagen zerrissene und beschmutzte Kleider herum.

Ich war unendlich verzweifelt und fühlte mich elend, als Einziger den Räubern entkommen zu sein, so als hätte ich meine Mitreisenden verraten.

Wir nahmen die Verfolgung auf, denn viele meiner Reisegefährten schienen nicht tot zu sein, sondern nur verschwunden.

Enttäuscht mussten wir nach langem Suchen schließlich aufgeben. Ich beschloss, nach Hause zurückzukehren, doch ich hatte kaum noch Geld. Der Rückweg durch Persien war schwierig, da die Karawanen an alle möglichen Orte gingen, nur nicht nach Isfahan, von wo aus es nicht mehr allzu weit nach Basra gewesen wäre. Irgendwann hatte ich auch den letzten Dirham verbraucht und musste mein Kamel verkaufen.

Ich blieb dann ein Jahr in Hamadan und nahm die verschiedensten Arbeiten an, bis ich wieder genug Geld beisammen hatte, um die letzte Etappe nach Basra zurückzulegen.
Als ich heimkam, war ich fast zwei Jahre unterwegs gewesen. Mein Vater war inzwischen gestorben – vor Gram um mich, wie meine Mutter mir sagte. Sie selbst schien in der kurzen Zeit um zehn Jahre gealtert.
Die sonderbare Fügung des Schicksals war, dass die überlebenden Männer unserer Karawane, sofern sie nicht mehr jung waren, von den Räubern nach der Flussüberquerung freigelassen wurden und ihren Weg schneller zurück nach Mesopotamien fanden als ich. Nachdem einer der beiden Kaufleute aus Basra zu Hause angekommen war, suchte er meine Mutter auf. Da ich noch nicht wieder zu Hause war, dachten alle, ich wäre umgekommen oder in die Sklaverei verkauft worden. Es war ein Verhängnis, für das ich nichts konnte und dennoch haftet an mir die Schuld am verfrühten Ende meiner Eltern.«
Während Ali Ibn Ahmed erzählte, war sein Blick in die Ferne der Erinnerung gerichtet gewesen. Jetzt kehrte er zurück und sah die Prinzessin an.
Sitt war dem Bericht mit Spannung gefolgt. Seine Geschichte hatte bewirkt, dass sich ihr Herz ihm noch mehr öffnete. Sie erwiderte seinen Blick mit einem Lächeln.
»Jetzt habt Ihr mir so lange zugehört – wollt Ihr mir nicht auch von Euch erzählen?«
Sie legte den Kopf nachdenklich schief.
»Mein Leben lässt sich in einem Satz zusammenfassen – oder aber es sind hundert Stunden nicht genug dafür.«
»Und wie würde der Satz lauten?«
»Sie hat gekämpft für ihren Vater, gekämpft um das Reich und am Ende wofür?«

»Alle Menschen in Ägypten wissen, wie Euch mitgespielt wurde, *ya Amira*. Und sie hoffen für Euch und für sich selbst, dass der böse Blick, den die Intrige über Al Kahira geworfen hat, endlich gebannt werde.«
»Das Volk weiß, auf wen es sich verlassen kann. Wir werden sehen!«
Sie erhob sich von ihrem Diwan. Wie gern hätte sie ihn aufgefordert, zu bleiben, doch sie spürte, dass es dafür noch zu früh war. Doch sie wusste, bald würden ihre Nächte nicht mehr einsam sein.

*

Sitt hatte sich zur Nachmittagsruhe hingelegt und war eingeschlafen, als Lärm aus dem Garten durch die geschlossenen Fenster zu ihr drang. Die Katze schrak auf und hüpfte vom Bett, um darunter zu verschwinden. Sitt stand auf, fuhr sich durchs Haar und stieß in der Tür fast mit Midad zusammen. Der gleichmütige, heitere Nubier war völlig außer sich. So hatte ihn Sitt selten erlebt.
»*Ya Amira!* Erhabene Herrin. Etwas Schreckliches geht in Eurem Garten vor sich!«
»Aber sag, was ist denn!«
»Unser Herr, der Kalif …«
»Was ist mit dem Kalifen?«
»Unten in Eurem Garten … es tobt ein fürchterlicher Kampf zwischen Eurem Bruder und dem Wesir Bargawan!«

11
Der Drache

Eine Menschenansammlung hatte sich gebildet, die Sitt den Blick auf das Geschehen versperrte, als sie mit flatterndem Kleid und ohne Umhang auf dem schnellsten Weg durch den *Iwan* und über die Gartenterrasse herbeigeeilt kam. Midad war dicht hinter ihr und half ihr, sich durch die Menge von Würdenträgern und Gärtnern, von Wachen, Eunuchen und Dienerinnen einen Weg zu bahnen. Nach einigem Schieben und Drängen stand sie vor den beiden Kämpfenden und war fassungslos angesichts dessen, was sie hier sah. Vor ihr auf dem Boden lag, von Waffenhieben überzogen und zerfleischt, der verkrümmte Körper des Wesirs Bargawan. Daneben stand, mit abwesendem Blick, in blutbespritztem weißem Anzug und auf eine Lanze gestützt, ihr Bruder, der Kalif. Hinter ihm sein Sonnenschirmträger Raidan und rundum ein Dutzend von Hakims slawischen Eunuchen mit gezogenen, blutigen Schwertern. In dem Kreis befanden sich auch mehrere Falkner. Auf ihren dick behandschuhten Händen hockten seltsam unbeteiligt die großen Vögel, die aufgrund der ledernen Häubchen, die sie trugen, nichts sehen konnten.

Sitt stürzte auf den Bruder zu, ergriff seine Schultern und bemühte sich, seinen Blick einzufangen. Mit heiserer Stimme flüsterte sie.

»Ist dir auch nichts geschehen, *ya Habibi?* Wie konnte Bargawan es wagen!«

Als er nicht antwortete, schüttelte sie ihn heftig. Der Fünfzehnjährige überragte sie nun schon fast um Haupteslänge. Langsam kehrte sein Blick aus der Ferne zurück. Erst jetzt schien er die Schwester zu erkennen. Sein Blick wanderte zu dem Leichnam, sodann im Kreis herum und er nickte, so als stimme er sich selbst zu.

»Es hat so sein müssen. Vier Jahre Kuratel! Das Maß war voll.«

Sitt starrte ihn fassungslos an.

»Mein Bruder, was sagst du da …?«

»Geh jetzt, meine Schwester! Geh zurück in deinen Palast! Aus dem kleinen Gecko ist ein gewaltiger Drache geworden!«

Sitt erkannte unter Schaudern, dass es klüger war, sich zu fügen. Nachdem sie die Menge hinter sich gelassen hatte, neigte sie sich zu Midad und sagte zu ihm mit gesenkter Stimme: »Finde heraus, was genau geschehen ist und lass es mich so schnell wie möglich wissen.«

*

Sitt Al Mulk stand, von schlimmsten Ahnungen erfüllt, auf ihrem Dach und blickte hinunter in den Garten des Kafur.

Von Hakims noch nicht ganz aus ihrem Blutrausch erwachten Slawen auseinandergetrieben, verzog sich die Menge. Auch der Kalif verließ nun, begleitet vom Sonnenschirmträger Raidan, den Falknern und einer Reihe von Würdenträgern den Garten. Ein Trupp türkischer Gardisten, der im Laufschritt herbeigeeilt war, gab ihm das Geleit.

Sitt ging die hölzernen Blickschutzgitter ihrer Terrasse entlang und verfolgte den Zug, der nun ihr Schloss umrundete. Der Kalif und sein Gefolge überquerten soeben den breiten Platz und bewegten sich auf die nördliche Palastseite zu. Wie es aussah, wollten sie das Goldene Tor vermeiden und den Nordeingang nehmen. Als sie ihren Blick hob, konnte sie sehen, wie zwischen den Zinnen über den Palastmauern die Gesichter von Soldaten auftauchten. Es waren Türken. Der Tumult hatte die orientalischen Truppen offenbar aufgeschreckt und sie besetzten jetzt ihre Verteidigungsstellungen.

›Wir müssen die Truppen beruhigen‹, dachte Sitt entsetzt.

Dann ging sie in hinunter in den Garten, um sich die Stätte der Bluttat noch einmal anzusehen.

Der Leichnam des Wesirs war inzwischen fortgeschafft worden. Das Blut auf dem aus grauen und weißen Kieseln gebildeten Rankenmuster des Bodens trocknete in dunklen Schrunden. Hinter Bäumen und Sträuchern sah sie tuschelnde Bedienstete. Die Wächter standen wieder links und rechts des Eingangsgewölbes zu ihrem *Iwan*. Über dem Garten verteilt, blitzten die silbernen Helme von Soldaten in der sich dem Abend zuneigenden Sonne auf. Sitt winkte einen der Wächter herbei und verlangte den Befehlshaber ihrer Palastgarde zu sprechen. Der Mann stand binnen kürzester Zeit vor ihr.

»Der Friede sei mit dir, mein Hauptmann Khalil!«, empfing Sitt den Offizier. »Ich habe einen wichtigen Auftrag, den ich nur dir anvertrauen möchte: Begib dich so schnell wie möglich in den Elefantenpavillon und hole mir den Eunuchen Schukr. Ich muss ihn dringend sprechen!«

Der Soldat hatte sie gerade verlassen, als Midad mit langen Schritten auf sie zukam.

»Ich hatte Euch nicht hier vermutet, *ya Amira*. Verzeiht meinen Verzug; ich suchte schon überall nach Euch! Wenn es Euch recht ist, so vermag ich Euch jetzt den Hergang des Vorfalls zu schildern.«

»Lass uns in meine Gemächer zurückgehen. Es braucht uns niemand zuzuhören.«

*

Als sie in Sitt Al Mulks Räumen angelangt waren, begann Midad mit seinem Bericht.

»Es sieht so aus, Herrin, als hätte Euer Bruder alles sorgfältig geplant. Ich konnte mit einigen Leuten sprechen, aus der Gesellschaft des Kalifen, aus der Dienerschaft Bargawans und mit einem Gärtner, der beobachtet hat, was sich vor Eurem Schloss zutrug.

Der Kalif hatte für die Zeit vor Sonnenuntergang, da das Wild am lebhaftesten ist, zur Falkenjagd aufgerufen. Er ließ auch Bargawan holen, der aber erst nach einiger Zeit kam. Da es nun schon ziemlich spät war, wunderte sich die Jagdgesellschaft, dass der Kalif ihnen bei der Brücke über den *Khalig* nach *Maks* anzuhalten und zu warten befahl. Wie er sagte, wolle er sich nur kurz mit Bargawan die Bauarbeiten in den Gärten des Kafur ansehen. Er habe gehört, dass Prinzessin Sitt Al Mulk in ihren Hainen die Bewässerung höchst erfolgreich verbessern lasse und wolle sich nun mit eigenen Augen davon überzeugen. Mit diesen Worten lenkte der Kalif seinen Maulesel in Euren Garten hinein. Bargawan hatte keine Wahl, als ihm zu folgen. Da der Kalif seinen Wachen bedeutet hatte, bei der Gesellschaft zu bleiben, musste auch er seine Bewaffneten zurücklassen.

Als die beiden an Eurem Schloss vorbeiritten, da trat, wie mir der Gärtner berichtete, plötzlich der Sonnenschirmträger des Kalifen, der Eunuch Raidan, von einem Seitenweg kommend auf sie zu und begrüßte den Wesir in der ehrerbietigsten Weise. Während er ihm Fuß und Knie küsste, schien er etwas aus seinem Schuh zu ziehen und tatsächlich sah der Zeuge gleich darauf einen Dolch in Raidans Hand aufblitzen, mit dem er auf Bargawan einstach. Der Wesir schrie auf vor Schmerz und wollte fliehen. Doch da fuhr ihm, von der Hand des Kalifen selbst geführt, eine Lanze in die Brust. Jetzt stürzten, die gezogenen Schwerter schwingend, mit Kampfgeheul die slawischen Eunuchen aus dem Gebüsch und vollendeten die grausige Tat, indem sie auf den bereits auf dem Boden Liegenden einhieben.«

Sitt brauchte einige Zeit, um dem Bericht wirklich Glauben schenken zu können. Sie hatte Bargawans Ende herbeigewünscht und es hätte ihr auch nichts ausgemacht, wenn der Henker es in denkbar fürchterlicher Art vollzogen hätte, um Verschwörer für alle Zukunft abzuschrecken. Dass aber der Kalif selbst den Henker spielen und sich mit dem Blut des Schurken besudeln würde – das wäre ihr nicht einmal in einer Anwandlung wildesten Hasses in den Sinn gekommen. Zu Midad meinte sie:

»Als ich hörte, dass in den Ländern des Nordens die Menschen um das Jahr eintausend nach der Geburt des Herrn Iesos Christos in Panik gerieten und den Untergang der Welt befürchteten, da musste ich darüber lachen. Wo es doch so viele verschiedene Arten gibt, die Zeit zu berechnen! Aber heute kommt es mir tatsächlich vor wie ein Weltuntergang. Und wir schreiben nach der Rechnung der Römer den 26. des Marsmonats des Jahres 1000!«

Sie schüttelte den Kopf, als könnte sie damit die düsteren Zeichen vertreiben.

»Ich muss zum Kalifen! Doch zuvor muss ich auf Schukr warten. Hoffentlich findet man ihn! Er muss fort von hier. Bringe mir einen Sack mit dreihundert Dinar, *ya* Midad! Unterdessen schreibe ich einen Brief an meinen obersten Verwalter in Syrien. Er soll Schukr auf einem der Güter unterbringen. Schukr hatte sich aufrichtig bemüht um meinen Bruder, doch war er ein Handlanger Bargawans und wie mir scheint, kennt Mansurs Hass keine Grenzen.«

Ihr von Sorge erfüllter Blick hellte sich auf. Während sie sprach, hatte Ali Ibn Ahmed den Raum betreten.

»Gut, dass du da bist, *ya* Meister Ali!«

»Ich hörte von einem Tumult in Eurem Garten? Der Baumeister hat nach mir schicken lassen.«

»Es ist etwas absolut Entsetzliches geschehen. Du sollst es von mir erfahren, aber es sollte nicht nach draußen dringen.«

Nachdem Midad die beiden allein gelassen hatte, schilderte sie dem Mesopotamier den Vorfall. Mit jedem Wort stieg ihre Erregung und am Ende sagte sie:

»Nie hätte ich ihm das zugetraut! Das ist unser unwürdig! Mir graut vor der Zukunft!«

»Mich wundert die Tat Eures Bruders nicht so sehr, Prinzessin. Er ist in dem Alter, da sich in ihm männlicher Tatendrang regt und die Bevormundung durch den Wesir muss ihm unerträglich geworden sein. Ein Eunuch wie Bargawan konnte vielleicht auch nicht die gewaltigen Regungen in der Seele eines zum Mann heranwachsenden Knaben nachvollziehen, sonst hätte er die Beaufsichtigung des Kalifen nicht auf die Spitze getrieben und ihn in jeder Hinsicht entmündigt gehalten. Wasser, das zu hoch gestaut wird, bringt den Damm zum Brechen. Das solltet Ihr bedenken, *ya Amira,* wenn sich Abscheu in Euch regt. Indessen, natürlich, wird ein Damm, der einmal gebrochen ist, später bei geringerem Anlass erneut brechen.«

Unwillkürlich fielen Sitt Al Mulk die Äußerungen ihres Onkels Arsenios über Mansur ein.

»Das Leid und die Angst von Kindern zieht sich in sich selbst zurück und umgibt sich mit einer Schale. In der Zukunft aber kann es sein, dass die Kapsel aufbricht wie ein Abszess, der nicht mehr aufhört, Eiter abzusondern.«

Es klang ihr wie eine Prophezeiung, die sich jetzt in grauenhafter Weise erfüllte.

»Allah schütze uns und das Reich! – Wo Schukr nur bleibt!«

In dem Moment waren draußen eilige Schritte zu hören. Tatsächlich trat gleich darauf der Gardechef Khalil ein, gefolgt von Hakims Erzieher. Schukrs weiche Eunuchenhaut war fahl. Die Mordtat hatte ihn zu Tode erschreckt. Er fiel vor Sitt Al Mulk auf die Knie und küsste den Saum ihres Kleides.

»Steh auf, Erzieher meines Bruders! Du musst sofort nach Syrien aufbrechen. In Homs sitzt mein Verwalter. Du erhältst einen Brief von mir, den du ihm geben wirst. Er soll dir eine Stellung auf einem meiner Güter zuweisen. In den nächsten Jahren solltest du dich nicht in der Hauptstadt blicken lassen noch von dir in Syrien reden machen.«

Sie sah Schukr fest an, der vor Angst zitterte. Er nickte ergeben. Sitt wandte sich ihrem Brief zu. Unterdessen sprach Ali leise mit dem Eunuchen, der, wie Sitt hören konnte, erzählte, dass er sich, sobald er von der Tat erfahren hatte, um Hilfe an die Konkubine Olga gewandt hatte, die ihn in ihrem Gemach versteckte. Deshalb habe Khalil so lange nach ihm suchen müssen.

Inzwischen war Midad zurückgekehrt. In der Hand hielt er einen prall gefüllten Beutel aus Leder.

Sitt nahm das Geld entgegen und reichte es dem Erzieher ihres Bruders, zusammen mit dem Brief.

»Du weißt, was du zu tun hast. Wie du in Homs meinen Verwalter findest, das wird dir Ragai genau erklären. Dieses Gold ist für dich. Es sind dreihundert Dinar. Sie gehören dir. Haushalte gut mit dem Geld und gib darauf acht. Ragai wird dir ein Kamel und Kleider geben und die Papiere eines Freigelassenen, damit du ohne

Schwierigkeiten an allen Wachposten vorbeikommst. Und jetzt geh mit Gott!«

Der Unglückliche warf sich neuerlich zu Boden, um den Segen Allahs auf sie herabzurufen und ihr Gewand zu küssen.

»Genug jetzt, mein Lieber! Geh!«

»Dir, Khalil, danke ich!«, wandte sie sich an ihren Gardechef. »Gibt es noch etwas, das du mir berichten möchtest?«

»Drüben im Palast ist die Stimmung unter den Soldaten äußerst angespannt. Die Türken befürchten einen neuerlichen Aufstand der Berber, die sich wiederum vor den Türken fürchten, jetzt, da Bargawan nicht mehr lebt!«

Sitt überlegte nicht lange. Sie musste eingreifen, musste zu ihrem Bruder, um weitere schlechte Taten zu verhindern.

»Ich gehe jetzt durch den Tunnel hinüber in den Ostpalast. Midad kommt mit mir und zwei Dutzend Eunuchen – mit Schwertern bewaffnet!«

»Ich würde Euch gerne begleiten, *ya Amira*. Es kann gefährlich werden!«, ließ sich der Mesopotamier hören.

»Ich weiß deine Bereitschaft zu schätzen und ich danke dir dafür, *ya* Ali Ibn Ahmed. Aber es ist besser, wenn nur die Eunuchen mit mir kommen. Sie gehören zum Hof und werden deshalb bei den Soldaten kein Misstrauen erwecken.«

Sie konnte spüren, dass er verletzt war, weil sie ihn nicht dabeihaben wollte. Zugleich wusste sie, was immer sie jetzt sagen würde, es würde alles nur schlimmer machen. Offenbar fühlte er sich als ihr Beschützer, doch diesen Gang musste sie allein gehen.

Als sie ihre Gemächer verließ, war Ali Ibn Ahmed nicht mehr da. Es tat ihr leid, ihn vor den Kopf gestoßen zu haben und sie fürchtete, ihn sehr verärgert zu haben. Sie konnte nicht wissen, dass er sich, um zur Stelle zu sein, falls sie in eine Notlage geriet, die allgemeine Verwirrung nützend, in den Haremspalast aufgemacht hatte und ohne Schwierigkeiten bis in den Hof des Elefantenpavillons vorgedrungen war. Dort mischte er sich unter die versammelten Prinzen und Würdenträger, die es eilig hatten, dem befreiten Kalifen ihre Aufwartung zu machen.

*

Obwohl Sitt den Tunnel zum Elefantenpavillon schon vor einem Jahr hatte öffnen lassen, in der Hoffnung, dass sich Bargawans eiserner Griff um den Kalifen würde lockern lassen, war sie jetzt zum ersten Mal seit Beginn des Bargawan-Regimes tatsächlich in der Lage, ihn zu benutzen. Vor dreieinhalb Jahren, am Tag der Thronbesteigung Hakims, hatte sie den Tunnel zum letzten Mal durchschritten. Seit damals war ihr Handeln vor allem davon bestimmt gewesen, wie sie der Macht der Verschwörer entgegenwirken konnte.

›Aber‹, so fragte sie sich, während sie inmitten ihres Gefolges den von Fackeln erleuchteten Gang durchschritt, ›wird es jetzt endlich so weit sein, dass ich meine Kraft und meine Kenntnis unmittelbar zum Wohl des Reiches werde einsetzen können? Wenn ich die Stärke meines Zweifels als Maß nehme für die Schwierigkeiten, die vor uns liegen, dann liegt eine schwere Zeit vor mir!‹

Das letzte Stück des Tunnels strebte steil nach oben dem Ausgang zu. Es gab keine Stufen, da der Kalif Al Aziz den Gang hatte so anlegen lassen, dass er ihn auch auf einem Pferd passieren konnte. Sitt sah sich nach Midad um und stützte sich auf seinen Arm. Schließlich betrat Sitt den von Laternen fast taghell erleuchteten Hof des Elefantenpavillons.

Sie stieg geradewegs die Treppe zu den privaten Gemächern des Kalifen hinauf, ohne unter den Versammelten den Mesopotamier auszumachen, der ihr, an einer Säule lehnend, mit den Blicken folgte. Überall drängten sich Menschen und Sitt kam mit ihren Begleitern nur langsam voran. Als sie den großen Salon des Kalifen erreichte, trat ihr der Vorhangzieher Massaud entgegen.

»Seid gegrüßt, erlauchte Prinzessin«, sagte er und verbeugte sich gemäß der Vorschrift. »Der Kalif hat bereits nach Euch schicken lassen!«

Dann aber warf er einen unsicheren Blick auf ihre bewaffneten Begleiter.

»Sei unbesorgt, *ya* Massaud, die Leute bleiben draußen. Nur Midad wird mich zu unserem erhabenen Herrn begleiten.«

Erfreut über die günstige Fügung, dass der Kalif sie hatte rufen lassen, während sie, ohne diesen Ruf abzuwarten, gekommen war, betrat sie in stolzer Anmut den Saal. Der Kalif unterbrach sein Gespräch und sah ihr entgegen. Olga, die neben ihm saß, erhob sich und kam freudestrahlend auf sie zu:

»Welch eine Freude, Euch hier sehen zu dürfen, Herrin!«, rief sie aus, fiel auf die Knie und küsste ihren Fuß.

Sitt fasste die *Rus* unterm Ellenbogen und half ihr, aufzustehen.

»Und wie ich mich freue, unseren Herrn, den Befehlshaber der Gläubigen, endlich wieder zu besuchen!«

Sie trat vor den Kalifen, der, ein Bein untergeschlagen, auf dem Sofa saß, ließ sich zu Boden sinken und küsste sein Knie. Hakim streckte den Arm nach ihr aus und zog sie an sich.

»Wie sehr ich dich vermisst habe, meine teure Schwester! Nun soll uns keiner mehr zu trennen wagen!«

Überrascht stellte Sitt fest, dass ihr Bruder vollkommen ruhig war. Er schien keineswegs erschüttert von der Tatsache, dass er erst vor wenigen Stunden einen Menschen getötet hatte.

»Auch du hast mir gefehlt, *ya* Mansur. Keine Stunde verging, in der ich mich nicht fragte, wie es dir wohl ergehen mochte«, antwortete sie ihm vorsichtig.

»Setz dich zu uns! Ich habe über die Zukunft nachgedacht und möchte gerne deine Meinung wissen.«

Mit keinem Wort erwähnte er Bargawan. Beunruhigt setzte sich Sitt zu dem jungen Kalifen und wollte, trotz aller Bedenken, ihm zunächst einmal zuhören. Sie war fest entschlossen, einzuschreiten, sollte Al Hakim Maßnahmen ergreifen wollen, die seinem Ansehen und dem des Reichs schaden könnten.

Bis zur kleinsten Einzelheit legte er ihr dar, wie er die Truppen und die Bevölkerung mit den neuen Verhältnissen vertraut machen wollte. Während er sprach, entspannte sich Sitt allmählich. Die Ausführungen des Kalifen waren klar und vernünftig, sie musste nicht befürchten, dass er verrückt geworden war. Daher meinte sie schließlich:

»Das ist alles auf das Beste durchdacht und es gibt nichts, was ich würde hinzufügen wollen. Du sagst, Bargawan habe fürchterliche Dinge getan und da du sein Besitzer warst, sei dir auch das Recht zugestanden, ihn hart zu bestrafen. Nun, wenn alles so war, wie du es schilderst, dann kann ich deine Klugheit nur bewundern. Indessen habe ich vernommen, dass sich das Heer in größter Unruhe befindet. Das wird auch dir gewiss nicht verborgen geblieben sein. Wenn ich mich in die Situation der Kutama versetze, so würde ich mir von dir in der Tat eine Zusicherung deines Vertrauens und deiner Gunst wünschen. Versuche ich aber, die Gedanken der Mameluken nachzuvollziehen, so würde ich ebenfalls von meinem Herrn und Kalifen hören wollen, dass er weiterhin auf mich zählt.«

»Ja, du hast recht, meine Schwester! Diese verhängnisvolle Rivalität zwischen Berbern und Orientalen muss ein Ende haben. Und um dieses Ende zu besiegeln, werde ich die schwarzen Sklaventruppen vergrößern.«

Sitt, die wusste, dass die Türken hervorragende und in ihrer Disziplin höchst zuverlässige Soldaten abgaben, war mit dieser Entscheidung weniger einverstanden. Doch behielt sie ihre Meinung für sich. Der Kalif hatte deutlich gezeigt, wie er auf Bevormundung reagierte.

›Ich muss sein Vertrauen wiedergewinnen, erneut ein enges Band zwischen Mansur und mir knüpfen, will ich ihn in seinen Entscheidungen beeinflussen‹, dachte sie, während sie ihn genau beobachtete. Im Gegensatz zu seiner Schwester war der junge Kalif in Hochstimmung. Nach der langen Zeit der Unterdrückung war er endlich frei.

»Und noch etwas habe ich heute beschlossen, meine Schwester.« Seine Augen suchten den Blick Olgas. »Diese Frau wird meine Gattin werden. Zum Fest des Frühlingswindes wird unsere Hochzeit sein.«

Sitt blickte von ihrem Bruder zu der *Rus*, die in den vergangenen Monaten noch schöner geworden war, und wieder zu ihm zurück.

»Gott möge euch segnen! Meine guten Wünsche sind mit euch!«

Sie beugte sich zu Olga, küsste sie auf die Stirn und erklärte feierlich:

»Hiermit, Olga, Tochter eines Stammesfürsten der *Rus*, lasse ich dich frei aus meinem Dienst.«

Als Sitt spät in der Nacht den Weg zurück ins Wasserschloss antrat, hatte sich der Hof geleert. Der Kalif hatte alle empfangen, die gekommen waren und sie seiner Huld versichert. So erfreut viele Höflinge das Ende Bargawans begrüßten, so erschreckt waren sie ob der Art, wie der junge Kalif die Angelegenheit in die eigenen Hände genommen hatte. Die meisten waren erleichtert, ihn so guter Dinge und leutselig zu erleben und ließen sich von seinem Verhalten allzu gern beruhigen: »Er hat sich des slawischen Unterdrückers entledigt und jetzt wird endlich wieder ein Kalif das Reich regieren.« Dabei fiel ihnen sein gütiger Vater Al Aziz ein, dem Hakim, bis auf seine kalten blauen Augen, immer ähnlicher wurde.

Manche freilich waren weniger bereit, die beängstigende Botschaft hinter Hakims Tat vom Gesäusel ihrer Wünsche übertönen zu lassen. So etwa kannte Sitt Al Mulk ihren Onkel und einstigen Freier Abdallah Ibn Haschim gut genug, um hinter seiner heiteren Miene die Sorge zu erkennen. Und es genügte nur ein Senken ihrer Lider, um ihm zu verstehen zu geben, dass sie seine Befürchtungen teilte. Sosehr Sitt sich darüber freute, ihren Bruder wieder ungehindert sehen zu können und von ihm um Rat gefragt zu werden, so deutlich spürte sie nach diesem ersten Treffen, wie unberechenbar Al Hakim geworden war.

›Wir werden nicht mehr frei darüber sprechen können, was uns bewegt. Mansur ist der Kalif und die Strafe Bargawans zeigt, dass er keine Gnade kennt‹, sagte sie sich bedauernd, als sie auf den Eingang des Verbindungstunnels zuschritt. Sie war so in Gedanken versunken, dass sie aufschrak, als aus den Schatten der Arkaden ein Mann auf sie zutrat.

»Ach, du bist es, Ali!«, entfuhr es ihr und dann musste sie lachen ob ihrer eigenen Schreckhaftigkeit und darüber, dass er es doch fertiggebracht hatte, in ihrer Nähe zu bleiben.

»Meister Ali!«, verbesserte sie sich. »Du lässt dich von einem Entschluss nicht so einfach abbringen, nicht wahr?«

Glücklich darüber, ihn so unerwartet zu sehen, ließ sie es zu, dass er sich ihr auf dem Rückweg anschloss. Was sie nicht sah, waren zwei Augenpaare, die, vom Schatten verborgen, jede Einzelheit der Begegnung verfolgt hatten.

*

In ihren Palast zurückgekehrt, wurden Sitt und ihre beiden Begleiter bereits von Amina und Takarrub erwartet, die von ihr wissen wollten, wie ihre Begegnung mit dem Bruder verlaufen war.

»Er hat alles aufs genaueste geplant. Sogar, dass er zum *Shamm Al Nessim*-Fest Olga zur Frau nehmen wird. Wie mir scheint, ist Genauigkeit ein hervorstechender Charakterzug an ihm.«

Die Vertrauten bemerkten ihre Unruhe, drangen aber nicht in sie. Sie verstanden, dass Sitt ihre Befürchtungen nicht äußern wollte.

»Aber Olga ist doch ein Sklavenmädchen!«, ließ sich Amina vernehmen.

»Das stimmt, aber sie ist nicht irgendeine Sklavin; sie ist immerhin die Tochter eines Stammesfürsten.«

»Trotzdem ist das ganz außergewöhnlich! Unsere Kalifen heiraten doch nur in den seltensten Fällen.«

Sitt wunderte sich über den Trotz, den sie aus Aminas Worten heraushörte.

»Aber, *Habibti*, es scheint, dass er glücklich ist mit Olga. Warum soll er sie dann nicht heiraten?«

»Dabei hat die *Rus* ihm noch kein Kind geboren. Oder ist sie vielleicht schwanger?«

»Nicht, dass ich es hätte erkennen können!«

»Seine Frauen im Harem beklagen sich schon! Er soll noch keine von ihnen besucht haben.«

Sitt legte die Hand auf Aminas Arm.

»Mir ist es sehr recht, dass Olga seine Favoritin ist und es auch bleibt. Ihr kann ich trauen. Er ist noch so jung und an einen Nachfolger werden wir erst später denken müssen.«

»Nun, wenn du meinst, meine Schwester«, meinte Amina verstimmt.

Sitt sah ihre Cousine erstaunt an. So verärgert hatte sie Amina noch nie erlebt. Aus welchem Grund war sie so erfüllt von Ablehnung gegen die junge *Rus*?

Amina gähnte und stand auf: »Es ist schon spät. Ich wünsche dir ein glückliches Erwachen, meine Schwester!«

»Und ich dir ein noch besseres, *ya* Amina!« Sitt erhob sich. »Takarrub und Midad werden dich und deine Diener nach unten geleiten.«

Nachdem die drei gegangen waren, versuchte Sitt noch immer zu verstehen, warum Amina so verstimmt war.

»Ich glaube, ich weiß, warum Amina verärgert ist«, sagte sie mehr zu sich selbst.

Ali sah sie fragend an.

»Ihre Wahrsagerin meint, sie würde einst Königin werden!«

»Ich verstehe – wenn der Kalif die *Rus* heiratet, dann schwinden ihre Aussichten!«

»So wird's wohl sein. Aber«, meinte Sitt verwundert, »Amina ist doppelt so alt wie mein Bruder. Sie könnte seine Mutter sein – so wie ich!«

»Dann wärt ihr die schönste Mutter der Welt, *ya Amira!*«, sagte der Mann aus Mesopotamien leise mit seiner ein wenig rauhen Stimme.

Da gab sie endlich ihrer Sehnsucht nach und ließ sich von den Armen des Geliebten umfangen.

*

Sie ließ sich auf das Bett sinken. Sein Mund lag fest auf ihrem. Während er die winzigen Knöpfe an ihrem Kleid öffnete, fühlte sie sich von einer Welle des Begehrens hinweggetragen und presste ihren Leib an den seinen. Ihre Finger wühlten in kurz geschnittenen Locken und als sie sein Drängen durch ihre Gewänder hindurch spürte, riss sie den Ausschnitt ihres Kleides mit einem Ruck auf. Während er mit beiden Händen das feine Gewebe nach und nach auseinanderzog, bewegte sich sein Mund ihren Hals entlang über ihre Schultern bis an die Stelle, wo ihre Brüste sich teilten. Dort verweilte er und kitzelte sie mit der Zunge, bis sie hell auflachte.

Sie zog ihn zu sich und pflückend und kosend verfingen sich ihre Lippen in den seinen. Zahnreihen stießen aneinander, sodass sie lachend zusammenfuhr.

Seine Hand fand den Weg unter ihr Kleid, zwischen den Schichten ihrer Gewänder hindurch auf die nackte, warme Haut. Wieder wanderten seine Lippen zu ihren Brüsten und umspielten lockend deren hennarote Knospen.

Sitt jauchzte auf und ihr Körper bog sich ihm entgegen. Ihre Erregung nahm zu und die Kleider fielen zu Boden. Sein Knie zwischen ihre Beine drückend, ragte er einen Augenblick lang vor ihr auf, ein bronzefarbener Eroberer, der Körper kräftig und schön gebildet, aber nicht mehr in der Glattheit eines Jünglings, sondern mit den deutlich ausgeprägten Umrissen und der zunehmenden Masse eines reifenden Mannes. Es schien Sitt, als präsentiere er sich stolz vor ihr, als wolle er sagen: ›Sieh, meine Prinzessin, ich bin glücklich, mich der Frau zu schenken, die meiner würdig ist!‹ Dann neigte er sich zu ihr hinunter. Die Fülle seiner aufgestauten Leidenschaft brach sich binnen Kurzem in einem verhaltenen Stöhnen Bahn.

Wieder spielten ihre Finger in seinen Locken, während er auf ihr lag, sein Kopf an ihrem Hals und sie den Schlag seines Herzens fühlen konnte. Sie liebte es, das Gewicht eines Mannes auf sich zu spüren. Sie küsste seine Stirn. Er sah zu ihr auf und sie fühlte sich warm berührt von der Ruhe und dem Vertrauen in seinem Blick.

»So haben wir schließlich zueinander gefunden, Ali Ibn Ahmed.«

»Ihr seid die Erfüllung meines Lebens, *ya Amira!*«
»Wir werden einander die Erfüllung unseres Lebens sein, Ali!«
Er zog die Rundungen ihrer Brust und ihres Bauches nach.
Als sie kurz aufstand, sah er ihr zu, wie sie sich durch den Raum bewegte. Die gerade Haltung ihrer Schultern, ihr mädchenhafter Rücken und die bezaubernden Grübchen über dem sanft schwingenden Hinterteil ließen seine Verliebtheit ins Unermessliche wachsen. Beglückt schloss er die Augen und fiel sogleich in einen köstlichen Schlummer.

*

Sitt kehrte zum Bett zurück und sah ihn daliegen, halb auf den Bauch gekehrt, die Arme zu beiden Seiten des Kopfes entspannt ausgebreitet. Nur über seiner Körpermitte lag ein Zipfel Decke. Rücken und Schultern, Beine und Füße waren unbedeckt und sie erfreute sich an seinem Anblick. Sie schlüpfte unter die Decke. Zielstrebig suchte und fand ihre Hand sein ruhendes Geschlecht und als sie spürte, wie es sich mit Leben füllte, öffnete er die Augen und legte seine Arme um sie.
»Ich will dich glücklich machen, meine Geliebte!«
Ihr Blut begann schneller zu fließen, als sein Kopf unter der Decke verschwand, um ihren Leib mit der Wärme seines Mundes Stück für Stück für ihn bereitzumachen. Und als Sitt vor Genuss schrie, verschaffte er sich Zutritt an ihrer Pforte ins Paradies.

*

Es war schon fast Mittag, als der Kalif auf dem Rücken des prunkvoll aufgezäumten Pferdes Seglavi Schams in den großen Hof des Ostpalastes einritt, um sich den Würdenträgern und Offizieren zu zeigen und ihnen vom Tod des Wesirs Mitteilung zu machen. Sitt stand mit den Prinzessinnen Amina und Abda in vorderster Reihe. Hinter den drei Frauen hatten ihre höchsten Eunuchen Aufstellung genommen. Zu ihrer großen Erleichterung meisterte der Kalif gekonnt die schwierige Aufgabe, Rechenschaft abzulegen, ohne sich dabei ins Licht irgendeiner Schuld zu setzen. Er sprach selbst und bediente sich dabei nicht, wie üblich, eines Mittlers.

»Mein Sklave Bargawan hat seine Macht missbraucht und ich habe ihn seiner gerechten Strafe zugeführt. Er war mein Eigentum, sodass ich an ihm Recht üben durfte und musste«, sagte Al Hakim abschließend.

Hierauf wandte er sich den in Reih und Glied angetretenen Offizieren der Kutama-Truppen zu und sprach zu ihnen:

»Ihr, meine *Habeibi*, seid mir jetzt noch teurer als zuvor!«

Und den Türken versicherte er:

»Ihr, die ihr die Schützlinge des Al Aziz wart, nehmt bei mir nun die Stelle von Söhnen ein!«

Schließlich forderte er Hussein Ibn Al Gauhar auf, vorzutreten:

»Du, Hussein, Sohn des Helden von Ägypten, wirst fortan meine Regierung führen. Als Staatssekretär zur Seite stehen wird dir unser bewährter Fahd Ibn Ibrahim. Bisr Ibn Surin betraue ich zusätzlich zu den Nachrichtendiensten nun auch mit dem Postwesen. Ihr drei sollt euch noch heute dem Volk in einem großen Zug durch Kairo und Misr vorstellen.«

Bevor er den großen Hof wieder verließ, erteilte Al Hakim dem Zeremonienmeister Befehl, für den Vorabend des *Scham Al Nessim* am Fuße der großen Pyramide Festzelte aufstellen und eine prächtige Hochzeit richten zu lassen, denn er habe beschlossen, sich mit der *Rus* Olga ehelich zu verbinden. Das seit undenklichen Zeiten überkommene *Scham Al Nessim*-Fest, zu dem die Bevölkerung Ägyptens in Scharen in die Wüste zog, damit sie in der Morgenfrühe den Duft des Frühlingswindes riechen konnte, schien ihm der passende Anlass zu sein, um mit seiner Hochzeit den freudvollen ersten Schritt in eine neue Epoche zu tun. Und so fand kurz darauf die Hochzeit des jungen Kalifen mit der bezaubernden Olga statt. Al Hakim schien wieder ganz der Alte zu sein und Bargawan war längst vergessen.

Ob des eigenen Glücks und des guten Anfangs, den der Kalif in seinen ersten Tagen als souveräner Herrscher gemacht hatte, vergaß Sitt ihre schlimmen Ahnungen und feierte fröhlich Hochzeit mit dem jungen Paar und den vielen hundert Gästen.

Den Schutz des nächtlichen Dunkels nützend, entfernte sie sich mit Ali Ibn Ahmed von der Hofgesellschaft. Vor mehr als einem Jahrzehnt war sie, ebenfalls zu *Scham el Nessim,* diesen Weg zu ihrer ersten Liebesnacht mit Nour gegangen. Der vertraute alte Schmerz stellte sich wieder ein. Sollte sie dem neuen Mann in ihrem Leben von ihrer alten Liebe erzählen? Sie entschied sich dagegen: Es war nichts zu gewinnen, wenn sie Ali eifersüchtig machte. Unter funkelnden Sternen wandelten sie so durch den Wüstensand, zwischen den beiden großen Pyramiden hindurch, bis zum gigantischen Kopf des *Abul Haul.* Der Schatten des steinernen Profils zeichnete sich gegen den Himmel ab. Keinen Augenblick lang kam ihnen in den Sinn, dass ihr Fortgehen jemandem aufgefallen sein könnte und so lehnten sie sich an den rauhen Stein, suchten im fahlen Sternenlicht die Augen des anderen und fanden einander in einer langen Berührung ihrer Lippen und Leiber.

Im Morgengrauen begab sich die ganze Hochzeitsgesellschaft vor die Zelte, um das Aufkommen des Windes nicht zu versäumen. Neben der Schwester des Kalifen stand ihr Verwalter Ali Ibn Ahmed Al Gargarai. Und plötzlich war sie zu spüren, die laue Brise aus dem Süden, beladen mit dem Duft der Frühlingsblüten. Sitt war glücklich wie nie zuvor in ihrem Leben.

*

Seitdem er die Freiheit wiedergewonnen hatte, verging kein Tag, an dem der Kalif seine Schwester nicht aufsuchte und sich mit ihr beriet. Da Sitt an den Abenden ihrerseits häufig zu ihm in den Elefantenpavillon kam, herrschte in dem Tunnel zwischen den beiden Palästen ein Kommen und Gehen so rege wie in früheren Zeiten.

Auch wenn Sitt die alte Vertrautheit zwischen ihnen wieder wachsen spürte, hatte sich Al Hakim doch verändert. Früher hatte er alles getan, was sie ihm geraten hatte. Jetzt fragte er sie oft erst im Nachhinein um ihre Meinung. Die jahrelange Unterdrückung durch Bargawan hatte in ihm einen unbändigen Eigensinn erzeugt, der sich nun mit Macht durchsetzte. Zugleich legte er einen großen Idealismus an den Tag, der ihn alles richtig machen lassen wollte. Infolgedessen quälte den Fünfzehnjährigen in allem, was er tat und anordnete, eine große Unsicherheit. Daher rührte sein starkes Bedürfnis, die Zustimmung der erfahrenen Schwester zu erhalten. Ein sprunghafter politischer Kurs begann sich abzuzeichnen, der Sitt Al Mulk mehr und mehr beunruhigte.

Zu Beginn seiner Regierung geschah jedoch noch vieles in Übereinstimmung mit Sitt Al Mulk. Dazu gehörte auch, dass er am zehnten Tage nach Bargawans gewaltsamem Tod in allen Moscheen Ägyptens eine Regierungserklärung verlesen ließ. Darin versicherte er das ganze Volk, vor allem aber die Kaufleute, seiner umfassenden Obsorge und teilte ihnen mit:

»Wer immer ein Ansinnen oder eine Sorge hat, der trete damit

vor den Befehlshaber der Gläubigen. Sein Tor steht euch offen und er wird sich persönlich damit befassen!«
Dem Vorhangzieher Massaud gab er Befehl, jeden, der da kam, zu seinen Amtssitzungen einzulassen, damit alle zusehen konnten, wie der Kalif mit dem Wesir die Angelegenheiten der Verwaltung besprach und wie der Staatsekretär Fahd auf jedem Bittgesuch einen Vermerk anbrachte, was in der jeweiligen Sache entschieden worden sei.
Ebenso fand Al Hakim die Billigung seiner Schwester, wenn er das Volk um sich versammelte und zwar nicht nur bei den großen Festprozessionen, sondern etwa auch, indem er in den Ramadan-Nächten den Palast öffnete und zu üppigen Gastmählern einlud. Sie selbst begleitete ihn mit Freuden, wenn er Ausritte unternahm, sei es zur Falkenjagd oder um das Umland zu erkunden.
Weniger gern sah sie seine nächtlichen Ausflüge nach Misr, die wieder zunahmen und das Leben der Menschen in Aufruhr brachten. Denn gleich nach Übernahme der Regierung erließ er ein Edikt, dass an allen Häusern und Läden Laternen aufzuhängen und die Gassen und Straßen der alten Hauptstadt nächtens durchgehend zu beleuchten seien. Da er bei seinen Besuchen eine lebendige Stadt vorzufinden wünschte, befahl er den Handwerkern, in den Nachtstunden zu arbeiten. Bald ritt er jeden Abend ins taghell beleuchtete Misr. Die Geschäftsleute in der Cäsarea ließen große Kerzen brennen und auch der Handel dauerte die ganze Nacht über an. Das Volk schien nur noch für das Vergnügen zu leben. Wer über Geld verfügte, gab während des allnächtlichen Jahrmarkttreibens, das der Kalif verursachte, sehr viel aus. Obwohl die Menschen ihn wegen seiner Volksnähe priesen und ihn mit Segenswünschen überschütteten, war abzusehen, dass solch ein Treiben nicht lange gut gehen konnte.
Sitt versuchte, ihm abzuraten:

»Sieh, mein geliebter Bruder: Die Leute trinken, singen und tanzen die Nächte durch und gewöhnen sich an das ständige Feiern. Darunter muss das Werk des Tages leiden! Und bedenke auch die Kosten, die es verursacht, dass Misr nun von Sonnenuntergang bis Sonnenaufgang beleuchtet wird. Es geschieht zu deiner Ehre, da du geruhst, die Menschen dort aufzusuchen, wo sie zu Hause sind. Doch könntest du nicht in Erwägung ziehen, deine Besuche in die Zeit des Tageslichtes zu verlegen?«

»Aber Schwester, ich höre, dass die Kaufleute, deren Wohlergehen uns beiden ja sehr am Herzen liegt, mich preisen, weil ihre Geschäfte dank meiner nächtlichen Besuche besser gehen denn je zuvor! Ich vermag in den Nächten nicht zu schlafen und das Volk von Misr wacht gerne mit mir. Das hat Allah doch in wunderbarer Weise gefügt!«

»Immer, wenn wir meinen, mein Bruder, Allah habe etwas zu unserer Bequemlichkeit gefügt, sollten wir dahinter eher einen *Dschinn*, oder wie immer du den Ungeist nennen magst, vermuten. Allahs Fügungen dienen niemals uns, sondern der Entfaltung des Größeren, als wir es sind. Nur wenn wir mit diesem Größeren in Einklang stehen, dann werden wir zu Nutznießern von Allahs Wohlwollen. Doch vermag ich kein Größeres darin zu erkennen, wenn in Misr mit teurem künstlichem Licht die Nacht zum Tag gemacht wird und die Menschen des Tags ihren Rausch ausschlafen.«

»Aber ich bin doch der Imam, der Vertreter Gottes auf Erden. Wenn Gott durch jemanden spricht, so doch durch mich! Wie kann mein Wille dann ein anderer sein als der des Allerhöchsten?«

»Du wirfst in der Tat eine schwierige Frage auf über die Rolle des Kalifen in der Welt, *ya* Mansur! Ich würde darauf antworten, dass der Kalif aus genau dieser Ermächtigung heraus ganz besonders sorgfältig prüfen muss, ob sein Wollen mit dem Willen Allahs übereinstimmt. Als die Kalifen in der jungen Gemeinschaft der Muslime die Nachfolge des Propheten antraten, so galt es als selbstverständlich, dass der jeweils Erkorene nicht bloß der am besten geeignete Mann für diese Aufgabe war, sondern dass ihm in seinen Entscheidungen auch die besten Berater zur Seite standen. Nicht Willkür, sondern reifliches Überlegen und Abwägen aller bekannten Umstände und denkbaren Folgen liegt dem Handeln eines Kalifen zugrunde. Auf diese Weise lässt sich der wahre *Batin* erkennen und in den rechten *Zahir* verwandeln. Die *Umma* – die Gemeinschaft der Muslime – geht davon aus, dass der Kalif dazu in jeder Hinsicht die besten Voraussetzungen hat.«

Hakim sah düster vor sich hin. Plötzlich aber erhellte sich sein Gesicht.

»Der Oberkadi Al Hussein Ibn Al Numan hat mir gesagt, dass der Imam jenseits aller Einweihungsstufen steht und als Einziger die Gründe des Handelns kennt, dass er der ›Sprechende Koran‹ ist und am besten den *Batin* der heiligen Texte erfasst.«

»Aber mein Bruder, erwarte doch nicht so viel von dir selbst! Du trägst die Kalifenwürde mit viel Haltung und Verstand. Aber erinnere dich an unseren Vater: Er zählte zwanzig Jahre, als er die Herrschaft antrat und die Leute sagten von ihm, dass er jung wäre! Gib dir Zeit, an deiner Aufgabe zu wachsen!«

»Aber ich habe keine Zeit, wo ich doch schon der Kalif bin! Nein, meine Schwester. Du hast nicht recht, wenn du mein Urteil anzweifelst. Ich sagte dir schon früher: Gott spricht zu mir. Mein Rat kommt geradewegs von ihm!«

Voller Entsetzen erkannte Sitt, wie hilflos sie war angesichts solch kindischer Verbohrtheit. Doch sie mahnte sich. ›Er ist ein Heranwachsender, der, so Gott will, dieses Reich beherrschen lernen soll.

Dazu braucht er Zeit. Ich muss ihm die Zeit ebenso geben, so wie ich es gerade von ihm selbst verlangt habe.‹ Dann kam ihr eine Idee, die ihr neue Hoffnung schenkte.

»Sag mir, mein Bruder, was macht deine Ehefrau, wenn du fort bist? Fehlst du ihr nicht während der langen Stunden der Nacht?«

»Sie hat sich nie beklagt. Immer ist sie wach, wenn ich heimkomme, um anzuhören, was ich erlebt habe und um mich zu erfreuen. Sie hat mir so viel Gutes getan. Dafür ehre ich sie, auch wenn sie einmal deine Sklavin war. Wenn sie nicht gewesen wäre, ich weiß nicht, ob ich Bargawan besiegt hätte! Ein Jahr lang trug ich den Plan, wie ich ihn loswerden konnte, in mir und sie gab mir die Kraft, ihn zu verwirklichen. Dafür schulde ich ihr größten Dank und daher habe ich mich entschlossen, sie nach Hause zu schicken. Sie kommt mir vor wie ein wunderschöner Vogel in einem goldenen Käfig und ich weiß, dass sie manchmal heimlich weint, obwohl sie es mich nicht merken lässt. Aber ihre Augen sind dann gerötet. Ich selbst war vier Jahre in einem Käfig gefangen. Ich werde sie fliegen lassen!«

»Mansur! Warum?«, rief Sitt erschrocken. »Sie liebt dich! Was wirst du ohne sie tun?«

»Gerade weil ich sie liebe, werde ich sie gehen lassen! Außerdem weißt du, *ya* Sitt, dass ich *dich* am meisten liebe! Und kein Bargawan drängt sich mehr zwischen dich und mich!«

Entgeistert starrte Sitt den fünfzehnjährigen Jungen, der vor ihr stand, an.

Szenen, die einige Jahre zurücklagen, stiegen in ihr auf. Wie gut hatte sie die Zeit verdrängt, als Mansur jede Gelegenheit genutzt hatte, sie zu berühren. Sie hatte es damals seiner Sehnsucht nach der verlorenen Mutter zugeschrieben. Jetzt war plötzlich alles wieder da – und Mansur war kein Kind mehr.

»Die Frauen deines Harems warten schon auf ihren Gebieter!«, versuchte sie zu scherzen.
Doch der junge Kalif Al Hakim blieb ernst. »Du, Sitt, wirst immer *meine* Gebieterin sein!«

*

Es kam das Weihnachtsfest des Jahres 1000 des Herrn der Christenheit. Den Bewohnern der Hauptstädte war das Feiern so zur Gewohnheit geworden, dass nun, im überschwänglichen Bemühen, die Feststimmung noch zu steigern, alles außer Rand und Band geriet. Bier und Wein flossen in Strömen und das niedere Weibervolk ließ alle Schranken der Scham fallen. Al Hakim hatte bis zu vorgerückter Stunde an der allgemeinen Fröhlichkeit Anteil und befahl sogar seinen Wächtern, die ihn abschirmen wollten:
»Hindert niemanden daran, zu mir zu kommen!«
Als einige Weiber dies aber ausnützten, um sich mit entblößten Brüsten und unmissverständlichen Einladungen an ihn heranzudrängen, da packte ihn ein solches Entsetzen, dass er seinen Esel am Zügel herumriss und auf schnellstem Weg in den Palast zurückritt.
Schon am folgenden Tag erließ er ein Dekret, dass es Frauen bei Strafe der Auspeitschung und des Prangers hinfort untersagt sei, des Abends auszugehen. Auch solle niemand mehr, ob bei Tag oder bei Nacht, in irgendeinem Geschäftsladen sitzen bleiben. Wer seinen Einkauf getätigt habe, solle unverzüglich seines Weges gehen und nicht zu Tratsch oder anderem Unfug verbleiben.
Sitt war von dieser Maßnahme wie von einem Beben gerührt. Da stürzte der Bruder von einem Tag auf den anderen die Stadt Misr vom gleißenden Licht in die tiefste Dunkelheit. Und sie war em-

pört darüber, dass die neuen Maßnahmen vor allem gegen die Frauen gerichtet waren.

Niemandem in seiner näheren Umgebung war Al Hakims eifersüchtiges Wachen über seine Schwester verborgen geblieben. Und so ging unter seiner Höflingsschar, leise geflüstert, die Vermutung von Ohr zu Ohr:

»Der Kalif hat allen Frauen von Misr und Kairo verboten auszugehen, um seine Schwester im Haus zu halten!«

Sitt Al Mulk ahnte von alledem nichts. Sie fand diesen extremen Umschwung absurd und stellte Al Hakim zur Rede. Geschickt verstand er es, seine wahren Beweggründe vor ihr zu verbergen.

»*Ya Bint Al Aziz*«, sagte er einschmeichelnd, während er sich in ihrem Salon auf einem Sofa niederließ, »wie recht du gehabt hattest, mich vor dem Übermut des Volkes zu warnen. Hätte ich nur auf dich gehört! Ich sage dir: Du bist hier die wahre *Imama*, denn du kennst die Gründe des Handelns. Ich will mir deine Warnung wenigstens jetzt zu Herzen nehmen und für die Zukunft mit aller Strenge dafür sorgen, dass diese Adamskinder, die meine Untertanen sind, auf dem Pfad der Sitte wandeln.«

Sitt war fassungslos und fand keine Worte dafür. Wie würde sie diesen Adamssohn, der ihr Bruder war, jemals auf dem richtigen Weg halten können? Doch nicht genug: Welchen Preis würde sie dafür zahlen müssen?

*

Falls der Kalif gehofft hatte, seine Schwester würde sich an das Ausgehverbot halten, so musste er sich bald eingestehen, dass er sich getäuscht hatte. So wie die Frauen von Misr binnen weniger Wochen so zahlreich gegen das Edikt verstießen, dass ihnen nicht mehr mit Pranger noch mit Prügeln beizukommen war, so schloss

auch Sitt Al Mulk sich bald wieder Al Hakims Exkursionen an, auf denen er weiterhin bestand. Allerdings ritt er nun nur noch verkleidet und mit kleinstem Gefolge nach Misr. Anfangs blieb er tatsächlich unerkannt, aber nach einiger Zeit erkannten ihn die Menschen doch und gewöhnten sich daran, dass er in den Straßen unterwegs war. Al Hakim liebte sein Volk und das Volk liebte ihn. Der Kalif fühlte sich nirgendwo so wohl und so aufrichtig willkommen wie bei den einfachen Menschen. Die mächtigen Cliquen am Hofe hingegen verunsicherten ihn und er sah sich mehr als einmal in Intrigen verstrickt, aus denen er sich nur mit Hilfe seiner Schwester retten konnte. Jedes Mal, wenn er meinte, sich auf andere Berater stützen zu können, wurde er bitter enttäuscht.
Diese Enttäuschungen weckten in ihm den Drang, sich zum Verbesserer des Volkes aufzuschwingen. Da seine erzieherischen Edikte aber immer nur kurzzeitig Beachtung fanden, sah er sich gezwungen, immer wieder Verbote zu erlassen und in zunehmend grobschlächtiger Weise in den Handel und Wandel des Landes einzugreifen.
Die Freude an Ausschweifung hoffte er zu unterbinden, indem er alle paar Monate die Frauen von der Straße verbannte, ja, den Verkauf von Schuhen an sie verbot, um sie dadurch am Ausgehen zu hindern. Händler durften mit Frauen nur noch durch die Türspalten ihrer Häuser und Wohnungen Geschäfte abschließen. Häufig wurden Frauen verletzt, wenn die Polizei wieder einmal durchgriff und sie von den Straßen jagte. Jene Bürgerinnen, die wegen dringender Pflichten ausgehen mussten, waren gezwungen, sich auf umständlichen Wegen Sonderbewilligungen zu beschaffen und keine Frau durfte sich unverschleiert zeigen.
Auch wenn sich die Ägypterinnen nicht so leicht einschüchtern ließen und sie sich in ihrer Not an Sitt Al Mulk wandten – nicht immer hatte sie Einfluss auf ihn.

Wenn Al Hakim in der Stimmung war, das Volk auf den rechten Weg zu zwingen, dann war auch Sitt machtlos. Sie bemühte sich, so gut sie konnte, ihn zum Besten des Volkes zu beeinflussen und zumindest in geschäftlichen Dingen gelang ihr das oft. Zunehmend beteiligte sich der Kalif an Sitts Unternehmungen. Beraten von ihrem Sekretär und Geliebten Ali Ibn Ahmed Al Gargarai, stieg sie immer häufiger bei Geschäften ein.

Im Lauf der Zeit würde auf diese Weise ein guter Teil von Misr – einer Stadt von einer Million Einwohnern – in den Besitz des Kalifen und seiner Schwester übergehen. Nicht nur Badeanstalten, Lagerhäuser und Mühlen, sondern auch Geschäfte, Werkstätten, Karawansereien und sogar Wohnhäuser. Sitt Al Mulks Vorstellung war: Die Dynastie der Fatimiden ist der Staat und dem Staat sollte so viel wie möglich gehören, damit er zur Vermehrung der eigenen Macht und zum Besten der Bevölkerung schalten und walten könne.

Viele der Besitzenden und Kaufleute waren durchaus einverstanden, fortan Mieter und Angestellte zu sein. Niemand wurde zum Verkauf gezwungen, aber wer sich dazu entschloss, wurde in reingoldenen fatimidischen Dinaren abgegolten. Die Mieten richteten sich nach festgelegten Regeln, die als gerecht empfunden wurden, die Löhne waren großzügig bemessen und die Leute wälzten gerne Wagnis und Last des Unternehmertums auf den Hof ab.

So ließ sich erklären, warum viele Menschen im Volk den Kalifen Al Hakim trotz seiner zunehmenden Absonderlichkeit immer noch liebten und ehrten. Und unter dem Einfluss seiner Schwester Sitt Al Mulk förderte er Kunst und Kultur.

Zudem schien der Geist der Gemeinschaft von Islam, Christentum und Judentum, der die Kalifate des Al Muizz und des Al Aziz beflügelt hatte, zu neuem Leben erwacht. Mehr noch, Al Hakim sicherte den Reichsfrieden, indem er den alten Waffenstillstand mit Byzanz erneuerte. Seine Heere brachten das Zweistromland fest in fatimidische Hand. Nun wurde von Ifrikia im Westen über Sizilien im Norden bis Mesopotamien im Osten die Freitagspredigt in den Moscheen im Namen Al Hakim Bi Amr Illahs, des Kalifen von Kairo, verlesen.

Die Doppelhauptstadt Ägyptens, Al Kahira-Misr, war endgültig zum Mittelpunkt der Welt geworden. Unter Al Hakim und Sitt Al Mulk zog der Fatimidenhof nicht nur die hervorragendsten Gelehrten ihrer Zeit magisch an sich, sondern ebenso die Dichter, Musiker, Architekten, Steinmetze, Bildermaler und Kalligraphen. Nachdem Al Hakim der jungen *Rus* Olga die Heimkehr in ihr Nordland ermöglicht hatte, wandte er sich zu Sitts großer Erleichterung den Frauen seines wachsenden Harems zu. Ein eigener Stab von Eunuchen war damit beschäftigt, im Volk und auf den Sklavenmärkten die schönsten Frauen für den Herrscher ausfindig zu machen.

Sitt Al Mulk und die Gesandten des Kalifen hielten Ausschau nach vornehmen Frauen innerhalb und außerhalb des Reiches. Bald war sein Harem größer als jener des Kalifen Al Aziz und im Gegensatz zu Aziz, der seine Gunst vor allem Theodora schenkte, wohnte Hakim seinen Frauen nach einem genau eingeteilten Plan bei, um keine zu benachteiligen. Plötzlich liefen wieder in großer Zahl kleine Kinder, Mädchen und Knaben, durch die Hallen und Gärten des Ostpalastes und Sitt freute sich an der heranwachsenden Schar, die den Bestand der Dynastie der Söhne Fatimas garantieren würde.

Amina wiederum, Sitts gute Freundin, wurde tatsächlich Königin. Ihr griechischer Einschlag erinnerte den Kalifen an seine Mutter wie auch an die mit Leidenschaft geliebte Schwester.

Nachdem es keiner Frau im Harem gelungen war, sein Herz zu

gewinnen, hatte es sich ergeben, dass er sich zunehmend in Aminas Gesellschaft aufhielt.

Und eines Tages wurde wieder Hochzeit gefeiert. Diesmal nicht in Zelten bei den Pyramiden, sondern im Wasserschloss und im Garten der Prinzessin Sitt Al Mulk. Die Städte Al Kahira und Misr wurden in dieser Festnacht zum ersten Mal Zeugen eines Spektakels mit chinesischen *Sauarich,* die von der Höhe des Mukattam mit Zischen und Donnern und Schwefelgestank ihre feurigen Gebilde über dem Nachthimmel ausgossen. Das Niltal hatte eine solche wahrhaft himmlische Pracht von Menschenhand noch nicht erlebt und noch Wochen nach der Hochzeit ergingen sich die Menschen in bewundernder Erinnerung dieser Eindrücke.

Sitt hatte der Verbindung des Bruders mit ihrer besten Freundin kräftig nachgeholfen, denn Al Hakims Zuneigung belastete und, wie sie sich eingestehen musste, beängstigte sie ebenso wie seine Eifersucht. Bald nach Bargawans Tod hatte sie entdecken müssen, dass der Bruder sie auf Schritt und Tritt von Spionen beschatten ließ.

Ein Jahr nach der Hochzeit gebar Amina ein Kind, ein Mädchen, das Hakim zu Ehren seiner Schwester *Sitt Misr* nannte.

Sitt Al Mulk erfüllte die Rolle der Schattenkalifin, die im Hintergrund die Fäden zog, um ein Gedeihen der Gesellschaft zu ermöglichen und schlechte Entwicklungen zu verhindern. Die Bevölkerung dankte es ihr mit abgöttischer Verehrung.

Das Fatimidenreich stand wieder in Blüte und die Nachkommenschaft gedieh. Doch auch Sitt konnte nicht verhindern, dass in dem von Verfolgungsangst und Größenwahn zerrissenen Kalifen jene Charakterzüge die Oberhand gewannen, die bislang nur von Zeit zu Zeit aufgeblitzt waren: maßlose Grausamkeit und messianischer Eifer.

Zweites Buch

Naibat Al Sultanat – die Schattenkalifin

1

Das Ende des Friedens

Auf dem Mukattam steigt Rauch auf vom Kloster des Zwergen! Doch wen wundert das um das Jahr dreizehn der Herrschaft des Kalifen Al Hakim Bi Amr Illah? Stürzen denn nicht überall in Ägypten, auf dem Sinai, in Palästina und Syrien die Kuppeln und Mauern von Kirchen und Klöstern unter den Abrisshacken von Hakims Soldaten?

Dem Erdboden gleichgemacht sind die zwei herrlichsten Kirchen außerhalb der Grenzen der christlichen Reiche, die Grabeskirche des Kaisers Konstantin zu Jerusalem und die Marienkirche *Al Aguz* – die »ehrwürdige Greisin« – von Damiette, gewaltige Bauwerke von großartiger Architektur, angefüllt mit liturgischem Gerät aus Gold, Silber und Edelsteinen und mit Kunstwerken aus ältester Zeit. Entweiht und verwüstet sind die Schädelstätte Golgotha und das Heilige Grab.

Hakims schwarze Sklaventruppen und der muslimische Pöbel reißen die Gräber und Mausoleen der Christen auf, schänden und plündern sie. Um die Leichname der frisch Begrabenen raufen sich die Hunde.

Ohnmächtig verfolgt die Prinzessin Sitt Al Mulk die Vorgänge der Schreckensjahre 1009 und 1010 nach der Geburt des Herrn Iesos Christos. Aber all das war nur der Anfang.

*

»Herrin, das Kloster des Zwergen brennt!«

Der Eunuch war an dem Türsteher der Königin vorbeigestürmt und hatte sich zu Boden geworfen.

»Verzeiht, allergnädigste Gebieterin«, stieß er hervor, während er sich hochraffte, »und auch Ihr, erhabene Prinzessin, verzeiht! Midad schickt mich, um Euch über das Unglück zu unterrichten.«

Erst jetzt wurde ihm klar, dass er die Gattin und die Schwester des Kalifen bei der Schönheitspflege störte. Die kleine Prinzessin Sitt Misr, gerade erst fünf Jahre alt, aber ihrer Tante eindeutig ähnlich, floh in die schützend geöffneten Arme ihrer Mutter Amina.

Sitt Al Mulk schnellte auf dem Ruhebett in die Höhe. Obwohl sie im vierzigsten Lebensjahr stand, waren ihre Bewegungen noch immer leicht und geschmeidig.

»Wischt mir das Öl ab! Bindet mein Haar in ein Tuch. Schnell! Ich muss auf den Mukattam!«

Sie hielt den Dienerinnen Händflächen und Fußsohlen hin, damit sie die zum Einwirken kunstvoll aufgetragenen Hennazeichnungen abnehmen konnten.

»Amina«, sagte sie zu ihrer Cousine, »verzeih, dass ich dich und die Kleine allein lasse, aber du verstehst, dass ich hinauf zum Kloster muss! Ich kann nicht glauben, was die Nachricht bedeutet.«

Sobald sie angekleidet war, ging sie hin zu der kleinen Sitt Misr, beugte sich zu ihr und küsste sie:

»Deine Tante muss fortgehen, aber komm doch *du* heute Abend mit deiner Mutter zu mir ins Wasserschloss!« Sie blickte zu Ami-

na, die sich ein wenig schwerfällig zur Seite gedreht und auf einen Arm gestützt hatte. »Ihr kommt doch, nicht wahr?«
Amina war mit den Jahren sehr üppig geworden.
»Wir werden da sein, meine Schwester!«
»Laufe du voraus«, wandte Sitt sich an den Eunuchen, »und vergewissere dich, dass meine Sänfte bereit ist. Dann sieh zu, dass du schnell zum Wasserschloss zurückkommst und sage Ali Ibn Ahmed und Midad, dass ich schon auf dem Weg auf den Berg bin. Sie mögen mir mit einem Dutzend bewaffneter Eunuchen nachkommen!«
Kurz hatte sie überlegt, eine größere Mannschaft auf den Mukattam zu befehlen. Aber sie verwarf den Gedanken gleich wieder. Es war undenkbar, den Soldaten des Kalifen einen Krieg zu liefern, also wollte sie nur so viele mitnehmen, wie sie zu ihrem Schutz brauchte.
Vor dem Blauen Pavillon, den Amina seit ihrer Hochzeit mit dem Kalifen bewohnte, warteten schon die Träger mit der Sänfte. Sitt näherte sich mit eiligen Schritten. Während sie in den geöffneten Schlag stieg, rief sie: »Hinauf, zum Kloster des Zwergen! Wenn ihr schnell lauft, will ich jeden von euch belohnen!«
Schon hob sich die Sänfte und Sitt spürte den lockeren Gleichschritt der antrabenden Träger. Wenig später passierten sie das Bab Al Futuh und folgten der syrischen Straße ein Stück nach Norden. Dann zweigten sie auf den steinigen Pfad zum Mukattam ab. Plötzlich kam die Sänfte zum Stillstand. Sitt schob das Gitterwerk vor dem Fenster zur Seite, um besser hinaussehen zu können. Konnte es sein, dass Ali und Midad sie bereits eingeholt hatten?
Doch als sie den Kopf zum Fenster hinausstreckte, sah sie, wie sich vor ihnen eine Abteilung von Al Hakims schwarzer Sklaveninfanterie sammelte und ihnen den Weg versperrte. Im nächsten

Augenblick kam ein Mann auf einem Esel, zu beiden Seiten von Soldaten flankiert, den Pfad heruntergeritten. Zuerst fiel Sitt nur das über und über staubbedeckte schwarze Gewand des Mannes auf. Als Nächstes sah sie, dass er sich mit Mühe auf dem Rücken des Tieres hielt, weil seine Hände gefesselt waren. Sie sperrte sich gegen die traurige Wahrheit, doch dann erkannte sie mit Schrecken, dass es ihr Onkel Arsenios war, den die Soldaten da den Berg herabführten.

Mit einem Schrei stieß sie den Schlag der Sänfte auf und sprang heraus. Sie strauchelte und stürzte. Mit zusammengepressten Zähnen richtete sie sich auf; ihr linker Knöchel schien verletzt. Dennoch raffte sie die staubigen Kleider und zwang sich hinkend bergauf.

Der Zug der Soldaten kam zum Stillstand und verdichtete sich zu einer Phalanx. Vor ihr erhob sich eine Reihe runder Schilde, deren jeder in der Mitte zu einem tödlichen Dorn zusammenlief. Unbeirrt bewegte Sitt sich auf die Schilde zu. Dabei formten ihre Lippen ohne Unterlass beschwörend die Worte:

›*B'Ism Illah al rahman al rahim!*‹

Die Verletzung verlangsamte den Aufstieg. Doch sie kam ihr insofern zugute, als sie den Anführer der Soldaten unsicher werden ließ. Der Offizier wusste, wen er vor sich hatte und es regte sich in ihm die berechtigte Sorge, der Kalif könnte ihn in seiner gefürchteten Willkür für den Unfall der Prinzessin Sitt Al Mulk verantwortlich machen. Damit wäre sein Leben verwirkt. Also ließ er den Schild sinken, sodass das Leopardenfell über seiner büffelledernen Brust- und Lendenpanzerung sichtbar wurde. Er trat einige Schritte vor, der Prinzessin entgegen, um sie in gebrochenem Arabisch zu begrüßen.

»Der Friede sei mit Euch, ehrwürdigste Tochter des Al Aziz, *Amina* von Ägypten!«

Dabei verneigte er sich, bis seine Stirn den Staub berührte.
Sitt hielt nicht an, sondern hinkte an ihm vorbei, geradewegs auf die Öffnung zu, die durch sein Heraustreten in der Reihe der Soldaten entstanden war. Weil der Offizier, der ihr überrascht nachsah, keinen gegenteiligen Befehl gab, wichen die Männer langsam zur Seite und machten Platz für die Prinzessin, die sich Schritt um Schritt dem Patriarchen näherte.
»Sitt Al Mulk, Tochter meiner Schwester!«, rief ihr Arsenios zu, als er erkannte, wer seinen Abstieg ins Tal zum Halten gebracht hatte. »Was tust du hier?«
»In welcher Lage muss ich dich sehen, mein Onkel? Was ist mit dem Kloster des Zwergen geschehen?«
»Das Kloster gibt es nicht mehr, *ya binti!* Was die Soldaten nicht zerschlagen und angezündet haben, liegt jetzt auf einem Haufen auf dem Plateau vor dem Kloster: Der Schrein mit den Reliquien des heiligen Johannes, die kostbaren Gefäße und die Ikonen mit ihren goldenen und silbernen Rahmen, alte Schriften und die Truhen mit dem Kirchenschatz. Gott allein weiß, was damit geschehen wird!«
In Wahrheit freilich wusste der Patriarch ebenso gut wie Sitt, was mit den Schätzen des Klosters geschehen würde: Sie würden in eine jener religiösen Stiftungen eingehen, die der Kalif kürzlich eingerichtet hatte, um davon die prachtvollen neuen Moscheebauten und den kostspieligen Betrieb seiner Universität zu bezahlen. Diese Stiftungen speiste er sowohl aus den Vermögen hoher Beamter, die in Ungnade gefallen waren, als auch aus den Besitztümern, die ihm durch die Christenverfolgung zufielen. Dazu gehörten nicht nur die umfänglichen Ländereien und Liegenschaften der Kirchen, sondern auch der zurückgelassene private Besitz fliehender *Messianer*.
Jetzt aber gab der Anführer der Truppe doch ein Kommando und

die Soldaten setzten sich wieder in Bewegung. Den Esel, auf dem der Patriarch saß, trieben sie mit Schlägen ihrer flachen Schwertklingen an. Sitt ergriff den Zügel und hängte sich hinein, um das Tier am Weitergehen zu hindern.

»Lass es gut sein, Tochter meiner Schwester!«, hörte sie Arsenios sagen. »Für mich kannst du im Augenblick nichts tun, aber für das Kloster: Rette die Reliquien des heiligen Johannes! Der Schrein liegt beim Stall, verborgen unter den anderen Schätzen. Birg ihn und du wirst dem Kloster des Zwergen den größten Dienst erwiesen haben!«

»Nein, mein Onkel, ich lasse es nicht zu, dass sie dich abführen!«

»Siehe, meine Tochter, ich gehe willig meinem Schicksal entgegen. Der Herr ist mein Hirte und führt mich nach weisem Ratschluss. Bringe dich nicht in Gefahr! Das Reich braucht dich und das Volk Ägyptens nicht minder.«

Die Soldaten rückten immer näher an Sitt heran und der Esel schrie unter ihren Schlägen. Die Prinzessin musste das Tier ziehen lassen. Aber sie hielt sich am Zügel fest und ging, immer noch hinkend, nebenher.

»Die Griechen brauchen ihren Patriarchen!«, rief sie aus.

»Erinnere dich, Sitt Al Mulk, wie du vor dreizehn Jahren darauf bestandest, dich den Soldaten auszuliefern. Ich konnte dich damals nicht hindern. Und es war gewiss zum Guten. Die Christen Ägyptens könnten keine bessere Schutzherrin haben als die ›*Imamin*‹, wie die Menschen dich heute allerorts nennen. So also lass mich ebenfalls gehen. Wie du damals deinen Ruf hörtest, so höre ich ihn heute!«

Während der Patriarch sprach, war der Zug neuerlich zum Stillstand gekommen.

›Das‹, dachte Sitt, ›müssen meine Leute sein!‹

Unruhe machte sich in den vorderen Reihen breit und es fielen erregte Worte. Anscheinend hatte Sitts leere Sänfte bei den Neuankömmlingen Beunruhigung ausgelöst. Ali Ibn Ahmeds Stimme war deutlich herauszuhören:

»Wo ist die Prinzessin? Gebt sie heraus, bei Allah!«

Sitt spürte, dass die Lage gefährlich werden konnte, wenn sie sich nicht zeigte. Widerwillig ließ sie den Zügel fahren. Sie legte ihre Hand auf die gefesselten Hände des Patriarchen.

»Gott mit dir, Onkel Arsenios.«

Dieser hob seine beiden Hände und damit auch die ihre, die er küsste. »Und mit dir, Tochter meiner Schwester!«

Ohne umzublicken, hinkte Sitt durch die sich erneut teilenden Reihen der Soldaten nach vorn. Ali hatte sein Schwert gezogen. Hinter ihm standen ihre bewaffneten Eunuchen und versperrten den Weg. Bestürzung zeigte sich in Alis Miene, als er erkannte, dass sie verletzt war. Mit wenigen Schritten stand er bei ihr, um sie zu stützen.

»Hat Euch jemand …?«

»Nein, *ya* Ali, niemand hat mir ein Leid angetan. Ich bin beim Aussteigen aus der Sänfte gestürzt. Lass die Eunuchen die Schwerter fortstecken und Platz machen für die Schwarzen!«

Ihre Leute reihten sich am Wegesrand auf und Hakims Soldaten konnten passieren. Als Ali und Midad den Patriarchen inmitten der Truppe ausmachten, sahen beide verwundert zu Sitt. Sie aber stand in sich gekehrt und schwieg, bis der letzte Mann vorbei war. Dann straffte sie ihre Gestalt und sagte: »Wir gehen jetzt zum Kloster. Dort gibt es Arbeit für uns!«

Während Ali ihr in die Sänfte half, erzählte sie ihm, was geschehen war.

»Das Kloster ist zerstört. Vor dem Stall liegen, vergraben unter anderen Schätzen, die Reliquien des heiligen Johannes. Ich werde sie nach Misr bringen und der Gemeinde des heiligen Georg übergeben. Sobald wir beim Kloster sind, will ich mich vor euch stellen, damit es keinen Zwischenfall gibt.«

In der Sänfte lehnte Sitt sich mit einem Seufzer der Erleichterung zurück. Sie hob ihr Kleid, um sich den Knöchel zu besehen. Durch den aus dünner Seide genähten Strumpf hindurch konnte sie erkennen, dass er angeschwollen war. Jede Berührung tat weh. Sie lehnte sich in einen Winkel, sodass das Bein auf der Bank ausgestreckt zu liegen kam und der Schmerz ließ nach.

»Das soll mich nicht hindern, die Reliquien zu bergen. Und ich will sehen, ob ich den Mönchen helfen kann. Sonderbar, dass Onkel Arsenios nicht von ihnen gesprochen hat!«, sagte sie zu Ali, der neben der Sänfte ritt.

Obwohl sie wusste, dass es nicht ungefährlich sein würde, Hakims Kriegssklaven entgegenzutreten, denn nach der Erstürmung des Klosters befanden sie sich vermutlich noch im Rausch der Zerstörung, sorgte sie sich weniger um sich selbst als um ihren Onkel.

›Der Kalif‹, überlegte sie, ›hat so viele christliche Beamte foltern lassen, um ihnen Eingeständnisse der Untreue abzupressen und daraufhin ihre Vermögen zu beschlagnahmen. Ist etwa auch Arsenios in Gefahr? Aber er ist nicht vermögend wie ein Wesir oder ein Staatssekretär, der ausgiebig Gelegenheit hat, sich zu bereichern. Nein, Mansur wird sich an seinem Onkel nicht vergreifen!‹

Brandgeruch stieg Sitt in die Nase. Ihr kleiner Trupp hatte das Felsplateau erreicht. Schon rückte das Kloster ins Blickfeld. Die Außenmauern standen fest und stark wie eh und je, doch über allem hing eine Wolke aus Rauch und Staub. Das Schlagen von Abbruchhacken erfüllte die Luft. Vier Soldaten, jeder von ihnen ein gezogenes Schwert in der einen und einen Speer in der anderen Hand, bewachten die enge Klosterpforte.

Ali und Midad ritten zu beiden Seiten von Sitts Sänfte einher. Damit kein Unfrieden unter den beiden entstand, hatte Sitt beschlossen, dass Midad die Eunuchen befehligen sollte. Er war schon seit langem eifersüchtig auf die einflussreiche Stellung, die Ali bei ihr einnahm und sie musste darauf achten, dass er als Hofmeister zu seinem Recht kam. Als sie das Gitterfenster zur Linken aufschob, trieb Midad seinen Esel an das Fenster heran, um seine Herrin besser verstehen zu können.

»In der Nähe des Stalles liegt geplündertes Gut. Zuunterst befindet sich der Schrein mit den Reliquien des heiligen Johannes des Zwergen. Wir wollen ihn finden und ins Tal nach Misr bringen, in die Obhut der Gemeinde des *Mar* Gergis. Ich möchte, dass du und deine Leute danach sucht. Ali Ibn Ahmed will ich bitten, sich zu meinem Schutz neben mich zu stellen.«

Midad nickte. In seinem guten schwarzen Gesicht konnte Sitt die Befriedigung darüber sehen, dass sie ihm eine wichtige Aufgabe zugedacht hatte. Er gab dem Esel die Fersen, um den anderen Eunuchen seine Anweisungen zu erteilen. Sitt wandte sich nun nach rechts und teilte Ali mit, dass sie auf seinen Schutz zählte.

Inzwischen waren sie um das Kloster herum auf jene Seite gelangt, wo der Stall an die Schutzmauer angebaut war. Unweit des Stalles türmte sich, wie Arsenios gesagt hatte, tatsächlich das Plündergut. Die Edelsteine und das Gold und Silber des Klosterschatzes funkelten und blitzten in der Sonne. Al Hakims Soldaten hatten offenbar das Dach des Stalles als Stufe benützt, um die Gegenstände aus dem Kloster herauszubringen. Die dabei verwendeten Leitern und Flaschenzüge befanden sich noch an Ort und Stelle.

Bisher waren Sitt und ihre Begleiter unbehelligt geblieben. Der Hauptteil der Sturmtruppe befand sich vermutlich im Kloster, um das Zerstörungswerk zu vollenden. Das rhythmische Aufschlagen

der Hacken auf die jahrhundertealten Steinmauern der Gebäude im Inneren würde noch lange zu hören sein.
Auf Ali Ibn Ahmed gestützt, humpelte Sitt ihrem Eunuchentrupp voran. Die Schätze waren, wie der von ihnen beißend aufsteigende Uringeruch verriet, nicht von der Entweihung verschont geblieben. Auf ein Zeichen der Prinzessin gingen Midad und seine Leute daran, die Reliquie unter den achtlos weggeworfenen Kostbarkeiten zu suchen.
Sitt kehrte ihnen den Rücken zu und hielt Ausschau, ob von Hakims Soldaten Gefahr drohte. Sie hatte sowohl die Klosterpforte als auch die Mauerzinnen im Auge. Weder ihr noch Ali fiel es ein, das Gelände hinter ihnen zu beobachten, wo lediglich ein schmaler Saumpfad ins Mukattamgebirge hineinführte.
Unter Midads Ermahnungen zur Sorgfalt räumten die Eunuchen das Kirchengerät auf die Seite. Von Zeit zu Zeit warf Sitt einen Blick auf den stetig kleiner werdenden Berg, in der Hoffnung, dass der Reliquienschrein bereits zutage lag. Aber es war wohl genau so, wie Arsenios gesagt hatte: Der Schrein befand sich zuunterst und so würde es noch eine Weile dauern, bis sie ihn freigelegt hatten.
Sitts Fuß meldete sich erneut mit stechendem Schmerz und sie stützte sich stärker auf Ali, der sie besorgt ansah. Alis Hand drückte ihren Arm und sie antwortete ihm mit einem dankbaren Blick. Diese feste Hand – wie froh war sie in den vergangenen Jahren gewesen, in jeder Schwierigkeit unfehlbar die Stütze seiner Hand zu spüren! Und die Schwierigkeiten häuften sich in dem Maß, da Al Hakims Unberechenbarkeit zunahm. Begonnen hatte es damit, dass sein Drang, das Volk zu bessern, sich in Bekehrungswut wandelte. Zuerst hatte sich dieser Eifer gegen die Muslime der *Sunna* gerichtet, die er zur *Ismailia* bekehren wollte. Die Folge war, dass der Andalusier Abu Rakwa in der Cyrenaika ein sunnitisches Gegenkalifat ausrief.

Daraufhin fiel Hakim ins andere Übel: Er kehrte den Streiter für den Islam hervor. Nun tobte er sich an den Christen aus, indem er ihre Heiligtümer zerstörte und sie vor die Wahl stellte, entweder zum Islam überzutreten oder das Reich zu verlassen. Dass sich dabei großer Gewinn machen ließ, kam ihm durchaus zupass, denn seine Moscheebauten und seine verschwenderische Freigebigkeit verschlangen Unsummen. Nach außen hin mochte es deshalb so erscheinen, als wollte er auf Kosten der Christen die Gunst der sunnitischen Muslime zurückgewinnen. In Wirklichkeit aber verfolgte er noch ganz andere Ziele, wie Sitt wusste und ihr wurde angst und bange dabei.

Ein lauter Ruf in ihrem Rücken ließ beide, Sitt Al Mulk und Ali Ibn Ahmed, zusammenzucken. Sie drehten sich um. Midad und die anderen Eunuchen ließen von dem Kirchenschatz ab, eilten zu ihrer Prinzessin und bildeten vor ihr eine schützende Reihe. Zwischen den Köpfen hindurch sah Sitt, dass sich über den außer Acht gelassenen Saumpfad eine Schlange schwarzer Soldaten wand. Es waren mehrere Dutzend Mann. Die ersten von ihnen hatten bereits das Plateau erreicht.

Obwohl Sitt damit gerechnet hatte, dass sie es mit Hakims Soldaten zu tun bekommen würde, war sie von ihrem plötzlichen Auftauchen überrascht. Ein Kampf musste jedoch unter allen Umständen vermieden werden.

»Lasst mich vor!«, rief sie daher so laut, dass die Eunuchen vor ihr verdutzt zur Seite wichen. Midad machte eine Bewegung, als wollte er sie aufhalten, besann sich jedoch eines Besseren. Er wusste, dass er die Prinzessin von ihrem Vorhaben nicht würde abbringen können, auch weil ihm klar war, dass sie das einzig Richtige tun würde, um die Lage unbeschadet zu meistern.

Sitt hatte Alis Arm losgelassen. Trotz der Schmerzen in ihrem Fußknöchel trat sie, so aufrecht es ging, den heranrückenden

Schwarzen entgegen. Mit einer Handbewegung bedeutete sie den Eunuchen, ihr zu folgen.

Der erste Mann unter den Schwarzen war auch jetzt durch sein Leopardenfell als Offizier gekennzeichnet. Sitt fragte sich, was die Soldaten wohl auf dem Saumpfad zu suchen hatten. Der Weg führte nicht vom Tal herauf, sondern verlor sich nach oben zu in dem felsigen Gebirge. Sie hatte bei früheren Besuchen gesehen, wie die Mönche ihre Ziegen dort hinauftrieben, um sie nach Gräsern und Dornenpflanzen suchen zu lassen, die, vom Nachtnebel befeuchtet, zwischen den Steinen des Mukattam wuchsen.

Dieser Anführer hier schien verdrossen. Schweiß rann ihm über die Stirn und zog Schlieren durch den Staub auf seiner dunklen Haut. Ihm lag sichtlich weniger an der Einhaltung des Protokolls als jenem Offizier, der ihr auf dem Weg herauf in die Quere gekommen war. Ohne Gruß und mit knapper Verbeugung fragte er sie: »Was wollt Ihr hier?«

»Vom Tal aus konnte ich sehen, dass es im Kloster brennt. Ich wollte nach dem Rechten sehen und Hilfe leisten«, erklärte sie harmlos. »Doch sehe ich, dass die Soldaten des Kalifen schon vor uns da waren. Ich will die Mönche des Klosters in Sicherheit bringen und den Schrein des heiligen Johannes des Zwergen bergen.«

Der Offizier schüttelte den Kopf.

»Unser Hauptmann befindet sich im Kloster. Es steht mir nicht zu, mit Euch zu verhandeln. Ihr müsst mit ihm sprechen.«

»Solange der Hauptmann nicht da ist, werden meine Leute weiter nach dem Schrein des heiligen Johannes suchen.«

Der Offizier zögerte. Ihm kamen Zweifel, ob es ratsam war, den Groll der einflussreichen Prinzessin auf sich zu ziehen. Sitt spürte seinen Zwiespalt und begriff, dass er ihren Einfluss auf den Kalifen für ungebrochen stark hielt. ›Wie gut, dass sie nicht wissen, auf wie vielen Umwegen und mit welch schwierigen Winkelzügen ich meinen Einfluss auszuüben gezwungen bin und dass Mansur immer öfter genau das Gegenteil dessen tut, was ich ihm rate‹, dachte sie bei sich.

Sitt wandte sich erneut an den immer noch unschlüssigen Offizier. Der Brustpanzer des Mannes war über und über von Amuletten bedeckt. Demnach konnte sie versuchen, ihn bei der Geisterfurcht zu packen: »Johannes der Zwerg ist ein mächtiger Heiliger. Du wirst doch nicht seinen Groll auf dein Haupt laden wollen, indem du ihn schänden lässt?«

Sie forschte in seinem Gesicht nach Spuren der Wirkung ihrer Worte. Der Mann wich ihrem Blick aus. Sie lag also richtig in ihrer Annahme.

»Weißt du denn nicht«, fuhr sie eindringlich fort, »dass die Heiligen der Christen große Wunder vollbringen können? Sie lassen Wasser aus dem Fels sprudeln und bewirken die Heilung von Kranken. Aber ebenso groß ist ihre Macht, denjenigen zu strafen, der sich an ihnen und ihren Schützlingen vergreift. Der heilige Johannes wird es dir danken, wenn du ihm dienst, aber sein Zorn wird dich dein Leben lang verfolgen, wenn ihm durch deine Schuld Schaden geschieht.«

Sitt kannte die Macht der Geister, doch fürchtete sie sich nicht vor ihnen, denn sie glaubte an die göttliche Vernunft. Der Schwarze indessen war früher auf die Zauberer seines Volkes angewiesen gewesen und jetzt, nach seiner Bekehrung zur *Ismailia,* fehlte ihm dieser Schutz und deshalb wurde ihm von Sitts Rede äußerst unbehaglich zumute.

Die Angst hatte den ärgerlichen Ausdruck in seinem Gesicht verdrängt.

»Also, wenn Ihr es so sagt, *Imamin,* dann will ich den Geist des heiligen Johannes nicht erzürnen. Lasst Eure Leute weitersuchen, doch mögen sie sich eilen!«

Seine Soldaten, die sich hinter ihm in Aufstellung gebracht hatten, bellte er an:
»Wenn ihr wollt, ihr Hundesöhne, dass euch der Geist dieses Heiligen der Messianer nicht verschlingt, so schweigt über das, was ihr gehört und gesehen habt.«
Während Midad und die Eunuchen sich wieder an die Arbeit machten, fragte Sitt den Offizier:
»Wie kommt es, dass du und deine Männer von dort« – sie zeigte in die Richtung des Saumpfades – »gekommen seid? Dieser Weg führt doch nirgends hin!«
»Er führt auf den Mukattam.«
»Aber dort verliert er sich.«
»Ja, aber aus dem Kloster führt ein anderer Weg ebenfalls auf den Mukattam.«
Sitt sah ihn fragend an.
»Die Christen haben einen Geheimgang gebaut und sind durch ihn geflohen. Wir hatten Befehl, sie zu verfolgen, konnten aber keinen einzigen von ihnen finden.«
›Onkel Arsenios!‹, schoss es Sitt durch den Kopf. ›Hat er die Kriegssklaven ganz allein so lange aufgehalten, bis die Mönche seines geliebten Klosters in Sicherheit waren?‹

*

Wieder im Tal angelangt, ließ Sitt sich trotz ihrer Verletzung nicht ins Wasserschloss zurücktragen.
»Ich will die Reliquie bis zur Kirche des *Mar* Gergis begleiten«, sagte sie zu Ali und Midad. »Danach werde ich sehen, was ich für den Patriarchen tun kann.«
Um Aufsehen zu vermeiden, nahmen sie nicht die Große Straße durch Al Kahira, sondern die Landstraße auf dem schmalen Wüs-

tenstreifen zwischen der Kalifenstadt und dem Mukattam. Früher am Tag wäre hier alles verstopft gewesen von Kamelkarawanen, Fuhrwerken und Viehherden. Noch hing der Gestank des Dungs in der Luft. Müllleute luden Abfälle auf Eselskarren. Eine Bäuerin trieb ihre Ziegen vor sich her.

Zur Linken ragten die schroffen Felsen des Gebirges in den Himmel, zur Rechten die gewaltigen Mauern der Zitadelle. Sitt konnte das Hufgeklapper und die Zurufe der Reiterei hören, die oben auf der Mauer Wache schob. Sie musste nicht befürchten, angehalten zu werden, denn jeder in Al Kahira wie in Misr kannte die blau-weiß-goldene Sänfte der Prinzessin Sitt Al Mulk.

Nachdem sie die Stadt hinter sich gelassen hatten, gelangten sie auf das Landstück zwischen Al Kahira und Misr. Inmitten von Feldern und Hainen entstand hier ein eigener Wohnbezirk für Hakims wachsende schwarze Sklavenarmee, denn das Griechenviertel von Al Kahira, das er für die neuen Soldaten hatte räumen lassen, war zu klein geworden. An den Moscheen des Ibn Tulun und der Sajida Nefisa vorbei, folgte Sitts Zug nun der Landstraße in Richtung Süden, um auf der Höhe der Kirche des heiligen Georg nach Misr einzuschwenken. Die Christen von Misr hatten ein hartes Jahrtausend hinter sich. Ob unter der Herrschaft Roms, Konstantinopels oder der Muslime – wirklich sicher konnten sie sich nicht fühlen. Entsprechend war ihre Stadt angelegt: Festungsartige Häuserblocks mit wenigen Fenstern zur Gasse hin umschlossen liebevoll gehegte Hofgärten. Auf diese Weise entzog sich das Leben der Menschen den spionierenden Blicken der wechselnden Obrigkeiten und schützte sich, so gut es ging, vor deren Übergriffen. Abseits der wimmelnden Märkte und Hauptstraßen wirkten die Wohnviertel von Misr deshalb nahezu ausgestorben, obwohl, wie Sitt wusste, hinter den Mauern reges Treiben herrschte.

Sitts Zug bewegte sich eine dieser einsamen Gassen entlang. Nichts verriet, dass, verborgen hinter Fensterläden und Maschrabia-Gittern, viele Augenpaare aufmerksam verfolgten, was draußen vor sich ging. Die Zeiten waren gerade besonders schlecht und Wachsamkeit war geboten. Nach einer letzten Biegung erhob sich vor den Augen der Hofleute die runde, auf einen römischen Turm aufgebaute Kirche des *Mar* Gergis. Vorsichtig stieg Sitt Al Mulk aus der Sänfte aus und sah sich auf dem Kirchenplatz um. Lächelnd bemerkte sie, wie in Hauseingängen und an Gassenecken neugierige Kindergesichter auftauchten. Bald kamen die Kleinen näher und schließlich zeigte sich auch die eine oder andere Frauengestalt. Bald war Sitt von einer Menschenmenge umgeben. Die Leute küssten den Saum ihres Gewandes, griffen nach ihren Händen, bekreuzigten sich und redeten in drei Sprachen auf sie ein. Das Koptische konnte sie nicht verstehen, doch reimte sie sich aus den arabischen und griechischen Wortfetzen, die an ihre Ohren drangen, zusammen, dass die Leute sie anflehten, beim Kalifen für sie einzutreten. Das Herz zog sich ihr zusammen angesichts der Verzweiflung, die aus den Gesichtern und Gebärden sprach. Dass in Ägypten zu ihrer Lebzeit und nach der gütigen Herrschaft des Al Aziz Unsicherheit und Verfolgung herrschten, kam ihr unbegreiflich vor.

Sie hob die Hände in einer beschwichtigenden Geste und fing an zu sprechen. Zunächst blieben ihre Worte ungehört, doch allmählich merkten die Leute, dass sie ihnen etwas zu sagen hatte, stießen einander an und mahnten sich gegenseitig zur Aufmerksamkeit.

»Hört, seid still! Die Prinzessin will etwas sagen!«

Als das Stimmengewirr sich legte, setzte Sitt noch einmal zu ihrer Rede an.

»Es betrübt mich, euch, meine Brüder und Schwestern, in solch schwieriger Lage zu sehen. Ich tue, was ich kann und seid getrost, es wird sich wieder zum Guten wenden. Seid stark und haltet aus! Soeben komme ich vom Kloster des Zwergen. Was heute dort geschieht, macht mein Herz traurig. Das schöne alte Kloster wird zerstört. Der Patriarch Arsenios ist gefangen genommen worden. Betet für ihn! Aber bleibt ruhig, damit es kein Blutvergießen gibt. Ich verspreche euch, es wird nicht mehr lange so weitergehen. In der schlechten Nachricht verbirgt sich auch eine gute: Die Mönche des heiligen Johannes konnten den Soldaten entkommen und ich bringe euch hier den Reliquienschrein. Wo ist der Vorsteher der Gemeinde des *Mar* Gergis? Schickt ihn zu mir!«

Der Priester hatte sich bereits in der Menge befunden und nun stand er neben Sitt.

»Wir grüßen Euch, erhabene Prinzessin Sitt Al Mulk, Tochter der Theodora! Ihr bringt uns schlimme Nachricht, macht uns aber zugleich Mut. Wie Ihr wisst, wird es den Menschen täglich schwieriger, in ihrer Religion zu leben. Dabei hat Euer Großvater Al Muizz den Christen die Ausübung ihrer Religion garantiert. Damit die Soldaten des Kalifen keinen Verdacht schöpfen, muss ich die Leute jetzt wieder in ihre Häuser schicken. Verzeiht mir, hohe Herrin!«

»Du hast recht, ehrwürdiger Diener des Herrn Iesos Christos! Lass die Menschen heimgehen. Euch allen aber danke ich, dass ihr gekommen seid. Meine Gedanken sind ständig bei euch! Nehmt den Schrein mit der Reliquie des heiligen Johannes! Verbergt sie gut, sie wird euch schützen!«

Sie ergriff die Hand des Priesters und küsste seinen Ring, wie sie es als Kind bei ihrer Mutter gesehen hatte. Von dieser unerhörten Geste einer Kalifentochter tief gerührt, brach das Christenvolk in Lobpreisungen aus und der Gemeindevorsteher musste die Menschen erneut zum Aufbruch mahnen.

*

Sobald Sitt und ihre Begleiter an diesem Abend auf der großen Straße durch das Suweila-Tor nach Al Kahira zurückkehrten, schickte Midad einen Eunuchen los, um die Leibärzte ins Schloss rufen. Aber die Prinzessin war noch nicht bereit, sich versorgen zu lassen. Ihr Knöchel war inzwischen zwar so dick angeschwollen, dass sie den Fuß nicht mehr bewegen konnte. Doch wollte sie den Kalifen unbedingt aufsuchen und anschließend nachsehen, wie es Arsenios ging. Ihr Gefühl sagte ihr, dass der Onkel in großer Gefahr schwebte, während ihr Verstand sie zu beruhigen suchte: ›Die Soldaten haben ihn gefangen genommen, weil er ihnen Widerstand leistete. Wer weiß, ob der Kalif ihnen überhaupt einen Befehl dazu gegeben hat! Vielleicht ist Arsenios längst schon wieder auf freiem Fuß!‹

Indes musste sie sich eingestehen, dass ihrem Bruder beinahe alles zuzutrauen war. Alle paar Monate ernannte er jetzt einen neuen Wesir, überhäufte ihn mit Lorbeeren und stattete ihn mit schwülstigen Ehrentiteln aus – »Der Zuverlässigste von allen«, »Pol des Staates«, »Sonne des Reiches« –, nur um den Unglücklichen bald darauf, mit oder ohne Grund, umbringen zu lassen und sein Vermögen einzuziehen.

Begonnen hatte dieses Gemetzel unter den regierenden Beamten mit der Hinrichtung des christlichen Staatssekretärs Fahd Ibn Ibrahim. Ein Intrigant hatte Fahd fälschlich der Untreue bezichtigt. Hakim ließ ihn, ohne Nachforschungen anzustellen, enthaupten. Sitt Al Mulk konnte die Intrige aufdecken, aber Fahd wieder zum Leben erwecken, das konnte sie nicht.

Auch der Wesir und Generalissimus der Kutama, Al Hussein Ibn Al Gauhar, der Sohn des Eroberers Ägyptens, konnte bei aller Wendigkeit und trotz seiner Machtfülle der Verfolgung durch den

Kalifen nicht entgehen. Zusammen mit dem letzten Oberrichter aus der Sippe der Al Numan ließ ihn Al Hakim von türkischen Gardisten abschlachten. Damit drängte er den Einfluss der Berber im Staat neuerlich zurück. Zugleich erhielt der Kalif Zugriff auf das märchenhafte Vermögen des Sohnes des Eroberers von Ägypten, das sogar jenes des Kalifen und der reichsten Prinzessinnen übertraf. Seine *Sakira* war in einem eigenen Schatzhaus untergebracht, das Al Hakim zusammen mit seinen Gütern beschlagnahmte und seiner religiösen Stiftung einverleibte.

Jeden Prinzen, der auch nur den entfernten Verdacht erweckte, auf den Thron Anspruch zu erheben, hatte Hakim aus dem Weg geschafft. Prinz Abdallah Ibn Haschim, der Sitt Al Mulks Verbündeter gewesen war und um sie geworben hatte, schickte der Kalif einen Schergen in den Hamam und ließ sich anschließend seinen Kopf bringen.

Wie alle anderen Würdenträger führte auch Sitt in diesen Zeiten ein Leben unter dem Schwert des Henkers. Oft überlegte sie, aufzugeben und sich auf ein Landgut oder nach Syrien zurückzuziehen. Doch am Ende brachte sie es nicht über sich, Al Kahira zu verlassen.

Während er unter Prinzen und Würdenträgern ein Gemetzel anrichtete, zog sich Al Hakim eine neue Kaste von Eunuchen – vornehmlich Schwarze aus den Südländern – heran, setzte sie in hohe Ämter ein und machte sie zu seinen Beratern. Es war eine eng verschworene Clique, die sich sogar den geübten Nachrichtenbeschaffern der Prinzessinnen Sitt Al Mulk und Abda Bint Al Muizz verschloss. Zwar verzeichneten die Annalen, dass der Kalif sich in allem mit seiner Schwester beriet, doch konnte Sitt darüber nur lachen.

»Ja, ja!«, sagte sie jedes Mal, wenn eine Entscheidung ihres Bruders am Hof oder im Volk Angst und Schrecken verbreitete. »Er fragt mich wohl nach meiner Meinung, aber er hört nur noch auf mich, wenn er nicht mehr aus noch ein weiß. Dann übertreibt er in der Befolgung meines Rats auf so irrwitzige Weise, dass neuer Schaden entsteht!«

Dazu hatte Al Hakim sich in den vergangenen Jahren mit einer Bande windiger Mystiker umgeben, die ihm den Kopf verdrehten und ihm einredeten, er sei die fleischgewordene Gottheit. Die prunkvollen Kleider eines Kalifen hatte er abgeworfen. An ihrer Stelle hüllte er sich in das wollene Kleid der Sufis. Sein Haar hing ihm auf die Schultern und ein grober Schal ersetzte den juwelengeschmückten Turban. Wenn er, auf der Suche nach Geborgenheit in der Volksseele, durch Misr wandelte, ließ er Derwische vor sich tanzen. Dann wieder gab er sich auf einsamen Streifzügen über Friedhöfe und durch die Wüste der mystischen Verzückung hin. Je göttlicher er sich dünkte, desto willkürlicher und grausamer wurde seine Herrschaft. Wer ihn enttäuschte, ob in böser oder harmloser Absicht, hatte sein Leben verwirkt. Um Hakim herum flogen die Köpfe.

Die Prinzessin Sitt Al Mulk erwog und verwarf. Jede Möglichkeit zog sie in Betracht – selbst jene, den Kalifen für verrückt erklären zu lassen. Doch war das unmöglich, denn es galt als grundlegender Glaubenssatz, dass der Kalif der Vertreter Gottes auf Erden war, unbesiegbar und unfehlbar. Auf diesen Glaubenssatz gründete die Dynastie der Fatimiden ihren Anspruch auf das Kalifat. Er wäre ein für alle Mal verwirkt gewesen, wenn ein Kalif sich als Wahnsinniger erwies.

Und wer überhaupt sollte an seine Stelle treten? Seine Söhne waren noch Kinder, keiner älter als acht Jahre. Sitt hatte unter Anwendung höchster Vorsicht erkundet, ob es unter den erwachsenen Prinzen vielleicht noch irgendjemanden gab, der bereit gewesen wäre, sich gegen ihn zu stellen. Doch alle zitterten vor seiner

Willkür. So ließ sich nicht vorausplanen, wer Ägypten regieren würde, wenn sie es wagte, ihn zu stürzen. Die Fatimiden waren geschwächt. Andere Mächte würden auf den Plan treten, um das Reich zu übernehmen. Schon deuteten Anzeichen darauf, dass wieder ein Gegenkalifat ausgerufen würde, diesmal in der heiligen Stadt Mekka. Die oberägyptischen Scherifen der sunnitischen Richtung warteten ebenfalls nur auf die Gelegenheit, die Macht an sich zu reißen. Und es war nicht zu erwarten, dass der byzantinische *Kaisar* Basileios die Gelegenheit nicht für sich nutzen würde, wenn in Al Kahira ein Machtkampf tobte.
Sitt Al Mulk hatte es nun nicht mehr mit Gegnern wie Bargawan oder der Oberrichtersippe der Al Numan zu tun. Ihre neuen Gegner waren die Wahnvorstellungen ihres Bruders und die Irrlehren der Derwische.

*

Al Hakim war verärgert über seine Schwester Sitt Al Mulk. Nachdem er begonnen hatte, gegen das Christenvolk vorzugehen, waren von ihr nur noch Einwände und Vorhaltungen zu hören gewesen. Damit störte sie den ausgeklügelten Plan, der sich in seinem Kopf für die Zukunft gebildet hatte. Wenn er von ihr fortging, so war er immer ganz verwirrt und erst wenn er wieder mit dem Prediger Hamsa *Al Labad* – dem »Filzmacher« – zusammentraf, dann waren seine Gedanken klar.
»Die Kirchen, ob in Rom oder Byzanz, in Damaskus oder Kairo«, so wurde der Filzmacher nicht müde zu verkünden, »sie allesamt haben die Botschaft des Messias und somit auch die Wahrheit verraten!«
Aus Hamsas Verkündigungen folgerte der Kalif, dass alle, ob

Christen, Sunniten, Schiiten oder Ismailiten, auf falschen Wegen durchs Leben irrten.

Er, Al Hakim Bi Amr Illah, sei berufen, die Menschen zu Bekennern der wahren Religion zu machen. Deshalb müssten die christlichen Kirchen verschwinden und die Lehren der *Sunna* und der *Schia* wie auch der *Ismailia* unterbunden werden. Am Ende würden jene unvergleichlichen Moscheen, die in seinem Auftrag entstanden, die neuen Gotteshäuser der wahren Offenbarung sein! So wie einst sein Großvater, der Kalif Al Muizz, die Stadt Al Kahira als Auffangbecken für das Allerhöchste hatte bauen lassen, so würde die hohe Gilde der weisen Architekten Ägyptens seine Moscheen zu Brennpunkten der Lichtkraft machen. So wie die optischen Linsen des genialen Ibn Al Haissam würden ihre Kuppeln die göttliche Essenz einfangen.

Wie konnte er seiner Schwester, die hartnäckig behauptete, dass jede Religion ihre Berechtigung habe, solange niemandem in ihrem Namen Schaden zugefügt würde, diese Dinge jemals begreiflich machen? Als er sich darum bemühte, hatte sie sich über seine Ausführungen sehr erregt und ihn aufgefordert, »den Filzmacher und sein Sektiererpack«, wie sie es ausdrückte, »vom Hof zu verjagen und aus Ägypten zu verbannen«.

Von Sitt Al Mulk war also kein Verständnis zu erwarten. Im Gegenteil; sie würde ihm immer nur von »Vernunft« sprechen. Aber sprach denn nicht allein aus ihm die Vernunft Gottes?

Dabei war es ein überaus schwieriges Unterfangen, der wahren Lehre zur Ausbreitung zu verhelfen. Doch er hatte einen Plan. Er wollte die alten Religionen so lange gegeneinander ausspielen, bis ihr Widerstand zusammenbrechen würde.

Das erforderte umsichtiges und auf lange Sicht hin angelegtes Vorgehen. Der Patriarch Arsenios hatte geglaubt, er könnte sich ihm entgegenstellen, weil er sein Onkel war. Allein er, der Kalif Al

Hakim, befand sich im Besitz der Wahrheit und es war seine heilige Pflicht, diese zu verbreiten! Da durfte er auch nicht auf seinen eigenen Onkel Rücksicht nehmen, der sich zum Büttel seiner verbrecherischen Kirche gemacht hatte.
Trotzdem fürchtete Al Hakim die Missbilligung seiner Schwester und so war er wenig erfreut, als sein Vorhangzieher und Schwertträger ihm am Abend nach der Gefangennahme des Patriarchen den Besuch der Prinzessin Sitt Al Mulk meldete.

*

Sitt Al Mulk konnte kaum noch gehen. Midad und ein anderer Eunuch stützten sie und es kostete sie große Anstrengung, sich überhaupt noch aufrecht zu halten.
»Mein Bruder, verzeih, aber ich muss mich setzen«, sagte sie, nachdem sie Hakims Hand geküsst hatte. Entgegen ihrer sonstigen Überzeugung war es ihr im Augenblick sehr angenehm, dass der Kalif das strenge, den Sitten am Hof von Byzanz nachgebildete Hofprotokoll abgeschafft hatte. Niemand durfte sich mehr vor ihm niederwerfen. Auch die Verbeugung bis zum Boden und die *Proskynese* hatte er verboten. Damit war's auch vorbei mit dem Küssen der Füße, der Knie, des Gewandsaumes und des Bodens, der den Kalifen trug. Alles, was Hakim noch an Huldigung dulden wollte, waren eine mäßige Verbeugung und einfache Grußformeln. Höchste Würdenträger durften ihm die Hand küssen.
Sitt hatte den Eindruck, dass er sich dem Messias der Christen verwandt fühlte und diesem, was das Äußere und manche Verhaltensweise anging, nacheiferte. Letzthin war er zum Fest des Fastenbrechens in Misr eingeritten, als hätte er sich zuvor eine Malerei oder eine Illumination angesehen, die Aissa *Ibn* Mariam

beim Einzug in Jerusalem zeigte – in mönchisch einfachem Hemd, mit langem Haar und auf einem Esel.

Stand solch ein Verhalten einem Kalifen an? Nun, im Augenblick sollte sie das nicht kümmern. Sie hatte genug damit zu tun, die Schmerzen in ihrem Fuß so weit zu vergessen, dass sie ein Wort für ihren Onkel einlegen konnte.

Hakim sah mit aufrichtiger Sorge in ihr blasses Gesicht, in dem die Backenknochen ungewohnt stark hervortraten.

»Ich sehe, es fällt dir schwer zu gehen, meine Schwester! Was ist dir widerfahren?«

»Ich sah Rauch über dem Mukattam aufsteigen und eilte hinauf, weil ich das Kloster des Zwergen in Gefahr wähnte. Beim Aussteigen aus meiner Sänfte auf dem unebenen Felsboden bin ich gestürzt und da verletzte ich mich. Doch es war umsonst, denn ich konnte dem Kloster nicht mehr helfen.«

Erschöpft hielt sie inne. Der Kalif sagte nichts und sein Blick blieb unbewegt. Nach einigen Atemzügen sagte Sitt:

»Ich kam dazu, wie deine schwarzen Soldaten den Patriarchen abführten.«

Sie sah ihn unter angehobenen Brauen an.

Er starrte auf die gegenüberliegende Wand, als läse er die kalligraphierten Koranverse der Bordüre, die unter der Decke entlanglief.

»Ich nehme an, dass die Soldaten einen Fehler gemacht haben, indem sie unseren Onkel Arsenios festnahmen und dass der Patriarch bereits wieder im Schoß seiner Familie in Misr geborgen ist, habe ich recht, mein Bruder?«

Hakim löste den Blick noch immer nicht von der Schrift an der Wand. Die Angst griff nach Sitts Herz. Bis dahin hatte sie geglaubt, was sie glauben wollte, doch das schien fern zu sein von dem, was Wirklichkeit war. Nun schwieg auch sie. Drang sie jetzt in den Bruder, so würde er, wie sie ihn kannte, vollends unzugänglich werden. Sie nahm einen Schluck aus dem Glas mit *Zitronen-scharbat,* das ein Diener ihr eingebettet in Hermon-Schnee reichte.

›Allerhöchster Gott, ich bitte dich, verschone meinen Onkel!‹

Die Kraft ihres ganzen Wesens suchte sie in die Bitte zu legen.

Viele Atemzüge später regte sich der Kalif endlich. Die ganze Zeit über hatten seine schwarzen Eunuchen regungslos wie Statuen im Raum gestanden.

»Du weißt, *ya Imama,* wie die Kirchen die Menschen in einen Glauben binden, der von der göttlichen Offenbarung weit entfernt ist.«

»Was ich wohl weiß, ist, dass es viele Menschen gibt, die durch die Last ihres Tagwerks oder durch die Anlage ihres Geistes von den tieferen Botschaften der Offenbarung und der Philosophie abgeschnitten sind und der Führung durch ihre Priester, *Dais, Scheichs* und Rabbis bedürfen. Und vergiss nicht: Der Patriarch Arsenios ist der Bruder deiner und meiner Mutter!«

»Gut, meine Schwester, ich werde darüber nachdenken, wie ich mit Arsenios verfahren will.«

Sitt schöpfte Hoffnung.

»Bedeutet das, du wirst ihn freilassen?«

»Das vermag ich noch nicht zu sagen. Aber sorge dich nicht.«

»Ich danke dir, *ya* Mansur. Allah sei mit dir!«

»Sieh zu, dass dein Fuß wieder gut wird, meine Schwester! Ich will nicht um deine Gesundheit fürchten müssen. Du weißt, wie sehr ich dich brauche.«

›Mir wäre lieber‹, dachte Sitt, ›du würdest mich weniger brauchen und mehr auf mich hören.‹

Sitt versuchte noch einmal, mit ihm über das Schicksal des Onkels zu reden, doch Hakim reagierte nicht mehr auf ihre Worte. Er wechselte stattdessen das Thema.

»Arbeitet dieser Mesopotamier noch immer für dich, meine Schwester? Ich habe kürzlich überlegt, dass der Staat auf die Dienste eines so tüchtigen Menschen eigentlich nicht verzichten kann. Unser Polizeichef Gain braucht einen Stellvertreter und Sekretär. Ich wünsche, dass dein Mesopotamier diesen Posten übernimmt.«

»Aber ich benötige seine Hilfe dringend!«, rief Sitt erschrocken. »Er führt mir die Geschäfte und die sind, wie du ja weißt, in den vergangenen Jahren um ein Vielfaches gewachsen.«

»Der Staat braucht ihn dringender. Seitdem Gain als Polizeichef nicht nur in Kairo, sondern auch in Misr für Ordnung zu sorgen hat, bin ich mit ihm nicht mehr zufrieden. Er ist dafür zuständig, dass die Verbote und Vorschriften, die ich erlassen habe, eingehalten werden. So achtet er nicht mit genügend Härte auf die Einhaltung der Bekleidungsvorschriften. Du weißt, ich wünsche, dass Christen und Juden und ihre Frauen und Sklaven deutlich gekennzeichnet sind. Wenn sie an ihrem Glauben festhalten wollen, so müssen sie das auf sich nehmen.«

»Aber Mansur, als das fatimidische Kalifat nach Kairo kam, da versprachen wir doch, dass alle ihre Religion ungehindert ausüben können!«

»Die Zeiten haben sich geändert. Mein Großvater kam nach Ägypten, um den *Batin* des Landes am Nil zu nutzen. Länger als hundert Jahre hatten die Söhne der Fatima auf diese Gelegenheit gewartet und sie wurden reich belohnt für ihre Geduld. Jetzt herrschen wir über ein mächtiges Reich. Der nächste Schritt – jener, der mir obliegt – ist, in diesem Reich den wahren Glauben durchzusetzen. Gain hat die Pflicht, mich dabei bedingungslos zu unterstützen. Ich wünsche, dass dein Mesopotamier ab morgen in Gains Büro arbeitet und dafür sorgt, dass meine Edikte befolgt werden.«

Hatte Sitt sich zuerst um ihren Onkel geängstigt, so war sie nun empört, dass der Bruder über ihren Geliebten verfügte. Aber sie zwang sich zur Ruhe. Wenn sie Hakim verärgerte, dann brachte sie nicht nur ihren Onkel in Gefahr, sondern auch Ali. Sie erhob sich mühsam von ihrem Platz.

»Gut, mein lieber Bruder, wenn du es so entschieden hast, dann wird Ali sich morgen bei Gain melden. Ich wünsche dir ein gutes Erwachen!«

Auch der Kalif war aufgestanden. Er überragte sie um Haupteslänge und wirkte aufgrund seiner vornehmen Haltung trotz der Sufitracht beeindruckend.

›Er hätte es gar nicht nötig, so grausam zu sein. Allein seine Erscheinung flößt Ehrfurcht ein‹, sagte sich Sitt traurig.

Er beugte sich nach vorne und sie küsste ihn auf beide Wangen. Dabei wurde sie gewahr, wie er durch die Nase den Duft ihres Haares einsog. Seine Zudringlichkeit berührte sie immer noch unangenehm, doch wusste sie, dass sie es seiner Schwäche für sie verdankte, dass sie noch am Leben war.

*

Das Gefängnis befand sich innerhalb der Stadtmauern unweit des Bab Al Futuh und der vor der Stadtmauer gelegenen Richtstätte. Obwohl Sitt sich mühte, diese aus ihren Gedanken zu verbannen, drängte sich ihr immer wieder das Bild des gepflasterten Platzes mit dem Henkersblock in der Mitte auf.

Die Schlüssel der Wächter klapperten und nachdem einige Tore und Gitter aufgegangen waren, um sich hinter ihrem Tragestuhl wieder zu schließen, fand sie sich zuletzt in Begleitung von Midad in einer geräumigen Zelle mit gestampftem Boden, in der gewiss schon einige Würdenträger ihre letzten Stunden verbracht hatten.

Arsenios hatte auf dem Bett gelegen und erhob sich, um seine Nichte zu grüßen. »Ich wusste, dass du kommen würdest, meine Tochter«, sagte er, nachdem Sitt ihn geküsst hatte. »Auch wenn es mir lieber wäre, du wärst in der Sicherheit deines Palastes geblieben, so freue ich mich, dich zu sehen.«

»Mein Bruder scheint gnädig«, sagte sie mit einem leisen Unterton. »Ich hatte mir größte Sorgen gemacht, doch er beruhigte mich. Aber trotzdem verstehe ich nicht, weshalb du noch hier bist.«

»Vielleicht will der Kalif morgen mit mir frühstücken«, scherzte Arsenios.

Obwohl ihr der Mut des Onkels die Tränen in die Augen trieb, gelang es Sitt, sich zu beherrschen und im gleichen leichten Ton zu antworten: »Da wirst du aber lange hungrig bleiben, denn der Kalif steht nicht vor dem Mittag auf!«

»Das ist freilich spät. Mein Bauch ist es gewohnt, regelmäßig gefüllt zu werden.«

Sitt wandte sich zu Midad: »Solange mein Onkel hier ist, werden wir regelmäßig Essen herbringen.«

»Aber wenn der Kalif mit mir zu speisen wünscht?«

»Dann wirst du zweimal hintereinander essen, mein Onkel! Dadurch bleibst du bei Kräften!«

Der Patriarch lachte, dann aber wurde sein Ausdruck ernst. »Ist es dir gelungen, die Reliquie des heiligen Johannes zu retten?«

»Ja, ich habe sie selbst zum Kloster des *Mar* Gergis gebracht. Ich hätte auch gerne etwas für die Mönche getan, sie aber waren schon durch den Tunnel entkommen. Ich habe den Eindruck, dass du dich für die Mönche den Soldaten in den Weg gestellt hast. Denn wie sonst wäre ihr Vorsprung groß genug gewesen?«

»Tatsächlich habe ich mich vor der Klosterpforte aufgestellt und mit den Soldaten zu verhandeln versucht. So konnte ich ein wenig Zeit gewinnen, ehe sie mich niederrangen und ins Kloster einfielen.«

»Seitdem Mansur sich mit seiner schwarzen Höflingsclique umgibt und die schwarzen Kriegssklaven auf seinen Befehl strafen und zerstören, dringt nichts mehr nach außen. Obwohl meine Leute wachsam sind, habe ich keinen Hinweis auf den Überfall erhalten. Glaubst du, mein Onkel, Mansur wusste, dass du im Kloster warst?«

»Die ganze Gemeinde weiß, wo ich mich aufhalte, also sollte das auch dem Kalifen nicht verborgen sein.«

»Und hast du den Eindruck, dass er den Soldaten befohlen hatte, dich gefangen zu nehmen?«

»Die Soldaten hatten Befehl, alle Männer aus dem Kloster herauszuholen. Wenn ich davon ausgenommen gewesen wäre – warum bin ich dann noch hier?«

Der Patriarch bestätigte mit diesen Worten Sitts Befürchtung, dass Hakim seine Gefangennahme geplant hatte. Da der Kalif sich immer weniger um die Anwendung des Rechtes kümmerte, sondern nach Gutdünken foltern und töten ließ, war die Lage tatsächlich sehr ernst.

Arsenios sah sie mit offenem Blick an. Es lag keine Angst darin, aber auch das scherzhafte Funkeln von zuvor war verschwunden. In diesem Augenblick kam es Sitt so vor, als könnte sie mit ihm fühlen, was er auf dem Weg vom Kloster herunter seinen »Ruf« genannt hatte. Es war wie ein Sog unbekannten Ursprungs, für den es weder Widerspruch noch Widerstand zu geben schien.

Wieder spürte Sitt die Tränen hochsteigen und ihre Brust schnürte sich zusammen. Sie presste die Lippen aufeinander, um nicht zu schluchzen. Arsenios stand ihr so nahe, wie einer Frau der Onkel nur nahestehen konnte. Eindringlich betrachtete sie sein Gesicht, um jeden Zug ihrem Gedächtnis einzuprägen und als sie einander umarmten, da roch sie einen Hauch des Balsamduftes in seinem Bart, der ihr von Kindheit auf an ihm vertraut war.

»Der Herr sei mit dir, meine Tochter!«

»Und mit deinem Geist.«

In früherer Zeit war sie an christlichen Festtagen mit ihrer Mutter und Demetria und Amina in der Kirche gewesen und jetzt hatte sie sich wieder an die liturgische Grußformel erinnert. Einen Augenblick lang fühlte sie sich in die Kindheit versetzt, als sie mit Freude und Staunen erfuhr, wie die Christen den Allerhöchsten mit Gesang und feierlichem Prunk verherrlichten.

»Möchtest du meinen Segen?«

»Ich bitte dich darum.«

Sie konnte nicht niederknien und so saß sie in dem Tragestuhl vor dem Patriarchen, als er das Zeichen des Kreuzes über ihr machte und die Segensworte sprach.

Am Ende erbat er:

»Schütze, Herr, diese Frau, die du zu Schwierigem erkoren hast. Erleichtere ihre Entscheidungen und bewahre sie vor der Schuld!«

Jetzt konnte Sitt die Tränen nicht mehr halten.

»Leb wohl, mein Onkel!«

»Leb wohl, meine Tochter!«

*

Endlich war Sitt zu Ruhe gekommen. Sie lag im Bett, nachdem Ärzte sie versorgt und ihre Dienerinnen sie gepflegt hatten. Gegen die Schmerzen und für eine gute Nachtruhe hatten die Ärzte Yitzhak und Yischmael Ben Alazar sie einen Sirup aus Indischem Hanf einnehmen lassen und dankbar spürte sie, wie sich die Wirkung der Medizin entfaltete und ihr die bohrende Sorge um Arsenios linderte.

Obwohl der Gebrauch dieser Medizin als Rauschmittel am Kairo-

er Hof nicht unbekannt war – »Haschisch« wurde sie zu diesem Zweck genannt –, hatte Sitt noch nie davon genossen.
Angenehm überrascht erlebte sie das Gefühl, gelöst und zugleich schwer zu sein, das ihre aufgewühlte Seele allmählich zur Ruhe kommen ließ.
Ali saß am Bettrand und hielt ihre Hand.
»Das war ein harter Tag für dich, nicht wahr?«
»Wenn's nur dieser Tag wäre. Aber es kommt noch viel auf uns zu. Niemand weiß, wie es mit meinem Onkel Arsenios weitergehen wird. Und da ist noch etwas, von dem du nichts weißt. Der Kalif wünscht, dass du ab morgen für den Polizeichef Gain arbeitest. Er sagt, er sei mit Gains Amtsführung nicht zufrieden, er achte ihm zu wenig auf Einhaltung der Vorschriften. Aber was für Vorschriften! Was die Leute essen dürfen und was nicht, was sie trinken, verkaufen, anziehen dürfen. Wann sie außer Haus gehen dürfen und wie sie ihre Gebete verrichten. Obwohl Gain ein schwarzer Eunuch ist, gehört er nicht zu Hakims neuer Vertrautenclique. Das spricht für ihn. Vielleicht braucht er deine Hilfe wirklich dringender als ich, wenn auch in einem anderen Sinn, als Mansur es sich vorstellt.«
Ali Ibn Ahmeds Gesicht hatte sich verdunkelt. Er war ein stolzer Mensch und dass der Kalif so beliebig über ihn verfügte, gefiel ihm nicht. Zugleich wusste er, dass es sinnlos, wenn nicht lebensgefährlich war, sich aufzulehnen. Er sah eine Weile, ohne etwas zu sagen, auf Sitts helle Hand, die sich in seine dunklere schmiegte. Wie er diese Frau liebte! Unter anderen Umständen hätte er Al Kahira mit seinem verrückten Kalifen schon längst verlassen. So aber war dieses Leben hier sein Los und er würde es meistern, wenn auch die Arbeit für einen Polizeichef nicht zu den Dingen gehörte, die ihn reizten.
»Aber vielleicht«, so setzte er seine Gedanken laut fort, »hat es

auch sein Gutes, für Gain zu arbeiten. Alle Berichte des Geheimdienstes gehen an ihn. Es kann sein, dass wir auf diese Weise Dinge erfahren, die deinen Spionen nicht bekannt sind.«

»Wir werden jemanden finden, der dir bei den Geschäften zur Hand geht. Du würdest weiterhin die Oberaufsicht führen. Wäre dir das recht?«

Ohne den Blick von ihr abzuwenden, nickte Ali.

»Ich werde dich sehr vermissen. Ich bin es nicht mehr gewohnt, ohne dich zu sein.«

Er beugte sich zu ihr, um sie zu küssen. Sanft und spielerisch suchte seine Zunge ihren Weg zwischen ihren Lippen. Sitt lag eingepackt in eine vom Indischen Hanf erzeugte Wolke und empfing in einem Zustand völliger Gelöstheit den Trost, den der Geliebte ihr zu spenden bereit war. Sonst war sie eine sehr rege Liebhaberin, doch jetzt genügte es ihr, offen zu sein für ihn.

Nachdem er ihrem Mund erste Wonne bereitet hatte, wanderten seine Lippen und Finger langsam über die Hügel und Täler ihres Körpers. Genießerisch verweilten sie an manchen Stellen und reizten andere verführerisch. Es war, als spielte er zärtlich auf den Saiten eines wunderbaren Instruments, dem er leise Töne der Lust entlockte. Sachte und in der Absicht, sie wegen ihrer Müdigkeit und Verletzung nicht allzu heftig zu erregen, näherte er sich der Hennazeichnung auf ihrem Bauch. Den Blattranken folgend strich seine Zunge über die glatte Haut. Auf das Kitzeln antwortete Sitt mit leisem Stöhnen. Dabei spannten sich ihre Muskeln an und erweckten die Zeichnung zum Leben. Zutiefst erregt von dem zärtlichen Spiel, ließ Ali seine Zunge immer kühner weiterwandern. Als er spürte, dass sie bereit war für ihn, entledigte er sich seiner Kleider. Sein Gesicht vergrub sich in ihrem Schoß, bis sie der Verzückung nahe war. Jetzt erst gab er seinem Verlangen nach, sich in ihre warme, geheimnisvolle Tiefe gleiten zu lassen.

Mit langsamen Bewegungen, in die er seine Seele legte, brachte er sie zur höchsten Lust. Sitt, gehüllt in ihre Wolke, verlor sich in Hingabe. Ihr Mund war zu seiner Quelle geworden, ihr Leib zu seinem Garten und ihr Schoß zu seinem Heim.

*

Der Morgen graute, als Sitt von Schmerzen geweckt wurde. Vorsichtig, um Ali, der einen Arm um sie gelegt hatte, nicht zu wecken, veränderte sie ihre Lage. Die Wirkung des Hanfs hatte nachgelassen und wie es in ihrem Knöchel immer stärker zu arbeiten begann, so kehrten auch die sorgenvollen Gedanken zurück. Arsenios' Bild in der Zelle stieg vor ihr auf. Obwohl er um sein Leben fürchten musste, war er nicht um ein Scherzwort verlegen gewesen und zum Abschied hatte er sie gesegnet! Sie fühlte sich in die Zeit zurückversetzt, als sie um das Leben des Wesirs Aissa Ibn Nesturus bangte. Jetzt war ihr Onkel an der Reihe. Damals, als Al Hakim das Todesurteil Aissas unterschrieb, da quälte er sich nachher monatelang mit Selbstvorwürfen. Dennoch hatte er damit eine innere Schwelle überschritten, hinter die es kein Zurückgehen gab.

›Bargawan, diese gewissenlose Bestie, er hat Mansur zu dem gemacht, was er heute ist: ein Tyrann, dem das Morden zur Gewohnheit geworden ist, ja, der dabei wahrscheinlich sogar Lust empfindet! *Ya Aba*‹, wandte sie sich in Gedanken an ihren toten Vater, ›wenn du sähst, was in deiner Stadt, in deinem Reich heute geschieht! Es würde dich das kalte Entsetzen packen. Dein Sohn mordet im Namen der Religion! Er ist vom *Batin* vergiftet, weil Bargawan ihn jahrelang eingesperrt und von einer richtigen Erziehung ferngehalten hat.‹

Doch der Vater blieb fern und stumm. In den Jahren nach seinem

Tod war Sitt ihm in Gedanken immer sehr nahe gewesen und so schien auch er in einer gewissen Weise stets anwesend zu sein und Anteil am Geschehen zu nehmen. Doch indem die Zeit verging, wurde diese Verbindung schwächer. Manchmal fragte sich Sitt, ob es tatsächlich das Vergessen war, das den Vater entrückte, oder nicht auch die unfassbare Veränderung, die seit seinem Tod eingetreten war. Al Aziz, der strahlende Fürst einer goldenen Epoche, hatte in der von Angst und kriecherischer Unterwerfung bestimmten Zeit Al Hakims ebenso wenig verloren wie ein Engel in der Hölle.

Schon oft hatte Sitt darüber nachgegrübelt, warum ihr Bruder dem *Batin* bis zum Wahn verfallen war. Sie war zu der Erkenntnis gelangt, dass die Esoterik gerade auf einen so verletzten Menschen wie den Kalifen einen verhängnisvollen Einfluss ausüben konnte. Solche Menschen waren in Gefahr, sich in den Tiefen ihrer inneren geistigen Welt zu verlieren, der sie sich so hoffnungsvoll anheimgaben. Indessen, so spann sie ihren Gedankenfaden weiter, hatten jene, die stark genug waren, um sich im *Zahir* gut zu entfalten, leider nur allzu selten das Bedürfnis, auch dem *Batin* Tribut zu zollen. Ihnen genügten als Lohn ihres Strebens die Freuden der sichtbaren äußeren Welt.

In der Unausgewogenheit zwischen *Batin* und *Zahir* schien ihr die Wurzel vieler Übel in der Welt zu stecken. ›Alles Mögliche‹, so war ihre Schlussfolgerung, ›ließe sich lösen, wenn die Menschen der Tat es verstünden, aus der Mystik Anleitung für ein gutes Leben zu schöpfen und die Mystiker sich mehr für Beruf, Heim und Herd erwärmen wollten.‹

Ali Ibn Ahmed neben ihr bewegte sich. Sie wandte den Kopf und blickte in seine Augen. Die dichten schwarzen Wimpern und das Glühen in der Tiefe seines Blicks ließen sie ihre Liebe zu diesem Mann immer besonders deutlich spüren. Vorsichtig drehte sie sich zu ihm hin. Er streckte die Hand nach ihr aus, streichelte mit dem Finger ihr Gesicht und zog den Schwung ihrer Brauen und Lippen nach. Sie fasste den Finger mit den Zähnen und lächelte ihn schelmisch an. Doch dann fiel ihr wieder Arsenios ein und das Lächeln schwand aus ihrem Gesicht.

»Woran denkst du, Seele meines Herzens?«

»Ich denke an meinen Onkel. Ich wünschte so sehr, ich könnte etwas für ihn tun.«

»Soll ich einen Diener zu ihm schicken, ob es ihm an etwas fehlt?«

»Das ist nicht nötig. Midad hat sicher schon Anordnung getroffen, dass ihm Essen gebracht wird und was er sonst noch brauchen mag.«

Das Lächeln kehrte in ihr Gesicht zurück.

»Weißt du, ich habe über die alte Geschichte nachgedacht, dass die Welt um vieles erfreulicher wäre, wenn mehr Menschen sich dem *Batin und* dem *Zahir* zugleich verpflichtet fühlten. Mansur ist wie besessen von der sonderbaren Lehre dieses Derwischs Hamsa und er fühlt sich um ihretwillen zu allem berechtigt.«

»Nach dem, was mir über Hamsa zu Ohren gekommen ist, hat er den Heiligen Koran und die Lehren der Brüder der Reinheit genommen und sie mit jenen der Messianer zu einer neuen Sekte verbunden. Der Kalif schien ihm als Oberhaupt dafür geeignet, als eine Art Mischung aus *verschwundenem Imam* und Messias. Hamsas Idee, glaube ich, ist, die Kluft zwischen dem Islam, den Juden und der Christenlehre zu überbrücken und die drei miteinander zu vereinigen. Aber die Gedankenketten der Brüder der Reinheit, die sich auf die Wissenschaft von der Natur und die Philosophie des Aristoteles und Platons gründen, sind im Brei der Lehre Hamsas kaum noch wiederzuerkennen. Er behauptet, dass Gottes Wille alles vorherbestimmt habe und der Mensch unfrei

sei in allem, was er tue. Jedem sei sein Schicksal auf die Stirn geschrieben. Dennoch würden diese armen, unfreien Menschenseelen so lange wiedergeboren, bis sie am Tag des Gerichts für alle Ewigkeit verdammt oder belohnt würden. Er behauptet auch, seine Anhänger wären die verlorenen Stämme Israels.
Also, ich würde diesem windigen *Dai* keinen Tag lang Gefolgschaft leisten!«
Sitts Blick ruhte während seiner Rede auf dem achteckigen Symbol des goldenen Ringes an seiner Linken. Ali hatte ihr von der Zahlenlehre der Sufis erzählt, die sich auf die Acht gründete und dabei anknüpfte an die acht Perioden, in die die alten Völker Babylons und Ägyptens den täglichen Sonnenlauf einteilten. Die Acht symbolisierte deshalb den in die Zeit eingeschlossenen Stoff, aber auch die Elemente, aus denen Gott sich bildete. Sie war die Zahl des Gleichgewichtes und der Harmonie. Zugleich stand sie in paradoxer Verkehrung für Auflösung und Zeitlosigkeit.
»Ich frage mich«, meinte Sitt nachdenklich, »ob nicht der Umstand, dass Mansur in seiner Jugend die Schriften der Brüder der Reinheit gelesen hat, ihn so empfänglich macht für Hamsas wirre Mystik.«
»Das mag schon sein, da ihm, als er die Botschaften las, niemand zur Seite stand. Obwohl die Männer meiner Familie schon seit Generationen den Brüdern zugehörten, musste ich mich auf den Einweihungsweg begeben und einem Führer unterwerfen. Ganz allein kann einer sich schon verirren, sofern er wörtlich nimmt, was als Symbol gemeint ist. Er kann aber auch Symbole falsch verstehen. Die Brüder der Reinheit sind eine geheime Gesellschaft und entsprechend verschlüsselt sind ihre Botschaften. Nimm doch nur zum Beispiel das Bild des idealen Menschen. Da heißt es, der ideale Mann sei ›Perser von Herkunft, Araber in der Religion, Iraker in seiner Kultur, Hebräer in seiner Erfahrung, Christ im Ver-

halten, Syrer in der Askese, Grieche in den Wissenschaften, Inder in seinem weitblickenden Verständnis, Sufi in seiner Lebensweise, ein Engel von Moral, göttlich in seinen Ideen und seinem Wissen und bestimmt für die Ewigkeit.‹ Einen jungen, nicht gefestigten Menschen können solche Forderungen durchaus verwirren.«
»Und jemand, der sie recht versteht, kann ein wunderbarer Mensch werden«, ergänzte Sitt und sah ihm dabei tief in die Augen. »Während du heute bei Gain deinen Dienst antrittst, will ich Onkel Arsenios aufsuchen. Aber, wer weiß, vielleicht ist er schon längst in Misr!«

*

Der Arzt Yitzhak Ben Alazar war ohne seinen Bruder gekommen, um Sitts Knöchel neu zu verbinden. Er hatte den Umschlag mit Weidenrindenextrakt und pulverisierten Blutegeln erneuert.
Yitzhak hatte sie verlassen und sie nahm gerade ihr Frühstück ein, als Tante Abda eintrat:
»Mein Liebling, Sitt, was muss ich hören? Du hast dir den Fuß verletzt?«
»Wie schön, dass du kommst, meine Tante!«
Sitt reckte sich in die Höhe, um sich von der älteren Frau küssen zu lassen.
»Du siehst blass aus, *ya Habibti*. Ich habe vom Patriarchen gehört. Was geht nur in deinem Bruder vor? Es ist schändlich, was er Arsenios antut!«
»Wenn du die Geschichte von meinem Onkel gehört hast, so weißt du auch, dass das Kloster des Zwergen zerstört ist und der Kirchenschatz geplündert.«
»Vor zwei Jahren wollte er sich unsere Vermögen holen, um die

Mittel für seine Verschwendungssucht aufzutreiben und jetzt beraubt er die Kirchen!«

Tatsächlich hatte der Kalif begonnen, sich aus den Vermögen Sitt Al Mulks und seiner reichen Tanten zu bedienen. Als Sitt begriff, dass er ihren gesamten Besitz einstecken wollte, erklärte sie ihm, dass sie, falls sie verarmte, gezwungen wäre, Kairo zu verlassen und sich in den Schutz des Kaisers von Byzanz zu begeben.

Auch aus dieser Zwangslage half ihr die Tatsache, dass der Bruder glaubte, ohne sie nicht leben zu können. Ihre Drohung wirkte. Er gab ihr eine Sicherheitsgarantie für ihr Vermögen und Sitt nützte die Gunst des Augenblicks, um auch Garantien für ihre Tanten zu erwirken. In all dem Chaos von Willkür und Wahn gab es zum Glück noch ein Einziges, auf das man sich verlassen konnte und das war, paradoxerweise, das Wort des Kalifen. Sowenig er sich nämlich an die rechtlichen Gepflogenheiten oder die Gebote der Menschlichkeit hielt – wenn er in einer Sache eine Garantie abgab, so war an dieser nicht zu rütteln. Kein Wunder, dass ihm sein verschreckter Beamtenstab und die nicht weniger verängstigte Militärführung beim geringsten Anlass Sicherheitsgarantien abverlangten.

»Mir scheint«, meinte Abda, »im Grunde geht es Al Hakim nur ums Geld. Er will seine Beliebtheit beim Volk erhalten und außerdem gibt es doch ständig irgendeine Partei, die er verärgert hat und deshalb wieder auf seine Seite ziehen muss. Man hat den Eindruck, als wäre es ihm geradezu ein Bedürfnis, Böses zu tun, um es nachher wiedergutzumachen.«

»Damit hast du sicher recht. Ein Verhängnis nach dem anderen verursachend zieht sich dieses unselige Betragen vom Kleinsten ins Allergrößte: Er will alle Religionen zerstören, um eine neue Religion, die eine Mischung der bestehenden Religionen ist, durchzusetzen.«

»Dabei ist es, sofern er die Religionen wirklich vereinigen will, das denkbar Schlechteste, die Menschen gegeneinander aufzubringen und in Angst zu versetzen!«

»So denken wir, aber leider nicht mein Bruder!«

Nach und nach füllten sich Sitts Gemächer mit Besucherinnen und Besuchern, die von ihrem Unfall erfahren hatten. Selbst Tante Raschida, die höchst selten die Mauern des Haremspalastes verließ, kam, um sich nach ihrem Befinden zu erkundigen.

In dem größeren Kreis, in dem niemand ganz genau wusste, ob allen zu trauen war, drehten sich die Gespräche nicht mehr um die Fehler und Untaten des Kalifen, sondern um seine neuen Moscheen und die großzügigen Geschenke, die er den bestehenden Moscheen zukommen ließ. Für die ehrwürdige Amr-Moschee hatte ein großer Künstler einen neuen *Mihrab* angefertigt. Andere Moscheen erhielten schwere silberne Lüster und neue marmorne Brunnenhäuser. Für die Moschee des Ibn Tulun kaufte er 814 auf das prächtigste geschriebene und golden illuminierte Korane. Wenn er unters Volk ging, verteilte er ebenfalls Korane und bares Geld.

Mit leisem Unterton bemerkte Tante Raschida, die für ihren Geiz berüchtigt war: »Die Bittsteller belagern Hakim und keiner zieht unbeschenkt von dannen. Das hat sich unter dem Volk herumgesprochen. In letzter Zeit kehrt er deshalb von seinen Umritten im Anschluss ans Freitagsgebet erst wieder zum Frühgebet am Samstag in den Palast zurück! Das bedeutet, dass er einmal in der Woche vom Mittag an bis zum nächsten Morgengrauen nichts anderes tut, als Geschenke zu verteilen.«

Die Anwesenden nickten und schwiegen vielsagend.

Da meldete sich die Stimme des neuen Oberrichters Malek Ibn Said Al Fariki. Al Fariki war der Amtsnachfolger des letzten Abkömmlings der verkommenen Al Numan-Sippe. Sitt hatte ihn dem Kalifen empfohlen. Seine Ernennung zählte zu den wenigen Erfolgen, über die sie sich in dieser ansonsten so entmutigenden Zeit freuen konnte. Der neue Oberkadi war ein hervorragender Theologe, ein ebensolcher Rechtswissenschaftler und ein beredter, für den Wandel der Zeiten aufgeschlossener *Dai*.

Im Augenblick war er bemüht, die Stimmung in Sitts Salon nicht zu stark gegen den Kalifen schwingen zu lassen und pries deshalb Al Hakims Wohltaten für die immer stärker zusammenwachsenden Städte Kairo und Misr.

»Unser erhabener Kalif – Allah segne ihn! – hat überall Brunnen graben lassen und unterirdische Kanäle für Frischwasser. Und das vielleicht größte seiner Geschenke an die Hauptstadt ist das Haus der Weisheit.«

Tatsächlich feierte die Wissenschaft im Haus der Weisheit einen Triumph nach dem anderen. Die Fülle der neuen wissenschaftlichen Erkenntnisse sorgte ständig für Aufsehen und für nie ausgehenden Gesprächsstoff in den Buch- und Papierhandlungen von Kairo und Misr, wo sich die Gebildeten trafen und von wo aus das neue Wissen seinen Weg in die Salons der Reichen antrat.

»Immerhin in dieser Hinsicht kommt Al Hakim seinem Vater nach«, meinte Tante Abda mit zweifelndem Blick zu Sitt und stand auf, um sich zu verabschieden.

»Auch ich will mich, wenn ihr mir vergebt, ein wenig zurückziehen«, erklärte Sitt.

Doch wollte sie sich nicht ausruhen. Sie wollte ins Gefängnis.

*

Dort angekommen, grüßte Sitt den Kommandanten der Wachen vor dem schweren, eisenbeschlagenen Tor und erklärte:

»Ich will den Patriarchen sehen.«

Der Mann schien kurz zu zögern, doch als er befahl, das Tor für sie aufzuschließen, vergaß sie ihren Argwohn wieder. Als sich aber die Tür der Zelle, in der sie gestern Arsenios angetroffen hatte, für sie öffnete, da wusste sie, was geschehen war. Die Zelle war leer.

Noch ehe der Kalif in den Morgenstunden zu Bett gegangen war, hatte er befohlen, den Henker zu wecken und den Patriarchen auf die Richtstätte außerhalb des Triumphtores zu führen. Auf dem ganzen Weg dorthin und sogar noch, als sein Kopf schon auf dem Richtblock lag, sang der Patriarch mit seiner wohlklingenden Stimme den Kanon der Auferstehung. Erst der Hieb des Richtschwertes ließ die Töne in seiner Kehle ersterben. Doch eine ganze Weile danach, so beschwor einer der bei der Tat anwesenden Soldaten, hätten seine Lippen noch die Worte des Kanons geformt.

Die Leiche wurde auf Anordnung des Kalifen sofort nach der Hinrichtung verbrannt, damit sich um die sterblichen Überreste des Arsenios kein Kult bildete. Al Hakim hatte höchste Geheimhaltung befohlen und deshalb war der Wachkommandant davor zurückgeschreckt, der Prinzessin am Gefängniseingang die Wahrheit mitzuteilen.

Sitt weinte nicht. Sie war erstarrt. Sie zog sich ihr Schleiertuch vors Gesicht und ließ sich ins Wasserschloss zurücktragen. Begleitet von Midad und fünfzig bewaffneten Eunuchen, begab sie sich sodann zur Residenz des Patriarchen. Eine Woche lang blieb sie bei der Familie, um die Frau des Arsenios und seine Kinder zu trösten und ihnen durch ihre Anwesenheit Beistand zu leisten. Danach sorgte sie dafür, dass das Haus des ermordeten Patriarchen ständig von einer Fünfzigschaft ihrer Eunuchen bewacht wurde.

2

Jahre des Schreckens

So plötzlich, wie Al Hakims Christenverfolgung begonnen hatte, so plötzlich fand sie ein Ende. Doch schon zogen am Himmel neue Wolken auf. Die *Taji*-Beduinen hatten den Scherifen von Mekka überredet, sich als Gegenkalif aufstellen zu lassen. Binnen weniger Jahre wurde das Kalifat der Fatimiden damit zum zweiten Mal bedroht. Al Hakim diente diese Bedrohung als Vorwand, um neuerlich gegen die Muslime der Sunna vorzugehen und sie mit Soldatengewalt zur Befolgung der ismailitischen Vorschriften zu zwingen. Plötzlich aber kam er den Sunniten wieder entgegen, um sich im nächsten Schritt gegen die Ismailiten zu wenden. Er ließ die Weisheitssitzungen im Palast sperren und verbot den ismailitischen Ritus in den öffentlichen Moscheen.

Sitt Al Mulk lehnte es ab, sich dem Druck, den der Bruder auf die ismailitische Gemeinde ausübte, zu beugen. Deshalb lud sie den neuen Oberrichter Malek Ibn Said Al Fariki ein, in ihrem Palast für sie, ihr Gefolge und für alle, die ihr nahestanden, Unterweisungen in der *Ismailia* abzuhalten. Der Kalif war zwar erbost, doch ließ Sitt sich davon nicht beeindrucken.

Und da die Unterweisungen im Wasserschloss sehr gut aufgenommen wurden, hielt sie an ihnen auch dann noch fest, als der

Kalif die Weisheitssitzungen im Haremspalast wieder erlaubte. Der Oberrichter war ein kluger, hochgebildeter Mann und Sitt genoss es, in Fragen der Religion und Philosophie seine Meinungen zu hören und mit ihm zu disputieren. Nach der engstirnigen religiösen Auffassung, die von den jämmerlichen Nachkommen des unvergessenen *Dai* Muhamed Al Numan verbreitet worden war, empfand Sitt es als Segen, endlich wieder einen Seelenführer zu haben, der ihren Ansprüchen genügte.

Sitt Al Mulk verstand sich vom ersten Augenblick an mit dem neuen Oberrichter so gut, dass Ali Ibn Ahmed eines Abends sein Missvergnügen deutlich zum Ausdruck brachte.

»Nun«, erklärte er, während die *Jauaris* Sitt zum Schlafengehen das Haar auskämmten und die Schminke vom Gesicht entfernten, »dieser Al Fariki scheint es dir ja sehr angetan zu haben. Du hängst geradezu an seinen Lippen. Er schwatzte die ganze Zeit über kluges Zeug. Dieser Mensch paradierte vor dir wie ein Pfau.«

Sitt musste lächeln über die Eifersucht des Geliebten. So erbost hatte sie ihn noch nie erlebt. Dabei hielt ihre Liebe nun schon fast ein Jahrzehnt an. Bei dem Vergleich mit einem Pfau hätte sie beinahe laut herausgelacht. Al Fariki war von großer, wenn auch nicht besonders kräftiger Statur und hielt sich sehr gerade. Seine Augen sprühten vor Geist und seinen von grauen Fäden durchzogenen Bart trug er sorgfältig getrimmt. Dass Ali ihn pfauenhaft nannte, enthüllte für Sitt auf erheiternde Weise nicht nur dessen eifersüchtige Wut, sondern auch die Schwäche des Rechtsgelehrten. Sie musste zugeben, dass der Mann eine gewisse Eitelkeit, sei es im Hinblick auf seine Gaben oder auf sein Äußeres oder beides, nicht verleugnen konnte.

Beinahe hätte sie geantwortet, dass eigentlich er, Ali Ibn Ahmed, es sei, der ihre Aufmerksamkeit auf jene Vorzüge lenke, die den Richter als Mann auszeichneten. Doch die Klugheit mahnte sie zu schweigen. Also lehnte sie sich zurück und gab sich den pflegenden Händen der Dienerinnen hin.

Ein Weilchen später hörte sie neuerlich Alis Stimme, immer noch in gekränktem Ton:

»Dann wünsche ich Euch einen guten Schlaf, *ya Amira.*«

Am leisen Geräusch seiner Tritte auf dem Teppich konnte sie hören, dass er ihren Ankleidraum verließ. Fast hätte sie ihm nachgerufen, doch zu bleiben, aber sie hielt sich zurück.

»Soll er doch gehen!«, murmelte sie, nun selbst zornig geworden.

Sie spürte, wie ihre Anspannung sich auf die Dienerinnen übertrug.

Nachdem sie allein zu Bett gegangen war, warf sie sich, unfähig, Ruhe zu finden, von einer Seite auf die andere. Nicht dass Ali jede Nacht an ihrer Seite verbracht hätte – aber er war noch nie im Zorn von ihr gegangen. Hätte sie ihn zurückhalten sollen? Wahrscheinlich fühlte er sich nun doppelt gekränkt. Dabei beeindruckte Al Fariki sie tatsächlich nur wegen seiner Gelehrsamkeit und seiner fortschrittlichen Ansichten. Sie brauchte keinen Liebhaber, hatte sie doch den besten, den sie sich vorstellen konnte! Mit einem Schauer der Lust erinnerte sich ihr Körper an Alis Liebkosungen. Sollte sie ihn rufen lassen?

›Nein! Er ist davongelaufen und dafür soll er ruhig ein wenig leiden.‹

Aber litt er denn tatsächlich? Vielleicht hatte er Fariki nur als Vorwand genommen, um einen Streit vom Zaun zu brechen. Vielleicht war er ihrer überdrüssig?

›Weshalb sollte er meiner überdrüssig sein? Seine Leidenschaft ist ungebrochen. Und hätte er sich dann so erregt über die männliche Anziehungskraft des Richters?‹

Mit einem Ruck saß sie im Bett auf.

›Meine Gedanken laufen einander nach wie eine Katze, die den eigenen Schwanz beißen will. Das kann ich nicht eine ganze Nacht hindurch ertragen. Ich werde zu Ibn Yunis ins Observatorium gehen. Es ist ewig her, dass ich im Observatorium gewesen war! Ali‹ – sie musste lachen –, ›Ali hat sich nicht als Sternengucker erwiesen. Aber es wäre auch zu viel verlangt von ein und demselben Menschen, dass er auf der Erde einen guten Mann der Geschäfte abgibt und sich zugleich hoch hinaufschwingt in die Weiten des Kosmos.‹

*

Während Sitt die Stufen des Observatoriums von Karafa erklomm, hörte sie oben Stimmen. Kurz bevor sie die Plattform erreichte, vermochte sie die Sprecher zu unterscheiden. Da war die etwas heisere Stimme des Ibn Yunis, die klare, rezitationsgeschulte des Oberrichters und das mit Mühe verhaltene, lautstarke Organ des Gelehrten und Erfinders Ibn Al Haissam. Als sie ihn erkannte, regte sich Sorge in ihr. Al Hakim hatte Ibn Haissam von Basra nach Al Kahira geholt, damit er in Ägypten ein Bauwerk errichte, das die Weltwunder der Alten in den Schatten stellen würde – einen gigantischen Damm, um die Nilfluten zu bändigen. Der Damm sollte ein Stück südlich von Assuan entstehen und sich über die gesamte Breite des Flusses erstrecken. Ibn Haissam gehörte zur hohen Gilde der weisen Architekten und Baumeister, die nicht nur in der gesamten Welt des Islam, sondern über diese hinaus verbreitet war und er war einer der hervorragendsten Naturforscher und Philosophen seiner Zeit.
Als er jedoch nach Assuan reiste, um das Bauvorhaben in Angriff zu nehmen, musste er feststellen, dass das Gelände seinen Vorstellungen nicht entsprach. Sobald feststand, dass Al Hakims

Weltwunder nicht zu verwirklichen war, fiel Ibn Al Haissam beim Kalifen in Ungnade. Damit hatte er sein Leben verwirkt. Doch statt zu fliehen, tauchte er in Misr unter und fristete dort seither ein bescheidenes Dasein, während er im Geheimen seine Forschungen fortsetzte.

Die Hauptstadt Ägyptens war mit dem Haus der Weisheit zum Mittelpunkt der Wissenschaft geworden und obwohl Ibn Al Haissam an jedem anderen Hof hochwillkommen gewesen wäre, wollte er die Ausstrahlung von Al Kahira nicht missen. Reiche Förderer wie Sitt Al Mulk unterstützten ihn, befreundete Gelehrte versorgten ihn mit Büchern und einige der berühmtesten Wissenschaftler der Zeit statteten ihm heimlich Besuche ab. Sitt kannte sein Versteck und von Zeit zu Zeit besuchte sie ihn, um sich von ihm seine neuesten optischen Erfindungen zeigen zu lassen oder mit ihm Gespräche über das Denken des Menschen, das Wesen der Sprachen, aber auch über Dichtkunst und Musik zu führen. Ibn Al Haissams Gelehrtheit war von solcher Breite wie vielleicht nur noch die eines einzigen Kollegen, des gefeierten Ibn Sina, der in Persien wirkte.

Allerdings hatte Sitt nicht erwartet, Ibn Al Haissam hier, auf dem Observatorium von Karafa, anzutreffen. Das war ein großes Wagnis, denn der Kalif machte hier oft während seiner nächtlichen Exkursionen, Station.

›*B'Ism Illah*‹, wisperte Sitt einen Stoßseufzer, als sie auf die Plattform trat. Sie sah die Schatten der drei Männer sich gegen den Sternenhimmel abheben. Sie hatte den Eindruck, als hielten alle drei sich etwas vor die Augen, konnte aber nicht sehen, was das war.

»*Leila saida*«, sagte sie laut, um auf sich aufmerksam zu machen. Die drei blickten, überrascht eine Frauenstimme zu hören, in ihre Richtung.

»Die *Imamin* gibt uns die Ehre!«, rief Ibn Yunis freudig aus.

»Die *Imamin!*«, wiederholten die beiden anderen ehrerbietig.

»Mir scheint, ich komme gerade richtig, meine Professoren! Was gibt es denn heute Besonderes, dass sich gleich drei Gelehrte von höchstem Sachverstand hier eingefunden haben?«

Ibn Yunis, der sich in dem Observatorium als Hausherr fühlen durfte, erklärte:

»Seht, *ya Imama*, unser vortrefflicher Abul Hassan Ibn Al Haissam hat hier aus geschliffenem Glas Linsen gefertigt, die das Bild, das sich dem Auge bietet, um sehr vieles größer erscheinen lassen. Indem wir durch diese Linsen schauen, sehen wir auch die Sterne größer. Allerdings verschwimmen sie noch und es wird einem, ehrlich gesagt, auch ein wenig schwindlig beim langen Hindurchsehen. Doch hat *Ustas* Ibn Al Haissam vor, die Linsen zu verbessern und möglicherweise auch zwei Linsen hintereinander zu setzen. Für uns Astronomen eröffnen sich da im wahrsten Sinne des Wortes bislang unvorstellbare Aussichten.«

Sitt ließ sich die Wirkung der Linsen zeigen und sie war erstaunt, wie nahe plötzlich das Gefunkel am Himmel heranrückte. Doch dann schwankte plötzlich der Boden unter ihren Füßen und sie musste sich auf die um die Plattform herumlaufende Steinbank setzen.

»Ist alles gut, *ya Imama*?«, hörte sie die tief tönende Stimme des Kadi fragen.

Es kam ihr vor, als erlebte sie eine Erinnerung aus lang vergangener Zeit wieder. Als sie Al Hakim zu seiner ersten Salbung des Nilometers begleitete, da war ihr am Ende der Zeremonie ebenfalls schlecht geworden. Eine fest zupackende Hand hatte sie damals vor dem Zusammensinken bewahrt und ein glühendes Augenpaar ihr Herz versengt.

Die Stimme des Kadi schien noch nachzuhallen.

»Dieses Ding hat mir alle meine Sinne durcheinandergebracht – es wirkt ja stärker als Wein!«

»Ja«, ließ sich nun Ibn Al Haissam hören, »durch die Wirkung der Linse aufs Auge verschiebt sich etwas in unserem Verstand, wodurch dieses Durcheinander entsteht. Das lässt einen darüber nachdenken, wie das Erkennen überhaupt vor sich geht.«
Sitts Sinne hatten ihren Halt wiedergefunden. Sie stand auf und ging auf der Plattform umher, den Sternenhimmel nach ungewöhnlichen Erscheinungen absuchend. Besonders stark leuchtete in der nördlichen Hälfte des Himmels nahe dem Zenit ein rötlich funkelndes Gestirn. Sie wollte herausfinden, in welcher Konstellation dieser Stern wohl stand und suchte ihn zu diesem Zweck mit seinen Nachbarn in Verbindung zu bringen. Und mit einem Mal hatte ihr Auge die Einzelteile zu einem Bild zusammengesetzt.
»Der Kniende! Ja und der helle Stern muss der *Ras Algethi* – der Kopf des Knienden – sein.«
Ibn Yunis war ihrem Blick gefolgt.
»Die Griechen nennen dieses Bild Herkules. Der rot blinkende Stern, der den Kopf bezeichnet, kommt mir so vor, als würde er sterben. Er wäre demnach das Gegenstück jenes geheimnisvollen Gestirns, das vor einigen Jahren eine Zeit lang den Nachthimmel hell erleuchtete. Damals durften wir, wie ich meine, die Geburt eines neuen Sternes erleben. Daraus ließe sich die These ableiten, dass bei Sternen die Geburt viel schneller vor sich geht als das Absterben.«
In vielen Menschen hatte damals das plötzliche Erscheinen des überhellen Sterns die Furcht ausgelöst, die Welt würde untergehen. Sitt wusste von Ibn Yunis, dass das nicht der Fall war. Trotzdem hatte sie bei dem Schauspiel, so prachtvoll und erstaunlich es war, kein gutes Gefühl verspürt.
»Ich habe meine beiden Freunde aus einem besonderen Grund gebeten, sich in dieser Nacht in der Sternwarte einzufinden. Und es erscheint mir als große Gunst des Augenblicks, dass Ihr, *Ima-*

min, einer Eingebung folgend, ebenfalls gekommen seid.« – Ibn Yunis hielt inne und streckte seine vom vielen Sitzen über Berechnungen und Büchern ein wenig gebückte Gelehrtengestalt, ehe er weitersprach. Seine Stimme war sehr leise geworden.

»Heute ist nämlich der Tag, an dem ich meinen Abschied nehmen will. Meine Zeit ist vorbei. In sieben Tagen werde ich zu meinem Schöpfer heimgehen. So ist es mir bestimmt. Bis dahin will ich meine Angelegenheiten geordnet haben.«

Sitt und die beiden Männer meinten, ihn nicht recht verstanden zu haben und tauschten ratlose Blicke. Ibn Yunis ließ sie jedoch nicht im Ungewissen.

»Dir, Abul Hassan Ibn Al Haissam, will ich meine Aufzeichnungen überlassen. Ich wünsche mir, dass sie dir dienlich sein werden in den großen Erkenntnissen, die du noch vor dir hast. Und dich, Malek Ibn Said Al Fariki, bitte ich, meine astronomischen Gerätschaften zu übernehmen. Ich weiß, dass du der Astronomie tief verbunden bist und die Instrumente gut verwenden wirst.«

Ibn Yunis war der Erfinder allerfortschrittlichster Geräte für astronomische Messungen und Berechnungen und es wäre ein furchtbarer Schaden, würden sie in falsche Hände geraten.

»Ich wagte es nicht«, fuhr er fort, »Euch, *Imamin*, zu meiner letzten Nacht auf der Sternwarte zu laden, obwohl ich mir Eure Anwesenheit wünschte. So wie dieser Wunsch in Erfüllung gegangen ist, so kann ich darauf zählen, dass mein tiefstes Streben auch in der Zukunft bei Euch gut aufgehoben sein wird. Ich weiß, Ihr werdet immer für die Vernunft eintreten. Das Forschen zur Vermehrung des Wissens ist der einzige Weg, um die Herrschaft der Vernunft zu sichern.«

Sitts Augen füllten sich mit Tränen und auch die Augen des Richters und des jüngeren Forschers glänzten feucht im Licht der Gestirne.

*

Die folgenden Tage brachte Ibn Yunis damit zu, seine geschäftlichen Angelegenheiten zu ordnen. Am sechsten Tag schloss er sich in seinem Haus ein. Der Diener, der ihn versorgte, berichtete später, dass er von da an nur noch den Koran rezitierte, bis er am vorhergesagten siebenten Tag verschied.

Der Prinzessin Sitt Al Mulk hatte Ibn Yunis in seinen Verfügungen das erste Messingmodell seines Pendels vermacht. Als sie ein Kind war, hatte er das Pendel in den Palast mitgebracht, um ihr das zugrunde liegende Prinzip zu erklären. Voll Wehmut und Dankbarkeit erinnerte sie sich, wie der junge Gelehrte mit der blassen, pergamentdünnen Gesichtshaut ihr eine neue Welt eröffnete – jene der Wissenschaft von der Natur –, in der des Staunens kein Ende war.

*

Auf diese Weise hatte Ibn Yunis am Ende seines Lebens Sitt mit einem neuen Wegbegleiter zusammengeführt. Aus Rücksicht auf ihren Geliebten, Ali Ibn Ahmed, pflegte sie die neue Freundschaft sparsam und im Stillen. Von Zeit zu Zeit richtete sie es ein, Al Fariki in der *Turba Muizzia* zu treffen, wo es nicht weiter auffiel, wenn die Prinzessin mit dem Kadi ein Gespräch führte. Nachdem er auf ihr Betreiben oberster Richter geworden war, besuchte sie also seine Weisheitssitzungen im Haremspalast und nachdem der Kalif diese verbot, bat sie ihn, die Unterweisungen in ihrem Palast abzuhalten. Wenn sie Vertrauliches mit ihm besprechen wollte, so fand sie immer einen Weg, das zu tun.

Ali Ibn Ahmed betrachtete Malek Al Fariki zwar mit Argwohn, aber da der Mann nun einmal Oberrichter war, fand er sich damit ab, dass er einmal in der Woche im Wasserschloss seine Vorträge hielt. Und irgendwann war es so weit, dass die Macht der Gewohnheit den Schatten der Eifersucht zwischen Sitt und ihrem Geliebten zum Verschwinden brachte.

*

Im Reich kehrte für kurze Zeit Ruhe ein. Nachdem die Verfolgungen so schnell geendet hatten wie begonnen, ernannte Al Hakim auf Sitts Fürsprache hin Sura Aissa Ibn Nesturus – den Sohn des Opfers seines allerersten Hinrichtungsbefehls – zum Wesir. Sura starb nach zweijähriger Amtszeit an einer Krankheit in seinem eigenen Bett. Ein seltener Glücksfall im Hinblick auf die Art und Weise, wie seine Vorgänger und Nachfolger von der Bühne des Staates und des Lebens abtreten mussten.

Auch die jüdischen Gemeinden von Misr und Al Kahira konnten aufatmen. Zwar waren die Juden vom Kalifen zu keiner Zeit mit solcher Härte verfolgt worden wie die Christen, doch hatte er einige ihrer Synagogen in Moscheen umwandeln lassen. Und die altehrwürdige Ben-Ezra-Synagoge von Misr war ebenfalls den Abbruchhacken seiner schwarzen Sklaventruppen zum Opfer gefallen. Die Steine, aus denen sie gebaut worden war, hatte der Kalif ebenso verkaufen lassen wie das Baumaterial all der zerstörten Kirchen und Klöster.

Sitt gab sich weiterhin alle Mühe, die Verbindung mit dem Bruder zu erhalten. So behielt sie Einblick in seine Gedankenwelt und konnte immerhin ein wenig Einfluss auf ihn nehmen. Sie ahnte, dass die herrschende Ruhe eine trügerische war. Es war die Zeit, in der Al Hakim sich die Einzelheiten seines großen Planes zu einer Reform von Staat und Religion ausdachte und in die Tat umzusetzen begann. Obwohl Sitt von seinem Vorhaben wusste, blieben

ihre schlimmsten Befürchtungen weit zurück hinter dem, was die Wirklichkeit bringen sollte.
Wie eh und je erschien der Kalif auch jetzt nahezu täglich nach dem Mittagsgebet im Westpalast. Trotz der zahlreichen jungen Konkubinen in seinem Harem und der üppigen Schönheit Aminas, seiner mütterlichen Gattin und Cousine, konnte Al Hakim zeit seines Lebens keiner Frau solch ein tiefes Gefühl entgegenbringen wie seiner Schwester. Oft dachte er daran, dass die alten Herrscher Ägyptens ihre Schwestern zu Gattinnen genommen hatten und in seinem unruhigen Schlaf plagten und entzückten ihn Gesichte, in denen Sitt Al Mulk ihn mit ihrem göttinnenhaften Leib liebend umfing.
Wohl oder übel hatte Sitt sich daran gewöhnt, ihren Bruder mit der Kraft ihrer Anziehung zu lenken. Wenn sie etwas bei ihm erreichen wollte, so bereitete sie sich mit besonderer Sorgfalt auf die Zusammenkunft vor. Der junge Kalif – er hatte noch nicht einmal sein dreißigstes Jahr vollendet – sah dann eine Frau, die ihn in ihrer ausgereiften Schönheit auf einem Diwan ruhend empfing. Die fließenden Stoffe ihrer Kleider umspielten ihre schlanken Gliedmaßen und ließen deren Formen auf die zauberhafteste Weise deutlich werden.
Auch an diesem Septembertag des Jahres 403 der Hedschra und 1012 nach der Zeitrechnung der Christen erwartete Sitt anmutig zurechtgemacht den Besuch des Kalifen. Neben ihr lag schlafend die Katze Sitta. Gedankenverloren streichelte sie über das Fell, das vom Alter dünn und unregelmäßig geworden war. Ihre Finger spürten, wie die Knochen des Tieres durch die Haut drückten und unweigerlich streifte dabei ein Hauch Wehmut ihr Herz. Sitta verschlief jetzt die meiste Zeit und ihr langsames Sterben führte Sitt vor Augen, dass die Tage aller Geschöpfe gezählt waren. Es gab noch ein anderes Sterben als den gewaltsamen Tod auf Befehl

des Kalifen und wer das Glück hatte, von diesem verschont zu bleiben, dem blieb jenes deswegen nicht erspart.
Sitt schüttelte den Kopf, wie um sich von den düsteren Gedanken zu befreien. Sie tat einen tiefen Atemzug und blickte zu dem Tischchen vor ihrem Diwan. Darauf lag ein vorbereitetes Schriftstück. Soeben hatte die Meldung vom Zusammenbruch des Gegenkalifats von Mekka die Hauptstadt erreicht und sie wollte die Gunst des Augenblicks nützen.
Sobald der Kalif den Empfangsraum betrat, schlüpfte sie in ihre Kothurnensandalen und ging ihm entgegen. Mit mütterlicher Gebärde, die ihr das hohe Schuhwerk erleichterte, küsste sie ihn auf Stirn und Wangen, ohne dass er sich zu ihr herabzubeugen brauchte. Es umwehte sie der köstliche Duft eines neuen Parfums aus dem Lande Hind. Sie geleitete ihn zu dem Diwan und nahm neben ihm Platz, indem sie ein Bein unterschlug.
Der Blick des Kalifen hatte in dem Augenblick, als sie ihm nahe gekommen war, an Schärfe verloren und sich in unterdrückter Erregung nach innen gekehrt. Aus Erfahrung wusste Sitt, dass seine Aufgewühltheit sich schnell legen und er ihr dann sehr wohlwollend gestimmt sein würde. Inzwischen plauderte sie allerlei Belanglosigkeiten und reichte ihm von dem Tischchen einen Kristallbecher mit Mandelmilch. Al Hakim nahm den Becher, trank daraus und sah sie dann freundlich an.
»Gute Nachrichten aus Mekka!«, meinte sie strahlend.
»O ja, so ist es; dem Allerhöchsten sei Dank!«
»Damit ist im Reich endlich wieder Frieden eingekehrt. Du hast das Beste erreicht, das du dir wünschen kannst.«
»Das ist erst der Anfang! Ich weiß, es ist ein großes Vorhaben, aber ich werde den Staat völlig verändern. Du erinnerst dich doch, wie du mir, als ich ein ganz junger Kalif war, sagtest, dass unser Vater die Angelegenheiten der Regierung und jene der Religion

voneinander trennen wollte. Das werde ich tun. Und zugleich will ich das Chaos, in dem sich die Religionen zurzeit befinden, bereinigen. Ein klarer, sauberer Staat auf der einen Seite und eine einzige ebenso klare und saubere Religion auf der anderen.«

Sitt hörte ihm mit großer Aufmerksamkeit und wachsendem Erstaunen zu. Wohl hatte sie gewusst, dass er die Religionen des Judentums, des Christentums und des Islams bereinigen und vereinigen wollte, denn vertraten sie nicht alle den Glauben an einen einzigen Gott? Dass er aber auch den Staat verändern wollte, das war ihr neu.

»Willst du etwa das Kalifat abschaffen?«, fragte sie ungläubig. »Der Kalif vereint doch gemäß der Offenbarung des Heiligen Koran in seiner Person die oberste weltliche und geistliche Autorität?«

»Da ich mit der notwendigen Neugestaltung der Religion nichts anderes tue, als den göttlichen Willen zu erfüllen – denn bin nicht ich das Sprachrohr Gottes? –, steht das Neue über den früheren Offenbarungen. Ich habe deshalb vor, zwei Thronerben zu bestimmen: einen Kalifen, um die weltlichen Angelegenheiten zu regeln und einen *Imam* für die Religion.«

So hatte ihr Vater das nie geplant. Wohl hatte er daran gedacht, die Angelegenheiten der Religion der ismailitischen *Dawa* zu überantworten, wäre aber nie auf den Gedanken gekommen, eine eigene Erbfolge für das Imamat zu schaffen. Der Form nach wäre der Kalif immer noch Oberhaupt der Muslime geblieben. Offenbar dachte Al Hakim daran, zwei seiner Söhne als Nachfolger einzusetzen.

»Mein Bruder!«, rief Sitt. »Hüte dich davor, zu viel auf einmal zu wollen! Schon dein Vater war zu schnell nach vorne geprescht. Er musste teuer dafür bezahlen. Der Putsch der Kutama, der ihn vermutlich das Leben kostete, war ein Aufstand der alten, nach rückwärts gewandten Kräfte. Du darfst sie nicht gegen dich aufbringen; sie wollen ganz langsam und sanft überwunden sein, sonst vernichten sie den Neuerer!«

»Aber so, wie es ist, darf es nicht bleiben: ein durch und durch verrotteter Staat, der jeden Wesir, der an seine Spitze tritt, binnen Kurzem ebenso verrotten lässt, sodass für ihn das Henkersbeil zu schade erscheint und ein Gewirr von Religionen und Sekten, die den Menschen mit Lug und Trug ihren Glauben und ihr Geld abringen ... Du weißt, dass ich die Grabeskirche in Jerusalem wegen des Betrugs mit dem Lichtwunder zerstören ließ. Da pilgerten Christen und Muslime aus der ganzen Welt einträchtig jeden Samstag vor Ostern ans Heilige Grab, um zu erleben, wie Feuer vom Himmel auf sie herunterkam und die Kerzen in der Kirche entzündete. Dabei war alles nur ein billiger Jahrmarktstrick der christlichen Priester!«

Einer der ismailitischen *Dais* hatte herausgefunden, was hinter dem Lichtwunder vom Heiligen Grab steckte und den Kalifen unterrichtet: Die Priester bewerkstelligten die Erscheinung mit verschiedenen Arten von Öl, von denen das eine, wenn es erhitzt wurde, das andere zu entzünden vermochte. Entsprechend wurde in einem Becken, den Blicken der vieltausendköpfigen Menge entzogen, Balsamöl angezündet und über unsichtbare Leitungen in die sichtbaren, mit Yasminöl gefüllten Lampen in der Kirchenkuppel geleitet. Das Yasminöl flammte bei der Berührung mit dem Balsamöl in gleißendem Licht auf.

Das Osterwunder war das heiligste Ereignis des Jahreskreises. Ganz Jerusalem wartete darauf und je aufsehenerregender es sich vollzog, desto besser würde das Jahr werden. Sogar der muslimische Emir und der oberste Muezzin von Jerusalem standen Ostern am Heiligen Grab, um das Lichtwunder zu beobachten und der Emir erstattete sodann genauen Bericht an den Kalifen.

»Alle Welt, ob Muslime oder Christen, fürchteten oder freuten sich, so, wie es den Priestern, die diesen Betrug ins Werk setzten, beliebte! Jedes Jahr habe ich diese Berichte gelesen, bis ich von dem *Dai* erfuhr, was tatsächlich gespielt wurde!«
Hakims Kopf färbte sich zunehmend dunkel in dem Maß, in dem er sich über die Unverfrorenheit der Priester erregte: »Weißt du, meine Schwester, warum unser Onkel Arsenios sterben musste?«
Sitt schluckte ihre aufkommende Feindseligkeit hinunter.
»Nein, du hast mir noch nicht die Gnade erwiesen, mich darüber aufzuklären.«
»Nachdem der *Dai* mir das ›Wunder‹ aufgedeckt hatte, befragte ich die Wissenschaftler vom Haus der Weisheit und sie bestätigten mir, dass seine Erklärung einleuchtete. Daraufhin forderte ich den Patriarchen auf, den Schwindel aufzudecken. Er weigerte sich und behauptete, sein Glaube an das Lichtwunder sei ungebrochen. Doch ich sage dir: Jeder Feuerschlucker auf dem Platz vor der Amr-Moschee ist tausendmal besser als solch eine Priesterschaft, die mit üblem Trug die Herzen ihrer Gläubigen ködert. Jetzt weißt du, meine Schwester, warum Arsenios sterben musste!«
Sitt überwand das Grauen, das sie bei seinen Worten gepackt hatte und zwang sich, ihm mild zu antworten: »Aber die Menschen lieben es, Wunder zu sehen. Sie brauchen etwas, an dem sie sich festhalten können und das ist der blinde Glaube. Diesen zu stützen und zu nähren helfen eben solche Wunder.«
»Die Menschen, *ya Imama,* werden, wie das Beispiel zeigt, von ihren geistlichen Führern genarrt und in die Irre getrieben. Und es ist an mir, das zu ändern.«
»Gut, mein Bruder, wenn du meinst, dass das deine Berufung, deine *Dawa,* ist. Aber ich flehe dich an: Lasse Vorsicht walten! Übe Weisheit, Versöhnlichkeit!«
Al Hakim blickte, wie schon als Knabe, wenn ihn der Eigensinn

gepackt hatte, starr zu Boden und schwieg. Sitt spürte, dass sie ihn erweichen musste, wenn sie ihr Vorhaben durchführen wollte. Also änderte sie ihren Ton.

»*Ya Habibi* Mansur, weißt du, dass du mich heute tief erschüttert hast? Ich dachte immer, dass unser Onkel Arsenios eher einer unglücklichen Verkettung von Zufällen zum Opfer gefallen ist als einem Ratschluss des Kalifen. Ich bin sehr betrübt über das, was sich zwischen euch ereignet hat. Wie musst du gelitten haben!«

Plötzlich begannen seine Schultern zu zucken. Es entrang sich ihm ein klagender Ton, gefolgt von einem tiefen Aufschluchzen. Seine Augen füllten sich mit Tränen und der Kopf sank ihm zur Seite, der Schwester in den Schoß.

Sitt kämpfte mit sich. Schließlich legte sie die Hände auf die bebenden Schultern und beugte sich tröstend über den Bruder. Ihr Mund näherte sich seinem Nacken und leise flüsterte sie ihm Liebesworte zu, so wie eine Mutter ihr aufgelöstes Kind beschwichtigt.

Lange mussten sie so gesessen haben. Schließlich richtete sie sich auf und schob den Oberkörper des Bruders sanft von sich.

»Ich möchte dich um etwas bitten, *ya* Mansur.«

»Ja?«

»Die Menschen brauchen eine Vergewisserung, dass sie in Ruhe leben können, ohne sich fürchten zu müssen. Ich habe hier die Worte eines Edikts aufgeschrieben, das, in deinem Namen herausgegeben, eine große Beruhigung für alle wäre. Wenn die Zeit reif ist, kannst du dann deine nächsten Schritte tun.«

Sitt reichte ihm das vorbereitete Blatt Papyros.

Al Hakim fing an zu lesen. Seine Lippen formten kaum hörbar den Text:

»B'Ism Illah al rahman al rahim.

In der Religion gibt es keinen Zwang. – So steht es geschrieben, gleich in der zweiten Sure des Heiligen Korans. Und entsprechend will ich diese Verfügung treffen: Das Gestern ist vorbei und das Heute hat seine eigenen Erfordernisse …«

Den Rest des Schriftstückes überflog er schweigend. Sitt hatte darin festgelegt, dass jede Religionsgemeinschaft wieder frei nach ihren Riten leben und sich sicher fühlen durfte.
»Ich bin damit einverstanden«, sagte Al Hakim, nachdem er geendet hatte. »In der nächsten Maglis-Sitzung will ich das Edikt unterschreiben.«
Eine Welle der Erleichterung lief durch Sitts angespannten Körper und Geist. Sie hatte den Kampf gewonnen. Ein kleines Scharmützel zwar in einem nicht enden wollenden Krieg. Aber trotzdem: Es war ein Sieg!

*

Im folgenden Ramadan nahm Al Hakim die prächtigste der unter seiner Herrschaft errichteten Moscheen erstmals in Gebrauch – die Moschee am Triumphtor, die außerhalb der Stadtmauer nahe der *Musalla* in vielen Jahren Arbeit von den größten Künstlern ihrer Zeit erbaut und ausgestattet worden war. Bald begann das Volk, sie die Al Hakim-Moschee zu nennen.
Sitt hoffte, dass sich die Seele des Bruders mit der Vollendung seiner eigenen Freitagsmoschee beruhigen würde. Auch wenn er zu bestimmten Zeiten des Jahres in den anderen Freitagsmoscheen von Kairo und Misr beten und predigen musste, ging er ansonsten jeden Freitag in seine eigene Moschee. Dazu kleidete er sich sogar wieder ein wenig sorgfältiger. Er verwandte viel Zeit darauf, sich

Inschriften auszudenken, die auf den Außenwänden der Moschee seine religiösen Leistungen und Vorhaben verkünden sollten. Voller Begeisterung sprach er von der Schönheit des Bauwerks, seiner Eleganz und Ausgewogenheit, die sich mit einem machtvollen Ausdruck von Stärke paarte.

Alle hofften darauf, dass der Kalif zur Ruhe gekommen war, doch es handelte sich nur um einen kurzen Aufschub. Denn als die Freude an dem eigenen Gotteshaus verflogen war, entlud sich sein Wahnsinn in einer Reihe von Donnerschlägen.

*

Wie eines der seltenen, dafür aber umso gewaltigeren Gewitter des Niltals begann die Katastrophe des Jahres 404 nach der Hedschra, dem Jahr 1013 der Christenheit, mit einem Wetterleuchten. Nachdem der Kalif das byzantinische Hofprotokoll abgeschafft hatte, untersagte er nun auch jede Form von fatimidischer Feierlichkeit. Fortan durfte die Palastwache auf ihren Runden nicht mehr wie bisher an bestimmten Punkten die Trommeln schlagen und Fanfaren blasen. Die beiden größten Feste, das Fest des Fastenbrechens und das Schlachtopferfest, wurden ohne Bankette gefeiert, die Prozessionen allen Pomps entkleidet und sogar die Zuckerpuppen zum Geburtsfest des Propheten verboten. Immer armseliger trat der Kalif nun auf. Statt in die wollene Tracht der Sufis kleidete er sich wie ein Bettler in einfachste Hemden. Auf dem Kopf trug er ein Handtuch und an den nackten Füßen grobe Sandalen nach Art der Beduinen.

Der erste Donnerschlag dröhnte durch die Hauptstadt, als er tatsächlich zwei Thronfolger bestimmte, einen wie vorhergesagt als Imam und den zweiten als Kalifen. Beide waren entfernte Cousins, die sich wohlweislich im Hintergrund gehalten und nie um

Politik gekümmert hatten. Deshalb waren sie Al Hakims Säuberungen entgangen. Fassungslos nahm der Hof zur Kenntnis, wie schon am folgenden Schlachtopferfest der eine der beiden, Abdel Rahim Al Mahdi, auf der *Musalla* anstelle des Kalifen den Opfertieren den Speer an die Kehle setzte.

Entsetzt sah Sitt zu, wie ihr Bruder seine Söhne in der Thronfolgeregelung nicht berücksichtigte. Wusste er nicht, dass die islamische Gemeinschaft diese Verfügung nach seinem Tod sofort wieder ändern würde? Oder ging sein grausamer Plan noch weiter?

*

Eines Nachts wurde Sitt Al Mulk geweckt und erfuhr, dass im Harem Schreckliches vor sich ging. Mit hastig übergeworfenem Umhang und Schleier eilte sie durch den Verbindungstunnel in den Ostpalast.

In den Höfen und Korridoren sah sie im Schein der Lampen angstvoll zusammengedrängte Gruppen von Frauen, die sich schützend vor ihre Kinder gestellt hatten. Die Kleinen weinten, klammerten sich an ihre Mütter und Ammen oder verbargen sich in deren Gewändern. Dienerinnen rauften sich die Haare und manche Frauen kauerten wirr vor Angst auf dem Boden, schlugen ihre Köpfe gegen Wände und zerrissen sich die Kleider.

Sitt hielt eine Dienerin fest.

»Was ist geschehen?«

Die Frau sah sie entgeistert an, sagte aber schließlich:

»Eunuchen sind in die Räume einiger Konkubinen eingedrungen und haben die Frauen mit ihren Kindern herausgeholt. Sie fingen bei den Sohnesmüttern an.«

»Beim Allmächtigen!«

Ein furchtbarer Verdacht regte sich in Sitt.
»Bei welchen Frauen waren sie schon?«
»Bei Halima, bei Sumurrud, bei Katina …«
Sie setzte die Reihe der Sohnesmütter fort. Es fehlten nur noch wenige.
»Ich danke dir!«, rief Sitt, während sie bereits davoneilte.
Überall bot sich das gleiche Bild der Verzweiflung. Die Frauen waren überzeugt, dass im nächsten Zug sie betroffen sein würden. Denn waren die Sohnesmütter nicht in allem die Ersten und kamen nicht nach ihnen die anderen an die Reihe?
Offenbar hatten die Eunuchen ihre Jagd im Trakt der Privatgemächer begonnen, wo die meisten Frauen wohnten. Da der eigentliche Harem jedoch längst zu klein geworden war, hatten die Palastmeister der Kalifen auch in anderen Pavillons Frauenwohnungen einrichten lassen. So auch im Flusspavillon im Norden der Zitadelle, in dessen Halle an jedem Donnerstagnachmittag die Weisheitssitzungen für die Eingeweihten des Hofes stattfanden. Da er am weitesten vom Trakt der Privatgemächer entfernt lag, beschloss Sitt, sich dorthin zu wenden. Als sie den Pavillon betrat, musste sie jedoch erkennen, dass Al Hakims Eunuchen ihr bereits zuvorgekommen waren. Auch hier waren die Frauen und ihre Dienerinnen zusammengelaufen, aufgeschreckt vom Schreien einer Mutter, die erst vor wenigen Tagen einen Knaben geboren hatte. Die Frau konnte noch nicht gehen, doch hatte sie das nicht davor bewahrt, zusammen mit ihrem Neugeborenen aus dem Bett gerissen zu werden.
Sitt stieg die Treppen zu den oberen Stockwerken hinauf. Unter dem Dach befand sich die Wohnung Rukias, einer besonders reizvollen Sklavin vom Horn von Afrika, die Al Hakim in besseren Zeiten gerne beglückte und die ihm den heute achtjährigen

Prinzen Ali geboren hatte. Vor dem Eingang standen zwei Eunuchen. Sitt trat auf sie zu und forderte:
»Öffnet die Tür!«
Nach der neuen Sitte beugten die beiden nur die Köpfe und unterließen jede weitere Ehrenbezeigung. Immerhin kamen sie ihrem Befehl widerspruchslos nach.
Sitt betrat die Zimmerflucht, die sich verlassen vor ihr erstreckte. Sie durchschritt die kaum beleuchteten Empfangsräume und den Ankleideraum, bis sie im Schlafzimmer stand. Das Bett war gemacht und nichts in dem Raum erweckte den Anschein einer eiligen Flucht. Ein Geräusch ließ Sitt herumfahren. War nun auch sie an der Reihe?
Mit Erleichterung machte sie im Halbdunkel eine bucklige Gestalt aus und erkannte in ihr Farhan, einen der ältesten Eunuchen am Hof. Es hieß von ihm, er sei über achtzig – ein selten hohes Alter für einen Eunuchen. Er schien als Einziger in Rukias Gemächern zurückgeblieben zu sein.
»Wo ist Rukia, *ya* Farhan? Und wo ist Prinz Ali?«
Der Verschnittene grinste sie aus zahnlosem Mund an und erklärte: »Meine Herrin hat ihre Freundin Gamila im Trakt der Privatgemächer besucht. Da sie nicht für die Nacht mit dem Kalifen eingeteilt war und er sie überhaupt seit Jahren nicht mehr besucht hatte, gab es keinen Grund, warum sie nicht auch bei ihr schlafen sollte.«
Seitdem der Kalif sich gebärdete wie ein Mönch, suchte er seine Frauen kaum noch auf.
Sitt drückte die trockene, dürre Hand des Alten.
»Farhan, lass dich morgen von Midad belohnen!«
Hoffnungsvoll verließ sie die Wohnung Rukias und den Flusspavillon, zog den Schleier vors Gesicht und eilte zum Trakt der Privatgemächer zurück.

*

In Gamilas Räumen traf Sitt zwar einige Dienerinnen an, doch die Herrin selbst war nicht anwesend und ebenso wenig Rukia.

»Ich bin auf der Suche nach Rukia, muss sie dringend finden. Wo ist sie hingegangen?«, fragte Sitt die Dienerinnen, die aneinandergedrängt auf den Diwanen in Rukias Vorzimmer hockten.

Nachdem keine antwortete, wiederholte sie die Frage:

»Wo ist Rukia? Ist der Prinz bei ihr?«

Immer noch hüllten sich die Sklavinnen in Schweigen.

»Ach, ihr Närrinnen, merkt ihr nicht, dass ich ihr helfen will?«

Es nützte nichts. Offenbar hatte Gamila ihnen unter Androhung der Peitsche oder anderer schwerer Strafe verboten zu sprechen.

»Welche von euch mich zu Rukia führt, die bekommt von mir genug Gold, um sich freizukaufen und ein eigenes Haus in Misr zu nehmen.«

Als auch das ohne Wirkung blieb, ließ Sitt sich zum Zorn hinreißen: »Nun, dann werdet ihr alle eben die Peitsche zu fühlen bekommen!«

Noch während sie die Drohung aussprach, taten ihr die ängstlich geduckten Frauen leid. Wie immer sie sich verhielten, die Strafe war ihnen sicher. Immerhin gab sich jetzt eine von ihnen, offenbar die Älteste, einen Ruck:

»Vergebt, *ya Imama*! Aber wir wissen es nicht! Seid uns nicht gram!«

Mit jäher Kehrtwendung verließ sie die Wohnung. Vielleicht konnte sie trotz der Dunkelheit irgendwo unter den weinenden Scharen draußen Gamila finden!

Indessen schien sich ihr Verdacht zu bestätigen: Die Eunuchen hatten nur die Söhne Al Hakims und deren Mütter fortgeführt. Die anderen Frauen und Kinder waren unbehelligt geblieben.

Nachdem der Kalif soeben zwei Prinzen gegen jedes Gesetz als gemeinsame Thronfolger ernannt hatte, ließ er nun seine Söhne fortschleppen.
Es war schrecklich, den Gedanken weiterzudenken, doch Sitt konnte sich ihm nicht entziehen. Die Knaben waren in allerhöchster Gefahr. Jeder von ihnen war eine Bedrohung für Al Hakims irrwitzige Neuerungspläne. Jeder der Söhne konnte von seinen Gegnern als neuer Alleinherrscher aufgestellt werden. Sitt musste den kleinen Ali finden. Unter keinen Umständen würde sie es zulassen, dass das Erbe ihres geliebten Vaters Al Muizz und Al Aziz, das Kalifat von Al Kahira, wenige Jahrzehnte nach seinem kometenhaften Aufstieg in einem Feuersturm verpuffte.
Den Schleier eng um Kopf und Gesicht gezogen, ging sie an den Gruppen verstörter Frauen vorbei und musterte jede einzelne. Sie durfte niemanden nach Gamila fragen. Viel zu groß war die Gefahr, dass man sie erkennen und sie damit Ali und Rukia gefährden würde. Sie hatte schon mehrere Male ihre Runde gemacht, als die Frauen sich allmählich beruhigten und mit ihren Kindern und Dienerinnen in ihre Wohnungen zurückkehrten.
Sitt sank die Hoffnung. Wie sollte sie Rukia und Ali ausfindig machen, wenn ihr niemand einen Hinweis gab? Vielleicht war es den beiden gelungen, die Stadt zu verlassen. Aber würden sie fliehen können? Auf allen Straßen in den Norden und den Süden standen Kontrollposten. Sie hatten nicht nur ein Auge auf entlaufene Sklaven, Diebe, Schmuggler und Gesindel, sondern ihnen würde eine Frau, die mit ihrem Kind unterwegs war, als nicht minder verdächtig auffallen.
Sie beschloss, noch einmal in Gamilas Räumen nachzusehen. Doch dort war die Lage unverändert. Die Dienerinnen saßen immer noch beisammen und wollten keine Auskunft geben.
Beim Verlassen des Trakts der Privatgemächer zögerte sie einen

Moment. Sollte sie den Kalifen aufsuchen oder, falls er die Nacht außerhalb des Palastes verbrachte, auf seine Rückkehr warten, um herauszufinden, was genau er im Schilde führte? Oder sollte sie versuchen, zu den gefangenen Sohnesmüttern vorzudringen?

Sitt machte sich zum Frauengefängnis auf, das für unbotmäßige Haremsbewohnerinnen in der Nähe des Tors der Leichten Brise eingerichtet war. Sie hatte gehört, dass die Sohnesmütter dorthin gebracht worden wären.

Fast hatte sie ihr Ziel erreicht, als sich von hinten nähernde schnelle Schritte sie aufschrecken ließen. Sie wandte sich um und da stand ein Knabe vor ihr, ein kleiner Sklave, der mit aufgerissenen Augen zu ihr hochsah und sie wispernd ansprach:

»*Ya Amira!* Ich weiß, wo Rukia mit Ali hingegangen ist. Ali spielte mit mir, als das Schreien und Rennen im Palast losging.«

»Sag schon, *ya Habibi!* Wo sind sie?«

»Rukia sagte, sie wolle weglaufen. Sie sagte, eine Frau Takarrub, ihre Freundin, habe ein Haus in Misr. Zu ihr würde sie gehen.«

Sitt packte den Kopf des Jungen und küsste ihn auf die von der Anstrengung des Laufens feuchte Stirn.

»Allah schenke dir ein langes Leben, mein Kleiner! Jetzt lauf zurück und sage niemandem, dass du mich getroffen hast!«

Sie sah den kleinen Sklaven im Dunkel verschwinden und lauschte, bis das Aufklatschen seiner Sandalen auf den Pflastersteinen verklungen war.

Sie machte kehrt, um so schnell wie möglich mit Takarrub sprechen zu können. Sich im Schatten der Gebäude haltend, lief sie eilig zum Tunnel. Wollte sie ihre Handlungsfreiheit bewahren, um Rukia und Ali helfen zu können, so musste sie jetzt sehr vorsichtig sein. Denn wenn die Spione Al Hakims auf sie aufmerksam wurden, waren ihr die Hände gebunden.

*

Kaum in ihren Palast zurückgekehrt, brachte ihr Midad neue Nachrichten.

»Herrin, einer der Palasteunuchen, die in Eurem Sold stehen, hat mir eine Nachricht zukommen lassen: Er sagt, die Prinzen und die Sohnesmütter würden auf die Insel *Maks* gebracht. Zugleich habe die Schreinerei des Palastes Auftrag erhalten, Kisten anfertigen zu lassen, die aussähen wie die Särge der reichen Christen nur ohne deren Symbole.«

Es gab keinen Zweifel mehr: Der Kalif wollte seine Söhne und Thronerben beseitigen. Dafür schien ihm eine Verbannung – etwa nach Oberägypten oder Syrien – nicht sicher genug. Er wollte sie töten.

Sitt musste sich zur Ordnung rufen, denn Panik stieg in ihr auf. Erst als sie an Ali dachte, wurde sie ruhiger. Sie musste dem Kalifat einen Thronfolger erhalten, der in der Linie der Erbfolge stand. Nach dem Tod seines älteren Bruders vor vier Jahren war Ali zwar der älteste unter den Söhnen Al Hakims, hatte aber erst vor Kurzem seinen achten Geburtstag gefeiert. Wie ein Blitzschlag durchfuhr es Sitt:

›Mansur war acht Jahre alt gewesen, als mit seiner Designierung zum Thronfolger das ganze Unheil begann.

Konnte es sein, dass eine rätselhafte innere Kraft ihn zwang, das genaue Gegenteil dessen zu tun, was sein Vater getan hatte? Wollte er verhindern, dass ein zu junger Thronfolger von falschen Kräften missbraucht würde? Und war das der Grund für diese wahnwitzige Idee von der Umformung des Staates – weil er, um sie zu verwirklichen, jemanden anderen als seinen kleinen Sohn als Nachfolger einsetzen musste? Was ging in seinem Kopf vor?

Fürchtete er eine Verschwörung? Oder glaubte er, bald sterben zu müssen?‹

»Wie aus der guten Absicht nur so leicht Böses entsteht!«, seufzte sie, als sie Midad wieder ansah.

»Lass Takarrub rufen! Ich muss sie dringend sprechen.«

»Und die Söhne? Die Frauen?«, wagte Midad einzuwenden.

»Takarrub, sagte ich!«

Von Sitts Schroffheit gekränkt und über ihre scheinbare Herzlosigkeit verwundert, machte Midad umständlich Anstalten, sich zurückzuziehen: Weshalb tat die Prinzessin, die sich sonst doch stets zur Kämpferin für die Schwachen und zu Unrecht Verfolgten gemacht hatte, jetzt nichts, um die Knaben vor ihrem wahnsinnig gewordenen Bruder zu schützen?

Sie brachte jetzt nicht die Kraft auf, um ihm zu erklären, weshalb sie sich entschieden hatte, die Knaben ihrem Schicksal zu überlassen. Vielleicht wäre ihre Entscheidung anders ausgefallen, hätte sie gewusst, was der Kalif vorhatte.

*

Obwohl Takarrub ihr eigenes Stadthaus besaß, zog sie es vor, die meiste Zeit im Palast, in der Nähe der geliebten Herrin, zu verbringen und so war sie binnen kurzem zur Stelle.

»Lasst uns ein Weilchen allein!«, schickte Sitt die *Jauaris* hinaus.

»Komm, setze dich zu mir«, forderte sie Takarrub auf.

»Möchtest du eins davon nehmen?«, fragte sie und deutete auf eine Kristallschale mit Dattelküchelchen, von denen sie wusste, dass Takarrub sie besonders gern aß. Seitdem sie die Sklavin, die schon Vertraute und Dienerin ihrer Mutter gewesen war, vor vielen Jahren freigelassen hatte, begegnete sie ihr nie anders als in der Form, die einer guten Freundin gebührte.

»Du hast heute Nacht in deinem Haus Besuch bekommen. Weißt du schon davon?«

Takarrub nickte.

Sitt war erleichtert zu erfahren, dass Rukia es geschafft hatte, sich mit dem Knaben nach Misr durchzuschlagen. Zugleich bereitete es ihr Sorge, ob der Überbringer der Nachricht an Takarrub nicht beobachtet wurde. Das Gleiche galt für ihr Gespräch mit dem kleinen Sklavenjungen in der Nacht.

»Wir müssen schnell handeln. Ich werde Rukia und das Kind hierherbringen lassen, zu mir.«

»Das wollt Ihr wagen?«

»Mir scheint, im ganzen Reich gibt es keine sicherere Zuflucht als hier.«

»So nahe bei der Höhle des Löwen?«

»Ich denke, dass es gerade deswegen sicher ist. Du weißt, wie gut ich mich auf meine Dienerschaft verlassen kann.«

»Trotzdem schleicht sich sogar bei Euch, Herrin, von Zeit zu Zeit ein Spion ein!«

»Das lässt sich verhindern, indem sich die beiden, sobald sie hier sind, ausschließlich in den Obergeschossen und auf der Dachterrasse bewegen. Nur meine ältesten und zuverlässigsten Diener dürfen dann zu ihnen hinauf.«

»Was habt Ihr vor?«

»Rukia und Ali sollen hier bleiben. Ich will Ali an Kindes statt annehmen. Midad, der Gütige und Geduldige, soll seine Erziehung übernehmen. Seine Mutter Rukia soll sich weiter um ihn kümmern. Nichts kann einem Kind die Liebe der Mutter ersetzen. Aber ich will seine zweite Mutter, seine Führerin sein – oder eben seine Tante, was ja der Wirklichkeit entspricht.«

»Aber was, Herrin, ist mit den Brüdern?«

»Der Kalif wird sie töten«, sagte Sitt mit ungewohnter Härte.

Takarrub verstand die Zwangslage, in der die Freundin sich befand, besser als der Hofmeister. Sie benötigte keine Erklärung.
»Ali wird hier sicher sein, der Kalif hat keinen Zugriff auf Eure Gemächer. Und wir müssen uns etwas einfallen lassen, um ihm das Leben in der Schutzhaft zu erleichtern. Er war's bis jetzt gewohnt, im Harem zu leben, da wird er die Enge vielleicht nicht allzu stark empfinden. Ich weiß keine andere Lösung. Oder sollte ich den Sohn des Kalifen etwa nach Byzanz schicken und dem Schutz des Kaisers anempfehlen?«
»Allah verhüte! Das wäre Hochverrat.«
Sitt hob die Schultern und kehrte die Handflächen nach oben.
»Gott wird für das Richtige sorgen!«

*

In der Kühle des Abends, als die Doppelstadt nach der sengenden Hitze des Tages zum Leben erwachte und die Menschen trotz der Verbote des Kalifen auf die Straßen strömten, ließ Sitt sich in ihrer Sänfte nach Misr tragen. Sie hatte diesen Zeitpunkt abgewartet, um von sich abzulenken. Takarrub war schon am Morgen in ihr Haus geeilt, um Rukia Mut zuzusprechen und ihr mitzuteilen, dass Rettung nahe sei.
Sitt wusste, dass niemand es wagen würde, ihre Sänfte zu kontrollieren und so konnte sie getrost ihren Plan in die Tat umsetzen.
Die Träger setzten die Sänfte genau vor Takarrubs Tor ab. Daran war nichts Ungewöhnliches, denn Sitt hatte es sich zur Gewohnheit gemacht, von Zeit zu Zeit einige Tage bei Takarrub in Misr zu verbringen. Sie mischte sich dann, begleitet von wenigen Dienern, unter die Menschen und pflegte auf diese Weise ihre Beziehung zur Bevölkerung, die ihr mit tiefer Zuneigung dafür dankte, dass sie am Hof ihre Fürsprecherin war.

Jetzt stieg sie allerdings nicht aus der Sänfte aus, sondern wartete, bis die Tür geöffnet wurde und zuerst der kleine Prinz Ali hereinkletterte und ihm dann seine Mutter folgte. Rukia schenkte Sitt Al Mulk einen dankbaren Blick und küsste ihr die Hand, ehe sie sich auf der gegenüberliegenden Bank niederließ. Sitt zog den Knaben zu sich und sagte:

»*Ya Habibi ya* Ali! Wir lassen uns jetzt auf einem ganz geheimen Weg, von dem niemand wissen darf, in einen herrlichen Palast tragen. Der Weg ist so geheim, dass auch wir nicht zum Fenster hinaussehen dürfen.

»Aber die Träger kennen den Weg!«

»Nur ein einziger von ihnen, mein Schatz. Alle anderen haben die Augen verbunden!«

»Warum ist der Weg so geheim?«

»Weil der Palast im Paradies steht. Nur ganz wenige Menschen dürfen ins Paradies. Die meisten Menschen müssen zuerst sterben, ehe sie ins Paradies auch nur hineinschauen dürfen.«

»Und warum dürfen wir ins Paradies, obwohl wir nicht tot sind?«

»Das ist eine besondere Auszeichnung Gottes. Für dich, weil du der künftige Kalif bist und für Rukia, weil sie deine Mutter ist.«

Dankbar spürte Sitt den schnellen Lauf ihrer Träger. Je eher sie wieder Al Kahira und das Wasserschloss erreichten, desto besser!

Der Kleine blieb eine Weile stumm. Seine großen, klugen Augen waren auf Rukia gerichtet, die steif auf ihrer Bank saß.

Plötzlich sagte er: »Und du, Tante Sitt, warum darfst du schon jetzt ins Paradies?«

So weit hatte Sitt noch nicht vorausgedacht und sie schluckte, um Zeit zu gewinnen. Dann sagte sie: »Mir war's bestimmt, Kalifin zu werden. Deshalb.«

Ali schien wieder nachzudenken.

Sitt hörte nach draußen und, da kein Schreien von Kindern, kein

Schimpfen von Müttern, keine scherzenden Männerstimmen noch Eselsgebrüll an ihre Ohren drang, nahm sie an, dass sie sich bereits auf dem Straßenstück befanden, das durch das unbebaute Gebiet zwischen Misr und Al Kahira führte. Es war also bald überstanden!

»Dürfen nur wir drei ins Paradies, obwohl wir noch leben?«

»Nun, es dürfen noch andere hinein. Takarrub zum Beispiel, die du ja kennst. Und Midad. Magst du Midad?«

»Ist das der große Schwarze, der dich immer begleitet?«

»Ja, das ist er, *ya Habibi.*«

»Jaaa«, meinte er gedehnt und zuckte dabei mit einer Achsel.

Sitt spürte, dass er ungeduldig wurde und gern zum Fenster hinausgesehen hätte. Sie legte die Hand auf seinen Rücken.

»Noch ein bisschen müssen wir aushalten. Aber wir sind gleich da.«

»Im Paradies?«

»Ja, im Paradies.«

Rukia war den beiden die ganze Zeit wortlos gegenübergesessen. Sitt konnte sich vorstellen, was in ihr vorging, doch musste sie sich des Kleinen wegen damit begnügen, ihr ermunternd zuzunicken. Sie sah, wie die sonst in heiterer Güte strahlenden Augen der *Ummwalad* sich mit Tränen füllten, die sie mühsam zurückhielt.

›Was für eine schöne Frau‹, ging es Sitt durch den Kopf. ›Nicht umsonst heißt sie *Rukia.* Sie ist so bezaubernd, wie ihr Name besagt. Ich will tun, was ich kann, damit ihr Leben im Schatten des Todes erträglich wird.‹

Sie lächelte ihr noch einmal zu.

Jetzt wurde die Sänfte abgesetzt. Midad hatte alles vorbereitet, damit der kleine Prinz von der Mehrzahl der Diener ungesehen in Sitts Gemächer gelangen konnte. Die beiden Schutzbefohlenen

durften sich nicht auf der offenen Hoftreppe noch in den Arkadengängen blicken lassen. Bis ihre neue Wohnung beziehbar war, sollten Ali und Rukia bei Sitt wohnen. Das oberste Stockwerk würde bald für ihn und seine Mutter hergerichtet und eine geheime Treppe zu Sitts Gemächern gebaut sein.
Sitt spürte, wie sich die Sänfte wieder hob, diesmal mit größerer Leichtigkeit als zuvor. Midad hatte zusätzliche Träger an die Treppe befohlen. Sitt war noch nie in der Sänfte eine Stiege hinaufgetragen worden und es war ein befremdliches Gefühl, sich plötzlich in so schiefer Lage zu befinden. Rukia rutschte fast von der Bank und suchte nach Halt.
Der kleine Prinz war zunächst verblüfft, wie er in die Polster gedrückt wurde, fing dann aber an zu lachen. Sitt legte ihm die Hand auf den Mund.
»Schscht, mein Junge! Wir sind noch nicht angekommen. Noch ist der Weg ganz geheim!«
Endlich nahm die Sänfte wieder ihre normale Lage ein und kam gleich darauf zum Stehen. Die Tür ging auf und Midad stand bereit, um ihnen herauszuhelfen, zuerst Sitt, dann dem Knaben und zuletzt der Sohnesmutter.
Sitt trat, den kleinen Prinzen an der Hand, durch den offenen Eingang und dahinter lag tatsächlich das Paradies!
Zwischen blühenden Sträuchern hingen goldene Käfige mit singenden und zwitschernden Vögeln. Alles war in das farbenprächtige Licht eines großen, aus unzähligen Glasstücken zusammengesetzten Lüsters getaucht, der sich wie ein Regenbogen über die Szene spannte. Auf Zweigen und Schaukeln schwangen sich winzige Affen, junge Hasen und Lämmer sprangen über den mit duftenden Kräutern und Blüten bedeckten Boden und sogar eine Schildkröte kroch träge umher. Inmitten all dessen sprudelte Wasser aus einem Springbrunnen.

Zufrieden sah Sitt, was Midad in einem einzigen Tag in der Eingangshalle zu ihren Gemächern ins Werk hatte setzen lassen, sodass selbst die Augen des verwöhnten Prinzen von all der Pracht erstrahlten. Sie gab dem Hofmeister ein Lächeln, in das sie ihre Anerkennung und ihren Dank legte und es freute sie zu sehen, wie sich auf Midads Gesicht ein frohes Leuchten ausbreitete.

Der kleine Prinz verbrachte einen glückseligen ersten Abend in seinem neuen Heim und als er spätnachts in den Armen seiner Mutter einschlief, wähnte er sich auch träumend im Zustand des Paradieses.

*

Für seine Brüder war es indessen die letzte Nacht ihres Lebens. Nach Sonnenaufgang bewegte sich der Sänftenzug zwischen dem Garten des Kafur und dem Poloplatz in Richtung Maks. Den Sänften folgten Eselskarren, beladen mit langen Holzkisten.

Sitt Al Mulk stand auf der Dachterrasse ihres Schlosses und sah der traurigen Prozession nach, wie sie die Brücke nach Maks überquerte und dort zwischen Palmen verschwand. Nach einer Weile tauchte der Zug, winzig klein geworden, am Ufer des Nils wieder auf. Sitt konnte nicht ausmachen, was dort im Einzelnen geschah, doch sie konnte es sich vorzustellen: Die weinenden, an Händen und Füßen gefesselten Mütter und ihre sich verzweifelt wehrenden Knaben – allesamt jünger als Ali – wurden in die mit Steinen beschwerten Kisten gezwängt. Ein letzter Blick in den blassen Morgenhimmel, der Deckel, der sich auf die Kiste schiebt und dann schwarze Finsternis. Ohrenbetäubend das Dröhnen der Hammerschläge beim Zunageln der Kisten. Zuletzt eine harsche Bewegung, ein Aufklatschen im Fluss und nach kurzer Zeit das Eindringen von Wasser.

›*Ya Rab*, ich flehe nur, dass sie betäubt wurden.‹
In jener ersten Nacht, die Prinz Ali im Wasserschloss verbrachte, war Sitts Geliebter Ali Ibn Ahmed nicht bei ihr und so lag sie bis in den hohen Vormittag ohne Trost starr in ihrem Himmelbett. Die Katze Sitta schmiegte mit stockendem Schnurren ihren klein gewordenen Kopf an Sitts Hals, doch blieb ihre Zärtlichkeit unerwidert. In diesen Stunden verhärtete sich etwas in Sitt und ein Entschluss bildete sich in ihr: Sobald der kleine Ali alt genug war, um den Thron der Kalifen von Al Kahira als Mann zu besteigen, würde sie dafür Sorge tragen, dass genau dies geschah.

*

Nach dieser grausigen Mordtat zeigte sich wieder Kalif Al Hakims krankhafter Hang zum Guten. Zunächst brachte er mehrere Landgüter in eine Stiftung ein, aus der bedürftige Bürger wie auch eine Reihe von Rechtsgelehrten und die Muezzins der achthundertunddreißig kleinen Moscheen der Doppelstadt Unterstützung bezogen.
Sodann überredete ihn der Filzmacher, alle seine Sklaven in die Freiheit zu entlassen. Vermutlich erhoffte sich der Derwisch davon ein schnelles Anwachsen der Schar jener, die seine neue Lehre annehmen und Al Hakim als Gottheit verehren wollten. Indessen hatte die Maßnahme katastrophale Folgen für Misr und Al Kahira. Plötzlich standen viele tausend Menschen auf der Straße, die es nicht gewohnt waren, für ihren Lebensunterhalt hart zu arbeiten, geschweige denn zu kämpfen. Sie hatten kein Dach über dem Kopf und lungerten allerorts herum auf der Suche nach Gelegenheitsarbeit. Bald erhob sich unter der Bevölkerung Unmut, da die Verbrechen zunahmen und viele Menschen anfingen, um ihre Arbeitsplätze zu fürchten.

Abordnungen der ehemaligen Sklaven flehten den Kalifen an, sie doch wieder in seinen Dienst zu nehmen und als ihm auch die politischen Berater dazu rieten, durften alle, die es wollten, wieder an den Hof zurückkehren. Es waren sehr viele, die die Sicherheit des Sklavendienstes dem ungewissen Leben in der Freiheit vorzogen.

Dann wieder verlor sich der Kalif in der Mystik und redete sich und der Welt ein, dass er zusammen mit dem einen seiner beiden Nachfolger, Prinz Abdel Rahim Al Mahdi, ein Paar abgäbe wie Moses und sein Bruder Aaron. Er liebte es, sich mit den großen Gründergestalten der Religionen zu vergleichen, denn er wollte sich als einer von ihnen sehen. Doch sosehr er und der Filzmacher sich anstrengten, Anhänger zu gewinnen – die Gemeinschaften der Christen, Juden, Sunniten und Ismailiten blieben standhaft und nur wenige verloren ihre Seele an die neue Lehre.

Innerhalb der regierenden Schicht der Ismailiten formierte sich immer entschlossenerer Widerstand. Al Hakim antwortete darauf, indem er die Höflinge und Beamten mehr denn je bespitzeln ließ. Davon blieb Sitt Al Mulk nicht verschont.

Doch durch die Hände ihres Vertrauten Ali Ibn Ahmed Al Gargarai liefen alle Geheimdienstberichte. Er gab sie an seinen Vorgesetzten, den Polizeichef von Kairo und Misr, weiter, der sie seinerseits dem Kalifen zu überreichen hatte. Da aber der Kalif die Zuverlässigkeit des schwarzen Gain zunehmend in Zweifel zog und ihm Ali Ibn Ahmed ohnehin schon seit Langem ein Dorn im Auge war, verfügte er, dass die Geheimdienstberichte zwar weiterhin an das Büro des Polizeichefs ergingen, dort aber nicht mehr gelesen werden durften und ihm fortan ungeöffnet zuzuleiten seien.

Falls nun irgendein Bericht etwas über Sitt enthielt, so erfuhr Ali Ibn Ahmed nichts mehr davon. Deshalb gewöhnte er es sich an,

die Siegel auf den Berichten sorgfältig zu lösen, diese zu lesen und dann die Siegel wieder zu befestigen.
So konnte er Sitt und seinen Chef weiterhin über die wichtigsten Meldungen an den Kalifen auf dem Laufenden halten. Sitt wiederum gab dieses Wissen an den Oberrichter Malek Ibn Said Al Fariki weiter, der seinerseits den Widerstand unter den ismailitischen Höflingen leitete.
Außerhalb ihres engen Haushaltes hatte sie nur zwei Menschen anvertraut, dass sie einen Sohn des Kalifen hatte retten können: Richter Al Fariki und Prinzessin Abda. Beiden schenkte sie unbegrenztes Vertrauen und beide sollten in ihren Überlegungen und wenn sie ihren Einfluss ausübten, davon ausgehen können, dass das ismailitische Kalifat in Prinz Ali eine Zukunft hatte.
»Nie, meine Tante«, sagte Sitt zu Prinzessin Abda, »hätte ich gedacht, dass ich mich eines Tages mit den Berbern zusammentun müsste. Aber ich habe in letzter Zeit begonnen, meine Fühler in ihre Richtung auszustrecken, insbesondere zu General Hussein Ibn Dauas. Ich bin froh, dass wir nach der Zerschlagung der Kutama-Verschwörung so milde mit ihnen verfahren sind, denn bald werden wir ihre Unterstützung brauchen.«
»Die Berber sind ein starker Stützpfeiler der *Ismailia*. Obwohl oder gerade weil es ihnen an der Offenheit für Neues fehlt, werden sie in einer Zeit, wo das Neue außer Rand und Band gerät, Festigkeit und Halt geben können.«
Sitt, Abda und Rukia ergingen sich im Dachgarten des Wasserschlosses. Prinz Ali spielte unter ihren wachsamen Augen mit zwei Slawenjungen, die Sitt als Spielgefährten für ihn gekauft hatte. Dank der über der Brüstungsmauer angebrachten Maschrabia-Gitter war er jedem unerwünschten Blick entzogen. Eine Ecke der Terrasse hatte Midad mithilfe eines Zauns in eine kleine Koppel verwandeln lassen, in der zwei Esel standen. Auf ihnen durf-

ten die Jungen, wenn sie dazu Lust hatten, auf dem Dach herumreiten.
Unter einem schattenspendenden Schutzdach war ein geräumiger Käfig eingerichtet, im dem mehrere Papageien – die Lieblingstiere des kleinen Prinzen – hausten.
»Mein Dachgarten ist jetzt zwar zu einem Tummelplatz geworden«, bemerkte Sitt lächelnd, »aber es soll mir nichts Ärgeres geschehen! Ich freue mich an dem Knaben und darüber, welche Fortschritte er macht und ich stelle mir vor, wie er als Herrscher sein wird. Nie habe ich mir den Wunsch nach einem Kind gestattet und jetzt, plötzlich, hat Allah mir einen Sohn geschenkt.«
»Ich habe dir gegenüber ebenso empfunden«, meinte die ältere Prinzessin nachdenklich. Nach einer Pause setzte sie hinzu:
»Ohne deiner Mutter nahetreten zu wollen – aber sie war doch stark von Ehrgeiz beseelt! Und ihre Liebe gehörte im Grunde ganz und gar deinem Vater.«
»Dafür aber hat er mich mit Liebe überschüttet«, warf Sitt hastig ein, als wollte sie die Tante daran hindern, weiterzusprechen.
Abda aber fuhr unbeirrt fort:
»Wenn ich es aus der Entfernung der Zeit betrachte, so denke ich, dass dein Vater drei Frauen hatte, die er liebte und die er voreinander hätte schützen müssen: seine Mutter, Theodora und dich. Du warst seine heimliche Königin und du hast ihn von allerfrühester Kindheit an mit dem Feuer deiner bedingungslosen Liebe gewärmt. Darauf wollte er nicht verzichten. Vielleicht nährte er deshalb auch in dir die Vorstellung, dass du zusammen mit Nour, der dir ja wie ein Bruder war, die Herrschaft übernehmen würdest. Überlege einmal: Hätte dein Vater einen fremden Mann, jemanden wie Ali, an deiner Seite ertragen können?«
Obwohl die Tante lächelte, spürte Sitt, wie sich bei ihren Worten alles in ihr anspannte, so als müsste sie sich vor deren Bedeutung

schützen. Sie sah mittlerweile längst, dass der Vater sie damals im Stich gelassen hatte. Dass aber seine Liebe zu ihr etwas an sich gehabt haben konnte, das ihm nützte und ihr schadete – dieser Gedanke erschien ihr wie eine Gotteslästerung.

Abda sah, dass es besser war, von etwas anderem zu sprechen. Sie hob das Kinn in die Richtung des kleinen Prinzen:

»Willst du ihn die Sprache der Griechen lehren?«

Sitts in Falten gelegte Stirn glättete sich wieder.

»Die Grundzüge will ich ihm beibringen und kann nur hoffen, dass sie auf fruchtbaren Boden fallen. Mansur und ich, wir wuchsen im Blauen Pavillon auf, wo Mutter und ihre Freundin Demetria immer nur griechisch miteinander sprachen. Aber so, wie die Dinge liegen, werden wir froh sein müssen, wenn er überhaupt eine ausreichende Bildung erhält. Midad hat Auftrag gegeben, nach einem griechischen Lehrsklaven zu suchen. Da wir seit Langem mit Byzanz in Frieden leben, wird das nicht einfach sein. Vielleicht haben wir aber Glück und jemand verkauft irgendwo in Syrien einen alten Lehrer!«

Die Ausbildung des Prinzen stellte Sitt vor eine schwierige Aufgabe. Schien die Aussicht, einen griechischen Lehrer zu finden, denkbar gering zu sein, so war es vollends unmöglich, jemanden für den arabischen Unterricht aufzutreiben. Muslime durften nicht versklavt werden. Zugleich war es kaum möglich, unter den Freien jemanden zu finden, der sich für unabsehbare Jahre zu einem Leben in Gefangenschaft verpflichten würde. Und aus Gründen der Sicherheit verbot es sich, mit viel Aufwand einen solchen Lehrer zu suchen, da dadurch die Aufmerksamkeit auf Sitts Hofstaat gelenkt würde.

So oblag die Ausbildung des Knaben in erster Linie ihr und seinem Erzieher Midad. Prinzessin Abda sorgte für seine religiöse Unterweisung. Wie schon mit Sitt, so las Abda auch mit ihm den

Heiligen Koran und den *Hadith* des Propheten. Rukia war nicht gebildet genug, um einen zukünftigen Thronfolger zu unterrichten, doch gab sie dem Knaben Wärme und Liebe im Überfluss.
Sein übermütiges Lachen schallte über die Terrasse; die drei Knaben waren dazu übergegangen, zwischen den Sträuchern und Lauben Verstecken zu spielen. Rukia stand auf, um nachzusehen, ob sie nicht zu wild waren. Sie kümmerte sich stets selbst um ihren Sohn, überließ nichts den beiden Sklavinnen, die ihre Gefangenschaft teilten.
Erneut war Alis Auflachen zu hören. Sitt sah in die Richtung, aus der es kam und ihre Miene hellte sich auf. Der Junge war unversehens Ali Ibn Ahmed, der soeben über die Treppe heraufgestiegen war, in die Arme gelaufen. Der Mann hatte ihn an den Armen gefasst und drehte sich mit ihm im Kreise. Die beiden anderen Knaben waren dazugelaufen und sahen sehnsüchtig zu. Ali Ibn Ahmed setzte den Prinzen ab, der daraufhin ein wenig unsicher auf den Beinen stand, zerzauste den beiden Slawenjungen, einem nach dem anderen, aufgeräumt das Haar und trat auf Sitt und Abda zu. Nach einer Verbeugung fragte er, ob er sich zu ihnen setzen dürfe.
Sitt hatte niemals mit Abda über ihr Verhältnis zu Ali Ibn Ahmed gesprochen, doch war es für Abda offensichtlich kein Geheimnis. Indessen verriet ihr gegenüber nichts in Sitts oder Alis Verhalten, dass sie ein Liebespaar waren. Das wäre von größter Unschicklichkeit gewesen.
»Was gibt's an Nachrichten aus dem Hauptquartier der Polizei? Was machen die aufmüpfigen Christenfrauen? Verkaufen die Händler noch immer verbotenerweise Kresse und *Molochia?*«
Ali Ibn Ahmed wurde ernst.
»Da ist wohl alles beim Alten. Doch breitet sich ein Gerücht aus, das Gain großen Schaden zufügen kann: In dem heutigen Bericht

an den Kalifen war die Rede davon, dass Gain sich an der Auswanderung bereichere.«

Al Hakim hatte Christen und Juden vor die Wahl gestellt, entweder zum Islam überzutreten oder aber mit ihren Familien und ihrem beweglichen Besitz das Reich zu verlassen. Unter denen, die es sich leisten konnten, entschieden sich viele fürs Auswandern und zogen in jene syrischen Städte, die noch unter byzantinischer Hoheit standen, etwa nach Antiochia oder Antartus. Ihre unbewegliche Habe – Häuser und Grundstücke – fiel jedoch den Stiftungen des Kalifen zu. Wer sich in einer Stellung der Macht befand und findig war, konnte Wege finden, um sich einen Anteil zu holen.

»Ein solches Gerücht kann gefährlich für ihn werden!«

»Das dachte ich auch und deshalb habe ich den Absatz aus dem Papyros herausgeschnitten und ihn durch einige unverfängliche Sätze ersetzt. Papyros mit seinem faserigen Aufbau lässt sich gut stückeln.«

»Und die Schrift?«, fragte sie.

»Es ist mir nicht schwergefallen, die Schönschrift des Schreibers nachzuahmen, der den Bericht geschrieben hat.«

Er schien unbesorgt. Doch bemerkte Sitt, wie die Perlen der goldenen Gebetskette schneller als sonst durch seine Finger wanderten. Während er erzählte, hatte sich Unruhe in ihr breitgemacht, doch was hätte er anderes tun können, als seinen Vorgesetzten zu schützen?

Gleich darauf aber vergaß sie ihre Bedenken, denn Ali war zu ihr gelaufen und sah sie, während er sich auf ihr Knie stützte, mit großen schwarzen Augen an, die ihr seinen Großvater Al Aziz in Erinnerung riefen.

»Im Harem, wo wir früher gelebt haben, da waren immer viele

Kinder. Ich habe gern mit den Mädchen gespielt. Warum gibt es hier keine Mädchen?«

Sitt war verblüfft über die Frage. Dass ein Junge sich Mädchen als Spielgefährtin wünschen könnte, das wäre ihr niemals eingefallen.

»Hier gibt es keine Mädchen, aber ich könnte dafür sorgen, dass du auch Spielgefährtinnen bekommst. Was meinst du dazu?«

Der Junge gab ihr einen raschen, ein wenig verschämten Kuss auf die Wange und lief wieder zu den beiden anderen Jungen.

»Dein Knabe erfreut sich für sein Alter einer frühen Reife«, hörte Sitt Ali Ibn Ahmed neckend sagen.

Sie hatte die Augen geschlossen. »Hm«, meinte sie, ohne sie zu öffnen.

Eine angenehme Müdigkeit hatte ihren Körper erfasst und sie wollte nichts anderes, als sich ihr hinzugeben. Obwohl ihre Lage schon seit achtzehn Jahren von ständiger Bedrohung geprägt war, erschien es ihr nun, da sie den jungen Prinzen gut bei sich untergebracht wusste, als hätte sie einen wichtigen Schritt geschafft. Unter ihren Fittichen wuchs ein neuer Kalif heran.

›Gott möge es leicht gestalten!‹, dachte sie, ehe sie sich in einem leichten Schlummer verlor.

Sie erwachte von einem Kitzeln an ihrem Ohr.

Sowie sie die Augen aufschlug, sah sie in das lächelnde Gesicht des Geliebten, der sie beobachtete.

»Hm«, machte sie noch einmal, während auf ihren Lippen ebenfalls ein Lächeln erschien.

»Du bist aber nicht sehr gesprächig heute«, fuhr er fort, sie zu necken. »Alles, was ich von dir zu hören bekomme, ist ›hm‹.«

»Hm«, ging sie auf sein Scherzen ein.

»Also«, kam Ali Ibn Ahmed auf den kleinen Prinzen zurück, »mir kommt vor, dass der Knabe sich schon recht gut auskennt mit den Freuden des Lebens. Ich wäre nie auf den Gedanken gekommen, von meinen Eltern Mädchen als Spielgefährten zu verlangen. Und wie er dich dabei angesehen und dann geküsst hat! Er versteht seine Sache!«

»Wie du, nicht wahr?«

Das Kitzeln an ihrem Ohr hörte auf und Ali brachte eine kurze Pfauenfeder zum Vorschein. Woher hatte er sie? Aus einem ihrer Fächer?

»Eigentlich«, sinnierte er, »könnte er mein Sohn sein.«

Er ließ die Feder um ihren Hals spielen.

»Er trägt ja auch denselben Namen wie du!«

»Er könnte unser Sohn sein!«

»Du musst nur abwarten – sobald die Leute eines Tages erfahren, dass er bei mir aufgewachsen ist, werden sie flüstern, dass er mein Kind ist – von dir!«

»Ich wäre gern Vater deines Kindes geworden.«

Damit rührte er an einen traurigen Punkt in ihrem gemeinsamen Leben.

»Ich hätte dir mit Freuden ein Kind geschenkt.«

Wenn Sitt ein Kind zur Welt gebracht hätte, so wäre sie wegen Unzucht zu Tode gesteinigt worden. Das war das erbarmungslose Gesetz der *Scharia.*

»Ich habe mir viele Freiheiten genommen. Nur die Freiheit, mich für ein Kind zu entscheiden – die ist mir versagt geblieben«, sagte sie leise.

Sie hatte sich immer nur dagegen entscheiden können. Im Fayum lebte eine Hebamme, der sie vertrauen konnte und die ihr Handwerk verstand. Zweimal hatte sie die Frau holen lassen, um sich von einer beginnenden Schwangerschaft zu befreien. Zweimal hatte sie die Frucht in ihrem Leib abgetötet.

»Jetzt habe ich dich traurig gemacht! Glaub mir, das war das Letzte, was ich wollte!«

»Es ist nichts geschehen. Komm, lass uns wieder froh sein!«
Sie nahm ihm die Feder aus der Hand und schob die seidene Decke, die über seinem Körper lag, zurück. Seine Brustwarzen wurden, während sie mit der Feder über sie hinwegglitt, klein und fest und als sie Kreise um seinen Nabel zog, bäumte er sich lachend auf.

*

War es der schwärzeste Tag in Sitt Al Mulks mit schwarzen Tagen reich bedachtem Leben?
Eine Hundertschaft von Hakims schwarzer Sklaveninfanterie marschierte kurz nach dem Nachmittagsgebet vor dem Polizeihauptquartier von Al Kahira und Misr auf. Der befehlende Offizier war im Besitz eines schriftlichen Befehls des Kalifen, sowohl den Kommandanten der Polizei von Al Kahira und Misr, Gain, als auch seinen Sekretär Ali Ibn Ahmed Al Gargarai zu verhaften und ohne Aufschub zur Richtstätte vor dem Bab Al Futuh zu eskortieren.
Dort wurden die beiden hohen Beamten bereits vom Staatssekretär erwartet. Der verlas umgehend eine Anklageschrift im Namen des Kalifen, der dem Polizeichef und seinem Sekretär vorwarf, ihn schändlich hintergangen und einen wichtigen Bericht gefälscht zu haben. Die einzig angemessene Sühne für solches Vergehen sei der Verlust jener Werkzeuge, mit denen sie ihre üblen Taten ins Werk setzten – der Verlust beider Hände. Ein Spion aus Hakims Nachrichtendienst, dem die Manipulation an dem Bericht über Gain aufgefallen war, hatte sie dem Kalifen gemeldet.
Ohne die beiden einer Gerichtsverhandlung zuzuführen oder ihnen Einspruch zu gestatten, zerrten die Soldaten Gain und Gargarai vor den Henkersblock, zwangen beide niederzuknien und

rissen ihre Arme über den Block. Hierauf schwang der Henker sein Beil. Nach der Exekution wurden beide von Hofärzten versorgt und verbunden, damit sie an ihrer Strafe nicht zugrunde gingen.
Aber schon wenig später bedauerte es Kalif Al Hakim Bi Amr Illah, sich zu solch grausamer Bestrafung hinreißen haben zu lassen. Reumütig setzte er Gain wieder in Amt und Würden ein. Somit hatte die rasch zusammenwachsende Doppelstadt Al Kahira und Misr fortan einen Polizeichef ohne Hände, was für den Kalifen allemal sicherer war als einer, dem die Hände bloß gebunden waren.
Ali Ibn Ahmed Al Gargarai hingegen entzog sich solcher Rehabilitation. Er hatte sich nach der Behandlung durch die Ärzte in einer Sänfte nach Misr tragen lassen und blieb seither auf rätselhafte Weise verschollen. Was immer Sitt auch tat, um ihn aufzuspüren, blieb erfolglos. Wiederholte sich ihr Schicksal? Sollte sie ein zweites Mal ertragen, dass der Mann, den sie liebte, für immer verschwunden blieb?
In ihr tobte ein verzweifelter, tränenloser Zorn über die aufgezwungene Ohnmacht. Das Verschwinden des Geliebten hinnehmen zu müssen und nichts tun zu können gegen die krankhafte Willkür des Bruders, der ihr Leben und den Staat zerstörte, überstieg ihre Fähigkeit des Duldens.
In dem wilden Aufruhr, der Sitt Al Mulks Inneres zu zerreißen drohte, wuchs eine stählerne Härte in ihr, deren Folgen die Chronisten bald in Verlegenheit bringen würden. Sollten sie die Prinzessin als Retterin des Reiches feiern? Oder als Teufelin, teuflischer noch als der Despot, der ihr Bruder war, verdammen? Oder sollten sie überhaupt versuchen, sie zu verharmlosen, weil sie eine Frau war?
Das Volk indessen würde sich keinen Augenblick lang damit aufhalten, über Sitt Al Mulk zu urteilen. Die Menschen Ägyptens

verstanden nämlich, dass sich eine Despotie, in der die Köpfe rollten wie die Felsbrocken an den Ausläufern des Mukattam, nur mit ähnlichen Mitteln bekämpfen ließ. Deshalb würden sie in schweigendem Einverständnis hinter ihr stehen in allem, was da kommen sollte und sie noch ein Jahrtausend später und vielleicht noch länger in guter Erinnerung behalten.
Vierhundert Jahre nach den geschilderten Vorfällen würde der berühmteste aller arabischen Geschichtsschreiber, Al Makrizi, sich auf die Seite jener Chronisten stellen, die der Prinzessin Sitt Al Mulk an dem, was nun kommen sollte, keine Schuld zuweisen wollten.

*

Mitten in Sitts Schmerz über das, was dem Geliebten und ihr angetan worden war, fiel der Tod der Katze Sitta. Das Tier war immer magerer geworden und von seinem bevorzugten Platz auf einem Diwan in Sitts Ankleidezimmer nur noch aufgestanden, um ein wenig Milch zu lecken. An den Abenden hatte Sitt sie hochgenommen und in ihr Bett getragen, in dem der Geliebte bitter fehlte. Eines Morgens war der vertraute Körper ganz klein und struppig und steif neben ihr gelegen. Da, endlich, schossen ihr die erlösenden Tränen in die Augen und sie hörte den ganzen Tag nicht auf zu weinen.
Binnen weniger Wochen wurde das Haar der Prinzessin an den Schläfen grau. Sie unternahm nichts, um die beiden silbernen Streifen durch Färben unsichtbar zu machen. Stattdessen hüllte sie ihren Kopf in einen schwarzen Schleier.
»Ich weiß nicht, was ich tun würde, wenn nicht das Kind da wäre und auf mich angewiesen«, sagte sie zu Takarrub, die viele Wochen nicht von ihrer Seite wich.

*

Trotz ihres Leids ließ die Prinzessin Sitt Al Mulk an keinem Tag den Unterricht für den kleinen Prinzen Ali ausfallen. Jeden Morgen brachte Rukia das Kind zu ihr und dann saßen sie bis zum Mittagsgebet und befassten sich mit Geographie, Geschichte, Mathematik und arabischer Grammatik. Rukia blieb jedes Mal bei ihnen und Sitt hatte den Eindruck, dass die jüngere Frau jedes Wort begierig aufsog, das sie dem Sohn erzählte.

Ali erwies sich tatsächlich als Kind, das schnell Wissen aufnahm und zugleich verstand, welche Botschaften darin verborgen lagen. Ali war in dieser schrecklichen Zeit die einzige Quelle der Freude für Sitt. Oft gab ihr der Knabe mit seinen Antworten, aber auch mit seinen Fragen Anlass, seiner Mutter Rukia mit anerkennendem Blick zuzunicken. Rukias lebhafte Augen blitzten dann froh auf. Mit der Zeit wuchs auf diese Weise ein tiefes Band zwischen den beiden ungleichen Frauen, das mehr war als Freundschaft. Gemeinsam arbeiteten sie an einer Aufgabe und jede erkannte und würdigte den Anteil der anderen an deren Gelingen.

*

Auch die Besuche des Kalifen empfing Sitt weiterhin, als wäre nichts geschehen. Sie hätte ihm Vorwürfe machen können, dass auf seinen Befehl hin ein Mann, der so viele Jahre hindurch für sie gearbeitet hatte, verstümmelt wurde. Doch es war ihr unmöglich, mit dem Bruder über den Geliebten zu sprechen. Ihre Gefühle hätten sie überwältigt und sie wäre unter Zwang geraten, diesen immer fremder anmutenden, wirren Derwisch zu töten.

Stattdessen ließ sie ihn von seinen Stiftungen erzählen und den Fortschritten seiner Bauwerke. Sie hörte ihm zu, wenn er sich über seine Beamten beklagte und widersprach nicht, wenn er ihr mitteilte, dass er schon wieder einen Wesir habe enthaupten müssen. Auch von seinen neuesten Verfügungen, um die Sitten des Volkes zu bessern, pflegte er ihr zu berichten. Geradezu besessen zeigte er sich vom Lebenswandel der Frauen.

»Mir lassen die Sitten der Weiber noch immer vieles zu wünschen übrig«, erklärte er eines Tages, nachdem er sich in ihrem Salon niedergelassen hatte. »Deshalb habe ich die Badehäuser für Frauen schließen lassen. Keine Frau sollte sich außerhalb ihres ehelichen Bettes nackt zeigen, auch anderen Frauen nicht. Frauen sind vollgesogen mit Sinnlichkeit wie Schwämme mit Wasser und ich muss dafür Sorge tragen, dass sie die Menschheit nicht verderben.«

›Solange Frauen nur über ihre Liebe zu Männern Macht ausüben können, werden sie sich dazu ihrer Sinnlichkeit bedienen‹, dachte Sitt mit einem schalen Gefühl.

Für die Ohren des Bruders sagte sie: »Mein Lieber, wenn du den Frauen die Badehäuser verbietest, dann wird das ganz verheerende Folgen für die Volksgesundheit haben. Die Badehäuser dienen im Volk nicht nur der Pflege des Körpers und dem Genuss, wie wir das gewohnt sind, sondern vor allem der Reinigung.«

Tatsächlich dauerte es nicht lange und Hakim ließ die Badehäuser der Frauen wieder aufsperren.

Sitt lernte, ihren Abscheu gegen den Bruder zu überwinden – nur um weiter in Verbindung mit ihm zu bleiben. Sie ging zu den Maglis-Sitzungen, wohnte den Festprozessionen bei und begleitete den Kalifen zuweilen, wenn er seine Bauvorhaben inspizierte.

Doch immer wieder überkam sie die Sehnsucht nach Ali und die kaum zu bändigende Angst, ihn nie wieder zu sehen. In solchen Momenten hasste sie ihren Bruder so sehr, dass es eine Qual war, mit ihm zu tun zu haben.

Außer in ihrer Tante Abda fand Sitt Al Mulk in jenen Tagen eine zweite starke Stütze in dem Oberrichter Malek Ibn Said Al Fariki. Sie empfing ihn nun regelmäßig in ihren Privatgemächern und er bekundete mit keinem Wort Verwunderung darüber. Manchmal fragte sich Sitt, ob er diesen Umstand mit Ali Ibn Ahmed Al Gargarais Verschwinden in Zusammenhang brachte. Sie musste sich eingestehen, dass sie für den Richter mehr empfand als freundliche Zuneigung. Sie war zunächst schockiert über sich selbst, schließlich trauerte sie um ihren Gefährten, aber dennoch fragte sie sich, welche Gefühle der Oberrichter ihr entgegenbrachte. Sie hatten nie über ihre Empfindungen füreinander gesprochen und es war zu keinerlei Ermunterung oder Annäherung zwischen ihnen gekommen. Sitt hielt dem Richter gegenüber ihre Augen im Zaum und sah ihn nie anders an als mit offenem und geradem Blick.
Das Unglück mit Ali Ibn Ahmed war zu furchtbar, als dass sie sich einem anderen Mann hätte schenken wollen und auf diese Weise gelangte sie zu einer Erfahrung, die sie nur aus den Lebensgeschichten der großen Mystikerinnen kannte und die gewissermaßen das Gegenteil dessen war, was ihrer Tante Abda widerfahren war. Während Abda die Liebe in Gott erfuhr, fand Sitt in dieser schwarzen Zeit Gott in der Liebe. In langen Gesprächen in ihrem Dachgarten oder in ihrem Salon gingen die *Imama* und der Religionsgelehrte den Geheimnissen der ismailitischen Lehre auf den Grund und stießen gemeinsam zu tiefsten Bedeutungen religiöser Offenbarung vor.
Sitt und der Kadi teilten die Begeisterung für Philosophie und die Wissenschaften von der Natur. Gemeinsam machten sie sich daran, den Weg der Erkenntnis nachzuvollziehen: von der göttlichen Resonanz in den Harmonien der Sphärenklänge, der Pythagoras nachspürte, über die Lehre Platons von den Ideen, die der höchsten Wahrheit zugrunde liegen, bis zur zeitgenössischen Wissen-

schaft, die den Prinzipien hinter den natürlichen Erscheinungen auf den Grund ging und ein Geheimnis nach dem anderen lüftete.

Dabei war es kein Zufall, dass die Wissenschaftler in Al Kahira ebenso wie Ibn Sina in Hamadan die Grenzen des Wissens vor sich hertrieben wie ein Wirbelsturm den Wüstenstaub. Denn jene Gelehrten waren allesamt unter dem Einfluss der *Ismailia* herangewachsen, die, richtig verstanden, Religion und Philosophie und Naturwissenschaft auf einen gemeinsamen Nenner brachte und somit den Höhepunkt dessen darstellte, was die Menschheit bisher in ihrem Denken erreicht hatte.

Es war eine jener Epochen, wie sie sich nur jedes halbe Jahrtausend ereignen, in der mit einem Mal an verschiedenen Orten der Welt große Geister heranwachsen und im Namen der Menschheit zu großen Sprüngen ansetzen. Ibn Al Haitham in Al Kahira und Ibn Sina in Hamdan waren soeben angetreten, die Brücke zu schlagen zwischen den Lehren des Platon und des Aristoteles. Während Platon meinte, dass die Gestalten der Dinge im Leben der Menschen nur verzerrte Schattenrisse der wahren Ideen aus einer anderen, besseren Welt seien, behauptete Aristoteles, um die Welt zu verstehen, käme es darauf an, herauszufinden, wie die Dinge in ihr beschaffen seien.

In der Vorstellung von Ibn Haissam und Ibn Sina war die Natur nichts anderes als ein verschlüsseltes Abbild der Allkraft Allah. Wer den Schlüssel erfasste, vermochte über die Wirklichkeit der Natur hinaus zu denken und erkannte in ihren Phänomenen Zeichen, die ihn weiterführten zum Verständnis der Wirklichkeit Allahs. Jede wissenschaftliche Erkenntnis bedeutete einen Schritt voran zur Erleuchtung. Da brauchte es keine abstrusen Lehren wie jene des Filzmachers, der den Kalifen zur Inkarnation des Göttlichen erklärte.

Sitts blasse Wangen röteten sich in diesen Gesprächen vor Begeisterung über die Zusammenhänge allen Seins, die sich ihr dabei immer deutlicher auftaten. Der Religionsgelehrte genoss die Inspiration, die von der schönen, gebildeten Frau ausging und die Höhenflüge, zu denen sie ihn anregte. Sitts Geist und der Geist des Mannes, der ihr gegenübersaß, verschmolzen zu einem Einzigen und es war für beide eine Erfahrung von ungekannter Süße. Dass sich darein ein Geschmack von Bitterkeit mischte, erhöhte den Reiz ihrer Zusammenkünfte.

Denn je länger Ali Ibn Ahmed unauffindbar blieb, desto stärker wurde das Band zwischen ihren Herzen und bald drängten ihre Leiber zueinander. Aber Sitt kannte die traurige Wahrheit, dass die Liebe der Seele am besten auf dem Boden der Entsagung gedieh. Zwar war manchen Frauen – ihre Mutter Theodora war eine von ihnen gewesen – die Fähigkeit beschieden, die Ekstase der Seelen in die Ekstase der Körper hinüberzuführen, aber ihr Gefühl sagte ihr, dass sie für diese Art von Glück nicht geschaffen war.

›Es mag sein‹, so dachte sie mit Bedauern, ›dass es mir an Gelassenheit fehlt oder an der Fähigkeit, mich hinzugeben. Da mir diese Liebe aber so unendlich viel wert ist, will ich sie nicht gefährden.‹

So aber schwang die Seele des Richters mit der ihren, als wären sie zwei Kupferbecken von jener Art, wie sie in der Musik der türkischen Truppen für rhythmischen Klang sorgten, von einem Musikanten im selben Augenblick mit einem einzigen Klöppel angeschlagen. Er spürte jede ihrer Regungen so unmittelbar, dass er oft nicht unterscheiden konnte, ob sie von ihr oder von ihm ausging.

Obwohl er alles andere als blind war für die Reize der traurigen Frau, die entgegen früherer Gewohnheit ihr Haar unter einem schwarzen Schleier verbarg, kam es ihm nicht in den Sinn, die von ihr gesetzte Grenze zu überschreiten. Bei einer anderen Frau, die sich mit ihren seelischen Bedürfnissen an ihn wandte, hätte er vielleicht den unnahbaren *Dai* hervorgekehrt, der darüber stand, sich von weiblicher Lockung verführen zu lassen. Bei Sitt ergab sich diese Gelegenheit nicht, da sie ihm ihre Reize nicht öffnete. Dadurch entstand in ihm ein Gefühl von bislang ungekannter Tiefe und Innigkeit, das sich aus ihren menschlichen Vorzügen speiste und das dazu führte, dass der hochmütige *Dai* zum einzigen Mal in seinem Leben einer Frau mit Haut und Haar verfiel. Sooft es ging, besuchte er Sitt in ihrem Palast und er wurde nicht satt von den Gesprächen mit ihr noch vom Anblick ihres Gesichtes und von der Anmut ihrer Bewegungen. Sitt indessen ließ sich von der Klarheit seines Verstandes, der Reinheit ihres eigenen Gefühls und der Harmonie des gemeinsamen Schwingens in einen Zustand führen, den sie ersehnt, aber bislang noch nie erreicht hatte:

›Durch ihn bin ich im Allerhöchsten geborgen!‹, erkannte sie überrascht.

*

Von Zeit zu Zeit bat Sitt den Oberrichter, er möge den Kutama-General Ibn Dauas mitbringen. Es war wichtig, die Beziehung zu ihm zu pflegen. Zugleich aber gehörte Ibn Dauas zu den wenigen Menschen, die sie noch zum Lachen bringen konnten.

An solchen Tagen drehten sich die Gespräche weder um Religion noch um Philosophie. Der im Krieg mit dem Gegenkalifen Abu Rakwa erprobte Soldat hatte für derlei Spitzfindigkeiten nichts übrig. Umso bereitwilliger aber gab er Auskunft über den schlechten Zustand der Kutama-Truppen und über deren Wut, weil sie sich gegenüber den schwarzen Sklaventruppen, den »Lieblingen des Kalifen«, wie die Neuen in der Armee spöttisch genannt wurden, benachteiligt fühlten.

»Ich will dafür sorgen, dass ihr neue Ausrüstungen bekommt. Allerdings muss das Schritt für Schritt geschehen, damit kein Aufsehen entsteht. Was braucht ihr im Augenblick dringender, neue Kleider oder neue Waffen?«

»Neue Waffen, Herrin!«, rief der Berber begeistert.

»Nun«, sagte sie lächelnd und blickte zu Al Fariki, »was denkt unser großer Kadi darüber? Lässt sich dafür Geld auftreiben?«

»Ich denke, an Geld wird es nicht mangeln, um das Gegengewicht zu den Leibtruppen zu stärken«, antwortete der Richter. »Die Einzelheiten können der General und ich später klären.«

Daraufhin wechselte Sitt das Thema und kam auf den nunmehr ein Jahrzehnt zurückliegenden Triumph des Fatimidenheeres über Abu Rakwa zu sprechen. Sie wusste, dass Ibn Dauas liebend gern von der heldenhaften Rolle erzählte, die das Schicksal ihm zugewiesen hatte, als sich das Heer der Aufständischen der Nilbrücke näherte, die Giza über die Insel Roda mit Misr verband.

Sitt, die mit untergeschlagenen Beinen auf dem Diwan saß, beugte sich gespannt vor. Sie hatte die Geschichte schon mehrfach gehört, aber sie fand sie jedes Mal aufs Neue fesselnd. Die Sänger auf den Plätzen von Misr hatten noch Monate nach dem Ende von Abu Rakwas Gegenkalifat das Lied von Ibn Dauas' Heldentat gesungen.

Voll Stolz über die Aufmerksamkeit der Prinzessin reckte der General die Brust heraus.

Während der Erzählung des Generals war Sitt der schwarze Schleier vom Haar geglitten. Sein Bericht hatte in ihr den Eindruck erweckt, als stünde sie neben ihm im Getümmel, mit Helm und Panzerhemd und schlüge mit dem Schwert auf die Beduinenkrieger des Abu Rakwa ein. Eine Erinnerung an Kindheitsträume, in denen sie sich als Amazonenkönigin gegen feindliche Übermächte kämpfen sah, zog an ihr vorbei. Doch sie war keine Amazone und in der Schlacht Befehl und Schwert zu führen blieb ihr versagt.

›Niemand, außer vielleicht Amina, die mich schon so lange kennt, würde mir glauben, dass ich lieber gerüstet vor den Truppen stünde, als in meinem Palast abzuwarten, was die Generäle zuwege bringen. Aber da es sich nun einmal so und nicht anders verhält, soll Ibn Dauas mein Schwertarm sein, wenn sich die Notwendigkeit ergibt.‹

3
Al Maktub

Der Geisteszustand des Kalifen Al Hakim verschlechterte sich zusehends. Er kümmerte sich kaum noch um seine Repräsentationspflichten und überließ sie, soweit es ging, den beiden Thronfolgern. Er hatte für sich eine besonders hübsche Eselstute kaufen lassen, die er »Mond« nannte und auf der er zu allen möglichen Zeiten des Tags und der Nacht in der Umgebung von Al Kahira oder in Misr anzutreffen war. Es gab Tage, an denen er bis zu sechsmal ausritt, sei es alleine oder in Begleitung eines oder höchstens zweier Reitknechte. Dabei richtete er es oft so ein, dass er an der Tibr-Moschee am Raidan-Kanal, nahe dem Siegestor im Norden der Stadt, vorbeikam, denn dort predigte Hamsa *Al Labad*, der »Filzmacher«, zum Volk. Dieser behauptete nun von sich, der wiedergeborene Herr Iesos Christos zu sein und ließ sich huldigen wie ein Prophet. Der Kalif suchte das Gespräch mit ihm, denn Hamsa war der Einzige, der es noch fertigbrachte, ihn von seinen quälenden Gefühlen von Schuld und Angst zu befreien.
»Ihr seid die Inkarnation des Göttlichen. Doch Gott steht über allem und niemand kann ihm irgendetwas anhaben«, versicherte er dem Kalifen jedes Mal, wenn in Al Hakim nach einer von ihm verordneten Mordtat wieder Selbstzweifel und Selbstvorwürfe ausbrachen und er sich nur noch von Feinden umgeben wähnte.

So kam es, dass der Kalif dem Filzmacher mit der Zeit hoffnungslos verfiel.

Sitt Al Mulk stand diesem Einfluss machtlos gegenüber. Sie versuchte kaum noch etwas dagegen zu unternehmen. Das Einzige, was ihr zu tun blieb, war, ihre politischen Bündnisse zu stärken und zu pflegen. Aber auch das war ein schwieriges Unterfangen, denn sobald einer ihrer Verbündeten durch besondere Machtfülle auffiel, traf ihn der Argwohn des Kalifen meist mit unerbittlicher Härte.

Ihr Leben bestand nun hauptsächlich aus der Erziehung des Neffen, der zu ihrer Freude gut gedieh. Es war ihr gelungen, einen griechischen Lehrsklaven für ihn zu finden, der ihr einen Teil des Unterrichts abnahm. Tatsächlich hatte sie dem Knaben zur Gesellschaft auch zwei Mädchen angeschafft. Ihr größtes Vergnügen war es, den Kindern auf dem Dachgarten des Wasserschlosses dabei zuzusehen, wie sie miteinander umhertollten, auf den Eseln ritten und trotz ihres Lebens im Verborgenen fröhlich blieben.

Wenn der Oberrichter sich zu ihnen gesellte, so war ihr Glück so vollkommen, wie das nach den Kämpfen und Leiden der Vergangenheit überhaupt möglich war. Denn Sitt trug einen Schmerz in sich, der zu keiner Zeit des Tages oder der Nacht mehr verschwinden wollte. Schneidend saß er in ihrer Brust, sogar in ihren Träumen, aber in solchen Augenblicken der Freude ließ er sich fast vergessen. Ali war ihr das Kind geworden, das sie nicht hatte haben dürfen und Rukia teilte den Sohn gerne mit seiner Retterin.

»Wie liebend gern ich ihm doch ein besseres Leben ermöglichen würde!«, hörte der Oberrichter Sitt bei diesen Gelegenheiten immer wieder sagen. »Ausflüge, die großen Feste, das Polospiel! Er ist so verständig und deshalb fragt er mich auch nicht näher, wenn ich ihm erkläre, dass er hier bleiben muss, weil er anders ist als die anderen und weil ihm ein besonderes Schicksal bestimmt ist.«

»Zumindest hat er Euren Dachgarten. Ihr habt ihm nicht zu viel versprochen, als Ihr ihn zu Euch holtet. Euer Garten ist tatsächlich ein kleines Paradies. Seine Pflanzen und Blüten und Früchte verkörpern die tiefsten Wahrheiten. Das und Eure Liebe – mehr braucht ein Mensch nicht!«

*

Sitt Al Mulk kleidete sich weiterhin schwarz, nur der Schleier bedeckte immer seltener ihr Haar. An ersten Zeichen erkannte sie das Nahen des Alters.

So ließ die Schärfe ihrer Augen allmählich nach. Manche Schriften konnte sie nur noch lesen, wenn sie auf den Altan trat, wo das Sonnenlicht hell durch die Maschrabias fiel. Es wurde Zeit, dass sie sich ein Sehgerät anschaffte und zu diesem Zweck begab sie sich nach Misr, um Ibn Al Haissam aufzusuchen, damit er ihre Augen untersuche und ihr passende Linsen aus Glas anmesse.

Der in aller Welt berühmte Wissenschaftler wohnte noch immer in dem kleinen Haus in einer jener versteckten Sackgassen, von denen es in der alten Hauptstadt Hunderte gab. Sitt kam in Begleitung Takarrubs in deren unauffälliger Sänfte. Sie schritt durch die niedere Haustür und tastete in der Dunkelheit des Ganges vorsichtig mit dem Fuß nach unten, da sie aus Erfahrung wusste, dass der Boden in dem alten Haus tiefer lag als außerhalb. Dabei überlegte sie, wie es wohl sein konnte, dass die Spione des Kalifen den von seinem Zorn getroffenen Wissenschaftler bis heute nicht ausfindig gemacht hatten.

›Oder vielleicht weiß Mansur ohnehin schon längst, dass er in Misr geblieben ist! Die Sache mit dem Damm bei Assuan liegt schon so viele Jahre zurück; jeder vernünftige Herrscher hätte seinen Ärger längst vergessen. Aber das ist eben die Schwierigkeit bei Mansur: Er lässt sich nicht mit dem Maß der Vernunft messen!«

Auf der engen Treppe roch es nach gerösteten Zwiebeln. Sitt musste lächeln. Abu Ali Ibn Al Haissam schwor auf die gesund erhaltende Wirkung von Zwiebeln.

Die Tür auf dem ersten Treppenabsatz stand offen. Sitt trat als Erste ein und rief:

»*Salamu aleikum, ya Ustas* Abu Ali!"

Wenig später hörte sie das Schlurfen lederner Pantoffeln auf dem Steinboden und der Gelehrte erschien. Sein Gesicht leuchtete auf, als er im Halbdunkel die Prinzessin erkannte. Schon wollte er sich vor ihr zu Boden werfen, als sie ihm zuvorkam:

»*La, ya Ustas*! Tu das nicht! Das ist kein förmlicher Besuch!«

»Doch ist er eine große Ehre!«

»Ich freue mich, dich wohlauf zu sehen. Wie geht es dir?«

»So wie es jemandem gehen kann, der sein Haus nur in der Nacht verlassen darf. Aber zum Glück habe ich meine Studien und die halten mich ohnehin ständig beschäftigt.«

Sich verneigend, ging er an der Prinzessin vorbei und trat auf den Treppenabsatz hinaus.

»*Ya Umm*-Hussein!«, rief er nach seiner Hausbesorgerin, die mit Mann und Kindern das untere Geschoss bewohnte. »Wir haben hohen Besuch. Bring uns zu essen und zu trinken!«

Mit neuerlichen Verbeugungen geleitete er die Prinzessin und ihre Dame in einen großen hellen Raum, der die gesamte Gassenfront des Hauses einnahm. Sitt trat auf den Altan hinaus und blickte durch die Maschrabia nach unten. Eine Horde Knaben rannte johlend hinter einem Hahn her, den einer von ihnen an einem dünnen Seil hielt.

Ali fiel ihr ein, der kleine Prinz, der in ihrem Schloss versteckt aufwuchs. Sie konnte nur hoffen, dass er die Abgeschiedenheit besser überstehen würde als sein Vater.

»Gott weiß, ich tue, was ich kann!«, seufzte sie und wandte sich um.

In dem Raum standen mehrere Tische mit geheimnisvollen Geräten und übersät von Linsen aus durchsichtigem Glas. Eine Ecke war mit Diwanen und kleinen Tischen mit Messingplatten wohnlich eingerichtet. Überall lagen Bücher und Schriftrollen verstreut.

›Kaum zu glauben, dass in dieser Unordnung einer der größten Geister unserer Zeit seine Erfindungen macht!‹, dachte Sitt, während sie sich umsah. ›Wo doch der Geist die Ordnung über alles liebt. Aber anscheinend befindet sie sich bei Ibn Al Haissam nur im Kopf.‹

»Verzeiht das Durcheinander hier«, sagte der Gelehrte, ihre Gedanken erratend. »Ich würde es gern aufgeräumter haben, doch brauche ich alle diese Dinge für meine Experimente. Allein dadurch, dass sie vor meinen Augen herumstehen, bringen sie mich auf neue Ideen!«

»Und welche Ideen bewegen dich zurzeit?«

»Nachdem ich gelernt habe, das Auge und die Erscheinungen des Lichts in der Welt zu verstehen, beschäftigt mich jetzt der Vorgang des Wahrnehmens und Erkennens in der Seele.«

»Das klingt sehr geheimnisvoll!«

Sitt ließ sich neben Takarrub auf einem Diwan nieder, nachdem der Gelehrte die dort ausgebreiteten, mit mathematischen Gleichungen und Formeln bedeckten Blätter hastig zur Seite geschoben hatte.

»Es mag einem wie ein Geheimnis vorkommen, ist es aber nicht. Denn was wir zu sehen meinen, ist nicht das, was unsere Augen uns zeigen! Unsere Augen sehen ein Bild, aber, um diesem Bild eine Bedeutung geben zu können, vergleicht unsere Seele es mit den Bildern, die wir in unserem Gedächtnis tragen und legt es sozusagen auf den Stoß jener Bilder aus früherer Zeit, die dem neuen Bild am ähnlichsten sind. Dabei kann es zu Irrtümern kommen. Dennoch sind wir geneigt, unserer Seele zu glauben, was sie uns über das Gesehene mitteilt. Indessen ist das Bild, das unsere Augen in der Gegenwart sehen, eine Sache und die früheren Erinnerungen, die unsere Seele mit ähnlichen Bildern verbindet, eine andere Sache. Wir meinen, dass wir ein Urteil über das Bild fällen, dabei beziehen wir uns in Wahrheit auf alte Urteile über alte Bilder in unserer Erinnerung.«

»Aber mein Auge sieht doch das Bild und sagt mir im selben Augenblick, was es ist. Der Vorgang, den du beschreibst, würde doch einige Zeit in Anspruch nehmen!«

»Verzeiht, aber nicht das Auge sagt Euch, was Ihr seht. Das Auge nimmt nur eine Empfindung auf, einen Reiz und gibt ihn an die Seele weiter. Dieser Reiz ist übrigens keineswegs angenehm! Ihr könnt das gut spüren, wenn Ihr aus dem Dunkel eines Hauses ins gleißende Sonnenlicht tretet. Das helle Licht ist ein starker Reiz für das Auge und entsprechend stark ist das Unbehagen, das er verursacht. Ein schwächerer Reiz verursacht entsprechend schwächeres Unbehagen.

Das Auge gibt also den Reiz an die Seele weiter. Und wenn die Seele der Empfindung eine Bedeutung zu geben vermag, so verursacht ihr das Lust – im Gegensatz zum Unbehagen des Reizes am Auge. Daraus ziehe ich eine erstaunliche Folgerung über die Natur des Menschen: Es verhält sich demnach so, dass unser Verlangen, das Unbehagen des Sinnesreizes mit der Lust des Erkennens zu überdecken, uns Menschen zum Erkennen hintreibt. Wir können nicht anders, als erkennen zu wollen.«

»Wenn ich dich nun recht verstehe, so wohnt diesem Vorgang auch eine Gefahr inne: nämlich dass wir, um der Lust des Erkennens willen, ein altes Urteil auf einen neuen Eindruck anwenden, wobei dieses Urteil dem Eindruck womöglich gar nicht gerecht wird.«

»So ist es und deshalb möchte ich empfehlen, gerade jene Feststellungen, die mit absoluter Sicherheit verkündet werden, mit besonderer Achtsamkeit zu untersuchen und in ihre Bestandteile zu zerlegen, um derlei Irrtümer zu vermeiden.«

Die Dienerin war hereingekommen. Sie trug eine Karaffe mit dem Saft von Granatäpfeln und Gläser. Jedes der Kinder brachte einen Teller, angefüllt mit kleinen salzigen und süßen Speisen. Nachdem sie die Gläser gefüllt und die Teller auf den Tischen abgestellt hatten, machte Ibn Haissam eine einladende Bewegung zu den Frauen.

»Es möge Euch belieben, von diesen bescheidenen Speisen zu kosten, erhabene Prinzessin und ebenso Euch, Herrin.«

Takarrub, die der Unterhaltung interessiert gefolgt war, wischte sich mit einem Zipfel ihres Schleiertuches die Lippen und deutete mit dem Kinn auf eine Kiste, die mitten im Raum auf einem eigenen Tisch auf ungewöhnlich hohen Beinen stand.

»Was ist das, *ya Ustas* Abu Ali?«

»Das ist die Miniaturvorlage für ein schwarzes Zimmer.« Als sie ihn weiterhin fragend anblickte, fügte er hinzu: »Damit untersuche ich die Eigenschaften des Lichtes. Unten im Haus habe ich ein richtiges Zimmer völlig verdunkelt und in die Wand ein kleines Loch gebohrt. Wenn ich nun draußen vor dem Loch ein oder zwei oder drei oder mehr Laternen aufhänge, so erscheint auf der gegenüberliegenden Wand im Inneren des Zimmers trotz der Kleinheit der Öffnung ein ebenso großes Abbild von ebenso vielen Laternen – allerdings steht es auf dem Kopf! Daraus kann ich ableiten, dass Licht sich in gerader Linie ausbreitet und dass sich die Strahlen, obwohl sie alle gleichzeitig das enge Loch passieren, nicht miteinander vermischen. Das mag einem vorkommen wie eine kurzweilige Spielerei, doch verrät mir das schwarze Zimmer sehr viel über das Licht und desgleichen über das Auge des Menschen.«

Sitt hatte mittlerweile ihren Happen verzehrt und bei seinen letzten Worten aufgehorcht.

»Was sagt dir dieses Experiment über das Auge des Menschen?«

»Nun, es bestätigt mir, was ich schon seit Langem vermutet habe: Aristoteles irrte sich, als er behauptete, das Auge sende Strahlen aus, um die Dinge zu erkennen. Das Gegenteil trifft zu: Die Dinge werfen das Sonnenlicht zurück, das auf sie trifft. Das Licht tritt durch das schwarze Loch der Pupille ins Auge ein und erzeugt auf der Rückwand des Augapfels ein Abbild dieser Dinge. Dieses Abbild ist es, was die Seele aufnimmt und von dem ich zuvor gesprochen habe.

Was aber, *ya Imama*, gibt mir die Ehre Eures Besuches?«, schloss er seine Ausführung.

»Eben meine Augen. Meinem Blick schwindet die Schärfe, wenn ich lesen will oder schreiben.«

»Das heißt, Ihr vermögt besser zu erkennen, was von Eurem Auge entfernt ist, als das, was nahe vor Euch liegt.«

»So ist es und diese Erscheinung, die eine Vorbotin des Alters ist, überrascht mich sehr, denn bislang konnte ich das Nahe immer sehr gut sehen und umso besser, je mehr ich ihm mein Auge näherte.«

»Diese Schwäche tritt ein, wenn die Linse des Auges sich nicht mehr so gut den unterschiedlichen Entfernungen anpassen kann.«

»Und ich will, dass du mir ein Sehgerät herstellst.«

»Was ich für Euch tun kann, ist, dass ich genau jene Art gläserner Linsen für Euch schleifen lasse, die die Schwäche Eures Auges ausgleicht. Es werden einige Proben erforderlich sein, ehe der Schleifer die erforderliche Stärke und Wölbung des Glases ganz genau erzielt hat. Dazu will ich gerne den Schleifer rufen lassen. Bis er kommt, würde ich Euch einige Linsen versuchen lassen, damit ich eine Vorstellung gewinne, was Euer Auge benötigt. Wärt Ihr damit einverstanden?«

»Das soll mir recht sein.«

»Wenn die Linsen fertig sind, müssten sie noch von einem Goldschmied gefasst werden, damit Ihr sie vor den Augen halten könnt.«

»Was immer erforderlich ist, soll geschehen. Ich bin es gründlich leid, nicht mehr ohne Schwierigkeiten lesen zu können.«

*

Zum ersten Mal in ihrem Leben hielt sich Sitt Al Mulk die Sehbrille vor die Augen. Sie war nervös. Das goldene Verbindungsstück zwischen den Gläsern ruhte schwer auf ihrem Nasenrücken und das Zimmer Ibn Haissams lag so verschwommen vor ihr, dass ihr davon beinahe übel wurde. Doch in dem Augenblick, als sie den Blick auf die Seiten des Buches lenkte, das der Gelehrte ihr hinhielt, sah sie die Lettern mit unglaublicher Klarheit, sodass sie das Gefühl hatte, geradezu eine kleine Erleuchtung zu erfahren. Sie sah auf, bedacht, nicht durch die verzerrenden Gläser, sondern über deren Rand zu blicken und dem Gelehrten in die Augen.

»Dein Werk, Meister!«, rief sie bewegt aus. »Wahrlich, du hast das Bild der Welt verändert!«

*

Auf dem Rückweg in Takarrubs Haus ließen sie die Träger einen Umweg über den Platz vor der ehrwürdigen Amr-Moschee nehmen. Die Dunkelheit brach herein und in der Stadt wurden die

Lichter angezündet. Wie in seiner frühen Jugend hatte der Kalif wieder verordnet, Kairo und Misr während der Nachtstunden taghell zu beleuchten. Er schien fast überhaupt nicht mehr zu schlafen und wollte in seiner Doppelhauptstadt zu jeder Zeit mit freundlicher Helligkeit empfangen werden.

Obwohl es weder ein Festtag noch der Fastenmonat war, herrschte wegen der Beleuchtung und der angenehm lauen Abendluft lautes Getümmel vor der Amr-Moschee. Sitt und Takarrub hießen die Träger haltmachen und stiegen, die Gesichter tief verschleiert, aus der Sänfte. Binnen Kürze verloren sie sich, ineinander untergehakt, in der Menge. Der Geruch gerösteter Kerne mischte sich köstlich mit dem Duft von brennenden, in Honig getränkten Kräutern, der von den Getränkeläden an den Straßenecken herüberzog, wo die Männer sich ihr *Schatarang* oder *Taula*-Spiel mit Rauchen versüßten. Von Zeit zu Zeit stieg Sitt der vertraute Duft glosenden Hanfextrakts in die Nase. Der fremdländische Genuss aus Asien hatte sich bereits unter den einfachen Leuten ausgebreitet.

»Immerhin hat mein Bruder gegen den Hanf noch kein Verbot erlassen«, meinte Sitt hinter ihrem Schleier mit einem Anflug von Bitternis auflachend zu Takarrub. »Ich hoffe, dass den Leuten das *Haschisch* besser bekommt als der verteufelte Wein.«

»Der Hof lacht schon über den einen oder anderen Prinzen, weil es ihm das Hirn weich gemacht haben soll.«

»Ich liebe die Art, wie es einen zufrieden und schläfrig macht, aber mein Hirn dient mir eigentlich so gut wie eh und je.«

»Wahrscheinlich verhält es sich mit dem Haschisch nicht anders als mit dem Wein. Selten und in Maßen genossen ist es besser als Medizin, im Übermaß Gift.«

Sitt spürte ein Zupfen an ihrem Kleid. Sie wandte sich um und blickte in die nachtschwarzen Augen einer Zigeunerin. Die Frau saß auf dem Boden, vor sich einen bunt bemalten Kasten mit allerlei Tand – Muscheln, geschliffenen Glasstücken, Kugeln aus Messing und winzig kleinen, zugebundenen Säckchen.

»Amulette aus Nubien!«, rief Takarrub aus. »Es gibt keine besseren!«

Sitt dachte an den Zahn der jungen Löwin, den ihr Nour einst zum Geschenk gemacht hatte.

»Der Zahn der Löwin hat tatsächlich immer gut auf mich achtgegeben, wenngleich ich mir gewünscht hätte, dass er auch die Menschen schützt, die ich liebe!«, stieß sie bitter hervor.

Takarrub versuchte, sie abzulenken. »So lasst uns sehen, Herrin! Vielleicht hat die Zigeunerin etwas Geeignetes.«

Sitts Augen blickten sie aus der Sichtöffnung zwischen den Falten des Schleiers zweifelnd an.

»Da, Herrin, die Frau scheint tatsächlich etwas für Euch zu haben!«

Gleichzeitig beugten beide sich neugierig zu der Zigeunerin, die ihnen zwei aus Stoff genähte Püppchen hinhielt.

»Zwei Feinde werden Euch bedrohen, *ya Sitt*«, sagte die Frau mit einer fremdländischen Färbung in ihrem Arabisch. Sitt war überrascht: Konnte es sein, dass die Frau sie erkannt hatte? Oder verwendete sie ihren Namen bloß als Anrede. Ehe sie sich darüber Aufschluss verschaffen konnte, fuhr die Zigeunerin fort: »Ihr werdet Entschlusskraft brauchen, um mit dieser Bedrohung fertig zu werden. Wenn Ihr diese Nadel« – die Fremde steckte sie sich in den Mund, benetzte sie mit ihrem Speichel, um sie sodann hochzuhalten – »in jeden einzelnen Körperteil der Puppen stecht, so wird in Euch die nötige Härte wachsen.«

›Bin ich nicht schon hart genug geworden?‹, fragte Sitt sich im Stillen.

Die Zigeunerin schien ihre Gedanken erraten zu haben.

»Nein, noch seid Ihr nicht bereit, bis zum Allerletzten zu gehen. Ihr habt zu viele Bedenken. Ihr trefft zwar Vorbereitungen – aber zum entscheidenden Schritt fehlt Euch die Kraft. Ist Euer Maß des Leids denn noch nicht voll?«

Sitt wurde unheimlich zumute.

»Lass uns gehen, Takarrub!«

Die Freundin hielt sie am Arm zurück.

»Nein, Herrin! Ihr müsst die Puppen nehmen und die Nadel dazu!«

»Aber was soll das? Schwarzer Zauber war nie meine Sache!«

»Gegen manche Übel geht es nicht anders!«

»Aber zwei Puppen! Wozu?«

»Folgt der Frau, ich beschwöre Euch!«

»Also meinetwegen. Nimm das Zeug!«, gab Sitt unwillig nach.

Takarrub langte unter ihren Schleier in den Ausschnitt ihres Kleides und holte einen perlenbestickten Beutel hervor. Dem entnahm sie zwei Fatimidendinare und legte sie auf den Kasten der Wahrsagerin.

Diese wickelte die beiden Püppchen zusammen mit der Nadel in ein auf beiden Seiten beschriebenes Stück Papyrosabfalls und händigte sie Takarrub aus. Sodann berührte sie Stirn und Herz dankend mit den zusammengelegten Fingern der rechten Hand und steckte die beiden Goldstücke in ihren Brustbeutel.

Sitt blickte Takarrub verwundert an. Zwei Dinare für so eine geringe Ware! Was war nur in sie gefahren?

Nachdem sie sich bereits zum Gehen gewandt hatten, sagte Takarrub:

»Zwei Dinar sind um nichts zu viel für einen solchen Zauber!«

Sitt zuckte mit den Achseln und wanderte weiter über den Platz. An einer Ecke der Amr-Moschee hatte sich eine Menschenansammlung gebildet. Sie wollte unbedingt sehen, was es dort gab.

Gemeinsam bahnten sich die beiden Frauen einen Weg durch das Gedränge. Sie hörten eine Männerstimme singen, begleitet von *Tabla*-Schlägen. Erst als sie sich ein gutes Stück nach vorn gearbeitet hatten, konnten sie auch die Worte verstehen:

»Es herrschet im Lande ein Ketzergewürm,
entleert sein Gedärm in Moscheen und Kirchen.
Beleidigt die Frauen, beschämt ihre Männer,
glaubt sich gottgleich und gesandt zu bekehren!«

Zu diesen Worten wirbelten die Finger und Handballen des Sängers wütend auf der Trommel. Dann aber schwächte sich das Getrommel zu einem sanften, geradezu lieblichen Säuseln ab.

»Doch es gibt Hoffnung,
und sie tröstet das Volk.
Holde Jungfrau und Mutter Ägyptens,
die Prinzessin Sitt Al Mulk!«

Diese Strophe schien sich durch das Lied hindurch schon mehrmals wiederholt zu haben, denn Stimmen aus den umstehenden Reihen schlossen sich jedes Mal, wenn sie erklang, dem Sänger an.

»Der Filzmacher und sein Kumpan ohne Nase,
sind die Erfinder der falschen Lehren.
Sicher geborgen unter den Achseln Hakims,
flößen sie ein ihr Gift allen, die bereit sind zu hören.«

Sitt spürte, wie die Menge unruhig wurde. Der Filzmacher und sein Schüler Fargani – »der mit der verstümmelten Nase« – hatten sich unter den Muslimen viele Feinde gemacht. Gerne wäre sie dem Sänger dazwischengefahren. Der Mann mochte sie loben, soviel er wollte – es änderte nichts daran, dass er das Volk verhetzte. Während sie noch überlegte, wie sie einschreiten konnte, wurde sie ihrer Sorge auch schon enthoben. Lauter Hörnerklang gellte durch die Luft und zerriss das Schmählied des Sängers. In die Menge kam Bewegung, denn alle wussten, was die Hörner bedeuteten: Die Polizei hatte von dem Gesang Kenntnis erhalten und würde nun durchgreifen. Der Sänger packte seine beiden Trommeln, klemmte jede unter einen Arm und machte sich aus dem Staub. Binnen Augenblicken hatte sich die Menge aufgelöst und als die Polizeitruppe angelaufen kam, war von der ganzen Versammlung nur noch ein blinder Krüppel übrig, der beim Versuch zu fliehen gestürzt war.

Auch Sitt und Takarrub hatten das Weite gesucht; sie konnten gerade noch sehen, wie die Polizisten den Krüppel grob hochrissen und anschrien.

»Der arme Kerl«, meinte Sitt zu Takarrub. »Er wird ihnen wenig mitteilen können, was sie nicht ohnehin schon wissen. Dass auf den Kalifen wegen seiner Schwäche für die beiden Derwische Schmählieder gedichtet werden, ist ja nichts Neues.«

»Habt ihr gesehen, wie der Sänger mit seinen beiden Trommeln unter den Armen davonlief? Ich musste daran denken, wie der Mann soeben noch gespottet hatte, dass unser Kalif den Filzmacher und den Burschen mit der verstümmelten Nase unter seinen Armen schützend birgt.«

Lachend stiegen die beiden Frauen wieder in die Sänfte, die sie innerhalb kurzer Zeit zu Takarrubs Haus brachte.

*

Sitt lehnte in weichen Kissen auf einem Diwan in Takarrubs Salon. Eine Dienerin hatte ihr die mit Golddraht verzierten Sandalen ausgezogen, den Staub abgewaschen und massierte ihr nun mit kühlender Eukalyptussalbe die Füße.

»Unsere Erlebnisse heute Abend verursachen mir noch immer Unbehagen«, hing die Prinzessin laut ihren Gedanken nach. »Zuerst die Zigeunerin mit ihrem schwarzen Zauber und dann die Geschichte mit dem Schmählied und der Polizei. Lass uns noch ein wenig Abwechslung haben.«

»In einem der Nachbarhäuser lebt eine junge Frau mit einer herrlichen Stimme. Als Koranrezitatorin hat sie sich in der Stadt schon einen Namen gemacht. Ich wollte sie Euch schon längst vorstellen. Sie heißt Sajida.«

»So lasse sie rufen!«

Takarrub schnippte mit den Fingern und eine Dienerin, die an der Tür gekauert hatte, sprang auf, um ihren Befehl auszuführen.

*

Es fügte sich glücklich, dass die Rezitatorin an dem Abend frei war. Als sie Takarrubs Salon betrat, staunte Sitt im Stillen darüber, wie die Ausstrahlung der jungen Frau sich auf den ganzen Raum übertrug. Sie war von hoher Gestalt, fast so groß wie Sitt, mit breitflächigen Gesichtszügen, einer schmalen Nase und fein geschwungenem Mund. Gekleidet war sie in ein hellgelbes, faltenreiches Kleid aus weichem *Koton* und mit einer ockerfarbenen Kopftracht, die ihr Gesicht nach der Sitte besonders frommer Musliminnen eng umschloss.

Interessiert richtete sich Sitt in den Polstern auf und bot ihr die Hand zum Kuss, während Takarrub ausrief:

»Wie ich mich freue, dass du endlich auch der *Imamin* eine Probe deiner Kunst geben wirst!«
Die Frauen sahen zu, wie Sajida sich auf einem großen Polster hinter dem Holzgestell mit Takarrubs kostbarem Koran niederließ, das Buch aufschlug und die erste Seite küsste. Alsdann schloss sie die Augen und erhob ihre Stimme zur Eröffnungssure. Sie rezitierte aus dem Gedächtnis.
Der Stimme der jungen Künstlerin wohnte eine solche Kraft inne, dass sie mit Leichtigkeit einen *Iwan* oder einen Haremssaal ausfüllen konnte wie Wasser sein Becken. Zugleich aber war sie fähig zu zartester Modulation des Ausdrucks und wer sie hörte, konnte nicht anders, als von ihr verzaubert zu sein.

*

Die Stimme der Rezitatorin war verklungen. Sie blieb mit gebeugtem Kopf sitzen. Allmählich fand Sitt in die Welt zurück.
»Das war unvergleichlich schön! Wir danken dir! Deine Kunst sollte auch den Hof erfreuen. Ich werde dich bald ins Wasserschloss holen lassen.«
Die junge Frau hob den Kopf und sah mit offenem Blick ohne jede Scheu zu Sitt hin:
»Euer Lob ehrt mich, Herrin. Aber ich werde in wenigen Tagen heiraten.«
»Nun, vielleicht wirst du später wieder vor Leuten lesen wollen. – Aber sag, wer ist denn der Glückliche?«
»Ein Kaufmann. Er stammt nicht aus Ägypten, lebt aber schon seit vielen Jahren hier. Er heißt Mohammed und sie nennen ihn den Mesopotamier.«

Sitt fuhr ein Stich durchs Herz. Mohammed Al Gargarai! Alis Bruder!
Sie brauchte ein Weilchen, um die Fassung wiederzufinden. Wusste die Sängerin, dass Ali ihr Geliebter gewesen war, ehe der Kalif ihm die Hände hatte abschlagen lassen? Es war anzunehmen. Wie Sitt von ihren Zuträgern in verschämter Weise erfahren hatte, munkelte das ganze Land über ihre Liebhaber. Vermutlich übertrieben die Leute maßlos, so wie auch ihr Bruder in seiner Eifersucht maßlos übertrieb: Nachdem er ihren Geliebten verstümmelt und in die Flucht gejagt hatte, war ihm mittlerweile auch der Oberrichter verdächtig geworden und er hatte begonnen, Sitt aufs Neue mit seiner Eifersucht zu belästigen.
»Der Kadi Al Fariki hält sich gar gern im Wasserschloss auf«, hatte er ihr vorgehalten.
»Er kommt, um für mich und meinen Staat Sitzungen der Eingeweihten zu halten.«
»Das scheinen überaus tiefgehende Einweihungen zu sein«, hatte er darauf anzüglich erwidert.
Sitt schüttelte die Gedanken ab und wandte sich wieder Sajida zu. Sie hatte eine Eingebung: »Nun, wenn du demnächst heiraten wirst, so will ich dir ein Geschenk machen.«
Sie hob die Hände und löste mit Takarrubs Hilfe ihr Diadem aus dem Haar. Sie hielt es kurz in die Höhe, sodass der dunkelblaue Opal im Licht der Lampen aufleuchtete.
»Du musst wissen, *ya* Sajida, diesen Schmuck hat mein Vater mir geschenkt, als ich sechs Jahre alt war. Es war wie ein Zeichen dafür, dass ich den ersten Schritt ins Leben hinaus tat. Ich möchte dir diesen Schmuck weitergeben, damit er dir in deinem neuen Leben als Gattin Glück bringe!«
Sitt bedeutete der Künstlerin, sich zu ihr herunterzubeugen und löste ihr das enge Kopftuch. Dann schob sie ihr den biegsamen

Goldreif mit den Mondsteinen ins Haar. Der tropfenförmige Opal ruhte, als wäre das immer schon sein Platz gewesen, schimmernd auf Sajidas Stirn.

In die Augen der jungen Frau waren Tränen getreten. Bewegt ergriff sie Sitts widerstrebende Hand und bedeckte sie mit Küssen.

»Herrin, Ihr ermesst nicht, was für eine Freude Ihr mir macht. Ich werde es als Schmuck zu meiner Hochzeit tragen!«

»*Rabinna* gebe dir alles Glück der Welt!«

Ein Tropfen Bitternis fiel in Sitts aufrichtige Freude für die andere Frau: ›Diese Frau wird den Bruder jenes Mannes heiraten, den ich nicht heiraten konnte und der mir fortgerissen wurde. Sieht so die Gerechtigkeit Gottes auf Erden aus?‹

Sie holte tief Luft, um den schädlichen Gedanken zu vertreiben und hielt sich vor Augen: ›Vergiss nicht, du hast dich für dieses Leben entschieden. Es war das Erbe deines Vaters! Als du die Entscheidung für dieses Leben trafst, wusstest du nicht, welche Lasten dir auferlegt werden. Indessen: Wäre deine Entscheidung anders gewesen, wenn du es gewusst hättest?‹

*

Ihr Leben in Abgeschiedenheit schien Sitt leichter zu fallen, als manch einer dachte. Ali bereitete ihr viel Freude und sein Heranwachsen lenkte sie von traurigen Gedanken ab. Ihre zweite Ablenkung, über die sie sehr glücklich war, fand jeden Donnerstag statt. Dann erschien vor dem Mittagsgebet der Oberrichter in ihrem Salon. Bei seinen Besuchen ging es nun weniger um philosophische Feinheiten als darum, dass Hamsa *Al Labad,* der Filzmacher und Hassan *Al Fargani* der ismailitischen Mission ernsthaft Konkurrenz zu machen begannen. Aber härter als die *Dais* der *Ismailia* kämpften diese beiden nun mit einer wachsenden Schar eigener *Dais* um jede Seele.

»Dabei«, meinte die Prinzessin Abda, »lässt sich eine wirksamere *Dawa* als die unsere gar nicht vorstellen!«

»Tatsächlich haben sie im Wesentlichen das Einweihungsverfahren der *Ismailia* übernommen, nur sind sie bei der Auswahl ihrer Anhänger völlig wahllos«, setzte der Oberrichter auseinander.

Aus dem Hintergrund ließ sich die helle Stimme des Prinzen Ali vernehmen.

»Was eigentlich ist das, ein Einweihungsverfahren?«

Die Antwort oblag der Großtante, die sich für seine religiöse Erziehung verantwortlich fühlte.

»Das ist die Art und Weise, wie ein Unwissender über die verschiedenen Stufen des Wissens bis zum Erkennen der höchsten Wahrheit geführt wird. Wir sind Ismailiten, das Volk der Wahrheit. Mit jeder Stufe wird der Mensch tiefer eingeweiht in die Geheimnisse, die hinter den Dingen stehen und am Ende ist seine Einweihung vollkommen.«

Der Prinz war von seinem Platz, an dem er bis jetzt gespielt hatte, aufgestanden und zu den Erwachsenen getreten. In der einen Hand hielt er ein aufziehbares Pferd aus Ebenholz. In der anderen den dazugehörigen Reiter.

»Bin ich eingeweiht?«

»Ein Stück bist du es wohl«, sagte Abda, »mehr als viele Menschen es in ihrem Leben je sein werden, denn du hast schon einiges an Wissen erworben über die Natur der Dinge und über die Gesetze, der sie folgt. Und so, wie du die Suren des Heiligen Korans auswendig zu rezitieren lernst, erfährst du auch, welche Bedeutungen in ihnen liegen.«

»Und wie ist das mit den anderen Menschen?«

Jetzt fühlte Sitt, dass es für sie an der Zeit war einzugreifen. Denn die erste Stufe der Einweihung eines neuen Adepten bestand darin, dass er lernen musste, alles infrage zu stellen und nichts mehr

zu glauben. Damit der kleine Prinz Ali in seinem vergoldeten Gefängnis weiterleben konnte, war das genau die Lektion, die er noch nicht lernen durfte.
»Komm her, mein Junge, zeig mir dein Pferd!«
Der Knabe setzte sich auf das schmale Stück Diwan zwischen seinen beiden Tanten und hielt Sitt das Spielzeug hin. Fast wäre ihm dabei der Reiter zu Boden geglitten, doch Sitt konnte ihn gerade noch auffangen. Ali zeigte ihr, wie er mittels eines kleinen Hebels die im Bauch des Pferdes eingebaute Vorrichtung aufziehen konnte. Dann sah er Sitt schelmisch in die Augen und löste den Antrieb aus. Alle mussten lachen, wie die Beine des galoppierenden Pferdes mit einem Mal unsinnig durch die Luft stachen.

*

Eine Bewegung an der offenen Tür ließ Sitt innehalten. In diesem Augenblick kam auch schon der Türsteher herein, verbeugte sich und flüsterte ihr etwas ins Ohr. Sie drückte dem verdutzten Eunuchen das Pferd und den Reiter in die Hände, küsste den Prinzen auf die Stirn und nötigte ihn aufzustehen.
»Schnell, mein Kind! Lauf hinauf in deine Gemächer!«
Dem Türsteher befahl sie: »Lass das Spielzeug verschwinden und ziehe die Wand vor die Treppe!«
Der Oberrichter hatte sich erhoben.
»Wenn ich richtig verstanden habe, so will unser erhabener Kalif Euch besuchen kommen. Da sollte ich nicht stören. Wenn Ihr mich entschuldigen wollt …«
Sitt sah ihn an, dankbar, dass er die Lage so schnell erfasst hatte. Mit einem Nicken nahm sie seine Verbeugung zum Abschied an. Das Letzte, was sie von dem Richter sah, war seine große, auf-

rechte Gestalt, wie sie, in einen ockerfarbenen Mantel gehüllt, durch die Tür nach draußen schritt.

*

Wäre der Oberkadi Malek Ibn Said Al Fariki ein weniger stolzer Mann gewesen, so hätte er nach dem Verlassen von Sitts Appartement vielleicht nach einem Winkel oder einer Säule Ausschau gehalten, um sich vor dem eifersüchtigen Kalifen zu verbergen. So aber ging er offenen Blicks und erhobenen Hauptes die Treppe hinunter, als Al Hakim ihm über den Hof entgegenkam. Al Fariki hatte den Eindruck, dass der Kalif ihn hier vorzufinden erwartete, denn er zeigte nicht das geringste Erstaunen über das Zusammentreffen. Tatsächlich war daran auch nichts ungewöhnlich, denn er hielt seit Jahren jeden Donnerstag eine Weisheitssitzung in Sitts Palast.

Er verbeugte sich in der neuerdings vorgeschriebenen knappen Weise vor dem Kalifen und grüßte ihn in der ebenso vorgeschriebenen Weise: »Friede dem Befehlshaber der Gläubigen und Gottes Gnade und Segen!«

Der Kalif sah ihn mit seinem kalten, blauen Augen an.

»Du kommst also von deiner *Imamin?*«

Al Fariki antwortete schlagfertig:

»Außer Euch, Herr, gibt es keinen *Imam!*«

Der Kalif wandte sich schroff ab und setzte seinen Weg über den Hof und die Treppe hinauf fort. Beunruhigt sah ihm der Oberkadi nach.

*

Wenig später ergab es sich, dass der Richter dem Kalifen auf einem seiner Ausritte begegnete, sein Reittier zu ihm lenkte und abstieg, um ihm die Ehre zu erweisen. Ohne den Kadi eines Blickes zu würdigen, ritt Al Hakim weiter. Aber der Vorhangzieher und Schwertträger des Kalifen, der Eunuch Nasim, schob seine Hand unter Al Farikis Arm, als wollte er ihn zur Seite lenken, um ihm eine vertrauliche Mitteilung zu machen. Doch sobald sie im Schatten der Bäume standen, zog Nasim das Schwert und schlug dem Richter den Kopf ab.

*

Midad war es, der sich als Einziger bereitfand, der Prinzessin die Nachricht vom Tod des Richters zu überbringen.
Wehen Herzens sah er, wie Sitts honiggetönte Haut sich aschfahl verfärbte. Sie schrie nicht und sie schluchzte nicht. Sie sprang nicht auf, vergrub nicht das Gesicht in den Händen, sondern blieb an ihrem Lesetisch sitzen. Bloß das Buch, in dem sie gelesen hatte, schob sie zur Seite und legte die Sehbrille zur Seite.
Der Hofmeister wusste, dass ihre Beziehung zu dem Richter von einer Art war, an der auch der strengste Moralist nichts aussetzen konnte. Er wusste aber auch, wie nahe der Richter ihr gestanden hatte und wie wichtig sein Beistand für sie gewesen war, um die himmelschreienden Zustände am Hof von Al Kahira auszuhalten.
Sitt Al Mulk saß aufrecht da. Statt sich zu wehren gegen das Furchtbare, nahm sie die Nachricht auf. Sie sog sie ein in ihre Brust, ihr Herz, in ihren Körper und es war ihr, als nähme sie mit dem Wissen von seinem Tod auch die Seele des geliebten Mannes in sich auf. Sie hatte die Augen geschlossen und Midad konnte sehen, wie ihre Brust sich in tiefen Atemzügen hob und senkte. Nach einer Weile hörte er sie flüstern:
»Das ist mein *Maktub*. Hilf mir, *ya Rab!* Ali ist erst zehn! Was du mir auf die Stirn geschrieben hast, will ich tragen.«

4
Flut und Flammen

Sitt nützte das Verbrechen, um sich beim Kalifen mit einem politischen Schachzug durchzusetzen. Dazu verlangte sie sich alle Selbstbeherrschung ab, deren sie fähig war.

Wie gewohnt empfing sie den Kalifen auch am Tag nach der Mordtat, elegant gekleidet, freundlich und entgegenkommend. Sie wiegte ihn in dem Glauben, dass sie in dem Vorhangzieher und Schwertträger den alleinig Schuldigen sah und beklagte sich bitter über den Mann.

»Ich vermag es nicht zu verstehen, mein Bruder, wie Nasim sich zu einer solchen Tat erdreisten konnte. Wodurch wohl hatte der Richter seinen Zorn erregt? Ich kann mich doch auf dich verlassen, dass du für Gerechtigkeit sorgen wirst, nicht wahr?«

Sitt streckte den Arm aus, nahm eine gefüllte Olive von einem Teller und steckte sie ihm mit spitzen Fingern in den Mund. Der Kalif liebte es, von seiner Schwester gefüttert zu werden und sah sie mit aller Wärme an, deren seine stahlblauen Augen fähig waren.

»Mansur, ich habe mir überlegt, dass jetzt, wo das Amt des Oberrichters frei ist, eine günstige Gelegenheit wäre, die ismailitische Mission vom Staat zu trennen. Das entspricht doch deinen Absichten?«

»Im Grunde schon«, antwortete der Kalif vorsichtig.
»Ich hätte da eine Idee. Warum ernennst du nicht den Juristen Ibn Abi Al Auam zum Oberkadi und einen anderen Mann zum obersten *Dai?*«
Der Gedanke schien Hakim nicht schlecht zu gefallen.
Al Auam genoss den Ruf äußerster Unbestechlichkeit und er war ein Muslim der *Sunna*. Das würde Al Hakims Ziel, die religiöse Oberhoheit der Ismailiten zu schwächen, entgegenkommen. Für Sitt wäre er unterdessen ein zuverlässiger Verbündeter und der Vertreter einer wichtigen Bevölkerungsgruppe.
»Was aber den Posten des obersten *Dai* angeht – brauchen wir einen solchen überhaupt?«, überlegte der Kalif.
»Ich glaube nicht, dass der Hof es hinnehmen würde, wenn du den obersten *Dai* abschaffst.«
Al Hakim schien nachzudenken, ob er sich tatsächlich um die Meinung seiner Verwandten kümmern musste. Offenbar kam er zu dem Schluss, dass es besser war, sie nicht unnötig zu verärgern und fragte seinerseits:
»Hast du jemanden für dieses Amt ins Auge gefasst?«
»Was hältst du von Kut Tegin?«
Der Mameluke war eine Zeit lang Statthalter von Damaskus gewesen und hatte sich später in der ismailitischen Mission hervorgetan.
»Aber er ist ein Türke!«
»Warum nicht?«
Einen Mameluken zum obersten ismailitischen *Dai* zu machen wäre eine bislang unvorstellbare Neuerung. Aber auch dieser Gedanke gefiel Al Hakim gut. Auf diese Weise würde er noch mehr mit dem Alten brechen.
»Nun, meine Schwester, ich finde, dass das ein bedenkenswerter Vorschlag ist.«

Sitt steckte ihm eine weitere Olive in den Mund und legte Zärtlichkeit in ihren Blick.
»Gut«, erklärte der Kalif, der sein schlechtes Gewissen besänftigen wollte, indem er ihr entgegenkam. »Gut. Also Kut Tegin.«
Sitts Lächeln gewann an Aufrichtigkeit.
Sie würde mit Kut Tegin nicht nur einen Anführer der Mameluken auf ihrer Seite haben, sondern auch den erbittertsten Gegner der neuen Lehre des Filzmachers.
Al Hakim hatte außer Acht gelassen, dass die Mameluken den Filzmacher hassten wie den Teufel. Sitt musste jedoch nicht befürchten, dass er seine Zusagen brechen würde. Sie konnte sich auf das Wort des Bruders, einmal gegeben, verlassen. Daran hatte sein sonstiger Verfall nichts geändert.
Al Auam und Kut Tegin also. Die beiden waren ein gutes Gespann und würden jetzt schon mit dem Aufräumen beginnen. Sitt erfüllte die Vorstellung mit Genugtuung.

*

Hamsa, der Filzmacher – der Begründer der neuen Sekte um den Kalifen Al Hakim –, antwortete mit einem wohl berechneten Schachzug. Er begann einen seiner Schüler, der seinerseits den Reihen der Mameluken entstammte, zu fördern: Anustegin Al Bukhari, genannt *Al Dersi* – »der Schneider«. Al Dersi erfreute sich, viel mehr noch als der Filzmacher oder »Der mit der Verstümmelten Nase«, begeisterten Zulaufs aus der Masse der Armen. Er predigte überaus wortgewaltig und deftig und entsprechend verhielt sich seine nach ihm benannte Anhängerschaft der *Drusen*. In Schmierereien auf den Wänden von Palästen und Gebetshäusern priesen sie Al Hakims Göttlichkeit und verfluchten Adam, Noah, Christus, Mohammed und alle anderen Propheten

der Juden, Christen und Muslime. Besonders arg trieben sie es in den Moscheen: Sie schissen in Gebetsnischen, beschmierten die Wände mit Kot und urinierten auf die Korane.
Al Hakim, der auf seinen Ausritten nun auch häufig bei Al Dersi haltmachte, führte mit ihm Gespräche unter vier Augen und war von diesem neuen Propheten dermaßen gefangen genommen, dass er mit einem Schlag die ismailitische *Dawa*, die Weisheitssitzungen und den ismailitischen Ritus aufheben ließ.
Nun sahen sich die Mameluken zum Handeln gezwungen. Ein türkischer Gardist fiel über den Zweiten des prophetischen Dreigespanns, den mit der verstümmelten Nase, auf offener Straße her und erschlug ihn. Al Dersi verlangte daraufhin vom Kalifen zu seinem Schutz Waffen, die dieser ihm willig gewährte.
Derart gestärkt geriet Al Dersi außer Rand und Band und verteilte im Namen des Kalifen Flugblätter, in denen das Volk aufgefordert wurde, sich von ihm zur neuen Lehre bekehren zu lassen. Er scheute nicht davor zurück, diese Flugblätter ebenfalls dem Generalissimus der türkischen Truppen, dem *obersten Dai* Kut Tegin und dem Oberrichter Al Auam zu schicken. Auch sie sollten sich bekehren!
Die Türken organisierten sich nun mit voller Kraft gegen die »Ketzerei« der Drusen und binnen weniger Monate spitzte sich die Lage dermaßen zu, dass die Katastrophe nur noch eine Frage der Zeit war.

*

Ob seines Eintauchens in den religiösen Wahn der Drusen vernachlässigte der Kalif gänzlich die Regierung. Aber weder einer seiner häufig wechselnden Wesire noch einer der Generäle ergriffen die Gelegenheit, das Ruder zu übernehmen. Sie alle fürchteten den Henker, denn die Macht Al Hakims konnte trotz allem immer noch tödlich sein.

Und so geschah es, dass behutsam und leise die Schwester des Kalifen wieder die Fäden in ihre Hände nahm. Das erste Anzeichen für den neuen Wind war, dass in den Straßen von Misr die Frauen ihre Schleier fallen ließen und sich nicht mehr um die Ausgehverbote kümmerten.

Als Nächstes durften die christlichen Gemeinden aufatmen. Ein Dekret im Namen des Kalifen zog einen Schlussstrich unter jede Art von Verfolgung. Es gestattete allen Kirchen im gesamten Reich, wieder ihre Tore zu öffnen. Die hölzernen Gongs durften wieder geschlagen werden, um die Gläubigen zum Gebet zusammenzurufen. Was zerstört worden war, sollte wiederaufgebaut werden und alles Geraubte und Konfiszierte zurückerstattet – und zwar nicht nur das Gold und die Kunstschätze, sondern ebenso Ziegel und Säulen, Gärten und Felder. Sogar der Wiederaufbau des Klosters des Zwergen wurde versprochen. Als sich zeigte, dass die fatimidische Obrigkeit mit der Verordnung Ernst machte, breitete sich in den Gemeinden Jubel und unendliche Erleichterung aus und viele christliche Familien, die unter dem Schirm des byzantinischen Kaisers Schutz gesucht hatten, kehrten nach Ägypten zurück. Wer unter dem Druck der Verfolgung von seinem Glauben abgeschworen hatte, durfte sich wieder als Christ bekennen. Zu guter Letzt wurde für die christlichen Gemeinden von Misr eine Schutzgarantie ausgestellt.

*

Von ihrem Bruder diese Schutzgarantie zu erlangen hatte Sitt Al Mulk besonders am Herzen gelegen. Denn das nächste Verhängnis bahnte sich unausweichlich an. Wie zu Beginn von Al Hakims

Kalifat verfolgte sie auch jetzt wieder die Strategie, die Christen zu beruhigen, um einem Aufstand oder gar Bürgerkrieg vorzubauen, bei dem die Dynastie der Fatimiden unweigerlich als Verliererin hervorgegangen wäre.

Doch im Jahr 409 der Hedschra, 1019 der Christenheit, brach sich das Verhängnis Bahn: An einem Gerichtstag ritt eine Schar Anhänger des Al Dersi auf Eseln und Pferden in die Amr-Moschee und löste dort einen Tumult aus. Als der Oberrichter Al Auam erschien, um nach dem Rechten zu sehen, überreichte ihm der Anführer der Drusenhorde einen Brief von Al Dersi persönlich. Darin stand:

»Im Namen Gottes, Al Hakims, des großherzigen Allerbarmers: Du und die Menschen mögen wissen, dass Al Hakim von göttlicher Natur ist. Er fordert Euch auf, seine Göttlichkeit anzuerkennen.«

Der Richter weigerte sich, ein solches Bekenntnis abzulegen. Als daraufhin einige von den Drusen mit ihm zu streiten begannen, stürzten die versammelten Gläubigen sich auf die Eindringlinge und erschlugen sie. Anschließend schleiften sie die Leichen an den Füßen durch Misr und zündeten sie zuletzt an.

Wenige Tage später griffen türkische Soldaten das Haus von Al Dersi an und zerstörten es. Der falsche Prophet entkam ihnen und floh in den Palast des Kalifen. Die lange befürchteten Unruhen waren ausgebrochen.

Sitt wich nur noch zum Schlafen von der Seite des Kalifen. Al Hakim war außer sich und völlig hilflos. Für ihn war es ein schrecklicher Schlag, dass die Anhänger der neuen Lehre eine solche Niederlage hatten hinnehmen müssen.

Als Al Dersi plötzlich vor ihm auftauchte, in schmutzigen Kleidern und ohne Turban, da schien er sich einen Augenblick lang zu freuen, doch dann versank er wieder in Starre.

Sitt Al Mulk fand sich in der absonderlichen Lage, sich des Sektie-

rers annehmen zu müssen. Er benötigte saubere Kleidung und einen Platz zum Schlafen und sie befahl Al Hakims Kämmerer, für alles Erforderliche zu sorgen.
»Was hast du vor?«, fragte sie den Mann, ehe sie ihn entließ.
»Ich hoffe auf die Gnade des allerbarmherzigsten Kalifen für mich und meine Anhängerschaft.«
»War es denn notwendig, das Volk von Misr dermaßen in Aufruhr zu versetzen?«
»Der Kalif ist Gott und daran führt kein Weg vorbei.«

*

Wenige Tage später musste sich Sitt Al Mulk noch einmal mit Al Dersi, »dem Schneider«, befassen. Wie in letzter Zeit so häufig, befand sie sich in einem der privaten Salons des Kalifen. Sie kam sich vor wie eine seiner Sklavinnen, die ihn pflegten oder für ihn sangen. Widerwillig richtete sie ihrem Bruder kleine Happen aus Brot und zartem Hühnerfleisch und schob sie ihm in den Mund.
Nasim erschien in der offenen Tür. Sein Anblick erinnerte Sitt schmerzlich daran, dass er für den feigen Mord an Al Fariki nicht verurteilt worden war.
»Erhabener Herr! Die türkischen Garden haben sich vor dem Palast versammelt! Eine Abordnung von ihnen will Euch ein Schreiben überbringen. Dürfen wir sie vorlassen?«
»Tut, was ihr wollt!«, murmelte der Kalif.
»Lasst sie vor!«, antwortete Sitt.
Der Vorhangzieher verließ, rückwärts gehend, den Raum, um gleich darauf mit zwei türkischen Offizieren zurückzukommen. Die beiden standen stramm und mit ausdruckslosen Gesichtern vor dem Oberbefehlshaber. Der Chefschreiber trat auf sie zu und nahm dem einen von ihnen das Schreiben aus der Hand.

»Wollt Ihr hören, Hoheit?«
»Was immer!«
»Ja«, sagte Sitt, »lies vor!«

»B' Ism Illah al rahman al rahim.
Friede dem Befehlshaber der Gläubigen und
Gottes Gnade und Segen!

Wir hindern Euch nicht, hoher Herrscher, beim Regieren so zu verfahren, wie es Euch gefällt. Dieser Mann aber, Anustegin Al Bukhari, genannt Al Dersi, ist einer von uns und wir werden unseren Anspruch auf ihn nicht aufgeben.«

»Was meinst du, mein Bruder? Die Mameluken wollen Al Dersi haben. Willst du ihm weiterhin deinen Schutz gewähren?«
»Schutz gewähren«, ließ sich Al Hakim vernehmen.
»Habt ihr gehört? Al Dersi bleibt hier.«
Darauf verbeugten sich die beiden Offiziere und verließen gemessenen Paradeschrittes das Gemach des Kalifen.
Sitt erhob sich von dem Diwan und ging ebenfalls hinaus. Dabei bedeutete sie dem Chefschreiber, ihr zu folgen. Sobald sie sich außer Hörweite des Kalifen befanden, blieb sie stehen und trug dem Schreiber auf:
»Besorge ein Todesurteil vom Oberkadi Al Auam!«
Noch vor dem Nachmittagsgebet war der Mann in Begleitung des Tintenfassträgers zurück. In der Hand hielt er ein Schriftstück, das er Sitt aushändigte. Es war das Urteil.
»*Ya Habibi* Mansur – bitte unterzeichnet dieses Schreiben.«
Mit abwesendem Blick betrachtete der Bruder den Papyros. Für

die Dauer von einigen Lidschlägen kehrte ein Funke Klarheit in seine Augen zurück.
Al Hakim hatte die Macht seiner Unterschrift früh erfahren müssen und war seither vorsichtig, wenn er etwas unterschreiben sollte. Doch war seine Seele ebenso zerrüttet wie sein Reich und so verlor er sich wieder in der Willenlosigkeit. Sitt drückte ihm die Schreibfeder in die Hand und er setzte seinen Schriftzug unter den Text.
›Wenigstens dieses Mal‹, dachte sie, ›musst du dich nicht schuldig fühlen.‹
Sie hatte soeben ihr erstes Todesurteil verhängt.
Am nächsten Tag marschierten die Türken erneut vor dem Palast auf und forderten die Herausgabe von Anustegin Al Bukhari, genannt Al Dersi.
»Der Kalif hat ihn hinrichten lassen«, wurde ihnen beschieden.

*

In Misr allerdings ließ sich die Lage nicht so leicht beruhigen. Während sich täglich blutige Zusammenstöße zwischen den Drusen und den Muslimen ereigneten, waren die Mameluken entschlossen, auch noch den letzten lebenden Propheten der neuen Lehre, den Filzmacher Hamsa, zu töten. Sie glaubten, der Schlange des Drusentums nur beikommen zu können, indem sie ihr alle Köpfe abschlugen. Jedoch mussten sie ihre Hoffnung bald begraben, denn, obwohl sie die Tibr-Moschee, nahe dem Siegestor, in der Hamsa predigte und wohnte, einen Tag lang belagerten, gelang dem Filzmacher mit zwölf Gefährten die Flucht.
Unterdessen geriet in der sich ausbreitenden Rechtslosigkeit die Schwarze Sklaveninfanterie wieder einmal außer Kontrolle. Statt, wie es ihre Aufgabe gewesen wäre, der Polizei dabei zu helfen, die

Ordnung aufrechtzuerhalten, zogen sie plündernd durch die Straßen und Gassen von Misr. Sie brachen Läden auf und zündeten die Eingänge zur Cäsarea und den anderen Markthallen an, um sich Eintritt zu verschaffen. Frauen und Mädchen wurden von offener Straße weg entführt und vergewaltigt und das normale Leben kam völlig zum Stillstand.

*

Auch wenn sie den Kalifen in seinem Zustand nicht gerne allein ließ, hatte Sitt den Kutama-General Hussein Ibn Dauas gebeten, sie dringend im Wasserschloss aufzusuchen.

»Die Lage in Misr ist aus dem Lot geraten. Die schwarze Infanterie plündert und marodiert, die Mameluken sind besessen von ihrem Hass auf die Drusen und die Bevölkerung wagt sich nicht mehr auf die Straße. Allein die Kutama haben noch ihre Vernunft behalten. Ihr müsst einschreiten.«

Der General freute sich über das Vertrauen, das die schöne Prinzessin ihm entgegenbrachte, doch genügte das nicht.

»Ich brauche einen Befehl des Kalifen.«

»Daran soll es nicht liegen. Du wirst ihn bekommen. Doch wollte ich dich wissen lassen, dass ich meine ganze Hoffnung in dich setze.«

»Ihr könnt sicher sein, *ya Imama*, ich werde Euch nicht enttäuschen!«

Dankend legte sie ihm die Hand auf den Arm.

*

»Unser erhabener Kalif hat eine Nervenkrise«, hörte Sitt den alten Leibarzt Sahlan sagen.

»Das wäre nicht das erste Mal!«
»Aber es war noch nie so stark.«
»Er lebte in einer falschen Welt und die ist zusammengebrochen. Ihr müsst etwas tun für ihn!«
»Am besten wäre es, er ginge für eine Zeit aufs Land, vielleicht nach Al Fayum. In der Abgeschiedenheit der Oase könnte er sich von all der Wirrnis erholen.«
»Aber gerade in dieser Wirrnis ist seine Anwesenheit in der Hauptstadt vonnöten. Wer soll in einer solchen Zeit regieren, wenn nicht der Kalif?«
»Ich will versuchen, ihn mit stärkenden Essenzen und einer Reizbehandlung hochzubringen. Doch kann das nur vorübergehend sein. Früher oder später müsst ihr ihn fortbringen vom Hof und aus der Hauptstadt.«
»Gut, sorgt nur dafür, dass er in der Lage ist, Befehle zu unterschreiben. Sobald die Krise in Misr überstanden ist, werden wir alles für seine Krise tun.«

*

»Misr brennt!«, sagte Sitt Al Mulk leise, aber eindringlich zu dem Kalifen. Er schien sie nicht zu verstehen und hielt den Blick starr auf den Boden gerichtet.
»Misr brennt, *ya* Mansur!«
Langsam lösten sich seine Augen von dem Muster des Teppichs und bohrten sich in die ihren.
»Der Pfuhl muss brennen, damit die göttliche Wahrheit über ihm erstrahlen kann!«
»Was sagst du da?«
»Die göttliche Wahrheit!«
Entsetzen ergriff sie. Sie packte ihn bei den Schultern.

»Mansur, was meinst du damit?«

»Es ist der Tag des Gerichts.«

Plötzlich straffte sich seine Gestalt und er machte Anstalten, sich vom Diwan hochzustemmen. Als er dabei wankte, legte Sitt ihre Arme stützend um ihn. Mit einer Kraft, die sie ihm nicht zugetraut hätte, zog er sie an sich und riss sie, auf den Diwan zurückfallend, mit sich. Er hielt sie eisern umklammert und presste seinen Mund auf ihren. Seine Wange drückte ihr die Nase zu und sie rang nach Atem.

Ohne zu überlegen, zog sich Sitt wie eine Katze, die zum Sprung ansetzte, zusammen, um sich sodann in einer heftigen Bewegung auszudehnen und ihn abzuschütteln. Sie sprang auf die Füße und sah auf den noch immer auf dem Diwan liegenden Menschen, der ihr Bruder war. Er hatte einen Arm über die Augen gelegt, als müsste er sich schützen vor einem blendenden Licht. Er war ihr in diesem Augenblick vollkommen fremd, als sähe sie ihn zum ersten Mal: ein zerraufter Derwisch mit eingefallenen Wangen und ausgefranstem Bart. Was nur war aus dem Kalifen geworden!

Jetzt nahm er den Arm weg und sie sah, dass seine Augen in Tränen schwammen.

»Vergib mir, *ya Imama*! Ich weiß nicht, was in mich gefahren ist«, presste er hervor, während seine Brust sich unter dem Schluchzen zusammenzog.

»Wenn das die stärkenden Essenzen sind, mit denen Sahlan dich behandelt, werde ich auf der Hut sein müssen!«

»Begleite mich auf den Mukattam! Ich will das Feuer sehen.«

*

Die Dämmerung hatte eingesetzt, als Sitts Sänfte vor dem Observatorium auf dem Mukattam anhielt. Der Kalif schien von dem

Vorfall am Nachmittag selbst so erschrocken zu sein, dass er ihr nun mit einer Haltung entgegentrat, wie sie schon seit Langem nicht mehr an ihm zu sehen gewesen war.

Midad und ein zweiter Eunuch, den sie zu ihrem Schutz hatte mitkommen lassen, wichen zur Seite, als er ihr die Hand hinstreckte, um ihr beim Aussteigen zu helfen.

Hinter ihm ging sie die Treppe zum Observatorium hoch. Von hier aus war nicht nur der Himmel in seiner ganzen Weite zu sehen, sondern auch das Niltal mit der Doppelhauptstadt. Ein roter Schein lag über Misr. Auf den ersten Blick erschien es Sitt, als hätte die Sonne einen letzten Strahlenfleck über die alte Stadt gelegt. Es dauerte eine Weile, ehe sie bereit war, die Erscheinung als das zu nehmen, was ihr besseres Wissen ihr sagte:

»*Ya Rab*, das ist das Feuer!«

Al Hakim stand neben ihr und schaute auf die in der rasch zunehmenden Dunkelheit immer heller leuchtende Flammenstadt. Seine Augen glänzten.

›Fiebert er?‹, durchfuhr es Sitt Al Mulk.

»Das alte Misr muss fallen!«

»Aber, um Gottes willen, warum?«

»Es wird ein neues Misr entstehen, mit besseren Menschen und mit der wahren Religion.«

Ein furchtbarer Verdacht regte sich in ihr.

»Hast du den Schwarzen befohlen, die Stadt anzuzünden?«

Al Hakim antwortete nicht und starrte weiter auf den hell erleuchteten Fleck in der Nacht.

*

»Hältst du es für möglich, General, dass jemand versucht hat, Misr niederzubrennen?«

Es war der Abend des darauffolgenden Tages und Sitt nahm im

Wasserschloss den Bericht des Kutama-Befehlshabers Ibn Dauas entgegen. Sie hatte auch den jüdischen Beamten David Ben Yitzhak zu der Zusammenkunft rufen lassen. Er war ihr schon seit Längerem als umsichtiger Mann aufgefallen, dessen Ansichten sich mit den ihren gut vertrugen. In manchem erinnerte er sie an den ersten Wesir der Fatimiden in Al Kahira, den unvergesslichen Yakub Ibn Killis.

Der Kutama-General Hussein Ibn Dauas rieb sich nachdenklich den Nacken. Es war gefährlicher Boden, auf den die Prinzessin ihn führte. Schließlich antwortete er zögernd:

»Habt auch Ihr, *ya Imama,* das Gerücht gehört, das in der Stadt umgeht? Tatsächlich haben wir uns gefragt, wie es möglich war, dass einige große Feuer gleichzeitig ausbrachen und zwar an Stellen, wo es eigentlich nichts zu plündern gab, die jedoch so gewählt schienen, als ginge es darum, so viel wie möglich zu zerstören.«

»Es ist wie ein Wunder, dass Misr noch steht!«, warf David Ben Yitzhak ein.

»Allah war sicher auf unserer Seite«, freute sich Dauas. »Aber ich muss mir und den Kutama zugute halten, dass wir sehr schnell das Richtige getan haben. Ich ließ die Wasserträger aus Al Kahira holen und alle Truppen, die nicht gerade damit beschäftigt waren, in Misr zu plündern oder Drusen zu jagen. Zusammen mit der Bevölkerung schafften wir es, der Feuer Herr zu werden. Noch ehe der Morgen dämmerte, war alles gelöscht. Und als der Mittagsruf erklang, hatten wir die Schwarzen wieder in ihre Kasernen zurückgetrieben.«

»Ich vermag das nur zu bestätigen. Der Oberrabbi gab ebenfalls zu Mittag Entwarnung. In der Stadt sei Ruhe eingekehrt und es wäre nun wieder sicher genug, um die Geschäfte zu öffnen.«

»General Ibn Dauas, Ihr habt Großes geleistet und ich will es Euch und Euren Kriegern danken. Ihr sollt dafür als Pfründe eine der

Tiraz-Fabriken von Tinnis übernehmen. Unter Euren Soldaten will ich hunderttausend Golddinar verteilen lassen. Gut, dass wir euch rechtzeitig ausgerüstet haben. So konntet ihr Misr retten!«
Der General nickte:
»Der Dank Gottes sei mit Euch, *ya Imama*. Ihr könnt immer auf mich zählen. Doch darf ich Euch bitten, Euch meiner zu erinnern, wenn ein geeignetes Amt frei sein sollte.«
»Das will ich gern im Auge behalten, *ya* General Dauas. Wir sollten jetzt in den Ostpalast gehen und den Kalifen aufsuchen, damit Ihr ihm offiziellen Bericht erstatten könnt.«
Sie wandte sich an David Ben Yitzhak:
»Euch möchte ich ersuchen, inzwischen vom Ältesten Eurer Gemeinde eine Aufstellung aller Schäden einzuholen, die durch die Unruhen am Besitz von Juden entstanden sind. Ich werde mich darum bemühen, dass Ihr dafür Ausgleich erhaltet.«
Auch vom Vorsteher der Kopten und der Melkiten würde sie Berichte verlangen, um ihnen Entschädigung zukommen zu lassen. Ob dann noch genug Geld in der Staatskasse war, um für die Zerstörungen an Geschäften und Häusern aufzukommen, die sie selbst, der Kalif und die anderen Höflinge in Misr besaßen, war ihr eine geringere Sorge. Nach wie vor war es das Allerwichtigste, die Bevölkerung zu beruhigen.

*

Unter dem Einfluss von Sahlans Medizin war der Kalif weiterhin ungewöhnlich aufgekratzt. Er hatte, was seit Langem nicht mehr geschehen war, Tänzerinnen kommen lassen. Auch Amina war wieder bei ihm, königlich herausgeputzt, wodurch sie, wie Sitt fand, ein wenig fehl am Platz wirkte im Vergleich zum Armengewand des Kalifen.
›Ach, was verschwende ich an solche Dinge überhaupt noch einen

Gedanken!‹, wies sie sich selbst zurecht. ›Wir leben in einer verrückten Zeit und sollten froh sein, dass wir überhaupt noch hier sind. Ein Regime, das mit knapper Not einen Bürgerkrieg verhindern konnte! Von da ist es nicht mehr weit zum Untergang.‹

Sie ging auf Amina zu, die in eine Wolke sinnlichen Duftes gehüllt auf einem Sofa liegend an einer Kräuterpfeife sog und küsste sie auf beide Wangen. »Schön, dich wieder hier zu sehen, meine Schwester«, sagte sie mit einem Seitenblick auf den Kalifen, der, so gründlich, wie er in allem war, seinen Blick auf die Windungen und Verrenkungen der tanzenden Leiber geheftet hielt.

»Hoffentlich tun sie ihre Wirkung«, flüsterte Amina in Sitts Ohr. »Seit er so fromm geworden ist, habe ich nichts mehr von ihm gehabt.«

Sitt erwiderte das vielsagende Lächeln ihrer Cousine und warf einen anzüglichen Blick auf deren hochgeschobene umfangreiche Brüste. Sie ging zum Kalifen, küsste ihn auf die Stirn und holte ihn aus seiner versunkenen Betrachtung der Tänzerinnen, indem sie auf Amina wies und sagte:

»Sieh, mein Bruder, was für ein prachtvolles Weib hier auf dich wartet, schön wie der Mond!«

Hakim sah beflissen zu Amina hinüber und nickte ihr freundlich zu. Offenbar hatte er noch immer ein schlechtes Gewissen wegen des Fehltritts gegenüber seiner Schwester.

»General Hussein Ibn Dauas möchte dir Meldung erstatten über die Vorfälle von Misr. Darf ich ihn rufen lassen?«

»Misr ist verbrannt!«

»Nein, mein Bruder, Misr hat unter den Feuern zwar schwer gelitten, aber die Tausendjährige lässt sich nicht so leicht vernichten.«

»Lass ihn kommen!«

Der General trat vor den Kalifen, mit breitem Gang und stolzgeschwellter Brust. Es war der größte Augenblick in seiner bisher rühmlichen Laufbahn.

Al Hakim lehnte sich zurück und winkte die Tänzerinnen fort.

»Sprich, General!«

»Ich habe die Ehre, dem Oberbefehlshaber der Gläubigen zu melden: In Misr herrscht Ruhe.«

»Ich höre, sowohl die türkischen als auch die schwarzen Kriegssklaven sind über die Stadt hergefallen und ließen trotz meiner Befehle nicht ab, den Menschen Gewalt anzutun und ihren Besitz zu zerstören.«

»So ist es, erhabener Herr.«

»Ich höre, Misr ist nicht den Flammen zum Opfer gefallen?«

Der Kalif sah den General eindringlich an, als wolle er in der Tiefe seiner Seele die Wahrheit erkennen.

»Nein, Allah sei Dank! An einigen Stellen der Stadt hat das Feuer verheerend gewütet, aber dazwischen blieben große Teile unberührt.«

Al Hakim schüttelte den Kopf, als wolle er noch immer nicht glauben, was er heute schon zum zweiten Mal hörte. Wie konnte er es auch glauben, hatte er doch in sich ganz deutlich den Ruf vernommen: »Zerstöre die alte Stadt!«

»Mein Bruder«, unterbrach Sitt Al Mulk sein Grübeln. »Das Volk von Misr benötigt jetzt die Hilfe des Staates, sonst werden Unruhen ausbrechen, Hunger und Seuchen und Al Kahira wird davor nicht gefeit sein.«

»Sollen die Soldaten helfen, alles wieder aufzubauen!«

»Das wird schwierig sein, mein Bruder, denn die Disziplin ist zusammengebrochen. Heute sind die Kutama, so wie in den frühen Tagen des Kalifats von Al Kahira, wieder unsere Hauptstütze. Sie müssen für die Sicherheit sorgen. Wir sind froh, dass die Mameluken und die Schwarzen jetzt wieder in ihren Kasernen sind. Es wird alles Nötige geschehen, damit sie sich wieder beruhigen.«

Al Hakim winkte den Vorhangzieher und Schwertträger Nasim herbei und flüsterte ihm etwas ins Ohr. Der Eunuch verbeugte sich und verließ den Salon.

Sitt hatte versucht mitzuhören, aber kein Wort verstehen können. Jede Faser in ihr spannte sich an, während sie sich darauf einstellte, dem nächsten Unheil in den Weg zu springen.

›Was heckt er schon wieder aus?‹, fragte sie sich beunruhigt, während ihr sich die Zähne in die Lippen gruben. Sie zwang sich zur Ruhe.

»Mein Bruder, es wird notwendig sein, dem Volk von Misr für den Wiederaufbau Geld aus der Staatskasse zur Verfügung zu stellen.«

»Tut, was ihr für richtig haltet!«

Sitt Al Mulk zog ein zusammengerolltes Blatt aus ihrem Gewand.

»Ich habe hier eine Anweisung an den *Diwan* für Finanzen vorbereitet. Wenn du sie unterschreibst, könnten die erforderlichen Schritte unternommen werden.«

Al Hakim nahm die Rolle, ohne sie zu öffnen und ließ seinen Blick in die Ferne schweifen.

Sitts Nerven waren zum Zerreißen gespannt. Wenn er jetzt in seine Welt eintauchte, dann würde sie vielleicht tagelang nicht mehr zu ihm durchdringen können. Sie setzte zum Sprechen an, als die Rückkehr des Vorhangziehers Nasim in Begleitung des Chefschreibers und des Trägers des Tintenfasses Al Hakim daran erinnerte, dass er eigentlich etwas vorhatte.

Das Feuer in seinem Blick flackerte wieder auf und er befahl dem Chefschreiber: »Setze folgendes Rundschreiben an die türkischen und die schwarzen Einheiten auf: Euer Kalif ist zutiefst enttäuscht von eurem Verhalten und eurem Mangel an Disziplin, wie sie sich für Soldaten geziemt. Er wünscht in der nächsten Zeit nicht, mit euch irgendetwas zu tun zu haben.«

Der Schreiber, der sich, auf dem Teppich sitzend, Notizen gemacht hatte, sah zu ihm auf, ob er noch etwas hinzufügen wollte. Doch Al Hakims Blick war schon wieder in seine eigene Welt gewandert. Die Rolle mit der Anweisung an den *Diwan* für Finanzen hing lose zwischen seinen Fingern, als würde er sie jeden Augenblick fallen lassen.

Da überwand sich die Prinzessin Sitt Al Mulk, etwas Unerhörtes zu tun. Laut und bestimmt befahl sie dem Oberbefehlshaber der Gläubigen, als wäre er ein Kind und sie seine Mutter:

»Unterschreib die Order an die Finanzverwaltung, *ya Habibi!*«

Hakim zuckte zusammen. Sitts Art und Stimme hatten ihn tatsächlich an Theodora erinnert. Gehorsam streckte er dem Schreiber die Hand hin, dass er ihm den Griffel reiche, rollte das Blatt auf und setzte seinen Namen darunter.

*

Niemand, nicht einmal seine Schwester, konnte herausfinden, weshalb der Kalif nun wirklich enttäuscht war – weil Misr immer noch stand oder weil seine Truppen außer Rand und Band geraten waren. Jedenfalls war es seinen Ärzten nun ein Leichtes, ihn dazu zu bewegen, für einige Wochen der Hitze der Stadt zu entfliehen und sich in das heilsame Klima der Oase Al Fayum an den Karun-See zurückzuziehen.

Sitt Al Mulk, der Hof, die Beamten, die Wesire und das Volk atmeten allesamt auf, dass der Tyrann seine Hauptstadt für eine Weile verlassen hatte. Bei den Zeremonien der Salbung des Nilometers vertrat ihn sein für das *Imamat* vorgesehener Nachfolger, Prinz Abu Haschim Al Abbas und die Regierung führte Prinzessin Sitt Al Mulk zusammen mit dem Wesir jener Tage, Ibn Tahir Al Wasan.

Die Lust der Menschen am Leben brach sich Bahn wie ein lang zurückgehaltener Strom. Der Aufbau der zerstörten Teile von Misr ging schnell vonstatten, die Regierung half mit Geld und Nahrungsmitteln und auch Sitt Al Mulk öffnete ihre Speicher.

An den Abenden wimmelte es auf dem Nil wie in früheren Jahren von Booten voll essender und trinkender, lachender und scherzender Menschen. Das Volk zog zu Fuß oder auf Eseln reitend auf die Insel Maks und nach Giza, um sich in den Feldern und Hainen auf Decken und Teppichen mit Picknickkörben niederzulassen, nach Sonnenuntergang Lampen zu entzünden und die plötzliche Freiheit von der Verfolgung durch Polizisten und Soldaten zu genießen.

Für einen kurzen Zeitraum glaubten sich die Menschen im Paradies und niemand konnte sich vorstellen, dass sich erneut ein Unglück zusammenbraute.

Sitt Al Mulk nützte die Ruhe, die ihr gegönnt war, um sich wieder mehr um Prinz Ali zu kümmern, der nun schon in seinem dreizehnten Jahr stand. Seine Stimme war bereits ins Männliche umgeschlagen und er war, wie einst sein Vater Al Hakim und sein Großvater Al Aziz, zu einem großen, schlanken Jüngling herangewachsen, dessen breite Schultern erahnen ließen, dass er später eine kräftige Statur ausbilden würde.

Seine Augen waren schwarz wie die von Rukia und seine Haut hatte ebenfalls wie sie einen zimtfarbenen Ton. So sah er seinem Großvater ähnlicher als seinem Vater. In seinem Bett lag bereits eine Sklavin. Sitt wäre es lieber gewesen, er hätte sein Herz für später freigehalten, wenn er unter den Prinzessinnen des Ostpalastes würde wählen können, doch es war so gekommen, wie es kommen musste: Eines der beiden Mädchen, die sie für ihn aufgenommen hatte, war ihm lieb geworden, die kleine Warda und so machte er seine ersten Erfahrungen nicht mit einer geschulten Liebeskünstlerin, sondern zusammen mit ihr. Die beiden schienen indes glücklich zu sein und keinen Mangel zu verspüren, abgesehen davon, dass ihre gesamte Lebenslage ja eine bedeutende Unbill darstellte.

Obwohl der Kalif sich nicht in der Stadt aufhielt, wagte Sitt es nicht, Ali aus seinem Versteck herauszulassen. Die Gefahr, dass Al Hakim vom Überleben seines Sohnes erfuhr, war zu groß. Sitt wollte nicht aufs Spiel setzen, was sie in fünf Jahren unter so viel Mühe und Geheimhaltung vorbereitet hatte.

*

Der Raddad berichtete täglich das Ergebnis der Nilstandsablesung an Prinz Abdel Rahim Al Mahdi. Nach der Audienz im Ostpalast begab sich der Wärter des Nilometers unverzüglich hinüber in den Westpalast, um dort auch Prinzessin Sitt Al Mulk den Pegelstand zu melden.

Nachdem der Fluss die sechzehnte Elle der Fülle erreicht hatte, stieg er weiterhin kräftig an und verlieh dadurch der Feststimmung unter der Bevölkerung zusätzlichen Auftrieb. Zu allem Glück schien sich auch noch eine gute Ernte anzukündigen! So sehr freuten die Menschen sich über die lang entbehrte gute Zeit, dass den meisten von ihnen entging, wie sich der allgewaltige Fluss allmählich der bedenklichen Marke der achtzehnten Elle näherte.

Über Wochen – die Kanäle waren längst geöffnet – stieg die Flut unaufhörlich weiter. Der Hof und die Regierung machten sich bereits Sorgen und im Maglis drehten sich die Beratungen fast nur noch darum, wie dem Hochstand des Wassers zu begegnen sei.

Die Schwierigkeit lag darin, dass es, sobald die Kanäle offen waren, im Grunde nichts gab, um die Fluten in Schach zu halten. Das Projekt eines großen Dammes bei Assuan, weshalb Ibn Haissam eigens aus Basra angereist war, hätte diesem Zweck dienen sollen, erwies sich aber als undurchführbar und so lag das Niltal trotz aller technischen Fähigkeiten der Zeit genauso schutzlos da wie schon vor Jahrtausenden.

*

Der Raddad hatte Sitt soeben Meldung erstattet und ihr zugleich über den Verlauf früherer hoher Fluten berichtet, wie sie in den Aufzeichnungen seiner Familie dokumentiert waren. In den meisten Fällen hatte sich das Wasser bei einer Höhe von achtzehn Ellen schließlich von einem Tag auf den anderen zurückgezogen. Seitdem er das Amt des Wärters des Nilometers versah, war dieser Pegelstand kaum je überschritten worden.

Am Ende seines Berichtes verabschiedete sich der Mann mit einer tiefen Verbeugung, während Sitt nach ihrer Sehbrille griff, um sich wieder den Papieren auf ihrem Tisch zuzuwenden. Im Fortgehen stieß der Raddad mit dem Türsteher zusammen, der, aufgeregt gestikulierend, jemanden am Eintreten zu hindern suchte. Schon wollte Sitt schroff zu einer Frage ansetzen – da gewahrte sie, wer sich da unangemeldet Eintritt verschaffte und die Worte erstarben ihr auf den Lippen. Tot geglaubt, stand er in Fleisch und Blut vor ihr!

Ihr Blick tauchte ein in die Wärme seiner von schwarzen Wimpern umkränzten Augen. Wie ein Echo aus vergangener Zeit fielen ihr die eigenen Worte ein, mit denen sie ihn früher manchmal neckte: »Augen wie ein Perser!« Wie schmerzhaft hatte sie es seit seinem Verschwinden vermisst, ihr Feuer zu spüren!

Schatten hatten sich seit dem letzten Beisammensein unter diesen Augen gebildet und die Linien von den Nasenflügeln zu den Mundwinkeln waren zu Furchen geworden. Das in ihrer Erinnerung schwarze Haar schimmerte grau. Aber sein Blick hatte sich nicht verändert.

Sitts Herzschlag und Atem setzten für Augenblicke aus. In der wie gedehnt anmutenden Zeit des Wiedererkennens floss zwischen den beiden Menschen ein Strom wortlosen Wissens um das Leid des anderen.

Die beiden verdutzten Zeugen, den Raddad und den Türsteher, wies Sitt mit scharfem Blick aus dem Arbeitszimmer.

Mit wenigen Schritten überbrückte Ali Ben Ahmed den Raum, der ihn noch von ihr trennte. Aus dem Mantel streckten sich ihr seine Arme entgegen und zum ersten Mal im Leben sah sie mit eigenen Augen, was ihr Bruder, der Kalif, dem Geliebten angetan hatte. Ohne mit der Wimper zu zucken, ergriff sie die Handstümpfe, drückte sie an die Brust und führte sie an ihre Lippen.

*

»Warum?«

Tränen flossen ihre Wangen hinunter.

»Ich wusste nicht, ob ich so« und er hob seine Arme, »würde überleben können.«

»Die besten Ärzte hätten für dich gesorgt und ich wäre doch für dich da gewesen!«

»Hätte ich dir eine Last sein sollen?«

»Du wärst mir keine Last gewesen.«

Stumm standen sie einander gegenüber. Beide mussten an den Oberrichter denken.

Sitt schüttelte die Erinnerung ab.

»Setzen wir uns doch!«

Ihre Hand zuckte, um sich unter seinen Ellenbogen zu legen, doch hielt Sitt sich im letzten Augenblick zurück. Er hätte die Geste, die liebevoll gemeint war, mit Sicherheit falsch verstanden.

Eine brennende Welle des Zorns auf den, der Schuld trug an ihrem Unglück, schnitt ihr die Luft ab.

Sie bemühte sich, ruhig zu bleiben, doch die Wut legte sich wie eine Klammer um ihre Kehle. Er spürte ihren Aufruhr und fing an zu erzählen.

»Einen Tag lang verbarg ich mich in einem Gut bei Giza. Mein Bruder fand einen guten Arzt, der bereit war, mich für einige Wochen zu begleiten. Er mietete Kamele und eine bequeme Sänfte und so schaffte ich es unbeschadet nach Palästina. In Al Ramla fand ich bei Freunden Unterkunft. Nach zwei Monaten waren meine Wunden verheilt. Ich änderte meinen Namen und zog weiter nach Syrien. In Homs ließ ich mich nieder und fing wieder an, Handel zu treiben.«

»Ich habe dich überall suchen lassen, bis Mesopotamien!«, sagte sie kaum hörbar. Ihre Stimme hatte sie im Stich gelassen. »Ich verstehe nicht, dass ich dich nicht finden konnte. Dein Bruder hat natürlich nichts gesagt!«

Er lächelte sie an: »Natürlich.«

Wie sehr sie dieses Lächeln immer geliebt hatte! Eine Spur Wehmut mischte sich darin mit ein wenig Schalk. Monatelang war sie in den Nächten mit diesem Lächeln im Herzen aufgewacht und hatte im Bett nach seinem warmen Körper getastet. Ihre Augen füllten sich wieder mit Tränen.

Er hob einen Arm, um sie tröstend an sich zu ziehen. Sie sah ihn jetzt zum ersten Mal eine solche Bewegung vollziehen und es wirkte, trotz seiner sonst guten Verfassung, unendlich hilflos. Sie musste sich sehr zusammennehmen, um nicht laut aufzuschluchzen.

Ihr Kopf lag an seiner Schulter und sie konnte spüren, wie er den Duft ihres Haares, von dem der Schleier gerutscht war, einsog. Ein Handstumpf bewegte sich auf ihr Gesicht zu und berührte ihre Schläfe: »Auch du hast schon graue Haare!«

Behutsam setzte er sich auf, um ihr Gesicht aus der Nähe zu betrachten: »Weißt du, dass du noch schöner geworden bist?«

»Schsch«, kam es leise aus ihrem Mund und ihr Finger legte sich an seine Lippen.

»Nein, es ist wirklich so. Du trägst ein Leuchten in deinem Gesicht, das früher nicht da war. Es ist, als strahlte ein Licht aus dir heraus.«

»Wenn du es so sagst …«

Doch glaubte sie zu wissen, was er meinte. Sie war ruhiger geworden, trotz der Erschütterungen und ihrer schrecklich gemischten Gefühle gegenüber dem Bruder. Es hatte in der Zeit der Nähe zu dem Oberrichter begonnen und war verstärkt worden durch ihre Fürsorge für den Knaben in ihrer Obhut.

»Prinz Ali«, setzte sie ihren Gedanken laut fort, »ist, zumindest nach seinem Äußeren, fast schon ein junger Mann geworden. Er hat sich in Anbetracht der schwierigen Umstände sehr gut entwickelt. Ich freue mich auf den Tag, da er den Kalifenthron besteigen wird.«

»Oft habe ich an den Knaben gedacht und überlegt, wie du mit dieser schwierigen Aufgabe wohl zurechtkommst. Aber ich glaube, es gibt nichts auf der Welt, mit dem du nicht zurechtkommen würdest.«

›Hast du mich deshalb verlassen‹, ging es ihr durch den Kopf, ›weil du wusstest, ich würde damit fertig werden? Manchmal möchte ich meine Stärke verfluchen! Wie glücklich und einfach gestaltet sich das Leben einer Frau wie Amina, die sich nie um Stärke bemüht hat!‹

»Ich liebe dich. Ich liebe dich«, sagte Ali und wieder hob er einen Arm, »mehr als ich die je geliebt habe. Mehr als mein Augenlicht und mein Leben. Du bist mein Leben und ich bin so glücklich, wieder bei dir zu sein!«

Wieder neigte er sein Gesicht zu ihrem. Diesmal berührten sich nicht allein ihre Blicke, sondern auch ihre Lippen und die Jahre der Trennung lösten sich in einem langen, von tiefer Zuneigung erfüllten Kuss auf.

*

Der Raddad meldete weiterhin täglich ein Ansteigen des Flusses, der sich bedrohlich seinem Uferrand näherte. Der Maglis beschloss, wegen der ernsten Lage den Kalifen in die Hauptstadt zurückzurufen. Nachdem die Bevölkerung mittlerweile die Gefahr erkannt hatte, die von dem Fluss ausging, fanden die guten Tage mit der Rückkehr des unberechenbaren Herrschers endgültig ein Ende.

Sitt Al Mulk wusste, wie sehr ihren Bruder die Schuld plagte, nachdem er dem Polizeichef Gain und dessen Vertreter die Hände hatte abschlagen lassen.

So, wie er Gain wieder in sein Amt einsetzte, rehabilitierte er jetzt auch Ali Ibn Ahmed Al Gargarai. Und so geschah es, dass Ali Ibn Ahmed Al Gargarai, »der Handlose«, sich binnen kurzem in der Stellung des Chefs des Diwans für Aufwendungen wiederfand, dem die Aufsicht über die laufenden Ausgaben für die Palaststadt oblag.

Er übernahm auch wieder die Verwaltung von Sitts Vermögen, das in letzter Zeit infolge der Zahlungen an die Soldaten, der Schäden durch den Brand in Misr und der Öffnung ihrer Speicher beträchtliche Einbußen erlitten hatte. Zugleich war es nach Ali Ibn Ahmeds Verschwinden ihr Wunsch gewesen, keine kühnen

geschäftlichen Unternehmungen anzugehen und so hatte ihr Reichtum in den vergangenen Jahren bei weitem nicht mehr jenen Zuwachs erzielt wie früher. Nun, da Ali wieder da war, würde, wie Sitt sich zuversichtlich sagte, bald fetter Gewinn zu fließen beginnen und ihre Geldmacht den früheren Stand erreichen.
Aber ehe es so weit kommen sollte, ließ die Natur ihre bereits zum Schlag erhobene Geißel auf das Nilvolk herniedersausen.

*

Das Weihnachtsfest der Christen des Jahres 1020 ihres Herrn war noch nicht lange vorbei, als der Nil bei Misr und Al Kahira in tosendem Aufruhr aus seinem Bett trat. In der Frühe noch hatte der Raddad gemeldet, dass drei Finger fehlten, ehe das Wasser über die Bollwerke von Misr schlagen würde, doch dann kam es zu einem plötzlichen Anstieg. Ehe die Sonne im Mittag stand, ergoss sich der Fluss in die Straßen der alten Stadt. Auf ihm wurden die Leichen ertrunkener Menschen und Tiere angeschwemmt. Die von den Soldaten unter dem Befehl von Ibn Dauas errichtete Schutzwälle aus sandgefüllten Getreidesäcken wirkten geradezu lächerlich angesichts der Gewalt der Flut. Kurz darauf war die Aufnahmefähigkeit des *Khalig* überschritten und das Zwischenland zwischen Misr und Al Kahira wie auch die Halbinsel Maks verschwanden unter der Flut. Trotz ihrer massiven Befestigungsmauern war auch die Zitadellenstadt des Kalifen vor den Wassermassen nicht gefeit. Sie drangen durch die in höchster Eile geschlossenen Tore und überschwemmten Gärten und Straßen. Der Garten des Kafur hatte sich in einen See verwandelt, in dem Enten flatternd landeten und es war unmöglich geworden, trockenen Fußes die Stadt zu durchqueren.
Die Menschen flüchteten sich in die oberen Stockwerke und auf

die Dächer ihrer Häuser. An eine solche Flut konnte sich niemand erinnern; und nicht einmal in den über viele Generationen reichenden Aufzeichnungen im Hause des Raddad fand sich ein Bericht über eine vergleichbare Katastrophe.

Die Doppelstadt war erfüllt vom Klang der Gebete aller drei Religionen. Die Menschen kannten ihren Fluss gut genug, um zu wissen, dass die Überflutung das geringste Übel sein würde. Weitaus schlimmer waren die Gefahr der Seuchen, die sich ausbreiten würden und, am Ende, die drohende Hungersnot. Denn eine Flut wie diese hatte zweifellos über die ganze Länge des Niltals die Ernte vernichtet.

Prinzessin Sitt Al Mulk hatte sich seit dem Bericht des Raddad auf ihrem Dach aufgehalten. Zusammen mit ihren engsten Vertrauten und ihrem Ziehsohn Ali hatte sie sich in einer aus blühenden Hibiskussträuchern und dickstämmigen Palmen gebildeten Laube auf Polstern und Teppichen niedergelassen. Die Strahlen der Wintersonne und der heiße Zimtaufguss, den die Dienerinnen des Prinzen in kleinen Kristallgläsern bereitgestellt hatten, wärmte die Körper der im Kreis sitzenden Menschen aufs angenehmste von innen und außen.

Es hätte ein Augenblick reinster Lebensfreude sein können. Sitt war wieder vereint mit ihrem Geliebten, der junge Prinz wirkte ausgeglichen und guter Dinge; Prinzessin Abda, die, seitdem Sitt sich an sie erinnern konnte, nicht älter geworden zu sein schien, hatte sich ebenfalls eingefunden. Mit ihnen sogen Midad, Rukia und Takarrub die Kraft des Vormittags in sich auf. Allein Amina fehlte, denn ihre Ehe mit dem Kalifen schloss sie, seitdem der junge Prinz im Wasserschloss eingezogen war, aus Sitts engstem Vertrauenskreis aus.

Trotz der angespannten Lage hatte Sitt sich selten in ihrem Leben so glücklich gefühlt wie an diesem Vormittag. Immer wieder stand einer von ihnen auf, um zu dem Ausschau haltenden Eunuchen zu treten und durch eine Klappe in der Maschrabia das Flusstal zu überblicken. Auch Sitt nahm die beiden Städte, den Fluss, den Kanal und das Umland mehrmals in Augenschein. Alles erschien ihr wie in den besten Zeiten. Allein der Nil wälzte sich sichtlich breiter und behäbiger als sonst in Richtung des Deltas und des Weißen Meeres. Dennoch ließ sie sich von dem Frieden hinreichend täuschen, um sich zu fragen, ob sie nicht Opfer ihrer Vorstellungskraft geworden war.

›Kann es sein, dass mich das viele Unglück zu einer Schwarzseherin gemacht hat?‹ Sie legte Ali Ibn Ahmed die Hand auf die Schulter. Er verstand und erhob sich, um mit der Prinzessin auf die andere Seite des Daches zu gehen.

»Sag, *ya* Ali, bin ich schon verrückt? Wir sitzen hier froh beisammen und Al Kahira und Misr strecken sich der Wintersonne entgegen wie zwei blühende Frauenleiber ihren Geliebten. Ich selbst fühle mich glücklich. Alles scheint in Ordnung zu sein. Wenn da nur nicht das Gefühl furchtbarer Gefahr wäre, das immer wieder aus meinem Innersten aufbrodelt.«

»Nein, *ya Habibi*, ich spüre die Gefahr ebenfalls. Dein Sinn trügt dich nicht, ebenso wenig wie mich der meine.«

»Gibt es nichts, was wir tun können?«

»Die Armee hat Notdämme errichtet und die Bevölkerung ist gewarnt. Mehr lässt sich nicht tun.«

»Sollte der Kalif nicht die Städte räumen lassen?«

»Wie willst du die Leute draußen versorgen? Die Speicher des Kalifen wurden geleert, als in den vergangenen Wochen die Hamsterkäufe die Preise in die Höhe trieben.«

»Die Speicher einiger Spekulanten und Hofangehöriger sind gefüllt.«

»Es würde zu einer Panik kommen und so, wie es jetzt steht, haben die Leute ihre Vorräte in den oberen Geschossen ihrer Häuser eingelagert.«

»Viele sind zu arm, um Vorräte anzulegen. Was wird aus ihnen? Wie sollen sie in einer überfluteten Stadt versorgt werden?«

»Du hast die Wahl: Panik oder Hunger. Es wird dir auch schwer gelingen, jemanden ohne sichtbare Not davon zu überzeugen, seine Speicher zu öffnen. Wenn du Misr – für Kairo dürfte die Gefahr einer Hungersnot nicht groß sein – räumen lässt, so musst du nicht nur die Armen, sondern auch die Wohlhabenden ernähren. Eine Million Menschen! Du hast in diesem Fall nur schlechte Möglichkeiten zur Wahl. Du kannst nicht gewinnen! Aber immerhin wird nach einer Flut – Allah verhüte sie! – keiner der Reichen eine Ausrede haben, seine Reserven dem Volk vorzuenthalten.«

Sosehr Sitt Al Mulk es gewohnt war, weittragende Entscheidungen allein zu treffen, so froh war sie, in dieser Gewissensfrage den klugen Rat des Geliebten zur Verfügung zu haben. Sie tat etwas, was sie kaum je zuvor getan hatte: Sie lehnte sich an ihn und ließ ihren Kopf dankbar an seiner Halsbeuge ruhen.

Sie spürte, wie er ihr mit dem Arm über den Rücken strich. Die Berührung seiner Hände, deren fester Griff sie vor bald einem Vierteljahrhundert für ihn gewonnen hatte, würde sie für immer vermissen müssen.

*

Sitt war nicht als Einzige nervös. Auch Rukia, die dunkle Schönheit vom Horn von Afrika, kaute schon zu so früher Stunde auf getrockneten *Kat*-Blättern herum. Sonst fing sie nie vor dem Nachmittagsgebet damit an. Es war Sitt immer so vorgekommen, als reichte das Wesen dieser stillen Frau in Tiefen, die ihr selbst verborgen waren. Obwohl sie bei Weitem weniger wusste und erfuhr als Sitt, schien ihre Ahnung nicht weniger zuverlässig zu sein als die der Prinzessin. Nicht ohne Grund war es ihr als Einziger von allen Sohnesmüttern im Ostpalast gelungen, mit ihrem Kind dem Mordzug Al Hakims im Harem zu entkommen.

Rukia hatte sich schon als Kind an die beglückende Wirkung des *Kat* gewöhnt und die einzige Bitte, die sie jemals an Sitt gerichtet hatte, war, ihr doch dieses Vergnügen zu ermöglichen. Weil aber Rukias Vorliebe im Harem bekannt war, ließ Sitt für sie, um keinen Verdacht zu erwecken, das Kraut eigens aus dem Jemen besorgen.

Sitt selbst hatte ein- oder zweimal versucht, die Blätter zu kauen, doch war die Wirkung bei ihr wie bei jedem Anfänger dieser Droge unangenehm. Als sich ihr davon der Magen zusammenkrampfte und der Puls zu rasen begann, war ihr die Sache es nicht mehr wert.

Allerdings musste sie mit einiger Sorge feststellen, dass Rukia ihren Sohn an den *Kat* gewöhnt hatte. Sie konnte ihr daraus keinen Vorwurf machen, denn er war Teil ihrer Kultur und, wer weiß, vielleicht hätte der Prinz ohne den *Kat* seinen goldenen Käfig nicht ertragen. Doch hatte sie das Kraut im Verdacht, dass es, wie alles andere, das Rausch erzeugte, bei regelmäßigem Genuss mit den Jahren Schaden anrichten und die seelischen Kräfte eines Menschen beeinträchtigen konnte.

›Das Land braucht nicht noch einen wahnsinnigen Kalifen‹, sagte sie sich deshalb jedes Mal, wenn sie Ali auf dem Zeug herumkauen sah. Doch nahm sie davon Abstand, es ihm zu verbieten.

»Das Wasser kommt!«

Der Schrei des Eunuchen gellte über das Dach.

Alle sprangen auf, liefen zur Brüstung und sahen, wie die Flut sich über das Tal ausbreitete und die Elefantenseen, den Khalig und das ganze Umland in einen einzigen See verwandelten. Die Mauern von Misr ragten wie eine Insel aus dem Wasser heraus. Die Trompeter auf den Stadtmauern von Al Kahira bliesen Alarm.

»Ich muss zum Kalifen, *ya* Midad! Ali Ibn Ahmed, kommst du mit mir?«

Sitt wollte, wie sie es gewohnt war, im Untergeschoss ihres Palastes in den Trakt der *Sakira,* wo sich der Tunnel befand, eilen. Doch Ali hielt sie zurück.

»Wartet, *ya Imama*! Der Tunnel wird sich vielleicht mit Wasser füllen. Nehmt eine Sänfte! Ich folge Euch zu Fuß über die Straße ›Zwischen den beiden Schlössern‹.«

»Eine Sänfte, *ya* Midad, schnell!«

*

Als Sitt und Ali im Elefantenpavillon eintrafen, hörte der Kalif soeben den Bericht über die Katastrophe. Er sah gesünder aus als vor seinem Aufenthalt in Al Fayum. Seine Gesichtshaut hatte sich von der Sonne dunkel gefärbt, die Unstetigkeit war aus seinem Blick gewichen und er wirkte weniger knochig. Sitt wusste, dass er seiner alten Liebe, der Falkenjagd, seit langem wieder zum ersten Mal ausgiebig gefrönt hatte. Sogar Amina war, wie sie Sitt freudestrahlend mitteilte, von ihm beglückt worden und die Konkubinen, die ihn nach Fayum begleitet hatten, schienen ebenfalls nicht zu kurz gekommen zu sein.

Nachdem der Palastgardist mit seiner Meldung zu Ende war, fragte Sitt den Bruder: »Willst du den Maglis einberufen, erhabener Kalif? Nach einer Flut wie dieser bleibt nichts auf den Feldern zurück und die Bevölkerung wird Nahrungsmittel benötigen. Mir ist bekannt, dass viele Speicher gefüllt sind.«

Gegen den Einspruch einiger Prinzen, die ihre Vorräte nicht opfern wollten, einigte sich der Maglis, den Inhalt aller Getreidespeicher zu konfiszieren und nach und nach unter der Bevölkerung zu verteilen. General Ibn Dauas wurde mit der Durchführung beauftragt. Sitt konnte mit sich zufrieden sein. Mit wenigen, aber geschickt eingesetzten Bemerkungen war es ihr gelungen, ihre Vorstellungen durchzubringen.
Doch die Flut ging quälend langsam zurück und große Teile von Misr waren lange Zeit nicht anders als mit Booten zu erreichen. Es kam wie befürchtet: Ruhr und Cholera brachen aus und eine Hungersnot von solchem Schrecken, wie sie nur aus der *Taura* der Juden bekannt war. Täglich schafften entkräftete Menschen Tausende Leichen aus Misr heraus. Auf den Friedhöfen ging der Platz für neue Gräber aus – sogar dann, wenn Dutzende Tote zusammen in ein Grab geworfen wurden. Bald fehlte den Leuten die Kraft zum Schaufeln von Gruben und so verscharrten sie die Leichen notdürftig in der Wüste.
Während die Hunde vom Fleisch der vielen Toten fett und faul wurden, schleppten sich die Menschen hohlwangig von einem Tag zum anderen. Den verzweifelten Müttern hingen die Säuglinge wimmernd an den leeren Brüsten und für die meisten von ihnen gab es nur eine Hoffnung: etwas von der Kuhmilch abzubekommen, die ihnen die Prinzessinnen Sitt Al Mulk, Abda und Raschida aus den vor der Flut geretteten Viehbeständen der Armee beschaffen konnten, denn die Tiere waren rechtzeitig in höher gelegene Gebiete getrieben worden.
Die drei Fatimidinnen hatten sich zusammengetan, um den Truppen um gutes Gold die Milch abzukaufen und sie von einem dafür angeheuerten Zug Wasserträger nach Misr schaffen zu lassen. Sie hatten auf einem der höheren Plätze von Misr im uralten christlichen Herzstück der Stadt einen Holzverschlag errichten und

Teppiche und Matten ausbreiten lassen, damit die Milch in der Sonne nicht verdarb und die Mütter sich mit ihren Kindern während des Wartens niederlassen konnten. Persönlich überwachten sie die Verteilung und sahen darauf, dass zunächst die Kleinen von bis zu fünf oder sechs Jahren ihren Anteil bekamen. Oft aber reichte die Menge nicht einmal für sie. Täglich spielten sich herzzerreißende Szenen ab, wenn weinende Mütter flehten, doch ihren völlig geschwächten oder kranken älteren Kindern mit einem Becher Milch einen Tag Leben zu schenken. So weh es den drei Helferinnen tat – sie konnten diesen Kindern erst etwas abgeben, wenn die Kleinen ihre Anteile erhalten hatten. Sie wussten, dass die Verteilungsregel nur dann ihren Zweck erfüllte, wenn sie mit Festigkeit eingehalten wurde.

Von den frühen Morgenstunden bis zum Mittag dauerte die Milchverteilung. Es war ein Glück, dass es Winter war und die Milch so lange hielt. Sitt schlug jedes Mal die Ärmel ihrer Gewänder hoch und half mit, Becher und Schalen zu füllen. Ungezählte Male geschah es, dass sie einem kleinen Geschöpf, das schon zu schwach war, um selbst zu trinken, das Trinkgefäß halten musste, damit es den lebensrettenden Saft nicht verschüttete.

Sie tupfte eiternde Augen mit dem Milchsaft von Löwenzahn aus, den ihr die Leibärzte zu diesem Zweck gegeben hatten und bestrich Schwären mit einer reinigenden und heilenden Paste. Einmal täglich stattete einer der Ärzte aus der Sippe der Ben Alazar der Milchausgabestelle einen Besuch ab. Die Prinzessinnen lernten schnell, wie die häufigsten kleineren Leiden zu behandeln waren und so konnten die Ärzte sich auf die schwierigen Fälle konzentrieren.

Nahezu täglich kam auch General Hussein Ibn Dauas an der Milchstelle vorbei. Während der Flutkatastrophe hatte er die Kutama wieder in vorbildlichster Weise befehligt und jetzt halfen seine Soldaten den Bauern dabei, ihre Felder instand zu setzen, damit sie so schnell wie möglich wieder aussäen konnten. Von da an würde in frühestens drei Monaten eine neue Ernte herangereift sein.

Der General begrüßte die Prinzessinnen, legte sogar selbst bei der Verteilung mit Hand an und besprach mit Sitt Al Mulk die Fortschritte. Sitt konnte spüren, dass der wackere General freilich nicht nur deswegen kam, um sich mit der einflussreichen Schwester des Kalifen zu beraten, sondern dass sein Besuch noch einen anderen Grund hatte. Sie fühlte seine Augen wohlgefällig auf sich ruhen, während sie ihrer Tätigkeit nachging und sie glaubte in ihm einen ähnlichen Besitzerstolz zu erkennen, wie ihn vor längst vergangener Zeit Prinz Abdallah Ibn Haschim an den Tag gelegt hatte, den Stolz eines Mannes, der sich seiner Macht bewusst ist und die Erste unter den Frauen des Reiches als Eigentum beansprucht.

Sitt musste bei sich lächeln über die Einfältigkeit, der sogar die fähigsten Männer zum Opfer fallen konnten. In einer Weise gefiel ihr General Dauas ebenso, wie ihr Prinz Haschim gefallen hatte. Wie von jenem ging auch von diesem eine grenzenlos selbstbewusste Männlichkeit aus, für deren Reiz sie durchaus empfänglich war. Indessen war das nicht alles, was sie von einem Mann brauchte und erwartete und damit zählte weder Dauas noch Haschim zu der Art Mann, mit der sie sich näher einlassen wollte.

Bedauerlicherweise war das, wie sie ebenfalls belustigt feststellte, nicht die Art, wie diese Männer die Dinge sahen. Doch während sie Prinz Haschim mit Hilfe seiner Liebhaberei für Pferde hatte beikommen können, sollten die Ansprüche von Dauas ihr noch einige Sorgen bereiten.

Jetzt wäre der Zeitpunkt gewesen, ihm deutlich einen Riegel vorzuschieben. Aber sie tat es nicht, denn sie wusste, mehr als sie es ahnte, dass sie ihn noch brauchen würde. Allah allein jedoch hütete das letzte Wissen, ob manches vielleicht anders gekommen wäre, wäre sie dem General in dieser Zeit unmissverständlich entgegengetreten.

*

Sobald die Wasser es erlaubten, nahm Kalif Al Hakim seine gewohnten Ausritte durchs Umland und nach Misr wieder auf. Die Rettungsbemühungen, auf die er dabei allerorts stieß, erschienen ihm jedoch als elendes Unterfangen eines Volks von Verdammten.

Gegen alle Gewohnheit ritt er eines Tages bereits vor dem Mittagsgebet nach Misr. Seine Spione hatten ihn über die Milchverteilung der drei Prinzessinnen unterrichtet und wie dankbar die Bevölkerung dafür vor allem der Tochter des Kalifen Al Aziz war, in der die Menschen die Triebkraft für die gute Tat vermuteten.

Sitt arbeitete Seite an Seite mit General Dauas, um die Gefäße zu füllen, die ihnen von Dutzenden Paaren hochgestreckter Hände flehend entgegengehalten wurden. Drei Berbersoldaten hielten die drängelnde und knuffende Kinderherde in Schach. Abda und Raschida versorgten unterdessen zusammen mit dem Arzt Yischmael die Kranken und Kränkelnden. Sitt, die von Zeit zu Zeit zu ihnen hinsah, freute sich daran, wie ihre beiden Tanten trotz der Anstrengungen geradezu aufblühten, weil sie sich gebraucht und nützlich fühlten. Alle waren von ihren Tätigkeiten so beansprucht, dass keiner den einsamen Reiter auf seinem Esel bemerkte, der sich dem Milchschuppen näherte.

»Der Friede sei mit Euch!«, erklang mitten in das Treiben die machtvolle Stimme des Kalifen.

Sitt erschrak. Was wollte er hier? Das war doch gar nicht seine

Zeit, um durch die Gegend zu streifen! Ihr Inneres krampfte sich zusammen.

Sie richtete sich auf und sah dem Bruder frei in die Augen.

»Gott grüße den Befehlshaber der Gläubigen! Das Volk von Misr freut sich über deinen Besuch!«

»Ich besuche nicht das Volk von Misr«, sagte der Kalif düster. »Ich betrachte mir lediglich seine starrsinnige Auflehnung gegen den Willen des Allerhöchsten! Das Feuer hat diese Adamskinder nicht belehrt. Wollen sie sich auch der Flut widersetzen?«

Sitt blickte sich besorgt um. Hatten die Mütter dieser armen Geschöpfe gehört, wie der Herrscher über sein Volk sprach? Wollte der Kalif eine Revolte herausfordern, um das Volk von seinen Soldaten abschlachten zu lassen?

»Mein Bruder«, sagte sie beschwichtigend, »sieh, wie dein Volk leidet! Sieh diese hungrigen Mäuler und die Kranken, die dort auf den Matten liegen. Sie bedürfen deines Erbarmens!«

Der Kalif räusperte sich, ein wenig versöhnlicher gestimmt, denn bei aller Willkür, Grausamkeit und Eiferei hatte sein Herz eine weiche Stelle, die seine Schwester kannte und aufs geschickteste zu berühren verstand.

»Und was treibt dich, General, dazu, dich zu gebärden wie eine Amme?«

Damit hatte er den Krieger mitten in seinen Männerstolz getroffen. Ibn Dauas' Gesicht verdunkelte sich vor Scham. Er tat einen Schritt zurück und trat dabei auf den Fuß eines hinter ihm stehenden Knaben.

Das Kind schrie laut auf. Die Mutter eilte herbei, den verzweifelt heulenden Sohn in ihre Armen zu nehmen und ihn leise zu schelten.

Da verlor Sitt die Beherrschung.

»Siehst du nicht, wie du rundum Unglück verbreitest? Ich danke dem General für sein Mitgefühl und alle diese armen Menschen danken ihm für das, was er für sie tut!«

Die Kinder hatten die Trinkgefäße erschrocken sinken lassen. Sie strich dem ihr am nächsten stehenden Kind, einem Mädchen, beruhigend über den Kopf. Ohne den Kalifen eines weiteren Blickes zu würdigen, fuhr sie mit die Verteilung der lebensnotwendigen Milch an die Kinder fort.

Sosehr sich das Volk auch plagte, bis zur nächsten Ernte durchzuhalten und obwohl Sitt die Öffnung aller Speicher im Maglis durchgesetzt hatte – die Hungersnot dauerte einfach zu lang.

Als der Frühsommer ins Land zog und das Getreide zum ehestmöglichen Zeitpunkt geschnitten wurde, kam die Rettung für viele Menschen zu spät. Zweihundertundsiebzigtausend Tote hatte die Flut der alten Hauptstadt als Opfer abgefordert.

Hatte Al Hakim indessen gehofft, das Volk von Misr wäre vernichtet, so hatte er sich getäuscht. Seit Urzeiten daran gewöhnt, seinem Fluss auf Gnade und Ungnade ausgeliefert zu sein, hatte Ägypten eine unglaubliche Fähigkeit entwickelt, sich binnen Kürze zu erholen. Bereits im Sommer feierte man wieder und jene Boote, die wenige Monate zuvor beladen mit Leichen durch die Straßen und Gassen der alten Stadt wie durch Kanäle geglitten waren, wimmelten nun gleich neugeborenem Getier, das sich an die Zitzen einer gigantischen Mutter drängt, im Nil, der seinen Kindern, wie jede Mutter, das Leben, aber auch den Tod schenken konnte.

Der Kalif unternahm einen schwachen Versuch, die Bevölkerung neuerlich an die Kandare zu nehmen. Aber zu seinem Befremden stellte er fest, dass mit der von ihm bewusst angestrebten Zerrüttung des Staates auch seine eigene Herrschaft ins Wanken geraten war. Was immer er nun für Vorschriften machte, wie viele Dekrete er auch erließ – keiner kümmerte sich mehr darum!

Die Bevölkerung freute sich an ihrer Freiheit, aber Wirtschaft und Verwaltung lagen darnieder und es war nur noch eine Frage der Zeit, dass das mächtige Reich in sich zusammenbrechen und leichte Beute für begehrliche Beduinenfürsten oder den Kaiser von Byzanz sein würde.

*

So aussichtslos die Lage auch erschien – Sitt stemmte sich weiterhin gegen den Untergang. Sie pflegte ihren Kreis Verbündeter, zu dem einige der höchsten Würdenträger des Staates gehörten. Wie eh und je lag ihr besonderes Augenmerk darauf, dass ihre Bündnispartner alle Bevölkerungsgruppen vertraten. Durch sie als Mittelpunkt waren alle miteinander verbunden: der Berbergeneral Ibn Dauas, der sunnitische Oberrichter Al Auam und der oberste ismailitische *Dai*, der Türke Kut Tegin, der jüdische Beamte David Ben Yitzhak wie auch die Patriarchen der Melkiten und der Kopten.

Der Mächtigste von allen war zweifellos der General, denn er hielt die Armee zusammen und sorgte dafür, dass die schwarzen Sklaventruppen in den Kasernen blieben.

Dem Kalifen war Ibn Dauas deshalb schon seit Langem ein Dorn im Auge, umso mehr als ihm nicht verborgen geblieben war, dass zwischen ihm und Sitt ein großes Einverständnis bestand. Der Vorfall bei der Milchverteilung bestätigte ihm dies und nährte in ihm den Argwohn, dass dieses Einverständnis weit über politische Belange hinausging.

Je weniger er sich am Ruder fühlte und je länger ihm der Zugriff auf seine Schwarzen Garden verweigert wurde, desto verhasster wurde ihm der Berbergeneral. Und zum ersten Mal im Leben entdeckte er in sich auch einen Grimm gegen die eigene Schwester. Konnte es sein, dass sie, bei all dem Vertrauen, das er ihr entgegenbrachte, bei aller verzweifelten Liebe, die er für sie empfand, an ihm zur Verräterin wurde?

Immer stärker nahm diese Vorstellung von seiner kranken Seele Besitz. Er gab ihr noch eine peinigende Wendung, indem er sich seine Schwester mit dem General beim Liebesakt vorstellte, wie sich die dicht behaarten Hände des alten Haudegens an ihren honigfarbenen Gliedern, ihren Brüsten und ihrem Hinterteil zu schaffen machten. Wie bei allen Männern, die er eines Verhältnisses mit der Angebeteten verdächtigte, reizte er sich mit derlei Fantasien und schaukelte sich zugleich in einen Zustand vermeintlich heiligen Zorns: Jeden Dahergelaufenen, so sagte er sich, ließ sie in ihr Bett und er, den es nach ihr dürstete wie ein Kind nach der Mutterbrust, war dazu verdammt, ewig ungestillt zu gehen! Er haderte mit dem angeblichen Willen Gottes, der Bruder und Schwester nicht füreinander geschaffen habe. Nein! Das war nicht der Wille Gottes. Er selbst verkörperte den Willen Gottes und er begehrte diese Frau. Sagte das nicht alles?

Dann aber fiel ihm wieder ein, wie sie ihn ungezählte Male sanft, aber bestimmt von sich gewiesen hatte. Er war sich dabei vorgekommen wie ein Tier, das sich fälschlich für einen Menschen hielt. Und da sollte dieser Dauas seine Pranken auf ihre Haut legen dürfen? Dem Gargarai hatte er die frevelnden Hände abschlagen lassen. Ganz Ägypten hatte getuschelt, dass er Sitts Liebhaber war. Dennoch hatte ihn danach die Reue gepackt. Denn er hätte ihn nicht allein bestrafen dürfen. Er hätte sich vergewissern müssen, ob die Gerüchte und sein Verdacht stimmten, ehe er den Mann verstümmeln ließ. Und dann hätte er Sitt Al Mulk genauso zur Verantwortung ziehen müssen für ihre Schande. Auch der Oberrichter Al Fariki war allein abgeurteilt worden, als träfe sie keine

Schuld. Konnte es sein, dass er immer das Unmögliche versucht hatte: dem liederlichen Treiben seiner Schwester ein Ende zu setzen, ohne sie selbst zu belangen? Hatte er deswegen womöglich unschuldige Männer dem Henker ausgeliefert? Nein! Schluss! – schrie es in seiner gemarterten Seele. Und er stürmte hinüber in den Westpalast, um die Verführerin zur Rede zu stellen.

*

Es war ein glücklicher Zufall, dass sich die Prinzessin im Garten des Kafur aufhielt, als der Kalif im Westpalast auftauchte. Ihre Diener konnten ihn gerade noch daran hindern, in ihr Appartement vorzudringen und bewahrten damit im letzten Augenblick Prinz Ali vor der Entdeckung. Der Knabe hatte gerade in Sitts Schreibzimmer unter der Anleitung seiner Großtante Abda die Sieben Goldenen Oden des Hammad Al Rawia durchgearbeitet.
Sitt wandelte durch die Allee der Affenbrotbäume und erfreute sich an den Lichtspielen der Sonne im Geäst, als sie hinter sich schnelle Schritte vernahm. Am liebsten ging sie allein durch ihren Garten, denn so konnte sie seine Stimmungen am besten auskosten und sich in den Bedeutungen der natürlichen Erscheinungen vertiefen, die sich dort dem Auge in Hülle und Fülle boten. Der tanzende Flug eines Schmetterlings nährte ihre Betrachtungen ebenso wie der Laich eines Frosches oder der Anblick eines Regenwurms, der, auf dem gepflasterten Weg gefangen, nicht zu erfassen schien, dass eine Handbreit entfernt, jenseits der etwas erhöhten Wegeinfassung, saftiges Gras und feuchte Erde ihn erwarteten.
Beklommen wandte Sitt sich um, denn die guten Botschaften hatten es selten so eilig. Verblüfft erkannte sie, dass der Kalif selbst es war, der in unübersehbarer Erregung vor ihr anhielt.

»Was gibt's, *ya* Mansur? Was ist geschehen?«
»Das fragst du noch?«
Wie ein Blitz durchzuckte es sie: Das war das Ende! Er hatte Ali gefunden!
Sie ging zum Angriff über und wenn es ihr letzter sein würde: »Du hast es so gewollt! Wenn das Reich der Söhne Fatimas untergeht, muss jemand da sein, um es zu retten.«
Er packte sie bei den Schultern und schüttelte sie.
»Du meinst, er soll mich auf dem Kalifenthron ablösen?«
»Wenn der Augenblick gekommen sein sollte, ja!«
»Diesen haarigen Affen von General willst du als seine Buhle zum Kalifen machen? So wie es dir mit Nour vorschwebte? Bargawan hatte recht, damals! Er hätte dich töten sollen! Ich schützte dich immer mit meiner Liebe, glaubte an deinen guten Willen und dass du das Beste für mich wolltest. Du hast mich ausgenützt und für deine Zwecke missbraucht und dabei ein Leben geführt wie eine Gassenhure!«
Während seiner Beschimpfungen hatte Sitt sich gefangen. Ihre Anspannung war größter Erleichterung gewichen. Es ging nicht um den jungen Prinzen!
Sie antwortete ruhig: »Aber, mein Bruder! So verstehe doch: Falls dir etwas zustößt, muss ein starker Nachfolger die Zügel in die Hand nehmen. Keiner der beiden Prinzen, die du ernannt hast, ist dazu imstande.«
»Du musst mir Zeit lassen! Eine neue Welt erschafft sich nicht von einem Augenblick auf den anderen.«
»Und wenn diese neue Welt eine Ausgeburt deiner Fantasie ist? Ein Traumbild deiner schlaflosen Nächte? Die Menschen Ägyptens leben seit Jahrtausenden so, wie sie es heute tun. Sie werden nicht auf den Wink eines Herrschers zu einer neuen Gesellschaft werden.«

»So aber leben sie wie eine gigantische Herde Schafe, von ihren Aufsehern wie mit Hirtenstäben herumgeschubst und blind ihrer Priesterkaste vertrauend, ob diese nun dem Ammon zu dienen behauptet oder dem Messias oder Allah!«

»Der wahre Herrscher Ägyptens ist der Nil; er bestimmt hier jede Einzelheit des Lebens. Wir sind nur eine Wachmannschaft, die sich darum zu kümmern hat, dass die Menschen den Gesetzen des ewigen Flusses in Ruhe folgen können. Vielleicht fiele deine neue Religion, in der jeder für sich und alle gleich vor Gott stehen, in einem anderen Land auf fruchtbareren Boden als hier.«

»Deshalb wollte ich ihnen den Damm schenken. Damit sie sich von der Macht der Natur befreien können.«

»Du hast es gesehen: Der Dammbau war nicht möglich.«

»Du meinst also, ich sollte anderswohin gehen – fort von Al Kahira?«

»Tue, was du für richtig hältst, aber fordere Ägypten nicht heraus!«

»Du willst es wohl mit deinem General in der Goldenen Halle treiben, auf den Stufen des Throns?«

Er schob das um seinen Kopf geschlungene schmucklose weiße Tuch höher und fuhr sich mit dem Handrücken über die Stirn.

»Gut, ich werde verschwinden. Aber zuvor wirst du deine Unschuld beweisen. Du wirst beweisen, dass du so rein bist wie das Weiß deiner Kleider, wie es sich für eine Tochter aus unserem Haus geziemt. Morgen werden dich zwei Hebammen aufsuchen und sie werden feststellen, ob du noch unberührt bist. Falls es nicht so sein sollte, werdet du und dein General euch nach der *Scharia* zu verantworten haben!«

Schon bei den letzten Worten hatte er sich von ihr abgewandt und schritt weit ausholend, fast laufend, in der Richtung seines Palastes davon.

Sitt spürte ihr Herz bis zum Hals klopfen, zugleich aber legte sich eine große Ruhe über sie. ›So muss sich eine Amazone gefühlt haben, wenn sie den Bogen spannte und den Feind ins Auge fasste‹, ging es ihr durch den Kopf.

Langsam kehrte sie in ihr Schloss zurück und ließ Takarrub zu sich rufen.

Die Vertraute fand sie auf dem Bett liegend vor, die Arme unter dem Kopf verschränkt und den Blick auf die Decke geheftet. Noch ehe Sitt ein Wort gesprochen hatte, wusste Takarrub, dass etwas Endgültiges geschehen war. Sie trat zu dem Bett, küsste Sitt auf beide Wangen und kauerte sich neben sie.

»Ihr habt mich rufen lassen, Herrin?«

»Er«, Sitt stieß die Worte tonlos und stockend hervor, als ekelte sie sich vor ihnen, »will mir zwei Hebammen schicken, dass sie meine Unberührtheit prüfen.«

»*Ya Rab!* Das ist ja entsetzlich. Was wollt Ihr nun tun?«

»Nichts.«

»Was meint Ihr damit: Nichts? Ihr könnt Euch doch nicht untersuchen lassen.«

»In der Tat.«

»Aber der Kalif wird Euch töten – so oder so!«

»Das denke ich nicht!«

»Wo habt Ihr die beiden Stoffpüppchen, die Euch die Zigeunerin verkauft hat, Herrin?«

»Aber, Takarrub! Das ist doch ein Unsinn! Wenn sie mir eine Puppe aufgeschwatzt hätte, dann ließe sich die Sache noch verstehen. Aber zwei? Wozu?«

»Das weiß Gott allein. Ich hatte das Gefühl, dass die Frau einen guten Grund dafür hatte.«

»Ich glaube, alle diese Prophezeiungen sind bei mir verfehlt. Erinnere dich doch, an die Vorhersage des Ibn Yunis. Ich und der Mann an meiner Seite würden regieren. Was ist daraus geworden? Nichts. Eine Tragödie, Nour ist seither verschollen. Weissagungen erfüllen sich bei mir nicht. Ich weiß nicht, weshalb das so ist, aber so ist es eben! Bei Amina verhält sich das ganz anders, vielleicht auch bei dir. Aber ihr seid andere Menschen als ich. Vielleicht glaubt ihr stärker an diese Dinge – wer weiß?«

»Aber es kann nicht schaden, wenn wir tun, was die Frau uns geraten. Ich beschwöre Euch, sagt mir, wo die Puppen sind!«

»Ach, was weiß ich! Die Dienerinnen haben sie weggeräumt.«

Takarrub war aufgestanden und hatte begonnen, in Schränken und Truhen zu suchen. Sie kannte die Gewohnheiten von Sitts Leibdienerinnen und wurde binnen Kurzem fündig. Triumphierend hielt sie die Püppchen hoch. »Allah sei Dank! Da seid ihr ja, ihr zwei Schönen!« Sie kehrte zum Bett zurück. »Lasst mich Euch helfen, Euch aufzusetzen.«

»Ich komme schon allein zurecht. Aber ich will nicht sitzen«, sagte Sitt, selbst überrascht von ihrem trotzigen Ton.

»Gut. Ihr könnt die Puppen auch im Liegen stechen. Aber bitte tut es! Bitte!«

Sie hielt der Prinzessin die Nadel hin, die sie bei den Puppen gefunden hatte.

»Nein, ich werde das nicht tun! Auf nichts anderes will ich mich verlassen als auf mich selbst. Kein Zauber soll in meinem Handeln wirken und dadurch meine Tatkraft schwächen. Sei getrost, ich werde mich zu schützen wissen. Und nicht nur mich allein.«

*

Am nächsten Morgen verlangte eine Truppe der Palastgarde Einlass in Sitts Schloss. Mit den Soldaten kamen, wie vom Kalifen angedroht, zwei Hebammen. Erst im Empfangsraum von Sitts

Gemächern hielt die Abordnung an und die beiden Frauen verlangten, zur Prinzessin vorgelassen zu werden.
Sitts Leibdienerinnen waren angewiesen, zum Schutz des Prinzen Ali niemanden ohne die Zustimmung ihrer Herrin in die inneren Räume zu geleiten. Deshalb ging eine von ihnen zu Sitt, um den ungewöhnlichen Besuch zu melden.
Wenig später betraten die beiden Hebammen, sichtlich verlegen, Sitts Ankleidezimmer und warfen sich vor ihr zu Boden.
»Der Kalif schickt euch?«
»Ja«, bestätigte die eine der beiden.
»Und was sollt ihr hier bei mir? Ich bin fünfzig Jahre alt und gewiss nicht schwanger!«
»Darum geht's auch nicht, erhabene *Imama.*«
»Worum sonst?«
Die Frauen drucksten eine Weile herum, ehe die Wortführerin hervorbrachte: »Wir haben Auftrag, Euch zu untersuchen.«
»Untersuchen? Was wollt ihr untersuchen?«
»Wir … wir sollen herausfinden, ob Ihr … noch Jungfrau seid«, stammelte die Frau.
»Da werdet ihr bei mir kein Glück haben. Meldet dem Kalifen, dass die Tochter des Al Aziz sich weigert, einer solchen Zumutung nachzukommen.«
»Aber er wird uns bestrafen, wenn wir ihm keinen Bescheid bringen können!«, meinte die zweite Hebamme weinerlich.
»Ihr müsst Euch nicht von uns untersuchen lassen«, lenkte die andere ein. »Wir könnten dem Kalifen einfach sagen, wir haben nachgesehen und festgestellt, dass Ihr unberührt seid.«
»Das werdet ihr nicht tun. Ihr sagt ihm die Wahrheit: dass die Tochter des Al Aziz sich nicht demütigen lässt. Dann soll er mich hinrichten lassen, wenn es ihm gefällt.«
Sie widmete sich wieder ihrem Spiegelbild. Als die beiden nach

einer Zeit noch immer wie angewurzelt dastanden, fragte Sitt sie scharf: »Was macht ihr noch hier? Habt ihr nicht gehört?«

»Verzeiht, *ya Imama!*«, riefen die Frauen und warfen sich auf die Knie. »Aber wir können unmöglich ohne Bescheid vor den Kalifen treten. Doch wir können auch nicht davonlaufen. Draußen warten die Soldaten auf uns!«

Tatsächlich hatte Sitt nicht vorhersehen können, dass Al Hakim die Hebammen von einer Eskorte bewachen lassen würde. Womöglich würde er die zwei Unglücklichen in seiner Wut töten lassen. Es war ihm alles zuzutrauen.

›Sollen die zwei Frauen auch noch ihr Leben lassen? Wozu?‹, fragte sie sich.

»Ihr dürft vorerst in meinem Palast bleiben. Ich nehme euch unter meinen Schutz.«

Seufzend erhob sie sich von ihrem Stuhl und breitete die Arme aus, damit Salima ihr eine *Abaja* aus silbergrauer Seide überziehen konnte.

Der Offizier, der die Gardisten anführte, war ein gut aussehender junger Türke. Er war eingeschüchtert, der Schwester des Kalifen von Angesicht zu Angesicht gegenüberzustehen. Von nahe gesehen erschien sie ihm nämlich noch schöner als das Bild von ihr, das sich in ihm in all den Nächten geformt hatte, da er den Sängern in den Kasernenhöfen lauschte, deren Darbietungen bis heute nicht ohne schmachtende Verse auf die berückend schöne Tochter des Al Aziz auskamen. Jetzt, da er der verehrten Frau endlich ins Antlitz blicken durfte, wurde ihm heiß ums Herz und in der Seele weh.

Sitt blieb die Verwirrung des jungen Offiziers nicht verborgen. Eine schmerzhafte Regung griff ihr ans Herz. War es Rührung darüber, dass er sie offensichtlich verehrte? Oder Sorge, dass der Kalif sich nun an ihm als Überbringer der schlechten Nachricht vergreifen könnte? Oder beides zusammen?

Sie mahnte sich zur Festigkeit. ›Du kannst nicht mit allen Mitleid haben! Entweder überbringen die Hebammen die Botschaft oder er. Es ist gut denkbar, dass der Kalif sie von ihm einfach als militärische Meldung annimmt und gar nicht auf den Gedanken kommt, ihn dafür zu bestrafen.‹

»Die beiden Hebammen bleiben auf meinen Befehl in meinem Palast«, eröffnete sie dem Mann. »Du aber bestelle dem Kalifen: Die Tochter des Al Aziz lässt sich nicht demütigen.«

Auch dem Offizier wurde bei ihren Worten sichtlich unwohl. Seinen Versuch, etwas einzuwenden, schnitt Sitt mit einer Handbewegung ab:

»Verlasst jetzt mein Schloss! Soldaten haben hier nichts verloren.«

5

Der Fund vom Riedsee

Der Kalif war seit sieben Tagen verschollen.

Suchmannschaften des Palastes hatten die Felder, die steinige Wüste und das Gebirge rund um Al Kahira nach ihm durchkämmt und nun war eine Expedition von Höflingen endlich fündig geworden. Doch anstelle Licht in die geheimnisvollen Umstände seines Verschwindens zu bringen, legte der Fund nur einen noch dichteren Schleier über das Rätsel.

Eine einsame Hufspur im Sand hatte die Männer zu der Eselin mit Namen Mond geführt, dem Lieblingsreittier des Kalifen, das er in der Nacht, da seine Diener ihn zum letzten Mal sahen, für sich hatte satteln lassen.

Mit durchschnittenen Kniesehnen war Mond auf einen Hügel in der Nähe des Dorfes Heluan geflüchtet. Immer noch trug das Tier Sattel und Zaumzeug. In der anderen Richtung setzte sich seine Spur zum Riedsee fort. Die Männer folgten der Spur und suchten das Ufer des Sees ab, wo ein grausiger Fund ihnen das Blut in den Adern gerinnen ließ. Ihr Schrecken rührte nicht allein von der Beschaffenheit des Gefundenen, sondern vielmehr von der Tatsache her, dass es von solcher Vieldeutigkeit war, dass plötzlich jeder

in den Verdacht geriet, am Verschwinden des Kalifen Schuld zu tragen.
Die Höflinge hatten nämlich nicht etwa die sterblichen Überreste des Kalifen gefunden. Nein, was sie da im Schilf entdeckten, waren lediglich seine Kleider, sieben einfache Hemden, eines im anderen steckend, so wie ihr Träger sie vor seinem letzten Ausritt übereinander angezogen hatte und allesamt zugeknöpft, als wäre der Körper aus ihnen durch einen Zauber entwichen. Die Stofflagen aber waren von zahllosen Dolchstichen durchbohrt und mit Blut getränkt.
»Schlag die Gewänder in die Satteldecke deines Maultiers, *ya Habibi*«, befahl der schwarze Eunuch Musafat, Sonnenschirmträger des Verschwundenen, einem der Diener.
Entsprechend seiner Aufgabe, bei den Prozessionen einen Baldachin über das Haupt des hochgewachsenen Kalifen zu halten, war Musafat von beeindruckender Größe. Sein in der Jugend offensichtlich scharf geschnittenes Gesicht war mit dem Älterwerden durch das Fehlen männlicher Säfte schwammig geworden. Dennoch strahlte er noch immer eine Würde aus, die gut geeignet gewesen wäre, bei Festlichkeiten die Majestät des Herrschers hervorzuheben – wenn der Kalif in den vergangenen Jahren nicht auf jeden Prunk verzichtet und damit das Kalifat seines Glanzes beraubt hätte.
Musafat war der Anführer der von Sitt Al Mulk angeordneten Expedition, an der auch einige Richter und Offiziere teilnahmen.
»Achte darauf, die Kleider nicht voneinander zu lösen«, warnte er den Sklaven. »Die *Imamin* soll alles so zu sehen bekommen, wie wir es gefunden haben.«
Scheu näherte sich der Mann dem feuchten, wie ein entseelter, kopfloser Körper auf dem Boden liegenden Kleiderwust. Die Umstehenden verfolgten jeden seiner Handgriffe aus sicherer Entfer-

nung, als fürchteten sie, dass ihnen jede Berührung der Kleider als Frevel an der Person des Herrschers angelastet werden könnte.
»Es können nur die Suwaidi-Beduinen gewesen sein«, sagte der Vorhangzieher und Schwertträger Nasim, um die anderen und vor allem sich selbst zu beruhigen.
»Aber warum sollten sie es getan haben?«, warf einer der Richter ein. »Unser erhabener Kalif ließ ihnen doch das Geld auszahlen. Was gab es da noch für einen Grund, ihn zu töten?«
Tatsächlich hatte es, wie bei den Untersuchungen seit dem Verschwinden des Kalifen herausgekommen war, einen bedenklichen Zwischenfall mit den Suwaidis gegeben:
Wie so oft war der Kalif auch am vorangegangenen Sonntag mitten in der Nacht mit einem Reitknecht auf das Mukattam-Plateau geritten, um sich dort im Schein des Mondes und der Sterne zu ergehen und den Blick auf den nächtlichen Lichterglanz der Doppelstadt Al Kahira-Misr zu genießen. Der Rückweg führte Al Hakim in den frühen Morgenstunden über den Friedhof von Karafa. Dort geschah es, dass sich ihm sieben Männer vom Stamm der Suwaidi entgegenstellten und mit erregten Worten und drohenden Gebärden eine Geldschuld des Palastes von ihm einforderten. Hakim ermächtigte die Beduinen, das Geld zu kassieren und vier von ihnen machten sich sogleich zusammen mit dem Reitknecht auf den Weg nach Al Kahira zum Schatzhaus. Drei blieben inzwischen als Wächter beim Kalifen zurück, um ihn so lange festzuhalten, bis feststand, dass die anderen das Geld tatsächlich ausgezahlt bekommen hatten.
Nachdem die vier Suwaidi und der Knecht vom Schatzhaus mit dem Geld zurückgekommen waren, gingen alle sieben befriedigt ihres Weges. Den Knecht jedoch schickte der Kalif heim, mit der Begründung, er wolle in der morgendlichen Stille des Friedhofs ungestört mit seinem Schöpfer verkehren.

Diese Darstellung warf freilich die Frage auf, wie denn der Kalif nach der Begegnung mit den Beduinen, die sich wie Wegelagerer aufführten, gar so sorglos den Diener heimschicken konnte und nicht schleunigst die Sicherheit seines Palastes aufsuchte. Doch stimmte das Zeugnis des Knechtes, dessen Treue über jeden Zweifel erhaben war, mit jenem der sieben Beduinen auch in den geringfügigsten Einzelheiten überein, sodass es keinen Anlass gab, die Richtigkeit der Aussagen zu bezweifeln. Der Zahlmeister im Schatzhaus bestätigte, den Männern in Begleitung des Reitknechts des Kalifen zur angegebenen Zeit den Schuldbetrag ausgezahlt zu haben.
Während nun, sieben Tage später, am Ufer des Riedsees der Diener den zusammengerollten feuchten Packen auf den Rücken des Maultiers hievte, stellte der Träger der kalifischen Lanze erneut jene Frage, die in den vergangenen Tagen unzählige Male gestellt worden war: »Warum nur musste der Kalif immer des Nachts durch die Landschaft streifen? Und noch dazu ohne Bewachung! Das konnte ja nur schlimm enden.«
Die Männer im Kreis schüttelten ratlos die Köpfe, indes der Vorhangzieher Nasim noch einmal auf die Beduinen zurückkam:
»Die Suwaidi kannten die Wege, auf die ihn seine Liebe zu den Sternen und sein Hang zur Mystik führte. Was hinderte sie daran, ihm ein weiteres Mal aufzulauern, nachdem der Diener ihn allein gelassen hatte? Vielleicht wollten sie ihm noch mehr Geld abpressen?«
»Statt uns unseren Überlegungen hinzugeben, sollten wir jetzt lieber rund um den See nach Spuren suchen, die uns etwas über die Ereignisse verraten könnten«, unterbrach ihn nun der Richter. »Wir wollen uns in zwei Gruppen teilen und jede umrundet den See in entgegengesetzter Richtung.«
Die frühe Abenddämmerung des Wintertages legte sich schon

über die Senke des Riedsees, als die beiden Gruppen mit enttäuschten Mienen wieder aufeinandertrafen. Der See war für die Tiere der Gegend eine viel besuchte Tränke. Rund um ihn lag ein nach innen zu immer dichter werdender Kranz von Spuren.

An manchen Stellen ließen sich deutlich die Abdrücke menschlicher Schritte, ob beschuht oder barfuß, unterscheiden. Ebenso gut wie von Mördern konnten sie von harmlosen Hirten oder Bauern stammen. Im Gewimmel der Abdrücke nahe des Ufers standen kleine Wasserpfützen, in denen sich die letzten Strahlen der rot untergehenden Sonne spiegelten. Die Richter und Offiziere tauschten ihre Eindrücke aus.

»Es ist schon spät«, mahnte der Schirmträger Musafat zum Aufbruch. »Die *Imamin* erwartet gewiss schon unsere Rückkehr. Wir sollten ihr eiligst Bericht erstatten.«

Die Würdenträger nahmen das reiterlose Maultier mit dem Bündel über dem Rücken in ihre Mitte und gaben ihren Reittieren die Fersen. Ihr bekümmerter Heimritt glich einem Trauerzug und weckte die Neugier vorbeikommender Dörfler, die sich ihnen anschlossen. Während sie die Stadt Misr passierten, schwoll der Zug schnell zu einer gewaltigen, von Fackeln erleuchteten Prozession an.

Behauptungen und Vermutungen flogen von Mund zu Mund und obwohl niemand in der Menge so recht wusste, worum es eigentlich ging, spürten alle, dass es mit dem Verschwinden des Kalifen zu tun hatte. Denn obwohl der Hof alles darangesetzt hatte, nichts davon nach außen dringen zu lassen, schwirrte und brodelte es in der Doppelhauptstadt von Gerüchten über das Schicksal des Herrschers, den all jene, die in ihm nicht Gott oder einen heiligen *Imam* zu erkennen glaubten, aus tiefster Seele zu hassen gelernt hatten.

Selten zuvor hatte eine so große, geschlossene Menschenmenge sich auf das Al Zuweila-Tor im Süden der Kalifenstadt Al Kahira zubewegt und gewiss noch nie ohne offiziellen Anlass. Die Hofbeamten und Offiziere, die in der Mitte um das reiterlose Maultier zusammengedrängt waren, hätten das Volk liebend gern auseinandergetrieben, doch waren sie dazu zu wenige und zu leicht bewaffnet.

In der Palaststadt Kairo gewahrten zuerst die berittenen Wachen hoch oben auf den Stadtmauern die in der Dunkelheit nahende Menschenmenge. Auf tänzelnden Pferden stießen sie in die Signalhörner.

Die zu allen Zeiten des Tages und der Nacht um den Kalifenpalast patrouillierende Tausendschaft von Wachsoldaten nahm das Signal auf und nach ihnen die Wachen der acht Stadttore und der Kasernen. Binnen weniger Augenblicke spie das Al-Zuweila-Tor die Zehnerschaften seiner Bemannung auf das südliche Glacis, voran ihre behelmten Offiziere mit gezogenen Schwertern. Hinter dem letzten Soldaten schlossen sich die schweren Flügel des Tors und das Fallgitter rasselte herab.

Auf diese Weise kam der unbeabsichtigte Zug mit den durchlöcherten und blutgetränkten Kleidern des Kalifen Al Hakim abrupt zum Stehen. Die Würdenträger sahen einander ratlos an und noch ratloser war die Menge, die ja im Grunde nicht wusste, weshalb sie nach Einbruch der Nacht im fahlen Widerschein der Stadtbeleuchtung im Niemandsland zu Füßen der gigantischen Befestigungsmauern von Al Kahira einer kampfbereiten Truppe gegenüberstand.

*

Befremdet zog Sitt Al Mulk die Augenbrauen in die Höhe, als das Alarmsignal den *Iwan* ihres Schlosses erreichte. Seit dem Verschwinden des Bruders vor sieben Tagen – genau gesagt am 24. des Monats Schauwal im Jahre 411 der Hedschra des Propheten beziehungsweise am 13. Februar des Jahres 1021 nach der Geburt des Herrn Iesos Christos – hatte sie die Zügel des Staates fest in die Hand genommen.

Was für ein unvorhersehbares Ereignis konnte das wohl sein, das jetzt, wo Schritt für Schritt Ordnung einkehren sollte, Al Kahira in Aufruhr versetzte? Seit der Flut vor einem Jahr hatte es keinen Alarm mehr gegeben und nach dem Verschwinden des Kalifen hatte sie sorgfältig jedes Aufsehen vermieden.

Wie an jedem Abend in diesen kritischen Tagen hatte sich der Wesir mit den Chefs der Diwane, den Generälen, den Kadis und *Dais*, kurz mit der ganzen Regierung, auch heute in Sitts Schloss eingefunden, um Bericht zu erstatten und eine Lagebesprechung abzuhalten.

In wohlüberlegter Absicht berief sie das Kabinett trotz der winterlichten Kälte in den Iwan und nicht in den Empfangssaal des Wasserschlosses. Es war wichtig, den Anschein zu erwecken, es habe sich nichts Grundlegendes verändert im Reich. Der Kalif war verschwunden. Niemand kannte seinen Aufenthalt. Der Kalif war unverändert der Herrscher, Anführer der Gläubigen und Vertreter Allahs auf Erden. Es konnte sein, dass er jeden Augenblick wieder zurückkehrte und da wäre es eine unverzeihliche, nur mit dem Tod zu sühnende Anmaßung gewesen, hätte Sitt Al Mulk offiziell die Macht übernommen. Dagegen konnte die Versammlung in ihrem zum Garten des Kafur hin offenen *Iwan* als zufällig durchgehen, als ungeplantes Zusammentreffen von Würdenträgern, die der Schwester des Kalifen ihre Aufwartung machten.

Die großen Feuer in den Zinnbecken richteten wenig aus gegen die Kälte und Sitt empfand das als Vorteil. Die Kälte trug dazu bei, dass die Stimmung steif und ehrerbietig blieb. Das war gut so, denn sie musste sich nun allein durchsetzen, ohne die Autorität des Kalifen, die sie bisher, so gut es ging, für ihre Anliegen genutzt hatte.

Wie es ihre Art war, saß Sitt aufrecht auf ihrem Diwan, angetan mit einem Mantel aus *Tiraz*-Stoff aus weiß gebleichter, mit Goldfäden durchwirkter Wolle. Die purpurrote Bordüre zierte jedoch nicht der Name des Bruders noch der ihres Vaters, sondern der letzte Vers der Sure »Die Sonne«, die sie so liebte: »Erfolgreich ist derjenige, der sie rein hält; und versagt hat derjenige, der sie verkommen lässt.« Unter dem kostbaren Turbantuch, das sie wie einen Schleier um den Kopf geschlungen trug, hielt ihr ein aus winzigen Perlen geknüpftes Band das Haar aus der Stirn. Mit dem Anflug eines Lächelns blickte sie auf die geneigten Häupter der vor ihr versammelten führenden Männer des Staates.

Unter den im *Iwan* Versammelten befanden sich Männer, von denen Sitt wusste, dass sie Freunde waren. Aber es gab auch Gegner, besonders unter den dank Hakims Gunst hochgekommenen schwarzen Eunuchen. Die meisten aber waren in den Jahren des Chaos zu Blättern im Wind geworden, die auf jede erdenkliche Weise ihren Besitz und ihre Haut zu retten bereit waren.

Als der Alarm sich hundertfach über die Dächer der Palaststadt fortpflanzte, nützte Sitt den Augenblick der allgemeinen Überraschung, um ihren Blick über die Gesichter der Anwesenden schweifen zu lassen und sich von deren innerer Haltung zu überzeugen. In welchen Gesichtern spiegelte sich echte Besorgnis, in welchen die nackte Angst, wo glomm Hoffnung auf oder gar Triumph?

»Geh, Midad!«, wandte sie sich an den auf der höchsten Stufe des Podests neben ihrem Diwan stehenden Hofmeister. »Geh und lass uns den Grund des Alarms wissen!«

Midad bedurfte keiner Ermahnung, sich schnell zu bewegen. Wie seine Herrin war auch er schlank und behende geblieben und unterschied sich darin von den meisten anderen Verschnittenen, die mit zunehmendem Alter fett und behäbig wurden. Mühelos hielt er Schritt mit ihr bei ihren Verpflichtungen.

Midad war offenbar gleich nach Verlassen des *Iwans* auf einen Boten gestoßen, denn nun trat er mit diesem durch die Gasse, die sich zwischen den Würdenträgern auftat, vor die *Imamin* hin. Der Bote warf sich zu Boden und noch ehe Midad ihn vorstellen konnte, hatte Sitt bereits das Wort an ihn gerichtet:

»Steh auf und sag uns, was geschehen ist!«

Mit gesenktem Kopf stieß der Mann hervor:

»Eine viele Tausende zählende Menge steht vor dem Zuweila-Tor und …« Sein vom Laufen beschleunigter Atem erschwerte ihm die leise, aber deutliche Sprechweise, die das Protokoll gegenüber dem Kalifen und den ranghöchsten Hofangehörigen forderte.

»Lass dir Zeit und sage mir alles, was du weißt.«

Der Mann nahm einen neuerlichen Anlauf:

»Viele Tausende Menschen stehen vor dem Zuweila-Tor. Die Wachmannschaften sind nach draußen gegangen und das Tor wurde geschlossen.«

Noch ehe Sitt nachfragen konnte, was die Menschen denn vor dem Tor wollten, stürzte ein Soldat im Kettenhemd vom Garten her in den Iwan und warf sich vor ihr zu Boden. Die Aufregung ließ den Mann vergessen, dass er nie ungefragt das Wort an ein erhabenes Mitglied der Kalifenfamilie richten durfte und es brach aus ihm hervor:

»Der Schirmträger Musafat lässt Euch bestellen: Der Kalif ist tot! Er und der Vorhangzieher und andere Herren stehen vor der Stadt und da sie der Menge wegen nicht durch das Zuweila-Tor hereinkönnen, geleiten Soldaten sie zum Chucha-Tor und durch Euren Garten. Sie werden bald hier sein!«

»Danke! Ihr könnt gehen«, entließ sie die Boten, nicht ohne hinzuzufügen: »Holt euch morgen im Schatzhaus jeder zehn Golddinar. Midad wird euch einen Erlaubnisschein ausstellen.«
Ihrer Stimme war noch immer keine Erregung anzuhören.
Dankesworte hervorstoßend warfen die beiden sich neuerlich zu Boden und zogen sich dann in gebeugter Haltung zurück, wobei sie es sorgfältig vermieden, der mächtigen Frau den Rücken zu kehren.
Sitt saß schweigend auf dem Diwan. Nach außen hin sah es so aus, als hätte sie sich in gefasster Trauer in sich selbst zurückgezogen. In ihrem Kopf jedoch arbeitete ihr Verstand und ging verschiedene Möglichkeiten durch. Hatten Musafat und Nasim, die auf ihre Anordnung hin am frühen Morgen mit einer Gruppe aufgebrochen waren, um nach dem Kalifen zu suchen, seinen Leichnam gefunden? Oder waren sie auf Zeugen gestoßen, die ihnen etwas über sein Schicksal verraten konnten? Was hatten sie in Erfahrung gebracht? Wie viele Menschen wussten schon von Al Hakims Tod?
Das Ableben eines Kalifen leitete immer eine besonders gefährliche Phase ein. Starb der Stellvertreter Allahs auf Erden, der Wahrer der göttlichen Ordnung, so war bis zur Ausrufung seines Nachfolgers dem Chaos Tür und Tor geöffnet. Im ägyptischen Kalifat war die Gefahr in diesem Augenblick besonders groß, denn Hakims Exzesse hatten die Langmut des Volkes über Gebühr auf die Probe gestellt. Die sonst so vorsichtigen und ihren Obrigkeiten, ob Pharaonen, Griechen, Byzantiner oder Araber, fügsamen Bewohner des Niltals waren kurz davor, sich gegen die einst im Land willkommen geheißene Schutzmacht der Fatimiden zu wenden.
Wie Sitt Al Mulk, so wusste aber auch die Volksseele in ihrer unergründlichen Weisheit um die Gefährlichkeit eines solchen Ent-

schlusses: Waren die Fatimiden verjagt, so bot sich das unermesslich reiche, friedliche Land Ägypten als leichte Beute an für all jene, die seit Jahrhunderten danach strebten, es zu besitzen. Das Land wäre der Eroberung preisgegeben. Byzanz wartete ebenso auf eine solche Gelegenheit wie Bagdad, das nichts lieber täte, als sein abgewirtschaftetes Kalifat wieder auf Nordafrika auszudehnen. Nicht weniger gierig schielten manche kriegerische Beduinenstämme nach dem fruchtbaren Niltal, nach den Reichtümern des Deltas und der pulsierenden Doppelstadt oberhalb des Zusammenflusses der beiden Hauptarme des unteren Nils.

Solange das Volk nicht allzu sehr herausgefordert wurde, war ihm Revolte zuwider. Denn nur in geordneten Verhältnissen konnten Handel und Gewerbe gedeihen, konnten die Menschen ihrem Alltag furchtlos nachgehen, Gott verehren, ihre Arbeit tun und den Freuden des Lebens und der Entspannung frönen.

Nachdem Sitt so lange aus dem Hintergrund hatte wirken müssen, war nun ihre Stunde gekommen. Auf ihr lag die Verantwortung und sie verfügte über die Kenntnisse, um für gedeihliche Verhältnisse zu sorgen. An ihr lag es, zu verhindern, dass der gefürchtete Zustand der *fitna* ausbrach, dass ein enthemmter Pöbel die Macht an sich riss.

Schon leuchtete zwischen den Stämmen und durch das Blätterwerk im Garten der Schein von Fackeln auf. In wenigen Augenblicken würde man mehr wissen.

Niemand wagte es, ein Wort zu sagen. Unter halb geschlossenen Lidern hatte die *Imamin* die Schar der Minister, Generäle, Richter und Geistlichen weiterhin im Blick und sie stellte zufrieden fest, dass kein Einziger von denen, die sie für zuverlässig hielt, sich durch irgendein Zeichen oder Mienenspiel verdächtig machte.

Mit einem winzigen Kopfnicken, das außer dem getreuen Midad nur noch einem Einzigen in der Versammlung auffiel, bekräftigte sie, dass sie Herrin der Lage war. Dieser Mann bedeutete ihr sein Verstehen, indem er die Stümpfe seiner Arme kaum merklich anhob, als wollte er sagen: ›Siehe da – ihn, der mir das angetan hat, hat nun sein Schicksal ereilt!‹

In seinen schwarzen Augen glomm ein Funke von Befriedigung.

Aus der kleinen Mannschaft von Sitts Palastgarde, die an der offenen Gartenseite des *Iwans* Wache stand, lösten sich einige Gestalten, unter Anführung eines Offiziers und gingen den Neuankömmlingen entgegen.

Als Erster trat der Schirmträger Musafat in den Schein der lodernden Feuer. Es folgten ihm der Vorhangzieher und Schwertträger wie auch der Lanzenträger des Kalifen. Alle drei wirkten abgekämpft. Sie waren viel geritten an dem Tag und der beängstigende Fund wie auch der Heimweg inmitten der unberechenbaren Menschenmenge hatte sie mitgenommen. Sie warfen sich vor der *Imamin* zu Boden.

Nachdem die drei Anführer der Mannschaft sich wieder aufgerichtet hatten, erwiderte Sitt ihren Gruß mit einem Kopfnicken.

»Berichtet, meine Freunde, was ihr herausgefunden habt und was euch veranlasst hat, mir bestellen zu lassen, der Kalif sei tot?«

»Vergebt uns, o Herrin«, gab Musafat zur Antwort, »dass wir Überbringer solch trauriger Nachricht sind. Wir gingen auf die Suche nach dem Herrn der Gläubigen und wir wurden fündig. Doch die Verbrecher, die diese über alle Maßen verwerfliche Tat begangen haben, sind entflohen. Keine Spur, kein Hinweis deutet darauf hin, wo sie zu finden sein könnten.«

Ungeduldig unterbrach die Prinzessin die langatmige Rede des Höflings: »Das mag so sein, aber was ist geschehen?«

»Auch das wissen wir nicht, gnädige Herrin. Vergebt uns dafür! Doch wir haben etwas gefunden, das den Schluss nahelegt, dass der Herrscher nicht mehr am Leben ist.«

Und während er sprach, entfernte er sich mit einem tiefen Bückling von der Prinzessin, um rückwärtsgehend den draußen Wartenden ein Zeichen zu geben.
Nun betraten auch die anderen den *Iwan*, ihnen voran, wie ein Schutzschild, das Maultier, geführt von jenem Diener, der es bis zum Riedsee geritten und dann mit seiner traurigen Last bepackt hatte.
Der Anblick des leblosen Bündels, das über den Rücken des Maultiers hing, war sogar für Sitt Al Mulk, die es gewohnt war, sich zu beherrschen, zu viel.
Sollte das der Bruder sein?
»So macht schon, lasst sehen«, trieb sie die Männer an.
Für sie dauerte es eine Ewigkeit, bis der Diener mit zitternden Fingern die Riemen, mit denen das Bündel befestigt war, gelöst und schließlich die Satteldecke mit einem Schwung auf dem Boden entrollt hatte, sodass sie ihren Inhalt preisgab.
Mit einem Aufschrei schnellte Sitt aus ihrem Sitz hoch.
»Mein Bruder, ach, was hat man dir getan!«
Schluchzend stürzte sie sich auf die blutigen Kleider.
»Mansur, mein Gecko, Mansur!«, beschwor sie den Vermissten bei seinen Kindheitsnamen und hob das Gewand an den Schultern hoch, um ihr Gesicht darin zu vergraben. Von Angst gepackt, hatten sich viele der Anwesenden auf die Knie geworfen und ein allgemeines Jammern und frommes Klagen hob an.
»Wie konnte das geschehen? *Ya* Allah, Du Herr beider Welten! Wende ab das Verderben von uns und schütze uns in unserer Not!«
Sitt Al Mulk schien allmählich wieder zu sich zu kommen. Sie ließ den Fund sinken und besah ihn sich genauer.
»Aber, was sehe ich da? Die Knöpfe sind ja nicht geöffnet! Habt ihr die Kleider geschlossen?«

»Nein, *Imamin,* solches hätten wir nie und nimmer gewagt. Wir hätten ja damit das Beweisstück verändert!«, beteuerte der Schirmträger unter dem bekräftigenden Gemurmel seiner Begleiter. Sie alle fürchteten, der Verdacht würde sich nun an sie heften.

»Und wie«, fragte Sitt mit beunruhigender Harmlosigkeit, »erklärt ihr euch, dass der Leichnam aus den Kleidern verschwunden ist? Die Seele mag ja im Tod den Leib verlassen, doch seit wann verlässt der Leib seine Kleider?«

Auf dem Rückweg vom Riedsee hatte die Gruppe sich ebendiese Frage gestellt und war einhellig zu der Antwort gekommen, die der Schirmträger nun anbot:

»Dafür gibt es allein eine Erklärung! Al Hakim ist der letzte *Imam* der *Ismailia.* Sein Volk hat ihm Sorgen bereitet, hat seine allzeit guten Absichten falsch gedeutet und ist dem Geist des Aufruhrs verfallen. Ich weiß es aus seinem eigenen Mund: Er war bitter enttäuscht. Und so hat er sich zurückgezogen, in unerreichbare Sphären.«

Neuerlich erhob sich zustimmendes Gemurmel und der Vorhangzieher und der Lanzenträger, beide wie der Schirmträger enge Vertraute des Kalifen, beeilten sich, zu versichern:

»Ja, ich habe es ebenfalls gehört!«

»Und ich auch!«

Ohne sich anmerken zu lassen, dass die Antwort der drei genau das war, was zu hören sie erhofft hatte, fragte Sitt weiter:

»Wenn sich der *Imam* von den Menschen zurückgezogen hat, um ihre Läuterung abzuwarten und sie vielleicht später wieder mit seiner Gegenwart zu beglücken, warum sehe ich dann seine Kleider von Messerstichen durchlöchert?«

Alle drei, Schirmträger, Vorhangzieher und Lanzenträger schüttelten ratlos die Köpfe.

»Wie es mir scheint, hat jemand tatkräftig nachgeholfen, dass der Kalif sich von uns zurückziehen konnte.«

Angespanntes Schweigen legte sich über die Halle. Nur noch das Knistern der Feuer und der in der Hitze platzenden Weihrauchkörner war zu hören.

Aus den Augenwinkeln des Mannes mit den Armstümpfen sprang Sitt ein geradezu fröhliches Leuchten entgegen. In ausdruckslose Masken hatten sich die Gesichter der zur Audienz erschienenen hohen Beamten verwandelt.

Nicht einmal Sitt wäre in diesem Augenblick in der Lage gewesen, die Gedanken des sunnitischen Oberrichters Al Auam oder des türkischen obersten *Dai* Kut Tegin zu erraten. Aufrichtige Überraschung glaubte sie bei ihrem Schützling, dem Juden David Ben Yitzhak, zu erkennen.

Am Ende meldete sich der Kutama-General Hussein Ibn Dauas zu Wort: »Verzeiht, o Herrin, aber ich bin geneigt, den Hütern der Insignien Glauben zu schenken. Der Kalif schätzte sie zutiefst, denn sie standen ihm nicht nur ihrer Ämter wegen nahe, sondern sie hatten auch sein Vertrauen gewonnen. Er überhäufte sie mit seinen Gunstbeweisen. Es gab für sie keinen Grund, sich einer solchen Tat schuldig zu machen.«

Er blickte im Kreis umher und neuerlich erhob sich Zustimmung. In den vor Angst erstarrten Suchtrupp geriet Bewegung.

»Die Beduinen!«

Einer der Männer hatte es als Erster ausgesprochen, leise flüsternd zuerst, doch bald pflanzten sich die erlösenden Worte mit zunehmender Lautstärke von Mund zu Mund fort:

»Die Beduinen! Ja, die Beduinen waren es! Kein Zweifel!«

Immer beschwörender, rhythmisch werdend, hallte die Botschaft durch den *Iwan*.

»Die Beduinen, ja, die Beduinen!«

»Die Beduinen also sollen das« – Sitt zeigte auf die durchlöcherten Gewänder des Kalifen – »angerichtet haben? Nun denn, dann wollen wir sie befragen! Aber hat der Bote nicht gesagt, dass vor dem Al-Zuweila-Tor eine Menschenmenge steht? Lasst uns hingehen, die Leute beruhigen. Aber ihr alle, die ihr heute hier versammelt seid, wisset: Der Kalif lebt!«

*

In der Torhalle des Westpalastes wartete Sitts blau-goldene Sänfte. Zwanzig von Sitts Eunuchen standen, mit Dolchen bewaffnet, bereit und eine Hundertschaft Kutama-Krieger war auf Befehl von General Dauas in Rüstung und mit Lanzen angetreten, um für den Schutz der Prinzessin zu sorgen.

Drei Männer steckten nahe der Sänfte die Köpfe zusammen und besprachen sich leise: Wesir Ammar Ibn Mohammed, General Ibn Dauas und Oberkadi Al Auam. Seit den Tagen der Königin Kleopatra hatte in Ägypten keine Frau mehr die Regierungsgeschäfte geführt und der Wesir, der General und der Kadi waren nicht ohne Sorge, wie die Prinzessin mit einer Volksmenge fertig werden wollte.

Ein wenig abseits stand ein vierter Würdenträger, der Chef des Diwans der Aufwendungen, Ali Ibn Ahmed Al Gargarai. Er teilte die Sorge der anderen nicht, denn er wusste Sitt Al Mulks Eignung wohl abzuschätzen. Um aber kein schiefes Licht auf sie zu werfen, hielt er seine Meinung zurück und beteiligte sich nicht an dem Gespräch.

So war er auch der Erste, der Sitt in rot-goldenem Zeremonienmantel über den Hof kommen sah. Ihr voran schritt Midad mit der Würde eines kalifischen Insignienträgers.

›Klug von ihr, sich im Ornat zu zeigen‹, sagte er sich beifällig. ›Sie sieht wahrlich aus wie eine Königin und ich bin neugierig, wie sie das Volk nehmen wird.‹

Die Prinzessin nickte den Wartenden zu und noch ehe die Träger ihr in die Sänfte helfen konnten, hatte sie ihre Kleider gerafft und war eingestiegen. Ein schmaler, verschnittener Junge kauerte sich zu ihren Füßen auf den Boden, bereit, ihre Anordnungen nach draußen zu rufen.

Die breite Gestalt des Kutama-Generals Ibn Dauas erschien in der Türöffnung: »Ihr befehlt, Herrin?«

»Folge uns mit den anderen, Generalissimus, doch bitte ich dich, deine Soldaten hier zu lassen. Sie könnten die Leute aufbringen!«

»Aber was, wenn die Menge unruhig wird?«

»Wenn wir ohne Soldaten kommen, werden sie nicht unruhig werden.«

»Ich bin Euch stets zu Befehl, Herrin. Aber verzeiht meine Kühnheit, ich …«

Auf ein Zeichen Sitt Al Mulks hin hatte Midad, der hinter dem General stand, den Eunuchen an den Tragestangen das Zeichen zum Aufbruch gegeben. Schwankend hob sich das Gestell und Ibn Dauas blieb keine Wahl, als zurückzutreten.

Sitt blickte durch das Sichtgitter in der Rückwand und sah im flackernden Fackelschein, wie die Würdenträger ihre Reittiere bestiegen. Der General schwang sich als Einziger auf ein Pferd, für die anderen standen Maultiere bereit. Der Wesir, ein massiger Mann, dem offenbar zu viel Blut durch die Adern floss, musste sich von einem Diener helfen lassen.

Als sie sich der Stadtmauer näherten, tippte Sitt Al Mulk den Eunuchenknaben zu ihren Füßen an die Schulter:

»Lass die Träger für einen Augenblick anhalten!«

Nachdem das Gestänge sich gesenkt hatte, nahm Sitt das Stadttor in Augenschein.
Die Wachen hatten sich zu einem Fackelkorridor für die nahende *Imamin* und ihr Gefolge formiert. Das Fallgitter war hochgezogen worden und die Torleute drückten soeben mit dem Gewicht ihrer Körper gegen die aus schweren Stämmen gefügten und mit breiten, kunstreich geschmiedeten Eisenbändern verschnörkelten Flügel.
Auf der Stadtmauer brannten Leuchtfeuer, in deren flackerndem Schein sich die Silhouetten der Berittenen abzeichneten, die in der Höhe ihre Runden drehten. Östlich des Tors standen die hundert Berberreiter des Ibn Dauas.
»Sag dem General, ich möchte ihn sprechen.«
Der Knabe beugte sich aus dem Schlag der Sänfte und rief etwas nach draußen. Der Geruch von Pferden und Dung drang herb, aber vertraut an Sitts Nase. Wieder erschien Ibn Dauas in der Öffnung.
»Also hast du deine Reiterei doch herbefohlen!«
»Es geht um Eure Sicherheit, Herrin. Ich kann es nicht verantworten, Euch im Schutz von zwanzig Eunuchen, die nur mit Dolchen bewaffnet sind, einer Menschenmenge auszuliefern.«
»Ich weiß deine Fürsorge zu schätzen, doch bitte ich dich, das Urteil, ob ich Schutz benötige oder nicht, mir zu überlassen.«
Aus Sitts Augen sprach unerschütterliche Festigkeit.
Ibn Dauas fühlte sich gedemütigt. Diese Frau wies seinen Schutz und den seiner Männer zurück. Sie mochte schon recht haben damit, dass das Volk beim Anblick seiner Reiter erschrocken in Tumult ausbrechen könnte. Doch indem er als ihr Beschützer auftrat, konnte er am besten dartun, wie unentbehrlich er und seine Soldaten für sie waren.
Sitt hatte indessen für sich abgewogen, was ihr wichtiger war: auf

das Volk beruhigend einzuwirken oder den General bei Laune zu halten, indem sie ihn in seiner Macht bestätigte. Ihre Entscheidung war eindeutig zugunsten der Ruhe im Volk ausgefallen. Den General konnte sie sich für später aufheben. Mit der Menge musste sie sich jetzt befassen.

»Ich habe vor, dich, mein General, zum Oberbefehlshaber über die gesamte Armee zu befördern. Aber zuvor haftest du mir heute dafür, dass keiner deiner Reiter ohne meinen Befehl einen Ausfall unternimmt. Die Kutama bleiben innerhalb der Stadtmauern!«

Die in Aussicht gestellte Beförderung nahm der Zurückweisung zwar die Spitze, doch schwang in Ibn Dauas' Antwort immer noch gekränkte Eitelkeit mit:

»Sofern, Herrin, Ihr es gutheißen wolltet, so würde ich dennoch zumindest zwei Soldaten mitkommen lassen, damit sie zum Tor hin ein Leuchtsignal geben, falls wir die Reiterei brauchen.«

»Da tust du recht, mein General!«

Sie zog an der Schellenschnur und gleich darauf fielen die Träger wieder in ihren weichen, regelmäßigen Trott. Sitt Al Mulks im Fackellicht weiß, blau und golden aufleuchtende Sänfte passierte das in den Nachthimmel ragende doppeltürmige Al-Zuweila-Tor. Nach knapp zweihundert Schritten hielten die Träger an. Der Schein der Fackeln, die Sitts Eunuchen um die Sänfte herum hochhielten, machte es ihr unmöglich zu erkennen, was sich in der Dunkelheit abspielte. Da ertönte bereits die vertraute Stimme des Wesirs Ammar Ibn Mohammed.

»Im Namen Allahs, des Allerbarmers, des Barmherzigen und seines Vertreters Al Hakim Bi Amr Illah – seid gegrüßt, meine Söhne und Töchter! Was ist der Grund eures Kommens, was hat euch veranlasst, der Kälte des Winterabends zum Trotz vor die Stadt des Kalifen zu ziehen?«

Jetzt war also die Reihe an dem Wesir, um sich aufzuspielen. Nun, auch er würde sich täuschen. Zu gut erinnerte sich Sitt an den Regierungswechsel nach dem Tod ihres Vaters. Damals hatte sie es versäumt, der ehrgeizigen Hofclique rechtzeitig das Handwerk zu legen. Ein solcher Fehler sollte ihr nicht noch einmal unterlaufen.

Eingedenk, dass sie sich bei einem Sprung aus der Sänfte schon einmal den Knöchel verletzt hatte, ließ sie sich jetzt trotz aller inneren Anspannung Zeit beim Aussteigen. Sie stützte sich auf Midads Arm und setzte den Fuß vorsichtig auf die verschränkten Hände eines Sänftenträgers. Dann hob sie das Kinn, straffte ihre Gestalt und atmete tief ein. Mit wenigen gemessenen Schritten stand sie neben dem Regierungschef und legte ihm die Hand auf den Arm.

Der Mann war im Begriff, erneut zum Sprechen anzusetzen, doch die unerwartete, sanfte Berührung der Frauenhand ließ ihn für die Spanne eines Gedankens innehalten. Sitt nützte sein Zögern und übernahm das Wort.

»Ich danke dir, großer Wesir, dass du das Volk im Namen unseres erhabenen Herrn, des Oberbefehlshabers der Gläubigen, um seine Absicht befragen willst. Doch geht es hier nicht um ein Verhör. Im Gegenteil – die Menschen sind vor die Hauptstadt des Kalifen Al Hakim gezogen, um ihrerseits zu erfahren, was los ist. Oder irre ich mich, *ya Habeib?*«

Zustimmendes Gemurmel erhob sich aus der Menge.

»Volk von Misr, ihr sollt wissen, was sich zugetragen hat: Der Oberbefehlshaber der Gläubigen ist verschwunden. Er hat sich zurückgezogen, weil sein Volk ihn enttäuscht hat. Stets wollte er das Beste für die Menschen von Misr. Doch sie haben ihn missverstanden, sich seinen Anordnungen widersetzt und sich in der Sandwüste des Irrtums verloren. Hat er nicht während der furchtbaren Flut mit euch sein Brot geteilt? Ließ er nicht herrliche Mo-

scheen zur Freude eurer Seelen und eine einzigartige Universität zur Vermehrung eures Wissens gründen? Hat er nicht eure Kirchen wiederhergestellt, nachdem sie in den religiösen Wirrnissen zerstört worden waren? Wie euer Bruder besuchte er euch täglich, liebte euch und nahm Anteil an eurer Plage. Er überhäufte euch mit Geschenken und hatte nichts als euer Wohl im Sinn.
Unser erhabener Kalif Al Hakim bi Amr Illah ist traurig über sein Volk, das die Mauern von Moscheen und Palästen mit üblen Reden und Unrat beschmiert, das sich zusammenrottet und sich untereinander gewalttätig bekämpft. Er ist traurig über seine Soldaten, die, statt für Ordnung zu sorgen, den Tumult angestachelt und zur Befriedigung ihrer Gier genützt haben.
Es stimmt mich unglücklich, dass mein gütiger Bruder uns zu verlassen beliebte, doch muss ich gestehen, dass ich seinen Entschluss gut verstehe. Und so will ich, indes er fern von uns weilt, Sorge tragen für Ordnung und für Verhältnisse, die der Gegenwart eines Kalifen wieder würdig sind.
Damit das mit größter Schnelligkeit geschehe, bitte ich euch, geliebtes Volk von Misr, um eure Hilfe. Auf euch ruht die Ordnung und ihr seid die Zierde des Kalifats. Ich zähle auf euch, auf dass alles gut werde zur Freude unseres erhabenen Herrschers und des allerbarmherzigsten Gottes.«
Während die klare Frauenstimme erklang, war das Volk verstummt. Die zuhinterst Stehenden wussten, dass sie still sein mussten, sollten die in den vorderen Reihen die Worte der Prinzessin verstehen und an sie weitergeben.
Nachdem Sitt geendet hatte, blieb es noch ein Weilchen still, dann aber erhob sich ein Drängen und Raunen, während die Menschen einander das Gehörte mitteilten.
Die Prinzessin hatte sich bereits zum Gehen gewandt, als ihr jemand gellend die Frage nachrief: »Und was haben der Sonnen-

schirmträger und die anderen am Riedsee gefunden? Wer ist der Mörder des Kalifen?«

Langsam drehte sie sich um und bohrte ihren Blick in die Menge. Der Rufer war nicht auszumachen.

»Am Riedsee wurde ein Gewand des Kalifen gefunden, das er auf dem Weg in die Zurückgezogenheit von sich warf. Merket euch: Der Kalif lebt! Wenn sein Volk sich gebessert hat, wird er wiederkehren. So und nun geht zurück in eure Häuser. Ruht euch aus. Es gibt viel zu tun, wenn ihr wollt, dass euch der Kalif wieder seine Gunst schenkt.«

›Wahrscheinlich einer von den Drusen, der sich da so verwegen gemeldet hat‹, ging es Sitt durch den Kopf, während sie sich zur Sänfte begab. Sie sog die Luft durch die Nase ein und stieß sie heftig aus: ›Sie werden keine Ruhe geben.‹

Beim Einsteigen nickte sie den Würdenträgern zu. Weder der General noch der Wesir sahen besonders glücklich drein. Beide hatten gehofft, sich als Führer präsentieren zu können und Sitt hatte ihnen einen Strich durch die Rechnung gemacht. Mit einem winzigen Glitzern in den Augenwinkeln sah sie zum Chef des Diwans für Aufwendungen hin. Er nickte zum Zeichen, dass auch er sie für die Siegerin hielt und ihre Freude teilte.

*

Nachdem Sitt am Ende des langen Abends die Dienerinnen fortgeschickt hatte, legte sie sich nicht gleich zu Bett. Von einem Sofa in ihrem Ankleidezimmer sah sie auf den Schein der Öllampe vor dem Schminkspiegel, während sie die Ereignisse noch einmal an sich vorbeiziehen ließ.

Den Höflingen hatte sie deutlich gesagt, dass der Kalif weiterhin als am Leben befindlich zu betrachten war und ebenso dem Volk.

Sie konnte nicht verhindern, dass über Al Hakims Tod getuschelt wurde, doch sie hatte die offizielle Linie vorgegeben.
Jeder im Land wusste, wie gefährlich die Übergangszeit von der Herrschaft eines Kalifen zu der seines Nachfolgers war. Selten wurde deshalb der Tod des Kalifen am selben Tag bekanntgegeben. Erst wenn die Verhältnisse klar und alle Machtkämpfe ausgefochten waren, ging die Nachricht hinaus in die Welt. Ihr Vater, Kalif Al Aziz, hatte den Tod des Al Muizz ein halbes Jahr lang geheim gehalten und die ganze Zeit über so getan, als berate er sich in wichtigen Fragen mit dem schwerkranken Vater. Auch sie brauchte Zeit, um ihren Neffen Ali als Nachfolger Al Hakims einzuführen. Die bloße Existenz des Prinzen war ja nur wenigen Eingeweihten bekannt. Deshalb musste Al Hakim offiziell noch am Leben sein. Zugleich aber war es notwendig, wegen seiner Ermordung die nötigen rechtlichen Schritte zu unternehmen, denn wenn die Zeit reif war, würde sie den Mord bekannt geben und zugleich auch die Mörder präsentieren müssen. Schwierige Wochen eines heiklen Doppelspiels lagen vor ihr, doch sie wusste, dass sie neben ihrem Kreis Verbündeter in Al Kahira auf eine ebenso mächtige Stütze zählen konnte – auf das Volk von Misr.
Zwar war in der Zeit zwischen dem Tod eines Kalifen und dem Machtantritt seines Nachfolgers damit zu rechnen, dass der Pöbel sich in Straßenschlachten und Ungehorsam auflehnen und das Joch der Fremdherrschaft würde abwerfen wollen. Und allzu leicht konnte dabei das gefürchtete Chaos der *Fitna* ausbrechen, falls der Eindruck entstand, dass niemand mehr die Zügel der Macht in Händen hielt. Doch war dem bedächtigeren Volk diese Gefahr nicht weniger deutlich als dem Hof und der Regierung. Sitt hatte hohe Achtung vor der Urteilsfähigkeit jener Menschen, die ein Leben lang ihrem Tagewerk nachgingen, um für sich und ihre Kinder Besitz zu schaffen. Dieses Volk spürte mit untrüglichem

Gefühl, wie es um seinen Staat bestellt war und es lag nicht in seinem Interesse, dass der Untergang der Dynastie der Kinder Fatimas Ägypten für andere Eroberer anfällig machte. So, wie es den Wahnsinn des Kalifen geduldet hatte, um dessen Autorität und eine Art von Ordnung zu erhalten, so würde es jetzt Sitts Bekräftigung, dass der Kalif noch lebte, annehmen – außer jemand finge an, Unruhe zu säen und die Menschen aufzuhetzen.

*

Durch die offene Tür hörte Sitt vertraute Schritte näher kommen. Ihr Gesicht erhellte sich, denn nach all den Jahren erfüllte sie der Besuch dieses Mannes noch immer mit Freude. Sie zog die Beine an, um für ihn auf dem Sofa Platz zu machen. Er beugte sich zu ihr, küsste sie auf die Stirn und ließ sich neben ihr nieder.

»Das hätte heute leicht der Anfang einer *Fitna* werden können«, sagte er, während er seine Armstümpfe hinter den Kopf hob, damit das Blut in ihnen besser zu fließen kam. »Dein Auftreten hat die Lage vorerst beruhigt. Die Menge hat sich nach deiner Rede rasch verzogen.«

»Aber wie der Zwischenrufer gezeigt hat, müssen wir uns vorsehen. Es scheint, dass sich nicht alle damit zufriedengeben wollen, dass auch Hakim nun ein *verschwundener Imam* ist. Die Gerüchte wuchern und das ist ein gefährlicher Zustand. Ich werde deshalb das tun, was die Höflinge heute von mir verlangt haben: Die Suwaidi kommen vor Gericht.«

Sitt war sich im Klaren darüber, dass die Beduinen für den Tod des Kalifen nicht verantwortlich waren, doch der Staatsfrieden forderte sein Opfer. So wie sie dafür gesorgt hatte, dass der Prediger Al Dersi beseitigt wurde, als seine Sekte bedrohlich zu werden

begann, würden jetzt die Beduinen, die dem Kalifen in seiner letzten Nacht rüde aufgelauert hatten, dafür bezahlen müssen.
Sie sah zu dem Geliebten hin. Auch in seinem Kopf arbeitete es. Er wusste ebenso gut wie sie, dass Schuldige gefunden werden mussten und zwar nicht zu spät.
›Sonderbar, wie schnell man sich daran gewöhnt, Menschen an den Henker zu liefern‹, stellte sie erschrocken fest.
Ali Ibn Ahmed legte einen Arm um sie und drückte sie an sich. Der Stumpf seines anderen Arms näherte sich ihrem Kinn und hob es an, sodass sie ihm in die Augen sah: »Du weißt, ich stehe hinter dir – was immer du zu tun beschließt.«
Ihre Mundwinkel zeigten ein Lächeln, das ihre Augen nicht erreichte.
»Es ist alles so verfahren, dass ich hart werde durchgreifen müssen. Ich hätte mir gewünscht, anders zu regieren.«
Sie legte ihren Kopf an seine Schulter und gemeinsam sahen sie in das Farbenspiel der aus bunten Glasteilen gefügten Öllampe und seinen Widerschein im Spiegel.
»Die Drusen werden noch Schwierigkeiten machen. Sie sind Eiferer, die glauben, die ganze Welt bekehren zu müssen und sie haben jetzt ihren Gott verloren.«
»Wenn Mansur nur ein wenig vernünftiger gewesen wäre! Seine Ideen waren jenen unseres Vaters im Grunde gar nicht so fern. Abgesehen davon, dass Al Aziz sich niemals hätte als Gottheit verehren lassen. Mein Bruder wollte nur alles viel zu schnell erreichen. Eine neue Sekte zu begründen, statt Staat und Religion neu zu ordnen, war gewiss nicht der richtige Weg.«
»Wie willst du mit den Drusen verfahren?«
»Sobald ich wirklich Herrin der Lage bin, werde ich den Kampf mit ihnen aufnehmen.«

*

Die blutdurchtränkten, von Dolchstichen durchbohrten Kleider des Kalifen Al Hakim waren in der Abenddämmerung im Uferschlamm des Riedsees aufgefunden worden. Sieben Beduinen würden unschuldig sterben müssen.

Die großherzige und aufgeklärte Regierung des Kalifen Al Aziz hatte Sitt Al Mulk fortsetzen wollen und das Reich weiter der Herrschaft des Lichtes entgegenführen. Doch so unabwendbar wie die Bewegungen der Gestirne, so unabwendbar wie die Nacht, die dem Tage folgt, war die Dunkelheit hereingebrochen und vor ihren Gesetzen gab es kein Entrinnen. Wo waren die hellen Tage hin, da ein Herrscher es liebte, Gnade zu gewähren und häufig davon Gebrauch zu machen?

Ali Ibn Ahmed konnte den Tumult im Inneren der Geliebten besser erspüren als sie selbst, der die eigene Vernunft wie ein Vorhang vor der Seele hing. Seit Jahrzehnten war Sitt es nicht anders gewohnt, als in politischen Notwendigkeiten zu denken. Wenngleich sie als jüngere Frau gehofft hatte, sich dem Zwang ihrer Verpflichtung als Tochter des Al Aziz zu entziehen – das unsichtbare Band der Bedürfnisse der Dynastie und des Staates hatte sich um sie gelegt, einmal, zweimal, immer wieder, bis sie mit ihrem ganzen Sein in einem Geschehen verstrickt war, das ihrem Wesen zutiefst zuwiderlief. Den Bruder mit der Kraft ihrer Anziehung zu locken und zu lenken, Ränke zu schmieden, Menschen den Tod zu geben, dafür war Sitt Al Mulk im Grunde nicht geschaffen.

Sie lag auf dem großen Bett, den Blick ausdruckslos auf den Baldachin aus Mossulseide geheftet, während sich in ihrem Kopf der Plan für den kommenden Tag bildete. Die Trauer beschwerte ihr wie eine große, dunkle Masse die Brust. Aber auch daran war sie seit Langem gewöhnt.

Ali Ibn Ahmed streckte den Arm aus, um ihr die Last mit warmer, fester Hand fortzustreichen, wie er das in früheren Zeiten getan hätte. Bis heute konnte etwas in ihm den Verlust seiner Hände nicht ganz begreifen und so fand er sich täglich mehrmals in der Lage, dass seine Stümpfe loszuckten, um eine Handbewegung auszuführen.

Die Scham trieb ihm das Blut ins Gesicht und sein Arm zog sich so unwillkürlich zurück, wie er sich ausgestreckt hatte. Eine Weile lag er ebenso regungslos in dem Bett wie die Frau an seiner Seite. Doch da er seine Seele gegeben hätte, um sie zu trösten, unternahm er noch einmal einen Vorstoß und diesmal mit größerer Bedachtsamkeit.

Er stützte sich auf einen Ellenbogen, legte den anderen Arm um sie und begann sie zu küssen, zart und sehr langsam. In jeden Kuss legte er ein Stück seiner Liebe. Zuerst auf die großflächigen Wangen mit den hohen Knochen, dann auf die Stirn, die schmale Nase, das Kinn und schließlich auf den Mund. Ihre Lippen öffneten sich – ›Allah sei Dank!‹, sagte er sich erleichtert – und ihre Zunge antwortete ihm weich und entgegenkommend. Eine Welle von Freude und Wärme für Sitt ging durch seinen Körper und schlug über zu ihr. In einem leidenschaftlichen Kuss berührten sich ihre Seelen und ihre Leiber strebten einander zu.

Sitt kannte die Männer und ihren Geliebten gut genug, um sich seiner Art des Trostes zu überlassen. Frauen brachten einander zum Reden und sprachen einander zu. Männer trösteten am besten mit ihrem Körper. Sie half ihm, seine und ihre Gewänder abzustreifen und ließ einen leisen Laut hören, als seine nackte Haut auf der ihren zu ruhen kam und sein Gewicht sie die Last auf ihrer Brust nicht mehr fühlen ließ.

Während er sie weiter küsste, entspannte sich ihr Körper und nahm den Geliebten in sich auf. Sie stimmte sich auf seine Bewegungen ein und war schließlich so eins mit ihm, dass die Welt um sie herum versank. Sie waren jetzt allein im All, eine Frau und ein Mann, losgelöst vom Bett, dem Schlafgemach, der Hauptstadt und den Wirren im Reich. Sie hörten nur noch die eigenen Liebeslaute und die des anderen, bis der Mann sich in die Frau ergoss. Seine Brust senkte sich auf ihre Brust und seine Stirn vergrub sich in der Beuge zwischen ihrem Hals und ihren Schultern.

Sie fühlte ihn kleiner werden, hielt ihn aber noch in sich. Er wusste, dass sie den höchsten Genuss noch nicht erreicht hatte. Trotzdem gab er sich dem unvergleichlichen Gefühl der Entspannung hin, das ihn jetzt umfing. Sie kannten einander gut und sie vertrauten einander. Als er wieder zu sich kam, spürte er den Griff ihres Körpers um seine Männlichkeit. Wieder stieg die Liebe in ihm an wie der Pegel des Nils.

Als sich die Spannung in ihm gelöst hatte, war auch ihre Lust abgeebbt. Um nun zusammen mit ihm zum Genuss zu gelangen, begann sie, sich selbst zu liebkosen, während er in ihr blieb. Er war vertraut mit dieser Lösung und sie erregte ihn.

Aus seiner Liebe zu Sitt wuchs ihm immer mehr Kraft zu. Tiefer und tiefer drang er zu ihr vor, immer selbstvergessener nahm sie ihn in sich auf. Im Verlauf des Liebesaktes kam es beiden vor, als zöge sich ihr ganzes Wesen auf die bloßen Stellen der Berührung mit dem anderen zusammen. Der Mann wurde zu seinem Glied und die Frau zu ihrem Schoß. In diesem Moment vereinigten sich Sitt und Ali nicht miteinander; sie wurden zur reinen Empfindung von Vereinigung. In einem bebenden Aufbrechen öffneten sie sich gemeinsam der Ekstase, wie sie es noch nie zuvor erlebt hatten und gaben sich schluchzend und jauchzend einer dem anderen hin.

*

Am frühen Morgen des folgenden Tags ließ Prinzessin Sitt Al Mulk den Oberrichter Ibn Abi Al Auam rufen und beauftragte ihn mit der Untersuchung des Mordes an ihrem Bruder. Sie ließ ihn wissen, dass der Fund am Riedsee als deutlicher Hinweis auf die Schuld der Suwaidi-Beduinen zu werten sei. Sie hatten den Kalifen als Letzte lebend gesehen, sie hatten ihn als Geisel genommen und ihm Geld abgepresst. Was hinderte sie daran, das Gleiche noch ein weiteres Mal zu versuchen, nachdem beim ersten Mal alles so einfach gegangen war? Zumal Al Hakim seinen Reitknecht fortgeschickt hatte und es danach einer gegen sieben gestanden hätte?

»Die Suwaidi führten sich auf wie Wegelagerer«, sagte Sitt zu dem Richter, »und ich kann mir nicht vorstellen, dass ihnen der Kalif, bei all seiner Freigebigkeit, da noch ein Geschenk zugebilligt hätte. Die Schuld des Hofes war beglichen! Wahrscheinlich haben sie ihm daraufhin gedroht. Er ist zornig geworden. Ein Wort hat das andere gegeben, Drohungen sind hin und her geflogen. Am Ende haben es die Burschen mit der Angst zu tun bekommen und sind über den einsamen Nachtwandler hergefallen.«

Der Oberrichter stimmte Sitt zu:

»In Anbetracht des bezeugten Ereignisses reicht der Verdacht gegen die Beduinen allemal, um sie unter Anklage zu stellen. Ihr könnt Euch darauf verlassen, erhabene *Imama*: Die Schuldigen werden nach den Bestimmungen des Gesetzes bestraft werden!«

Obwohl er eine klare Zusage offenbar bewusst vermied, nahm Sitt Al Mulk an, dass er sich nach ihrem Wunsch richten würde, da er ja auch dem Interesse des Hofes und der Regierung entsprach. Um aber ganz sicher zu sein, sagte sie zu ihm:

»Die Würdenträger des Staates will ich heute zum Lohn für ihre Treue beschenken. Nach dem Mittagsgebet werde ich zu diesem

Zweck die Schatzhäuser der Kalifen aufsuchen. Begleitet mich doch und sucht Euch Eure Geschenke selbst aus!«

*

Der wichtigsten Aufgabe hatte Sitt sich bisher noch nicht gestellt. Der zukünftige Thronfolger musste endlich erfahren, weshalb er seit sieben Jahren wie ein seltener Vogel in einem goldenen Käfig im Wasserschloss gefangen gehalten worden war. Sie hatte diesem Tag entgegengefiebert. Er würde die Erlösung des Knaben aus seinem Gefängnis bringen, aber auch ihre eigene Erlösung von der Rolle der Schattenkalifin, die mit gebundenen Händen gegen die Tollheiten des Bruders anregierte.

Als sie die geheime Treppe zum Appartement, das der junge Prinz mit seiner Mutter Rukia teilte, hinaufstieg, kamen ihr Bedenken, wie ihr Schützling dem, was sie ihm zu eröffnen hatte, standhalten würde. Die Nachricht vom Tod des Vaters zu erfahren und zugleich die unfassliche Wahrheit über ihn zu begreifen, das war mehr, als sie dem von der Welt völlig abgeschirmt aufgewachsenen Fünfzehnjährigen zumuten konnte. Sie beschloss, ihm zunächst nur das Allernötigste mitzuteilen.

Rukia schlief noch, doch eine der beiden Ammen ließ sie wissen, dass Ali bereits aufs Dach gestiegen war, um die Sonne des Morgens zu begrüßen. Sie fand den Knaben in einer Laube auf einer Bank eng umschlungen mit seiner Konkubine Warda sitzen. Das Mädchen sprang auf, als die Prinzessin so unerwartet vor ihnen stand.

»Es ist schon gut«, beruhigte sie die Sklavin. »Ich weiß ja, dass der *Amir* dich ausgewählt hat. Aber lass uns jetzt allein. Ich habe mit dem Sohn meines Bruders zu sprechen.«

Sie setzte sich neben den Prinzen auf die Bank und sah dem davongehenden Mädchen nach.

»Ihr beide erinnert mich an meine Mutter und meinen Vater«, sagte sie. »Als ich auf die Welt kam, war mein Vater genauso alt, wie du es heute bist und meine Mutter ein klein wenig älter als er. Ich muss mich immer wieder wundern, wie das Schicksal sich in Familien wiederholt. Es kommt mir vor wie die wiederkehrenden Melodien in den Liedern der Sänger.«

»Du hast mir erzählt, dass meine Großeltern einander sehr geliebt haben. Auch ich liebe Warda aus ganzem Herzen.«

Sitt musste trotz der heiklen Aufgabe, die vor ihr lag, lächeln. Aufgrund seiner abgeschiedenen Erziehung durch einen engen Kreis von Menschen, die sich alle stark um ihn bemühten, hatte der Junge sich seine kindliche Offenheit bewahrt.

Draußen in der Welt lernten Knaben, ihre Gefühle zu verbergen und sie höchstens schamhaft in einem Witzwort versteckt zu äußern. Ali hatte diese Schule nicht durchgemacht. Dadurch war ihm seine Unschuld erhalten geblieben, was ihn für Sitt besonders liebenswert machte. Doch nun, da er bald hinaus ins Leben treten würde, kam sie nicht umhin, sich zu fragen, ob er gut genug darauf vorbereitet war.

›Auch darüber werde ich mit ihm sprechen müssen‹, sagte sie sich. Zum ersten Mal kam ihr der Gedanke, dass sich die Rückkehr des Prinzen an den Hof noch schwieriger gestalten könnte als seine Gewöhnung an das eingeengte Leben im Wasserschloss.

Sie nahm die Hand des Knaben in beide Hände und begann mit ihrer Mitteilung: »*Ya Habibi, ya Ali*, es ist etwas Trauriges geschehen, von dem du wissen musst. Gerne würde ich dich verschonen, doch es ist nicht möglich. Du weißt, dass unser erhabener Kalif Al Hakim Bi Amr Illah dein Vater ist. Und es ist meine traurige Aufgabe, dir mitzuteilen, dass der Kalif gestorben ist.«

Bange beobachtete sie die Wirkung ihrer Worte auf den jungen Menschen. Zu ihrer Verwunderung, die bald in Erleichterung überging, stellte sie fest, dass die Eröffnung ihn wenig zu berühren schien.

»Ich habe ihn kaum gekannt«, sagte Ali langsam nach einer Pause, als müsste er sich für seine mangelnde Erschütterung entschuldigen.

»Das stimmt, *ya Ibni*, fürwahr. Du hast ihn kaum gekannt.«

Als der Prinz als Kind noch im Harem lebte, hatte er sehr wenig von Al Hakim zu sehen bekommen. Im Grunde war keine Beziehung der Söhne und Töchter zu ihrem Vater entstanden, abgesehen davon, dass sie das erhebende Wissen in sich trugen, Kinder des Kalifen zu sein.

Da sie ihn so gefasst neben sich sitzen sah, sah sie keinen Grund, ihm nicht auch die Folgerung mitzuteilen.

»Das Reich braucht einen neuen Kalifen!«

Auch diese Mitteilung machte zunächst wenig Eindruck auf den jungen Prinzen. Dann aber begann es in seinem glatten Gesicht zu arbeiten und gleich darauf schoss aus ihm die Frage heraus: »Meinst du – ich?«

Sitt nickte und lächelte ihn forschend an. Begann er sich mit der Vorstellung vertraut zu machen?

Er neigte den Kopf auf eine Art, die sowohl Ja als auch Nein bedeuten konnte.

»Heute«, schloss sie ihre Mitteilung, »wird ein ganz besonderer Tag für dich sein. Der Nachfolger des Kalifen wird sich zum ersten Mal außerhalb des Wasserschlosses zeigen. Lass uns für den Anfang in den Garten hinuntergehen. Es gibt da einige Dinge zu sehen, die dir gut gefallen werden! Danach möchte ich dich bitten, mich in die Schatzkammern deines Vaters zu begleiten. Als sein Nachfolger sollst du sehen, was er und deine Vorväter dir hinterlassen haben. Bei dieser Gelegenheit will ich dir den Oberrichter vorstellen. Es ist notwendig, dass er dich sieht, denn nach dem

Kalifen ist er der höchste Hüter des Rechts. Er muss wissen, dass der Thron einen Anwärter hat.«

Bei Weitem stärker als die vorhergehenden Eröffnungen schien ihn diese Aussicht zu beeindrucken. Sitt konnte die Freude in seinem offenen Gesicht sehen, endlich den ersehnten Schritt in die Außenwelt tun zu dürfen.

»Wir werden es ganz langsam angehen. Jeden Tag sollst du ein wenig mehr sehen und ich bitte dich, lass es mich wissen, falls es dir zu viel werden sollte.«

Inzwischen hatte seine angeborene Aufgewecktheit wieder die Oberhand gewonnen.

»Ach, meine Tante, sorge dich nicht. Ich habe die jungen Männer unten auf der ›Straße zwischen den beiden Schlössern‹ beobachtet und ich konnte auch den Polospielern zusehen. Sie alle schienen viel Spaß zu haben und nicht nur einmal habe ich sie darum beneidet. Warum sollte ich mich jetzt fürchten?«

»Das höre ich gerne«, sagte sie und erhob sich. »Ich will mich für den Spaziergang richten. Auch du wirst dir einen Anzug nehmen wollen, der eines künftigen Kalifen würdig ist.«

Sie blickte mit scherzhaftem Tadel auf seine *Galabia* herunter, in der er offensichtlich geschlafen und über die er sich nur eine ärmellose wollene *Gubba* gezogen hatte.

Auch der Prinz stand von der Bank auf und streckte sich zu seiner vollen Größe. Wie er es sich als Knabe angewöhnt hatte, gab er seiner Tante einen Kuss auf die Wange.

›Auch das‹, sagte sich Sitt wehmütig, ›wird ein Ende haben müssen. Zumindest in der Öffentlichkeit. Ja, wir haben tatsächlich noch viel vor uns!‹

*

Bei ihrer Rückkehr in die eigenen Gemächer erwarteten Sitt bereits die Prinzessinnen Abda und Amina und Aminas Tochter Sitt Misr. Sitt hatte sie zu sich gebeten, da sie ihnen Wichtiges zu sagen habe. Alle drei waren in Schwarz gekleidet. Amina und Sitt Misr hatten gerötete Augen und geschwollene Lider. Der Harem trauerte nach dem Kleiderfund bereits um den Kalifen.

Sitt küsste ihre Cousine und ihre Nichte und sprach ihnen tröstend zu: »Wie es aussieht, ist unser Herr das Opfer von Mördern geworden. Aber noch ist nichts gewiss. Es wurden ja nur seine Kleider gefunden! Er sagte mir kurz vor seinem Verschwinden, er wolle sich aus der Hauptstadt zurückziehen.«

Dann küsste sie ihre Tante Abda und drückte ihr in stillem Einverständnis den Arm.

»Ich danke dir, meine Tante, dass auch du gekommen bist. Seit Jahren verzichtest du auf dein Vorrecht, dass wir es sind, die dich besuchen kommen. Das wird nun ein Ende haben.«

»Ist schon gut, meine Tochter. Es war meine Pflicht, dir beizustehen.«

Trotz ihrer Erschütterung war Amina hellhörig geworden: »Beistehen? Wobei?«

»Das sollst du gleich erfahren. Aber gib mir noch einige Augenblicke. Ich will mich ankleiden, denn wir werden einen Spaziergang durch den Park machen – wenn es euch recht ist, natürlich.«

Während das junge Mädchen erwartungsvoll an die Sofakante rückte, grub sich Amina tiefer in die Kissen: »Das Gehen strengt mich zu sehr an. Ich will unterdessen hier auf euch warten.«

»Wir werden sehen, ob du am Ende nicht doch beschließt, mit uns zu kommen, meine Schwester. Aber jetzt muss ich mich eilen.«

Während Sitt sich von ihren Leibdienerinnen zum Ausgehen kleiden ließ, erfreute sie sich schon in Gedanken an der Überraschung Aminas und ihrer Tochter, wenn die beiden den tot geglaubten Prinzen sehen würden. Sitt Misr war ein wenig älter als ihr Halbbruder Ali und das Verschwinden der Prinzen und ihrer Mütter wie auch die schrecklichen Gerüchte, die im Harem darüber umgingen, mussten sich ihr tief eingeprägt haben. Damals priesen die Töchter und ihre Mütter ihr glückliches Schicksal und sie konnten gar nicht aufhören, dem Schöpfer dafür zu danken. Es geschah selten genug, dass das weibliche Geschlecht eines Kindes sich als Vorteil erwies.

»Trauerst du nicht um deinen Bruder?«, fragte Amina mit leisem Vorwurf in der Stimme, als die Milchschwester zurückkam.

Sitt war in ein mit Silberplättchen besticktes, weißes Gewand geschlüpft. Ihr immer noch dichtes und, bis auf die beiden silbernen Streifen an den Schläfen, schwarzbraunes Haar wurde im Nacken von einem Perlennetz gehalten.

»Ich trauere so, wie ich seit dem Tod Nours nicht zu trauern aufgehört habe. Wie Nour ist auch Mansur verschwunden«, gab Sitt ausweichend zur Antwort und entnahm einem Schüsselchen aus leuchtend blauem Lapislazuli einige in Salz geröstete Kürbiskerne, die sie zwischen den Zähnen aufspringen ließ. Bei sich dachte sie ärgerlich: ›Wie kann jemand sich nur so verdummen lassen!‹ Ein verständnisinniger Blick Abdas flog ihr zu. ›Das kommt vom Leben im Harem, wo jede einzelne Frau mithilft, dass sich das Netz der Dummheit immer enger um alle zieht!‹

Doch dann mahnte sie sich zur Nachsicht – ›Sie kann nichts dafür. Wäre ihr Charakter stark genug gewesen, so hätte sie es sich anders gerichtet!‹ – und setzte der Gattin Al Hakims geduldig auseinander:

»Du weißt, dass ich den Kalifen nicht für tot erklären lassen kann, solange die Nachfolge nicht geregelt ist. Aber nachdem die von mir beauftragten Untersuchungen das durchlöcherte Gewand zu-

tage gefördert haben, liegt der Fall nun in den Händen des Oberkadi.«
Bei der Erwähnung des Gewandes schluchzte Amina auf.
In Sitt rührte sich neuerlich der Zorn:
›Mein Gott, was hast du aus dieser Frau gemacht!‹
Von der geheimen Treppe her waren Stimmen zu hören. Seit dem Verschwinden des Kalifen vor gut einer Woche hatte Sitt die Scheinwand nicht mehr vorziehen lassen. Die verärgerten Falten über ihrer Nasenwurzel glätteten sich und in ihre Augen trat ein Funkeln.
»Ihr werdet gleich eine große Überraschung erleben. Seht euch vor, meine Lieben!«
Abda war anzusehen, dass auch sie sich auf die bevorstehende Szene freute.
Sitt tat ein paar Schritte in die inneren Räume ihres Appartements und kehrte gleich darauf mit einer schlanken, dunkelhäutigen Frau an der einen Hand und einem sie um halbe Haupteslänge überragenden Jüngling an der anderen Hand zu den Frauen zurück.
Amina, die ihren schweren Körper auf dem Diwan mit einiger Mühe in die Richtung der Eintretenden gewuchtet hatte, stieß einen Schreckensschrei aus: War der, den Sitt da hereinführte, nicht ihr Gatte, der verschollene Kalif, allerdings um Jahrzehnte verjüngt und mit merkwürdig dunkler Haut und onyxfarbenen Augen?
»Mansur?«, fragte sie bang.
»Nein«, rief Sitt Al Mulk. »Nicht Mansur! Prinz Ali Ibn Al Hakim Ibn Al Aziz!«
Aminas Augen wanderten verständnislos zwischen Sitt und dem jungen Mann hin und her.

»Prinz Ali Ibn Al Hakim?«, erklang plötzlich laut und klar die Stimme von Sitt Misr. »Das ist doch mein Bruder!«

Das Mädchen sprang von seinem Sofaplatz auf und wäre dem Prinzen beinahe um den Hals gefallen.

Der stand angesichts der rund um ihn aufwallenden Gefühle ziemlich ratlos da.

Da hielt Sitt Misr ihren Überschwang zurück und blieb knapp vor ihm stehen. Ihre Augen suchten in seinem Gesicht die Spuren einer kaum noch zu fassenden Erinnerung. Scheu hob sie die Hand und ließ einen Finger über seine Wange gleiten.

»Ali! Du bist es! – Ich erkenne dich! Wo warst du die ganze Zeit?«

Ihr Blick wanderte hinüber zu Rukia.

»Und du musst Rukia sein, die im Flusspavillon wohnte. Ich erinnere mich an dich. Wir wunderten uns immer, dass deine Haut so schwarz war wie die einer Frau aus den unbekannten Südländern, während die Züge deines Gesichts uns geradeso vorkamen wie die einer Araberin. Was war mit euch geschehen?«

»Nun«, ließ sich Sitt vernehmen, »Prinzessin Abda und ich, wir wissen leider nur allzu gut, was damals, vor sieben Jahren, geschah, als plötzlich alle Sohnesmütter mit ihren Knaben aus dem Ostpalast verschwanden.

Doch jetzt bitte ich euch, lasst uns in den Garten gehen. Unser Prinz hier hat seit sieben Jahren keinen Fuß aus diesem Schloss gesetzt. Ich stelle mir vor, dass er es kaum erwarten kann, endlich hinauszukommen – nicht wahr, Sohn meines Bruders?«

Sie drückte fest die Hand des Jünglings und schenkte ihm einen liebevollen Blick.

»Amina, wenn es dir lieber ist, kannst du dich in einem Sessel tragen lassen. Wir wollen zuerst zum Haus der Menschenvögel gehen. Wie oft hast du mich gefragt, Ali, was sich unter den in der

Sonne funkelnden, goldenen Kuppeln verbirgt!« – Amina erhob sich ächzend von dem Sofa und ging auf Ali zu. Mit einem Dankesruf an den Allerhöchsten drückte sie ihn an ihre wogende Brust: »Allah hat uns einen Nachfolger geschenkt! Aus den Lenden unseres Kalifen. Einen Enkel des Aziz! So traurig wir sind – so ist es doch ein Freudentag!«
Hierauf trat sie zu Rukia und verfuhr mit ihr in ähnlich herzlicher Weise.
Sitt sah gerührt zu und leistete still Abbitte gegenüber ihrer Cousine:
›Sie hat ein so großes Herz und jeder Neid, jede Argheit liegt ihr fern. Allah sei Dank, dass er sie mir zur Freundin gegeben hat!‹

*

Als die kleine Gesellschaft sich dem Haus der Menschenvögel näherte, schlug ihr das Gekreische und Geschimpfe der Vögel entgegen.
»Das ist die Papageienzucht deines Großvaters, des Kalifen Al Aziz, *ya Ibni!*«, sagte Sitt zu dem jungen Prinzen, der zwischen ihr und seiner Halbschwester Sitt Misr schweigend, aber glücklich durch den Garten geschritten war.
»Wie er hast auch du Papageien immer gemocht und hast dir mit deiner kleinen Zucht gern die Zeit vertrieben. Fortan wirst du der Herr dieser prächtigen Sammlung sein. Ich bin immer gern hierhergekommen, um mich an die glücklichen Tage meiner Kindheit zu erinnern und habe nicht nur dafür gesorgt, dass die Tiere gut gepflegt, sondern dass auch immer wieder neue angeschafft werden.«
Wie einst sie selbst, drückte jetzt der Prinz den Kopf an die eng gesetzten Gitterstäbe, um ins Innere der Käfige zu sehen.

Diener hatten auf einer nahen Wiese Matten und Kissen ausgebreitet und stellten auf niedere Tische aus Weinrebenholz Getränke und süßes und salziges Naschwerk.

»Wir wollen uns setzen«, meinte die Prinzessin Abda, »während sich die jungen Leute mit der neuen Lage ein wenig vertraut machen.«

Amina legte eine Hand auf Sitts Arm.

»Du hast den Prinzen und Rukia gerettet und die ganze Zeit über bei dir versteckt?«, fragte sie ungläubig.

»Ja, meine Liebe, so war's – nicht wahr, Tante Abda?«

»So ist es! Du hast es sehr geschickt angefangen. Aber am Anfang, vor sieben Jahren, hätte ich nicht geglaubt, dass du es schaffen würdest und der Prinz unentdeckt bleiben würde.«

»Ich dachte im Grunde immer nur von einem Tag zum nächsten. Jede Nacht, die wir heil überstanden, war ein Erfolg. Ich will gar nicht mehr daran denken!«

»Aber der Prinz muss doch Lehrer gehabt haben und Spielgefährten!«

»Er hatte einen Lehrsklaven und uns – Tante Abda, Midad, Ali Ibn Ahmed und mich. Es waren nur ganz wenige Menschen eingeweiht.«

»Aber mir hättest du's doch erzählen können! Ich hätte dich niemals verraten. Das weißt du doch, oder nicht?« In Aminas Stimme schwang leiser Vorwurf mit.

»Doch. Aber ich wollte dir nicht eine solche Last aufhalsen. Du hast den Kalifen geliebt und es wäre für dich schrecklich gewesen, ein solches Geheimnis für dich zu behalten.«

»Was ist damals mit den Frauen und Söhnen wirklich geschehen? Du weißt, im Harem erzählten sich die Frauen die schrecklichsten Dinge.«

»Schrecklicher als die Wirklichkeit kann es nicht sein. Lass mich Ali und Sitt Misr holen. Ich will euch berichten, wie mein Bruder um seiner religiösen Hirngespinste willen die Dynastie der Kinder Fatimas vernichten wollte.«

*

Während Sitt sprach, behielt sie den Prinzen aufmerksam im Auge. Ihren Bruder hatte die Überforderung im Kindesalter in die geistige Zerrüttung getrieben. Der Neffe war zwar vier Jahre älter als Al Hakim, als er den Thron bestieg, doch erschien auch er ihr gefährdet. Deshalb vermied sie bei ihrer Schilderung die grauenhaften Einzelheiten. Indessen wollte und konnte sie ihm nicht alle Erschütterung ersparen, denn der Prinz musste die Abscheulichkeit der Geschehnisse erkennen, um nicht selbst in die Abscheulichkeit zu verfallen. Sitt versuchte, ihm verständlich zu machen, weshalb der Vater so gehandelt hatte:

»Dein Vater war in dem Irrglauben befangen, dass das Göttliche sich in ihm in Fleisch verwandelt habe. Er meinte, der Wille Gottes spräche deshalb aus ihm. Es war eine Krankheit seiner Seele und er konnte nichts dagegen tun. Ich habe mich bemüht, ihm deutlich zu machen, dass sein Denken in die Irre ging, aber ich konnte ihm nicht helfen.«

»Warum hast du mir das nicht schon früher erzählt?«, wollte der Prinz wissen.

»Hast du mich jemals danach gefragt?«, fragte Sitt zurück, ohne seine Frage als Vorwurf aufzunehmen. Sie wusste, dass es als erster Schritt in die Freiheit notwendig war, dass er zu fragen anfing. Wenn er sich nun von ihr getäuscht fühlte, so war das natürlich. Sie hatte ihn tatsächlich sieben Jahre lang mit allerlei gut gemeinter List im Unklaren gelassen.

»Es ist traurig, dass dein Vater verschwunden ist. Aber bei allem Unglück fügt es sich gut, dass du jetzt im Begriff bist, erwachsen zu werden. Einem Kind könnte ich diese Wahrheit nicht zumuten. Meinst du, du hättest ruhig im Wasserschloss weiterleben können, wenn du alles gewusst hättest?«

»Vergiss nicht, mein Sohn«, ließ sich da unerwartet die etwas brüchige, dunkle Stimme Rukias vernehmen, »dass Sitt Al Mulk nicht nur dir, sondern auch mir das Leben gerettet hat!«

Es war sehr selten, dass Rukia das Wort ergriff und deshalb waren Sitt und Abda, ja sogar der Prinz, für einen Augenblick überrascht. Doch gleich darauf wich die Spannung. Die stille Frau hatte die einfache, erlösende Wahrheit ausgesprochen.

Sitt schenkte ihr einen Blick voll Dankbarkeit und griff nach einem mit warmem Hibiskussaft gefüllten Glas. Fast so süß wie Sirup und nur noch mit einem kleinen Nachklang der darin enthaltenen Säure rann ihr das Getränk durch die Kehle.

*

Nach dem Mittagsgebet erwarteten der Oberrichter Ibn Abi Al Auam und der Chef des Diwans für Aufwendungen, Ali Ibn Ahmed Al Gargarai, die Schwester des verschwundenen Kalifen in der Vorhalle zum Haus der Reichsinsignien, der ersten der Schatzkammern, die die Prinzessin heute zusammen mit ihnen inspizieren wollte.

Zum Erstaunen des Richters erschien die Prinzessin in Begleitung eines vornehm gekleideten jungen Mannes, den er noch nie gesehen hatte. Wenn er nicht gewusst hätte, dass das unmöglich war, so hätte er geschworen, einen Prinzen aus den Reihen der Söhne Fatimas vor sich zu haben – so groß war seine Ähnlichkeit mit den Kalifen Al Aziz und Al Hakim. Doch er kannte alle Angehörigen der Sultansfamilie und diesen Jüngling hatte er noch nie gesehen.

Doch da stockte dem Oberkadi das Blut in den Adern. Ein ungeheuerlicher Verdacht war in ihm hochgestiegen. Die hohe Stirn, die großen, von schön geschwungenen Brauen beflügelten Augen, die ein wenig gebogene, schmale Nase und der volle, deutlich gezeichnete Mund des Unbekannten, sein schlanker Wuchs und die hoheitsvolle Haltung seines Körpers – all diese Merkmale fanden sich in ihm und in der Prinzessin Sitt Al Mulk gleichermaßen vereint. Unaussprechlich war, was diese augenfällige Ähnlichkeit nahelegte. Konnte es sein, dass die Prinzessin heimlich einen Knaben geboren hatte? Dass sie Männern ihre Huld erwies, war kein Geheimnis. Er warf Ali Ibn Ahmed einen verstohlenen Blick zu. Konnte es sein, dass dieser Mann, der ihr seit Jahrzehnten diente, der Vater dieses Jünglings war?

Hatte sie nun, da sie sich als die mächtigste Person im ganzen Land durchsetzen wollte, die Kühnheit, ihren Sohn als künftigen Kalifen zu präsentieren? Für ihn, den obersten Richter, bedeutete das ein unüberwindliches Dilemma. Das Gesetz zwang ihn, die Prinzessin wegen Unzucht zu belangen. Zugleich aber war sie seit dem Verschwinden ihres Bruders die Vertreterin des Sultanats. Handelte er nicht, so war er unwürdig. Handelte er, so würde es zwischen ihm und der Prinzessin zu einem Kampf auf Leben und Tod kommen. In diesem Widerstreit hob er den Blick und sah der Frau, deren Überlebensfähigkeit zur Legende geworden war, in die Augen.

Sie erwiderte seinen Blick offen und unbefangen. Ein verschmitzter Zug lag in ihren Augenwinkeln und umspielte ihren Mund. War ihre gewohnte Kühnheit womöglich in kindischen Übermut umgeschlagen? Lieferte sie sich und ihren Buhlen in einem Ausbruch von Leichtfertigkeit dem Henker ans Beil? Hatte der sinnlose Überschwang, der ihren Bruder nach seinen Anfällen von Gewalttätigkeit und Reue regelmäßig packte, nun auch sie in Besitz genommen?

Die Zeit von einem Lidschlag zum nächsten schien sich dehnen, als läge ein ganzer Tag dazwischen. Jeder seiner Sinne war aufs äußerste geschärft und nahm jede noch so kleine Einzelheit wahr: ihr Parfum, das sich mit dem Yasmingeruch aus den Duftnischen in den Wänden mischte, das Blütenmuster der Silberplättchen auf dem Stück weißen Kleides, das der Ausschnitt ihres schwarzen Mantels freigab – ›Aha‹, ging es ihm durch den Kopf, ›sie trägt Schwarz und Weiß; Trauer und Nichttrauer.‹ Er bemerkte den großen, tropfenförmigen Smaragd im weißen Turban ihres Begleiters und die Silberstickerei auf seinem aus schenkellanger Jacke und Hose bestehenden Anzug. Er sah die Reihe weißer Zähne, die sich perlengleich entblößte, als der Mund des Jünglings sich zu einem Lächeln öffnete.

Auch die makellosen Zähne der Prinzessin wurden unter ihrem immer breiter werdenden Lächeln sichtbar. Da blitzte eine winzige goldene Stelle in ihren Backenzähnen auf und ein helles Lachen sprudelte ihr aus der Kehle.

Die sichtliche Betroffenheit des Richters hatte Sitt seine Gedanken erraten lassen. In den Jahren, als sie so sehr damit beschäftigt war, den Brudersohn unter größter Geheimhaltung aufzuziehen, hatte sie sich manchmal belustigt gefragt, was die Leute davon halten würden, wenn sie plötzlich mit einem unbekannten jungen Prinzen vor sie hintrat.

Ein kurzer Blick zu Ali Ibn Ahmed bestätigte ihr, dass er die Miene des Richters in der gleichen Weise deutete wie sie. Allerdings schien er ihre Heiterkeit nicht zu teilen. Ihre Augen fielen auf seine Arme, die er, wie meistens in der Öffentlichkeit, hinter dem Rücken barg.

Der Gedanke an die Verstümmelung, die der Geliebte um seiner Liebe willen erlitten hatte, machte, dass sie sich ihrer Leichtfertigkeit schämte und ernst wurde. Sie wandte sich zu dem jungen

Prinzen: »Ich darf dir, *ya Amir* Ali Ibn Al Hakim Ibn Al Aziz, den Oberrichter Ibn Abi Al Auam vorstellen. Er ist ein großer Rechtsgelehrter und wird vom Hof, von der Regierung und vom Volk als unbestechlicher Richter aufs höchste geachtet.«

Der Kadi hatte sich wieder völlig in der Gewalt. Ohne mit einer Wimper zu zucken, verneigte er sich nach dem von Al Hakim eingeführten Brauch kurz und sprach einen Segensgruß.

»Du wirst dich sicher fragen, wie es sein kann, dass Prinz Ali sich heute unter uns befindet. Das ist schnell beantwortet: Ich habe ihn und seine Mutter Rukia bei mir versteckt gehalten«, fuhr Sitt fort.

Jetzt freilich konnte der Kadi bei aller Selbstbeherrschung seine überquellende Erleichterung nicht mehr verbergen:

»Gottes Segen sei mit Euch, erhabene Prinzessin! Ihr habt dem Kalifat den Nachfolger gerettet!«

Sitt nickte lächelnd. Dann hoben sich ihre Schultern, sie sah sich in der Halle des Schatzhauses um und fragte:

»Wo ist der Schatzmeister?«

»Er bedauert«, erklärte Ali Ibn Ahmed, »Euch auf dem Rundgang durch die Schatzkammern nicht begleiten zu können, da er weiterhin dem Kalifen Gehorsam schulde.«

Sitt war nicht überrascht. Sie rechnete damit, dass einige aus Al Hakims Schar schwarzer Günstlinge Schwierigkeiten machen würden. Sie hatte sich vorgenommen, jene Eunuchen, die sich ihr widerspruchslos unterstellten, nicht zu bestrafen. Wer ihr Widerstand leistete, würde indessen nicht mit ihrer Gnade rechnen dürfen. Damit trug sie den Namen des Schatzmeisters auf der Liste der Gegner ein, die sie in ihrem Kopf angelegt hatte.

»Nun denn, so wirst du, *ya* Ali Ibn Ahmed, zusätzlich zu deinem Amt als Chef der Aufwendungen des Palastes auch die Pflichten des Schatzmeisters übernehmen. Beides geht miteinander gut Hand in Hand.«

Ali Ibn Ahmed verneigte sich vor ihr bis auf den Boden und küsste den Saum ihres Mantels. Er wusste, dass sie die Aufhebung des byzantinischen Protokolls nicht guthieß und sie bald rückgängig machen würde.

»Öffnet die Kammern!«, befahl der soeben ernannte Schatzmeister den mit schweren Waffen und in Kettenhemden Wache stehenden Soldaten. Der Offizier der Mannschaft schwankte unschlüssig, ob er dem Befehl stattgeben durfte.

Da meldete sich ruhig und fest die Stimme des Oberrichters:

»Macht auf, *ya Habeib*! Vor euch stehen die Vertreterin des Sultanats und der Sohn des Kalifen.«

Die Riegel glitten in ihren wohl geölten Schienen zur Seite und die mit Damaszenerstahl und Silber beschlagene Tür zu den Reichsinsignien schwang auf.

*

Wie ein heiliger Zauber schlug die Macht, die von den Zeichen des Kalifats ausging, die Prinzessin und den Prinzen, den Oberrichter und den neuen Schatzmeister in ihren Bann. In ehrfürchtigem Schweigen, hie und da flüsternd ein Wort wechselnd, durchschritten sie die Gewölbe. Der Staub tanzte in den schrägen Lichtstreifen, die durch die hoch oben in den dicken Mauern angebrachten, vergitterten Fenster einfielen. Depotaufseher öffneten für sie schlüsselklappernd die Wandkästen.

Langsam wanderten sie an juwelenverzierten Staatsroben, den dazu passenden Sonnenschirmen, an Szeptern und Tintenfässern vorbei. Sitt verband mit jedem Stück Erinnerungen, aber der Anblick jener Ornate, die ihr Vater getragen hatte, trieb ihr die Tränen in die Augen. Vor einem Zeremonienmantel aus ockerfarbenem Brokat, in dessen goldenen Blütenranken sich Pfauen verbargen, blieb sie stehen.

»Sieh, mein Prinz, diesen Mantel hat dein Großvater Al Aziz getragen, als er eine Delegation aus Byzanz empfing. Mir steht alles ganz deutlich vor Augen, als wäre es gestern gewesen. Damals erhob Kaiser Basileios Anspruch auf Damaskus. Beide – dein Großvater wie der Kaiser – waren noch ganz jung auf ihrem Thron und für mich war es der erste Empfang, bei dem ich Zeugin sein durfte. Ich sehe voraus, dass wir bald wieder mit Byzanz zu tun haben werden. Der Kaiser ist im Begriff, die Bulgaren nach drei Jahrzehnten des Kriegs niederzuringen. Dann wird er sein Augenmerk wieder in den Süden richten, auf Syrien. Wir werden uns vorsehen müssen.«

»Diese Stiefel passten deinem Großvater?«

Der Prinz wies auf die zu dem Mantel gefertigte, mit Saphiren und Perlen bestickte Fußbekleidung aus Gazellenleder. Die Stiefel ließen auf übergroße Füße schließen.

»Ja, *Habibi*, das taten sie!«, sagte Sitt und seufzte hörbar an gegen den scharfen Stich, den die Worte des Neffen in ihrer Brust hervorgerufen hatten. Vor ihr stand das am Hof oft beschworene Bild, als der Kalif Al Hakim elfjährig hinter den nackten Füßen seines toten Vaters in der Hauptstadt Einzug hielt.

Ein Stück weiter kamen sie zu den Gewändern Hakims.

»Und das sind die Ornate deines Vaters.«

Der junge Prinz gab keine Antwort und presste die Kiefer zusammen. Sitt fiel das Spiel seiner Wangenmuskeln auf.

›Das hat er von seiner Großmutter Theodora. So sah sie immer aus, wenn Tagrid es zu arg trieb‹, dachte sie und ihre Lippen verzogen sich zu einem traurigen Lächeln.

Im Anschluss an die Kleiderkammer gelangten sie in den Saal, in dem die vom Glanz des Goldes und Tausender Edelsteine funkelnden Throne der Kalifen aufbewahrt wurden. Hier befanden sich auch die Sonnenkronen. Einer von diesen Hängekränzen, deren Durchmesser sieben Fuß und mehr betrug und die aus Gold, Silber, taubeneigroßen Perlen und Edelsteinen gearbeitet waren, wurde alljährlich bei Aufbruch der Pilgerkarawanen auf einem Mast über dem Dach der Goldenen Halle des Ostpalastes hochgezogen.

Im oberen Geschoss der Reichsinsignienkammer lagerten die heiligen Reliquien und andere Schätze von höchstem *Baraka*, von höchster Gnadenkraft. So fand sich hier das Schwert des Prophetenenkels und verehrten Märtyrers der *Schia*, des Imam Hussein, oder der über und über mit goldenen Sternen beschlagene Panzer des Kalifen Al Muizz.

»Diesen Panzer, *ya Habibi*, trug dein Urgroßvater, als er am 7. Ramadan des Jahres 362, im Christenjahr 973, auf der Schiffsbrücke bei Misr den Nil überquerte und in der für ihn erbauten neuen Hauptstadt Al Kahira einzog. Es war der Tag, an dem die Kinder Fatimas in Ägypten willkommen geheißen wurden und das Land am Nil offiziell in Besitz nahmen.«

»Warst du damals dabei?«

»Nein, mein Prinz, ich war drei Jahre alt und lebte noch mit meiner Mutter und dem ganzen Harem in unserer alten Hauptstadt Kairuan.«

»Wie bist du dann hergekommen?«

»Mit der großen Hofkarawane. Es war sicher einer der größten Umzüge aller Zeiten, vergleichbar den Wanderungen ganzer Volksstämme in ein neues Land, das ein besseres Leben verspricht. Die Kinder Fatimas hatten ein Jahrhundert lang nach Ägypten gestrebt. Es war unser gelobtes Land. Unter deinem Urgroßvater Al Muizz wurde der Traum Wirklichkeit und danach lebten wir unter deinem Großvater Al Aziz so, als wäre das Paradies auf die

Erde gekommen. Doch das Paradies war nicht von Dauer, der Ungeist der Eiferei und der Verachtung anderer Religionen und ihrer Anhänger hat es zerstört. Und zurzeit sind wir in Gefahr, das Land selbst auch noch zu verlieren.

Es wird einer großen Anstrengung bedürfen, *ya Ibni,* wenn wir Ägypten halten wollen. Aber ich bin entschlossen, es zu schaffen. Beim Schwert des Imam Hussein und beim Panzer des Kalifen Al Muizz: Du als Kalif und ich als Regentin werden Ägypten für die Söhne Fatimas und für die *Ismailia* retten. Ich weiß, es ist möglich.«

Sitt sah sich um im kleinen Kreis der Männer und gab jedem von ihnen – dem Prinzen, dem Oberrichter und dem Chef der Aufwendungen – einen Blick, in den sie ihre ganze Entschlossenheit legte. Sie hatte ihre leidenschaftlichen Worte nicht allein für den jungen Prinzen gesprochen, sondern mehr noch für den Oberrichter. Er musste die Legitimität ihres Vorhabens stützen. Und damit er nicht auf die Idee kam, sie im Stich zu lassen, sagte sie:

»Wenn der neue Kalif, sobald die Zeit dafür gekommen ist, den Thron besteigen wird, dann werde ich genau beobachten, wer ihm huldigt und wer nicht.«

Mit dieser Warnung wandte sie sich zum Gehen.

»Wir haben noch viel vor uns heute. Lasst uns jetzt das Juwelenhaus in Augenschein nehmen!«

Im Grunde traute sie der Vernunft des Richters, doch sie hatte gelernt, dass nicht einmal auf die Vernunft Verlass war.

Die meisten Menschen ließen sich, wenn es hart auf hart kam, von Macht, Reichtum oder Angst bewegen und wer herrschte, war klug, bei jenen, die er brauchte, zumindest eins der drei anzuwenden, um sie gegen Versuchungen zu feien. Ihr Geliebter war bereits reich. Für ihn hatte sie das Versprechen wachsender Macht reserviert.

Ihre Berechnungen waren gut, doch eins hatte sie dabei außer Acht gelassen: den Antrieb der Ehre. Als Schattenkalifin nun bald ein Leben lang selbst um die gebührende Ehre betrogen, hatte sie kein rechtes Gespür für den Einsatz der Ehre als Ansporn und Lohn entwickelt. Zumeist von eitlen Höflingen umgeben, vergaß sie, dass jemandem wie General Ibn Dauas, einem mit Verstand gesegneten Haudegen, der auf dem Feld der Ehre sein Leben zu Markte trug, die Ehre alles war. Und Dauas hatte es sich in den Kopf gesetzt, zum Zenit aufzusteigen – mit ihr und durch sie.

*

Schon lange hatte Sitt keinen Fuß mehr in den Juwelenhort der Fatimiden gesetzt. Gewohnt an die erlesene Auswahl und elegante Anordnung der Schätze in ihrer *Zakira*, musste sie sich erst umstellen auf die Überfülle von Kostbarkeiten, die hier, wie in einem Warendepot nach Art und Größe geordnet, in Regalkästen an den Wänden und in Behältern auf dem Boden aufbewahrt wurden.

Das erste, langgestreckte Gewölbe war vom Boden bis zur Decke mit vielen tausend Gefäßen und Gegenständen jeglicher vorstellbaren Art aus Bergkristall angefüllt, mit Krügen, Gläsern, Schalen, Tintenfässern und Skulpturen. In eine Ecke waren unbearbeitete Kristalle aufgeschichtet. Entlang der Kästen lagen Kristalldrusen auf dem Boden, von denen einzelne an die vier Fuß hoch waren. In der nächsten Halle befanden sich verschiedenste Gegenstände des höfischen Gebrauches aus Silber und eine Halle darauf war alles aus purem Gold und Edelsteinen gefertigt. Im letzten Gewölbe lagen auf blausamtener Unterlage in langen Reihen in allen Edelsteinfarben funkelnde Tiaren, Armbänder, Ringe, Ohrgehänge, Halsgeschmeide, Kleiderspangen, juwelenbesetzte

Kappen, Gürtel und Pantoffeln. Allein von den Siegelringen gab es eintausendzweihundert Stück.

In Truhen aus edlen Hölzern und Elfenbein und in Eimern aus getriebenem Gold lagerten Perlen in allen denkbaren Farben und Größen und rohe und geschliffene Edelsteine. Vor einem solchen Eimer blieb Sitt stehen. Er war randvoll mit besonders großen, geschliffenen Diamanten, Smaragden, Saphiren und Rubinen gefüllt.

»Das war eine der letzten Anschaffungen deines Vaters«, sagte sie zu dem Prinzen, der ihr still gefolgt war. »Siebenhunderttausend Dinar hat er für diesen Schatz ausgegeben. Das ist so viel Gold, dass sich davon ein prächtiger Palast bauen und einrichten ließe.«

Sie nahm einen Saphir von der Größe ihres Handtellers heraus und hielt ihn gegen den Schein einer Lampe.

»Dieser Stein ist würdig der Lehne eines Thronsessels. Sieh, in welch tiefem Blau er strahlt. Im Licht des Tages ist er bestimmt von himmlischer Schönheit!«

»Gehören diese Schätze alle dem Kalifen?«

»Sie gehören der Familie. Der Kalif kann darüber bestimmen, doch ist er den Ahnen und den Nachfahren dafür verantwortlich. Aber das ist nur ein Teil der Schätze. Wir werden heute noch durch die anderen Schatzhäuser gehen, damit du einen Eindruck von allem bekommst. Zugleich wollen wir ja die Geschenke für die Würdenträger auswählen.«

Bei den letzten Worten hatte sie sich zu ihren anderen Begleitern umgewandt.

»Jeder von euch beiden soll ein Pfund geschliffener und ein Pfund ungeschliffener Edelsteine erhalten und dazu je ein Dutzend goldene Teller und Schalen und ein halbes Dutzend Gefäße aus Kristall. Darüber hinaus will ich jedem von euch fünfzigtausend Golddinar auszahlen lassen.«

Die beiden verneigten sich mit Dankesworten.
»*Dai* Kut Tegin, Kutama-General Ibn Dauas und Nasim, der Vorhangzieher und Schwertträger, sollen das Gleiche erhalten. Alle anderen Generäle und Würdenträger bekommen davon die Hälfte. Ihr beide sollt zusätzlich in den anderen Schatzkammern auswählen, was euch gefällt.«
Der Prinz war inzwischen die offenen Kästen mit den Kronjuwelen entlanggegangen und schien von einem Gegenstand besonders hingerissen zu sein.
»Das sieht ja aus wie ein riesenhaftes Ei! Was ist das?«, fragte er Sitt, die zu ihm hintrat.
»Das ist wirklich ein Ei; aber es stammt nicht von einem Vogel, sondern von einer großen Schlange. Dein Vorfahr, Kalif Al Kaim, hat es von einem anderen König als Geschenk erhalten. Es ist eine der größten Kostbarkeiten in unserem Besitz – aber nicht wegen der unvergleichlich zart gearbeiteten goldenen Fassung und auch nicht wegen seines Fußes, der aus einem einzigen Smaragd geschnitten ist, sondern wegen des *Baraka* des Al Kaim, der ihm innewohnt.«

*

Der Inspektionsgang durch die Schatzhäuser nahm den ganzen Nachmittag und einen guten Teil des Abends in Anspruch. Obwohl Sitt zunehmend mit Erschöpfung zu kämpfen hatte, hielt sie durch: Es war notwendig, dass sie und der Sohn des verschwundenen Herrschers das Erbe sofort in Besitz nahmen, damit niemand anderer auf den Gedanken kam, es zu beanspruchen.
In der *Zakira* des Kalifen Al Hakim, die ein wahres Haus der Kuriositäten war, zeigte sie dem heimlichen Kronprinzen jenen noch immer von den Früchten aus Amber duftenden silbernen

Garten, den sie vor einem Vierteljahrhundert seinem Vater geschenkt hatte und sie freute sich an seinem Staunen über dieses unvergleichliche Kunstwerk.

Dann forderte sie ihre beiden anderen Begleiter auf, aus den Schätzen der *Zakira* eine Kostbarkeit für sich auszuwählen.

Der Oberrichter entschied sich für die Nachbildung einer Eule. Schwarze Diamanten, eingebettet in leuchtenden Bernstein, bildeten ihre Augen; in Gold eingefasste braun-schwarz schillernde Stücke von Glasfluss die Federn. Der Schnabel wie auch die Nägel ihrer goldenen Füße wölbten sich in glänzend schwarzem Onyx.

Ali Ibn Ahmed wählte eine weiße Gazelle. Das Fell ihres hellen Leibes war mittels zahlloser länglicher Perlen nachgebildet und der Kamm ihres Nackens mit Diamanten besetzt. Ihre Augen aus dunklen, fast schwarzen Rubinen blickten scheu und zugleich so, als verstünden sie alles.

In den königlichen Rüstkammern mit den aus edelsten Metallen geschmiedeten und mit Edelsteinen verzierten Prunkwaffen durften sich der Prinz und die beiden Würdenträger jeder ein Schwert, einen Schild und einen Harnisch aussuchen. Hierauf wandelten sie in den Textildepots durch endlos lange Gänge voller Prunkgewänder, Turbane, *Tiraz*stoffe, schillernder *Bukalamun*gewebe, herrlicher Brokate und Seiden. Dort wählte Sitt für die höchsten Würdenträger jeweils eine *Gubba* aus, die der Kalif Al Aziz persönlich getragen hatte.

»Damit alle wissen, dass wir wieder auf gute Zeiten zugehen«, erklärte sie und wies den Chef der Aufwendungen an: »Alle anderen höheren Offiziere, Beamten und Eunuchen erhalten Tirazstoffe mit dem Namen des Al Aziz. Falls das, was hier lagert, dafür nicht ausreicht, müssen solche Tiraz eben in Tinnis nachgefertigt werden. Die Kuriere sollten spätestens morgen losreiten.«

Dann ging es in die Fahnenkammern, Zeughäuser und Teppichlager des Palastes, in die Depots für Mobiliar und edles Geschirr. Sitt bedauerte es, dass die Zeit fehlte, sich an der Herrlichkeit dieser unvorstellbaren Schätze zu erfreuen und eilte, sich vorantreibend, an dem mit Perlen und Edelsteinen verzierten Mobiliar aus Edelhölzern, Elfenbein und Halbedelsteinen vorbei, an goldenen Waschbecken in der Gestalt von Löwen und anderen Tieren, an hauchdünnem, bezaubernd bemaltem Porzellan aus China, an Schalen und Dosen aus Lack und leuchtendem Email.

Nahezu betäubt vom Duft des dort gehorteten Ambra, Moschus und Kampfers, vom Weihrauch und den Extrakten aus Narzissen und Veilchen, durchwanderte die Gruppe die Spezereienkammern, wo auch noch alle denkbaren Dufthölzer, Gewürze und heilende Essenzen lagerten. Alle waren froh, als sie endlich in den großen Hallen angelangt waren, wo die Festbarken und Prunkzelte aufbewahrt wurden. Müde und schweigend gingen sie an den Barken vorbei, deren jede ein kleines schwimmendes Lustschloss von erlesenster Handwerkskunst war. Nur bei einem der sorgfältig auf dem Boden aufgelegten Zelte hielt Sitt an und nahm den jungen Prinzen am Arm, um ihn näher heranzuführen:

»Das ist die Rotunde. Unter dem Volk und den Soldaten heißt das Zelt auch ›der Mörder‹, weil beim Aufstellen immer wieder Sklaven zu Tode gekommen sind. Fünfundsechzig Ellen hoch ist der mächtige Mittelmast – du siehst ihn dort hinten an der Wand liegen – und siebenundsiebzig Kamele sind nötig, um es zu befördern. Dein Großvater führte das Staatszelt mit sich, als er von Bilbais aus in den Krieg gegen Syrien ziehen wollte. Es war das Letzte, was er in seinem Leben tun konnte.« Um nicht in Tränen auszubrechen, biss sie die Zähne zusammen und spannte Wangen und Kinn an. »Das war alles, was wir heute in Augenschein nehmen wollten«, schob sie den Erinnerungen den Riegel vor. »Die Palastbibliothek wird Midad mit dir besichtigen, mein Prinz. Vielleicht ist auch unsere Tante Abda bereit, dazu ihr Wissen zur Verfügung zu stellen. Und ich will Ibn Al Haissam bitten, mit euch zu gehen, da es in Al Kahira niemanden anderen gibt, der sich in den Wissenschaften von der Natur so gut auskennt wie er.«

»Ibn Haissam – ist das der Mann, der dir deine Sehbrille gemacht hat?«

»Ja, mein Sohn. Aber das ist bei Weitem nicht alles. Er hat einige der wichtigsten Entdeckungen unseres Zeitalters gemacht. Doch darüber soll er selbst dir erzählen. Du wirst jetzt mit den klügsten Menschen des Reiches sprechen können, überall hingehen und tun können, was immer du möchtest. Ist das nicht herrlich?«

Der Jüngling nickte beflissen und wenn Sitt nicht selbst so froh gewesen wäre, zu glauben, dass das Schlimmste vorbei war, so hätte sie die Unsicherheit in den Augen ihres Schützlings bemerkt.

»Übrigens – Ibn Al Haissam!«, sagte sie nun zu dem Oberrichter. »Der Mann lebt seit Jahr und Tag in einem versteckten Haus in Misr. Wir können ihm jetzt eine Garantie ausstellen. Den obersten *Dai* will ich dann ersuchen, ihm endlich eine Wohnung beim Haus der Weisheit zuzuweisen.«

*

Weder Musik noch Lachen begleitete das Murmeln gedämpfter Stimmen, das aus den Salons des Wasserschlosses ins Innere von Sitts Appartement drang. Die unerklärte Hoftrauer um den Kalifen und die allgemeine Anspannung im Hinblick auf den Machtwechsel ließen keine Heiterkeit zu. Sitt hatte sich früh von ihren Besuchern zurückgezogen und lag nun in dem an ihren Ankleideraum anschließenden Gemach auf einem Diwan. Eine Sklavin massierte ihr die schmerzenden Füße. Mit letzter Anstrengung gab sie am Ende dieses ermüdenden Tages dem Hofmeister Midad ihre Anweisungen.

»Ich will morgen am frühen Abend den Kronprinzen den hohen Würdenträgern vorstellen und sie zugleich beschenken, so wie ich es heute mit Ali Ibn Ahmed vereinbart habe. Da alles noch inoffiziell ist, soll das Treffen in meinem *Iwan* stattfinden. Sieh dazu, dass keiner fehlt und dass auch die Geschenke hierhergebracht werden. Ali habe ich heute die Schätze gezeigt und sie mit ihm in Besitz genommen. Der Oberrichter ist unser Zeuge. Dich bitte ich, dem Prinzen gemeinsam mit Ibn Al Haissam und, so Prinzessin Abda dazu bereit ist, auch mit ihr, die Bibliothek zu zeigen. Er sollte später noch den Haremspalast und die Gärten, den Tiergarten, die Stadt und Misr kennenlernen. Soweit es meine Zeit erlaubt, will ich selbst mitkommen.

Morgen, gleich nach dem Aufstehen, werde ich eine Proklamation an das Volk von Ägypten verfassen. Sorge dafür, dass der Chefschreiber des Kalifen bereitsteht.«

Ihr Türhüter erschien im offenen Bogen des Gemachs.

»*Ya Imama,* der Generalissimus Ibn Dauas bittet, zu Euch vorgelassen zu werden.«

Irritiert hob sie die Brauen, aber da zeigte sich hinter dem Eunuchen bereits die stämmige Gestalt des Generals. Später fragte sie sich, woran es wohl gelegen haben mochte – ob an ihrer Müdigkeit oder dem Umstand, dass sie Dauas' Hilfe noch brauchte –, dass sie matt antwortete: »Er soll eintreten!«

Dauas' Verhalten war eine Unerhörtheit, denn obwohl sie im Wasserschloss in aller Freiheit lebte, hatten nur allervertrauteste Menschen Zugang zu ihren inneren Räumen und kein Außenstehender durfte es wagen, ins Allerheiligste eines Harems vorzudringen. Doch da stand nun Ibn Dauas mit wenigen Schritten vor ihr.

›Dieser ungehobelte Bursche benimmt sich ja wie ein Eroberer in einer besiegten Stadt!‹, regte sich in ihr die Empörung. Offenbar wollte er sie einschüchtern. Glaubte er, er hätte sie in der Hand, weil sie die Rückendeckung seiner Berber benötigte? Ganz unrecht hatte er damit ja nicht. Denn obwohl ihr die Mameluken die Treue hielten, so lag ihr nichts daran, die Armee zu spalten. Wohl hatte Bargawan vor einem Vierteljahrhundert in Kauf genommen, dass Berber und Mameluken sich gegeneinander wandten. Doch damals befand sich die Dynastie auf dem Höhepunkt ihrer Macht. In der gegenwärtigen Schwäche war es wichtig, alle Kräfte zusammenzuhalten. Offenbar wollte der General herausfinden, einen wie hohen Preis sie dafür zu zahlen bereit war.

»Ich danke dir«, sagte sie also zu Midad. »Du weißt alles, was du für morgen brauchst. Ich wünsche dir ein gutes Erwachen.«

Der Getreue sah sie prüfend an. Sollte er die Wachen holen lassen? Mit einem Lidschlag bedeutete sie ihm, dass es gut war. Er konnte gehen. Auch dem Türsteher winkte sie zu gehen.

Sie setzte sich zurecht und forderte den General auf, sich auf dem Diwan, der neben dem ihren stand, niederzulassen.

»Was ist geschehen, mein General? Es kann nur etwas Dringendes sein, das Euch bewogen hat, jetzt Eintritt zu begehren!«

»Es ist wahrlich dringend! Meine Soldaten wollen wissen, auf welcher Seite sie stehen. Es ist jetzt ein offenes Geheimnis, dass der Kalif getötet wurde und daraus ergibt sich große Unsicherheit. Viele meinen, Ihr strebt danach, die Regierung zu übernehmen. Doch dazu braucht Ihr einen Mann. Ihr seid nicht verheiratet und habt keinen anderen Bruder. Wollt Ihr die Macht am Ende den beiden Thronfolgern abtreten, die Al Hakim eingesetzt hat?«

War es denkbar, dass die Neuigkeit, dass ein Sohn Al Hakims

überlebt hatte, noch nicht zu ihm gedrungen war? Der Sklavin, die immer noch zu ihren Füßen saß, befahl sie:

»Lass Wein holen. Danach aber will ich nicht mehr gestört werden. Sag jedem, der noch zu mir möchte, dass ich bereits zur Ruhe gegangen sei und verboten habe, irgendwen zu mir vorzulassen. Verstehe mich: Niemand darf hereingelassen werden.«

Sie konnte nur hoffen, dass Ali Ibn Ahmed, falls er heute Abend kam, sich damit zufriedengeben würde, dass sie müde war. Noch nie hatte sie dem Geliebten den Zutritt verweigern lassen. Nun, ihr würde schon die richtige Erklärung einfallen. Später. Im Augenblick musste sie sich dem Mann stellen, der vor ihr saß und der versuchte, sie mit den beiden Thronfolgern Al Hakims unter Druck zu setzen.

»Nein, mein General, ich denke nicht, dass zwei Thronfolger – einer für das Kalifat und einer für das *Imamat* – die richtige Lösung sind. Ihr wisst, dass ich das Kalifat und die *Ismailia* schützen will und dabei zähle ich auf Euch. Morgen sollt Ihr zum Generalissimus der gesamten Armee ernannt werden.«

»*Imamin*«, der General stockte. Nach einem Räuspern stieß er hervor. »Lasst uns heiraten! In der Heimat Eurer Mutter haben immer wieder Generäle die Ordnung aufrechterhalten, zuletzt Johannes Tzimiskes, der Vorgänger des jetzigen Kaisers. Ihr braucht einen Mann für das Kalifat!«, schloss er eindringlich.

Aber es gab ja einen Mann! Sitt war unschlüssig. Sie hatte vor, Prinz Ali morgen den Ersten im Staat inoffiziell vorzustellen. Konnte sie den General bis dahin im Unklaren lassen? Nein, das war nicht klug. Er würde sich betrogen fühlen.

»Mein General«, hob sie bedächtig an, »ich wollte die Würdenträger erst morgen davon unterrichten, doch Ihr sollt es schon heute wissen: Es gibt einen Kronprinzen.«

Ibn Dauas sah sie verständnislos an. In den Gesprächen dieser

Tage, die sich um nichts anderes bewegten als um die Nachfolge im Kalifat, war ständig die Rede davon, dass Al Hakim alle Sohnesmütter und ihre Knaben getötet hatte.

»Es gibt einen Kronprinzen!«, bekräftigte Sitt.

Der General schüttelte den Kopf. »Was meint Ihr damit?«

»Nun, ich meine, dass ein Sohn meines Bruders lebt.«

»Aber das kann doch nicht sein! Er wäre ja Thronfolger!«

»Er ist es auch. Da es einen Kronprinzen gibt, ist die doppelte Thronfolgeregelung null und nichtig.«

»Und wer ist dieser Kronprinz?«

»Es ist Ali, der Sohn Rukias. Beide leben seit sieben Jahren hier bei mir im Schloss.«

Ibn Dauas war verstummt.

Er nahm einen Schluck von dem Wein, den die Dienerin gebracht und in kristallene Kelche gegossen hatte. Sitt konnte sehen, wie es in seinem Kopf arbeitete.

»Wie alt ist der Prinz?«

»Fünfzehn Jahre.«

»Das ist recht jung für einen Kalifen. Wird er sich durchsetzen können?«

»Mit meiner Hilfe gewiss. Mansur war elf, als er den Thron bestieg.«

»Er hatte die Kutama hinter sich!«

Triumph klang in seiner Stimme.

»Und ich habe die Kutama und die Mameluken hinter mir – ist es nicht so?«

»Die Kutama werden hinter Euch stehen, wenn Ihr meine Gattin seid!«

Sitt hob ihren Kelch und trank ihm zu: »Wohlan, dann auf unsere Verbindung!«

Der General war wie ein Reiter, der sein zum Galopp gespborntes

Pferd plötzlich zügeln musste. Er hatte nicht erwartet, so schnell ans Ziel zu gelangen. Sitt reichte ihm seinen Kelch und er leerte ihn in einem Zug. Während seine gespannte Haltung sich löste, spürte er die Woge des Sieges in sich aufsteigen. Sitt schenkte ihm Wein nach. Nun hob auch er das tiefrot funkelnde Gefäß:
»Auf unsere Verbindung!«
Er ließ sich bequemer in den Diwan sinken und hakte nach.
»Wann wollt Ihr Euch mit mir vermählen?«
»Sobald die vierzig Tage der ersten Trauerzeit verstrichen sind. Danach soll unserer«, sie überwand sich, um das Wort so natürlich wie möglich über die Lippen zu bringen, »Eheschließung nichts im Wege stehen – obwohl es natürlich immer noch unschicklich früh wäre. Aber ich will Euch nicht hinhalten und Ihr sollt meinen guten Willen sehen.«
Vierzig Tage! Das musste ausreichen. Ihr Vater hatte in klaren Verhältnissen zwar sechs Monate gebraucht, um die Lage nach dem Tod des Al Muizz fest im Griff zu haben. Doch, was sie im Begriff zu tun stand, war nichts anderes als ein Staatsstreich und da lautete das oberste Gebot Schnelligkeit.
»Was gebt Ihr mir als Unterpfand, dass Ihr Euch an die Vereinbarung halten wollt?«
»Was stellt Ihr Euch vor?«
»Euch!«
In diesem Augenblick begriff sie, dass es dem General nicht allein um die Herrschaft ging. Diese wollte er zwar erringen, was nur durch sie möglich war. Aber zuinnerst strebte er, der rauhe Soldat, danach, sich persönlich zu legitimieren. Das Einzige, was ihn der Regentenwürde, die er anstrebte, wirklich würdig machen konnte, war ihre Liebe. Aber musste sie das Spiel so weit treiben? Was ging sie das alles überhaupt an? Sollte er doch mit seinen Kutama die Macht an sich reißen und regieren, mit wem er wollte!

›Nimm dich zusammen!‹, befahl sie sich schroff im Stillen.

»Ihr wisst, mein General, dass ich Euch spätestens seit Eurem großherzigen Einsatz während der Flut überaus schätze. Zuvor habt Ihr Misr vor den Schwarzen Sklaventruppen gerettet. Ihr seid der Retter des Reiches.«

Sie nickte ihm zu und fühlte, wie er weich wurde.

Er sah sie aus verschwommenen Augen an – ob vom Wein oder vor innerer Rührung, wusste sie nicht zu deuten – und sagte:

»Ich habe dich, meine Verlobte – denn das bist du ja jetzt, nicht wahr? –, geliebt, seit ich dich als junger Soldat zum ersten Mal sah. Du weißt es vielleicht nicht, aber alle jungen Soldaten lieben dich. Sie lauschen verträumt und sehnsuchtsvoll den Liedern der wandernden Sänger, die ihnen an den Abenden beim Feuer die Langeweile vertreiben und viele dieser Lieder handeln von deiner Schönheit und deinem edlen Mut. Und die Soldaten trauern, weil dein Schicksal dich zu einer unglücklichen Prinzessin gemacht hat, der die Liebe eines Gatten verwehrt ist.«

Sitt lauschte ihm mit wachsendem Staunen. Nie hätte sie diese abgehärtete Soldatenseele solch poetischer Gedanken für fähig gehalten. Sie suchte in seinem von einem kurz geschnittenen Bart kaum verhüllten Gesicht zu ergründen, was unter der von der Sonne gegerbten Oberfläche vor sich ging. Dabei fielen ihr die in Stein gehauenen Köpfe römischer Kaiser ein, auf die ihre Mutter sie in längst vergessenen Kindertagen aufmerksam gemacht hatte. Sie sahen einem an allen denkbaren Stellen der innerhalb der Mauern von Misr gelegenen alten koptischen Metropole entgegen, in deren Hauswänden die Römersteine neuerliche Verwendung gefunden hatten. Die ungewöhnlich breiten Schultern des Generals verhießen Schutz. Seine unter dem hochgerutschten Burnus sichtbaren weißen Beinkleider ließen gut geformte, kräftige Waden erahnen. War nicht da ein Mann, der die Macht, den

Willen und vielleicht auch den Charakter hatte, um einen Teil ihrer übermenschlichen Last zu tragen?

›Hör auf zu träumen! Eh du dichs versiehst, würde er dich in seinem Harem verschwinden lassen. Es ist gut so, wie es ist. Ali Ibn Ahmed kommandiert kein Heer, doch mit ihm hast du einen zuverlässigen, klugen Gefährten. Er liebt dich und du liebst ihn, auch wenn das große Feuer einer warmen, anhaltenden Glut gewichen ist, an die du dich vielleicht ein wenig zu gut gewöhnt hast. Du nimmst dir die Macht und du tust es allein!‹

Tief in ihrem Inneren spürte sie die Gewissheit, dass dies der letzte Kampf sein würde, den sie ausfechten musste. Sie war bereit.

Der General war in seiner Erzählung von den sehnsuchtsvollen Nächten am Lagerfeuer zu den allgemeinen Härten des Soldatenlebens übergegangen und war gerade im Begriff, sich in diesen zu verlieren. Vom Wein gesprächig gemacht, zugleich aber der Schärfe des Denkens beraubt – wozu das vertraute Beisammensein mit der begehrten Frau ein Übriges tat –, war seine Rede zusammenhanglos geworden und die sonst so gesammelte Kraft seines Körpers schlaff.

In Sitt regte sich Widerwillen, mehr gegen sich selbst als gegen den Mann. Angeekelt schalt sie sich, wie sie eben noch mit Wohlgefallen hatte erwägen können, ihm ihre Gunst zu schenken.

Als er sich zu ihr hinüberlehnte und die Hand nach ihr ausstreckte, fiel ihr ein, was ihr Bruder über ihn gesagt hatte: »Dieser haarige Affe!«

Während es ihr schwerfiel, ihren Ekel zu beherrschen, machte er es ihr leicht, Ibn Dauas in die Schranken zu weisen.

»Wenn Ihr mein Gatte sein wollt, General, so muss alles seine Ordnung haben. Die Braut wird Euch gehören, sobald die Ehe geschlossen ist.«

»Aber du nimmst es doch sonst nicht so genau. Das weiß doch jeder!«
Sie spürte, wie ihr das Blut in den Kopf schoss. Ihre Augen sprühten Funken, als sie ihn anherrschte: »Verlasst mein Haus! Ich will Euch hier nicht mehr sehen!«
»Ich meine das nicht so«, versuchte er einzulenken.
»Geht jetzt, oder ich lasse meine Wachen holen!«
Langsam raffte sich der Krieger auf und trat den Rückzug an. Fast tat er ihr leid in seiner Betretenheit. Aber ihr Zorn und ihre Entschlossenheit, sich allein durchzusetzen, selbst wenn sie dabei alles aufs Spiel setzte, waren stärker als ihr Mitgefühl.

*

»Das sind die richtigen Worte«, sagte Sitt zufrieden und gab dem Chefschreiber die dicht beschriebenen Blätter zurück.
»Wollt Ihr unter die Proklamation nicht Euren Namen setzen, *Imamin?*«
»Das wäre jetzt nicht der richtige Zeitpunkt. Füge am Ende anstelle meines Namens hinzu: ›Geschrieben vom Patron der Dynastie des Befehlshabers der Gläubigen im Monat Zu Al Kada des Jahres 411‹.«
Bei sich dachte sie:
›Die Botschaft ans Volk lautet: Der Herrscher hat euch Wohltaten ohne Ende zukommen lassen – Schätze, Bildung und die Güte seines Herzens. Er hat dafür Undank geerntet. Deshalb ließ er die Weisheitssitzungen schließen und die ismailitische Mission einstellen und zog sich zuletzt enttäuscht zurück. Erst wenn ihr wieder der Gnade Gottes würdig seid, dann wird er, der Freund Gottes, neuerlich als *Imam* in eurer Mitte erscheinen.‹
Sie stand von ihrem Schreibplatz auf und wanderte auf den Altan.

Die Frühnebel über dem Garten des Kafur hatten sich gehoben. Dankbar nahmen ihre Augen das frische Grün der Palmen, Bäume und Sträucher auf. Der junge Februartag roch nach aufgepflügter Erde und keimendem Leben.

Es war eine glückliche Eingebung gewesen, Al Hakim zum verschwundenen Gottesmann zu erklären. Mit diesem Bild verbanden die Menschen, ob Juden, Christen oder Muslime, Geheimnis und Verheißung und es war ihnen seit undenklichen Zeiten vertraut. Es lieferte ihnen eine Begründung für die neuen Verhältnisse, machte ihnen aber auch klar, dass sie sich wohl verhalten mussten. Sie selbst gewann dadurch Zeit, um Ordnung zu schaffen.

Indessen durfte sie sich keinen Fehler erlauben. Sie durfte nicht milde sein, wo Härte geboten war und sie durfte ihre Autorität nicht aufs Spiel setzen, indem sie sich als Frau in den Vordergrund spielte. Damit hätte sie den Bogen überspannt.

Sie wandte sich wieder dem Chefschreiber zu: »Lass die Proklamation an allen öffentlichen Plätzen Ägyptens anschlagen!«

»Nur in Ägypten, *ya Imama?*«

»Bis die Kuriere mit der Botschaft Syrien, Sizilien oder gar Mesopotamien erreicht haben, kann sich die Lage schon wieder verändert haben. Nein. Nur in Ägypten.«

*

Nach dem Nachmittagsgebet begann die Zusammenkunft der hohen Würdenträger im *Iwan* des Wasserschlosses mit der Verlesung der Proklamation. Die tief stehende Wintersonne lag über dem Garten des Kafur und tauchte den Saal in goldenes Licht. Ernsthaft nickend nahmen die versammelten Männer die Ausführungen des ›Patrons der Dynastie des Befehlshabers der Gläubigen‹ zur Kenntnis. Von Zeit zu Zeit stahl sich ein Blick in die

Richtung des schlanken jungen Mannes hinter dem Diwan der Prinzessin Sitt Al Mulk. Sie hatte den Eindruck, dass sich noch nicht herumgesprochen hatte, um wen es sich handelte. Umso besser! Desto stärker würde die Überraschung wirken.

In ihr Herz kehrte Ruhe ein, als sie die Augen über die Geladenen schweifen ließ. Keiner fehlte. Ihr gegenüber, in der Mitte, saß der Wesir Ammar Ibn Mohammed. Obwohl ihr Gespür ihr sagte, dass sein Friede mit ihr kein endgültiger war, hatte er sie mit größter Höflichkeit gegrüßt und gab auch sonst keinen Anlass zu bezweifeln, dass er ihre Führung anerkannte. Sogar Hakims schwarze Höflinge waren ohne Ausnahme erschienen und General Dauas hatte den gestrigen Auftritt anscheinend nicht zum Anlass genommen, ihr die Gefolgschaft aufzukündigen.

Nachdem der Chefschreiber des Kalifen geendet hatte, erhob sich Sitt von ihrem Platz. Das war, mitten in einer Versammlung, ungewöhnlich und die Blicke richteten sich gespannt auf sie.

»Gott grüße euch, ihr obersten Männer des Staates! Ich begrüße den Wesir, den Oberkadi, den obersten *Dai*, die Chefs der Diwane, die Generäle, den Sonnenschirmträger und den Vorhangzieher, der zugleich der Schwertträger des Kalifen ist. Ich begrüße jeden Einzelnen von euch, die ihr heute gekommen seid. Es ist ein besonderer Tag. Denn, so betrübt wir über das Verschwinden unseres erhabenen Kalifen auch sein mögen, so glücklich bin ich, euch eine freudige Mitteilung zu machen: Es gibt jemanden, der mit allerhöchstem Recht Anspruch auf die Nachfolge erhebt.«

Sie hielt ein wenig inne, um die Spannung zu erhöhen, ehe sie der Versammlung den jungen Prinzen wies:

»Hier steht er, ein Spross der Dynastie: Ali, der Sohn des Kalifen Al Hakim Bi Amr Illah!«

Nur das Plätschern des Brunnens war in der ihren Worten folgenden Stille zu hören. Es war, als wäre ein Blitz in die Versammlung gefahren. Keiner hüstelte, keiner regte sich. Für alle, mit Ausnahme des Oberrichters und des Chefs des Diwans für Aufwendungen, bedeutete die Neuigkeit, dass jede Taktik, jede Strategie, die sie sich zurechtgelegt hatten, neu zu überdenken war. Sitt musste innerlich lächeln, denn sie vermeinte zu sehen, wie es hinter den Stirnen der Männer arbeitete.

Auf ein Zeichen von ihr trat Ali hinter dem Diwan hervor und stellte sich neben sie. In diesem Augenblick ging die Sonne unter und ließ den *Iwan* rot aufglühen. Die Prinzessin und ihr Schützling standen da wie von der Glut zusammengeschmiedet. Kurz darauf verblasste das Licht. Die großen Feuerbecken an der Öffnung zum Garten wurden entzündet. Weihrauchkörner zischten in der Hitze auf und verbreiteten ihren reinigenden Duft. Diener steckten mit Stangen, an deren gebogenem Ende Dochte brannten, die Öllampen an.

Schließlich brach Sitt Al Mulk das Schweigen.

»Ehre und Dank dafür, dass der Prinz Ali heute vor euch steht, gebührt meinem Hofmeister Midad, der keine Mühe gescheut hat, um dem Prinzen ein hervorragender Erzieher zu sein. Midad trägt ab heute den Titel ›Kraft des Reiches‹!«

Der Getreue trat in die Mitte des Saales und warf sich nach alter Sitte zu Boden.

»Mit dem heutigen Tag, ihr Männer des Staates, werden an unserem Hof wieder die tiefen Verbeugungen üblich sein und die übrigen Ehrenbezeugungen, an die unsere Väter uns gewöhnt haben. Es werden die Weisheitssitzungen wieder eröffnet und die ismailitische Mission wird ihre Tätigkeit erneut aufnehmen. Der oberste *Dai* Kut Tegin möge alle dazu nötigen Maßnahmen einleiten. Ich erkläre hiermit das Ende jeder religiösen Verfolgung. Die Ausgehverbote, auch gegen Frauen, werden aufgehoben und ebenso die Verordnungen, dass vergorene Getränke und bestimmte Nahrungsmittel nicht verkauft werden dürfen. Fortan haben alle Religionen die volle Freiheit, ihre Feste zu feiern und ihre Gebräuche einzuhalten, wenn dadurch die öffentliche Ordnung nicht verletzt wird. Allen Christen und allen Juden, die durch Zwang Muslime geworden sind, ist die Rückkehr in ihren Glauben gestattet. Allerdings müssen sie die Kopfsteuern für die *Dhimma* zurückzahlen. Die Grabeskirche zu Jerusalem wird wieder aufgebaut, wie auch alle anderen Kirchen, deren Wiederherstellung noch nicht in Angriff genommen wurde. Entsprechende Edikte werden in den nächsten Tagen erlassen werden.

Im Übrigen hat die Bespitzelung der Bevölkerung ein Ende. Der Nachrichtendienst des Palastes wird angewiesen, seine nutzlosen Informationen nicht mehr vorzulegen.«

Beifälliges Murmeln beantwortete die Ankündigung. Erleichtert stellte Sitt fest, dass keiner es wagte, sich offen gegen sie zu stellen. Ihr war klar, dass die Neuigkeiten des Tages nicht allen zur Freude gereichten. Ihre Verfügungen zugunsten der Christen und Juden gefielen gewiss nicht allen Muslimen. Und unter den Muslimen wiederum bedeutete die Wiederaufnahme der ismailitischen Mission einen Rückschlag für die Sunniten.

Die plötzlich versteinerte Miene des Wesirs schien ihr den Verdacht zu bestätigen, dass seine Ergebenheit nur vorgetäuscht war und er in Wirklichkeit nur auf eine Gelegenheit wartete, um sich aufzuschwingen. Die soeben verkündeten Maßnahmen der Prinzessin konnten ihm, falls es ihm gelang, aufkommende Unzufriedenheit auszunützen, schneller zu einer solchen Gelegenheit verhelfen als erwartet.

Sitt wusste jedoch, wie sie Zeit für sich gewinnen konnte. Wie so oft schon in ihrem Leben würde auch jetzt die Zeit für sie arbeiten. Denn je länger ihre Verfügungen wirken konnten, desto sichtbarer würden ihre Vorteile für die Geschäfte und das Zusammenleben der Menschen sein und desto friedfertiger die Stimmung im Volk. Einen ersten Aufschub würden ihr die Geschenke verschaffen und davon ganz besonders die Kleidergaben, denn der *Baraka* der Kalifen war bei allen, gleichgültig welcher Religion, hoch begehrt.

Entsprechend sagte sie:

»Prinz Ali Ibn Al Hakim wird nun an euch Geschenke verteilen. Es sind Gegenstände aus den Schatzkammern der Kinder Fatimas, als besonderes Zeichen der Wertschätzung der Dynastie für jeden Einzelnen von euch.«

Auf ein Zeichen Midads kam ein langer Zug Diener in den *Iwan*, beladen mit Gewändern und *Tiraz*-Stoffen, mit Gold und Kristall.

»Zuallererst«, fuhr Sitt fort, »sollen die Speerspitzen des Staates Ehrengewänder erhalten. Es sind Gewänder, die der Großvater des Kronprinzen, Kalif Al Aziz, persönlich getragen hat. Möge seine Herrschaft als Richtschnur für die Zukunft dienen! Der Kronprinz wird euch beschenken und der neue Schatzmeister wird ihm die Gaben reichen.«

Damit trat Sitt zurück und nahm wieder auf ihrem Diwan Platz. Die Verteilung der Geschenke nahm besonders viel Zeit in Anspruch, da sich jeder Einzelne vor und nach dem Empfang seiner Gabe vor dem Kronprinzen zu Boden warf und ihm den Saum seines Gewandes küsste. Nachdem sie dem Vorgang eine Weile zugesehen hatte, ließ sie sich in den Fluss ihrer Gedanken fallen, der ihr den geplanten Ablauf der Ereignisse der kommenden Wochen und alle Hindernisse, mit denen sie würde rechnen müssen, an ihrem inneren Auge vorbeiziehen ließ.

Am Ende fasste sie für sich noch einmal das Ergebnis ihrer Überlegungen zusammen:

›Den Hof beschäftigt der Mord und die Frage der Nachfolge. Die Beduinen müssen als Mörder gerichtet werden und die beiden

Thronfolger von Mansurs Gnaden unschädlich gemacht, ehe ein neuer Kalif den Thron besteigen kann. Dem Volk, so anfällig für Verhetzung es auch sein mag, geht's im Grunde nur darum, dass es seinen Frieden hat. Solange die Regierung und das Militär sich mir fügen und solange ich die Außenfeinde von den Grenzen fernhalten kann, geht die größte Gefahr für den Frieden von den Anhängern der neuen Sekte aus. Wie sie gezeigt haben, schrecken sie vor keiner Untat zurück, um Aufruhr zu säen und dadurch das Kalifat ins Wanken zu bringen. Die Drusen müssen aus Ägypten verschwinden! Wenn das Volk spürt, dass für seine Ruhe gesorgt ist, wird es sich auch nicht den Steuern widersetzen, die ich erheben muss, um den Staat und die Armee wieder instand zu setzen.‹

6

Die Vertreterin des Sultanats

So wie Sitt es geplant hatte, geschah es: Die Suwaidi-Beduinen, die dem Kalifen aufgelauert und ihm Geld abgepresst hatten, wurden vom Oberkadi des Mordes für schuldig befunden und daraufhin hingerichtet. Der von Al Hakim für das *Imamat* eingesetzte Thronfolger Abu Haschim Al Abbas wurde im Palast unter Hausarrest gestellt. Für den Zweiten, Abdel Rahim Al Mahdi, der für das Kalifat bestimmt war und als Statthalter in Damaskus saß, schickte Sitt eine Sondereinheit auf Rennkamelen nach Syrien, um ihn in Ketten nach Al Kahira zurückzubringen. Die Mameluken, die Erzfeinde der Drusen, begannen eine erbarmungslose Jagd auf die Anhänger der neuen Sekte. Die Bevölkerung entrichtete, ohne zu murren, die zusätzlichen Steuern, die ihr Sitt Al Mulk auferlegte und erwies sich auch im Übrigen in einer Weise diszipliniert, die selbst die Nachwelt staunen ließ.
Solcherart festigte sich unter der Ägide des »Patrons der Dynastie des Befehlshabers der Gläubigen« Stück für Stück die in Auflösung begriffene Herrschaft der Kinder Fatimas, bis Sitt nach einigen Monaten die Zeit für reif befand, um neue Tatsachen zu schaffen.

*

General Ibn Dauas war wenige Tage nach seiner Zudringlichkeit in Sitts Appartement bei ihr vorstellig geworden. Kleinlaut bat er sie um Verzeihung:
»Ich weiß nicht, *Imamin*, was in mich gefahren ist. War's Eure Schönheit oder ein *Dschinn*?«
Sitt hatte ihn trotz des Zwischenfalls zum Generalissimus über alle Truppen befördert, doch hatte sie seither nicht mehr mit ihm gesprochen. Offenbar sah er seine Aussichten schwinden – die Aussicht auf sie und auf die Regentschaft. Er stand vor ihr wie ein beschämter Junge, der durch eigene Dummheit sein Glück verspielt hatte.
Wieder spürte sie, wie das Mitgefühl sich in ihr regen wollte, doch dann schalt sie sich: ›Meinst du, einer dieser Generäle oder Politiker würde für dich das geringste Mitgefühl aufbringen, wenn du scheiterst? Sie würden dich wegen Brudermordes töten lassen. Du kennst die Gerüchte! Wenn sie dich schonen wollen, so würden sie dich irgendwo verschwinden lassen, schwer bewacht, ob unter Hausarrest, in einem Gefängnis oder in einem Harem! Er würde es nicht anders halten!‹
Laut sagte sie: »Die Kränkung bleibt mir. Meine Ehre ist verletzt.«
Dabei gab sie sich den Anschein von Bekümmertheit.
»Ihr wisst, Herrin, dass ich Euch ergeben bin.«
»Beweist es mir!«
»Was für einen Beweis wollt Ihr? Sagt es mir!«
»Es gäbe etwas, das Ihr für mich tun könntet.« Sie machte eine Pause. »Es ist nun an der Zeit, dem Reich den jungen Kalifen zu präsentieren. Das Schlachtopferfest böte sich als gute Gelegenheit. Jemand muss die Huldigung anführen. Wollt Ihr das tun?«
Sie mischte Verheißung in ihren noch nicht zur Gänze versöhn-

ten Ton. »Als künftiger Regent wärt Ihr der geeignete Mann dafür!«
Seine übergroße Erleichterung nur mit Mühe verbergend, rief Ibn Dauas aus: »Ihr könnt Euch auf mich verlassen, *ya Imama!*«
Nach dieser Unterredung fühlte sich sowohl die Prinzessin als auch der General als Sieger.

*

Das Schlachtopferfest des Jahres 411 der Hedschra unterschied sich zunächst durch nichts von den Opferfesten der vergangenen Jahre.
Am Vormittag ließ Sitt die Festpredigt im Namen des verschwundenen Kalifen verlesen. Bei der Opferungszeremonie wurde Prinz Abu Haschim Al Abbas aus dem Hausarrest geholt, um seines Amtes zu walten und die Schlachtungen vorzunehmen.
Nach dem Mittagsgebet geleitete Sitt Prinz Ali in die Gemächer des Kalifen im Elefantenpavillon. »Warum wird hier nicht gelüftet?«, fragte Sitt den Chefkämmerer, der sie neben dem Türhüter Anbar und dem Sonnenschirmträger Musafat an der Tür empfing.
Diener stürzten zu den Fenstern und rissen sie auf. Die Luft und das warme Licht des Frühlingstages strömten herein. In den Bäumen und Sträuchern der Gartenhöfe zwitscherten die Vögel vielstimmig und so laut, als sängen sie um ihr Leben.
Seit dem Verschwinden Al Hakims war an der Einrichtung nichts verändert worden. Seelenleer starrten ihnen die Möbel, die Teppiche und die mit wertvollen Weben bedeckten Wände in dem türkisen Licht, das durch die eingefärbten Fenstergläser hereinfiel, entgegen. Es roch muffig.
Sitt, Ali und Midad betraten den Ankleideraum des Kalifen, wo bereits der Oberaufseher der Königlichen Garderobe und der Tur-

banwinder warteten. Wie zuvor die anderen Eunuchen aus Al Hakims schwarzer Günstlingsschar, warfen auch sie sich zu Boden, als sie der Prinzessin und des Kronprinzen ansichtig wurden.
Dicht an Sitts Seite hielt sich der Vorhangzieher und Schwertträger Nasim. Seit dem Verschwinden Al Hakims hatte er es sich besonders angelegen sein lassen, sie durch verschiedenstes Zuvorkommen seiner Ergebenheit zu versichern. Er, der einst auf Al Hakims Geheiß Sitts Herzensfreund, den Oberrichter Al Fariki, getötet hatte, diente sich ihr nun als unerwarteter Verbündeter an. Sie wusste, dass der Bruder für den Mord verantwortlich war und trug dem Vorhangzieher deswegen nichts nach. Zugleich aber wusste sie auch, dass sie weder ihn noch die anderen schwarzen Höflinge, in Sicherheit wiegen durfte, denn die eingeschworene Clique konnte ihr leicht über den Kopf wachsen.
Ein weißer, juwelenbestickter Anzug und eine rote, mit goldenen Ornamenten bestickte *Gubba* hingen auf Kleiderpuppen. Eine Mischung aus menschlicher Ausdünstung, dem Duft exotischer Hölzer und Räucherwerk drang vertraut, aber abgestanden an Sitts Nase. Ohne Kraft und Leben hing über allem der Geist Al Hakims.
»Ehe du heute hier einziehst«, sagte sie ihrem Neffen, der sich mit wenig Begeisterung umsah, »sollen die inneren Gemächer neu eingerichtet werden.« Ihr Blick suchte den Chefkämmerer: »Sorge für schöne, leicht anmutende Möbel und für Teppiche und Wandbehänge in hellen Farben, mit Mustern, die das Auge beglücken. In den Depots wirst du unter den persischen und chinesischen Kunstgegenständen geeignete Dinge finden.«
Als Sitt sah, dass die Aussicht, hier einzuziehen, den Prinzen noch immer zu bedrücken schien, fügte sie für ihn hinzu: »Das Mädchen Warda soll als deine Gefährtin mit dir kommen. Du wirst sehen: Mit ihr wird es dir in deiner neuen Wohnung gefallen.«

Erleichtert sah sie, wie sein Gesicht sich aufhellte. Ein Hauch von Wehmut überkam sie bei der Erinnerung daran, wie glücklich Al Hakim hier mit der *Rus* Olga gewesen war. ›Vielleicht hätte ich nicht zulassen dürfen, dass er sie fortschickte!‹
Schnell verscheuchte sie die Gedanken an die Vergangenheit.
»Nun, mein Sohn, heute wird dich dein Volk als Kalifen begrüßen. Ich sehe, es ist alles bereit. Sieh, das hier ist die Krone deines Urgroßvaters Al Muizz, des Eroberers Ägyptens. Die sollst du heute tragen. Der Mantel gehörte deinem Großvater Al Aziz. Der Anzug, der deinen Körper umhüllen wird, wurde für dich angefertigt. Ich selbst habe die Seide dazu ausgewählt. Dein Ornat ist somit ein Symbol für deine Herrschaft: Du, der neue Kalif *Al Zahir l'Isas Din Allah* – ›Jener, der erscheint, um die Religion Gottes hochzuhalten‹ –, wirst das Neue deiner Zeit im Geist deiner großen Vorväter verkörpern.«
Während die Eunuchen den jungen Mann bis auf Hemd und Lendentuch entkleideten und ihm Gesicht, Arme und Beine mit wohlriechenden Ölen salbten, sprach sie weiter: »Der *Batin* hat seit dem Tod deines Großvaters Al Aziz den *Zahir* überwältigt. Wahn und Chaos waren die Folge. Wir hier auf der Welt sind dem *Zahir* ebenso verpflichtet wie dem *Batin* und im Zweifelsfalle sogar mehr. Die Wirkungen des *Zahir* sind sichtbar und können deshalb überprüft und nötigenfalls berichtigt werden. Die Wirkungen des *Batin* entziehen sich der Überprüfung und bergen deshalb größere Gefahr als der *Zahir*. Dein Name wird also *Al Zahir* sein: Sichtbarmachung, Schaffen von Wirklichkeit. Zusammen mit dem Zusatz ›Die Erhöhung der Religion Gottes‹ bedeutet dein Thronname, dass durch dich die sichtbare Wirklichkeit den Irrungen der religiösen Eiferer Grenzen setzen wird. Dein Name bedeutet Umkehr und Besinnung auf das, was sich in der Welt der Erscheinungen mit der Hilfe des Allerhöchsten gut verwirklichen

lässt. Der Bogen der Religion wurde überspannt und hat in den Wahn umgeschlagen. Die Drusen sind das deutlichste Zeichen dafür, aber auch in der Ismailia sehe ich gefährliche Anzeichen. Wir werden wachsam sein müssen!«

Prinz Ali hatte ihren Ausführungen schweigend zugehört. Inzwischen saß er in seinen Anzug gekleidet auf einem Stuhl vor dem Spiegel seines Vaters und sah dem Turbanwinder zu, wie er das feine, weiße Tuch mit flinken Fingern um seinen Kopf in Falten legte. Sitt ging zu dem Tischchen, auf dem, gebettet in eine samtbezogene Kassette, die Krone des Al Muizz lag. Mit beiden Händen nahm sie das unermesslich kostbare Juwel und trat zu dem Prinzen hin. Sobald der Turbanwinder das Ende des Stoffstreifens in den Falten hatte verschwinden lassen, hob sie die Krone über Alis Kopf und sah ihm dabei im Spiegel in die Augen. Langsam und den Augenblick auskostend ließ sie die Tiara über den Turban gleiten.

»*B'Ism Illah al rahman, al rahim.*«

Alsdann streckte sie die Hand aus und verlangte von Nasim:

»Das Schwert!«

Sie wog die Waffe in beiden Händen. Leicht und dennoch schlagkräftig fühlte sie sich an. Es reizte sie, sie aus der mit Edelsteinen bedeckten Scheide zu ziehen und einen Streich durch die Luft zu tun – so wie sie es als kleines Mädchen, geführt von der Hand ihrer Tante Abda, getan hatte.

»*Ya Habibi,* nimm dieses beste aller Schwerter. Es gehörte dem Kalifen Harun Al Raschid und ich schenkte es deinem Vater, nachdem er den Thron bestiegen hatte. Ich bin sicher, du wirst es mit Würde tragen.«

Die Augen des Neffen leuchteten auf, als er die kostbare Waffe dankend aus den Händen seiner Tante nahm. Auch er behielt sie kurz in beiden Händen. Dann zog er die Klinge aus der Scheide und ließ mehrere kraftvolle Streiche durch die Luft sausen.

»Was für ein Schwert! Ich danke dir, meine Tante!«, rief er aus, während er die Klinge in die Scheide zurückgleiten ließ und die Waffe dem Schwertträger Nasim reichte.
Zuletzt nahm Sitt die vom Goldfaden schwere *Gubba* aus den Händen des Oberaufsehers der königlichen Garderobe und half dem Kronprinzen eigenhändig in das Gewand.
»Prächtig siehst du aus«, rief sie voll Freude und berührte zärtlich seine Wange.
Ein wenig befremdet sah der Prinz bis zu den mit Perlen und Diamanten bestickten Stiefeln aus weiß eingefärbtem Leder an sich herab. Er war es nicht gewohnt, Prunkgewänder zu tragen. Während der Jahre in seinem Versteck im Wasserschloss war er immer nur einfach und bequem gekleidet gewesen.
»Ich muss mich erst an diese Kleider gewöhnen«, sagte er mit einem zweifelnden Blick auf die Tante.
»Das geht schneller, als du denkst, *ya Ibni*. Da mache ich mir keine Sorgen. Du hast dich doch auch gut ans Reiten gewöhnt, wie Midad mir erzählt hat. Bald wirst du darüber lachen, dass du dir solche Sorgen überhaupt machen konntest! Du wirst sehen!«
»*Inscha'allah*«, meinte der Prinz, immer noch unsicher.
Es war seit dem Ende seines Lebens in Sitts Versteck so viel Neues über ihn hereingebrochen, dass es trotz der liebevollen Anstrengungen seiner Erzieherschar, ihm alles so behutsam wie möglich näherzubringen, seine Kräfte überforderte. Die Zeit war einfach zu kurz gewesen, um dem Prinzen all das beizubringen, was er als Herrscher, dessen Wort Heere in Bewegung setzte und über Tod und Leben von Menschen entschied, wissen musste.
»Lass uns gehen! Ich werde deiner Präsentation vom großen Altan des Blauen Pavillons aus zusehen. Die treuen Diener deines Vaters werden dich nun begleiten.«
Langsam ging Sitt hinter dem Prinzen her, um den sich die

schwarzen Eunuchen mit ihren hohen, von einer Kinnbinde gehaltenen weißen Turbanen zu einem Kreis schlossen.
Es war ein freudiger, zugleich aber auch trauriger Augenblick, in dem sie ihren Schützling, der ihr wie ein eigenes Kind ans Herz gewachsen war, an den Hof übergab, aus dessen Schoß ihn der Wahnsinn des Vaters vor sieben Jahren vertrieben hatte.
Ihre Gedanken wurden jäh unterbrochen, als sich am Ausgang des Appartements ein Tumult erhob. Entschlossen schritt Sitt nach vorn, um nach dem Rechten zu sehen. Solange die Amtsübernahme des rechtmäßigen Kalifen nicht vollzogen war, konnte ihr ganzer, so lange und so sorgfältig vorbereiteter Plan scheitern.
»Was ist hier los?«, herrschte sie die Eunuchen an.
Gespannte Blicke richteten sich auf sie: Wie würde sie wohl mit dieser Lage fertig werden? Da stand der Türhüter Anbar und versperrte mit ausgebreiteten Armen den Ausgang.
»Was tust du, *ya Anbar*? Gib den Weg frei für den Kronprinzen!«
»Ich kenne keinen Kronprinzen. Als Türhüter des Kalifen darf ich es nicht zulassen, dass dieser junge Mann durch diese Türe geht.«
Sitt sah, dass sie in der Falle steckten. Hätte er sie schon am Hereinkommen gehindert, so wären ihr die Wachen zu Hilfe geeilt. So aber waren sie im Appartement gefangen. Was sollte sie tun? Midad um Hilfe rufen lassen? Das wäre ihrer Stellung nicht würdig gewesen. Sollte sie warten, bis die Würdenträger, die sich zur Huldigung im Hof versammelt hatten, wegen der Verspätung Verdacht schöpften? Ali Ibn Ahmed befand sich unter ihnen und würde ihr bestimmt zu Hilfe kommen. Aber vielleicht hatten die Eunuchen unter den Würdenträgern Verbündete gefunden, die sich dem Mesopotamier in den Weg stellen würden?
Da erhielt sie aus der Schar von Hakims Eunuchen unerwartete

Unterstützung. Der Vorhangzieher und Schwertträger Nasim, der direkt neben dem Türhüter stand, holte mit dem in der Scheide steckenden Schwert des Harun Al Raschid aus und versetzte dem Aufmüpfigen einen solchen Schlag gegen den Hals, dass dieser trotz seiner beachtlichen Größe ins Wanken geriet. Zugleich schrie er nach den Wachen, die sofort in der Tür auftauchten.
Jetzt war Sitts Augenblick gekommen.
»Ergreift diesen Mann«, kam schneidend ihre Stimme aus dem Hintergrund, »und lasst ihn fortbringen aus der Stadt! Er soll sich hier niemals mehr blicken lassen! Und jetzt los! Der Hofstaat wartet.«
Der Kreis der Eunuchen schloss sich enger um den jungen Prinzen und setzte sich wieder in Bewegung. Sitt konnte nur hoffen, dass es keinen weiteren Zwischenfall geben würde, ehe sie den Elefantenpavillon verließen und der Prinz das für ihn bereitstehende Pferd bestieg. Dann, endlich, war es so weit. Ali saß auf und Sitt gab den Zügel frei. Sie tat einen Schritt zurück, um sich an dem Anblick zu erfreuen, den der schöne junge Prinz auf dem prachtvoll aufgezäumten Pferd bot. Plötzlich fühlte sie sich als kleines Mädchen, dessen Kopf nicht einmal bis zur Kruppe des zierlichen Pferdes reichte und das mit grenzenloser Liebe und Verehrung zu dem unvergleichlichen, mächtigen Mann mit den ebenmäßigen Gesichtszügen aufsah, der ihr Vater war. Da spornte der Schirmträger Musafat sein Pferd, damit es dicht an das von Ali herankam und er den zum Kalifenornat passenden roten Sonnenschirm über ihn halten konnte und ließ damit Sitts Vision in tausend Stücke zerspringen.
Während die Prinzessin den Kreis der Eunuchen verließ, formierte sich vor und hinter Prinz Ali das Militärgeleit. Unter Wimpeln und Flaggen, mit den Fanfaren von Trompeten und Olifanten, mit Trommelwirbel und Beckenschlagen setzte sich der Zug des Kronprinzen in Bewegung.

*

Während sich Prinzessin Sitt Al Mulk in einem Sessel in den Blauen Pavillon tragen ließ, erfüllten sie gemischte Gefühle. Da war die Trauer über das zerstobene Bild des Vaters, das so lebendig vor ihr gestanden hatte, als wären all die Jahre des Schreckens nur ein Traumbild gewesen. Wie gerne wäre sie stattdessen in ihrem Bett erwacht, sechsjährig, als die vom Vater über alles geliebte Tochter, von der Mutter sorgfältig angeleitet und erzogen, mit Amina an der Seite, unzertrennlich und voller Frohsinn. Da war der Stolz und die Freude über den bevorstehenden Augenblick der Erhöhung des Neffen, die auch ihre eigene Erhöhung als sein Vormund und seine Regentin sein würde. Da war die Sorge, dass im letzten Augenblick noch etwas dazwischenkommen konnte und da war auch Wehmut, denn der Vorfall von vorhin hatte ihr gezeigt, dass sie sich fortan nicht mehr in gewohnter Freiheit würde bewegen können.

›In Zukunft werde ich mich gut schützen müssen, denn es wird immer jemanden geben, der mir Mansurs Verschwinden zur Last legen wird.‹

*

Auf dem großen Altan des Blauen Pavillons hatten sich bereits die hohen Prinzessinnen, alle in schwarzen Trauerkleidern, eingefunden. Abda stand neben Rukia an der Maschrabia und sah hinunter auf den Palasthof. Die Hausherrin, Amina, saß im Kreis mehrerer Frauen, unter ihnen ihre Tochter Sitt Misr und Prinzessin Raschida mit ihrem Spinnrad. Während Amina ihr Alter anzusehen war, schien Raschida noch immer genauso auszusehen wie in Sitts Kindertagen: eine magere Jungfrau mit weißer, pergamentener Haut. Aber auch Abda hatte sich wenig verändert. Ihre Haltung war mädchenhaft und stolz wie eh und je. Ihr Gesicht, dessen Haut ebenfalls weiß und ein wenig trocken war, leuchtete von Geist. Ein wenig abseits erblickte Sitt Takarrub, die sich in der Gesellschaft einiger Konkubinen Al Hakims niedergelassen hatte. Sie war keine Prinzessin, aber auch keine Dienerin und so musste sie sich in dem Kreis ein wenig fehl am Platz vorkommen. Erleichtert erhob sie sich, als Sitt auf den Altan trat und kam ihr entgegen. Sitt hielt die Freundin auf, als sie sich vor ihr zu Boden werfen wollte und küsste sie auf beide Wangen.

»Komm«, flüsterte sie der Beduinin zu, »lass uns mit Tante Abda den Augenblick der Freude genießen.«

»Ja, Herrin, Ihr habt es verdient. Wie leicht hätte Euer Mut und Eure Beharrlichkeit Euch das Leben kosten können!«

Abda und Sitt umarmten einander und spürten, wie die Anspannung von Jahren von ihnen abzufallen begann. Viele Gedanken lang hielten sie einander fest, während die Fanfaren unten im Hof sich zu immer helleren Höhen aufschwangen. Die Schlagzeuge waren verstummt. Hatte das Unheil wirklich ein Ende?

»Wie schade, dass du wegen der Trauer nicht unten sein kannst bei deinem Sohn, meine Tochter!«

»Ja, gerne wäre ich bei ihm, stünde hinter ihm und wäre für alle sichtbar, während der Wesir ihn in meinem Namen einsetzt. Aber« – Sitt senkte ihre Stimme – »es hat soeben einen Zwischenfall gegeben. Der Türhüter versuchte, uns in den Kalifengemächern festzuhalten. Falls es zu einem Aufstand kommen sollte, dann ist es besser, der Thronfolger und ich befinden uns nicht an demselben Platz, denn so erhöht sich die Aussicht, dass einer von uns entkommt und das Werk vollenden kann.«

Gleichzeitig machten die beiden Frauen einander auf das Beginnen der Zeremonie aufmerksam. Der Kreis der Eunuchen um den Prinzen hatte sich geöffnet, sodass er jetzt frei und souverän dastand, nur den Schirmträger an seiner Seite, dessen Pferd eine Kopflänge hinter seinem hielt. Die Garden aller Truppenteile waren angetreten und vor ihnen die Generäle. In deren Mitte stand, breit und in prächtigem Rittergewand, der Generalissimus Hussein Ibn Dauas.

Den Truppen gegenüber hatten sich die Würdenträger aufgestellt, zuvorderst der Wesir.

In der Reihe hinter diesen machte Sitt unter den Chefs der Diwane Ali Ibn Ahmed Al Gargarai aus.

Das war der Augenblick, dem Sitt mit Sorge entgegengesehen hatte. Auf ihn kam alles an. Würden die führenden Männer auch wirklich das tun, was sie ihnen abgerungen hatte?

Da trat der Wesir einen Schritt vor und hob an zu sprechen: »Ihr Diener der Dynastie! Unsere Herrin lässt euch sagen: Dies ist euer Herr, der Befehlshaber der Gläubigen, der neue Kalif Al Zahir l'Isas Din Allah! So grüßt ihn denn!«

Die erlösenden Worte waren gesprochen, der Befehl gegeben. Abda, die nicht minder angespannt der Dinge harrte als Sitt, ergriff deren Hand und drückte sie fest. Aber noch war nicht alles gewonnen. Würden die Truppen dem Befehl auch nachkommen?

Ganz langsam und im vollen Bewusstsein seiner Macht, dass er es war, der das Schicksal der Dynastie der Kinder Fatimas in seinen Händen hielt, löste sich die Gestalt des Generalissimus aus der Reihe der Generäle. Ein Wort von ihm und die Garden würden sich auf den Prinzen stürzen, ihn von seinem Pferd reißen, gefangen nehmen oder töten. Er, Hussein Ibn Dauas, war das Zünglein an der Waage, das über Sitts Triumph oder Untergang entschied. War die Verbindung ihrer Interessen stark genug, um der Versuchung, sich ohne sie aufzuschwingen, zu widerstehen? Nach endlosen Augenblicken, die Sitt wie eine Ewigkeit vorkamen, entschied sich die Lage.

Der Generalissimus der fatimidischen Armee warf sich der Länge nach zu Boden und eröffnete damit die Huldigung für den neuen Kalifen. Im Aufstehen küsste er Zahirs Steigbügel und warf sodann einen Blick hinauf zum Altan des Blauen Pavillons, hinter dessen Maschrabia-Gittern er die Frau vermutete, die aus ihm, dem Soldaten einfacher Herkunft, einen Angehörigen der Dynastie machen sollte. Eine Sichtklappe ging auf und ein weißes Tüchlein erschien – ein Zeichen von unsichtbarer Hand, der Dank der Tochter des Al Aziz, der Enkelin des Al Muizz.

Die Soldaten des Musikantenkorps rissen die Olifanten in die Höhe und die Trompeten an die Lippen, die Trommler hoben die Schlägel, die Zymbalisten öffneten die Becken und in der Fanfare, die sich nun jubelnd in den Himmel schwang und in die Höfe des Haremspalastes ausbreitete, löste sich in Sitt die Anspannung eines Vierteljahrhunderts.

Sie fiel ihrer Tante Abda um den Hals und sie zitterte und schluchzte. Ihre Augen blieben trocken, aber ihr Körper war überwältigt. In ihrem Rücken spürte sie Takarrub, die sie mit liebevollen Händen hielt und massierte und der süße Duft von Aminas Parfum umschwebte sie tröstend.

Als sie sich wieder in der Gewalt hatte, konnte sie sehen, wie sich unten die Soldaten, Reihe um Reihe, vor dem neuen Kalifen in der alten, höfischen Gebärde bedingungsloser Unterwerfung auf das Schachbrettmuster der steinernen Bodenfliesen warfen. Ihnen folgten der Oberkadi und der oberste *Dai*, die Chefs der Diwane und die hohen Beamten, unter ihnen auch ihr Schützling, der Jude David Ben Yitzhak.

Alsdann wurde der von Al Hakim für die Nachfolge im *Imamat* bestimmte, nunmehr abgesetzte Thronfolger Abu Haschim Al Abbas vorgeführt. Zwei von Dauas' Berbern – riesenhaft gewachsene Burschen – hielten ihre Schwerter gekreuzt über seinem

Haupt, bis er die *Proskynese* vollführt und dem Kalifen den Steigbügel geküsst hatte. Anschließend nahmen sie und mehrere andere Soldaten ihn in ihre Mitte und führten ihn ab. Die Schlachtung und die Huldigung waren seine letzten Auftritte, ehe er für immer aus der Öffentlichkeit verschwand, nun freilich nicht mehr in den Hausarrest, sondern hinter Kerkermauern.

Zuletzt, als die Führung des Staates auf Al Zahir eingeschworen war, gaben die Palasteunuchen ihre wachsame Haltung auf und küssten den Boden, über den der neue Herrscher schritt. Da setzte Sitts Herz für einen Moment aus und das Lachen und frohe Plaudern der Frauen neben ihr brach ab: Der Lanzenträger Al Hakims, der dem rastlosen Wanderer besonders nahe gestanden und an seiner Seite viele Nächte durchwacht hatte, blieb aufrecht stehen und verweigerte die Huldigung.

Sitt und die Frauen konnten hören, wie der Schirmträger Musafat den Eunuchen anfuhr: »Was ist mit dir? Das große Zeremoniell gilt wieder! Beuge dich, wie es sich gehört!«

»Ich habe keinen Bericht, was mit unserem erhabenen Herrn Al Hakim Bi Amr Illah geschehen ist. Erst wenn ich Kunde habe, weiß ich, wie ich mich verhalten muss!«

»Ertränkt ihn im Nil!«

Es war die Stimme des Oberkadis. Sein Wort genügte, dass mehrere Polizisten sich auf den Abtrünnigen stürzten und ihn, während er seinen Protest laut kundtat, davonzerrten.

Wieder hatte alles an einem seidenen Faden gehangen. Die anderen Eunuchen hätten sich mit dem Lanzenträger zusammentun und den neuen Herrscher in Geiselhaft nehmen können. Doch es war nicht geschehen, denn der Apparat des Staates arbeitete bereits, wie Sitt zu ihrer endlosen Erleichterung feststellte. Er arbeitete in ihrem Sinne und im Dienste Al Zahirs, des von ihr eingesetzten Kalifen.

»Midad«, wandte Sitt sich an den hinter ihr stehenden Getreuen, »lass die Palasttore öffnen! Das Volk soll seinen neuen Herrscher begrüßen!«
Während sie beobachtete, wie die Menschen in den Hof strömten, voll Freude über die seltene Gelegenheit, den goldenen Palast der Kalifen von Al Kahira von innen zu sehen und einem neuen Herrscher zu huldigen, da erfüllte sie ein Glücksgefühl, wie sie es noch nie erlebt hatte und sie wusste: ›Ich werde es schaffen. Die Dynastie und das Reich sind gerettet!‹
Die Frauen auf dem Altan fielen einander in die Arme und priesen den Allerhöchsten, der, nach so vielen Wirrungen, alles doch noch zum Guten gefügt hatte.

*

Am darauffolgenden Tag ritt der junge Kalif Al Zahir unter dem Sonnenschirm und im Gefolge des Hofstaates auf der *Musalla* ein, um sich seiner Armee zu zeigen.
Türken, Dalaimiten, Berber, Schwarze – alle waren angetreten und brachen in Jubel aus, als sie den Herrscher sahen. Die Begeisterung war umso größer, als Sitt Al Mulk die Truppen reich hatte beschenken lassen und die Huldigungsrufe ebbten erst ab, als der Kalif die Hand hob, um im warmen Licht der Frühlingssonne zum ersten Mal das Wort an seine Untertanen zu richten. Er war angetan mit einem Brustpanzer aus Gold und das Zaumzeug seines Schimmels funkelte von Rubinen und Diamanten.
»Als euer *Imam* und Oberbefehlshaber grüße ich euch, ihr Männer der Streitkräfte! Im Namen des Allerhöchsten und seines Kalifats werdet ihr den Ruf der Söhne Fatimas in die Welt hinaustragen und das Reich schützen und vergrößern. Ruhm und Ehre und reicher Lohn mögen euch dafür sein!«

Diesmal hatte Sitt sich die Gelegenheit, die Präsentation aus unmittelbarer Nähe zu erleben, nicht entgehen lassen. Zusammen mit Abda und Takarrub saß sie schwarz gekleidet und verschleiert inmitten von Zahirs Gefolge in ihrer Sänfte. Auch wenn bisher alles gut gegangen war, so wollte sie sichergehen, dass auch heute die Ereignisse nach ihrem Plan verliefen. War es gestern allein um die Einsetzung des neuen Kalifen gegangen, so sollte heute auch ihre eigene Stellung gefestigt und, endlich, offiziell gemacht werden. Falls etwas Unerwartetes geschah, so musste sie zur Stelle sein, um eingreifen zu können.

Doch dazu kam es nicht.

Der Kalif selbst brachte den Jubel unter den Soldaten mit einer Handbewegung zum Verstummen.

»Der große Wesir, der Wächter des Reiches Ammar Ibn Mohammed, will euch und dem Land eine wichtige Mitteilung machen. Hört, was er euch zu sagen hat!«

Der Wesir trat vor, eine Schriftrolle in der Hand, deren Inhalt Sitt Wort für Wort kannte, da sie selbst sie aufgesetzt hatte – so wie seit Hakims Verschwinden keine öffentliche Handlung ohne ihre Anordnung stattgefunden hatte.

»B'ism Illah al rahman al rahim!

> Mit diesem Dekret wird verfügt, dass fortan alle Regierungsgeschäfte von unserer Herrin Sitt Al Mulk Bint Al Aziz geführt werden. Ihr gebührt der Titel ›*Naibat Al Sultanat* – Vertreterin des Sultanats‹.
>
> Gezeichnet:
> Kalif Al Zahir l'Isas Din Allah.«

Sitt lehnte sich zurück. Jetzt, mit fünfzig Jahren, nach einem Vierteljahrhundert ununterbrochenen Kampfes hatte sie auch diese Schranke durchbrochen. Damit war gesichert, dass sie in Zukunft offen die Regentschaft würde führen können. Endlich waren die Tage vorbei, da sie ihre Ziele nur auf verborgenen Pfaden und durch andere erreichen konnte!

Abda legte ihr die Hand auf den Schoß und sie ergriff sie. Die Augen wurden ihr heiß und füllten sich mit Tränen und sie sah, dass auch die beiden anderen Frauen, die ihr in der Vergangenheit beigestanden hatten, vor Rührung nasse Augen bekommen hatten.

»Ich bin glücklich, *ya Binti*, dass ich das erleben darf!«, sagte Abda leise und erwiderte den Druck ihrer Hand.

*

Das Heulen der Klageweiber erfüllte die Hallen und Höfe des Ostpalastes. Das vierzigtägige Totengedenken für den Kalifen Al Hakim wurde unter Zurschaustellung größter Trauer begangen. Die Botschaft an das Volk und das Reich war: »Der alte Kalif ist tot! Es lebe der neue Kalif!«

Niemand stellte sich dem Wind der neuen Zeit entgegen – bis auf jene Drusen, die der Verfolgung durch die Mameluken bisher entkommen konnten. Am Ende jeder Nacht waren die Moscheemauern von Misr aufs Neue mit Schmähungen des Kalifen, der Regentin und der Dynastie beschmiert. Al Hakim, so hieß es, würde wiederkommen und aufräumen mit den Ketzern und Verrätern. Die Hure im Palast und der falsche Al Zahir und all die anderen Verweigerer des wahren Glaubens würden dann ihr verdientes Schicksal erleiden und zur Hölle fahren.

Sitt durfte sich die Beschimpfungen nicht gefallen lassen. Sie wusste, dass sie die giftige Saat, die der Bruder so üppig hatte gedeihen lassen, ausmerzen musste. Sie ordnete an, die Drusen noch schonungsloser zu jagen als bisher. Keiner von ihnen sollte in der Lage sein, die neue Religion in Ägypten wieder aufleben zu lassen.

Am Tag nach der Totenklage trat der Maglis zum ersten Mal unter dem neuen Kalifen zusammen. Als Sitt den Saal betrat, traute sie ihren Augen nicht: Beide Plätze neben dem erhöhten Sitz, auf dem sich in wenigen Augenblicken der Herrscher niederlassen würde, waren besetzt. Links, wo eigentlich der Platz des Wesirs war, saß bereits General Hussein Ibn Dauas und rechts hatte sich der Wesir hingesetzt, auf den Platz, der ihr, der Regentin, zustand. Dauas blickte drein, als wäre es die natürlichste Sache auf der Welt, dass er nun Platz und Stelle des Wesirs einnahm, während der Wesir, um seinen Anspruch nicht aufzugeben, die andere Seite besetzt hatte.

›Mein Gott, wird das denn nie ein Ende haben?‹, sandte Sitt einen Stoßseufzer zum Himmel. Dauas wollte eindeutig nicht abwarten, dass sie ihm ihre Gunst schenkte und war entschlossen, sich zu nehmen, was ihm seiner Meinung nach gebührte. Der Wesir indessen zog es offenbar vor, die Regentin zu beleidigen, als sich mit dem Generalissimus anzulegen. Hofften die beiden am Ende, sie gemeinsam mattzusetzen?

War sie sich eben noch ihrer Macht sicher gewesen, so stand sie bereits der nächsten Herausforderung gegenüber – durch die zwei führenden Männer des Staates. Geistesgegenwärtig schluckte sie die Enttäuschung, die in ihr hochkommen wollte, hinunter und tat, was sie tun musste. Sie nahm den Kampf auf.

›Zuerst der General‹, gab sie sich die Strategie vor. ›Er hat sich als Erster ins Unrecht gesetzt. Mit dem Wesir werde ich mich später befassen.‹

Als wäre nichts geschehen, blickte sie, während sie den Saal durchschritt, grüßend nach rechts und nach links. Auch den Wesir und nach ihm, die Rangfolge wahrend, den Generalissimus begrüßte sie auf diese Weise und blieb dann vor dem Thronsitz stehen.

Sie musste nicht lange ausharren, denn kurz darauf erschien der Kalif und ihr Herz schlug höher, denn er sah majestätisch aus in seinem seidenglänzenden weißen Anzug mit dem weißen Turban und jenem blauen, hühnereigroßen Saphir, den auch ihr Vater im Turban getragen hatte. Sein ebenmäßiges, dunkles Gesicht leuchtete auf, als er sie sah. Sie breitete die Arme aus und hieß ihn willkommen.

»Dein Kronrat ist versammelt, Oberbefehlshaber der Gläubigen, in freudiger Erwartung deiner weisen Ratschlüsse!«

Sie trat zur Seite, damit er sich niederlassen konnte.

»Und ich begrüße dich, die Vertreterin des Sultanats und die Männer der Regierung! Aber wo ist dein Platz, meine Tante?«

»Heute bitte ich dich, mich zu entlassen, denn ich trauere mit dem Harem um unseren Verstorbenen.«

»Ich gebe deiner Bitte statt, doch beim nächsten Mal will ich dich im Maglis nicht missen.«

Sie nahm die Hand des Neffen, küsste sie und verließ hoch aufgerichtet und in dem Bewusstsein, ihr Gesicht gewahrt zu haben, zufrieden den Saal.

*

Die erste öffentliche Audienz des neuen Kalifen musste indessen wegen eines bestürzenden Vorfalls im letzten Augenblick abgesagt werden:

An diesem Tag hatte sich nämlich der Generalissimus Hussein Ibn Dauas erkühnt, in der Goldenen Halle den Platz des Wesirs unterhalb der Thronempore einzunehmen. Daraufhin stürzte der Vorhangzieher und Schwertträger mit einigen Gardisten in den Saal, zeigte auf Dauas und schrie: »Ihr Diener unseres Herrn! Der Befehlshaber der Gläubigen lässt euch wissen: Dieser Mann ist der Mörder unseres Kalifen Al Hakim!«

Daraufhin zog Nasim sein Schwert und die Gardisten mit ihm und alle zusammen machten sie den Chef der Kutama nieder.

Anschließend zogen sie weiter zu seinem Haus, um es zu durchsuchen und fanden dort, versteckt in einer Truhe, jenen Dolch, den Al Hakim wie stets auf seinen einsamen Ausritten auch in der Nacht seines Verschwindens im Ärmel getragen hatte.

Niemand zweifelte daran, dass Nasim auf Befehl der Regentin gehandelt hatte und dass ihr früherer Verbündeter und plötzlicher Gegenspieler Dauas in den Mord an ihrem Bruder verwickelt war.

*

Unter der Obhut der Regentin Sitt Al Mulk wuchs der junge Kalif in seine neue Aufgabe hinein. Mit Würde saß er dem Maglis vor und nahm dort den Rat seiner Tante an, während er zugleich lernte, selbst die Schachzüge der Politik zu durchschauen und Entscheidungen zu treffen. Er war Sitt ein guter Helfer bei ihrem Vorhaben, die Majestät des Kalifats aufs Neue in den Mittelpunkt des Reiches zu stellen und so erhielten die Verhältnisse einen festen Rahmen, der dazu führte, dass sich die Lage schnell beruhigte. All die Pfründen, mit denen Al Hakim in den letzten Jahren um sich geworfen hatte – Häuser, Unternehmen, Güter, Geld –, wurden zurückgefordert und jede Vorschrift, die den Handel behinderte, aufgehoben. Die von der Flutkatastrophe des Vorjahres und der Verschwendungssucht Al Hakims geschwächte wirtschaftli-

che Lage besserte sich unter den klugen Maßnahmen der neuen Regierung und bald war die Macht des Staates und das Vertrauen der Geschäftsleute wiederhergestellt.
Die lange vermissten prunkvollen Prozessionen zu den Festen der Muslime und anlässlich der Kanalöffnung wurden wieder aufgenommen. Die Händler bauten entlang der Prozessionsrouten Stände auf, in denen sie ihre Waren zur Schau stellten. Alles Volk von Al Kahira und Misr strömte herbei, um den Kalifen zu sehen und zu bejubeln, wenn er in festlichem Staat, gefolgt von den herausgeputzten Höflingen und seiner glanzvoll ausgestatteten Armee, die Große Straße entlangschritt und dadurch das Band zwischen der Metropole der Kalifen und der alten Hauptstadt erneuerte, die stellvertretend stand für ganz Ägypten.
Die Herrschaft des Kalifen von ihren Gnaden derart gestärkt, sah Sitt Al Mulk die Zeit für gekommen, sich dem Druck des byzantinischen Reiches auf Syrien entgegenzustellen. Sie tat es auf zweierlei Weise – mit den Mitteln der Diplomatie und kriegerischer List. Zum einen entsandte sie einen Mann ihres Vertrauens, Nikephoros, Patriarch von Jerusalem, zu Kaiser Basileios II., damit er diesen der freundlichen Haltung der neuen Regierung von Al Kahira gegenüber den Christen versichere.
»Lasset den Kaiser wissen«, lautete ihr Auftrag an Nikephoros, »dass die Kirchen zurückgegeben werden, die heilige Grabeskirche in Jerusalem und alle anderen Kirchen in Ägypten und Syrien wieder aufgebaut, ihre Besitztümer und Güter zurückerstattet und die Christen, die sich unter der *Dhimma* befinden, mustergültig behandelt werden. Der Kaiser soll dafür den Handel der Byzantiner mit dem Reich der Söhne Fatimas freigeben und Reisende aus dem Land des Islam in die Provinzen von Byzanz einlassen.«
Als Geschenke für den Kaiser schickte sie Juwelen und Spezereien, die sie selbst in den Schatzhäusern ausgewählt hatte, sowie

in den Farben des Niltals schillernde *Bukalamun*-Stoffe und golddurchwirkte *Tiraz*, in die bereits der Name des neuen Kalifen eingewebt war.

Zur gleichen Zeit brach von Al Kahira eine zweite Karawane, vollbeladen mit Ehrengewändern und Gold, nach Aleppo auf, der nördlichen Metropole und zweitwichtigsten Stadt Syriens. Der Statthalter von Aleppo, der Armenier Fartak, hatte die Schwäche der Kairoer Herrschaft in Hakims letztem Regierungsjahr ausgenützt, um sich und Aleppo von den Fatimiden loszusagen. Seither ließ er sich vom Kaiser mit Geschenken und Versprechungen umwerben. Schon wurden in Aleppo neue Münzen nach byzantinischem Muster geprägt. Mit ihrem fürstlichen Geschenk nun hoffte Sitt, Fartak davon abzuhalten, dass er sich und die Stadt der Oberhoheit des Kaisers unterstellte. Damit wollte sie Zeit gewinnen für weitere Verhandlungen mit Byzanz, um die Nordgrenze des Reiches abzusichern.

Als aber Fartak trotz des Geschenks nicht aufhörte, mit dem Kaiser zu liebäugeln, schickte Sitt Al Mulk eine geheime Mission nach Syrien. Deren Auftrag war es, einen von Fartaks Sklaven und den Festungskommandanten von Aleppo auf die Seite der Fatimiden zu ziehen.

Diesmal war der Plan erfolgreich: Der Statthalter Fartak wurde von dem Sklaven ermordet und der Festungskommandant brachte die Stadt in seine Hand, um sie daraufhin den bereitstehenden fatimidischen Truppen zu übergeben.

Auf diese Weise zwang sie den Kaiser, die Verhandlungen ernstlich zu betreiben und sie kam dem großen Ziel, das sie von ihrem Lehrmeister, dem Wesir Yakub Ibn Killis, übernommen hatte – einem dauerhaften Frieden mit Byzanz – ein gutes Stück näher.

*

Aber immer noch gab es Sorgen.
So beendete Midad eines Tages seinen gewohnten Morgenbericht mit den Worten: »Es kommt mir so vor, *ya Imama*, dass unser junger Kalif bei den vielen Festlichkeiten, an denen er mit großem Vergnügen teilnimmt, gelernt hat, am Alkohol Geschmack zu finden.« Sitt sog scharf die Luft ein. Stechend fühlte sie den Reiz des Kampfers aus dem Räucherbecken. Sie zog ein Tüchlein aus dem Ärmel und tupfte sich damit die Nase.
»Ich habe den Verdacht«, fuhr Midad fort, »dass der Wesir Ammar Ibn Mohammed damit zu tun hat. Als ich bemerkte, dass der Kalif den vergorenen Getränken allzu gern zuzusprechen begann, da versuchte ich, ihn davon fernzuhalten und ihm einzuschärfen, dass das schädlich sei und deshalb auch vom Heiligen Koran verboten. Aber sobald ich auf einem Fest von etwas anderem in Anspruch genommen werde, steht schon, wie durch Zauber hingestellt, ein gefüllter Kelch vor ihm, aus dem er dann auch begierig trinkt.«
»Wenn er den Rausch liebt, dann kommt das von dem *Kat*, an den er sich so früh gewöhnt hat«, meinte Sitt bekümmert. »Ich danke dir, dass du mich aufmerksam gemacht hast, *ya* Midad. Wir müssen ihn künftig scharf beobachten. Und zu den Festen dürfen wir den Wesir nicht aus den Augen lassen und auch nicht jene, mit denen er spricht.«
»Ich werde einige besonders vertrauenswürdige Leute einweihen, *ya Imama*.«
Nachdem Midad gegangen war, ließ sie Ali Ibn Ahmed Al Gargarai zu sich bitten. Der Geliebte war zu einem der einflussreichsten Männer des Staates geworden. Hinter ihm stand die Macht des Geldes. Er war nun der Verwalter von Sitts gewaltigem Vermögen, Schatzmeister der Regierung und Chef des Diwans für Aufwendungen. Zusammen mit ihm gebot die Regentin über aller-

größte Machtfülle und dennoch, wie sie sich kopfschüttelnd sagte, war es dem Wesir gelungen, die Schwäche des jungen Kalifen ausfindig zu machen, um diese – daran konnte es keinen Zweifel geben – eines Tages für seine Zwecke zu nutzen.

»Stell dir vor«, empfing sie den Vertrauten, sobald er ihr Morgengemach betrat. »Midad meint, der Wesir verführe Ali zum Genuss von Wein! Und er soll dafür sehr empfänglich sein – was ich gerne glaube, denn ich hatte derlei befürchtet.«

Ali Ibn Ahmed beugte sich zu ihr, küsste sie und setzte sich neben sie. Sein Blick ruhte auf ihrem aufgewühlten Gesicht.

»Ich habe Midad gesagt, er soll den Kalifen noch besser im Auge behalten und den Wesir bewachen lassen, damit das nicht mehr geschehen kann.«

»Du weißt, dass der Wesir nicht weniger ehrgeizig ist, als der General Ibn Dauas es war«, meinte Ali Ibn Ahmed nach einer Weile.

»Ich denke, es ist schon so viel getötet worden in den vergangenen Monaten. Das entspricht nicht der Art, wie ich das Reich zu führen vorhatte.«

»Du hast eine kranke Regierung übernommen. Im Augenblick scheint sie sich erholt zu haben. Aber noch sind nicht alle Gefahren gebannt. Die beiden Thronfolger …«

Sitt fiel ihm ins Wort: »Sprich nicht weiter. Bitte! Ich will es nicht hören. Ich fühle den Blick meines Vaters auf mir, wie er mir zusieht dabei, wie ich das Land regiere. Er billigte das Töten nicht.«

»Dein Vater, *ya Imama,* war ein gnädiger Herrscher, vielleicht allzu gnädig, mit Verlaub. Die beiden Thronfolger – bitte lass mich zu Ende sprechen – die beiden Thronfolger werden für die Herrschaft Al Zahirs eine Bedrohung sein, solange sie am Leben sind. Der Wesir kann zwischen zwei Rivalen wählen, falls es jemals zu einer Krise kommen sollte. Bist du dir denn in allem so sicher?«

»Nein, natürlich nicht! Aber mich so gegen die Dynastie zu vergehen, dass ich zwei Prinzen töten lasse – das kann ich einfach nicht tun.«

»Es ist notwendig. Und es ist notwendig, dass der Wesir verschwindet.«

Sitt sah starr vor sich hin.

»Ich bin keine Mörderin!«

»Nein, das bist du nicht. Aber du bist verantwortlich für dieses Reich und seinen Kalifen. Du hast keine Wahl!«

Er legte den Arm um sie. Tränen rannen über ihre Wangen und zogen nasse Spuren in den goldenen Puderhauch.

Unbeholfen stupste Ali sie am Kinn, auf dass sie ihm ihr Gesicht zuwende. Traurig und dankbar zugleich fühlte sie seine warmen Lippen auf ihren Augen und ihr die Tränen fortküssen.

*

Der Thronfolger, den Sitt Al Mulk in Ketten aus Damaskus nach Al Kahira hatte schaffen lassen, Abdel Rahim Al Mahdi, rammte sich, wie vom Oberkadi nach offizieller Untersuchung bescheinigt wurde, wenig später im Kerker ein Obstmesser in die Brust. Wesir Al Hassan Ibn Ammar wurde indes dabei ertappt, wie er den Kalifen zum Trinken von vergorenem Rebensaft verleitete und deshalb zum Tode verurteilt. Damit kein schlechtes Bild aufkam, blieb der zweite der beiden Thronfolger vorerst verschont.

Sitt ernannte ihren Günstling, den Juden David Ben Yitzhak, zum neuen Wesir. Mit ihm an der Spitze der Regierung kam es ihr so vor, als lebten die guten Tage unter dem großen Wesir Yakub Ibn Killis wieder auf, der die Grundlagen für das Großreich der Fatimiden gelegt hatte. Nun erst konnte sie sich wirklich zurücklehnen und der Dinge harren, die aus dem neu geordneten Staatswesen auf sie zukamen.

Die Favoritin Warda gebar dem Kalifen sein erstes Kind, ein Mädchen und es war für Sitt Al Mulk seit langer, langer Zeit der erste Anlass zu unbefangenem Feiern. Freudenfeuer wurden auf dem Mukattam entzündet und chinesische *Sauarich* streuten ihre Sternenschleier über den Nachthimmel. Auf einem Podest vor dem Pavillon hoch oben auf dem Gebirgsplateau saß Sitt neben dem Kalifen, der nun ein junger Vater war und beobachtete das Schauspiel. Um sie herum versammelt waren all die Menschen, die ihr nun schon ein Leben lang die Treue hielten: Ali Ibn Ahmed, der Geliebte, der um seiner Liebe willen beide Hände verloren hatte; Tante Abda, die sie gelehrt und ihr geholfen hatte, den neuen Kalifen heranzuziehen; Amina, die Milchschwester und unzertrennliche Freundin ihrer Jugendtage; die junge Prinzessin Sitt Misr, in ihrer Schönheit nahezu ein Abbild Sitt Al Mulks; Takarrub, die einstige Sklavin Theodoras, deren bedingungslose Ergebenheit und guter Rat Sitt in schwersten Zeiten gestärkt hatte; Raschida, die heute wegen der Dunkelheit einmal nicht das Spinnrad drehte; und Midad, der Freund, Ratgeber und unverzichtbare Helfer, aus dem einer der höchsten und reichsten Amtsträger des Staates geworden war. Ein wenig abseits, denn er wollte sich nicht in diesen eingeschworenen Kreis drängen, stand der neue Wesir David Ben Yitzhak.

»Komm in unseren Kreis, *Sajid Daoud*«, forderte Sitt ihn auf. »Freue dich mit uns über die neue Generation, die nun in Al Kahira heranwachsen wird, um die Macht und die Ehre der Kinder Fatimas weiter in alle Welt zu verbreiten. Die *Bani Israel* sollen es gut haben unter der *Dhimma* der *Bani Fatima,* so wie auch die Christen, ob Melkiten oder Kopten und die Muslime der Sunna in Zufriedenheit leben und ihren Geschäften nachgehen sollen.«

Mit einem Finger berührte sie den Ärmel des Herrschers.

»Sieh, unser erhabener Kalif, die beiden Städte Al Kahira und

Misr liegen dir zu Füßen. Sie haben ihr Festkleid angelegt zur Feier der Geburt deines ersten Kindes.«

In der Schwärze des Tales unten zeichneten sich funkelnd zwei Lichtinseln ab – das weithin ausufernde Misr und das geometrische Viereck der Zitadellenstadt der Kalifen.

In deren Mitte, von allen Bauwerken am hellsten beleuchtet, erhob sich die Al Azhar-Moschee, die Al Aziz einst zur Verherrlichung des *Zahir* erbaut hatte.

»Die *Ahl Al Dhimma* danken es Euch, *ya Imama,* dass Ihr wieder dem *Zahir* zur Oberhand verholfen habt. Er ist das irdische Bollwerk gegen die Neigung der *Batiniun* zur Eiferei, die für uns noch immer leidvolle Erfahrungen gebracht hat.«

»Das ist der Fehler, den die *Batiniun* so gern begehen. Sie vergessen den Dienst am *Zahir* und verirren sich dadurch in die Unordnung. Denn auch wenn schon alles im ewigen Kosmos festgeschrieben ist, so muss jeder die nötige Anstrengung unternehmen, damit die Ordnung im *Zahir* unseres endlichen Lebens erscheinen kann. Da hilft nur die richtige Tat, kein Beten und kein Philosophieren.«

Versonnen sah Sitt auf die Hauptstädte hinunter, die allmählich zu einer einzigen zusammenwuchsen. Der Schein der Freudenfeuer zauberte Sterne in ihre immer noch glänzenden, großen Augen. Und über allem wölbte sich das dunkle Firmament. Nachdem die letzten Feuerwerksfontänen verglommen waren, kam der zunehmende Mond wieder zu seinem Recht und ein Stern um den anderen funkelte auf, sowie sich die Augen an die Dunkelheit gewöhnten.

Tiefe Zufriedenheit erfüllte Sitt in dem Wissen, dass die Ordnung des Himmels nun auch wieder auf Erden ihre Spiegelung fand.

›So sind die Dinge gedacht. Die Sterne haben die Welt wieder zu sich zurückfinden lassen‹, sagte sie sich und sie wusste, dass nun alles gut war.

*

Das Friedensabkommen mit Byzanz stand kurz vor dem Abschluss, als in Misr ein Darmfieber ausbrach. Trotz aller Vorsichtsmaßnahmen griff die Seuche auf Al Kahira über und machte keinen Unterschied zwischen Herren und Sklaven.

Auf Anraten ihrer greisen Ärzte Yitzhak und Yischmael Ben Alazar verließ die Regentin Sitt Al Mulk in diesen Tagen nicht das Wasserschloss und nahm nur aufgebrühte Getränke und sorgfältig durchgekochte Speisen zu sich.

Dennoch erwachte sie eines Nachts in den frühen Morgenstunden mit fieberheißem Körper und schmerzendem Kopf. Die jüdischen Ärzte wurden gerufen und mit ihnen kam ein junger Mann, ihr begabtester Schüler, der in späteren Jahren in der Heilkunst Berühmtheit erlangen sollte: Ibn Ridwan. Schon jetzt hatte der Sohn eines reichen Bäckers aus Giza von sich reden gemacht, weil er gegen die weit verbreiteten Unsitten der Quacksalber anwetterte und verlangte, dass die Regierung die Ärzte unter ihre Aufsicht stellte. Keiner der drei würde in den folgenden Tagen die Gemächer der Regentin verlassen. Wenn einer ruhte, so wachten die beiden anderen neben ihr.

Sitt war kaum bei Bewusstsein, denn um die unerträglichen Schmerzen in ihrem Kopf und die Krämpfe in ihrem Gedärm zu beruhigen, gaben die Ärzte ihr krampflösende Mittel ein, die freilich die Mattigkeit verstärkten, die mit der Krankheit einherging. Sie nahm jedoch wahr, dass ständig Menschen um sie waren und sie spürte die tröstenden Berührungen der Hände Aminas, Takarrubs und ihrer Tante Abda. Sie fühlte den Atem des Geliebten, wenn er sie auf die abwechselnd schweißnasse oder wüstentrockene Stirn küsste.

Erinnerungsfetzen rasten durch ihren Kopf, immer wieder die gleichen: das blutdurchtränkte Rittergewand des Prinzen Nour, der vom Rumpf getrennte Kopf des Bischofs Arsenios, dessen Mund noch die Worte des Auferstehungskanons formte, die Armstümpfe des Geliebten, die blutigen, zerstochenen Derwischkleider des Bruders – die größten Schreckensbilder ihres an Schrecken reichen Lebens. Ihre trockenen Lippen versuchten sich mitzuteilen, die Bilder durch Sprechen herauszulassen, doch verweigerten Zunge und Stimme den Dienst.

Nur ein einziges Mal noch kam sie ganz zu Bewusstsein. Es war, als der Kalif seine Tante besuchte und weinend an ihrem Bett in die Knie brach.

Vielleicht hatten ihr die Ärzte in Erwartung des Besuches weniger beruhigende Medizin verabreicht und so kam es, dass Sitt ihre vom Durchfall ausgezehrte, fast durchscheinende Hand mit den noch länger und schlanker als sonst erscheinenden Fingern matt bewegte und dem jungen Mann auf den vom Schluchzen zuckenden Nacken legte.

»*Ya Habibi, ya* Ali! Wie freue ich mich, dass du gekommen bist«, sagte sie mit kaum hörbarer Stimme. »Aber gib acht, dass die Krankheit nicht auch dich packt.«

Erschöpft hielt sie inne und ihre Hand streichelte unter Anstrengung die tränennasse Wange des Neffen.

»Wenn ich sterbe«, fuhr sie nach einer Weile fort –

»Aber du wirst nicht sterben, meine Tante, *Habibti!*«

»Wenn ich sterbe«, ließ sie sich nicht beirren, »so werden Ali Ibn Ahmed und Midad dir zur Seite stehen. Mache sie zu deinen Regierungschefs.«

Erneut verstummte sie und sah ihn mit unnatürlich glänzenden

Augen unter den vogelschwingengleichen Brauen eindringlich an, als wollte sie ihm auf diese Weise etwas verständlich machen. Sie versuchte, den Kopf zu heben und der Kalif verstand. Er beugte sich zu ihr und brachte sein Ohr an ihre Lippen:
»Der zweite Thronfolger muss sterben!«
Der Neffe sah sie erschrocken fragend an.
Sie nickte und sog Luft durch die Nase.
Und noch einmal gelang es ihr unter höchster Anstrengung zu sprechen: »Achte auf den Religionsfrieden und vermeide den Krieg mit Byzanz!«
»Ja, meine Tante, ja! Aber du musst bei mir bleiben! Ich kann nicht sein ohne dich!«, schrie der junge Mann auf, riss sich den Turban vom Kopf und umschlang Sitts Leib, der sich schmal unter der dünnen Bettdecke abzeichnete.
»Du brauchst mich nicht mehr und Allah ist mit dir!«
Ihre Hand ruhte auf seinen kurz geschnittenen schwarzen Locken und sie fiel in tiefen Schlummer.
Als allen schmerzlich klar war, dass es dem Ende zuging, ließen sie Sajida, die Koranrezitatorin, rufen. Eine Nacht und einen Tag las Sajida mit engelsklarer Stimme aus dem Heiligen Koran, bis sich die Regentin Sitt Al Mulk nach Einbruch der Dämmerung in einer leisen Bewegung ausstreckte und verschied. Es war der elfte Tag des Monats Su Al Kada des Jahres 413 der Hedschra, der 5. Februar des Jahres 1023 des Herrn der Christenheit.
Ein letztes Mal trug Sajida, während ihr die Tränen über die Wangen flossen, der Herrin von Kairo ihre Lieblingssure vor:

Bei der Sonne und bei ihrem Morgenglanz;
und bei dem Mond, wenn er ihr folgt;
und bei dem Tage, wenn er sie erstrahlen lässt;
und bei der Nacht, wenn sie sie bedeckt;

und bei dem Himmel und bei dem, der ihn aufgebaut hat;
und bei der Erde und bei dem, der sie ausgebreitet hat;
und bei einer jeden menschlichen Seele und bei dem,
der sie gebildet
und ihr den Sinn für ihre Sündhaftigkeit und für ihre
Gottesfurcht eingegeben hat!
Erfolgreich ist derjenige, der sie rein hält; und versagt hat
derjenige, der sie verkommen lässt.«

»Ihre Seele ist rein geblieben, *Al Hamdulillah*, denn sie tat immer das, was notwendig war«, sagte Tante Abda leise, während Takarrub das Kinn der Verstorbenen hochband, deren Gesicht in wundersamer Weise die Krankheit abgestreift zu haben und in seiner durchscheinenden Blässe von innen her zu leuchten schien. Es spiegelte das Bild, mit dem Sitt in die andere Welt gegangen war – jenes alte Traumgesicht, das ihr erstmals als kleines Mädchen nach Betrachtung der seidenen Landkarte des Al Muizz erschienen war, als vor ihr Soldaten, Menschen, Paläste, Flüsse und Meere durcheinanderwirbelten und sich zu einer einzigen wogenden dunklen Masse verbanden. Diese Masse hatte sie in sich eingesogen; und sie verlor sich für einen Moment eines Gedankens in ihrer Schwärze. Doch dann begann in dem Chaos, ganz fein und kaum sichtbar zunächst, eine helle Bogenlinie sich abzuzeichnen, die zunehmend breiter wurde und immer breiter. Als gerundeter Streifen zog sie sich durch das Dunkel und erhellte Sitts Gemüt mit unaussprechlichem Trost.

Epilog

Als die Vertreterin des Sultanats Sitt Al Mulk nach dreijähriger Regierungszeit starb, hinterließ sie ein blühendes Reich, in dem die Ruhe völlig wiederhergestellt, die Wirtschaft in Ordnung gebracht und die Nachfolge gesichert war. Zwar konnte der Friede mit Byzanz nicht geschlossen werden, doch hielt der auf ihr Betreiben ausgehandelte Waffenstillstand mit dem Kaiser noch ein Vierteljahrhundert.

Sitts »mystische Ahnung« einer besonderen Schicksalsverbindung mit dem Mesopotamier Ali Ibn Ahmed sollte sich erfüllen. Al Gargarai wurde, wie sie, zum Staatslenker. Zunächst führte er zusammen mit dem Eunuchen Midad und zwei verbündeten Scherifen die Regierung für den Kalifen Al Zahir. Nach dessen Tod ging Gargarai unter dem Beinamen »der Wesir ohne Hände« als tüchtiger Regierungschef des Kalifen Al Mustansir in die Geschichte ein.

Der Kalif Al Zahir nahm keine günstige Entwicklung. Verstört durch den Verlust der geliebten Tante und ihrer Unterstützung, verfiel er zunehmend dem Alkohol und kümmerte sich bald kaum noch um die Regierungsgeschäfte. Die größte Aufmerksamkeit widmete er seiner berühmten Papageienzucht. Dennoch ist die

Patriarchengeschichte der ägyptischen Kirche voll des Ruhmes über seine gerechte und großzügige Amtsführung.
Zwei Jahre nach ihrer geliebten Herrin starb Takarrub. Ihr großes Vermögen fiel dem Staat zu. Die Prinzessinnen Abda und Raschida verschieden hochbetagt im Jahr 1050 im Abstand von nur drei Tagen und hinterließen unermessliche Reichtümer, darunter auch das Zelt aus schwarzer Halbseide, in dem Harun Al Raschid gestorben war.
Über das weitere Schicksal der Prinzessin Amina ist wenig bekannt, doch von Al Hakims Tochter Sitt Misr weiß die Chronik, dass sie bei ihrem Tod im Jahr 1063 neben unschätzbaren Kostbarkeiten achttausend Sklavinnen hinterließ.
Die unvorstellbaren Schätze der Fatimiden wurden in Epochen wirtschaftlichen und politischen Zusammenbruchs immer wieder verschenkt und geplündert. Aber jedes Mal füllten sich die Schatzhäuser bald wieder zum Bersten. Ungezählte kostbare Kunstgegenstände aus Al Kahira fanden so den Weg in die Schatzkammern Europas, wo sie wegen ihrer Schönheit und handwerklichen Vollendung enorm begehrt waren.
Bis heute umstritten bleibt die Rolle der Sitt Al Mulk bei dem immer noch geheimnisumwitterten Verschwinden des Kalifen Al Hakim – er ist zusammen mit Harun Al Raschid eine der Hauptfiguren der Geschichten von Tausendundeiner Nacht.
Manche Chronisten machten sie für seinen Tod verantwortlich, während andere sie davon freisprachen, unter diesen auch Al Makrizi (1364–1442), der geachtetste aller arabischen Geschichtsschreiber. Al Makrizi berichtet, dass sich rund ein Jahr nach Sitt Al Mulks Tod in Oberägypten ein Scherif aus dem Stamm der Bani Hussein selbst öffentlich bezichtigte, den Kalifen unter Mitwirkung von drei anderen getötet zu haben.
Auf die Frage, wie er das denn bewerkstelligt haben wolle, soll der

Mann seinen Dolch gezogen, sich die Waffe vor den Augen der gaffenden Menge in die Brust gestoßen und dabei gesagt haben: »So habe ich ihn getötet!«

Die Anhänger der Drusensekte indessen meinten, dass der fromme Kalif auf dem Esel weiterlebte und sich lediglich den Augen der Menschen entzogen habe. Der letzte Überlebende aus dem Gründertrio der Drusen, der Filzmacher Hamsa, wurde bald nach seiner Flucht aus Ägypten in Mekka gefangen genommen und enthauptet. Seine Anhänger bemühten sich noch eine Zeit lang, ihren Glauben zu verbreiten, gaben dann aber entmutigt auf und zogen sich in unwegsame Gebirgsregionen in Syrien und dem heutigen Libanon zurück, wo die Drusen bis heute über ein weites Gebiet verstreut nach alten Bräuchen in ihren Gemeinschaften leben.

Das goldene Zeitalter der Fatimiden in Ägypten ging 1171, nach fast genau zweihundert Jahren, mit der Machtübernahme durch Sultan Saladin Al Ajubi zu Ende. Doch konnte der Glanz und der zivilisatorische Höhenflug, den die Kalifen Al Muizz, Al Aziz und der junge Al Hakim unter dem Einfluss von Sitt Al Mulk verwirklichten, nicht mehr wiederholt werden. Indessen atmen die uralten Steinmauern der Kairoer Altstadt bis heute den Zauber des Herrschergeschlechts der Söhne Fatimas.

Nachwort

Die Schattenkalifin Sitt Al Mulk begegnete mir in den späten Siebzigerjahren, als ich in Kairo lebte, in einem damals gefeierten Theaterstück des ägyptischen Autors Samir Sarhan und hat mich seither nicht mehr losgelassen. Trotz ihrer Berühmtheit in der arabischen Welt ist die Fatimidin Sitt Al Mulk in der westlichen Welt über Orientalistenkreise hinaus bisher kaum bekannt. Dabei lebte und wirkte sie in einer Epoche, in der Wissenschaft und Kultur des Mittelalters jene Blüte erreichten, die die europäische Renaissance vorbereitete. Ihre schillernde und bis heute nicht unumstrittene Gestalt fügt sich ein in der Galerie der großen Herrscherinnen der Geschichte, an der Seite ihrer gefeierten ägyptischen Schwestern Nofretete und Kleopatra.

Die Geschichtsschreibung erzählt, dass Sitt Al Mulk von ihrem Vater, dem Kalifen Al Aziz, über alles geliebt und zum Regieren erzogen wurde; weiter, dass Al Aziz auf ihren Rat hörte, dass sie mit ihrer Fürsprache sogar Wesire vor dem Tod bewahren konnte und dass sie hoch gebildet und unermesslich reich war. Es wird berichtet, wie sie nach dem Tod des Vaters zusammen mit ihrem Cousin die Macht übernehmen sollte und von den Verschwörern zunächst kaltgestellt wurde, dann aber ihren Einfluss zurückgewann.

Im weiteren Verlauf erwähnen die detaillierten Chroniken jener Zeit, dass Kalif Al Hakim »sich in allem mit ihr beriet« und ihre tatsächlichen oder vermeintlichen Liebhaber töten ließ. Als sie als Regentin die Macht übernahm – ihr Titel »Vertreterin des Sultanats« ist authentisch –, trat sie ins Zentrum der Geschichtsschreibung; ihre Regierungsjahre sind so gut dokumentiert wie die jedes anderen Herrschers.

Rund um die bekannten Fakten ihrer Zeit habe ich in dem Buch die Geschichte der Prinzessin gewoben. Wenn etwa die Chronisten sagen, dass sie ihren Bruder in allem beriet, so spüre ich hinter seinen Verfügungen dem Einfluss der Prinzessin nach.

Was die Lebensumstände und das Zeremoniell am Hof der Fatimiden in Al Kahira angeht, so habe ich mich strikt an die historischen Berichte gehalten. Beispielsweise war Sitt Al Mulks Vater tatsächlich des Griechischen und Lateinischen mächtig und las Bücher in beiden Sprachen. Die erwähnten Schätze, Kleider, Pferdeparaden, Rituale, die Palastanlage und die Gebräuche am Kalifenhof von Al Kahira sind in Chroniken beschrieben. Einige von den Kunstgegenständen haben das Jahrtausend, das seither vergangen ist, überdauert. Sie zählen zu den Prunkstücken in den Sammlungen der großen Museen der Welt.

Die Personen des Buches sind – bis auf einige Nebenfiguren – allesamt historisch. Das gilt auch für die Gestalt von Sitt Al Mulks Cousin und Geliebtem, der im Text Nour genannt wird, dessen Name von den Chronisten, sei es mit oder ohne politische Absicht, nicht überliefert wurde und der daher als »der Namenlose« in die Geschichte eingegangen ist.

Dass dieses Buch über Sitt Al Mulk entstehen konnte, verdanke ich der Unterstützung einiger wunderbarer Menschen, die mich durch dieses Projekt begleitet und ermutigt haben, trotz mancher Schwierigkeiten durchzuhalten. Ganz großer Dank geht an die Testleserinnen: meine Tochter Amira Awad und meine Freundinnen Yvonne Schmidt und Dr. Carmen Unterholzer. Meine Li-

teraturagentin in Holland, Marianne Schönbach, hat mich in fachlicher Hinsicht bestärkt und dafür bin ich ihr zutiefst dankbar. Annette Weber, Lektorin bei Droemer-Knaur, München, fällt das Verdienst zu, den Stoff für den deutschen Buchmarkt entdeckt zu haben. Meiner Literaturagentin in Hamburg, Bettina Keil, danke ich für die Ausdauer, mit der sie das Projekt begleitet hat. Nicht zu unterschätzender »moral support« kam in dieser Zeit von Ingrid Schemel und Dr. Martin Pollack. Bei der Fertigstellung des Buches half mein liebster Freund Fritz Holzinger mit sachkundigem Einsatz, die letzte Korrekturphase schnell und gut zu bewältigen.
Danken möchte ich auch jenen hilfsbereiten Menschen, die mir in den Recherchen mit Rat und Tat zur Seite gestanden sind: Professor Hermann Harrauer, früher Leiter der Papyrussammlung der Österreichischen Nationalbibliothek, Dr. Solveigh Rumpf-Dorner, ebenfalls an der Österreichischen Nationalbibliothek, Professor Paula Sanders von der Rice University, USA. Ilse Jung, Beatrix Kriller und Irina Kubadinow vom Kunsthistorischen Museum in Wien danke ich für den atemberaubend schönen, aber leider vergriffenen Katalog der Ausstellung »Die Schätze der Kalifen«; und Robert Eichert, der beim Durchstöbern antiquarischer Bücher immer auch mein Thema mit im Auge hatte.

Von meinen Quellen möchte ich jene Bücher nennen, die Lesern, die sich in das Thema vertiefen wollen, auf dem Buchmarkt leicht zugänglich sind:

Heinz Halms in seiner umfassenden Behandlung der Epoche Sitt Al Mulks einzigartiges Standardwerk, »Die Kalifen von Kairo« (C.H. Beck, München, 2003);

Fatima Mernissis packende Nachempfindung von Sitt Al Mulks Rolle in »Herrscherinnen unter dem Halbmond. Die verdrängte Macht der Frauen im Islam« (Herder Spektrum, 2004);

Annemarie Schimmels »Meine Seele ist eine Frau« (Kösel, 1995) liefert einen Einblick in die Welt islamischer Mystikerinnen, die im Mittelalter eine bedeutende Rolle spielten.

Zeittafel

395 Beginn der byzantinischen Ära in Ägypten.
641 Eroberung Ägyptens durch den arabischen Feldherrn Amr Ibn Al Aas.
969 Ägypten unterwirft sich der Herrschaft der Fatimiden und Al Kahira (Kairo) wird gegründet.
970 Geburt der Prinzessin Sitt Al Mulk.
996 Tod des Kalifen Al Aziz, Thronbesteigung des Kalifen Al Hakim und Beginn von Sitt Al Mulks Wirken als »Schattenkalifin«.
921 Tod des Kalifen Al Hakim, Inthronisation des Kalifen Al Zahir durch Sitt Al Mulk und Beginn ihrer Regentschaft.
1023 o.
1024 Tod der »Vertreterin des Sultanats«.

Glossar

Abbassiden: Von Bagdad aus herrschende Kalifendynastie.

Abda Bint Al Muizz: Fatimidenprinzessin und Tante Sitt Al Mulks. Gest. 1050.

Ahl Al Dhimma: Arabisch für »das Volk, das unter dem Schutzpakt steht«.

Ahl Al Kitab: »Kinder des Buches«. Gemeint sind die Angehörigen der monotheistischen Religionen mit heiligen Schriften.

Aid Al Adha: Schlachtopferfest der Muslime im Angedenken an das Opfer, das der Prophet Ibrahim (Abraham) nach islamischem Glauben an seinem Sohn Ismail zu vollziehen bereit war. Ende der Hadsch (Jahreszeit der Pilgerfahrt).

Aissa Ibn Nesturus: Christlicher Großwesir. 997 hingerichtet.

Al Azhar: »Die Blühende, die Leuchtende«. Freitagsmoschee der Palaststadt Al Kahira. Seit 975 Lehrstätte und heute die älteste Universität der Welt.

Al Aziz bi'llah: »Der Mächtige durch Gott«, geb. 955, gest. 996. Vater der Prinzessin Sitt Al Mulk. 15. Kalif in der von den Fatimiden anerkannten Nachfolge des Propheten Mohammed.

Al Dersi (Anustegin Al Bukhari): »Der Schneider«. Mitbegründer der Drusensekte, die nach ihm benannt ist.

Al Fargani: »Der mit der verstümmelten Nase«; Mitbegründer der Drusensekte.

Al Hakim bi Amr Illah: »Der auf Gottes Befehl herrscht.« Fatimidenkalif, geb. 985, gest. 1021. Bruder der Prinzessin Sitt Al Mulk. 16. Kalif in der von den Fatimiden anerkannten Nachfolge des Propheten Mohammed.

Al Hamdulillah: Arabisch für »Gott sei Dank!«.

Al Hussein Ibn Al Gauhar: Berbergeneral und Wesir.

Al Kahira: Kairo. »Die Siegreiche«. 969 als neue Haupt- und Residenzstadt der Fatimiden in Ägypten gegründet.

Al Muizz li Din Allah: »Stärker der Religion Gottes«. Großvater Sitt Al Mulks. 14. Kalif in der von den Fatimiden anerkannten Nachfolge des Propheten Mohammed.

Al Numan, Mohamed: Bedeutender Oberkadi (Oberrichter) im Fatimidenreich unter Al Muizz und Al Aziz, gest. 974. Tonangebender Rechtsgelehrter und religiöser Ideologe der Ismailiten.

Al Numan, Mohamed Ibn Al: Sohn des Oberrichters Mohamed Al Numan. Konservativer Gegenspieler der Prinzessin Sitt Al Mulk.

Al Raddad: Der Wärter des Nilometers.

Al Zahir li Izaz Din Allah: »Der erscheint, um die Religion Gottes hochzuhalten«. Neffe der Prinzessin Sitt Al Mulk und von dieser im Jahr 1021 als 17.

Kalif in der von den Fatimiden anerkannten Nachfolge des Propheten Mohammed eingesetzt. Geb. 1005, gest. 1036.

Ali Ibn Abi Taleb, Imam: Gatte von Fatima und »Ahnherr« der Schiiten.

Ali Ibn Ahmed Al Gargarai: Fatimidischer »Wesir ohne Hände« irakischer Abstammung, gest. 1045. Verwalter der Prinzessin Sitt Al Mulk. Mitregent für den Kalifen Al Zahir und Regent für dessen Nachfolger Al Mustansir.

Allah hai!: Arabisch für »Gott lebt«.

Allahu akbar!: Arabisch für »Gott ist der Größte«.

Ami: Arabisch für »Onkel«; vertraute Anrede für einen (älteren) Mann.

Amina: Cousine der Prinzessin Sitt Al Mulk und Gattin des Kalifen Al Hakim.

Amira: Arabisch für »Prinzessin«, »Fürstin«.

Ammar Ibn Mohammed: Großwesir unter Al Hakim und zu Beginn der Regentschaft Sitt Al Mulks; weil er den jungen Kalifen Al Zahir angeblich zum Trinken anstiftete, auf ihren Befehl im Jahr 1022 hingerichtet.

Amr-Moschee: älteste Moschee Ägyptens.

Aristos: Onkel Sitt Al Mulks und des Kalifen Al Hakim und Bruder des Patriarchen Arsenios. Orthodoxer Patriarch von Jerusalem.

Arsenios: Onkel Sitt Al Mulks und des Kalifen Al Hakim. Melkitischer (orthodoxer) Patriarch von Alexandria. Zuvor Metropolit (Bischof) von Misr. Im Jahr 1010 auf Al Hakims Geheiß hingerichtet.

Ascha: Nachtgebet der Muslime.

Asr: Nachmittagsgebet der Muslime.

Astrolabium: Astronomisches Messgerät. Mittels Winkelmessungen werden die Position von Sternen, des Mondes, der Sonne und die Zeit berechnet.

Autokrat: Titel der byzantinischen Kaiser.

Bani: Arabisch für »Söhne«, »Stamm«.

Baraka: Segen, heilbringende Kraft.

Bargawan: Palast- und Schatzmeister, Erzieher und Vormund des jungen Kalifen Al Hakim. Rädelsführer in der Palastrevolte gegen Sitt Al Mulk und Großwesir unter Al Hakim, bis dieser ihn im Jahr 1000 tötete.

Basileios II.: Byzantinischer Kaiser, 985–1025; Gegenspieler von Sitt Al Mulk und Al Hakim.

Batin: Arabisch für »das Innewohnende«, »das Esoterische«.

Batiniun: Anhänger des »Batin«, der Esoterik.

Berber: Größter Volksstamm im Ursprungskalifat der Fatimiden in Ifrikia – heute Tunesien.

Bint: Arabisch für »Tochter«.

Cäsarea: Markthalle in Misr.

Dai: Arabisch für »Berufener«; ismailitischer Missionar.

David Ben Yitzhak: Jüdischer Wesir unter der Regentschaft Sitt Al Mulks.

Dawa: Arabisch für »Ruf«; ismailitische Mission.

Dohr: Mittagsgebet der Muslime.

Drusen: Aus dem Islam um das Jahr 1010 hervorgegangene religiöse Bewegung, die den Kalifen Al Hakim als Gottheit verehrt und nach ihrer Vertreibung aus Ägypten heute noch im Libanon, in Syrien und in Israel anzutreffen ist.

Fagr: Gebet der Muslime zu Sonnenaufgang.

Fahd Ibn Ibrahim: Christlicher Staatssekretär und Wesir. 1003 hingerichtet.

Fatimiden: Kalifendynastie der schiitisch-ismailitischen Glaubensrichtung. Herrschten von 969 bis 1171 von Kairo aus über einen um Ägypten gruppierten Vielvölkerstaat. Sahen sich als Nachkommen der Tochter des Propheten, Fatima und Ali Ibn Abi Talebs.

Fitna: Arabisch für »Chaos«, »Bürgerkrieg«.

Gain: »Schwarzer« Eunuch, Militärchef von Misr.

Gauhar: Berbergeneral, nahm Ägypten 969 für die Fatimiden in Besitz.

Habeib: Arabisch für »meine Lieben«.

Habibi: Arabisch für »Liebling«.

Habibti: Arabisch für »meine Liebe«.

Hadith: Die niedergeschriebene mündliche Überlieferung der Sprüche und Taten des Propheten Mohammed.

Hamam: Bad.

Hamamgi: Badediener.

Hamsa Al Labad: »Der Filzmacher«, Begründer der Drusensekte.

Hassan Ibn Ammar: Kutama-General. Mitverschwörer im Komplott gegen Sitt Al Mulk.

Haus der Weisheit: 1005 von Al Hakim gegründete Universität und Zentrum der ismailitischen Geheimlehre.

Hilal: Junge Mondsichel.

Huri: In der islamischen Vorstellung eine schöne Jungfrau im Paradies.

Hussein Ibn Dauas: Berbergeneral. Angeblicher Liebhaber der Prinzessin Sitt Al Mulk und möglicherweise in die Ermordung des Kalifen Al Hakim verwickelt. Als er Sitt Al Mulk die Regentschaft streitig machen will, wird er 1020 auf ihr Geheiß getötet.

Ibn Abi Al Auam: Unter Al Hakim ernannter sunnitischer Oberrichter.

Ibn Al Haissam: Im Westen bekannt unter dem Namen »Alhazen«. Berühmter arabischer Astronom, Mathematiker und Physiker, geb. 965 in

Basra, gest. 1040, vermutlich in Kairo. Gilt als Vater der modernen Optik.

Ibn Sina: Avicenna. Der berühmteste Wissenschaftler des Islam.

Ibn Yunis: Arabischer Mathematiker und Astronom, geb. um 950, gest. 1009.

Ibn: Arabisch für »Sohn«.

Ifrikia: Mittelalterliche arabische Bezeichnung für ein Gebiet, dem das heutige Tunesien, Algerien und ein Teil Libyens angehören. Der Name leitet sich her von der römischen Provinz Africa, die dasselbe Gebiet einnahm.

Imam: Bei den Schiiten das religiöse Oberhaupt in der nach ihrer Auslegung legitimen Nachfolgerreihe des Propheten Mohammed. Bei den Sunniten der Vorbeter in der Moschee.

Imam – der »verschwundene Imam«: In der Vorstellung der Muslime ist der »verschwundene Imam« ein mehrfach vorkommender Topos. Bei den Ismailiten galt sowohl der 7. Nachkomme des Propheten in der Reihe Ali Ibn Abi Talebs, der Kalif Mohammed, als auch der Kalif Al Hakim als »verschwundener Imam«, der, sobald die Zeit reif wäre, wiederkehren würde.

Imama: Einer der Titel, mit denen die Schattenkalifin Sitt Al Mulk bedacht wurde und der ihr hohes Ansehen zeigt, denn üblicherweise war dieser Titel dem Kalifen vorbehalten.

Inscha'allah: Arabisch für »So Gott will«.

Ismailiten: Islamisch-schiitische Glaubensgemeinschaft in der Nachfolge des schiitischen »Ahnvaters« Ali Ibn Abi Taleb. In dem Nachfolgestreit, der nach dem Tod des sechsten schiitischen Imams im Jahre 765 losgebrochen war, hatten sie sich entschieden, Alis Urenkel im siebenten Glied, Ismail ibn Djafar, Gefolgschaft zu leisten. Deshalb nennen sie sich sowohl Ismailiten als auch »Siebener«-Schiiten. Mit dem Bekenntnis zu Ismail spalteten sie sich vom schiitischen Hauptzweig (»Zwölfer«-Schiiten) ab. Nach dem Untergang des Kalifats von Kairo wurden sie nach Osten gedrängt und haben ihre heutige Hochburg in Indien, wo etwa 18 Millionen Ismailiten leben. Weitere Gemeinden sind über die ganze Welt, auch im Westen, verstreut. Ihr Oberhaupt, der Aga Khan, ist somit ein direkter Nachfolger der Fatimidenkalifen von Kairo. Die Familie des Aga Khan sieht sich deshalb bis heute in enger Beziehung zu Ägypten.

Iwan: Zum Garten hin offener Empfangs- und Festsaal eines Palastes.

Johannes Tzimiskes: Byzantinischer Kaiser von 969 bis 976.

Kanun: Gesetz.

Karafa: Ort des Friedhofes von Misr, Standort einer Moschee und eines Observatoriums der Fatimiden.

Karmaten: Ismailitische Schwestersekte der Fatimiden.

Khalig: Trajanskanal. Künstlicher Wasserweg zwischen Kairo und dem Roten Meer. Der Überlieferung nach erstmals gebaut unter Pharao Sesostris. Wiederholt ausgehoben, so auch unter dem römischen Kaiser Trajan.

Kopten: In Ägypten heimische christliche Religionsgruppe mit einem eigenen Patriarchen, der seinen Sitz in Alexandria hat, seine Kirche aber wegen häufiger Verfolgung oft aus dem Untergrund, meistens in Klöstern versteckt, anführte.

Kulsum: Suez.

Kut Tegin: Türke; unter Al Hakim ernannter oberster Dai der Ismailia.

Kutama: Berbersoldaten.

Leila saida!: Arabisch für »Einen glücklichen Abend!«.

Maghrib: Abendgebet der Muslime; Arabisch für »Sonnenuntergang« wie auch den Westen der arabischen Welt, insbesondere die Länder Marokko, Algerien, Tunesien.

Maglis: Arabisch für »Rat«, »Versammlung«; »Versammlungssaal«.

Mahdi: Messiasgestalt in der Vorstellung der Muslime.

Maktub: Arabisch für »das Geschriebene«. Gemeint ist, was einem »auf die Stirn geschrieben ist«; das Schicksal.

Malek Ibn Said Al Fariki: Oberrichter unter Al Hakim. Aufgrund des Verdachtes, Sitt Al Mulks Geliebter zu sein, 1014 im Auftrag von Al Hakim geköpft.

Mameluken: Türkische Militärsklaven (Söldnertruppen).

Mangu Tekin: Oberster General (»Generalissimus«) der fatimidischen Streitkräfte. Statthalter von Damaskus.

Mar Gergis: Der heilige Georg.

Marakeb: Arabisch für »Schiffe«.

Meer der Vernichtung: Rotes Meer.

Melkiten: Orthodoxe Christen. Religiöses Oberhaupt war der Kaiser von Byzanz.

Menasse ben Avraham: Jüdischer Statthalter der Fatimiden in Syrien.

Merich: Der Planet Mars.

Messianer: Anhänger des Messias (Christen).

Midad: »Schwarzer« Eunuch in Sitt Al Mulks Diensten; Erzieher Al Zahirs.

Mihrab: Gebetsnische in einer Moschee.

Misr: Arabisch für »Ägypten«. Zugleich der Name der alten arabischen Hauptstadt Ägyptens, die 641 vom arabischen Feldherrn Amr Ibn Al Aas auf dem Gebiet der alten oströmischen Garnisonsstadt Babylon gegründet wurde.

Mufti: Vorsteher einer sunnitischen Gemeinde.

Musafat: »Schwarzer« Eunuch; Sonnenschirmträger des Kalifen Al Hakim.

Musalla: Gebetsplatz der Armee außerhalb der Stadtmauer von Al Kahira.

Muschtarie: Der Planet Jupiter.

Nasim: »Schwarzer« Eunuch; Vorhangzieher und Schwertträger von Al Hakim.

Naurus-Fest: Neujahrsfest der Kopten.

Nour Ibn Abdallah: Sitt Al Mulks Cousin und Geliebter. Von ihr als Kalif favorisiert. 996 im Verlauf der Palastrevolte gegen Sitt Al Mulk verschwunden. In den Chroniken als »der Namenlose« erwähnt.

Oberkadi: Oberster Richter im islamischen Staat. Bei den Fatimiden Chefideologe und Leiter der ismailitischen Propaganda und Mission *(Dawa)*.

Ostpalast: Um 970 errichteter Kalifenpalast von Al Kahira, auch »Harem« genannt.

Otaared: Der Planet Merkur.

Proskynese: Von den Kairoer Kalifen aus dem byzantinischen Protokoll übernommene Ehrfurchtsbezeugung in Form des Sich-zu-Boden-Werfens.

Qut Tegin: Mameluke. Oberster *Dai* am Ende der Regierungszeit Al Hakims und unter Sitt Al Mulk.

Rab, Rabbina: Arabisch für »Gott«.

Raschida Bint Al Muizz: Fatimidenprinzessin; Tante Sitt Al Mulks. Gest. 1050.

Roda: Nilinsel und Standort des Nilometers.

Römer: Die Araber meinen damit die Weströmer und die Byzantiner.

Rukia: »Zauber«. Konkubine im Harem Al Hakims; Mutter des Kalifen Al Zahir.

Rus: Aus Schweden stammender Bevölkerungsteil alter slawischer Staaten.

Sajid: Arabisch für »Herr«.

Sajida: Arabisch für »Herrin«, »Frau«.

Sakat: Armensteuer.

Sakira: Palastmuseum.

Salamu aleikum: Arabisch für »Der Friede sei mit Euch!«.

Schalom aleichem: Hebräisch für »Der Friede sei mit Euch!«.

Schams: Arabisch für »Sonne«.

Scharia: Das islamische Gesetz.

Scheich: Gemeindeältester.

Scheitan: Arabisch für »Satan«.

Schia: Arabische Bezeichnung für »Schiiten«; von »Schiat Ali« – »Partei Alis«.

Schiiten: Islamische Glaubensrichtung in der Nachfolge des 4. Kalifen Ali Ibn Abi Taleb.
Schukr: Eunuch, Gehilfe Bargawans.
Sitt Al Mulk Bint Al Aziz: »Herrin des Reiches, Tochter des Al Aziz«, geb. 970, gest. 1023 oder 1024. Schattenkalifin der Fatimiden in Kairo.
Söhne Fatimas: Fatimiden.
Souk: Arabisch für »Markt«.
Suhal: Der Planet Saturn.
Suhra: Der Planet Venus.
Suleiman Ibn Gafar: In Syrien siegreicher Kutama-General der Fatimiden.
Sunna: Überlieferung des Lebens, der Taten und Aussagen des Propheten Mohammed.
Sunniten: Stärkste islamische Glaubensrichtung in der Nachfolge des 3. Kalifen, Omar.
Tabla: Trommel.
Tagrid: »Gezwitscher«. Großmutter von Sitt Al Mulk und Al Hakim, gest. 995.
Takarrub: Dienerin und Vertraute Sitt Al Mulks.
Tasbih: Gebetskette der Muslime und Vorbild für den christlichen Rosenkranz.
Taura: Tora.
Theodora: Griechische, christliche Konkubine des Kalifen Al Aziz. Mutter von Sitt Al Mulk und dem Kalifen Al Hakim, gest. 995. In den Chroniken wird sie »Al Sajida Al Azizija« (»Herrin, die zu Al Aziz gehört«) genannt.
Tiraz: In staatlichen Webereien hergestellte Stoffe für Staatsgewänder.
Turba Muizzia: Mausoleum des Kalifen Al Muizz.
Ulug Tegin: Mameluken-General (der Wirklichkeit nachempfundene Gestalt).
Umm: Mutter.
Umma: Gemeinschaft aller Muslime; Nation.
Ummwalad: Sohnesmutter.
Weißes Meer: Mittelmeer.
Ya Rab: Arabisch für »Oh Gott!«.
Yakub Ibn Killis: Aus Bagdad stammender jüdischer Großwesir der Kalifen Al Muizz und Al Aziz, der beim Aufbau des Fatimidenstaates in Ägypten federführend war, geb. 930, gest. 991.
Zahir: Arabisch für »der Schein«, »das Sichtbare«, das »Äußere«.